dtv

Er ist ein zurückhaltender Mensch, ein Beobachter. 1971 promovierte er über ›Das Problem der Absurdität bei Albert Camus‹ und im gleichen Jahr veröffentlichte er seine ›Widersprüche‹ – Gedichte und einen Essay. Zu diesem Zeitpunkt hatte er bereits eine Kürschnerlehre, einen langen Parisaufenthalt, ein Philosophiestudium und die Studentenbewegung hinter sich. Seither hat Uwe Timm neun große Romane, einen Erzählungsband, vier Kinderbücher und jüngst eine bewegende Familiengeschichte geschrieben. Da wird es Zeit, eine Zusammenschau zu versuchen, die kleinen und größeren, die öffentlichen und privaten Texte zu sammeln, die im chronologischen Ablauf ein Bild des *ganzen* Menschen vermitteln, der sich hinter seinen Werken – man möchte fast sagen: *verbirgt.* Martin Hielscher, der langjährige Lektor Uwe Timms, hat diesen Versuch unternommen. Die Zusammenstellung von teils unveröffentlichten Erzählungen, Essays, Gedichten, Reiseberichten und Reden aus den Jahren 1959 bis 2003 bietet die Möglichkeit, den literarischen und politischen Weg dieses Schriftstellers nachzuvollziehen.

Uwe Timm wurde am 30. März 1940 in Hamburg geboren. Er studierte Philosophie und Germanistik in München und Paris. Seit 1971 lebt er als freier Schriftsteller in München. Werke u. a.: ›Heißer Sommer‹ (1974), ›Morenga‹ (1978), ›Kerbels Flucht‹ (1980), ›Der Mann auf dem Hochrad‹ (1984), ›Der Schlangenbaum‹ (1986), ›Rennschwein Rudi Rüssel‹ (1989), ›Kopfjäger‹ (1991), ›Die Entdeckung der Currywurst‹ (1993), ›Johannisnacht‹ (1996), ›Nicht morgen, nicht gestern‹ (1999), ›Rot‹ (2001), ›Am Beispiel meines Bruders‹ (2003).

Uwe Timm Lesebuch

Die Stimme beim Schreiben

Herausgegeben von
Martin Hielscher

Deutscher Taschenbuch Verlag

Originalausgabe
April 2005
Deutscher Taschenbuch Verlag GmbH & Co. KG,
München
www.dtv.de

Umschlagkonzept: Balk & Brumshagen
Umschlagfoto: © Isolde Ohlbaum
Gesetzt aus der Stempel Garamond 10,5/12·
Gesamtherstellung: Druckerei C. H. Beck, Nördlingen
Gedruckt auf säurefreiem, chlorfrei gebleichtem Papier
Printed in Germany · ISBN 3-423-13317-1

Inhalt

Vorwort

Noch fehlen zum biblischen Alter einige Jahre, aber immerhin, das Rentenalter ist erreicht. Nun will ich nicht den Rechner abstellen, Papier, Bleistifte und Kugelschreiber wegräumen, fühle mich im Gegenteil recht munter und kann nicht glauben, daß ich so alt bin, wie ich bin. Wobei ich mich frage, wie es zu dieser Selbsttäuschung, die ich auch bei anderen beobachte, kommt. Wer oder was dreht die innere Uhr zurück? Vielleicht ist es ja so, daß sie erst zu ticken beginnt, wenn man eine Vorstellung vom temporalen Ziel, also von der eigenen Sterblichkeit bekommt, ein Wissen, das sich etwa mit sieben oder acht als ein verstandenes, gefühltes einstellt. Vielleicht sind diese sieben oder acht Jahre der innere Zeitrabatt, den wir mit ins Alter nehmen.

Auf jeden Fall ist es gut, einen Blick zurück zu werfen, um ein wenig den Weg mit all seinen Kurven, Steigungen und Gefällen zu verfolgen. Tatsächlich gibt es viel Verbindendes, und manches, was mir einst als zufällig gewählt erschien, bekommt im nachhinein seine Begründung, zeigt in Wiederholung und Abwandlungen, daß vielmehr man selbst von den Ereignissen, den Themen, den Dingen gewählt wurde.

Ich habe als Kind mit dem Schreiben begonnen. Möglicherweise hing das zusammen mit dem Wissen und dem sich langsam herausbildenden Staunen, daß ich bin, der ich bin, endlich, und daß sich nicht alles wiederholt und wiederholen läßt. Das Schreiben wie das Erzählen erlaubt, sich ein wenig in der Zeit und also auch in sich selbst zurechtzufinden. Bei meinen ersten Versuchen war ich zwölf und unglücklich. Bis auf einen Romananfang – recht vermessen und tollkühn – sind all diese Versuche verschwunden. Schon damals warf ich gern weg, und wenn ich heute am Rechner sitze und schreibe, liebe ich besonders die Delete-Taste. Wunderbar ist das Zerstören, das ins saubere Nichts Verschwindenlassen des Geschriebenen, ganz anders als früher, als das Durchgestrichene oder mit Tipp-Ex Zugepinselte immer darauf hinwies, es sei doch schon verbessert worden. Es brauchte dann einige Zeit, um das noch nicht Gelungene zu erkennen. Jetzt erscheint der Text sauber auf dem Display, und Störendes fällt sogleich ins Auge, verlangt danach, schnell entfernt zu werden.

Vieles ist so gelöscht (früher zerrissen und zerknüllt) worden, zu Recht, denke ich, und das, was verstreut zurückgeblieben ist, sowohl Unveröffentlichtes als auch in Zeitschriften oder Radio Veröffentlichtes, hat Martin Hielscher, der mir vertraute Lektor und Freund, aufgespürt und zusammengetragen. Vielleicht macht der Leser bei der Lektüre, die nicht chronologisch vorgehen müßte, sondern ein Hineinlesen, ein Vor- und Nachlesen sein könnte, eine kleine Zeitreise – das war es jedenfalls für mich – durch 45 Jahre Schreiben.

November 2004 *Uwe Timm*

Die Zivilisationskrankheit

Das Meer kann ich gerade noch als schmalen Grünstreifen zwischen zwei Dünen sehen. Meine Lage ist nicht unbequem: an einem Dünenhang, der eine windgeschützte Mulde bildet, liege ich bäuchlings, das linke Bein nach außen gedreht, den Fuß seitlich auf dem feinen Flugsand, mein rechtes Bein ausgestreckt, die Fußspitze in den Sand eingedrückt. Meine Hüfte liegt im tiefsten Punkt der Mulde, die Wirbelsäule leicht durchgedrückt – eine Lage, die Orthopäden für die Vorbeugung und Bekämpfung von Bandscheibenschäden empfehlen. Mein linker Oberarm ruht rechtwinklig, vom Körper weggespreizt, auf dem Sand, der Unterarm fast an den Kopf herangezogen, so daß ich – die rechte Wange im Sand – das Zifferblatt meiner Uhr gut erkennen kann. Sie zeigt 5.17 Uhr. Aufziehen kann ich sie nicht, mein rechter Arm ragt fast bis zur Dünenspitze hinauf, bis zu einem großen Strandhaferbüschel, dessen Halme über meinen Handrücken streichen. Früher lachte ich oft, bei stürmischem Wind vor allen Dingen, ohne bei dem Getöse der Brandung mein Gelächter hören zu können, jetzt spüre ich nichts mehr. Links sehe ich einen Streifen der Nordsee. Der Himmel ist wolkenlos. Die Temperaturunterschiede waren für mich anfangs etwas ungewöhnlich. Tagsüber brannte die Sonne (der Dünenhang weist nach Süden), nachts perlte der Tau über meinen Rücken. Man darf nicht annehmen, daß ich mich langweile, weil ich nur einen Streifen der Nordsee sehen kann, noch dazu einen Teil, in dem keine Brandung steht, und Meerkenner schätzen gerade die Brandung als den interessantesten Teil des Meeres. Dafür kann ich das Tosen der sich am Strand brechenden Wellen hören und habe mein Gehör soweit ausgebildet, daß ich die drei hohen Wellen, die in rhythmischen Abständen den zwanzig kleineren folgen, mühelos heraushören kann. Meine Aufmerksamkeit ist aber auf den Flugsand gerichtet, der vor mir, in nur geringem Abstand, die Oberfläche des Dünenhangs verändert. Kleine Wächten bilden sich und rutschen, wenn genügend Sand aufgelaufen ist, ab, worauf sich dann erneut eine Wächte bildet, abrutscht usw. Erst hier bemerkte ich, welche Farbunterschiede bei genauer Betrachtung im weißen Sand auftreten. Weiß, das ist nur ein Vorurteil, denn tatsächlich überwiegen die gelben Sandkörner. Eine kleine Fläche von ca. 1 cm^2 habe ich ausgezählt. Danach entfallen 8% auf schwarze Körner, 52% auf gelbe, 37% auf weiße und 3% auf rote. Inwieweit dieses Ergebnis auch für andere Strände zutrifft, kann ich nicht beurteilen, möchte aber dringend empfehlen, solche Auszählungen dort ebenfalls vorzunehmen. Die Flora ist hier nicht sonderlich abwechslungsreich. Einzig der Strandhafer wächst mit seinen langen dünnen Wurzeln, die, wenn sie freigeweht werden, mit ihren zahlreichen spitzen Abzweigungen dem Dornengestrüpp ähneln. Um so interessanter ist die Fauna. Zahlreich sind die Möwenarten, die im Dünenaufwind über mir in der Luft segeln. Schon als Kind habe ich – ich wuchs in einer Hafenstadt auf – Möwen beobachtet, ihren Flug, stundenlang auf dem Rücken liegend am Strand, wie jetzt. Bei günstigem Aufwind, an einer Düne oder einem Hang, schwebten sie, ohne Flügelschlag, drehten nur den Kopf mit dem langen Schnabel, nach Freßbarem ausspähend – wie in diesem Augenblick eine Möwe über mir. Die Möwen in meiner Heimatstadt zählten meist zur Gattung der Lachmöwen, *Larus radibundus,* der Kopf im Sommer schwarzbraun mit düsterrotem Schnabel, brüten sie gesellig auf kleinen Inseln unserer Seen und Teiche. Im Winter sammeln sie sich, mit nahezu weißem Kopf, unter den Brücken der Großstädte. Nur sehr selten, im Winter, sah ich manchmal die Mantelmöwe, *Larus maritimus,* mit einer Flügelspannweite von fast zwei Metern. Hier kreisen vier über der rechten Dünenkuppe. Die Seelen der Seeleute sollen sich nach deren Tod in Möwen verwandeln – sagt man; aber ich weiß sicher, daß Möwen den Ertrunkenen die Augen auspicken. Der Schrei, damals auf der Klassenreise, als jemand über die Leiche im Dünengras stolperte, später stritten sich drei, wer zuerst gestolpert war, ein Mann unbekleidet, nur eine Mütze auf dem gequollenen Kopf; nach dem dritten Schrei standen wir alle um die Leiche, und unser Klassenlehrer, der auch das Fach Biologie unterrichtete, zeigte auf die leeren Augenhöhlen und sagte: Das waren die Möwen. Als wir von der Klassenreise zurückkamen, ging ich am nächsten Tag in das Museum für Heimatkunde. Ich stieg die Treppe in den ersten Stock hinauf, durchquerte die Säle, Norddeutsche Trachten, Zunft und Handwerk, ging bis zum letzten Saal: Unsere Tierwelt. Dort, in einer Vitrine, die bis an die Decke reichte, saßen sie auf Steinen, standen auf dem Sand vor einer blaugestrichenen Glasfläche, im Schilf brütete eine Silbermöwe, *Larus argenteus,* mit einem roten Fleck an der Spitze des Schnabels. Dieser Schnabel – so schien es mir schon damals – ist besonders gut geeignet, die Lider aufzuhacken und den Glaskörper des Auges mit einem Schnabelhieb zu sprengen.

Jetzt hat sich eine Möwe, *Larus canus,* neben den Strandhaferbüschel gesetzt, nur zwei Meter von meinem linken Ellenbogen entfernt. Wir beobachten uns, sie entfaltet die Flügel, zieht sie nach unten, macht einen Schritt, schlägt nochmals mit den Flügeln und fliegt hoch.

Peinlich ist mir die Erinnerung an Frau Bohn, die Besitzerin der Pension *Sonneneck;* was mag sie denken; ist sie entrüstet zur Polizeistation gefahren und hat eine Anzeige wegen Zechprellerei erstattet? Die pensionierte Jugendfürsorgerin, Fräulein Spieker, die ebenfalls in der Pension wohnte, wird auf meinen stechenden Blick hinweisen und immer wieder betonen, daß sie dergleichen schon geahnt habe, als sie mich zum ersten Mal im Frühstückszimmer gesehen hat. Aber mein Koffer und mein Tagebuch liegen noch in meinem Pensionszimmer, und wer läßt, wenn er Zechprellerei begehen will, sein Tagebuch liegen? Das wird auch Fräulein Spieker überzeugen. Vermutlich wird Frau Bohn nur eine Vermißtenanzeige aufgegeben haben, und man wird jetzt die Strände und Sandbänke mit Ferngläsern beobachten und mich zwischen Planken und Treibholz suchen.

Die vier Möwen im Dünenaufwind müssen etwas Freßbares erspäht haben, oft schweben sie in der Luft, schweben direkt über mir, kippen dann plötzlich über einen Flügel ab und verschwinden hinter der Dünenkuppe. Aber sogleich kreisen neue (oder sind es die alten) über mir.

Manchmal will ich – aus Gewohnheit – aufstehen, aber ich bleibe dann doch liegen, so, wie ich liegen blieb, als ich aufstehen wollte, indem ich den linken Arm anwinkelte, die Hand auf den Sand stützte, den Oberkörper hoch und nach hinten stemmte, dabei etwas nach rechts drehte – dann dieser Schmerz im Rückgrat. Ich fiel zurück.

Meine Mutter klagte schon immer über die Rückenprobleme in unserer Familie. So soll zum Beispiel mein Großvater mütterlicherseits, als er noch jung war, wenn er einen Hexenschuß hatte und zur Toilette gehen mußte, dort in Schrägstellung über dem Becken gestanden und, eine Hand am Türgriff, mit der anderen sich an der Wand abstützend, seinen Stuhl verrichtet haben. Sein Stöhnen konnte man, wie mein Onkel bestätigte, bis ins Kinderzimmer hören.

Meine Aussicht auf den grünen Meerstreifen verdecken jetzt zwei Möwen, die sich auf den Dünenrand gesetzt haben, knapp einen Meter von meinem Kopf entfernt, deutlich erkenne ich den roten Fleck am Schnabel, also Möwen der Gattung *Larus argenteus.* Meine Mutter warnte mich vor schnellen, unbedachten Drehungen. Bewegungen müssen in unserer Familie genau überlegt werden, sagte sie. Aber schon früh haben mich diese langen Schnäbel und diese kalten Messeraugen der Möwen fasziniert. Eine Silbermöwe hat sich auf meinen linken Arm gesetzt.

Jetzt kann ich den grünen Meerstreifen nur noch mit einem Auge sehen.

Jetzt kann ich ihn nicht mehr sehen, aber hören kann ich immer noch die Brandung.

feierabend

überall, wo glasdurchsetzte betonwände
menschenmassen erbrechen,
bist du,
nase: lang, kurz, dick, dünn,
augenlid mit wimpern,
die abfall am boden aufspießen,
bürger schützt eure anlagen!
aber du trägst sie in der faust,
ruhig und schläfrig,
das gerücht der rotationsmaschine.

überall, wo ampellichter monoton
ihr blödes gelb verkünden,
bist du,
mit schnellem schritt,
in deinen ohren picken noch fernschreiber,
schwarze vögel im ätherrausch.
dumpf blickst du auf die spitzen deiner schuhe
und trägst deine angina pectoris
durch gummi- und benzingeruch
in den feierabend.

Rainer Maria Rilkes Lieblingspark

Die Schwanzfedern gespreizt, sprang er zum dritten Mal, die Taube wich aus; er sprang auf den Betonrand. Die Taube hinkte, zog das rechte Bein nach. Als er zu einem vierten Sprung ansetzte, sich drehte, gurrte, entflog sie. Mein Nachbar blätterte enttäuscht die Zeitung um. Die Goldfische sprangen. Es roch faulig, das Seeufer war betoniert, das Wasser in dieser Ausbuchtung abgestanden. Mein Nachbar legte die Zeitung auf die Bank. REIFEN KREISCHEN IN DER HEIDE. Der Täuberich gurrte, mein Nachbar schwitzte, er zog sein Jackett aus, das hellblaue Hemd war unter der Achsel dunkelfeuchtverschwitzt. Bruttig schwül das Wetter, nicht gut fürs Herz. Wer am Dienstag nachmittag im Park sitzt, muß Rentner sein oder Rentnerin. Vermutlich waren die öffentlichen Parkanlagen in den zwanziger Jahren überfüllt. Kartenspielende Arbeitslose im Tiergarten. Diskussionen über Thälmann, der dem Faß die Krone ins Gesicht schlug. Er spreizte die Schwanzfedern, stellte sie hoch, drehte sich links herum, einen halben Kreis, den Kopf gesenkt, die roten Augen geschlossen. Die Parks waren politisch aufgeladen, die vom Gartenamt gepflegte und gehegte Langeweile wurde von Kapp-Putschisten, Arbeitslosen und Freikorpsmännern zersetzt. Mein Nachbar faltete die Zeitung. EINSICHT SIEGT. Er klopfte auf sein rechtes Bein: Das gibt noch ein Gewitter heute. Hab ein Barometer vom Engländer hier drin, sehr praktisch. Er lachte, ich lachte und wußte, daß darüber schon Hunderte gelacht hatten. Sein rechter Fuß steckte in einem orthopädischen Schuh, kleiner als der linke, die Kappe rund und hoch, die Sohle verdickt. Nein, schon im Ersten Weltkrieg in Palästina, mit den Türken. Der Täuberich gurrte. Selbstverständlich weiß ich, wie tapfer sie waren, die Türken, barfuß stürmten sie gegen englische MG-Nester. Die Taube saß jetzt auf dem Zweig einer Trauerweide. Bruttig, sagte er, in der Türkei heißer, aber trocken, wissen Sie, eine trockene Hitze, und er schwitzte unter seinem Karabiner, fluchte über Lastenkamele, die allergisch auf das Kölnischwasser seines Hauptmanns reagierten. Das Baden war gefährlich, er wollte sich nicht abtrocknen, der Kühlung wegen, bekam aber einen Sonnenbrand, furchtbar, jeder Wassertropfen hat die Wirkung einer kleinen Lupe, natürlich irgendein physikalisches Gesetz. Ein Schwan, die Flügel hochgestellt, schwamm vorbei, schob sich mit kräftigen Stößen am Ufer entlang, eine Bugwelle vor der Halsverdickung, sein vermutlich erotisches Angriffsziel war von der Trauerweide verdeckt. Der Türkenkämpfer griff zum Spazierstock und entwarf eine Lageskizze im Kies vor der Bank: hier und hier und dort, diese Eisenbahnstrecke, strategisch sehr wichtig, und dort der Berghang, aber gehalten, und hier, hier hat mir eine Schrapnellgranate das Barometer ins rechte Bein geschlagen. Er lachte, klopfte sich auf das Bein: Heute wird es ein Gewitter geben. Und Sie? Ich sagte: Ich will Lehrer werden, Deutschlehrer. Das ist gut, sagte er und erzählte von seinem Vater, der als Trambahnschaffner nur mühsam vier Kinder ernähren konnte. Deshalb konnten wir nicht studieren. Er war Beamter, jetzt pensioniert. Ja, damals. Ich nickte. Vermutlich war er früher am Ortsamt angestellt. Führte das Melderegister der Straßennamen R bis T. Schrieb Personalausweise aus, säuberlich mit schwarzer Dokumententinte. Er rührte mit dem Gummipfropfen seines Spazierstockes in dem Schlachtplan, der sich in ein abstraktes Sandgemälde verwandelte. Nein, ich habe die Kasse für Gebührenmarken geführt. Eine Ente schnabbelte im stinkenden Wasser. Der Türkenkämpfer entfaltete die Zeitung, ich streckte die Beine, veränderte die Druckstellen der Banklehne im Rücken. TAKTIK WILL BEHERRSCHT SEIN – TRAINER PLAUDERN AUS DER SCHULE. Von rechts kam viel Rot ins Blickfeld, ein roter Rock, eine rote Kostümjacke, davor ein Kinderwagen. Junge Mutter, die ihren Sprößling durch ein Taubenspalier schob, die Räder rollten durch den Steinkies, die Pumps staubüberpudert. Der Türkenkämpfer ließ die Zeitung etwas sinken, die Räder groß, verchromt, das sah hochherrschaftlich aus, das Lackdach, die Firmenmarke als Krone an der Seite des Wagens. Sie blond, aber nicht echt, da hatte sie sicherlich nachgeholfen, billige Färbung, ihr Blick sehr gleichgültig, war in unbestimmbare Fernen gerichtet. Lange, schlanke Beine. ERGEE SCHAFFT EUCH DIE WAFFEN ... WEICHER, ZARTER, SCHIMMERNDER, FALTENFREI. Keine Krampfadern, wie man sich Frauenbeine entstellt nach einer Geburt vorstellt. Der Türkenkämpfer nickte. Es war Zeit aufzustehen. Er faltete die Zeitung. NACH DER SONDERMELDUNG ERTÖNT MARSCHMUSIK. Ich stand auf. Er nickte, diesmal zum Abschied. Hoffentlich kommt bald das Gewitter.

Er beobachtete mich, ich setze die Füße. Bewußtes Gehen ist schwierig. Dieser Schritt ist zu groß, vermutlich wird er sehen, daß ich keinen Gleichschritt gelernt habe, wird sagen, Aha, ungedient also! Ich schlenkere mit den Armen, mit dem rechten stärker, zu weit nach vorn, vielleicht eine Folge des Tennisspielens. Er suchte einen Halt, einen Fixpunkt. Die Beine, endlich, der ruhige gleichmäßige Gang, die spitzen Absätze der Pumps, die sich in den Kies bohrten, davor der Kinderwagen. Wie einfach es ist, dachte er, dieses Gehen, wenn man einen Kinderwagen schiebt, sich an dem Griff festhält, die Arme schlenkern nicht so blödsinnig hin und her, und der Schritt wird von dem Abstand zum Kinderwagen reguliert. Er ging jetzt ihre Schritte, gleichmäßig, kleine Schritte, kleinere und ruhigere, als er sie gewöhnlich setzte. Er bemerkte es, wollte sie aber nicht überholen, um sich nicht einer neuen Gehunsicherheit, einer neuen Schrittsuche auszuliefern. War sie hübsch? Er wußte es nicht, hatte die verchromten Räder gesehen, ihre Beine, aber zuerst dieses Rot. Nur kurz dachte er an die Verbindung zwischen dem roten Kostüm und dem schreienden Kind. Sie hatte den Kinderwagen angehalten, beugte sich darüber, zupfte an der Decke. Er zögerte, ging dann vorbei, nahm sich vor, ihr Gesicht anzusehen, und sah GENUSS IM STIL DER NEUEN ZEIT am Ausgang des Parks die Litfaßsäule – auch Karajan wird kommen.

Alfred zum Beispiel

Alfred zum Beispiel trug einen blauen und keinen weißen Kittel, das war eine Ausnahme. Der Werkmeister sagte gleich am ersten Tag zu Alfred: »Ein blauer Kittel, das geht nicht, wir sind doch keine Flickschuster.«

Der Geselle, der Alfred im ersten Monat anlernen sollte, zeigte ihm die Stempeluhr mit dem Kasten, in dessen Fächern die Tageszettel alphabetisch eingeordnet waren.

»Hoffentlich kommst du ohne Stuhl an deinen Zettel.«

Alfred war sehr klein.

Regeln, die Alfred auswendig lernen mußte:

1. Auf dem Zettel ist sofort neben dem Zeitstempel die genaue Bezeichnung des Arbeitsganges und die Nummer des Werkstücks einzutragen.

2. Bei Abschluß des Arbeitsganges muß sogleich die Zeit abgestempelt und in dem nächsten Feld der neue Arbeitsgang abgestempelt werden. Nummer und Art der auszuführenden Arbeit sind wieder sofort einzutragen.

3. Nach der vorgeschriebenen Arbeitszeit von 8 Stunden muß der Tageszettel abgestempelt werden, und zwar im Kittel.

4. Der Tageszettel muß stets im Zettelkasten liegen und darf nicht am Arbeitsplatz ausgefüllt werden.

5. Die Einhaltung dieser Anordnungen wird in Stichproben vom Werkmeister kontrolliert.

Alfred war vergeßlich.

16 DM wurden einem Gesellen von seinem Stücklohn abgezogen. Statt der erlaubten 1½ Lehrlingsstunden waren 7 Stunden eingetragen. Im Lohnbüro wurden, nachdem der Geselle protestiert hatte, die Tageszettel überprüft. Alfred hatte das Abstempeln vergessen.

Diese Vergeßlichkeit machte Alfred unbeliebt.

Gern nannte man ihn – auch wenn er es hören konnte – den »blauen Zwerg«. Eine Maschinennäherin sagte: »Mit 15 kann man ja noch wachsen.«

Das wurde aber bei Alfred bezweifelt.

Schwierigkeiten, die sich aus der geringen Körpergröße Alfreds ergaben: Alfred mußte, wenn vom Laden Pelzbunde verlangt wurden, erst zur Abstellkammer laufen, von dort die Leiter holen, mit der Leiter in die Fellkammer laufen, die Leiter vor dem Regal aufstellen, auf die Leiter steigen, das angeordnete Persianer- oder Nerzbund heraussuchen, von der Leiter herabsteigen ... In diesem Augenblick kam zumeist ein Lehrling, nachdem zum zweitenmal aus dem Laden angerufen worden war und die Verkäuferin dringlicher um das angeforderte Bund gebeten hatte, und schrie Alfred an, daß die Kundin, vom Warten ungeduldig geworden, wieder aus dem Geschäft laufen könnte, ohne etwas zu kaufen; woraufhin der Chef den Werkmeister zu sich rief, ihn anschrie, weil er nicht gespurt habe, und für den Verlust ihn verantwortlich machte (der herzkrank und schon über sechzig war und nirgendwo mehr eine Stellung als Werkmeister finden würde), und der Werkmeister daraufhin den Meister zu sich rief, ihn anschrie, weil er nicht gespurt habe, und für den Verlust ihn verantwortlich machte (der schon über fünfzig war und nur sehr schwer wieder eine Stellung als Meister finden würde), und der Meister daraufhin den Lehrling im dritten Lehrjahr zu sich rief, ihn anschrie, weil er nicht gespurt habe, und für den Verlust ihn verantwortlich machte (der kurz vor der Gesellenprüfung stand und dafür eine Beurteilung seines Meisters vorlegen mußte), und nun war der Lehrling zu Alfred gelaufen, dem Stift, und schrie, wo das Bund denn bliebe.

So wurde Alfred, auf der Leiter stehend, angeschrien, weil er zu klein war.

Weitere Nachteile, die sich aus der geringen Körpergröße Alfreds ergaben:

Alfred war so schwach, daß er nicht allein einen mit Pelzresten angefüllten Sack in das Regal heben konnte. Lehrlinge im zweiten oder dritten Lehrjahr mußten ihm dabei helfen.

Kommentare der älteren Lehrlinge: »Der verstellt sich nur. Das hätten wir früher nicht machen können.«

Alfred konnte am Sonnabend, wenn er die Werkstatt feudeln mußte, die schweren Fellkisten unter den Arbeitstischen nicht allein hervorziehen. Die Gesellen mußten ihm dabei helfen.

Kommentar eines Gesellen: »Wenn wir jetzt schon dem Stift beim Saubermachen helfen sollen, dann müssen wir wenigstens abstempeln dürfen. Auf den Tageszettel schreiben wir dann: Zwergenhilfe.«

Schwierigkeiten, die sich aus dem blauen Kittel für Alfred ergaben:

Alfred durfte keine Fellbunde und Mäntel in den Laden tragen. Kundinnen sollen in einem Pelzgeschäft nur weiße Kittel sehen.

Ein Chef-Zitat: »Weiße Kittel sehen so frisch und fröhlich aus, die regen zum Kaufen an.«

Ein Alfred-Zitat: »Weiße Kittel muß ich jede Woche waschen, blaue nur jeden Monat.«

Lehrlinge im zweiten Lehrjahr mußten anstelle Alfreds in den Laden laufen.

Darüber verärgert, versteckten sie gern Werkzeuge, die

Alfred dringend brauchte. Mehrmals verpaßte er wichtige Termine. Einmal mußte eine Kundin im Laden warten, weil Alfred die Klopfstöcke nicht finden konnte. Der Werkmeister schrie, die Lehrlinge grinsten. Schließlich gab der Werkmeister den Mantel einem Lehrling im zweiten Lehrjahr, der sogleich die Klopfstöcke fand und in kürzester Zeit den Mantel zur vollen Zufriedenheit des Werkmeisters und auch der Kundin reinigte; er wurde gelobt. Der Chef erinnerte Alfred daran, daß die Probezeit noch nicht abgelaufen sei und daß er sich stärker bemühen müsse.

Nachmittags weinte Alfred grundlos, darüber lachten die Pelznäherinnen: Ein richtiger Mann darf doch nicht weinen!

Ein Spottvers auf Alfred: Alfredo, der Verhungerte, stand am Tisch und lungerte.

Alfred saß in der Mittagspause auf der Zweckplatte, zwischen Zwecknägeln und Mantelteilen, aß aus einem Henkeltopf Kartoffelsalat und ließ in einer Wasserschüssel Persianerlocken schwimmen. Nachdem er gegessen hatte, rührte er mit einem Lineal am Rand der Schüssel das Wasser auf, bis es über die Locken schwappte und sie auf den Schüsselboden sanken. Manchmal bewarf er die Locken mit Zwecknägeln, bis sie untergingen.

Als man ihn dabei beobachtete, wie er von einem Persianerfell Locken abschnitt, die er als Schiffchen schwimmen lassen wollte, wurde er in das Büro des Chefs gerufen. Danach ließ Alfred keine Locken mehr in Wasserschüsseln schwimmen.

Warum hatte Alfred kein Messer?

Mußte Alfred Felle schneiden, mußte er sich ein Messer von einem Gesellen oder Lehrling ausleihen.

Jeder sagte: »Alfred muß sich endlich ein Messer kaufen.«

Nach vier Wochen sagte der Meister zu Alfred: »Ohne Kürschnermesser kann man kein Kürschner werden.«

»Das ist klar«, sagten die Lehrlinge.

»Ich habe kein Messer, weil meine Eltern geschieden sind«, sagte Alfred. Der Werkmeister lachte, der Meister lachte, die Gesellen lachten, die Lehrlinge schlugen vor Lachen mit den Fäusten auf die Tische.

Ein gutes Kürschnermesser kostet doch nur DM 15, nur ein Viertel von einem Lehrlingsgehalt!

Als Alfred endlich ein Messer hatte, wurde er – noch in der Probezeit – entlassen.

Der Chef sagte: »Aus dem wird nie was, der hat keine Lust an der Arbeit.«

Herbstgedicht

Vivaldi
sagt er
und legt die Laute neben sich
vorsichtig
zieht die Beine an und lehnt sich gegen eine Säule
des Monopteros
hier kriegt man so leicht einen kalten Arsch
und das Grün der Bäume ist auch schon hin
aber in der nächsten Woche gehts nach Ceylon
per Anhalter
einfach zu kalt im Winter
hier
schon jetzt kann man sich nicht mehr morgens
am Bach waschen
auch der Bullen wegen
die jetzt den Englischen Garten kontrollieren
das wird immer schlimmer
von Jahr zu Jahr
und im November die Wahlen
da sieht er ganz schwarz
wenn er nur an diese miesen Typen denkt
aber in drei Wochen liegt er am Strand
des Indischen Ozeans
unter Palmen

Aussichten

Die Forsythien
am Weg durch den Stadtpark
blühen und ich sage
schön
und weiß
schön
das ist die *neue Welt*
des Genießens
und ich sage noch mal
schön
zu dem spärlichen Hellgrün der Bäume
und drüben
die Wohnblocks
die ich den Winter über sehen konnte
von hier aus schon
und meine dünnen vier Wände
wo ich von den Nachbarn nur höre
wenn sie streiten
und sie von mir
die Fensterreihen
hochgetürmt
die Balkons
das wird verschwinden hinter dem Grün
der Büsche und Bäume
das sich ausbreitet jetzt
von Tag zu Tag
unaufhaltsam

und ich sage wieder
schön
der Baum dort
der alles mit Blattgrün vertuscht
auf diesem Weg
einen Sommer lang

Der Tulpenbläser

Er sitzt da
und nimmt der Bedienung das Bierglas vom Tablett
Sie haben's aber eilig
sagt sie
und macht den siebten Strich auf den Bierfilz
tagsüber bläst er Tulpen
so nennt er das
bei 70 Grad
sagt er heiser
hören Sie
und zeigt auf seine Kehle
das kommt vom Glasblasen
bald hör ich auf
mit vierzig krieg ich Rente
das macht keiner länger
Lungenembolie
aber schön das farbige Glas
Farben gab es
im Mittelalter
die kriegt man nicht mehr hin
das Blau zum Beispiel
das schafft man nicht
auch heute nicht
sagt er
heiser

Einer redet, viele rauchen

Einer redet, viele rauchen. Einer meldet sich und nennt seinen Namen. Der Name wird von dem Diskussionsleiter mit der Nummer 24 auf die Wandtafel geschrieben, die auf dem Podium des Hörsaals steht. Derjenige, der gerade redet, fragt, ob das Oberseminar von Renke gesprengt werden soll. Jetzt redet nicht mehr einer, jetzt reden viele. Einer bezeichnet das Verhalten Renkes in seinen Oberseminaren als demokratisch. Jeder komme dort zu Wort, wenn er sich gemeldet habe, auch mit einer abweichenden Meinung. Ein anderer will gerade darin die Alibifunktion der Diskussion erkennen. Jemand zitiert aus einem Aufsatz, den Renke 1940 veröffentlicht hat: Der Erzieher müsse in dem Jugendlichen eine reine Liebe zu dem Führer wecken. Viele rufen: Pfui. Derjenige, der den Aufsatz von Renke zitiert hat, fragt, wie jemand, der so etwas geschrieben hat, heute demokratische Lehrer ausbilden könne. Jemand hält das für eine Jugendsünde. Derjenige, der das Zitat vorgelesen hat, gibt zu bedenken, daß Renke damals immerhin schon fünfunddreißig Jahre alt gewesen sei. Jemand schlägt vor, keinem über dreißig zu trauen. Einer behauptet: Irren sei menschlich und übersetzt es gleich ins Lateinische. Ein anderer vermutet, Renke habe vielleicht aus seinen Fehlern von damals gelernt. Jemand steht auf und sagt: Diese Naivität macht mich sprachlos und erklärt, warum. Einer verlangt nach einer Wissenschaft, die ideologiefrei sei. Ein anderer antwortet, jede Wissenschaft sei, wenn sie verwertet wird, ideologisch. Jemand stöhnt: Mann in der Tonne. Einer bezweifelt das; einer schreit Scheiße; einer verlangt Ruhe und will dann das Problem ausdiskutiert haben. Jemand ruft: Zur Geschäftsordnung. Derjenige, der vorhin gefragt hatte, ob die Vorlesung von Renke gesprengt werden soll, begründet jetzt, warum sie gesprengt werden muß. Jemand verlangt eine Begrenzung der Redezeit auf fünf Minuten. Einer hält das für repressiv. Ein anderer stellt fest, daß Vorlesungen aus einer Zeit stammen, in der es noch keine Bücher gab. Jemand ruft: Sehr richtig. Einer: Hört, hört. Ein anderer brüllt: Zur Geschäftsordnung und hebt beide Arme hoch. Der Diskussionsleiter schreibt gerade den sechsunddreißigsten Namen auf die Wandtafel. Einer gibt zu bedenken, daß Vorlesungen auch heute noch eine Funktion haben könnten. Ein anderer hält ihm entgegen, daß empirische Untersuchungen das Gegenteil beweisen, und verlangt nach kollektiven Arbeitskreisen. Jemand wendet sich gegen einen falsch verstandenen Begriff vom Empirismus. Jemand anders meint, ohne empirische Kontrolle könne man beweisen oder widerlegen, was man wolle. Jemand ruft von ganz hinten: Dann werden wir endlich alle Kanarienvögel und flattern munter im Hörsaal hin und her. Einer fordert: Ornithologen raus. Jemand ruft: Bürokrat. Einer ruft: Geschäftsordnung, nimmt aber nicht die Arme hoch. Ein anderer ruft ihm zu: Hände hoch. In der ersten Reihe steht eine auf und ruft: Das ist ja zum Davonlaufen und setzt sich wieder hin. Jemand geht nach vorn zum Mikro und schiebt den Redner zur Seite, der vorhin gefragt hatte, ob das Oberseminar von Renke gesprengt werden sollte, und jetzt gerade entwickelt, wie die gesprengte Vorlesung in Arbeitskreise umfunktioniert werden kann. Derjenige, der den Redner vom Mikro weggeschoben hat, fordert einen neuen Diskussionsleiter, und zwar sofort. Viele klopfen, einige zischen. Jemand ruft: So geht das nicht. Der Diskussionsleiter will darüber abstimmen lassen, ob das so geht oder nicht. Einer kommt nach vorn und meldet eine Gegenrede an. Er beantragt, daß der Diskussionsleiter nicht abgewählt werden soll. Ein anderer kommt nach vorn und ruft: Gegenrede und behauptet, daß es keine Gegenrede geben kann, da die Alternative schon im ersten Antrag enthalten sei. Ein dritter kommt nach vorn und meint, auch die Alternative zu einem Antrag müsse begründet werden. Wohin komme man denn sonst? Er stelle daher den Antrag, daß jetzt weiterdiskutiert, die Rednerliste abgeschlossen und über diesen Antrag sogleich abgestimmt werden soll.

Was tun?

Der Diskussionsleiter will erst darüber abstimmen lassen, ob er die Abstimmung leiten soll oder nicht. Jemand ruft: Erst muß abgestimmt werden, ob abgestimmt werden soll. Der zweite Antragsteller beantragt, daß darüber abgestimmt werden soll, ob jetzt weiterdiskutiert wird oder nicht. Jemand meint, beide Anträge hätten etwas Gemeinsames, nämlich: wie jetzt weiterdiskutiert werden soll, mit diesem Diskussionsleiter oder ohne ihn, das sei die eigentliche Frage. Aus dem Saal stellt jemand den Antrag, dem zweiten Antragsteller das Wort zu entziehen, da der Verdacht bestehe, jener wolle nur die Diskussion behindern. Er wird aus dem Saal heraus aufgefordert, seinen Antrag zu formulieren. Er drängt sich durch die Gruppe, die das Pult umsteht, ans Mikro und formuliert seinen Antrag: Dem zweiten Antragsteller soll das Wort entzogen und der schon gestellte Antrag zurückgezogen werden. Einer behauptet, das sei falsch formuliert, weil der zweite Antragsteller gar keinen Antrag formuliert habe. Jemand ruft: Hinsetzen. Einer schreit: Scheiße. Einer ruft: Godzilla. Jemand will verzweifeln. Einer schlägt vor, die Rednerliste aufzulösen und so zu tun, als sei gar kein Antrag gestellt worden. Einige meinen, das sei inkonsequent. Einer behauptet, es handle sich hier um ein Scheinproblem. Er wird niedergeschrien. Jemand ruft: Alles muß ausdiskutiert werden. Jemand fordert, das plebiszitäre Verfahren um jeden Preis zu wahren, und setzt es von der Mauschelei des Establishments ab. Viele klopfen, einige rufen: Bravo, einer ruft: Venceremos, einer: Günter Grass. Alle lachen.

Man beschließt, nochmals von vorn anzufangen, alle bisher gestellten Anträge fallenzulassen, einen neuen oder auch den alten Diskussionsleiter zu wählen und eine neue Rednerliste aufzustellen.

Jemand sagt: Das ist ein Lernprozeß.

Niemand widerspricht.

Tahiti

Für D. P.

Das Kläffen der Schlittenhunde.
Wann endlich kommt der Südpol?
Neben mir, auf der anderen Sofalehne,
sitzt Amundsen,
mit kleinen Eiszapfen im Bart.
Vor uns am Tisch, im Mantel, mein Vater,
der zählt schon wieder die Lebensmittelmarken.
Ein richtiger Wolfswinter,
sagt er und springt dann
mehrmals von der leeren Kohlenkiste.
In der Brüderstraße hat mein Vater eine Stange Camel
gegen eine Dose Schweineschmalz getauscht.
Tairapu,
Fletcher Christian liegt unter Palmen
und raucht die Friedenspfeife,
während die Eisblumen an der Fensterscheibe blühen.
Unter meinem Kopfkissen liegt ein Riegel Schokolade,
eingewickelt, dünn wie ein Palmenblatt.
Abends, wenn ich in mein Zelt krieche,
lutsche ich zweimal daran und
Amundsen schüttelt jedesmal den Kopf.
Er mag keine Schokolade, sagt er,
aber ich weiß, er sagt das nur meinetwegen.
Auf dem Uniformmantel meines Vaters
scheint das PW
auch nach dem zweiten Farbbad
wieder durch.

Aber im Tal von Papeno legen Kühe Eier
und Fische fliegen silbern durch die Luft.
Zum Sonnentanz vereinen sich die Paradiesvögel.
(Später, im Zoo, las ich,
daß sie mit den Raben verwandt sind.)
Draußen pfeift ein Wind, sagt meine Mutter,
das ist sagenhaft,
und holt die große irdene Schüssel aus dem Schrank.
Kältefrei ist ein schönes Wort.
Vor jeder Rechenarbeit
wünsche ich mir eine abgebrannte Schule.
Aber in Bücher verkrieche ich mich.
(Noch heute sagt meine Mutter manchmal:
mein Lesekater.)
In der Schule lerne ich schreiben
mit kleinen Pappbuchstaben.
In der großen Pause gibt es Schokoladensuppe
und einen Löffel Lebertran.
Das macht die Knochen stark,
sagt Amundsen.
Dieser endlose Weg nach Hause,
vorbei an den schwarzen Nissenhütten
am Isebekkanal,
wo Bodo, mein Banknachbar, auf mich wartet
und die anderen, aus der Siedlung.
Wonach schmeckt Blut?
Bodo darf ich nicht die Hand geben.
Der hat die Krätze, sagt meine Mutter.
In der Bismarckstraße
haben sie meine Backsteinhöhle eingetreten.
Oben, im vierten Stock, an einer Mauer,
hängt noch immer die Badewanne
und der Trümmermörder geht um.
Wie ein Dolch schlitzt der Ausleger

das Meer auf, grünblau blutet es
unter den schnellen Stechpaddeln.
Sie bringen die geheimnisvolle Fracht
aus der versunkenen Nacht in den Morgen.
Die Stimme im Volksempfänger
redet vom Kontrollrat.
(Bi-Zone, das war damals ein Wort.)
Gestern abend haben sie den dicken Schieber
von nebenan festgenommen.
Bei dem hingen Schinken und Würste von der Decke,
erzählte Frau Andersen.
War dort vorn nicht schon Scott?
Die Peitsche, sagt Amundsen, schnell,
die Peitsche!
Ich knalle mit der Peitsche.
Schneller hetzen unsere Hunde kläffend.
Ich klammer mich ans Sofa.
Mutter geht wieder in die Küche.
Dort stehen Frau Grebe und Frau Andersen,
Tücher um den Kopf gebunden,
und rühren in einem gewaltigen Topf.
Mit Frau Grebe reden wir schon seit Wochen
nicht mehr.
Sie war es, sagt mein Vater.
Die Geschichte mit dem Maismehl.
Gern würde ich sie fragen,
ob sie es war.
Untersteh dich, sagt mein Vater.
(Warum durfte ich nicht einfach fragen?)
Vielleicht aber war es auch Frau Andersen,
sagt meine Mutter.
Die Frauen kochen Rübensirup,
zäh und klebrig,
schweigsam.

Schwarz wie die Nacht und süß wie der Mondkern
ist der Saft des Sirupbaums auf Pitcairn.
Schatten
heißt mein schneeweißer Leithund.

Auf der Veddel

Veddel, alte,
stinkend nach Petroleum und Gummi,
schwefelgelbe Schwaden über Schachtöfen
und mit dem endlosen Geratter der Güterzüge
oder dem Blau des Skandinavienexpreß,
der im eleganten Schwung nach Norden zieht,
vorbei an den Klinkerbauten der Genossenschaften,
zu den Stahlwellen der Elbbrücken.
Und weiter westlich
Geruch nach Brackwasser und Öl,
faulig schwimmen im Fleet die Früchte des Südens,
auch Brassen bäuchlings.
Dort liegen die langen roten Backsteinhallen
mit Gleisanschluß, wo vor hundert Jahren
Auswanderer in die neue Welt verladen wurden,
Tagelöhner aus Schwaben,
bärtige Revolutionäre aus Baden,
im Kaftan die Juden:
hoffnungsvoller Aufbruch an den Rampen.
Jetzt rosten wie in vielen Gedichten
Schienen im Distelfeld
und gleich gegenüber,
die Schrebergartenkolonie:
Veddel.
Veddel,
das klingt nach altem Weib,
dachte ich, damals als ich mit der S-Bahn hinausfuhr,

zu dir,
wohnend Am Gleise 44
und an Wochenenden im Schrebergarten.
Ein Sozialist
mit Sellerie und Sipprisa.
Aber du konntest so unnachahmlich
mit den Schultern zucken und sagen:
was solls.
Hast Schlange gestanden vor den Arbeitsämtern
zornig in den zwanziger Jahren.
Und die Frage war: was tun.
Und hast nach Godesberg
nur noch mit den Schultern gezuckt,
so unnachahmlich,
und gesagt: was solls,
aber ausgetreten bist du nicht.
Da war die Frage: wer wen.
Wir haben zusammen den Garten umgegraben,
und du hast mit mir geredet
nicht wie mit einem Stift,
sondern wie mit deinesgleichen, grauhaarig,
hattest Marx gelesen und Bebel noch gesehen
(heut wüßt ich gern, wann und wo),
aber damals haben wir geredet
– wenn ich mich richtig erinnere –
über die *Göttliche Komödie.*
Im Betrieb hattest du eine Sauwut, manchmal,
über die Breckwolds oder Bisterfelds,
wenn du für die wieder einen Nutriamantel
machen mußtest, für eine Reedergattin,
dieses reiche Pack auf den Elbhöhen.
Aber keiner konnte wie du
die Vielfalt der Farben und Rauchen
in einem Mantel vereinen,

fast ohne Übergang von Fell zu Fell,
durch geschickte Zacken und Nähte.
Doch du wolltest lieber Häuser bauen,
in denen man leben kann,
menschenwürdig.
Das hörte ich zum ersten Mal,
nicht zu Hause,
wo der Lesering-Schiller im Bücherschrank stand,
nicht in der Schule,
sondern auf der Veddel,
von Walter Kruse, dem Meister,
der keine Lehrlinge ausbilden durfte,
weil er Sozi war,
wie mein Chef zu meinem Vater einmal sagte,
vertraulich,
Großunternehmer zu Kleinunternehmer.
So trafen wir uns in diesem Schrebergarten,
manchmal im Duft von Schokolade,
wenn der Wind von Nordwesten kam,
zwischen Astern und Blumenkohl,
hörte ich das zum ersten Mal und
wie nie mehr später:
Nichts muß so sein,
wie es ist.

Wolfenbüttelerstraße 53

Dieser versteinerte Größenwahn:
die Rückenmuskeln der Schwertträger
rollen aus dem Relief,
und sinnlos türmen sich die Säulen,
so wenig tragen sie,
tausendjährig,
sagt man, sei die Linde,
unter der sie eingeschworen wurden,
die Führer der Hitler-Jugend,
damals,
jetzt:
Schule des Zweiten Bildungsweges,
wie es amtlich heißt,
wo ich lebte,
zwei Jahre lang
nach bestandenen Prüfungen und Intelligenztest
(Mindest IQ: 110),
Begabtenförderung heißt das,
oder die große Aufstiegschance,
wie der Direktor einmal sagte.

Schattig sind die Wege in Riddagshausen.
Was ist ein Symbol,
fragt Benno.
Im Ei verborgen: Wälder von Ich.
Wir streiten uns,
den Weg hinunter zur Oker,

wo die Julisonne Baumschatten in den Asphalt brennt,
der Weidengang,
(heute zerteilt von dem Reifengezwitscher
der Schnellstraße Braunschweig–Wolfenbüttel),
und oben auf dem Bahndamm,
sehr weit hinten,
eine kleine rote Rangierlok,
die sehe ich von meiner Schlafkautsch aus.
Nicht einmal den Kopf muß ich heben,
beim Tanz der kleinen Schwäne.
(*Schwanensee:* ein fürchterlicher Klops,
sagte mir später jemand.)
Das langsame Tröpfeln der Chemiestunde,
während draußen der Frühling
seine grünen Fahnen am Himmel aufzieht.

Ich und Aber-Ich:
Ich liege als Meursault im Freibad,
spalte mit den Wimpern Sonnenlicht
in Regenbogenfarben,
während von den Türklinken der Polizeiaußenstellen
Sirup tropft.
Ihr Atem tanzt auf meiner Schulter.
Liebst du mich?
Nein, sagt Meursault.
Gleichgültig war mein Lieblingswort.
Diese lärmende Einsamkeit
nachmittags in den Kaufhäusern.
Durch meine Augen sieht Meursault:
ein Mädchen probiert einen flachen Strohhut
mit giftgrüner Schleife.
Meursault geht weiter,
zögernd folge ich ihm.

Ich setze mich wieder in den Photomaton
und wünsche mir eine Nase wie Hardy Krüger.
Ich und Aber-Ich.
Geruch des späten Sommers
im abendlichen Rückstau der Wärme
vor St. Andreas mit dem Schwalbensichelflug.
Die geheimnisvollen Gesichter
in den Fenstern der Bruchstraße,
das sich aufwerfende Fleisch,
die schonungslos verrenkten Glieder.
Komm mal rein, Kleiner.
Meursault sagt: Warum nicht,
aber ich gehe weiter,
lächelnd.

Erinnerung:
das ist auch Geruch.
Sortilege zum Beispiel,
und als mir ein Ohr wuchs,
wundersam und erstmals,
Johann Sebastian Bach,
und Augen:
die verwunderte Seide.
Weiß standen die Margeriten.

Tage:
in denen ich stumm
durch den Bürgerpark laufe,
gefroren der See,
und möchte doch singen.

Ich und Aber-Ich:
schrieb Gedichte,
löste E-Funktionen,
las die Stilkunde von Reiners
und lernte durch geschickte Überfälle
Frauen auf der Straße kennen,
spielte Theater:
Der Hirt und sein Chamäleon,
wurde Ich und nicht mehr Ich
und verließ nach dem zweiten Jahr
dieses Zimmer,
davor die kleine rote Rangierlok
auf der Okerbrücke,
sehr weit hinten,
fast am Horizont.

Das Kinn an der Kragenbinde

Klein und verblaßt
wie auf dem alten Photo:
dein Gesicht unter dem Hut,
ein Mützengesicht,
wie du immer behauptet hast.
Deine Anzüge baute, wenn Geld da war,
der Uniformschneider, grau,
deine Lieblingsfarbe,
und heute frage ich mich oft,
an welchen fernen Küsten du standest,
sitzend in der Kneipe nebenan
(Bei Papa Geese, hieß sie, glaube ich),
vor Steinhäger oder Weinbrand,
stundenlang in deinem Kürschnerkittel,
der dir zuwider war wie die Vitrine
mit Nerzhüten und Krawatten
in deinem Laden,
und erzähltest von Tundren und Wanderdünen,
die du überflogen hast,
angeblich,
als Kurierflieger.
Welche blauen Fernen waren da in deiner Brust
und schrumpften langsam, wie mein Haß wuchs
auf dich,
die lederne Kartentasche im Schlafzimmer,
diesen Luftwaffendolch an der Wohnzimmerwand,
was,

frage ich mich heute dringend,
waren deine Wünsche,
abgründig,
meine Sehnsüchte.
Auf dem Gefechtsstand, inmitten einer Schlacht,
vielleicht,
mußtest du um Wechselverlängerung bitten.
Die alltäglichen Niederlagen im Gesicht,
redest du von Ehre und Stolz
(wie jener Junge in Paris, der, hungrig,
wie du mir oft erzähltest, den Apfel,
geschenkt von einem deutschen Offizier,
wegwarf, verächtlich),
das Kinn an der Kragenbinde,
wie auf dem Photo, ganz verblaßt.
Wie hast du dich gesehen,
wenn du alten Weibern unter die Achseln greifend,
maßgenommen hast?
Und während du erst einen
und dann auch den anderen Kürschner entlassen mußt,
erzählst du überall: es geht bergauf,
rauchst,
auch nach dem zweiten Herzinfarkt,
siebzig Zigaretten täglich
und sitzt immer häufiger bei Papa Geese
und immer länger, bis wir dich fanden,
nachts,
hingestreckt, im Laden,
wie durch ein Schrapnell,
der Rauchtisch umgerissen,
malerisch
in den Scherben einer Kristallvase.
Plötzlich
war dein Geschrei verstummt,

endlich,
und nur in Träumen kamst du noch zuweilen
durch Türen mir entgegen,
lebend.
Ja, ich weiß:
ein Mann weint nicht
und mit dem Daumensprung kommt man ins Ziel.
Noch immer sage ich: Guten Tack,
mit deiner Stimme
und habe nie vergessen
die Geschichte von Kasimir,
die du erzählen konntest, ohne Bruch
und ohne Ende, in kalten Zeiten,
als ich zu dir ins Bett kriechen durfte,
weil das Wasser im Zimmer gefror.
Kasimir, der Hamster,
der in einer Ölsardinendose
die Elbe hinunterfuhr auf der Suche
nach einer neuen Welt
und endlich eine Insel fand,
weitab von allen Ufern,
wo er lebte, bis heute, friedlich,
mit Has und Igel,
meinen Brüdern.

Die Barrikade

Endsieg, ich weiß nicht, ob ich mich wirklich noch daran erinnern kann, wie der Oberleutnant das zu meiner Mutter gesagt hat: Der Endsieg ist gewiß. Wahrscheinlich kenne ich diesen Satz nur aus den Erzählungen meiner Mutter. Woran ich mich aber noch recht genau erinnere, ist, wie meine Mutter plötzlich laut schrie: Denken Sie doch mal an die Menschen.

Das überraschte offenbar sogar den Offizier, der in seinen schwarzen Langschäftern vor mir stand, nichts sagte, die Schirmmütze schließlich vom Kopf nahm und sich mit einem auffällig weißen, großen Taschentuch über die Stirn wischte. Er aber hatte gar keine Pflastersteine getragen, wie die Volkssturmmänner, die die Straße aufgebrochen hatten und jetzt in einer Kette von Hand zu Hand die Steine weiterreichten, bis zu der Brücke, die über die Itz führte, wo der Oberleutnant die Barrikade bauen ließ, in deren Mitte eine Durchfahrt freigehalten wurde, die erst dann, wenn der Ami kam, wie es hieß, mit einem schweren, zusätzlich mit Sandsäcken gefüllten Zirkuswagen versperrt werden sollte. Hier, an der Itz, in der »Straße der SA«, direkt vor dem Haus der Kreisleiterswitwe Schmidt, in dem auch wir, nachdem wir in Hamburg ausgebombt worden waren, ein Zimmer bewohnten, hier also, vor der Mohrenbrücke in Coburg, sollte der feindliche Vormarsch gestoppt werden.

Erst Jahre später lernte ich ihn kennen, diesen tödlichen Begriff, der das bezeichnete, was meine Mutter versucht hatte: Wehrkraftzersetzung.

Der Offizier aber ließ meine Mutter einfach stehen und ging wieder hinüber zur Barrikade.

Kurz darauf fiel ich in den Graben, einen Schützengraben, der vor unserem Haus ausgehoben worden war, mitten in dem kleinen Garten, in dem wir immer spielten. Ich kam nicht hinaus und sah über mir nichts als einen Spalt des blauen Aprilhimmels. Ich muß fürchterlich geschrien haben. Endlich hob mich ein Soldat hinaus, das ging ganz schnell, ruck zuck, und Frau Schmidt, die Kreisleiterswitwe, schenkte mir ein Stückchen Fliegerschokolade als Trostpflaster, das es damals nur noch sehr selten gab. Ihr Sohn war wie mein Vater bei der Luftwaffe, im Feld, wie meine Mutter auch heute noch sagt. Ich bedankte mich mit einem Diener. Wenn ich Erwachsenen die Hand gab, machte ich immer einen Diener und schlug die Hacken zackig zusammen. Das hatte mir mein Vater beigebracht.

Der Oberleutnant, der bei der Kreisleiterswitwe im Herrenzimmer einquartiert worden war, schlug mir dann anerkennend auf die Schulter und sagte: Strammer Kerl.

In diesem Herrenzimmer hing ein riesiger Hitlerkopf in Öl, dessen kornblumenblaue Augen über mich hinwegsahen, wenn ich ihn anstarrte. Ein Geschenk des Gauleiters an den Kreisleiter, der, ebenfalls in Uniform, als Fotografie an der Wand hing.

Noch am gleichen Tag redete meine Mutter auf den Unteroffizier ein, der uns einmal ein Kommißbrot geschenkt hatte und mit seinen Soldaten auf Stroh in einem Schuppen hinter dem Haus schlief. Aus unerklärlichen Gründen wollte meine Mutter die Barrikade neben unserem Haus weghaben, die inzwischen schon höher war als ein Mann und in der die Pflastersteine so sauber aufeinandergeschichtet waren.

In der Stadt sei noch immer die SS, sagte der Unteroffizier und zog mit dem Zeigefinger sein Augenlid herunter. Meine Mutter muß das verstanden haben, denn sie sagte sofort, ach so, aber ich hatte nichts weiter sehen können als für einen Augenblick das Weiße im Auge des Unteroffiziers.

Überhaupt wurde an diesen Tagen von den Erwachsenen wie in Rätseln gesprochen. Schon ein Fingerzeig konnte unter ihnen ungewöhnliche Unruhe auslösen. Auch wurden meine Fragen nicht mehr richtig beantwortet, was meine Mutter sonst immer geduldig und gründlich tat. Möglicherweise bilde ich es mir heute nur ein, aber ich glaube, damals wirkten die Erwachsenen plötzlich nicht mehr so groß.

Am nächsten Morgen hieß es: Die Amerikaner kommen.

Alle sprachen plötzlich sehr umständlich von: den Amerikanern. Auch ich durfte nicht mehr Ami sagen. Der Oberleutnant war weg, zum Regimentsstab, rief Frau Schmidt und hetzte mit den Kranzschleifen des verstorbenen Kreisleiters in den Garten. Unter diesen seidenen Schleifen, die sie jahrelang im Schrank verwahrt hatte, war auch eine vom Führer, wie Frau Schmidt immer wieder betonte. Ich konnte nicht verstehen, warum sie jetzt diese schönen Schleifen im Garten verscharrte. Auch im Herrenzimmer, in dem noch die schwarzen Langschäfter des Oberleutnants herumstanden, waren plötzlich zwei helle rechteckige Flecken auf der Tapete. Der Führer in Öl kam in die Itz.

Die sind doch alle getürmt, sagte meine Mutter und hängte das weiße Bettlaken aus dem Fenster, das sie schon vor drei Tagen auf die Kommode gelegt hatte.

Die ersten amerikanischen Panzer habe ich nur hören können, ich mußte auf dem Boden liegen.

Sicher ist sicher, sagte meine Mutter neben mir.

Schließlich klingelte es, und meine Mutter ging ängstlich, Arm in Arm mit Frau Schmidt zur Tür und öffnete: Draußen standen zwei amerikanische Soldaten, die MP im Anschlag.

Die haben doch tatsächlich geklingelt, erzählte meine Mutter später immer wieder.

Die beiden Amerikaner wollten wissen, wo die Krauts sind.

Meine Mutter sagte nur: No, no, und die beiden glaubten endlich den Handbewegungen von Frau Schmidt, daß die schon über alle Berge waren.

Der eine Soldat winkte mich heran, grinsend unter diesem ulkigen, eiförmigen Helm. Ich ging hin, ängstlich, gab beiden die Hand, machte einen Diener und schlug die Hacken zusammen. Die Soldaten erstarrten, dann begannen sie zu lachen, wie meine Mutter später sagte, daß die Wände wackelten. Sie gaben mir nochmals die Hand. Ich schlug die Hacken zusammen. Der eine schenkte mir eine ganze Tafel Schokolade.

Na also, sagte meine Mutter, und Frau Schmidt, die Kreisleiterswitwe, war überrascht, daß die gar nichts zerschlagen hatten und auch sonst, sagte sie, sah mich an und schwieg.

Die Schokolade durfte ich nicht probieren, die konnte ja vergiftet sein. Erst mal dem Hund ein Stück. Dann mal sehen.

Das laß jetzt mal, sagte meine Mutter später, das mit dem Hackenzusammenschlagen.

Warum?

Darauf gab sie keine Antwort. Endlich Friede, sagte sie nur.

Am nächsten Tag wurde die Barrikade wieder abgeräumt. Diesmal bildeten die Frauen eine Kette und reichten sich die schweren Pflastersteine von Hand zu Hand.

Frau Schmidt, die Kreisleiterswitwe, schaufelte in ihrem Garten die Schützengräben zu und soll dabei immer gemurmelt haben: Davon haben wir nichts gewußt.

Daran kann ich mich nicht erinnern, aber so ähnlich könnte sie es gesagt haben. Ich weiß nur, daß ich damals einige Schwierigkeiten hatte, mir das abzugewöhnen: dieses zackige Zusammenschlagen der Hacken.

Wo die Weißen schwarz sehen

Eindrücke einer Recherchereise nach Namibia im Jahre 1976

Den Weg zum Fort habe ich, ohne fragen zu müssen, gefunden. Die viereckigen, weißgetünchten Türme mit ihren Schießscharten und Fenstern sehen tatsächlich so aus, wie ich sie von Fotos in Erinnerung habe. Im Bücherschrank meines Vaters standen: *Unsere schönen alten Kolonien* und *Die Kolonien warten.* Später schenkte mir mein Vater *Das Volksbuch der Kolonien* zum Geburtstag, ein Buch, das er, wie er damals erzählte, nach langem Suchen antiquarisch gefunden hatte. Ich muß damals vierzehn geworden sein, glaube ich.

Dieses Fort ist das älteste Gebäude in Windhuk und wurde 1890 von der deutschen Schutztruppe unter dem Hauptmann von François errichtet, wobei, wie ich auf einer Tafel lese, der Mörtel in Ermangelung von Werkzeugen mit der Handfläche aufgetragen werden mußte. Das Gebäude steht jetzt unter dem Denkmalschutz der Südafrikanischen Regierung. Auf demselben Hügel steht der sogenannte Tintenpalast, der ehemalige Sitz des kaiserlichen Gouverneurs, ein klotziger Kasernenbau, und die deutsche evangelische Kirche. Um diesen Hügel liegt Windhuk, eine Kleinstadt, in der die Deutschen ihre Spuren hinterlassen haben, wie übrigens im ganzen Land und durchaus nicht nur in der Architektur. Politisch und wirtschaftlich mischen sie auch heute noch kräftig mit. Neben den Jugendstilvillen der Jahrhundertwende mit ihren hochgezogenen Fassaden, mit Rankenwerk, Voluten, Erkern, stehen die Betonhochbunker der südafrikanischen Banken.

Am Fenster meines Hotelzimmers sitzend sehe ich den Sonnenuntergang hinter den fernen Komab-Bergen, die in ihrem violetten Blau so nahe sind wie auf einem Bild von Caspar David Friedrich. Das Hotel heißt *Kaiserkrone* und wurde noch in der deutschen Kolonialzeit erbaut, kurz nach der Jahrhundertwende. Am Eingang kann man die Stelle im Putz erkennen, wo das Schild mit einem Stern angebracht war. Erst vor wenigen Tagen hat das staatliche Büro für Tourismus dem Hotel diesen Qualitätsstern entzogen. Die *Kaiserkrone* war das einzige Hotel in Namibia mit einer Bar, in der Weiße und Afrikaner zusammen tanzen durften. Es kam immer wieder zu Schlägereien, hauptsächlich zwischen Weißen. Jetzt sitzen die afrikanischen Mädchen, geschminkt und in kurzen Röcken, im Palmengarten und warten auf Kunden. Vor einer Woche wurde in der Toilette ein weißer Automechaniker, der, aus dem Norden kommend, eine Woche Urlaub in Windhuk machen wollte, von einem anderen Weißen buchstäblich abgeschlachtet. Die Toilette ist noch nicht geweißt worden. Ich habe die roten Spritzer an den Wänden und an der Decke zunächst für Tomatenmark gehalten. Erst das Mädchen an der Rezeption, eine Afrikanerin, erzählte mir, was passiert war: Mister, gehen Sie mal nicht auf die Toilette, da ist jemand ermordet worden. Wie es zu dem Streit gekommen war, wußte sie nicht. Die Straße vor dem Hotel ist menschenleer. Ich sitze am Fenster und sehe: Ferne, die scharfen Konturen des Gebirges, diese satte tiefe Farbigkeit. Ich sitze, bis es dunkel geworden ist. Was willst du da, haben sie mich zu Hause immer wieder gefragt. Ich starre auf die schlechtbeleuchtete Straße. Auf dem Gang, vor meiner Zimmertür, grölen zwei Besoffene in Englisch. Angekleidet lege ich mich aufs Bett. An der gegenüberliegenden Wand ist ein Foto gepinnt. Das Foto von einem alten, kolorierten Stich, der eine Gebirgslandschaft zeigt. Darunter steht: Berchtesgaden. Auf dem Gang versucht der eine Besoffene den anderen zu überreden, doch wieder aufzustehen.

Am zweiten Abend hat mich ein Engländer vor der *Kaiserkrone* angesprochen. Er bot mir wahlweise oder aber auch beides zusammen 250 Gramm Heroin und drei kleine handliche Goldbarren an. In der Schweiz soll man damit angeblich einen Gewinn zwischen 300 und 400% erzielen. Als Tourist werden Sie nicht gefilzt, versicherte er. Er will noch so lange im Lande bleiben und seinen Schnitt machen, bis hier alles hochgeht. Dann macht er die Mücke nach Brasilien oder Australien. Er macht im stark verkleinerten Maßstab das, was die südafrikanischen Konzerne mit amerikanischer Kapitalbeteiligung im Großen machen. Sie holen aus diesem rohstoffreichen Land heraus, was herauszuholen ist, stecken aber nichts mehr hinein, das heißt, sie investieren nichts mehr. Die *Consolidated Diamond Mines of SWA* fördert 95% der Diamanten im Land und machte 1970 mit nur 4000 afrikanischen Arbeitern einen offiziell ausgewiesenen Gewinn von 47,3 Millionen US-Dollar. Ein Arbeiter verdiente damals (einen Spitzenlohn!) 52 Rand, etwa 280 Mark im Monat. Jedes Jahr, jeder Monat, jede Woche unter der Herrschaft der Südafrikanischen Union sind ihr Geld wert. Die Diamantenvorkommen, die den Reichtum des Landes ausmachen, werden aber bei dem augenblicklichen Raubbau, so schätzt man, 1992 erschöpft sein. Wenn wir hier raus müssen, sagte mir ein weißer Farmer, dann sollen die Affen noch mal von vorn anfangen.

Ich will in den Süden Namibias fahren, dorthin, wo vor 70 Jahren die Nama-Aufstände ausbrachen. Ich vergleiche die deutsche Generalstabskarte von dem Gebiet der

Aufstände mit einer heutigen Straßenkarte. Die Straßenkarte ist, das wird sich auch später erweisen, ungenau. Viele Orte sind nicht eingezeichnet. Die südafrikanische Regierung verbietet den Vertrieb von Meßtischkarten.

Das soll die Arbeit der Guerilleros erschweren. Ich würde mir einen Wagen mieten müssen, um die Plätze und Orte besuchen zu können. Was wird zu sehen sein? Eine karstige Berglandschaft, trockene Flußläufe, Steppe mit Dornenbüschen und in dieser Jahreszeit, im Mai, nach den besonders reichen Regenfällen der letzten Wochen, blühendes Gras, das wußte ich aus Büchern. Geologische Formationen, kaum verändert in den vergangenen Jahrzehnten, seit den Ereignissen damals, als im Oktober 1904, nachdem sich im Januar schon die Herero erhoben hatten, auch der Aufstand der Nama ausbrach.

Morenga, oder Marengo, dieser Name sollte in den folgenden Monaten und Jahren im ganzen Süden Afrikas bekannt werden, ein Afrikaner, der gegen die Weißen kämpfte, mit ihrer zahlenmäßig und technisch überlegenen Armee, die er trotzdem schlagen konnte, Morenga, eine Hoffnung: Afrika den Afrikanern. 1907 wurde Morenga in einem Gefecht mit englischen Truppen, die die Deutschen unterstützten, erschossen.

Keiner der afrikanischen Arbeiter, die abends zusammengedrängt auf einem Lastwagen stehend zu der Eingeborenenstadt Katatura hinausfahren, kennt heute diesen Namen, weiß Genaues über die großen Aufstände. Damals hat man den Überlebenden nicht nur ihr Land und ihr Vieh genommen, sondern man hat ihnen darüber hinaus ihre Geschichte, ihre Kultur, ihre Identität geraubt. Es entstand ein neues Bewußtsein, das des Kolonisierten, das sich selbst den weißen Herren unterlegen wissen soll: feige, faul und kulturlos zu sein. Dazu bestimmt, zu dienen und zu arbeiten. Damit sich daran nichts ändere, gab es jahrzehntelang (1919 übernahm Südafrika die ehemals deutsche Kolonie als Mandatsgebiet) keine Schulpflicht; werden heute für einen afrikanischen Schüler 227 DM Schulgeld ausgegeben, für einen weißen Schüler hingegen 1428 DM. So wird schon im Staatsbudget der Rassenunterschied, wie ihn die Weißen verstehen, mitfinanziert. Daraus folgert die schrumpfköpfige Rassenideologie, die naturbedingte Überlegenheit der weißen Rasse. Die Schwarzen sind faul, sagen sie und zeigen auf die schlafenden Farmarbeiter. Aber wozu arbeiten, da es für den Afrikaner kaum Aufstiegsmöglichkeiten gibt, da er nur den sechsten Teil des Lohnes bekommt, den ein weißer Arbeiter für die gleiche Arbeit erhält. Warum soll er sich für die reichen weißen Herren kaputtmachen? Faulheit ist der einfachste und individuellste Protest gegen die Ausbeutung der Weißen. Faulheit ist zugleich aber auch der Begriff, der das europäische Unverständnis für eine andere, fremde Kultur signalisiert, die nicht auf Konkurrenzverhalten und Leistungsdenken basiert.

Für ein oder zwei Jahre kommen sie aus ihren sogenannten Homelands in die Städte, als Kontraktarbeiter. Sie hausen in den Betonbaracken von Katatura, in die sie abends, nach dem Sirenenzeichen, zurückkehren müssen.

Herbstlich kühl werden die Nächte im Mai, und schon hat es den ersten Frost gegeben, unten am Fluß. Der Wind treibt Papierfetzen über die sandige Ebene. Sie haben Papier und Pappe gesammelt und in einem Teerfaß ein Feuer angezündet. Schweigend stehen sie, dichtgedrängt, in Kitteln und Arbeitskleidung um das Faß, halten die Hände über das Feuer. Rot zuckt der Widerschein des Feuers über ihre Gesichter. Unten, im Tal der Stadt, in der *Kaiserkrone,* zuhause werden sie das für eine Übertreibung halten, singt ein deutscher Stammtisch: *Heute gehört uns Deutschland und morgen die ganze Welt.* Peinlich, diese Fossilien, sagt ein Manager, der für eine deutsche Elektrofirma die Investitionsbedingungen prüft. Sehr gute steuerliche Konditionen, sagt er, extrem niedrige Löhne, aber die Zukunft: schwarz, ganz schwarz. Er lacht so laut über seinen Witz, daß die Leute von den anderen Tischen herüberblicken. Die Langusten kommen frisch von der Küste, sehr preiswert. Lebend, die Scheren gebunden, die Fühler tastend, werden sie in das kochende Wasser geworfen.

In Katatura hat vor zwei Tagen die südafrikanische Polizei eine Razzia gemacht. Gesucht wurde ein gewisser Heinrich Kansius Henckche, ein Guerillero, der eine Farm überfallen und einen Jeep der südafrikanischen Streitkräfte beschossen haben soll. Als man darangeht, eine jener Baracken, in denen die schwarzen Arbeiter hausen, zu durchsuchen, erhält die Polizei aus einem Fenster Feuer. Die weißen Polizeioffiziere lassen das Haus von afrikanischen Polizisten stürmen. Ein Polizeisergeant wird erschossen, ein anderer schwer verletzt. Heinrich entkommt. Er flieht ins Feld, wie die Steppe hier heißt. Hubschrauber werden eingesetzt, Armeepatrouillen überwachen Straßen, Polizeieinheiten mit Hundestaffeln durchsuchen die Gegend. Die Afrikaner in Katatura, in Windhuk und Umgebung erleben etwas, aus dem für viele ein neues Selbstbewußtsein entstehen wird: die Angst der Weißen.

Abends, es wird schon früh dunkel, gehe ich durch die menschenleere, hellerleuchtete Geschäftsstraße, die Kaiserstraße, spazieren. Da kommen mir, es ist kurz vor der Sperrstunde, drei Afrikaner entgegen, und ich ertappe mich dabei, wie ich nach einem Grund suche, die Straßenseite zu wechseln. Aber auf der anderen Straßenseite ist nichts zu sehen als die öde Betonmauer des Hauptpostamtes. Während ich den drei Afrikanern langsam entgegengehe, wird mir erstmals etwas ganz Selbstverständliches, zuvor kaum Beachtetes, quälend bewußt: die Farbe meiner Haut, wie ein Kainszeichen der Gewalt und zugleich deren Gegenteil: Angst. Diese Angst, die Angst der Herren, sitzt in diesem Land den Weißen im Genick. – Heute wie damals, 1904, als der Aufstand ausbrach.

Der Rote Afrikaner

Euer Taschenfeuer wollen sie, sagte keuchend der Rote Afrikaner, der Leitochse, der links ging, und eure Blechnäpfe. Wer will noch die Schlinge legen und mühsam die Racke fangen, wenn ihr einmal in die Luft schießt und gleich zwanzig fallen vom Himmel. Ihr seid schlimmer noch als Wundknie. Vor langen Zeiten, keuchte der Rote Afrikaner, gehörte die weite Steppe den Rindern, sie zogen, wohin sie wollten, von Quelle zu Quelle, von Fluß zu Fluß, dorthin, wo Regen fiel und hoch das Gras stand. Wer ihr Fleisch wollte, mußte ihnen nur folgen, und da sie reichlich davon hatten, gaben sie auch reichlich. Ihnen folgte auch Wundknie, der Urvater aller Hottentotten, mühsam nur und hinkend, da sein Knie schmerzte. Und da er oftmals den Herden nicht folgen konnte, wenn sie zu einer anderen Weide wechselten, ersann er eine List. Er schlich sich an eine Kuh, die vor Schmerzen brüllte, denn sie hatte sich einen Dorn in ihren Huf getreten. Da zog Wundknie ihr den Dorn aus dem Huf und bat sie, ihm dafür ihre Milch zu geben. Die Kuh, Vielfleck genannt, von der wir alle abstammen, die hier im Joch gehen, sagte sich: Es ist gut, wenn ich jemanden habe, der mir einen Dorn aus dem Huf ziehen kann, und willigte ein. So ließ sie sich von Wundknie melken und mit Grasbüscheln den Staub vom Fell reiben. Das Kalb aber fand schon bald keine Milch mehr in dem Euter und mußte Gras fressen. Eines Tages trafen sie die Herde in einer tiefen Weide. Da entdeckten die Stiere die leuchtendweiße Kuh mit ihren hellbraunen Flecken und folgten ihr. So zogen die Herden hinter den Stieren, die Stiere hinter der Kuh, und die weiße Kuh folgte dem hinkenden Wundknie von Quelle zu Quelle, von Fluß zu Fluß, wohin Wundknie ziehen wollte. Eines Tages fing sich Wundknie den jungen Stier, der einmal das Kalb der Kuh gewesen war, und zerbiß ihm die Hoden. Er band ihn an einen Baum, schlug ihn mit der Peitsche und rief einen Namen: Ochse, so lange, bis er auf diesen Namen horchte und geduldig stand, bis Wundknie auf seinem Rücken saß. So ritt Wundknie auf dem Ochsen voran, ihm folgte die Kuh Vielfleck, ihr die Stiere, denen die Herden. Schon bald hätten sie ohne Wundknie die Quellen nicht mehr finden können, sie vergaßen die Richtungen, sie verlernten den Regen zu riechen. Rinder, die sich verliefen, standen in der Steppe und blökten ängstlich. So kamen wir ins Joch, keuchte der Rote Afrikaner, und mit ihm keuchten neunzehn andere Zugochsen.

Was Gorth am meisten erstaunte, war später, daß es ihn gar nicht überrascht hatte, einen Ochsen reden zu hören. Er hatte lediglich seinen Schritt etwas verlangsamt und ging, damit der keuchende Rote Afrikaner nicht so laut sprechen mußte, schließlich neben ihm. Als der Rote Afrikaner geendigt hatte, wollte Gorth aus dem Evangelium des Lukas etwas Tröstendes zitieren: Verkauft man nicht fünf Sperlinge um zween Pfennige? Noch ist vor Gott derselbigen nicht einer vergessen. Der Rote Afrikaner, der sich gerade wieder kräftig ins Zeug legen mußte, antwortete schweratmend: Monatelang haben wir einen Missionar gezogen, der predigte den Hottentotten folgenden Satz: Auch sind die Haare auf eurem Haupt alle gezählet. Darum fürchtet euch nicht, denn ihr seid besser denn viele Sperlinge. In eurem Himmel haben die Tiere keinen Platz. Danach sprach der Rote Afrikaner nichts mehr, allerdings mußten auch alle zwanzig Ochsen schwer ziehen, da es einen steinigen, mit ausgewaschenen Rinnen gefurchten Hang hinaufging. Petrus war aufgewacht und ließ seine Zunge schnalzen wie eine Nilpferdpeitsche.

Später, Gorth war schon tot, erreichten seine Verlobte Briefe, die monatelang unterwegs gewesen waren. Briefe mit einem wirren Inhalt. So schrieb Gorth in einem der letzten, er habe endlich die Sprache der Ochsen erlernt.

In der Missionsgesellschaft gab es Leute, die später behaupteten, Gorths Verwirrung sei auf seine Starrköpfigkeit zurückzuführen, auch bei glühender Hitze und stechender Sonne ohne Hut herumzulaufen. Andere wiederum erzählten, allerdings unter dem Siegel der Verschwiegenheit, Gorth habe zuletzt Dagga geraucht. Die gefährliche Wirkung dieses Rauschmittels sei ja hinlänglich bekannt. Viele Eingeborene hätten nach dem übermäßigen Genuß des berauschenden Hanfes den Verstand verloren, ja, es seien Fälle mit tödlichem Ausgang bekanntgeworden. Anbau und Genuß von Dagga müßten unbedingt von seiten der Missionare bekämpft werden. Allerdings müßten diese so charakterstark sein, daß sie nicht selbst dieser Sucht erlägen.

An einem staubigheißen Dienstag war Gorths Verlobte in Pella angekommen. Dort erreichte sie der letzte Brief ihres Bräutigams. Ein Brief, den sie nach dem Lesen sogleich verbrannt hat. Über den Inhalt ist nie etwas bekanntgeworden. Sie bestand aber darauf, schon am nächsten Tag weiterzureisen. Da in den nächsten drei Wochen kein Ochsengespann nach Warmbad ging, mußte sie einen Reitochsen besteigen, und sie machte sich in der Morgendämmerung, begleitet von einem Hottentotten als Führer, auf den Weg. Eine Frau wie ein Mann (A woman like a man) soll der englische Missionar zu seinem deutschen Kollegen gesagt haben, als man Gorths Verlobte verabschiedete und sie aus der Missionsstation hinausritt. Dem Ochsen hing ihr Kleid wie eine Schabracke mit Rüschen über Hals und Rücken. Unter ihrem Kleid trug sie hochhackige, geknöpfte Lackstiefel. Auf dem Kopf einen dunkelblauen Samthut, an den zwei Stoffmargeriten genäht waren. Sie hatte den Hut, da ein scharfer Südwest lange Sandfahnen vor sich hertrieb, mit einer Hutnadel an ihrem hochgebundenen dunkelblonden Zopf festgesteckt.

In der Nähe von Ramansdrift wollte sie der Hottentotte über den Oranje führen, als ihnen der Händler Morris entgegenkam und erzählte, er habe in Warmbad gehört, daß Gorth gestorben sei.

Daraufhin kehrte sie um und ritt nach Pella zurück. Die Missionare schickten einen vertrauenswürdigen Boten nach Warmbad, der genaue Erkundigungen einholen sollte. Der Bote traf in Warmbad auf den Frachtfahrer Petrus, der ihm erzählte, Missionar Gorth sei im Feld gestorben, an einem rätselhaften Fieber, einem Landesfieber, wie später die Missionsgesellschaft schrieb. Der Missionar habe Bethanien nicht mehr gesehen, allerdings habe er, Petrus, gemeinsam mit einem Mitglied aus der Gemeinde Bethanien, einem gewissen Lukas, den toten Missionar in Ochsenhäute eingenäht und dann nach Bethanien geschafft, wo er jetzt begraben liege.

Gorths Verlobte entschloß sich, so bald wie möglich nach Kapstadt zu fahren, um von dort mit dem nächstbesten Schiff nach Deutschland zurückzukehren. Sie ließ sich auch von dem englischen Missionar nicht aufhalten, der sie bat, in Pella zu bleiben und, nach einer durch den Todesfall gebotenen Zeit, seine Frau zu werden.

Während der Rückreise auf der Viermastbark *Erna* lernte sie den Präparator Schröter kennen, der vier Jahre in Kapstadt für den englischen Gouverneur gearbeitet hatte. Die beiden heirateten ein Jahr später in Coburg, der Vaterstadt Schröters, wo er ein Geschäft eröffnet hatte und für den Herzog von Coburg Jagdtrophäen ausstopfte. Seine Frau hat nie, auch wenn ihre Kinder und später ihre Enkel sie mit Bitten bestürmten, etwas über Afrika erzählt, sie sagte dann nur, es gäbe nicht viel zu erzählen, das Land sei leer und öde.

Am zweiten Tag nach der Abreise aus der Werft hatte Gorth das sonderbare Gefühl, als sei sein Schädel für dieses Land zu klein geworden. Diese schmerzhafte Ferne schien darin keinen Platz mehr zu finden. Erstmals seit seiner Abreise fühlte er sich schlapp und zuweilen auch schwindlig. Er schob das auf die stechende Sonne und auf die Hitze, unter der sogar das Felsgestein ächzte. Da Gorth in seinem Reisegepäck keinen Hut mitführte, knotete er sich aus einem großen weißen Schnupftuch ein Häubchen. So stapfte er allein, nachdem sich Lukas ein Herz gefaßt und darum gebeten hatte, auf dem Wagen sitzen zu dürfen, dem Gespann voraus, das weiße Taschentuch wie einen Verband um den Kopf.

Abends erreichten sie eine Wasserstelle. Die Ochsen, die seit zwei Tagen nicht gesoffen hatten, gierten der warmen Pfütze entgegen. Nachdem sie gesoffen und Bäuche wie Tonnen hatten, grasten sie neben dem Feuer, das Petrus gemacht hatte. Die drei Männer saßen schweigend herum, rauchten und tranken. Später ging Gorth zu dem Roten Afrikaner, der abseits wiederkäuend im Gras lag, die Beine angezogen. Gorth legte sich zu ihm.

Es ist nun schon lange her, und der Rote Afrikaner ließ kreisend seine Kiefer mahlen, da kamen weiße Männer aus Holland nach Afrika, dort wo im Süden das Land zu Ende ist, und sie töteten und verdrängten mit großen Feuerrohren die dort lebenden Nama, denn die hatten nur eiserne Assegaien. Da zogen die Nama nach Norden über den wasserreichen Oranje, töteten und verdrängten mit ihren eisernen Assegaien die dort ansässigen Buschmänner, die nur steinerne Messer hatten. Da aber das Land, das die Nama erobert hatten, wenig Regen und wenig Quellen hatte, konnten sie keine großen Herden halten. Also zogen sie weiter nach Norden, wo die Rinderfreunde, die Herero, lebten mit ihren gewaltigen Herden, in satten Weiden und mit starkem Wasser. Sie sind die Freunde der Rinder, halten uns in Ehren und nehmen von unserem Fleisch nur das, was sie benötigen. Die Rinder sterben dort friedlich im Alter. Einige aber dürfen nicht angetastet werden, das sind die heiligen Rinder, die am Ahnenfeuer stehen. Auch die Weißmäulige, meine Urahnin, stand an diesem Feuer, und das kam so. Eines Tages glaubte der junge Häuptling Zeraua, es sei auch für seinen Stamm wichtig, ein Gewehr zu besitzen. Also machte er sich auf den Weg zu einem englischen Händler namens Lewis und tauschte achtzehn Ochsen gegen ein Gewehr, Kugeln und Pulver. Er ließ sich von dem Händler erklären, wie er das Gewehr abzuschießen habe. Auf dem Weg zurück zu seinem Kraal entdeckte er einen großen Geier, der auf einem toten Rind saß. Da lud er sein Gewehr und schoß auf den Vogel und traf ihn mit dem ersten Schuß. In seiner Freude darüber schnitt er dem toten Vogel eine Zehe ab und band sie in seiner Hütte an eine Kalebasse und bestimmte, daß die Milch aus dieser Kalebasse nur von ihm und seinen Freunden getrunken werden dürfe. Danach wählte er aus seiner Herde eine Kuh aus, deren Milch für diese Kalebasse bestimmt sein sollte. Diese Kuh nannte er die Weißmäulige. So kam die Weißmäulige in die unantastbare Herde des heiligen Ahnenfeuers. Dort stand sie und wurde gemolken, bis das Jahr des verletzten Armes kam. Jonker Afrikaner hatte sich auf einer Löwenjagd den Arm verletzt und konnte ihn nicht mehr recht gebrauchen. In diesem Jahr raubte Jonker Afrikaner den

Herero ihre Rinderherden, denn er mußte seine Schulden an einen englischen Händler namens Morris bezahlen. So kam die unantastbare Herde in die Hände des Händlers und mit ihr die Tochter von Weißmaul, Langquaste. Morris trieb die Herde nach Kapstadt zum Schlachthof. Unterwegs aber gab er Langquaste dem Häuptling von Rehoboth, damit die Herde auf der Weide des Stammes sich für den langen Weg satt fressen konnte. Der Häuptling von Rehoboth aber tauschte Langquaste gegen eine Handvoll Pulver an den alten Saans, der im Rat der Bondelzwarts sitzt, und der alte Saans tauschte den Sohn von Langquaste gegen eine Flasche Honigbier an den Frachtfahrer Petrus. So kam ich ins Joch.

Nachts ritt Gorth im Traum auf einer Kuh durch eine baumlose Steppe. Ein wohliges Schaukeln über eine Landschaft, die wie ein Flußbett gerippt war. Da kam er in eine Schlucht. Beiderseits ragten die Felsen hoch über ihn in den Himmel, und oben schien die Sonne als schwarze Scheibe. Plötzlich sah er in dem Hohlweg eine Gestalt auf sich zukommen. Der Weg wurde so eng, daß die Felsen seine Beine streiften. Die Gestalt war in einen schwarzen Mantel gekleidet und trug einen schwarzen Hut. Er wußte nicht, wie er an dieser Gestalt vorbeikommen sollte. Als die Gestalt vor ihm stand, blickte er, sich von der Kuh hinunterbeugend, unter die Hutkrempe und erschrak: Er blickte sich selbst ins Gesicht.

Am Morgen fragte Petrus, ob sie nicht einen kleinen Umweg machen könnten, da in der Nähe eine Werft liege, in der seine Bruderschwester wohne. Gorth willigte sogleich ein, ohne nach der Länge des Umwegs zu fragen. Er war auch dann noch damit einverstanden, als ihm Lukas berichtet hatte, daß sich in dieser Werft schon einmal ein Missionar aufgehalten habe, sie auch regelmäßig von weißen Händlern besucht werde.

Als der Ochsenwagen nach drei Tagen die Werft erreichte, warteten schon die Einwohner am Weg. Aber welche Enttäuschung breitete sich aus, als der vorantappende Fremde näher kam und man sein Gesicht erkennen konnte. Die Gerüchte hatten schamlos übertrieben. Nur mit bestem Willen konnte man in dem Gesicht unter diesem merkwürdigen weißen Verband mit vier Zipfeln eine entfernte Ähnlichkeit mit einem Schaf sehen. Trotzdem war die Begrüßung herzlich. Gorth entging es selbstverständlich nicht, daß ihm hier nicht, wie in früheren Fällen, eine überschwengliche, ja enthusiastische Begeisterung zuteil wurde. Sie hatten noch nicht einmal die ersten Pontoks erreicht, da wurde Gorth schon von den Kindern angebettelt: Lakritze, bitte, Gott vergelt's. Sie wiederholten diesen einen Satz in Deutsch ohne jede sinngemäße Betonung.

Der Missionar, der sich in dieser Werft vor einem Jahr zwei Monate lang aufgehalten hatte, trug den Spitznamen Lakritzapostel. Er hatte aus Deutschland eine Kiste mit Lakritzstangen mitgebracht, nachdem er gelesen hatte, daß die Kinder der Hottentotten besonders gern Lakritze essen. In der Mittagszeit war in der Kiste ein zähflüssiger schwarzer Brei, am Morgen, nach der kühlen Nacht, war es ein kleiner harter Teerblock. Und am Morgen pflegte der Lakritzapostel denn auch mit einem Messer kleine Stücke aus diesem Lakritzblock abzustoßen und an die Kinder zu verteilen.

Die Männer aus dem Rat baten Gorth, der apathisch im Schatten des Wagens saß, der Werft einen Missionar oder wenigstens einen Lehrer zu schicken, damit sie die Schuldscheine lesen könnten, die sie beim Händler unterschreiben müßten.

In Gorths Kopf war ein beständiges Dröhnen. Dieses Dröhnen hörte er auch, als er versuchte, sich in ein Gebet zu versenken.

Nach zwei Tagen brachen sie auf Drängen von Lukas wieder auf. Die Einwohner der Werft verabschiedeten sie freundlich. Bei der Mittagsrast entdeckte Gorth, daß man ihm seine Jagdbüchse gestohlen hatte. Auch zwei Töpfe fehlten und ein kleiner Sack mit Saatbohnen.

Petrus schlug vor, umzukehren und die gestohlenen Sachen vom Stamm zurückzuverlangen. Aber Gorth hob nur kurz die Hand und ließ sie wieder fallen.

Am 22. Dezember wälzte sich eine schwarze Wolkenbank über die Ebene. Gegen Mittag stürzte ein Wasservorhang vom Himmel.

Sie hatten ihr Lager auf einem sanft abfallenden Hügel aufgeschlagen. Auf einem gegenüberliegenden kahlen Hügel stand ein einzelner Baum. Ein dicklich glatter Stamm, zwei ebenfalls dickliche Äste, unbelaubt. Allein auf den Spitzen standen Blütenbündel. Ein Halbmensch, sagte Lukas.

Gorth schwitzte und fror zugleich. Ihm war, als ersticke er unter diesen Wassermassen, obwohl er vor dem prasselnden Regen geschützt im Zelt lag.

Drei Tage hielt der Regen an.

Am Heiligen Abend war das Dröhnen in Gorths Kopf nur noch ein Brummen. Er wollte eine Christmette abhalten und bat Petrus und Lukas, dafür das Klavier aus dem Wagen zu heben. Die beiden konnten den gewaltigen Kasten zwar an-, aber nicht hinunterheben, es sei denn, sie hätten ihn fallen lassen. Da predigte Gorth vom Wagen herunter: Und das habt zum Zeichen: Ihr werdet finden das Kind in Windeln gewickelt und in einer Krippe liegend. Und alsobald war da bei dem Engel die Menge der himmlischen Heerscharen, die lobeten Gott und sprachen: Ehre sei Gott in der Höhe und Frieden auf Erden und den Menschen ein Wohlgefallen!

Petrus und Lukas knieten im Regen vor dem Wagen.

Gorth setzte sich an das Klavier. Er sang: *Uns ist ein Ros entsprungen.* Er versang sich mehrmals, konnte auch den Ton nicht halten. Petrus rülpste.

Nachts saßen sie vor dem Zelt. Ein Südost hatte die Wolken vertrieben. Der Mond sah aus wie ein Harzerroller, den Gorth so gern als Kind gegessen hatte. Er rauchte seine Pfeife und übte sich wieder im Zungenschnalzen. Seine Stirn glühte. Gern hätte er Äpfel daraufgelegt. Ein Heiligabend ohne Bratäpfel ist eigentlich kein Heiligabend. Schwarz stand der Halbmensch im Mondlicht wie der Gekreuzigte.

Am ersten Weihnachtstag zogen sie weiter. Gorth war zunächst wie immer vorangeschritten. Die Sonne ließ die Steine ächzen. Als Petrus die Ochsen zur Mittagsrast halten ließ, ging Gorth weit hinter dem Wagen. Am nächsten Tag saß er auf dem Kutschbock neben Petrus. Lukas wollte Gorth einen Kräutertee gegen das Fieber bereiten. Aber Gorth lehnte ab.

Am Neujahrstag konnte er nicht mehr aufrecht sitzen. Petrus bereitete auf den Kisten im Wagen, neben dem Klavier und den Schweinen, ein Deckenlager.

Am dritten Tag im Januar, abends, begann Gorth zu phantasieren. Er redete laut und gut verständlich: Warum haben die Ochsen keinen Platz im Himmel. Haben nicht Ochs und Esel an der Krippe des Christkinds gestanden? Wer hat sie überlistet? Bislang habe ich Ochsen nur unter dem Verzehraspekt gesehen. Dieses Fressen und Gefressenwerden, spricht der Herr und Heiland, muß das sein? Denn aus Bösem kann Gutes werden. Ist nicht auch in dem Bösen ein Fünkchen Gottes? Auch der Diebstahl der Rinder ist Gutes, wenn nur die Rinder einverstanden sind mit ihrem Verzehr. Ist Gottes Odem nicht in allem, was wir sagen, nur nicht in den Schnalzlauten? Sie sind gemacht von Menschen. Auch den Halbmenschen, die Tag und Nacht auf dem Berg stehen, müssen wir predigen Gottes Botschaft, aber sie nicht zu Unmenschen machen. Ich will die Sprache der Halbmenschen lernen, aber ich werde sie nicht das Schreiben lehren, das sie nur brauchen, damit sie ihre Schuldscheine unterschreiben können. Taub war ich wie ein Stein, auf den man schlägt mit einem Stock. Denn es gehet dem Menschen wie dem Vieh; wie dies stirbt, so stirbt auch er; und haben alle einerlei Odem; und der Mensch hat nichts mehr denn das Vieh; denn es ist alles eitel. Die Wolken waren Wasserträger nur, jetzt sehe ich, sie sind die Kissen, auf denen die Winde ruhen.

In der Nacht zum 4. Januar zog ein kurzes heftiges Gewitter über die Ebene. Gorth kam wieder zu Bewußtsein. Er lag neben der grunzenden Sau. Von dem Gestank wurde ihm übel. Erst jetzt wurde ihm bewußt, daß die Ferkel im Laufe der Reise zu kleinen Schweinen herangewachsen waren. Aber noch immer drängten sie sich an die Zitzen der Sau. Vor Gorth stand das Klavier, das er über Tausende von Kilometern in diese menschenleere Landschaft hatte schleppen lassen. Er fragte, wie lange es noch dauern würde, bis man Bethanien erreicht hätte. Petrus schätzte sechs Tage, Lukas fünf. Es war seit Wochen das erste Mal, daß Gorth wieder von Bethanien redete. Er bat Lukas, ihm Papier, Feder und das Tintenfaß zu bringen. An eine Kiste gelehnt, schrieb er einen Brief an seine Verlobte und übergab ihn dann einem der beiden verbliebenen Ochsenjungen. Gegen ein gutes Handgeld sollte er den Brief nach Warmbad tragen.

Gorth trank einen Becher Tee und schlief in dieser Nacht ruhig. Er hatte nur leichtes Fieber.

Am Morgen des 5. Januar versuchte er aufzustehen, konnte sich aber nicht auf den Beinen halten. So setzte er sich hinten auf die Wagenkante, mit dem Rücken an das

Klavier gelehnt, und sah, vom Schaukeln und Stoßen des Wagens hin und her geworfen, ein Tal, baum- und buschlos wie ein ausgetrocknetes riesiges Flußbett. Rechts und links war dieses Tal durch Gebirgsränder wie von Steilufern begrenzt. Dazwischen, silbriggrün, das blühende Gras, in das der Wind Wellen furchte wie in einen Strom.

Sie waren fast drei Stunden getreckt, als Petrus und Lukas plötzlich ein gequältes würgendes Stöhnen hörten, wie sie noch kein Stöhnen zuvor gehört hatten. Sie dachten, es käme von der Sau, auf die möglicherweise der gewaltige schwarze Musikkasten gestürzt sei. Sie krochen in den Wagen und sahen, das Stöhnen kam aus dem Mund von Gorth. Immer wieder würgte er dabei eine grünschwarze Flüssigkeit heraus.

In Gorths Schädel dehnte sich etwas aus, wuchs und wuchs, prall, als würde durch einen Blasebalg Luft hineingepreßt. Mit aller Kraft versuchte er sich darauf zu konzentrieren, daß sein Kopf nicht platze. Dann verlor er das Bewußtsein.

Nachmittags wurde es so heiß, daß Lukas behauptete, er habe eine solche Hitze noch nicht erlebt. Die Ochsen brüllten vor Durst. Petrus wollte sie ausspannen und ruhen lassen, aber Lukas bat ihn weiterzutrecken. Vielleicht käme der Missionar in Bethanien wieder zu Kräften.

Am späten Nachmittag zogen Gewitterwolken auf. Wie ein dichter grauer Vorhang zog der Regen über das Tal, dahinter leuchtete wieder der dunkelblaue Abendhimmel.

Gegen 19 Uhr kam Gorth wieder zu Bewußtsein. Ihm war, als sei in seinem Kopf ein Feuer. Er bat, man möge ihn ins Gras legen, er könne dieses dümmlich schwarzlackierte Klavier nicht mehr ertragen.

Sie wollten Decken auf dem feuchten Boden ausbreiten. Aber Gorth duldete es nicht. So legten sie ihn denn auf den Boden.

Das Feuer in seinem Kopf erlosch. Ein angenehmer Kälteschauer lief durch seine Glieder. Nur daß seine Zähne manchmal so laut klappernd aufeinanderschlugen, störte ihn.

Er sah, wie die Dunkelheit langsam aus dem Tal kroch, und hörte die Ochsen das Gras rupfen. Lukas saß an ein Wagenrad gelehnt. Petrus schlief schon.

Gorth lag ausgestreckt in dem duftenden Gras. Über sich die Sterne, das waren die Augen der Nacht.

Die Insel Felsenburg

Das Gehöft liegt auf einem Hügel, unten im Tal ein Bach, der durch das Dorf U. fließt.

Das Bauernhaus, ein Fachwerkbau, ist fast zweihundert Jahre alt, daneben steht eine Scheune, ein kleines Backhaus und ein verfallener Schuppen.

Als wir auf den Hof fuhren, wurde im Freien getischlert und gestrichen. Fenster und Türen waren ausgehoben und auf Böcke und Tische gelegt worden. Vier Frauen, drei Männer und drei Kinder wohnen hier.

An dem Bauernhof ist nichts Außergewöhnliches. Auffallend war nur, daß so viele Menschen im Freien arbeiteten und bunt gekleidet waren. Einige, darunter auch zwei Frauen, trugen kurze Hosen.

L. machte mich mit einem rotbärtigen Mann bekannt, der Klaus hieß, aber Barbarossa genannt wurde. Er hatte vor einem Jahr von einer Erbschaft den Hof und das Land gekauft, das hier, im sogenannten Zonenrandgebiet, billig ist. Seinen Beruf als Rundfunkredakteur hatte er aufgegeben und arbeitet jetzt als freier Journalist.

Susanne, seine neunjährige Tochter, führte mich in den Garten hinter dem Haus. Die Gemüsebeete sind wie ein Blumengarten angelegt: ein kreisförmiges Wurzelbeet, ein Zwiebelbeet in der Form des chinesischen Zeichens Yang und Yin.

Etwas entfernt vom Hof auf einer Anhöhe steht eine Eiche, an deren Stamm eine Holzhütte gebaut ist, und zwar in unsymmetrischer Form, als sei sie mit dem Baum gewachsen.

Unsere Eremitage, hatte Klaus die Hütte genannt, in die sich jeder zurückziehen dürfe, wenn ihn die anderen nervten.

Hinter dem Schuppen lag ein Mann unter einem Traktor und hantierte mit Schraubenschlüsseln. Dabei murmelte er ständig vor sich hin.

Susanne sagte, das ist Herrmann, der repariert den Bauern aus dem Dorf die Autos.

Von unten hörte ich: Scheißsimmering, Scheißsimmering.

Wir gingen zum Erdbeerfeld, dort pflückte Elke, Susannes Mutter, Beeren.

Ich half ihr beim Pflücken. Sie erzählte, daß sie vor einem Jahr ihre Stellung als Lehrerin in B. gekündigt habe, um mit Klaus hier eine Kommune zu gründen.

Am späten Nachmittag versammelten sich alle im Obstgarten. Hier standen Tische und Stühle, wie man sie in Gartenrestaurants findet. Es gab Tee und auf einem Ofenblech frischgebackenen Kirschkuchen. Ich hätte gern Kaffee getrunken, aber den gab es in der Kommune nicht.

Die Mitglieder der Kommune besprachen, in welcher Farbe das Scheunentor gestrichen werden sollte, rot oder grün. Welche Farbe paßt besser in die Landschaft? Man einigte sich schließlich auf ein dunkles Grün.

Danach wurde die Arbeit des kommenden Tages eingeteilt: wer sollte buttern, wer die Eier einsammeln, wer die Schafe zu einer anderen Wiese treiben, wer die Sickergrube auspumpen. Darüber entwickelte sich eine Diskussion, was man in Zukunft verstärkt betreiben solle, den Anbau von Gemüse und Getreide oder aber die Erweiterung der Tierhaltung. Es bildeten sich sofort zwei Parteien, die oftmals ungeduldig auf die Argumente der anderen Seite reagierten, woraus ich schloß, daß diese Diskussion in der Kommune oft geführt wurde.

Ein dunkelhaariger Mann bestand energisch auf einer Ausweitung der Milchwirtschaft und forderte sogar die Aufzucht von Schlachtvieh.

Ein Mädchen sagte: Tiere darf man nicht ausbeuten.

Aber auch nicht Barbarossa und Herrmann, sagte Franz, ohne ihren Zuverdienst kann die Kommune nicht leben.

Franz ist der einzige in der Kommune, der etwas von Landwirtschaft versteht. Er ist der Sohn eines Bauern aus dem Fersental, einer deutschen Sprachinsel bei Trient. Sein Germanistikstudium hatte er abgebrochen und war mit seinen beiden Freundinnen, Sabine und Helga, hierhergekommen. Beide Mädchen aber waren strikt gegen jede wirtschaftliche Nutzung von Tieren. Tiere sollten nur für den Eigenbedarf gehalten werden.

Es ist doch wohl absurd, wenn ich als Vegetarierin helfe, Schlachtvieh aufzuziehen.

Franz lachte: Richtig, aber in dieser Gesellschaft ist vieles absurd.

Helga stand auf: Scheißkerl. Sie ging zur Hütte hinauf. Die Kinder spielten in einem zerbeulten Fiat. Das Quietschen einer Schaukel. Später spielten alle auf der Wiese Fußball. Abends wurde in der Küche Polenta gegessen. Die Wände sind bemalt. Äpfel, Birnen, Kürbisse, Karotten, Pflaumen, Kohl, Sellerie und Kirschen.

Das ist äußerst naturalistisch, aber manchmal in den falschen Farben gemalt. So ist eine Tomate grün und ein Rosenkohl rot. Auf meine Frage nach dem Grund dieser farblichen Verfremdung sagte man, Herrmann habe die Küche ausgemalt. Er sei farbenblind, male aber leidenschaftlich gern. Und warum soll ein Rosenkohl nicht rot sein. Später saßen wir im Gemeinschaftsraum, möbliert mit abgewetzten Ledersesseln und Samtsofas. Der Sperrmüll aus dem Dorf.

L. meinte, damit könnte man einen schwunghaften Antiquitätenhandel treiben, denn lederne Ohrensessel erzielten in M. Spitzenpreise.

Man saß und lag herum, rauchte, trank Johannisbeerwein, strickte, Elke arbeitete am Webrahmen, und L. mußte Geschichten aus dem Verlagsgeschäft erzählen, was er mit einiger Komik tat. Am nächsten Morgen um sieben versammelten sich alle trotz des Regens auf der Wiese und machten Übungen nach dem Ai-ko-dai, einem meditativen Kampfsport.

Ich ging auch hinaus und versuchte, auf einem Bein zu stehen. (Mein baumelndes Geschlecht schien mir nur anfangs komisch, dann vergaß ich es.) Ich stieß wie die anderen in einer zeitlupenartigen Bewegung den linken Arm nach vorn und stieg vom linken auf das rechte Bein, um dann mit dem linken Bein langsam einen Halbkreis in der Luft zu schlagen.

Man lernt zwar laufen, sagte Klaus, aber nicht richtig stehen, darum verwackelt alles, auch innerlich, und man fällt so leicht um. Stell dich mal hin, ganz fest, so fest du nur irgend kannst. Dann ging er um mich herum, als suche er etwas an meinem Körper. Plötzlich gab er mir mit dem Zeigefinger einen leichten Stoß in die Seite, und ich fiel um.

Zum Frühstück gab es Müsli und selbstgebackenes Brot.

Der Gemeinschaftsraum ist in leicht abgestuften Pastelltönen gestrichen, so daß der Eindruck entsteht, die Sonne gehe gerade auf. Draußen aber war es wolkenverhangen, und ein Landregen fiel. L. schlug vor, mittags zu fahren, damit er rechtzeitig in M. sein könne, wo er noch einen Termin habe.

Ich ging hinaus. Elke kam über die Wiese, eingehüllt in einen dicken Wollmantel, die Kapuze über dem Kopf. Sie hatte die Schafe auf eine andere Wiese getrieben.

Ich ging zur Eiche und setzte mich in die Hütte. Der Regen hatte aufgehört. Das Tal, die Hügel, die Wälder lagen ernst und still, kein Vogel, kein Lärm, keine Bewegung, nur Wolken, grau und schwer, zogen langsam am Himmel.

Hätte man mich gefragt, ich wäre geblieben.

Der Lauschangriff

Hörspiel

PERSONEN

A. (männlich)
B. (männlich)
KAMINSKI
STIMME 1 (männlich)
STIMME 2 (weiblich)
STIMME 3 (männlich)
STIMME 4 (männlich)

1. Teil

A: Lauschprotokoll Nummer II – 5837 / 94 – A – 1 *(Pause.)* Eins, zwei, drei, vier.

B: Wollen Sie mal reinhören?

A: Ja, Kontaktposition eins.

Stille.

B: Nichts

A: Dreh mal auf. – Weiter!

Langsam wird ein eigentümliches Brummen hörbar.

B: Was ist denn das?

A: Tja, rat mal.

Das Brummen hört auf. Ein Kratzen, Schaben, dann ein ungeheurer Knall. Ein dröhnendes Husten. Dann wieder das surrende Brummen.

B: Weiß nicht.

A: Ist der Fahrstuhl. Kannste durch die Wohnungstür hören. So – jetzt geh mal auf Kontaktposition zwei.

Sehr fern: Verkehrslärm.

A: Ist das Wohnzimmer. Und jetzt Kontaktposition drei.

Ein gleichmäßiges Summen, darüber ein Klappern.

A: Dreh auf! *(Das Geräusch verstärkt sich.)* Weißte, was das is?

B: Nee.

A: Der Eisschrank. Und jetzt mal rüber auf Position vier.

Das Ticken einer Uhr.

A: Mehr Saft!

Das Ticken der Uhr jetzt sehr laut, und etwas leiser ist ein gleichmäßiges Atmen zu hören.

A: Hörste. Das is er. So, und jetzt geh mal auf fünf.

Stille.

A: Is das Klo. Geh mal auf zwei.

Stille. Ferner Stadtverkehr.

B: Ist da niemand?

A: Ich hör' nix. Geh mal auf vier.

Lautes Ticken der Uhr. Etwas leiser das Atmen. Dann, plötzlich, ein enormes schepperndes Klingeln.

A: Verdammt! Runter! *(Geräusch wird leiser.)* Wahnsinn. So was. Daß der noch so 'n Wecker hat. Mensch Meier. Hat er genau draufgestellt.

B: Ich denk', das Mikro sitzt im Heizkörper.

A: Ach was. Längst überholt. Der Trick is schon beim Besteigen der Arche Noah als veraltet zurückgewiesen worden. Greift doch inzwischen jeder sofort hin.

B: Hör'n Sie mal!

Gähnen. Rascheln. Kratzen. Jemand schnaubt sich kräftig und sorgfältig die Nase aus.

A: Aha. Morgenstunde hat Gold im Munde.

B: Wieviel sind denn da drin?

A: Keine Ahnung. Müssen wir raushören. Fest steht schon mal: Da sind keine Kinder. Kinder sind bei unserer Arbeit das Schlimmste. Nimm mal alle Positionen simultan!

Aus den jetzt diffusen Geräuschen hebt sich plötzlich das Rauschen von Wasser heraus, das mit einem anfänglich dumpfen Hall in einen Kessel läuft.

B: Der stellt sich jetzt Wasser auf. Ist das überhaupt ein Mann?

A: Ja.

B: Und was macht er? Ich mein' beruflich.

A: Weiß nicht.

B: Aber Sie waren doch in der Wohnung.

Das Puffen, wenn sich die Gasflamme entzündet. Der satte Klang der Eisschranktür.

A: Also beim Außendienst duzt man sich. So. Ich war drin, hab' aber nur die Mikros angebracht. Sichtung der Wohnung machen die Kollegen der Abteilung D. Geh mal auf Position fünf.

Stotterndes Plätschern.

A: Ja. Ja. Auch der Zahn der Biberratte vermag nichts gegen eine Morgenlatte.

Das Rauschen eines Wasserklosetts. Schlurfend läuft Wasser nach.

A: Sitzt millimetergenau.

B: Wo denn?

A: Am Klosettsockel. Unter der Porzellankrempe.

B: Warum gerade da?

A: Erfahrungswerte. Die Profis besprechen sich immer im Bad. Zugleich lassen sie die Dusche laufen. Setzen sich dann meist aufs Klo.

Ein entsetzlicher Schrei. Ein Urschrei.

B: Was is! Mensch!

A: Wahnsinn.

B: Da ist doch was passiert.

A: Verbrüht. Vielleicht.

B: Oder ist da doch noch jemand? Vielleicht kämpfen die.

A: Sei mal ruhig!

Keuchen.

B: Herzversagen.

Keuchen.

A: Nee, im Gegenteil.

Keuchen.

B: Muß dann doch noch eine Frau drin sein.

A: Wahrscheinlich, nich.

B: Haben wir aber nichts gehört. Hätten wir doch hören müssen, mein' ich. Die hätten doch irgend etwas reden müssen. Vorher, mein' ich.

A: Hast du 'ne Ahnung!

B: Aber man müßte doch irgendwie auch die Frau hören. Jetzt, ist doch komisch – so stumm. Wenn der nun einen Herzanfall gehabt hätte, was hätten wir denn dann gemacht?

A: Das wär' 'n Hammer. *(Lacht.)* Polizei angerufen. Anonym. *(Lacht.)* Beim Herzanfall schreiste nich so. Was is'n das?

Trampeln. Erschütterungen. Da springt und läuft jemand auf einem knarrenden Parkettboden.

A *(lacht)*: Na so was. Haben wir den schon bei 'ner saftigen Morgennummer gehört, dabei is er auf'm Trimmpfad in der guten Stube. Siehste. Das is das Dolle am Außendienst. Immer 'ne Überraschung fällig.

B: Der soll jetzt mal langsam zur Sache kommen. *(Pause.)* Warum wird der überhaupt observiert?

A: Was weiß ich.

B: Sie wissen das nicht?

A: Nee. Sag' ich doch.

B: Was. Wir sitzen hier rum, horchen und wissen gar nicht, warum. Das hat doch gar keinen Sinn.

A: Also, hör mal zu. Das hat schon seinen Sinn. Mußte dir nicht den Kopf zerbrechen. Die im C 1 wissen genau, warum. Das hat seinen guten Grund, daß wir das nich wissen. Wenn man nämlich nichts weiß, hört man genauer hin. Unvoreingenommener, verstehste. Und dann wissen die oben doch nicht, ob wir clean sind. Verlassen kannste dich in unserem Beruf auf niemand, nich mal auf dich selbst. Is 'ne Faustregel. Weißt du nix, kannste auch nie in Versuchung kommen. Verstehste. Zahlemann und Söhne. *(Pause.)* Wie bist du eigentlich zu uns gekommen?

B: Durch die Berufsberatung.

A: Berufsberatung?

B: Ja. Ich wollte eigentlich Lehrer werden. Physik und Deutsch. Momentan ist aber alles voll. Einstellungsstop. Da haben sie mich auf dem Arbeitsamt gefragt: Sind Sie technisch interessiert? Hab' ich ja gesagt. Können Sie zwischen den Zeilen lesen? Klar. Soll ich Taxifahren? So kam das. Jetzt mach' ich mein Praktikum.

A: Also höhere Laufbahn. *(Pause.)* Biste zum ersten Mal auf Außendienst?

B: Ja.

A: Hat sich in den letzten Jahren vieles geändert. Kommen alle von der Uni, die Neuen. Akademikerschwemme. Wir kamen aus der Praxis. Wehrmacht, dann Polizeidienst. Und zwar Streife. Nix im Auto, alles zu Fuß, mit dem Hund an der Leine. Hatten gute Kontakte zur Bevölkerung. Heute weiß ein Kind doch gar nicht mehr, was 'n Schupo is. *(Schritte.)* Dann hab' ich mich freiwillig gemeldet. Aus

Intresse und Überzeugung. Tja. *(Von nebenan hört man ein feines Rattern.)* Und jetzt kommt der Nachwuchs über die Berufsberatung. Aber immerhin: Noch expandieren wir.

Ein eigentümliches Rattern.

A. Weißte, was das is?

B: Nein.

A: Der putzt sich die Zähne. Elektrisch. Ist ein altes Modell.

Rattern. Gurgeln.

A: Jedenfalls hat er kein Gebiß.

B: Woher wissen Sie das?

A: Hör' ich. Haben sie das Gebiß drin und bürsten elektrisch, klingt es ein wenig dumpfer. Mit der Zeit kriegste ein feines Gehör für Nuancen. Im Alltag.

B: Gut. Aber müssen wir uns darum die ganze Morgentoilette von dem anhören?

A: Nu mal ruhig. Ruhe gehört zum Beruf. Da geht nix hopphopp. Haben die Leute ganz falsche Vorstellungen von unserer Arbeit. Mußt dich in Geduld üben. Das ganze Berufsbild is verdorben durch diese James-Bond-Filme. Vor 'n paar Jahren wollten lauter Umsteiger zu uns. Manager, Advokaten, Speditionskaufleute. Junge Stenze, die dachten, sie könnten bei uns mit 'nem Ballermann rumlaufen und die blonden Weiber stemmen. Nix da. Kleinarbeit. Saubere Kleinarbeit. Und verdammt mühselig. Und dann, oft, kommt nix raus. Oder nur so 'n kleiner Industriespion. Von der weiten Welt keine Spur. Nur durch die Terrorszene is 'n frischer Wind reingekommen. Aber sonst. Obwohl die Arbeitsbedingungen sich enorm verbessert haben. Wir zum Beispiel, nich, sitzen im Trockenen und lassen die Technik für uns arbeiten. Früher war das ganz anders. Wurde man voll gefordert. Auch körperlich. Machste dir keine Vorstellung. Anfang der Fünfziger hatte ich mal einen Fall in Bonn. Mußte einen Abgeordneten observieren, damals noch schwer linkslastig, später Minister. Name is Berufsgeheimnis. Ich saß vor seiner Wohnung in einem Luftschacht. War mit Blech ausgeschlagen. Und ich saß in so 'nem Knick. Ganz eng, die Beine angezogen, die Knie fast an den Ohren. Und dann im Winter. Eiskalt. Sechs Grad minus. Und das zog wie Hechtsuppe in dem Schacht. Mußten mich die Kollegen von der Ablösung rausziehen und regelrecht entknoten. Tatsache. Sechs Tage Einsatz. Seitdem hab' ich einen chronischen Blasenkatarrh. Eine Berufskrankheit. Und dann ...

KAMINSKI *(aus der Wohnung nebenan)*: Scheiße!

Gluckern. Schluckgeräusche.

A: Jetzt frühstückt er. *(Pause.)* Heute, mit dieser Technik, is das nur noch heiteres Beruferaten. *(Telefonklingeln.)* Endlich! Los! Ringschaltung!

KAMINSKI: Kaminski.

STIMME 1: Helmus. Wie geht's dir. Ich hoffe, ich hab' dich nicht aus dem Bett geholt.

KAMINSKI: Nein, nein. Und wie geht's dir.

STIMME 1: Gut, soweit die Floskel reicht. *(Lacht.)*

KAMINSKI: Hast du das mal prüfen können mit dem Tschüs?

STIMME 1: Ja. Ich hab' nachgesehen. Also: Das Tschüs ist nicht aus dem spanischen Adios von Österreich über Süddeutschland in den Norden gekommen, sondern es kommt im norddeutschen Raum von dem französischen Adieu. Das ist nämlich im 18. Jahrhundert mit dem Französischen in den Norden gekommen und wurde dort von dem Plattdeutschen zu dem mundgerechten adjü und adjüs gemodelt, und langsam wurde daraus schüß und tschüß. In Mecklenburg, und nur dort, hat sich noch die Form adschüß erhalten. Tschüs hat also zwei Wurzeln: Im Süden kommt es aus dem spanischen Adios und im Norden aus dem französischen Adieu.

KAMINSKI: Interessant. Das hilft mir weiter. Gut. Sag mal, ich bin momentan sehr klamm, kannst du vielleicht. Ist noch kein Geld in Sicht. Hab' von Bollnow nichts gehört, und der KL ist ja ganz abgetaucht.

Kurze Pause.

STIMME 1: Tausend könnt' ich dir geben. Müßte sie aber in spätestens zwei Wochen wiederhaben. Wenn dir das hilft.

KAMINSKI: Ja doch. Danke. Durch steten Tropfen wächst der Stalagmit. Kann ich abends vorbeikommen?

STIMME 1: Wenn du kannst, besser sofort. Ich fahr' nämlich nachher. Komm' erst Montag zurück.

KAMINSKI: In einer Stunde bin ich da. Reicht das?

STIMME 1: Ja. Bis dann.

KAMINSKI: Tschüs!

Das Telefon wird aufgelegt. Starkes Niesen von Kaminski.

A: Gesundheit!

B: Interessant, nicht, was der über den KL sagte: abgetaucht. Und merkwürdig, diese Etymologie von Tschüs.

A: Vielleicht ein Code. Weißt du, was ich am intressantesten fand?

B: Die Sache mit dem Geld?

A: Nein. Den Hinweis auf Mecklenburg.

B: Vielleicht ist er Germanist.

A: Vielleicht. Vielleicht auch nicht. Abwarten und Teetrinken.

Ein Knabbern wie von Mäusen. Dann Schlürfen und Schluckgeräusche.

A: Knäckebrot.

B: Wo haben Sie – die – die Wanze angebracht?

A: Wanze is Journaille. Mikro. Also hinter dem Küchenbord. Küche ist besonders kitzlig für Lauschaktionen. Hängt vom jeweiligen Objekt ab. Am schlimmsten Familien, wo Frauen nicht arbeiten, also den ganzen Tag in der Wohnung rumpütschern. Da biste vor nix sicher. – Glaubste gar nicht, wo die überall Staub wischen. Gottlob setzen sich unsere Lauschobjekte meist aus Personenkreisen zusammen, bei denen nur selten Staub gewischt wird.

Papierrascheln. Dann die Stimme von Kaminski.

KAMINSKI: Nicht nur. Nein. Recherche ist nicht alles.

(Pause.)

Die Leerstellen, die sind interessant.

(Pause.)

Ja, für Sie, natürlich. Wenn man da überhaupt natürlich sagen darf.

(Pause.)

Welche Botschaften. Was wollen Sie für Botschaften. Die sind doch so flach wie die Nordseestrände.

(Pause.)

Bei den Plattfüßen, bitte.

B: Was redet der. Diktiert er?

A: Pscht!

KAMINSKI: Aussage, wenn ich das schon höre.

(Pause.)

Sie lesen, aber wie.

(Pause.)

Genau das wollte ich nicht.

(Pause.)

Bitte, dann eben nicht.

(Schreit.)
Sie glauben, Sie haben mich in der Hand. Aber ich sage Ihnen eins. Sie sind ein Arsch, ein Arsch mit Ohren, ein riesengroßer Arsch, von Perutti verkleidet.
(Lacht grell.)
Ja, da staunen Sie, was.

A: Der führt Selbstgespräche. Die wär'n für uns natürlich am intressantesten. Wüßten wir gleich, was los is. Nur müßte man in den Kopf reinhören können. Da komm' wir noch nich ran. Noch.

Schritte.

KAMINSKI: Das könnte Ihnen so passen.
(Pause.)
Ein Lexikon der Träume.
(Pause.)
Yankee tar thinks upon more peaceful days, when with harpoon in hand out to hunt the whale.

Ein reibendes Geräusch. Kaminski reibt sich die Hände. Dann ein Summen. Kaminski pfeift die Melodie des Vogelhändlers. Dann beginnt ein Knattern.

B: Was is das?

A: Stalinorgel.

B: Was?

A: Mann in der Tonne. Eine Schreibmaschine. Elektrisch.

KAMINSKI: Scheiße!

Stille.

A: Jetzt pinselt er.

B: Was?

A: Hat sich vertippt. Ist der Typ des Pinselers.

Klack, dann wieder das Knattern.

A: Siehste. Is der Typ, der pinselt. Einige nehmen Tipp-Ex, der hier pinselt.

B: Und der Unterschied?

A: Eine Charakterfrage. Beim Pinseln mußte einen kühnen Strich haben. Beim Tipp-Ex mußte fummeln und schieben. Die Pinseler haben was Genialisches. Weiß ich, seit der *Spiegel*-Aktion 62. Wußte man sofort beim Lesen der Artikel: Das ist ein Pinseler, das ein Exer.

Knattern der Schreibmaschine. Pause. Klack. Knattern.

A: Ja. Eindeutig. Schreibt zehnfinger, blind.

B: Aber was?

A: Was?

B: Was schreibt er. Das ist doch wichtig.

A: Klar. Aber jetzt können wir's ja nicht sehen, nicht. Kümmern sich später die Kollegen von der Sichtabteilung drum.

B: Ist der Journalist?

A: Wahrscheinlich. Für 'n Wissenschaftler schreibt er schnell. Journalisten, das is 'ne sehr ergiebige Berufsgruppe für uns. *(Lacht.)* Gäb's die nich, müßten wir Planstellen streichen.

Stille.

KAMINSKI *(brüllt)*: So ein Scheiß. So ein verdammter Scheiß. Es stimmt nicht. Es stimmt einfach nicht. Es stimmt so nicht. Nein. Mist.

Ein Bogen Papier wird aus der Maschine gefetzt und zerknüllt. Dann ein Knall ... Trommeln. Offenbar bearbeitet Kaminski die Tischplatte mit den Fäusten. Es dröhnt.

KAMINSKI: Ahh. Verflixt.

Schritte. Rascheln. Schritte. Eine Tür wird zugeschlagen.

A: Weg is er. Ganz schön jähzornig, was.

B: Und jetzt?

A: Mach dir keine Sorgen. Die Kollegen draußen behalten ihn im Auge. So. Wir machen jetzt erst mal Pause. Stell die Automatik ein.

Papierrascheln.

A: Haste nix dabei? Kriegste 'ne Stulle von mir ... Kaffee? Geht doch nix über 'ne Thermosflasche. So. Stell ab!

2. Teil

Mechanisches Piepen.

A: Eins, zwei, drei. Ton ab.

Brummen. Kratzen. Schaben. Ein Knall. Schritte. Schlüssel im Schloß. Tür auf, wieder zu. Alles sehr laut. Rascheln. Husten. Schritte. Plötzlich sehr laut Musik. – Tristan-Ouvertüre.

A: Jetzt wird's spannend. Paß auf. Geh mal auf drei. *(Dröhnende Musik.)* Aha! Sieh an, hat auch da einen Lautsprecher. Los, müssen wir filtern! Vier!

Musik.

B: Ist da noch jemand?

A: Keine Ahnung.

Musik wird plötzlich leiser, dumpf und gequetscht. Hörbar wird ein Vibrieren.

B: Liegt das am Filter?

A: Pscht! *(Geräusch wie oben.)* Nein, das ist der Eisschrank.

Musik, verzerrt und dumpf. Die Eisschranktür fällt zu. Plätschern.

KAMINSKI: Prost!

B: Ist doch noch jemand da.

A: Pscht! Warte mal!

Die gequetschte Tristan-Ouvertüre. Nicht deutbares Schleifen. Schritte. Scheppern. Dann plötzlich eine Frauenstimme.

STIMME 2 (weiblich): Du verstehst es einfach nicht. Das

sind andere Gefühle und Empfindungen. Und das ist nicht vergleichbar.

STIMME 3: Man fängt aber immer mit einem Knoten an. Den Knoten hält man auf der Nadel mit dem Daumen und dem Zeigefinger der linken Hand fest.

B: Da! Noch einer.

A: Pscht!

STIMME 2 (weiblich): Du empfindest eben anders, ganz anders, wie soll ich sagen, das hat immer einen Zweck, ein Ziel, ja überhaupt, das ist der Unterschied, daß alles immer ein Ziel hat, immer Absicht, und sich nicht mehr überraschen lassen, einfach so mal dem Zufall ausliefern ...

STIMME 3: Die Nadel muß man in die rechte Hand nehmen. Der Faden wird zwischen dem kleinen Finger und dem Ringfinger der rechten Hand gehalten. Man nimmt den Faden A mit dem Zeigefinger der rechten Hand und schlingt ihn um die Nadel. Man läßt die Nadel gleiten und ergreift den Faden A, um ihn durch die Schleife B zu ziehen ...

STIMME 2 (weiblich): ... zum Beispiel, wenn ich jemand berühre oder so, nicht, dann ist das einfach schön, die Haut streicheln, dann denk' ich nicht, den will ich haben, das Streicheln ist schön ...

STIMME 3: ... und jetzt geht man wiederum durch die mit dem Faden A erhaltene Schleife oberhalb B. Man läßt den Knoten los und zieht am Faden C, ohne zu drücken.

B: Ohne zu drücken. Wovon redet der. Das ist ja wie im Tollhaus.

A: Hör doch mal zu! Der Faden, der Faden, das ist der Schlüssel.

STIMME 2 (weiblich – *spricht während des Wortwechsels*

von A und B): Du verstehst es nicht – nein, laß mich ausreden – vielleicht willst du, aber du kannst nicht. Du verstehst nicht, daß diese ewig grapschenden Hände brutal sind, immer gleich ans Ziel, an die Brust, zwischen die Beine, wie von einem Computer gesteuert.

STIMME 3: … läßt die Nadel gleiten und ergreift den Faden A, um ihn durch die Schleife B zu ziehen …

Ein Knacksen.

KAMINSKI *(verzweifelt)*: Scheiße. Scheiße. Scheiße.

Stille.

B: Was ist denn jetzt los?

A: Ja, sonderbar.

B: Das gibt doch alles keinen Sinn.

A: Vielleicht der Faden, der Faden könnte es sein. Der könnte auf die Spur führen.

B: Und was?

A: Hab' da meine Vermutung. Nich Mecklenburg. Eher Terrorszene.

B: Warum sind die so still? Quatschen erst, daß die Elektronik stöhnt, und jetzt nichts mehr.

A: Abwarten. Hör mal.

Schlurfen. Schleifen, Zwitschern.

Stimme 2 (weiblich): … sich nicht mehr überraschen lassen, einfach so mal dem Zufall ausliefern …

Stimme 3: Die Nadel muß man in die rechte Hand nehmen. Der Faden wird zwischen dem kleinen Finger und dem Ringfinger …

B *(spricht über dem Text)*: Das haben wir doch schon mal gehört.

A: Ja. Mann in der Tonne. So was. Mensch Meier.

Das Band läuft vor, jetzt aber so, daß man die Stimmen hört, in rasender Geschwindigkeit reden sie wie die Mikkymäuse.

B: Ich versteh' überhaupt nichts mehr. Ist das ein Tonbandamateur?

Stimme 2 (weiblich): ... Hunde haben einen Knochen im Penis ...

B: Was soll das? Was sucht der?

Zwitschern der Stimmen.

A: Wir sitzen hier nicht ohne Grund. Kannst mir glauben.

Stimme 3: ... geht wiederum durch die mit dem Faden A erhaltene Schleife oberhalb B ...

Stimmengezwitscher.

B: Das ist doch irrwitzig: Faden A, Schleife oberhalb von B. Der soll da durchgehen. Absolut sinnlos.

A: Nee, das hat schon seinen Sinn. Verstehste eben nur, wenn du das als konspirativen Text liest. Man geht durch die mit dem Faden A erhaltene Schleife oberhalb B. Verstehste. Is 'n Code. Vielleicht ein Waffenlager. Mußte nur rauskriegen den konspirativen Sinn von Faden, Schleife, nich. Aber den müssen die Kollegen von C 2 knacken. Tippen die in ihren Computer, und zack kommt 'ne hochbrisante Botschaft raus. Da schlackerst du nur mit den Ohren.

Das Gezwitscher der Stimmen hört auf. Eine Telefonnummer wird gewählt.

A: Na endlich. Paß auf. Los, die Ringschaltung!

Telefontuten.

Stimme 2 (weiblich): Sommerfeld.

Kaminski: Sabine. Hier ist Thomas. Kannst du reden?

Stimme 2 (weiblich): Er ist nach Berlin. Heute morgen.

Kaminski: Wie geht es dir?

Stimme 2 (weiblich): Beschissen. *(Pause.)* Dieser Nieselregen. Wenn es wenigstens richtig regnen würde. Aber so. Paßt halt alles zusammen. Kommt eins zum anderen.

KAMINSKI: Hast du mit ihm geredet?

STIMME 2 (weiblich): Versucht. Hört gar nicht hin. Versteht nur, was er verstehen will. Ich halt' das alles nicht mehr aus. Der hört gar nicht mehr zu, siehste an den Augen. Ich hab' das gestern schon dem Lang gesagt. Sagen Sie es ihm doch, hat der gesagt. Hab' ich schon. Schweigt er. Manchmal frag' ich mich, will der mir überhaupt helfen oder nur mein Geld. Hab' in der letzten Zeit überhaupt meine Zweifel an den Analytikern. Sitzen da und sagen nichts, aber es klingelt in der Kasse. Ich hör' das richtig klingeln. Hörst du mir überhaupt zu?

KAMINSKI: Ja. Ja, natürlich. Es müßte so was geben wie einen Warentest für Psychoanalytiker.

STIMME 2 (weiblich): Weißt du, ich hab' immer mehr das Gefühl, daß sich alle an mich hängen. Ganz schamlos. Irgendwie wollen alle was von mir. Du, der Sommerfeld, der Bruno, mein Analytiker, meine Schwiegermutter, meine Mutter. Für Bruno bin ich nur noch als Blitzableiter da. Kommt nach Hause, wälzt sich, brüllt rum, will das nicht essen und jenes nicht, heult, dann verletzt er sich unentwegt. Der braucht bloß vom Stuhl aufzustehen und hat auf rätselhafte Weise eine Beule am Kopf. Sagt die Lehrerin: Bruno ist in der Schule so aggressiv. Was soll ich machen, sag' ich. Auf ihn eingehen, sagt sie. Großer Gott, auf ihn eingehen. Noch mehr. Wie das. Und Sommerfeld kommt vom Flughafen und sagt mit seiner brüllend guten Laune: Laß mal, der Bruno macht's schon.

KAMINSKI: Komm doch heut' abend rüber. Trinken wir einen Wein.

STIMME 2 (weiblich): Nein, ich mag nicht. Ich muß mal allein sein.

KAMINSKI: Vielleicht nicht schlecht. Ich müßte eigentlich auch was tun.

STIMME 2 (weiblich): Warum rufst du nicht einfach mal so an. Einfach so. Um miteinander zu reden. Aber so. Ich bin doch kein Callgirl. Das ist es genau, was ich vorhin sagte.

KAMINSKI: Ich wollte ja mit dir reden, darum hab' ich ja angerufen.

STIMME 2 (weiblich – *lacht gekünstelt)*: Natürlich, natürlich, aber mit dem Bett im Auge. Nicht. Weißt du, manchmal würde ich am liebsten rausrennen und schreien. Schreien.

KAMINSKI: Dann schrei doch mal.

Pause.

STIMME 2 (weiblich): Bruno kommt.

Das Telefon wird eingehängt. Stille.

KAMINSKI: Schreien. Schreien.
(Schreit:)
Schreien.

A: Wie im Dschungel.

B: Die Frau, das war doch dieselbe Stimme wie auf dem Tonband.

A: Genau.

B: Aber müssen wir uns denn den ganzen privaten Kram anhören?

A: Privater Kram? Gerade der is wichtig. Kannste bei den meisten eh nich trennen: Privates und Staatsgefährdendes. Das genau is doch das Problem. Jedenfalls bei den Überzeugungstätern. Und das sind heute die meisten und gefährlichsten. Bei denen is alles verfilzt: Weibergeschichten, staatsfeindliche Umtriebe und Beruf. Ein Sumpf, sag' ich dir. Kommste nur über die Privatsphäre ran.

KAMINSKI: Nein. Nein. Nein.

Stille.

B: Was hat er denn?

Eigentümliches metallisches Quietschen. Gluckern. Da wird eingeschenkt. Quietschen.

A: Dreh mal auf!

Schluckgeräusche. Papierrascheln.

A: Auch das noch.

B: Was denn?

A: Jetzt liest er.

B: Woher wissen Sie das?

A: Hör' ich sofort. Lesen, das is fürchterlich. Kann dir wirklich den Beruf vergällen. Die Operation abbrechen kannste nich, mußt auf Empfang bleiben, aber hörste nix. Hin und wieder ein Rascheln, wenn die Seite umgeschlagen wird. Zeitung geht noch. Am schlimmsten Bücher. Dauert und dauert. Weißt natürlich auch nich, was er liest. Ganz schlimm, wenn die lachen. Richtig brutal. Hörst die lachen, weißt aber nicht, warum. Na ja, wird sich auch ändern. In zwei Jahren kommt Schmidtchenschleicher zum Einsatz.

B: Wer ist das?

A: Ein Schleichbohrer. Haben sie in England entwickelt. Ganz toll. Kannste jede Betonwand durchbohren. Is absolut geräuschlos. Dauert nur lange, sechs bis acht Stunden. Dann haste ein Loch von einem halben Millimeter Durchmesser. Dann wird ein Nadelöhr-Objektiv durchgeschoben, vorn mit einer Weitwinkel-Optik. Schiebste durch die Decke. Ein winziges Loch. Sieht keiner. Und an der Endoskop-Optik ist ein verstellbarer Spiegel. Kannste in jeden Winkel des Raums gucken. Dann kannste auch mitlesen. *(Lacht.)* Oder wirfst mal 'nen Blick ins Schlafzimmer. Was meinste, wie sich die Kollegen dann um die Einsätze drängeln. Ich bin dann schon in Pension. Leider. Oder Gott sei Dank. Bleibt ja nix mehr für die Phantasie.

Telefonklingeln.

A: Ringschaltung!

KAMINSKI: Kaminski!

STIMME 4: Hier ist KL.

KAMINSKI *(mit viel Begeisterung in der Stimme)*: KL! Ja grüß dich.

STIMME 4: Na, mein Lieber, wie geht's dir?

KAMINSKI: Ganz gut. Mehr ganz als gut. Na ja.

STIMME 4: Hast sicherlich schon auf den Anruf gewartet, nicht. Der Bollnow war wieder mal nicht da. War auf Reisen. Den mußte festbinden, damit der mal was liest.

KAMINSKI: Hat er denn?

STIMME 4: Ja. Inzwischen. Ich hab' ihn lange treten müssen, bis er sich endlich hingesetzt hat. So zwischen Tür und Angel. War schon wieder auf dem Sprung nach Wien zu einem Vortrag. Ich hab' ihm gesagt: Kaminski wartet. Vier Wochen. Das verstößt gegen die guten Sitten.

KAMINSKI: Und? Was hat er gesagt?

STIMME 4: Na ja. *(Räuspert sich.)* Er hat gesagt: Interessant. Und dann sagte er, es sei doch schade, wenn dein Stück so lange rumliegt.

Pause.

KAMINSKI: Ja. *(Pause.)* Also, wenn ich dich recht verstehe, bei euch ist das momentan nicht machbar.

STIMME 4: Genau. Wir haben einen unglaublichen Stau. Versuch es doch mal bei einem anderen Sender. Ich hab' da keine Bedenken, irgend jemand macht das schon. Nur im Augenblick schreibt alle Welt Hörspiele. Ich glaub', das ist die Wirtschaftskrise. Du kennst ja meine Meinung: Hörspiele, wer hört die noch. Eine kleine auditive Minderheit. *(Lacht.)* Hab' ich auch Bollnow gesagt, aber da war er schon wieder mit einem Bein im Flugzeug und im Nu inmitten Rom und Sansibar. *(Lacht.)* Also bis dann. Tschau.

KAMINSKI: Ja. Bis dann. Tschüs!

Telefonhörer wird aufgelegt. Stille. Kleines Plätschern – Schluckgeräusch. Ein Glas wird ziemlich heftig auf den Tisch gestellt. Schritte. Eine Tür wird geöffnet und zugeworfen.

A: Tja.

B: Der schreibt Hörspiele.

A: Ja. Hab' ich auch noch nicht gehabt. Journalisten jede Menge. Hatte mal einen, der schrieb Romane. So 'n ganz bekannter Name, warte mal. Na, is ja auch egal. Kaminski. Kennste den?

B: Nee. Nie gehört. Aber jetzt wird mir einiges klar. Auch das mit dem Faden und der Schlaufe.

A: Mir nicht. Wieso?

B: Das war kein konspirativer Text. Das war ganz harmlos.

A: Ganz harmlos is so was nie. Abwarten. Ich hab' schon Pferde vor der Apotheke kotzen sehen. Überleg mal. Vielleicht ein ganz genialer Trick. Die senden im Rundfunk diesen ganzen Kappes, warum nicht das mit dem Faden und den Haken und Ösen. Verstehste, die denken, das is Kunst. Tatsächlich hat das aber noch eine ganz andere Bedeutung. Da werden nämlich konspirative Informationen übermittelt. Ganz offiziell und mit öffentlichen Geldern. Die Adressaten können es überall empfangen und dechiffrieren. Da wird Subversives über Radio verbreitet, und einige hocken da und grübeln über den tieferen Sinn.

B: Glaub' ich nicht. Das ist doch sehr unwahrscheinlich.

A: In unserem Beruf ist gerade das Unwahrscheinliche wahrscheinlich.

B: Aber das Hörspiel von Kaminski ist doch gerade abgelehnt worden.

A: Na und. Haste doch gehört, nimmt's ein anderer Sender. Daß wir hier sitzen, hat seinen Grund, glaub mir. Vielleicht ist in der Leitung jemand genau auf den Gedanken gekommen, und jetzt werden gerade flächendeckend alle Hörspielautoren observiert. Nur so kommste an gesicherte Werte und kannst jedes Verdachtmoment ausschließen oder kriegst es bestätigt. So. Den haben jetzt die Kollegen an der Leine. Wir gehen auf Automatik. Der kommt so schnell nicht zurück. Wird sich bestimmt kräftig einen reinflöten. Und wir müssen Überstunden schieben. Kannste Doppelkopf? Oder was Feineres: Zank-Patience? Ja. Stell mal ab.

3. Teil

Piepton.

B: Eins, zwei, drei. Ton ab.

Das Geräusch des Fahrstuhls wie vorher. Fahrstuhltür fällt zu mit lautem Knall. Schlüssel im Schloß. Tür auf und wieder zu. Rascheln. Schritte. Rockmusik, sehr laut.

A: Geh mal auf drei und nimm den Filter.

Die Musik wird leiser, dafür aber dumpf. Schritte. Papierrascheln.

KAMINSKI: Genau!

Eisschranktür auf und wieder zu. Rascheln. Klappern. Kratzendes Geräusch. – Ein Dosenöffner. – Eine kleine Explosion. – Öffnen einer Bierdose. – Kauen. Schlucken.

KAMINSKI *(mit vollem Mund und kauend)*: Bratwurstgrillanlage Schwenger. Ein Schwein gibt 10 000 Nürnberger Rostbratwürste. Toll.

(Pause, Kauen.)

Aber die Belästigung durch den Rauch für die Anlieger.

(Kauen.)

Anlieger. Wieviel Engel haben auf einer Nadelspitze Platz?

(Kauen, Trinken, Husten.)

Gedankenarbeit.

(Kauen.)

Genaugenommen hört man doch nur das Rauschen im Kopf.

(Kauen, Trinken, Schlucken.)

Hört das Rauschen auf, ist das Innen außen, so einfach ist das.

(Pause, lacht.)

Der Tod ist keine Krankheit.

(Ein Zischeln. Offenbar versucht Kaminski, sich die Fleischreste aus den Zähnen zu saugen. Er rülpst.)

So ist das. Ja. Genau. Das ist die Metaphysik des Alltags. Sauber!

Pause. Schritte.

A: Hoffentlich fängt der jetzt nicht noch an zu lesen!

KAMINSKI *(schnaubt)*: Diese Arschgeige. Dieser faule Sack.

(Pause.)

Genau das.

A: Der hat ganz schön getankt.

B: Was macht er denn jetzt?

Ein schabendes Geräusch, so als massiere sich jemand den Kopf.

KAMINSKI: Bruno macht's genau richtig. Bruno zer-

schlägt sich den Kopf. Der hat die Beulen außen. Ich dagegen.
(Lacht, ein Lachen wie ein Schluchzen.)
Das ist das Komplizierte.
(Trink- und Schluckgeräusche.)
Das andere ist ganz einfach.
(Pause.)
Ja.

Papierrascheln.

A: Nein! Bitte nicht!

Stille.

KAMINSKI: Als er eine entzündete Warze auf der Stirn allzu heftig kratzte, fing diese stark zu bluten an, und er sagte: »Wäre das doch alles!« Dann fragte er nach der Zeit, und man sagte ihm absichtlich, es sei zwölf Uhr, da er sich vor den Stunden vor Mittag fürchtete. Erfreut, daß die Gefahr schon vorbei sei, eilte er ins Bad.

A: Der soll ins Bett gehen, endlich.

B: Da kommt doch nichts mehr. Der ist ganz harmlos.

A: Harmlos is keiner. Das laß dir sagen nach vierzig Jahren Berufserfahrung. Jeder is gefährdet. Und viele wissen's nicht mal.

B: Gut. Vielleicht. Aber warum dieser enorme Aufwand?

A: Also erst mal wissen wir von dem bis jetzt so gut wie nix. Putzt sich die Zähne, macht Morgengymnastik und schreibt. Das is nich viel. Weißt du, was der schreibt? Mit wem der sonst verkehrt? Was denkt der? Und selbst wenn der clean is, gilt immer noch die alte gute Faustregel: Vorsicht ist besser als Nachsicht. Darin liegt doch der Wert unserer Arbeit, daß wir vorsorgen. Zum Beispiel die Schwulen, nich. Also, ich hab' wirklich nix gegen Schwule. Von mir

A: aus soll'n sie, wie sie wollen. Aber heute fangen die an, Gruppen zu bilden, gehen in die Öffentlichkeit, mehr Recht für hintenrum, ziehen rum mit Transparenten und so, und wer sagt dir, daß die morgen nicht militant werden. Geht plötzlich 'ne Bombe vorm Familienministerium hoch oder so. Also, is es doch gut zu wissen, wer is schwul, wer von denen is Chemiker, trägt 'ne Brille, wer hat Karies, und schon haste eine überschaubare Gruppe von potentiellen Tätern, weil, sagen wir mal, neben der Bombe ein Kaugummi gefunden wurde. Die Daten fütterste dem PIZ ein – Personenidentifizierungszentrale –, dann haste schon einen ganz schönen Durchblick. Das is doch das Tolle an der Technik. Kann man sogar Verbrechen im voraus erkennen und verhindern. Also echte Vorbeugung. Man muß doch die Leute vor sich selber schützen. Immer nach dem Motto: Vorbeugen ist besser als Nachbohren.

Stille.

KAMINSKI: Ich bin ich. Nicht Sommerfeld.
(Pause.)
Der Unterschied?
(Kleine Explosion vom Öffnen einer Bierdose.)
Meine Träume! Meine Wünsche!
(Schluckgeräusch.)
Kann ich dir sagen: Über die Wüste Gobi fliegen, aber lautlos. Chinesisch sprechen. Nach Krakatau fahren.
(Lacht, Schluckgeräusche.)
Hab' ich gewußt, hab' ich gewußt.

B: Krakatau, wo liegt denn das?

A: Keine Ahnung. Hoffentlich kriegt der jetzt bald die Kurve.

KAMINSKI *(lacht, aber gekünstelt)*: Das hab' ich immer

gesagt, immer! Man muß da anfangen, wo die Apparate noch nicht rankommen. Noch nicht. *(Wird lauter:)* Und auch nicht die Bezirksämter und nicht die Standesämter und die Katasterämter. Den Zerfall steuern, aber lustvoll.

Rockmusik wird laut aufgedreht. Und dann plötzlich abgedreht. Stille.

B: Vielleicht ist der doch nicht so ganz ohne.

A: Was der jetzt quatscht, kannste vergessen: Alles Kappes. Geh mal auf fünf!

B: Muß das sein?

A: Klar. Denkste, wir machen ganz zum Schluß auf dezent. Nee. Kannste dir in unserem Gewerbe nicht leisten. Bist wirklich vor keiner Überraschung sicher.

Pinkeln. Furzen.

A: Hatten mal einen, der ging vierzehn Tage innen Keller und schaufelte Kohlen um. Wir dachten, der hat einen Sprung in der Schüssel, und wollten schon abbrechen, und da, am vierzehnten Tag, kommt es im Kohlenkeller zu einem konspirativen Treff. Mußte dir merken: Alles war schon einmal da, nur kein Damenstehpissoir. *(Lacht.)*

Wasserklosett rauscht.

KAMINSKI: Ex ponto. *(Lacht.)* Das ist es. *(Scharf:)* Tretminen! Labiale Explosionen. Die durcheinanderlaufenden Spuren hinterher.

Schritte, ein Wecker wird aufgezogen.

B: Merkwürdig. Warum zieht er den Wecker auf?

A: Möcht' ich auch mal wissen. Und dann noch so 'n altertümliches Monstrum. Bleiben eben noch viele Fragen. Dreh mal auf.

Ticken der Uhr. Sehr laut.

KAMINSKI: Wladiwostok und Pompeji: dazwischen der

leere Raum, die Ebenen, durch die man hindurch muß. Und dann die andere Seite.

(Lacht.)

10 000 Nürnberger Rostbratwürste aus einer Sau. Nicht schlecht.

(Pause.)

Feige miese Bürokraten. Eine Bombe drauf!

B: Haben Sie das gehört?

A: Ja. Kannste doch nich wörtlich nehmen. Is doch voll wie 'ne Strandhaubitze.

Sehr laut das Ticken des Weckers. Das Atmen von Kaminski, tief und gleichmäßig.

A: So. Geschafft. Hab' mich morgen beurlauben lassen. Muß zum Zahnarzt. Du nimmst die Bänder mit und bringst sie ins Labor. Morgen früh. Die soll'n das mal auswerten. Und paß auf, daß du sie nicht irgendwo liegenläßt. Weißt ja: Alles war schon einmal da. *(Lacht.)* So. Schluß für heute!

Piepton.

Ein ganzes und ein halbes Huhn

Über Breyten Breytenbach

Da sitzt einer im Dunklen und schreibt. Er sitzt in einer Betonzelle, genauer in einem Betonturm, zwei mal zweifünfzig groß und fünf Meter hoch. Er schreibt auf kleine Zettel, auf Papierfetzen. Was er geschrieben hat, kann er nicht lesen, also auch nicht mehr ändern. So schreibt er gegen die Kälte, den Hunger und den aufflackernden Wahnsinn an.

Breyten Breytenbach, Jahrgang 39, Maler, Lyriker und südafrikanischer Revolutionär, hat zwei seiner insgesamt sieben Gefängnisjahre in Isolationshaft im Maximum Security Prison von Pretoria verbüßt.

Das heißt: keine Kontakte zu anderen Gefangenen, keine Gespräche mit den Wärtern, keine Zeitungen, kein Radio. Einmal im Monat darf er einen Brief schreiben, einmal einen empfangen. Er spielt gegen sich selbst Schach, er redet mit sich selbst, und er schreibt, weil er nur so die gewaltsame Reduktion seiner Sinne ertragen kann.

Denn Isolation, das heißt auch: nichts sehen außer den Betonwänden der Zelle, nichts schmecken außer der Vierfruchtmarmelade auf dem Margarinebrot und der undefinierbaren Mittagspampe, Desinfektionsmittel riechen und nur das Kratzen der rauhen Anstaltskleidung und der Wolldecke spüren.

Tagsüber ist das Gebrüll der Häftlinge und der Wärter zu hören, nachts, sehr fern, das Schnarchen und Schluchzen aus anderen Zellen und manchmal, gegen Morgen, der Gesang der Schwarzen, wenn einer von ihnen gehenkt wird. Ist es ein Weißer, bleibt es still.

Der das erlebt, war einst auch von den weißen Südafrikanern gefeiert worden. Denn neben dem Romancier André Brink galt Breyten Breytenbach als Erneuerer des Afrikaans, der Mischsprache der Buren.

Die beiden Gedichtbände *Die ysterkoei moet sweet* (Die Eisenkuh muß schwitzen) 1964 und *Die huis van die dowe* (Das Haus der Tauben) 1967, die ihm die wichtigsten Literaturpreise seines Landes einbrachten, hatte Breytenbach allerdings in Paris geschrieben, wo er sich seit 1961 als Lehrer sein Brot verdiente.

Die Rückkehr in seine Heimat hatte sich der so hoch Geehrte selbst verbaut, durch »unmoralisches Handeln«; er hatte nämlich, was die südafrikanischen Rassengesetze bei Gefängnisstrafe verbieten, eine Französin vietnamesischer Abstammung geheiratet, also eine »Farbige«.

Doch der Renommierdichter in Afrikaans war dem Regime einen Kompromiß wert. Unter der Bedingung, daß er keine politischen Erklärungen abgebe, genehmigte man ihm 1973 eine dreimonatige Reise nach Südafrika. Seine Frau Yolande wurde zur »Ehren-Weißen« deklariert, um gemeinsame Busfahrten, Hotel- und Restaurantbesuche zu ermöglichen. Breytenbachs Dankbarkeit hielt sich in Grenzen.

In einer Rede (abgedruckt in der Reisebeschreibung *Augenblicke im Paradies*) provozierte er das weiße »aparte« Südafrika: »Wir sind ein Bastardvolk mit einer Bastardsprache. Wir haben das Wesen eines Bastards. Das ist gut und schön.«

Der Bruch mit dem Regime war endgültig. Breytenbach durfte nicht mehr nach Südafrika einreisen: Zuvor schon gründete er mit einigen anderen Genossen in Paris die Gruppe Okhela (in der Zulu-Sprache: das Feuer entfachen), die den Widerstand der Weißen gegen das Apartheidsystem organisieren und so die Herrschaft der Weißen gleichsam von innen aufbrechen sollte.

Im Jahr 1975 reiste Breytenbach unter falschem Namen in Südafrika ein, mußte aber bald feststellen, daß ihn der südafrikanische Geheimdienst schon erwartet hatte – offenbar gab es unter den Gründungsmitgliedern der Widerstandsgruppe einen Spitzel.

Breytenbach entkam knapp einer Verhaftung, floh, trieb sich einige Zeit im Land umher und wurde bei dem Versuch, Südafrika wieder zu verlassen, auf dem Flughafen von Johannesburg festgenommen.

Sieben Jahre später, gleich nach seiner Entlassung 1982, begann er den »wahrhaftigen Bericht in Worten und Pausen, wie ein törichter Geselle im Antichambre von Niemandsland gefangengenommen wurde« (Einleitung). Diese *Wahren Bekenntnisse eines Albino-Terroristen* sind eine Konfession, eine bohrende Selbstbefragung und, wie Breyten Breytenbach im Vorwort schreibt, ein Dokument.

Er erzählt zunächst zügig und voller Selbstironie von den teilweise operettenhaften Begleiterscheinungen seiner konspirativen Reise, die für ihn als Versteckspiel begann und in einem sehr realen Alptraum endete. Er wurde wegen terroristischer Aktivitäten zu neun Jahren Einzelhaft verurteilt. Ein Abschreckungsurteil, das vor allem die Sympathisanten unter den weißen Intellektuellen warnen sollte.

Die Beschreibung dieser Zeit ist von einer solchen sprachlichen Intensität, daß man Breytenbach sofort glaubt, er habe das schreiben müssen, einfach um überleben zu können, wenn auch als ein anderer, denn das alte Selbst ist ihm systematisch kaputtgemacht worden – da wird deutlich, was das bedeutet: Isolationsfolter. (Und uns sollte es daran erinnern, daß es auch in der Bundesrepublik Deutschland noch politische Häftlinge gibt, die in Hochsicherheitstrakten isoliert werden.)

Doch die psychische Destruktion des Häftlings Breytenbach reichte der herrschenden Clique noch nicht. Sie wollte ihn am Galgen oder wenigstens lebenslänglich in Haft sehen. Nach zwei Jahren wurde Breytenbach abermals angeklagt, angeblich hatte der Zwangsisolierte im Gefängnis konspirativ gearbeitet und seine Flucht vorbereitet.

Die vom Geheimdienst konstruierten Beweise waren jedoch so brüchig, daß er von diesen Vorwürfen freigesprochen und in ein normales Gefängnis nach Kapstadt verlegt wurde.

Aber was heißt schon normal. Die Gefängnisse sind, das hat Breytenbach erfahren, die Spiegel der jeweiligen Gesellschaft. Auch die Gefangenen werden in Südafrika nach ihrer Rassenzugehörigkeit getrennt: Da gibt es die Darkies, das sind die Schwarzen, die Kaffer, an denen sich jeder die Stiefel abwischen kann, dann die Gamme, die sogenannten Farbigen, worunter alle möglichen Hautfarben fallen, von rein weiß (wenn der »Ahnenpaß« nicht »sauber« ist) bis schwarz, und schließlich die Whiteys, denen die meisten Vergünstigungen zugestanden werden.

Sie sind auch vor dem Tod keineswegs gleich mit den Schwarzen. Soll ein Weißer gehenkt werden, bekommt er, das ist bürokratisch genau festgelegt, als letzte Mahlzeit ein ganzes gebratenes Hühnchen – die Schwarzen müssen sich bei ihrer Henkersmahlzeit mit einem halben begnügen.

Die Rassentrennung zeigt im Gefängnis denn auch ihre grotesk-kuriose Seite: Japaner kommen zu den Weißen, Chinesen zu den Farbigen, und die Portugiesen können beides sein, werden zuweilen unentschlossen zwischen der weißen und der farbigen Abteilung hin- und hergeschoben.

Es ist dieselbe aberwitzige Rassenideologie, die draußen eine einfache ökonomische Wahrheit vernebeln soll: daß eine weiße Minderheit auf Kosten der schwarzen Mehrheit schmarotzt. Auch der kriminelle Weiße gilt noch als Höhepunkt der menschlichen Entwicklungsgeschichte.

Die permanente Gewalt, mit der diese Ausbeutungsverhältnisse aufrechterhalten werden, ist für jeden sichtbar, der durch das Land reist. Es sei denn, er sieht es mit den Augen des Großwildjägers oder des Investitionsberaters. Sie deformiert, so Breytenbach, nicht nur die Kultur, sondern sie demoralisiert auch beide: Herrn und Knecht.

Diese tiefgehende moralische Deformation wird in den Gefängnissen besonders deutlich. Erpressung, Schmuggel, Promiskuität, Vergewaltigung und Sühnemorde unter den Gefangenen spiegeln die Brutalität und Menschenverachtung des Systems.

Jede Form der Solidarität wird von der Gefängnisverwaltung durch ein Spitzelwesen zunichte gemacht, das auf kleinen Vergünstigungen basiert. Jeder gegen jeden – struggle for life auf der untersten Stufe. In dieser Versuchsanordnung scheint sich der Sozialdarwinismus der offiziellen Rassenideologie zu bestätigen.

Konsequenterweise richtet sich der Haß der weißen Gefängniswärter – und zu denen rechnet Breytenbach auch die weißen Südafrikaner draußen, denn für die Schwarzen ist »ihr« Land ein riesiges Gefängnis – besonders vehement gegen jene Weißen, die dieses System, also auch die eigenen Privilegien bekämpfen. Das sind die Verräter. Und eben diese wollte die Gruppe Okhela erreichen und zu einem gemeinsamen Widerstand organisieren.

Der Versuch ist gescheitert. Breytenbach unterzieht die politische Untergrundarbeit einer generellen, radikalen Kritik: »Im Fall der Roten Brigaden oder der Roten Armee Fraktion in Deutschland und Japan haben wir gesehen, wie die angewandten Mittel die Menschen korrumpieren, wie sich solche Gruppen unter ihr eigenes Gesetz stellen, wie sehr sie von ihrer eigenen Analyse verblendet sind, wie sehr sie sich in sich selbst zurückziehen, wie schnell sie sich in die Enge getrieben fühlen, wenn sich diese Analysen als falsch erweisen, so daß nur immer noch brutalere Formen des Terrorismus ein Ausweg zu sein scheinen.«

Und was ist die Alternative? Wie und mit welchen Mitteln kann ein so gewaltiger und perfekter Unterdrückungsapparat wie das südafrikanische System bekämpft werden? Die Antworten Breyten Breytenbachs, der ja einmal ein politisches Konzept hatte, bleiben jetzt verschwommen.

Er hat Vorbehalte gegenüber dem ANC (African National Congress), der den Widerstand aller Bevölkerungsgruppen organisiert. Da sieht er, zumindest im Ausland, dogmatische Gruppen am Werk. Umgekehrt wird ihm – und nicht nur vom ANC – der Vorwurf gemacht, er habe durch sein naives Verhalten politische Untergrundkämpfer in Südafrika gefährdet und, wenn auch unfreiwillig, den südafrikanischen Geheimdienst auf deren Spuren gebracht.

Man hat ihm auch Taktiererei vorgeworfen: Fest steht, daß Breytenbach durch internationale Interventionen, insbesondere seitens der Regierung Mitterrand, vorzeitig aus der Haft entlassen wurde. Noch zu seiner Entlassung im Dezember 1982 wollte ein Gerücht wissen, er sei im Tausch für die französische Beteiligung an der südafrikanischen Kernkraftzentrale Koeberg freigekommen. Eine

Behauptung, die dann doch wohl das Interesse der französischen Regierung an dem Dichter Breytenbach über- und an dem profitablen Geschäft unterschätzte.

Breytenbach war als politischer Gefangener mit seiner internationalen literarischen Reputation für das Regime unbequem geworden. An der Sturheit der Buren in ihrer Wagenburgmentalität hat sich jedoch nichts geändert. Wenige Monate nach Breytenbachs Freilassung wurden drei ANC-Mitglieder, trotz weltweiter Proteste von Pertini bis Mitterrand, gehenkt – es waren allerdings auch Schwarze. Und Nelson Mandela sitzt, zusammen mit anderen schwarzen Genossen, nun schon seit fast 21 Jahren auf der Gefängnisinsel Robben Island.

Was tun? »Macht weiter!« sagt Breytenbach und hat mit den *Wahren Bekenntnissen eines Albino-Terroristen* eine (vorläufige) Antwort gegeben. Sie heißt: literarischer Widerstand.

Er teilte die Erfahrung der Schwarzen: Er war der letzte Dreck. Diese traumatische Erfahrung ist es, der er schreibend auf die Spur zu kommen suchte und als deren Ergebnis ein anderes Selbst steht, das sich nicht mehr in Afrikaans, der Sprache der Buren, artikulieren kann, sondern nur noch im Englischen: »Wenn man mich fragt, ob ich überlebt habe, werde ich nein sagen.«

Das Paradies der Mäuse

Endlich hielt der Zug. Draußen hörte ich eine Lautsprecherstimme: »Basel. Endstation. Alles aussteigen, bitte!«

Ich jubelte. Ich war im Paradies der Mäuse. Ich war in der Schweiz!

Alle Leute stiegen aus. Ganz zuletzt kletterte ich aus dem Zug. Draußen war es dunkel. Ich lief schnell über die Gleise zum Bahnhofsplatz. Dort traf ich eine Maus. Sie war ganz struppig, und man sah ihr sofort an, daß sie viel im Freien schlief, also kein Zuhause hatte.

Die Maus stellte sich vor: »Wilhelm.«

»Mausebiber«, sagte ich.

Wilhelm war eine echte Schweizer Landmaus. Er war von seinem Bauernhof, wo sich immer mehr Katzen breitgemacht hatten, nach Basel gekommen. Hier war er zu einer typischen Bahnhofsmaus geworden, wie man sie überall in der Welt antrifft. Sie haben gut zu fressen und sind wohlgenährt, sehen aber, da sie keine rechte Wohnung haben, ziemlich abgerissen aus.

Ich fragte Wilhelm, wo die nächste Käsefabrik sei.

»Die isch nit wit«, sagte er, »aber do hesch du kei Chance als Muus. Do kunnt keine vo uns me iine.«

»Ja«, fragte ich erstaunt, »wer frißt dann aber die Löcher in die Schweizer Käse?«

»Oh«, sagte Wilhelm, »das isch doch nur e Märli. Vilicht isch das viel frieher emol so gsi, aber hüt mache das nur no Maschine. Für uns Müsli isch do kei Platz me.

Weisch«, sagte Wilhelm, »d' Schwyz isch kei Land für Müsli. Do isch alles suuber und ordlig.«

Wir drückten uns an der Bahnhofsmauer entlang.

»Gsesch«, sagte er und zeigte auf eine Frau, die vor einer Imbißstube stand. Ihr war gerade ein Pomme frite heruntergefallen. Sie bückte sich sogleich danach, hob ihn mit spitzen Fingern auf und trug ihn zu einer Mülltonne. Die Mülltonne hatte einen Klappverschluß. Man hätte nicht einmal hineinkriechen können.

»Und ich dachte, die Schweiz ist das Paradies der Mäuse«, sagte ich.

»Das isch e schöns Märli«, sagte Wilhelm. Und er erzählte mir, wie man sich als Maus in diesem Land durchhungern müsse. Er wäre schon längst nach Frankreich ausgewandert, wenn er nicht solche Angst vor dem Eisenbahnfahren hätte.

»Nach Frankreich?« fragte ich.

»Jo«, sagte Wilhelm, »Frankrich isch unter de Schwyzer Müs e Gheimtip.«

»Warum sollen wir nicht nach Frankreich fahren«, sagte ich. Und ich erzählte ihm, daß ich monatelang in einem D-Zug zwischen Hamburg und Köln hin- und hergefahren war.

»Toll!« rief er, »denn fahre mer doch.«

Wir liefen über die Bahnsteige, bis wir eine Durchsage hörten: »Achtung! Reisende nach Paris. Auf Gleis 10 fährt in wenigen Minuten der Transeuropa-Expreß von Basel nach Paris ab. Bitte einsteigen und die Türen schließen!«

Wir liefen zu dem Bahnsteig 10. Dort stand in einem feierlichen Blau der Zug. Wir konnten gerade noch in einen Waggon klettern, bevor sich die automatischen Türen schlossen.

Dieser Zug war noch eleganter als der Intercity. Die Sitze waren breit und bequem. Die Kopfstützen waren mit weißen Spitzendeckchen überzogen. Auch auf dem Boden der Gänge lag ein flauschiger Teppich. Ich lief unter dem Kasten der Heizungsrohre. Wilhelm aber lief vor lauter Staunen mitten im Gang, bis er beinahe von einem Mann getreten worden wäre. Der Mann bekam einen Schreck und rief: »Eine Maus! Vorsicht! Eine Maus im Zug!«

Jemand rief nach dem Zugschaffner. Überall kamen die Leute aus den Abteilen. Wilhelm saß wie versteinert auf dem Gang.

»Los!« rief ich, »schnell!«, rannte in ein Abteil und kroch unter die Sitze. Wilhelm rannte schließlich auch los. Wir versteckten uns ganz hinten an der Wand.

Der Zugschaffner kam gelaufen, und der Mann erzählte ihm, daß er eben eine Maus gesehen habe. Die Maus habe ganz dreist auf dem Gang gesessen.

Der Zugschaffner wußte nicht, was er machen sollte. »Ich habe noch nie in meinem Leben eine Maus gefangen«, sagte er.

Schließlich rief er nach dem Zugführer.

Der Zugführer kam. Er trug als Zeichen seiner Würde ein rotes Lederband um die Schulter.

»Was?« sagte er, »eine Maus im Zug, das ist ganz unmöglich. Wie soll die reinkommen. Seit zwanzig Jahren fahre ich in Zügen und habe noch nie eine Maus in einem Personenzug gesehen.«

Er befahl dem Zugschaffner, unter den Sitzen nach der Maus zu sehen.

Wir sahen zwei Knie, dann eine riesige Hand, die sich auf dem Boden abstützte, und dann kam, den Kopf nach unten, das Gesicht des Zugschaffners, ganz rot und verkniffen. Wir sahen uns an, von Aug zu Aug.

»Unfaßlich«, sagte er, und das rote Gesicht verschwand wieder, »da sitzen tatsächlich zwei Mäuse drunter.«

»Fangen!« befahl der Zugführer.

»Fangen«, wiederholte der Zugschaffner, »jawohl«, und wieder erschien sein Gesicht.

Die große Hand griff nach mir. Ich machte nur einen kleinen Satz zur Seite, und sie griff daneben. Wie täppisch sich der Mann anstellte. Nochmals griff er nach mir, und wieder daneben.

»Mistviecher!« schimpfte der Zugschaffner, »kleine verflixte Mistviecher!«

Er legte sich auf den Boden, um uns besser fangen zu können.

Ich flüsterte Wilhelm ins Ohr: »Paß auf, wenn er nach dir greift, dann springst du nach links, und ich renn direkt auf sein Gesicht zu. Angriff ist die beste Verteidigung.«

Der Schaffner lag auf dem Boden. Um ihn herum standen viele Füße. Der Schaffner hielt die Luft an, konzentrierte sich und griff dann schnell nach Wilhelm. Aber Wilhelm war schneller, sprang zur Seite, und ich rannte geradewegs auf das rote, schwitzende Gesicht des Zugschaffners los. Der riß erschrocken den Kopf hoch, stieß ihn sich dröhnend am Sitzrand und schrie: »Aua!«

Er sprang auf.

»Eine Maus, die beißen will!« schrie er, »die ist tollwütig. Das steckt an!«

Alle rannten aus dem Abteil hinaus und verriegelten die Tür von außen.

Wilhelm und ich krochen unter den Sitzen hervor. Draußen, auf dem Gang, vor dem Fenster der Abteiltür standen dichtgedrängt Menschen, lauter Männer, und starrten uns an.

»Was isch jetzt?« fragte Wilhelm.

»Laß sie stehen und gaffen«, sagte ich, »die haben wohl noch nie Mäuse gesehen. Wir legen uns erst mal unter die Sitze und schlafen ein wenig.«

Wir verkrochen uns in eine Ecke und streckten uns auf dem flauschigen Teppich aus. Wilhelm wälzte sich unruhig hin und her. Ich schlief bald ein.

Eine Lautsprecherstimme weckte uns: »Attention, ici Paris, Gare de l'Est.«

»Gschnäll«, sagte Wilhelm, »sie kömme.«

Tatsächlich, zwei finsterblickende Kammerjäger betraten unser Abteil. Sie packten Sprühdosen aus und begannen unser Abteil auszuräuchern. Das also war die berühmt-berüchtigte Chemokeule.

»Schnell!« rief ich Wilhelm zu, »hinter mir her, ich kenn einen Fluchtweg.«

Ich kroch in die Leitungen der Klimaanlage. Als ich mich noch einmal umdrehte, sah ich, wie die Kammerjäger die Abteiltür von außen verschlossen, während sich im Abteil langsam die bläulichen Giftschwaden ausbreiteten.

Hastig kletterten wir aus dem Waggon und versteckten uns erst einmal unter dem Bahnsteig.

Nachdem es dunkel geworden war, schlichen wir uns aus dem Bahnhof hinaus.

Vor uns lag eine breite, hellerleuchtete Straße, ein Boulevard, wie die Franzosen solche Straßen nennen.

Das also war Paris. Jene Stadt, von der Isegrimm so viel erzählt hatte.

»S Paradiis vo de Müs«, wie Wilhelm schwärmerisch sagte.

Wir huschten an den Hausmauern entlang. Auf dem breiten Gehweg, dem Trottoir, standen die Tische und Stühle der Cafés und Restaurants im Freien. Dort saßen in dem warmen Abendwind die Menschen und aßen und tranken.

Noch an demselben Abend entdeckten wir eine Gewohnheit der Franzosen, die uns entzückte.

Die Franzosen pflegen zu allen Mahlzeiten langgezogene Brötchen zu essen, die sie Baguettes nennen. Von diesen Brotstangen brechen sie sich beim Essen Stücke ab. Diese Baguettes und die Angewohnheit, sich das Brot abzubrechen, ist wie für Mäuse geschaffen, denn dabei fallen natürlich viele Krümel ab.

»Wenn mes gnau nimmt«, sagte Wilhelm, »git 's Brotschnyde für uns Müs nüt här.«

Und damit hatte Wilhelm recht.

Es gab noch eine andere, wunderbare Gewohnheit der Franzosen. Nach jedem Essen gibt es Käse. Die verschiedensten Sorten, lange, runde, ovale; Käse mit und ohne Schimmelpilze; Käse mit Pfeffer, Lorbeer und Kümmel.

Die Namen dieser verschiedenen Sorten lernten wir durch Pierre kennen, der sie auch gleich einstufte, mit einem: ça va (es geht), bon (gut), très bon (sehr gut) und merveilleux (vorzüglich).

Pierre war eine waschechte Pariser Maus. Wir hatten ihn vor dem Restaurant *Les trois mousquetaires* kennengelernt. Pierre bewegte sich mit der allergrößten Selbstverständlichkeit auf dem Boulevard. Er pflegte zu sagen: »Nicht laufen, sondern schreiten. Was huscht, das sieht man. Wenn wir aber ruhig gehen, dann übersehen uns die Menschen.«

So schlenderte Pierre inmitten der vorbeigehenden Menschen von Restaurant zu Restaurant, stets auf der Suche nach Delikatessen, denn das überall abfallende Weißbrot nahm er nur als Zubrot. Seine Lieblingsgerichte waren getrüffelte Gänseleberpastete, Camembert von der Côte d'Or und in Rotwein eingelegte Oliven. Von den

Oliven lagen viele am Boden, da sie von den amerikanischen Touristen, in der Annahme, sie seien verdorben, meist unter den Tisch geworfen wurden.

»Les Américains ont une culture de ketchup«, sagte Pierre und knabberte an einer Olive. Das hieß auf deutsch: Die Amerikaner haben eine Ketchup-Kultur. Pierre war, was geschmackliche Dinge anging, sehr streng. »Geschmack kann man nämlich lernen«, pflegte er zu sagen, »sonst wären wir noch heute einfache Feldmäuse.« Und dann fügte er meist hinzu: »Und die Gefahr muß man lieben.«

Der ausgestopfte Mops

Am nächsten Tag hatte Onkel Franz einen Unfall, der ihn zwei Fingerglieder kosten sollte. Er machte dafür später immer Annas Bibelspruch verantwortlich: Hochmut kommt vor dem Fall. Dieser Spruch habe das Unglück regelrecht angezogen, behauptete er und hob dann jedesmal wie zum Schwur die verstümmelte Linke.

Onkel Franz war nie sonderlich abergläubisch, nicht zu vergleichen mit meinem Onkel Fritz aus Dietersdorf, der sich alles an den Knöpfen abzählte und zeit seines Lebens das Siebte Buch Moses suchte, das wohl so ziemlich gegen jedes Übel gut sein mußte: gegen Fallsucht, gegen den bösen Blick, Feuer auf dem Dach, Pelzniesen, Konkurs und Unfruchtbarkeit. Er stellte sich und anderen lange und komplizierte Horoskope, glaubte an das Zweite Gesicht, das ihm gesagt haben soll, sein Schwager Franz werde an jenem Tag etwas Wertvolles verlieren, ablesbar auch an der Mars-Uranus-Opposition. Onkel Franz hingegen sagte, er habe, als er vom Rad stürzte, an Annas Drohung denken müssen und sich darum am Vorderrad, wovor immer wieder gewarnt wurde, festgehalten. Die Speichen trennten ihm säuberlich die beiden obersten Glieder seines kleinen Fingers ab. Er muß das sehr gefaßt ertragen haben. Jahre später noch erzählte man sich, wie Schröter die Mohrenstraße heraufgekommen sei, mit der Rechten das Rad schiebend, in der Linken den blutverschmierten dreckigen kleinen Finger wie ein Würstchen vor sich her tragend. Er hatte seinen kleinen

Finger im Staub gesucht und aufgesammelt, damit der nicht von irgendeinem vorbeikommenden Köter aufgefressen werde. Das sagte er dem Doktor Schilling und bat ihn, den Finger zu vernichten. Schilling nahm Schröters kleinen Finger und warf ihn, ohne ihn auch nur einmal anzusehen, in den Abfalleimer. Dann trank er mit Schröter eine halbe Flasche Branntwein, die Schröter den Schmerz und ihm das Flattern aus der Hand nehmen sollte. Mit ruhiger Hand nähte er sodann die Wunde.

Als Anna in das Ordinationszimmer gestürzt kam, weil sie gehört hatte, ihr Mann habe bei einem Unfall alle Finger der rechten Hand verloren, saß Franz Schröter rotgesichtig und grinsend da, an der linken Hand eine dicke weiße Wurst. Die anderen Finger waren abgeschrammt, aber heil, und Schröter konnte sich auf dem Nachhauseweg gar nicht darüber beruhigen, was er doch für ein Glück gehabt habe, diesen überflüssigen kleinen Finger verloren zu haben und nicht etwa den unersetzlichen Daumen. Der Daumen ist alles, grölte er, dem jetzt, nach dem Schock, dem Blutverlust und der abendlichen frischen Luft, der Branntwein in den Kopf gestiegen war, was ist dagegen der Zeigefinger. Denn die Bedeutung der Finger nimmt von vorn nach hinten ab. Der kleine Finger ist ein Nichts. Dann sang er, von Anna stützend untergehakt: Nick, nack, padiweck, give the dog a bone, this old man comes rolling home. Er schrie um so lauter, je heftiger Anna: Pscht sagte. Er brüllte, als habe er mit dem kleinen Finger auch jede Scheu verloren: Diese Stadt sei nur radfahrend zu ertragen. Wenn man genau hinsehe, seien auch das Spital- und das Judentor Zinnenfahrer. Nicht der Hochmut kommt vor dem Fall, sondern der Ungeübte.

Erst viele Jahre später, er hatte schon Rheuma, und merkwürdigerweise schmerzte ihn besonders der kleine

Fingerstumpf, begann er Anna Vorwürfe zu machen und ihr die Schuld an dem Unfall zu geben. Sie habe ihn mit diesem Bibelspruch regelrecht verstümmelt. Jetzt aber, an diesem kühlen Juniabend, konnte ihm nicht einmal der Spottvers die gute Laune vertreiben, den irgend jemand in der Wartezeit, als sich all die Neugierigen vor dem blutverschmierten Rad an Schillings Gartenzaun drängten, gefunden hatte: Schröters Franze, geht aufs Ganze/wandelt auf dem schmalsten Grade/mit seinem hohen Zweirade/stürzt dann aber o weh/und verliert erst den Finger, dann den Zeh.

Ein Vers, der die damals einsetzende Wilhelm-Busch-Lektüre verrät und sich – ein Beweis für das lange Gedächtnis einer Kleinstadt – bis in die Zeit gehalten hat, als wir, in Hamburg ausgebombt, dreiundvierzig nach Coburg kamen. Wir kamen in das verwinkelte Haus von Onkel Schröter, in dem ich mich anfangs immer wieder verlief und nur durch mein kräftiges Schreien wiedergefunden wurde. Später, nach einigen Wochen Eingewöhnung, bot es Verstecke, die den Erwachsenen unzugänglich waren, wie jene Nische unter der Holztreppe, die ich nur kriechend durch einen engen, muffig riechenden Gang erreichen konnte. Dann saß ich unter der Treppe und hörte das dumme Treppauf-treppab-Tappen der rufenden und suchenden Erwachsenen.

Das Haus war über die Jahrhunderte durch die beständigen An- und Umbauten seiner Bewohner auf eine fast vegetative Weise gewachsen. Es gab keine rechten Winkel und keine Symmetrie. Alles hatte sich in einer langsamen Bewegung von Bewohner zu Bewohner versetzt und verschoben. Die Innenwände waren aus Weidenzweigen geflochten und dann mit Lehm beworfen worden. Nachts, in der Zeit der Stromsperre, waren sie im leicht bewegten Kerzenlicht kleine senkrechte Landschaften, mit Tälern und sanften Hügeln, in denen sogar Schätze vergraben lagen. Onkel Franz hatte in den zwanziger Jahren dieses Jahrhunderts zur Erweiterung des Wohnzimmers eine Zimmerwand einreißen lassen. Zwischen den Lehmbrokken fand sich ein kleiner steinharter Lederbeutel, der, nachdem ihn Onkel Franz aufgemeißelt hatte, 30 Goldstücke freigab. Die Goldstücke waren während des Dreißigjährigen Kriegs von den Bewohnern in der Zimmerwand eingemauert worden, weil die Schweden oder die Kaiserlichen oder die Franzosen oder wieder die Schweden ins Haus standen. Was aber war aus den Besitzern der Goldstücke, den Juden, die in dieser Gasse vor dem Stadttor lebten, geworden?

Jedenfalls konnte Onkel Franz zu einer Zeit, als bankrotte Bankiers aus den Bürofenstern ihrer Wolkenkratzer in die Wallstreet sprangen und man zum Brotkauf das Papiergeld im Blockwagen fahren mußte, mit diesen 30 Goldstücken die letzte und höchste Hypothek tilgen.

So hatte sich ihm, wie Onkel Franz sagte, das Haus selbst geschenkt.

Was ich damals nicht verstehen konnte, war, warum Onkel Franz nicht auch all die anderen Wände einreißen ließ, vor allem aber das aus unbehauenen Feldsteinen gebaute Kellergewölbe nicht nach weiteren Schätzen durchsuchte. Ein Keller, der eher einem Verlies glich, von dem die Nachbarn sagten, es ginge da unten nicht geheuer zu. Mehrmals hatte man Lichter gesehen, Schatten, eine Gestalt, die durch das Haus wanderte. Das Haus hatte lange leer gestanden, bevor Onkel Schröter es zu einem günstigen Preis erwerben konnte.

Wer fürchtet sich vorm schwarzen Mann? Lirum larum Löffelstiel. Eines Tages liegt ein Fremder im Bett meiner Mutter, in das ich jeden Morgen krieche. Der Mann liegt da wie von der Decke gefallen, in aufgeknöpfter Uniform, eine Pistole auf dem Nachttisch, von dem das Lederkoppel herunterbaumelt, vor dem Bett Langschäfter, deren verstaubte Lederstulpen wie erschöpft umgeknickt sind. Das Zimmer ist von einem schweißigen Ledergeruch erfüllt. Der Mann schnarcht. Er liegt da mit weit offenem Mund. Ich sitze und warte, ob sich nicht doch eine Maus zeigt, die ihm in den Mund kriecht. Wie in dem Märchen mit dem schlafenden Mann. Dem war eine Maus aus dem Mund gekrochen, und als man sie verjagte, war der Mann tot. Man sagt mir, der Mann, der da auf dem Bett liegt, sei mein Vati. Er kommt von der Front, irgendwo aus Finnland oder Rußland. So lernte ich meinen Vater kennen. Er paßte nicht ins Haus. Er mußte vor jeder Tür den Kopf einziehen. Bald hatte er die erste Schramme auf der Stirn. Für Onkel Franz dagegen war das Haus wie zugeschnitten. Es hatte sein Maß, und auch die verschachtelten, unsymmetrischen Räume entsprachen ihm auf eine geheimnisvolle Weise, oder er hatte sich ihnen langsam anverwandelt.

Damals, nach seinem unglücklichen Sturz, saß er meist im Wohnzimmer am Fenster, skizzierte oder unterhielt sich in der verkaufsschwachen Zeit kurz vor Mittag über die Gasse hinweg mit Metzgermeister Schön, der in seiner strahlend weißen, ein wenig rotgesprenkelten Schürze vor der Ladentür stand. Schön, dessen Wunsch es gewesen war, Sänger zu werden, hatte nach dem Tod des Vaters die Metzgerei übernehmen müssen und sich daraufhin und wie aus Trotz der Tierlautforschung verschrieben.

Schön berichtete dem am Fenster sitzenden und für jede Abwechslung dankbaren Schröter, bei dem er darüber hinaus auch ein berufliches Interesse voraussetzen konnte, vom Stand seiner neuesten Forschung, der Stimme des Gaurs oder Dschangelrinds, das in den Bergwäldern Indiens und Burmas lebt.

Dabei muß gesagt werden, daß Schön über seinen Privatstudien keineswegs den Beruf zu kurz kommen ließ. Im Gegenteil, er war nicht nur ein reeller Metzger, er war sogar ein begeisterter Metzger, dessen Interesse sich nicht allein auf das tote Fleisch richtete, sondern auch auf die lebenden Tiere. Er war davon überzeugt, daß man Auge und Tastsinn schulen müsse, um auf den Viehmärkten die zartesten Tiere herauszufinden. Das Alter allein sage noch nichts über Geschmack und Zartheit des Fleisches aus, behauptete er und beobachtete mit Schadenfreude, wie die Konkurrenz Kälber kaufte, deren Fleisch zäh wie Leder war. Schön war darum nicht nur Tierstimmenforscher, sondern auch leidenschaftlicher Amateur-Anatom, und eben darum kein guter Fleischwarenverkäufer. Denn griff Schön zum Metzgermesser, um zwei Scheiben Rindsleber abzuschneiden, erklärte er der Kundin sogleich, daß die Leber beim Rind wie beim Menschen eine Anhangdrüse des Mitteldarms sei und daß sie, sofern gesund, von brauner Farbe und gelappt sein müsse. Hier in der Venenpforte, sehen Sie, sagte er, tritt eine Vene ein, und er hielt der Kundin die säuberlich durchschnittene violettgefärbte Röhre in der Leberscheibe, aus der noch etwas altes fadenziehendes Blut tropfte, unter die Augen, schnitt sodann die nächste Scheibe mit kleinen graziösen Schnitten herunter und erklärte die Bauelemente der Leber, die Leberläppchen.

Es war nicht verwunderlich, daß sich der Laden immer dann füllte, wenn Metzgermeister Schön auf dem Schlachthof oder auf einem Spaziergang war. Gern gesehen hingegen war er auf allen Jahresabschlußveranstaltungen, Hochzeiten, Taufen, Beerdigungsfeiern, denn er konnte auf eine erstaunliche Weise Tierstimmen imitieren. Man brauchte ihm nur die Tiernamen zuzurufen, und er krähte, wieherte, bellte, flötete und röhrte. Aber er konnte auch Tiere nachahmen, die er nie gesehen, also auch nie gehört hatte: Elefanten, Zebras, Bären, Gnus, Giraffen und Nilpferde. Er stützte sich dabei auf die Reisebeschreibungen von Zoologen. So hat das Gaur oder Dschangelrind, rief Schön über die Gasse Schröter zu, einen eigenartigen, für Rinder sonst unbekannten Stimmlaut, ein tieflautendes Bellen, ähnlich dem, das Elefanten hervorbringen und durch das sich die Tiere über große Entfernungen verständigen. Der Brunftruf des Gaurs besteht regelrecht aus einem Orgeln und fängt, für das Ohr unschön klingend, mit einem tremolierenden und gezogenen i–i – i an, das allmählich auf a – oo – – – uu übergeht und zu einem mächtig verhallenden Akkord anschwillt, also so, und Metzgermeister Schön brüllte durch die Gasse: i-i – i – a – oo – – – uu.

Vormittags und nachmittags zeichnete Onkel Franz, was er an Tieren in der Gasse sah. Einige dieser Zeichnungen sind erhalten. Es sind Skizzen von Körperteilen: die Hinterbeine eines Hundes, der sich scheinbar setzt, sieht man aber genauer hin, entdeckt man in der verkrampften Haltung, den stärker gespreizten Beinen, daß er seine Notdurft verrichten will. Die gespannte Brustmuskulatur eines anziehenden Pferdes, Krallen und Gelenk einer Katzenpfote, einmal spielend, einmal zuschlagend, eben entfaltete Flügel von Tauben, Sperlingen, Falken, Drosseln, stehende, gehende, trabende, galoppierende Pferdebeine, stets nur paarlich, Hundeschnauzen, leckend, hechelnd, kauend, die Zähne fletschend. Bewegungsstudien, die Schröter aber gar nicht praktisch umsetzen konnte, da die Coburger zwar seine Ausstopfkünste bestaunten, sich aber nach wie vor ihre toten Tiere bei den alteingesessenen Präparatoren in die vertraute gemütliche Form bringen ließen. Denn wer wollte sich schon mit diesen gerade auffliegenden Vögeln eine irritierende Unruhe ins Haus holen. Und wer wollte seiner Frau zumuten, angesichts eines blutverschmierten Fuchses, der gerade eine Ente frißt, Kinderhäubchen zu häkeln. Schröters Arbeiten paßten einfach nicht in die gute Stube. Sie verlangten nach Öffentlichkeit – in Schulen, Museen oder Sammlungen. So hatte denn auch in den vergangenen beiden Jahren nur der eine oder andere Reisende als Laufkunde seine Jagdtrophäe in Form eines Geweihs, eines Hirsch- oder Wildschweinkopfes von Schröter auf eine geschwungene Eichenholzplatte montieren lassen. Und der eine oder andere Kanarienvogel oder Wellensittich aus der Nachbarschaft war als lebenslange Erinnerung auf ein Ästchen gesetzt worden. Das war alles. Schröter hätte nie daran denken können, sich eines jener überteuerten Räder zu kaufen, wäre nicht der Lieblingsmops der kinderlosen Herzogin gestorben.

An einem Montagmorgen im April war das Hoffräulein von Götze in den Schröterschen Laden gekommen. Ein Diener in Livree trug ihr einen stark nach Maiglöckchen duftenden Korb nach, über den ein blaues Tuch gedeckt war. Der Diener stellte den Korb auf den Ladentisch. Und während das Fräulein von Götze sich Fuchs und Ente interessiert aus der Nähe ansah, drang durch das süßlich schwere Maiglöckchenparfum ein anderer, süßklebriger Duft, der sich schnell im Raum ausbreitete und immer intensiver wurde, der Geruch von Aas. Die weißbehandschuhte Hand des Dieners zog nach einem Wink Fräulein von Götzes das Tuch vom Korb. In dem Korb lag ein toter Mops. Der Mops war vor zehn Tagen gestorben. Die Herzogin hatte sich aber einfach nicht von ihm trennen können. Sie hatte ihn erst mit Rosenöl und dann mit Maiglöckchenparfum einreiben lassen. Als sich dann aber immer mehr Schmeißfliegen auf ihm drängten, hatte sie endlich seiner Beerdigung zugestimmt. Fräulein von Götze, die den Fuchs im Schröterschen Schaufenster gesehen hatte, wollte die Herzogin mit einer haltbaren und vor allem geruchlosen Nachbildung des Mopses überraschen.

Nun sind bekanntlich von allen Hundearten die Möpse am leichtesten auszustopfen, da die vielen Fettwülste und -polster das sonst so komplizierte Spiel von Muskeln und Sehnen verdecken und sich wie von selbst zur Ähnlichkeit abrunden. Schröter machte sich sogleich an die Arbeit, zog ein in Myrrhe getränktes Tuch vor Mund und Nase, dem Mops das Fell ab, verscharrte – was verboten war – den Kadaver im Hof, kochte den Schädel ab, säuberte das Fell mit Arsenik, schnitzte sodann aus einem festen Stück norddeutschen Torfs den Körper, versteifte die Pfoten mit Draht, füllte die entfleischten Schädelstellen mit Gips auf, setzte, obwohl man die später nicht sehen sollte, Glasaugen ein, bestrich den Torf mit einem mottenabweisenden Firnis, zog die Haut darüber und vernähte mit winzigen Stichen die Schnittstellen am Bauch. Der Mops lag friedlich zusammengerollt und schlief.

Schröter hatte den Zustand des Schlafs gewählt, dieses Mittlers zwischen Leben und Tod, um der Herzogin den Abschied von ihrem Schoßhund in seiner dauernden Gegenwart – und nichts anderes war das Konservieren – zu erleichtern.

Als Fräulein von Götze zwei Wochen später kam, um den Mops abzuholen, folgte sie einer spontanen Regung und streichelte das Tier. Es fühlte sich fest und doch weich an, regte sich aber nicht. Es war in einer anrührenden Weise zugleich nah und fern.

Der begeisterte Ausruf: Das ist ein Kunstwerk! stammt von ihr. Schröter hat mit diesem Ausspruch nie für seine Arbeit geworben. Er widersprach sogar Fräulein von Götze und betonte: Er habe nichts Neues geschaffen, sondern nur mit Hilfe des dem Original über die Ohren gezogenen Fells einen Mops nachgebildet. Es liege also nur eine Verdoppelung des Mopses vor, eine etwas haltbarere zwar, aber das allein sei noch keine Kunst. Wenn man es dennoch Kunst nennen wolle, wäre es eine, der stets der Aasgeruch der Vergänglichkeit anhinge. Eigentlich käme es aber darauf an, das hinter dem Abbild liegende Geheimnis aufzuspüren. Und auf die Frage, welches Geheimnis er denn meine, antwortete Schröter, wenn man das einfach sagen könnte, müßte man es nicht in der Kunst suchen.

Das Gespräch wurde von Fräulein von Götze aufgezeichnet, aber leider läßt sich nicht mehr genau sagen, was Zitat dieser so kunstbegeisterten Adeligen ist und was von meinem Onkel Franz stammt. Es belegt aber sicherlich, daß zu dieser Zeit schon theoretische Überlegungen seine dermoplastischen Arbeiten begleitet haben. Steckt darin möglicherweise der Hinweis auf eine beginnende Unzufriedenheit mit dem Präparatoren-Beruf, dieser ständigen Beschäftigung mit Kadavern? Oder ist es eine aufkeimende Unzufriedenheit mit der Form, denn das Ausstopfen findet ja seine unüberschreitbare Grenze durch die von der Natur gelieferten Hüllen und damit im Gebot der Ähnlichkeit. Die ist in einer schlichten Weise und unübertreffbar in dem schlafenden Mops erreicht, von dem es eine sepiafarbene Photographie mit allergnädigsten Grüßen gibt, die das Tier auf einem Empiresofa zeigt. Zusammengerollt, die stumpffaltige Schnauze auf den Pfoten, liegt der Mops in einem zarten, durch Seidenvorhänge fallenden Sonnenlicht, als träume er.

Die jubelnde Begeisterung der Herzogin erreichte Schröter in Form eines fürstlichen Honorars. Noch am selben Abend schrieb er an die Firma Bayliss, Thomas & Co in Coventry und bestellte ein Hochrad vom Typ

Victor. Der sprachlosen Anna erklärte er, daß er sich eine geschäftsbelebende Wirkung vom Rad erwarte. Eine Erklärung, die Anna ihm nicht glauben wollte.

Schröter hatte das Hochrad in England kennengelernt, wohin er als Präparatorgeselle gewandert war und wo er zwei Jahre gelebt und gearbeitet hatte. Gleich nach seiner Ankunft in London, an einem Sonntag, war er in den Richmond Park gegangen.

In der Ferne sah er in den hochblühenden Wiesen Schafe weiden, die aber, als er von einer professionellen Neugierde getrieben näher heranging, sich als kopulierende Paare entpuppten.

Gute zwei Stunden war Schröter gelaufen, als er zu einer kleinen Limonaden-Pagode kam. Schröter setzte sich auf einen der eisernen Klappstühle, als ein Mann auf einem Hochrad angefahren kam, bremste und wie ein Artist das rechte Bein über den Lenker warf und von dem Rad heruntersprang. Er lehnte es an einen Baum, ging zur Pagode, bestellte sich eine Limonade, trank das giftgrüne Getränk mit geschlossenen Augen und langsamen Zügen aus, holte seine Maschine, nahm einen kleinen Anlauf, stieg hoch und glitt in den Sattel. Schnell verschwand er in die Richtung, in die auch Schröter zurücklaufen mußte. Es sei für ihn, erklärte Schröter seiner Frau, ein ganz unfaßlicher Anblick gewesen, wie dieses Rad, das doch mit zwei Rädern zum Kippen hätte verurteilt sein müssen, sich unter dem Fahrer in einer unerwarteten Balance hielt. Zugleich habe er daran denken müssen, wie dieser Mann im Sitzen und mühelos dahin kam, wohin er zwei Stunden lang sein ganzes Körpergewicht auf den kleinen inzwischen wundgelaufenen Flächen seiner Füße zurücktragen mußte.

Reise nach Paraguay

Im Anflug auf Asunción sieht man den Río Paraguay, einen breiten gelbbraunen Strom mit dichtbebuschten Inseln, die hier die Grenze zwischen Argentinien und Paraguay bilden, dann, an einer weiten Flußbiegung, liegt die Stadt: die Straßen wie mit dem Lineal gezogen, quadratische Häuserblocks, dazwischen ein paar Kirchen und einige Hochhäuser – das ist die Altstadt. Zum freien Land hin krümmen und verwinkeln sich die Straßen und Wege mit den Neubauten, Einzelhäuser, mit eigentümlich verschachtelten Dächern, auf denen, wie man jetzt deutlich erkennen kann, Wassertanks stehen. Die Maschine landet auf dem Aeropuerto Presidente Stroessner.

Gleich nach der Ankunft, im Flughafengebäude, einem großen Neubau, kann man ihn sehen: überlebensgroß, in Öl, er reicht über zwei Stockwerke und sieht aus wie ein bayerischer Gastwirt, den man in einen Frack gezwängt hat, die Präsidentenschärpe über dem mächtigen Bauch, einen großen Orden an der Brust, die blauen Augen leuchten, El Excelentísimo, der Präsident der Republik Paraguay, der General des Heeres, der Oberkommandierende aller Streitkräfte, der oberste Richter seines Landes – Don Alfredo Stroessner. Sein Name und sein Bild werden einen von nun an im Lande begleiten.

Das Taxi, ein klappriger Ford, aus dessen aufgeplatztem Rücksitz rosaroter Schaumgummi quillt, wird am Ausgang des Flughafens vor einem Schlagbaum gestoppt. Ein Soldat notiert sich die Nummer des Taxis und läßt sich meinen Paß zeigen. Ein anderer Posten sitzt im Schatten des Wachhäuschens, den Helm im Genick, die Maschinenpistole über den Knien, und kaut Fingernägel. Der Taxifahrer reicht einen Geldschein raus, der Schlagbaum geht hoch, und wir fahren auf einer breiten, frisch asphaltierten Straße in Richtung Stadt. Am Straßenrand stehen Tamarisken, Palmen und Eukalyptusbäume, dazwischen Reklameschilder: Coca-Cola, Siemens, Ford. Männer in Overalls mähen den Rasen und sammeln Papier auf. Es ist eine, für Südamerika, ganz ungewöhnlich saubere Straße, die dann in einen Villenvorort von Asunción mündet. Der Taxifahrer, ein alter Mann mit einem vom Nikotin gelb eingefärbten grauen Schnurrbart, erzählt mir, daß in dieser Gegend Somoza ermordet worden sei, und als ich nachfrage, macht er einen kleinen Umweg und zeigt mir die Kreuzung, wo Somozas Mercedes von einer Panzerfaust zerrissen wurde. Die Karosserie war weg, aber der Motor lief noch. Industria alemana, sagt der Taxifahrer und grinst, was wohl soviel wie deutsche Wertarbeit heißen soll. Das Attentat soll angeblich von den Attentätern gefilmt worden sein. Die Polizei fand später ein Videostativ. Das war 1980. Der Tod Somozas hat die Machthaber Paraguays mächtig aufgeschreckt. Bis zu dem Zeitpunkt glaubten sie sich ziemlich sicher. Stroessner hatte, als er 1954 durch einen Putsch an die Macht kam, radikal mit der Opposition aufgeräumt. Damals schwammen die Leichen der Gefolterten im Río Paraguay, und gefesselte Menschen fielen aus Flugzeugen. Fast eine Million Menschen haben seitdem das Land verlassen, eine hohe Zahl, bedenkt man, daß Paraguay heute nur 3 Millionen Einwohner hat. Nach dem Attentat auf Somoza kam es zu größeren Verhaftungswellen, Kontrollen, und die Zensur wurde abermals verstärkt. Zwar werden noch immer die Straßen abgesperrt, wenn El Excelentísimo zu seiner Residenz fährt, aber es ist ein ruhiges Land, und es gibt nichts Vergleichbares zu dem Widerstand der Bevölkerung in Chile gegen das Pinochet-Regime. In Paraguay explodieren keine Bomben, es kommt zu keinen Streiks und zu keinen Demonstrationen, man sieht nicht einmal Anti-Stroessner-Parolen an den Hausmauern. Die sind vielmehr mit Plakaten vollgepflastert, auf denen Don Alfredo zu sehen ist, beim Eröffnen einer Schule, im Gespräch mit Studenten oder Landarbeitern, im Kreise von Militärs, Priestern und Kleinkindern. Die Plakate feiern den dreißigsten Jahrestag der Machtergreifung der Stroessnerschen »Demokratur«. Tatsächlich läßt Stroessner sich alle fünf Jahre wiederwählen, wobei an dem jeweiligen Wahltag, also für 24 Stunden, der Ausnahmezustand in Asunción aufgehoben wird. Der Ausnahmezustand wurde in den dreißig Jahren zum Normalzustand, und das heißt: permanente Zensur, Versammlungs- und Demonstrationsverbot, willkürliche Verhaftungen und beliebig lange Gefängnishaft ohne Anklage. Hin und wieder verschwindet einer, hin und wieder wird jemand gefoltert, das garantiert die Ruhe im Land, das ist die Ordnung der Stroessnerschen Demokratie.

Der Besitzer des Hotels, in dem ich wohne, ein Deutscher, sagt mir dann auch gleich ungefragt: Die Bevölkerung in Paraguay ist zufrieden, Sie können sich selbst überzeugen.

Es ist die Zufriedenheit derer, die nichts anderes kennen, sagt mir später Ricardo, einer jener Journalisten, die bei der Zeitschrift *ABC Color* gearbeitet und dort eine regimekritische Berichterstattung durchgesetzt haben, bis die Zeitschrift im März 1984 von Stroessner verboten wurde. In welchem Maße sich die Bevölkerung inzwischen mit der Diktatur abgefunden hat, das macht viele der oppositionellen Intellektuellen mutlos. Für diese

Gleichgültigkeit gegenüber dem Regime gibt es, neben dem wohldosierten Schrecken, der die Ruhe garantiert, auch geschichtliche und ökonomische Gründe. Letztere kann man sehen, wenn man durch die Stadt geht. Es gibt so gut wie keine Industrie. Ein paar Fabriken, in denen Sprudel, Limonade und Coca-Cola hergestellt wird, ein paar Ölmühlen und Konservendosenfabriken, das ist alles. Dafür gibt es allenthalben Banken, kleine und große. Die Hochhäuser in der Stadt sind, bis auf ein Hotel, bombastische Bauten der Großbanken, die amerikanischen dominieren neben den paraguayischen. Das Land lebt vom Handel, genauer vom Schmuggel. In der Innenstadt reiht sich ein Laden an den anderen, meist kleine Klitschen, in denen man Schnaps, Zigaretten, Uhren und Fotoapparate billig kaufen kann: eine rege Untergrundwirtschaft, die aber das Tageslicht nicht zu scheuen braucht und die nach offiziellen Schätzungen mehr als die Hälfte von Im- und Export des Landes ausmacht. Nach Asunción kommen die Argentinier und Brasilianer, um billig einzukaufen, vom Pierre-Cardin-Fummel bis zum Agfa-Film. Whisky und Zigaretten werden in großem Umfang auch in die angrenzenden Länder geschmuggelt. Wer sich darüber genauer informieren will, kann das in dem Roman *Die Reisen meiner Tante* von Graham Greene nachlesen. Am Schmuggel verdienen Zoll, Polizei und Militär kräftig mit. Das Gehalt der Beamten, der Sold der Soldaten ist so niedrig, daß Bestechungsgelder ein ganz selbstverständlicher Zuverdienst sind, und zwar vom Gemeinen bis zum General, selbstverständlich mit der dem Rang entsprechenden Progression. Schon bei der Ankunft kann man, mit einer Zehn-Dollar-Note, unkontrolliert durch den Zoll kommen. Will man einen Container ins Land holen, kostet es entsprechend mehr. Es gibt Agenturen, bei denen man sich über die aktuellen Preise der Dienststellen und Beamten erkundigen kann, selbstverständlich abermals gegen ein sattes Honorar. Während die Bürokraten und die Militärs nur die Hand aufhalten, um die Augen zuzumachen, müssen sich die kleinen Gauner die Hacken ablaufen. Das sind die Leute, die einem in der Stadt, aber auch in der Provinz auf Schritt und Tritt irgendwelche japanische Uhren und in Südkorea imitierte Dupont-Feuerzeuge andrehen wollen. Die großen Schieber sitzen indessen in den Villen und Schlössern von Asunción.

Am dritten Tag meines Aufenthaltes fuhr mich A. (ich will diesen aufrechten Mann nicht nennen, aber mich an dieser Stelle bei ihm bedanken), ein Deutscher, der mit einem offiziellen Auftrag im Land ist, durch die Stadt und zeigte mir den Wohnsitz des Militärkommandanten von Asunción, des Generals Andrés Rodríguez. Es ist ein veritables Schloß, im Stil des Buckingham-Palastes. Der General, der einen ausgewiesenen Monatssold von 550 Dollar bekommt, soll sich diesen Prachtbau, wie sich das Volk erzählt, dadurch erspart haben, daß er sich das Rauchen abgewöhnte. Tatsächlich aber machte General Rodríguez seine Millionen in dem Heroin-Handel, der von Bolivien über Paraguay in alle Welt geht. Darüber hinaus ist General Rodríguez mit dem Diktator familiär verbunden, seine Tochter ist mit Stroessners Sohn verheiratet. Ein Whisky-Schmuggler hat sich – Häuser sind hier ein Prestige-Symbol – einen Palast in postmoderner Architektur bauen lassen, ein anderer hat sich – was etwas über den Geschmack der paraguayischen Bourgeoisie verrät – exakt das Landhaus aus dem Film *Vom Winde verweht* nachbauen lassen. Ich habe im Ausland selten so viele Mercedessterne und blauweiße BMW-Wapperl gesehen wie hier, die Reichen protzen mit ihrem Reichtum, allerdings verkriecht sich auch nicht die Armut. Auf den Einkaufsstraßen der Innenstadt sieht man die verkrüppelten und kranken Menschen auf dem Pflaster sitzen und betteln. Wer aus dieser Schmier-Gesellschaft herausfällt, landet geradewegs in der Gosse. Eine Sozialfürsorge, wenn man von kirchlicher Wohltätigkeit absieht, gibt es nicht. Ich habe in eine psychiatrische Anstalt gesehen: Die Menschen lagen nackt auf dem Beton. Ein Mann in Gummistiefeln spritzte mit einem Gartenschlauch Scheiße und Urin vom Boden.

Das Hotel, in dem ich wohne, liegt in der Nähe des Bahnhofs. Es soll der älteste Bahnhof in Südamerika sein, und er ist im viktorianischen Stil erbaut. Zweimal am Tag geht von hier ein Zug ab, der eine nach Norden, der andere nach Süden, der das gut 2000 Kilometer entfernt liegende Buenos Aires nach einer dreitägigen Fahrt erreicht. Die Lokomotive wird noch mit Holz geheizt, und es kommt vor, daß der Heizer unterwegs aussteigen und etwas Holz schlagen muß, damit es überhaupt weitergeht. In der Nähe des Bahnhofs liegt die Kathedrale. Ein Schwein hebt müde seinen Kopf, als ich durch das Portal in das dämmrige Kirchenschiff trete. Das Tier hat sich vor der Nachmittagshitze auf die kühlen Steinfliesen gerettet. Die Wände sind mit Devotionalien vollgehängt. Ein Christus hebt und senkt, geht man vorbei, inbrünstig die blauirisierenden Augen. *Pater peccavi!*

An dieser Stelle wurde 1537 Asunción gegründet. Die Spanier, die hierher kamen, vermischten sich mit den Guaraní-Indianern. Eine Tafel vor der Kathedrale erinnert daran. Damals durfte sich jeder Soldat angeblich fünfzig Frauen nehmen. Die heutige Bevölkerung stammt zu 95% aus diesem Konquistadoren-Harem. Sie spricht noch immer Guaraní, die Sprache der Ureinwohner, eine klangvolle melodische Sprache.

Ein paar hundert Meter entfernt von der Kathedrale liegt der Präsidentenpalast, den im letzten Jahrhundert, direkt am Flußufer, der Diktator Carlos Antonio López für seinen Sohn erbauen ließ. Unmittelbar neben dem Palast, am Ufer, liegt einer der wenigen Slums von Asunción. Hütten aus Wellblech und Sperrholz, teilweise auf wackeligen Pfählen, um die Bewohner vor dem alljährlichen Hochwasser zu schützen. Schweine stobern im Schlamm, Hühner von einer regelrecht beängstigenden Größe springen in die Luft und schnappen nach Heuschrecken, räudige Katzen, abgemagerte Hunde, dazwischen spielen Kinder, verbrennen einen Gummireifen, blau und stinkend zieht der Rauch herüber. Vor zwei Jahren wurde die Siedlung mit einem gut zwei Meter hohen Bretterzaun verdeckt, damit das Auge des Herrschers die dreckige Armut nicht sehen muß. Was Stroessner hingegen gut im Blick hat, ist das Hafenviertel auf der anderen Seite des Palastes. Direkt an der Ecke liegt die Bar *Orion*, vor der, es ist später Nachmittag, ein paar grellgeschminkte Nutten und zwei angesoffene Matrosen stehen. Der Präsident regiert, das könnte aus einem der lateinamerikanischen Diktatorenepen stammen, zwischen dem Grunzen der Schweine und dem Gackern der Hühner auf der einen und dem Kreischen und Gelächter der Nutten auf der anderen Seite. Allerdings darf man dem Palast nicht zu nahe kommen, dann plötzlich werden die Soldaten der Präsidentengarde munter, die eben noch schläfrig unter ihrem Helm dastanden, entsichern und legen sogar die MP an. Man hat schleunigst zu verschwinden. Ich wollte mir lediglich die riesige Uhr einmal näher ansehen, die in der Mitte des Rasens vor dem Palast am Boden liegt. Gute 10 Meter im Durchmesser, ein riesiger schmiedeeiserner Ring, aus dem gleichen Material die römischen Ziffern und Zeiger, alles leicht gekippt, aber doch so, daß man die Uhrzeit richtig nur von oben, also vom Himmel ablesen kann. Das erinnert, wenn auch ins Monumentale vergrößert, an bundesdeutsche Vorgartenkunst. Vielleicht hat ja Konsul Weyer dem Don Alfredo dieses Kunstwerk aufgeschwatzt? Jedenfalls kann Stroessner von seinem Palast aus nicht sehen, wann es fünf vor zwölf ist. Er soll allerdings auch nur noch selten im Palast sein und die Nächte mal bei dieser, mal bei jener Frau verbringen, erzählt man sich, einerseits aus Sicherheitsgründen, andererseits kann man sich den Caudillo, auch wenn er schon ziemlich hinfällig wirkt, nicht anders denn als einen großen Bock vorstellen. Sein Wohnsitz, in dem seine Frau wohnt, ist abermals ein Schloß im Villenviertel. Sollte ihn dort ein Putsch überraschen – womit niemand im Lande rechnet –, dann könnte er durch eine Gartenpforte in das gegenüberliegende Botschaftsgelände spazieren. Die US-Botschaft residiert nämlich dort auf einem Areal, das fast einem Stadtteil gleichkommt: eine kleine nordamerikanische Stadt inmitten von Asunción. Die Botschaft hat 1500 Mitarbeiter. Es handelt sich, man muß nicht lange raten, um eine Zentrale des CIA. Nicht, weil man Paraguay für linksgerichtete Umsturzversuche gefährdet hält, im Gegenteil. Man fühlt sich hier sicher. Man sagt mir, daß hier CIA-Agenten trainiert und auf ihren Einsatz in den anderen südamerikanischen Ländern vorbereitet würden. Paraguay, erklärt mir ein Mann der Opposition, war für den CIA die Koordinationszentrale beim Putsch gegen die Volksfront in Chile.

Die wirtschaftlichen Interessen der USA an diesem Land, das außer Schmuggel und Agrarwirtschaft nicht viel zu bieten hat, sind gering. Entsprechend ist auch die wirtschaftlich-technische Hilfe nicht groß, knappe 190000 Dollar im Jahr 1983, und seit der Reagan-Administration gibt es auch wieder Waffenlieferungen zum Vorzugspreis.

Man weiß in Washington, daß dieses Land in guten Händen ist. Der Journalist Ricardo vergleicht Stroessner, den er für einen gewieften Taktiker hält, mit einem Jiu-Jitsu-Kämpfer, der durch langsame geschickte Griffe und durch den Einsatz des eigenen Gewichts, aber auch durch das Gewicht des Gegners, die oppositionellen Kräfte immer wieder zu Fall bringt, ganz anders als die lärmenden spektakulären Karateschläge eines Pinochet. Stroessner sagt nicht etwa, daß Demokratie etwas Gefährliches sei, im Gegenteil: er führt sie ständig im Mund. Demokratie ist sicherlich das meistgebrauchte Wort in den Veröffentlichungen des Regimes. Alle fünf Jahre wird gewählt, das Parlament und der Präsident. Kommunisten sind verboten. Aber auch die Christ-Demokraten. Zugelassen, jedoch nicht im Parlament, ist die Febreristen-Partei, die der Sozialistischen Internationale angeschlossen ist. Sie ist, da völlig zerstritten, bis zur Bedeutungslosigkeit geschrumpft, eher ein politischer Club denn eine Partei, und darum wohl auch vom Regime geduldet.

Die alles beherrschende Partei im Lande sind die Colorados, eine seit 1870 bestehende konservativ-nationale Partei, die Stroessner zu seiner Partei gemacht hat. Es gibt dafür den Begriff des Stronismo (Stroessnerismus ist für eine spanische Zunge unaussprechbar). Was Stronismo meint, kann niemand so recht beantworten. Fest steht nur, daß der Kommunismus bekämpft werden und ansonsten alles beim alten bleiben soll, also die Armen arm und die Reichen reich. Die Mehrheiten der Colorado-Partei werden durch eine Zwangsmitgliedschaft in dieser Regierungspartei gesichert. Jeder Beamte, jeder Lehrer, überhaupt jeder, der irgendwie und irgendwo an die staatlichen Fleischtöpfe will, muß Mitglied der Partei sein. Die Mitgliedsbeiträge werden zumeist gleich von den Gehältern abgebucht. Und doch fragt man sich, wie solche Mehrheitsverhältnisse – mögen da auch manche satte Abrundungen gang und gäbe sein – zustande kommen. Diese Tatsache läßt sich wohl nur aus der Geschichte erklären: Das Land hat demokratische Verhältnisse nie richtig kennengelernt.

Unmittelbar nach der Unabhängigkeitserklärung von Spanien, im Jahre 1814, legte der Advokat Dr. Caspar R. de Francia zur ersten Nationalversammlung zwei geladene Pistolen auf den Tisch. Das war seine Antwort auf die Frage nach der Gewaltenteilung. Es begann eine 26 Jahre dauernde Schreckensherrschaft mit bizarren Begleiterscheinungen. Dieser von der Französischen Revolution beeinflußte Mann errichtete eine Erziehungsdiktatur. Er wollte ein starkes, wirtschaftlich unabhängiges Paraguay schaffen, mit einer selbstbewußten Bevölkerung. Er ließ alle Grenzen schließen, damit keine fremden Ideen ins Land kämen. Er schaffte im Heer die Dienstgrade vom Hauptmann aufwärts ab, enteignete die Kirche, die Klöster, die Ausländer und seine Gegner, die immer zahlreicher wurden. Er ließ einsperren, foltern und töten. Er verbot alle höheren Schulen, Zeitungen, die Malerei, die Literatur, überhaupt jede Kritik. Aus hygienischen Gründen, aber auch um ein besseres Schußfeld gegen Demonstranten zu bekommen, ließ er die verwinkelte Altstadt abreißen und wie ein Schachbrett wieder aufbauen. Tag und Nacht arbeitete Dr. Francia für das Wohl und Wehe der Nation, er, der Vater der Nation, der den Einfluß der Kirche und des Adels gebrochen hatte, schlief aus Angst vor einem Attentat jede Nacht in einem anderen Zimmer seines riesigen von Soldaten bewachten Palastes. Auch den Soldaten traute er nicht, denen schon gar nicht, darum diese nächtlichen Umzüge und einmal im Monat, in der tiefen Dunkelheit bei Neumond, drei Zimmerwechsel in einer Nacht – in einem Palast, in dem allein er, der sich

El Suprimo, der Allmächtige, nennen ließ, wohnte mit seinem Sekretär Patino. Francia erließ ein Gesetz, das bestimmte, alle Paraguayer müßten einen Hut tragen, den sie, falls sie ihm begegneten, ziehen sollten. Aber sie bekamen ihn kaum zu Gesicht. In den letzten Jahren verließ er den Palast nicht mehr, sah nur noch seinen Sekretär Patino, der dann seine Befehle weitergab. Diese Befehle waren wie Schicksalsschläge für die Betroffenen. Als El Suprimo 1840 starb, wagte sein Sekretär die Nachricht nicht zu veröffentlichen. Erst als die Geier durch die Fenster in den Palast eindrangen, wurde bekannt, daß Dr. Francia tot war. Der Sekretär wurde ins Gefängnis gesteckt, wo er sich, als letztes Opfer von Francia, erhängte. Das ist nicht Literatur, sondern die lateinamerikanische Realität, aus der García Márquez und Roa Bastos die Stoffe für ihre Diktatoren-Romane gewonnen haben.

Sechs Monate nach Francias Tod hatte Paraguay einen neuen Diktator: Excelentísimo Carlos Antonio López. Er schrieb eine Verfassung zusammen, nach der er alle 10 Jahre wieder zum Präsidenten gewählt werden konnte – und wurde es dreimal. 22 Jahre herrschte er über Paraguay. Er öffnete wieder die Grenzen, ließ Straßen und Schulen bauen und setzte sich für Handel und Wirtschaft ein. Das hatte einen guten Grund, denn im Gegensatz zu Francia, der nichts außer einer silbernen Taschenuhr besaß, gehörte López halb Paraguay. Selbst ein Genußmensch, besetzte er alle höheren Ämter mit Mitgliedern seiner weitverzweigten Familie, seinen Bruder, der etwas frömmelte, ernannte er kurzerhand zum Bischof, seinen kaum zwanzigjährigen Sohn, Franzisco Solano López, machte er zum Marschall und kürte ihn zu seinem Nachfolger, beschwor ihn aber, bevor er starb, »die Probleme mit der Feder und nicht mit dem Schwert zu lösen«.

Eben das tat Franzisco Solano López nicht, sondern er

begann einen Krieg – Paraguay hatte damals das größte Heer in Lateinamerika – mit Argentinien, Brasilien und Uruguay, der sogenannten Triple Alianza. Sie wurde von England favorisiert und unterstützt, das den paraguayischen Markt aufsprengen wollte. Der Krieg dauerte sechs Jahre. Als der Diktator, Marschall López, 1870 bei Cora mit den Resten seiner Truppe geschlagen worden war und, verwundet am Boden liegend, gefragt wurde, ob er sich endlich ergeben wolle, soll er geantwortet haben: Ich sterbe mit dem Vaterland. Das war insofern richtig, als von den ursprünglich knapp anderthalb Millionen Paraguayern nur 200 000 Frauen und 28 000 Männer überlebten. Zuletzt waren Frauenbataillone und Kinder mit angeklebten Bärten gegen den Feind geführt worden. Nach dem Krieg sank Paraguay, entvölkert und um 60% seiner Gebiete ärmer, zu einem unbedeutenden Land herab. In den Jahren von 1870 bis 1954 gab es 40 Caudillos, darunter auch einige 48-Stunden-Präsidenten. 1932 kam es abermals zu einem Krieg, dem sogenannten Chaco-Krieg, mit Bolivien. Es ging dabei um Ölvorkommen, die man im Chaco vermutete, was sich dann als Irrtum herausstellen sollte, ein Irrtum, der 160 000 Menschen das Leben kostete. Stroessner hat in diesem Krieg als Offizier mitgekämpft.

Das Militär spielt in der Geschichte Paraguays eine fatale Rolle, sagt mir G., ein Anwalt, früher leitender Funktionär des kommunistischen Jugendverbands, der 1954 als 18jähriger eingesperrt, gefoltert und später freigelassen wurde. Wir sitzen in einem jener Clubs, in denen man sich in Asunción trifft, Tennis spielt, angelt und auf der Parrilla Fleisch grillt. Eine brasilianische Gruppe tanzt und singt, in einem Rhythmus, der bei den Zuhörern kein Bein still stehen läßt. G. meint, die verlustreichen Kriege, insbesondere der Chaco-Krieg, hätten dazu geführt, daß sich die Bevölkerung mit dem Militär überidentifiziere. In der chilenischen oder argentinischen Bevölkerung sei das Militär nie so positiv besetzt gewesen wie in der paraguayischen.

Dann versucht er mir zu erklären, wie Stroessner an die Macht gekommen ist und welche Generäle zuvor durch Putsch und Gegenputsch Präsidenten waren. Es ist so verwirrend, daß hier nicht der Platz ist, das wiederzugeben. Und die Gewerkschaften? Gibt es Gewerkschaften? Ja, sagt G., die gibt es auch heute noch. 1958 haben die Gewerkschaften einen Generalstreik ausgerufen. Der wurde vom Militär niedergeschlagen. 300 Gewerkschaftsführer wurden verhaftet, gefoltert, etliche verschwanden. Danach aber setzte Stroessner wieder einen seiner Jiu-Jitsu-Griffe ein. Er löste die Gewerkschaften nämlich nicht auf, sondern besetzte die Schlüsselpositionen mit Agenten der Polizei. Zugleich wurden die Gewerkschaften aus dem Etat des Justiz- und Arbeitsministeriums subventioniert. Die Telefonnummer der Gewerkschaftsleitung findet man im Telefonbuch unter der Nummer des Arbeits- und Justizministeriums. Und Don Alfredo wird von der Gewerkschaftsleitung zum ersten Arbeiter der Nation erklärt. Stroessners Arbeit besteht nun nicht allein darin, daß er dafür sorgt, daß alles so bleibt, wie es ist, sondern er stützt eine Umverteilung im Landbesitz. Fast dreiviertel der landwirtschaftlichen Nutzfläche sind in Händen von drei Prozent der Grundbesitzer. Oder um es in einer absoluten Zahl auszudrücken: 1956 gehörten 40% des Boden Paraguays – mit Ausnahme des Chacos – 106 Großgrundbesitzern. Seitdem hat sich das Verhältnis zugunsten der Großgrundbesitzer verändert. Die Estancias der besten Bodenqualität sind in Händen der Generäle und Obersten. Neuerdings sind auch verstärkt ausländische Besitzer hinzugekommen. US-Konzerne haben

Land aufgekauft, zum Beispiel der Konzern Gulf & Western, der 60 000 ha erworben hat. Wir können hier, in der Bundesrepublik, immer wieder Landangebote im Immobilienteil der *FAZ* finden. Vor allem aber haben brasilianische Firmen in den letzten Jahren Land in der Nähe des Itaipú-Staudamms auf- und an brasilianische Siedler weiterverkauft. Was da verkauft wird, ist entweder Land, das dem Staat Paraguay, also dem Volk, gehört, oder aber es wird den Campesinos, den kleinen Bauern, weggenommen.

Ich habe einen auf der Fahrt von Itaipu nach Encarnación in einem Überlandbus kennengelernt. Das sind Busse, die auf Wunsch halten, also immer wieder, und sich darum im Schneckentempo durchs Land bewegen. Der Bus ist vollgestopft mit Kisten und Körben, die Leute stehen im Gang, einige sitzen sogar auf dem Armaturenbrett. Es ist heiß und so feucht, daß sich um die Sonne, die wie hinter Milchglas liegt, ein kreisrunder Regenbogen gebildet hat. Über mir im Gepäcknetz quieken zwei Ferkel. Am Gang gegenüber sitzt eine alte Frau, die ein Huhn auf dem Schoß hat, dessen Beine gefesselt sind. Sie hat es, als sie sich setzte, vorsichtig auf den Rücken gelegt, wo es jetzt still, wie hypnotisiert, liegt. Der Mann neben mir spricht ein Spanisch, das ich so gut wie nicht verstehen kann. Wahrscheinlich ist es mit Guaraní vermischt. Er fragt mich, woher ich komme, wohin ich will, was ich beruflich mache. Ich versuche ihm das zu erklären, zeige ihm Fotos, meinen Paß. Er erzählt, daß er nach Encarnación will, er sagt, er habe immer gearbeitet, wie zum Beweis zeigt er seine Hände, riesige Schaufeln, schwielig, eingerissene Fingernägel. Jetzt hat man ihm das Land weggenommen. Wie es dazu gekommen ist, kann ich nicht verstehen. Aber die Polizei hat ihn vertrieben. Er will in Encarnación zu einem Anwalt. Vielleicht kann der

Anwalt etwas für ihn tun. Er zeigt einen Zettel mit einer Adresse und einem Namen, der mir natürlich nichts sagt. An diesem Zettel, an diesem Namen hängt die Hoffnung des Mannes. Wahrscheinlich ist es einer jener mutigen Anwälte im Land, die ihre Klienten auch gegenüber dem Staat verteidigen. Es gibt ja Gesetze, die gültig sind, auch wenn sie, durch den Ausnahmezustand, wiederum ungültig sind. Das ist dann jeweils eine Ermessensfrage. Es kommt darauf an, hatte mir G., der ja Anwalt ist, in Asunción gesagt, einen Dreh zu finden, daß sie in dem jeweiligen Fall Geltung bekommen und damit für den Betroffenen Recht werden. Wenn es dazu noch gelingt, die internationale Öffentlichkeit zu mobilisieren, kann das eine oder andere erreicht oder aber verhindert werden.

Seit einigen Jahren ist auch der katholische Klerus auf eine kritische Distanz zum Regime gegangen, obwohl ich auf einer Parade einige Schwarzröcke in der vordersten Reihe mit den Militärs marschieren sah. Aber die katholische Universität ist, ganz im Gegensatz zur nationalen Universität, zu einem – wenn auch recht bescheidenen – Hort kritischer Geister geworden. Gerade in den letzten Jahren muß die Kritik auch in der Bourgeoisie an dem Stroessner-Regime gewachsen sein. Die unterentwickelte nationale Industrie leidet unter dem Schmuggel. Die ausländischen Produkte sind – zollfrei – stets billiger als die im Lande produzierten. Auch wurden die wirtschaftlichen Erwartungen, die sich auf den Bau von Itaipu, das größte Wasserkraftwerk Südamerikas, richteten, enttäuscht. Die Milliardenaufträge gingen zumeist an brasilianische Firmen. Und mit der anfallenden Strommenge, die enorm ist, kann Paraguay nichts anfangen, da versäumt wurde, eine energieintensive Industrie aufzubauen. Auch von den Schmiergeldern, die in die Aber-

Millionen gehen, blieb wenig im Land, die wanderten – auf Schweizer Nummernkonten. Die Kritik an diesem hemmungslosen Ausverkauf des Landes reicht bis in die Regierungspartei der Colorados hinein. So produziert das System seine eigenen Widersprüche wie Stolpersteine, die immer größer werden. Ein Beispiel aus der jüngsten Zeit: 1983 wurde die staatliche Datenbank aufgelöst. Eine Gruppe von 20 Wissenschaftlern hatte die offiziell gesammelten Daten zusammengestellt, die sich plötzlich wie ein gehässiges kommunistisches Machwerk lasen. Es waren lediglich Fakten, von der großen Säuglingssterblichkeit bis zur Umverteilung des Landes zum Großgrundbesitz auf Kosten der kleinen und kleinsten Betriebe. Die Wissenschaftler wurden verhaftet, die Datenbank aufgelöst. Man will lieber gar keine Fakten als die wahren. Es ist offensichtlich, was es für die wirtschaftliche Planung bedeutet – mag sie auch noch so rudimentär sein –, wenn man nicht einmal mehr Daten sammeln und auswerten kann. Die stolpern dahin wie ein Blinder am Stock, sagte mir Goosen, einer der Wissenschaftler, die bei der Datenbank gearbeitet hatten und nach deren Auflösung verhaftet und gefoltert wurden. Nach einem wochenlangen Hungerstreik und vor allem nach einem internationalen Protest wurde er schließlich neun Monate später freigelassen. Goosen, der aus einer nach Paraguay eingewanderten rußlanddeutschen Familie kommt, erzählt von seinen Erfahrungen an der Datenbank und im Gefängnis in fließendem Deutsch, aber so, als rede er über eine andere Person, sachlich und fast emotionslos. Manchmal lacht er, als müsse er das Grauen für den Zuhörer etwas abmildern. Goosen wurde geschlagen und dann – als er keine Namen nennen wollte von anderen Oppositionellen, auch die Namen und Gesichter, die man ihm zeigte, nicht kannte – in die Pileta geführt, einen

Raum mit einer Badewanne. Die Badewanne ist mit Exkrementen gefüllt. Er wird gefesselt und in die Badewanne gesetzt. Man fragt ihn. Und nach jedem Nein wird er in die Scheiße getaucht, bis er ohnmächtig wird. Es gibt Schlimmeres, sagt er, viele sind zu Tode gefoltert worden. 1978 zum Beispiel der Generalsekretär der paraguayischen Kommunisten. Vordringlich ist, sagt Goosen, sich um die Campesinos zu kümmern, die seit vier Jahren im Gefängnis sitzen, erst ohne Anklageschrift, dann mit einem Scheinprozeß, der unterbrochen wurde. Diese Häftlinge machen gerade einen Hungerstreik.

Die Vorgeschichte: 1972 ließen sich mit Genehmigung der staatlichen IBR (Land-Wohlfahrts-Institut) einige hundert Landarbeiter in der Provinz Caaguazu nieder und rodeten und bebauten ein 2000 ha großes Gebiet. Wenige Jahre später, mit dem Baubeginn des Itaipu-Staudamms, wird auf diesem Gelände Sand entdeckt, der für eine Betonfabrik wichtig ist. Der Wert des Landes steigt sofort, und zwar ganz erheblich. Eine Generalswitwe taucht auf, die ihre Ansprüche auf das von den Siedlern bewohnte Gebiet geltend macht. Sie vertritt zugleich die Interessen einiger anderer Armeeoffiziere, die ebenfalls Landtitel vorweisen. Die Zusage der staatlichen IBR an die Siedler, daß das früher staatliche Land in den Besitz der Siedler übergegangen ist, geht »verloren«. Später verschwindet die ganze Akte. Die IBR war also nie mit dem Fall befaßt. Polizei und Militär werden gegen die Siedler eingesetzt, die sich aber nicht vertreiben lassen, es sind schließlich nicht ein paar Familien, sondern mehrere hundert Menschen. Die Polizei geht mit allen Mitteln gegen die Campesinos vor: Das Getreide wird verbrannt, die Neusaat zerstört, Häuser werden angezündet. Aber die Siedler bleiben. Schließlich wird die Brücke zerstört, die diese Siedlung mit der Provinzstraße verbindet. Die Menschen hungern, es fehlt an medizinischer Versorgung. Als einige Kleinkinder sterben, bricht die Revolte aus. Die Siedler bewaffnen sich mit alten Gewehren und Macheten und ziehen zur Sandgrube und nehmen den Vorarbeiter gefangen. Sie marschieren zur Provinzstraße, die nach Asunción führt. Dort lassen sie den Vorarbeiter laufen und kapern einen Touristenbus. Mit dem Bus wollen sie nach Asunción fahren, um dort für ihre Sache zu demonstrieren. Sie glauben, daß es sich bei der ganzen Angelegenheit um Übergriffe von untergeordneten Dienststellen handelt. Wenn das Don Alfredo wüßte. Der Bus wird auf dem Weg von einer Militärkontrolle gestoppt. Es kommt zu einem Handgemenge, einem Schußwechsel, wobei aber keiner der Fahrgäste verletzt wird. Die Campesinos fliehen in den nahe gelegenen Wald. Die Streitkräfte rufen den Alarmzustand aus. 1000 Mann Eliteeinheiten werden mit Hubschraubern in das Gebiet geflogen, eine Ausgangssperre für alle umliegenden Dörfer erlassen. Am 10. März 1980 werden die Campesinos von den Truppen in der Nähe des Dorfes Guyrúa-gúa umzingelt. Neunzehn Bauern ergeben sich und werden sofort erschossen. Einigen der Siedler gelingt es zu fliehen, darunter Victoriano Centurión, ein Mitbegründer der »ligas agrarias«, einer Selbsthilfeorganisation der Campesinos. Er und die anderen entflohenen Siedler werden im ganzen Land gesucht. Die Polizei verhaftet 300 Bauern, die im Verdacht stehen, mit den Siedlern zu sympathisieren. Sie werden gefoltert, einige umgebracht. Die Siedlung in Acaray wird aufgelöst. Einige der Campesinos sitzen bis heute im Gefängnis, ohne daß es zu einem Prozeßende gekommen wäre.

Goosen sagt, in den neun Monaten Gefängnis war es für das Überleben wichtig zu wissen, daß er draußen nicht vergessen war, daß man um sein Recht kämpfte, das heißt um seine Freiheit. Diese Unterstützung ist es, die, je breiter und internationaler sie wird, den Opfern der Stroessner-Diktatur eine Chance gibt. Insofern ist auch der Staatsbesuch des Präsidenten eine Chance – woran die bundesdeutschen Gastgeber natürlich nicht gedacht haben: Er selbst, als Repräsentant der Gewalt, erinnert auch an seine Opfer. Über sie muß man reden. Und erst dann kann man auch von der Schönheit des Landes und seinen Eigentümlichkeiten erzählen, von der wunderschön klingenden Sprache, dem Guaraní, von den Ruinen der Jesuitensiedlungen, von dem Gran Chaco, von den Mennoniten, die dort gerodet haben, und von jenen Indianern, die Plattdeutsch sprechen. Davon soll ein andermal die Rede sein.

Hunde in der Nacht

Der Bus fuhr langsam, mit dröhnendem Motor, eine Steigung hoch. Er schaukelte mit schlagenden Achsen durch die Löcher. Es war dunkel, nur zwei rote Notleuchten brannten an der Decke. Im Gang standen die Menschen dicht gedrängt. Viele waren Indianer, sie schliefen im Stehen. Die alte Frau, die neben Wagner am Fenster saß, hatte sich in ein weites, schwarzes Tuch eingehüllt und war im Schlaf auf ihn gesunken, ihr Gesicht an seiner Brust. Auf ihrem Schoß lag ein weißes Huhn. Sie hatte das Tier, dessen Beine gefesselt waren, vorsichtig mit dem Rücken auf ihren Schoß gelegt. Dort lag es noch immer wie hypnotisiert. Nur hin und wieder bewegte es die Augen. Hinten weinte ein Kind. Im Gepäcknetz grunzten zwei Ferkel. Ab und zu hielt der Bus, und jedesmal stiegen noch ein paar Menschen ein. Einmal mußten alle im Gang Stehenden aussteigen, weil eine Frau mit einem auf den Rücken gebundenen Säugling hinaus wollte. Sie hockte sich vor den Bus hin, die Röcke hebend, und pinkelte. Dann stieg sie wieder ein und nach ihr die anderen, die draußen gewartet hatten. Der Bus röhrte weiter durch die Nacht. Plötzlich war die Landschaft von Flammen erhellt, gigantische Fackeln, in deren Schein eine baum- und buschlose Ebene zu sehen war, darin bewegten sich schattenhaft wie pickende stählerne Vögel Erdölpumpen. Die alte Frau neben ihm war aufgewacht. Er sah den gelben Lichtschein auf einem runzligen Gesicht. Die Frau griff in den am Boden stehenden Korb und zog ein Brot heraus. Sie brach ein Stück ab und reichte es Wagner. Es war Maisbrot. Sie zog eine verbeulte Blechflasche aus dem Korb, schraubte den Verschluß auf und hielt sie Wagner hin. Er zögerte einen Moment. Dann nahm er die Flasche und trank. Es war ein lauwarmer Saft, der aber eigentümlich aromatisch und körnig war und darum kühl schmeckte. Dann trank die Frau. Sie riß Bröckchen aus dem Brotlaib und schob sie in den zahnlosen Mund. Das Huhn lag wie tot in ihrem Schoß, aber seine Augen verfolgten die Brotbröckchen in der Hand. Die Alte hielt Wagner nochmals die Blechflasche hin. Aber so direkt, von Mund zu Mund, mochte er dann doch nicht trinken. Er bedankte sich, wartete, bis die Frau fertiggegessen hatte, zog seine Zigaretten heraus und bot ihr eine an. Sie zog sich vorsichtig eine und noch eine zweite heraus. Eine steckte sie sich hinter das Ohr, die andere in den Mund. Sie saßen schweigend nebeneinander, rauchten und wurden in den Schlaglöchern gegeneinander gedrückt.

Neben dieser alten Frau sitzend, die wie ein Matrose die Zigarette rauchte, sie in der hohlen Hand zwischen Daumen und Mittelfinger hielt, fragte er sich, was ihm eigentlich noch blieb. Was er eigentlich noch wollte. Einmal abgesehen von seinem Beruf, der ihm Spaß machte, aber keine Antwort darauf geben konnte, warum er sich in all den Jahren krummgelegt hatte: Warum ist die Banane krumm? Er lachte kurz auf. Die Alte sah ihn an und nickte ihm zu, als wollte sie sagen: Mach weiter. Wenn er zurückdachte, dann schwammen da ein paar Erinnerungen, die peinlichen, peinigenden sehr nah und deutlich umrissen, die sogenannten schönen vereinzelt, fern und in einem feinen Dunst. Aber Land war nicht in Sicht. Irgendwie, auf eine kaum merkliche Weise, waren ihm die Wünsche abhanden gekommen. Sie waren durch die vielen kleinen Gewohnheiten und die vielen kleinen Notwendigkeiten aufgerieben worden.

Sie fuhren durch Wald, und sogleich dachte er, daß jetzt die Baugrube nicht mehr weit sein könne. Was natürlich unmöglich war. Dann hielt der Bus. Irgend etwas lag auf der Straße. Im Bus entstand eine Bewegung nach vorn. Ein paar Männer stiegen aus, auch der Fahrer. Man hörte sie erregt rufen. Eine hektische Unruhe entstand, alle redeten durcheinander und aufeinander ein. Er dachte, genau dies sei die Stimmung auf einem sinkenden Schiff. Er hörte das Schreien und Keckern der Tiere im Wald, ein vielstimmiger Beute- und Todesschrei, der sogar das Wummern des Motors übertönte. Dann stiegen alle wieder ein, und der Bus fuhr weiter, ohne daß Wagner gesehen hatte, was auf der Straße passiert war.

Er war eingenickt und von neuer Unruhe im Bus wenig später aufgewacht. Alle drängten hinaus. Wagner ging zum Fahrer und zeigte ihm den Zettel, auf den der Arzt ihm den Namen der Stadt geschrieben hatte. Der Busfahrer zeigte aber nur auf ein Haus und sagte: Fin de viaje.

Wagner drückte dem Fahrer den Verteiler in die Hand und winkte ihm nochmals zu. Der Mann stand da, staunend, als hätte Wagner ihm ein Osterei in die Hand gelegt. Er ging zu dem Hotel hinüber, auf das der Fahrer gezeigt hatte. In der Schankstube hing ein Mann über einem Tisch und schlief. Er hatte das Gesicht auf die Tischplatte gelegt, die Arme weit ausgestreckt, lag er da, als habe ihn der tödliche Schuß beim Biertrinken überrascht. Es war kurz nach zwei, und Wagner wußte nicht, ob er den Mann wecken sollte. Dann entdeckte er einen Klingelknopf über einem Tisch. Er klingelte. Nach einiger Zeit erschien ein mürrischer Mann im Pyjama.

Do you have a room for me?

No, sagte der Mann und schlurfte wieder weg. Wagner überlegte, ob er sich zu dem Mann an den Tisch setzen sollte, dann aber ging er hinaus. Draußen, dicht neben dem Eingang, stand ein Korbsessel. Er setzte sich hinein. Eine Hand ließ er in der Hosentasche, in der das Geld steckte. Mit der Anzugjacke deckte er sich zu. Hinter einem Gebüsch kam ein eigentümliches Schnauben und Ächzen hervor. Aber er konnte weder ein Tier noch einen Menschen entdecken. Gern hätte er jetzt jemandem erklärt, warum er hier saß, verdreckt und unrasiert. Wie alles mit einem verrückten Einfall begonnen hatte, denn natürlich war er aus der blinden Hoffnung heraus gefahren, Luisas Anschrift in der Präfektur zu erfragen (die Hoffnung, Luisa noch in der Stadt zu treffen) – wie er vom rechten Weg abgekommen war, und wie er sich dann immer weiter von dem Ziel entfernt hatte, zu dem er eigentlich wollte. Winzige Zufälle, die sich zu einer unumstößlichen Zwangsläufigkeit auftürmten. Renate hätte das ein Abenteuer genannt. Aber es war nur ein Abenteuer aus der Perspektive eines mit Blautannen bestandenen Vorgartens eines Hamburger Flachdachhauses. Susann hätte es weit nüchterner bezeichnet, als ein kurioses Mißlingen. Schon im Halbschlaf schreckte er vom Knistern des Korbstuhls hoch.

Kindergeschrei weckte ihn. Es war hell. Ein paar Kinder standen hinter einem gelbblühenden Gebüsch und bewarfen ihn mit kleinen roten Beeren. Als Wagner aufstand, liefen sie davon.

Er ging in das Gasthaus und setzte sich. Der Wirt kam. Er hatte noch immer ein mürrisches Gesicht, das Wagner sogleich auf sich bezog, da er den Mann nachts geweckt hatte.

Café y pan, por favor.

Der Wirt sah ihn mißtrauisch an, dann rieb er den Zeigefinger am Daumen, eine Geste, so weit verbreitet, wie wir gekommen sind, dachte Wagner. Er zeigte dem Wirt sein Geld, einen Packen Scheine gleichsam als Rache dafür, daß der Mann ihn für zahlungsunfähig gehalten hatte. Zugleich merkte er, daß es ein Fehler war, soviel Geld zu zeigen.

Der Wirt brachte Kaffee und Brot, etwas Marmelade und ranzige Butter. Wagner sah durch die offenen Fenster die Sonne über dem bewaldeten Höhenzug aufgehen. Er dachte an die Baustelle, an das Grundwasser in der Baugrube von Halle B, aber er dachte daran so, als ginge ihn das nichts mehr an. Ein Stück erlebter Geschichte, fern und sonderbar, seine Sorgen, seine Anstrengungen. Wie hatte Hartmann gesagt: Wagner sei derjenige, der alles wieder ins Lot brächte.

All das war ihm gleichgültig, nur wenn er an den Streik dachte, gab es ihm einen Stich, und die Unruhe war plötzlich wieder da. Nicht, weil er sich bei dem Bauträger – was für ein aberwitzig falscher Begriff – in der Schuld glaubte, sondern es war ein Gefühl der Scham gegenüber den Arbeitern, gegenüber den vier Männern, die seinetwegen entlassen und abgeschoben worden waren. Wie mußten ihn all die anderen Arbeiter sehen: ein täppischer Riese, rotgesichtig vom Sonnenbrand, hellblaue Augen, von denen man ja sagt, sie könnten nichts verbergen.

Der Wirt kam, redete auf Wagner ein und zeigte nach draußen. Dort stand ein Esel, daneben ein Treiber, der einen großen, das Gesicht beschattenden Strohhut trug. Der Wirt bedeutete Wagner, er müsse gehen. Wagner hielt ihm einen Geldschein hin. Der Wirt steckte ihn ein, ohne Wechselgeld herauszugeben. Wagner sagte sich, daß der Ritt mit dem Esel vielleicht in der Summe enthalten sei.

Er ging hinaus und stieg auf den Esel, den der Treiber, der trotz der Hitze einen Poncho trug, mit dem Arm um den Hals festhielt. Der Wirt kam und brachte einen Strohhut, für den er Geld verlangte. Einen Schein, den Wagner ihm hinhielt, wies er zurück, er suchte sich aus dem Bündel Geldnoten eine heraus. Es war eine ziemlich große Banknote, und Wagner hätte sich in Deutschland dafür einen Borsalino kaufen können. Er protestierte aber nicht, weil er sich sagte, daß er sich das selbst zuzuschreiben habe, er hätte eben nicht das Geld zeigen dürfen. Zugleich beschlich ihn die Angst, man könne ihn auf dem Esel in einen Hinterhalt führen, ihn berauben, wenn nicht gar umbringen. Der Treiber schnalzte und zog den Esel hinter sich her die Dorfstraße entlang. Neben Wagner rannten die Kinder, die ihn wieder mit diesen kleinen roten Früchten bewarfen. Einer der Jungen machte das Fickzeichen. Wagner wußte nicht, ob das ein Angebot sein sollte oder ob er ihn damit nur ärgern wollte.

Der Eseltreiber zog, ohne sich darum zu kümmern, das Tier an einem Strick hinter sich her. Sie kamen in den Wald, der kurz hinter dem Dorf begann, und tauchten in ein Grün, hinter dem der Himmel nicht mehr zu sehen war. Es war das erste Mal, seit er im Lande war, daß ihm der Wald körperlich so nahe kam. Hin und wieder streifte ihn eine der Lianen, die wie Seile von den Bäumen hingen, Stämme mit einer feingeriffelten Rinde, senffarben und gute zwanzig Meter hoch, daneben Palmen, im Halbschatten Büsche, lanzenförmige Blätter von einem zarten Hellgrün, aber schon der Versuch, die verschiedenen Blattformen und Tönungen des Grüns zu sehen, machte ihn ganz wirr, und er dachte, wie arm die Sprache war, um dieses nach oben drängende, lichtschluckende Grün zu bestimmen, also auch wahrzunehmen. Er hatte einmal von einem Indianerstamm am Amazonas gelesen, der mehr als zweihundert Wörter für die Bestimmung des Grüns hatte. Der Esel ging ruhig auf dem Pfad, einer dikken trockenen Blätterschicht, voran der Treiber, in seinem Poncho, den Strohhut auf dem Kopf, so daß Wagner noch immer nicht sein Gesicht hatte sehen können. Trug nicht auch der Jaguarmann einen solchen Strohhut, ausgefranst und seitlich eingerissen? Ein Zweig streifte Wagner, und wie durch eine kleine Explosion wurde er mit graublauem Blütenstaub überschüttet. Wagner wollte sich gleich, wenn er zurück war, mit Juan treffen, nur der würde ihm die Fragen beantworten können, die ihn bewegten, wie diese riesigen Bäume hießen und über wen er Luisa kennengelernt hatte, denn das zumindest mußte Juan von irgend jemandem erfahren haben, daß sie Spanischstunden geben wollte, also Geld brauchte. Einer der meterdicken Bäume lag umgestürzt da, was erst vor kurzem geschehen sein konnte, und hatte eine Schneise ins Grün geschlagen. Wagner sah den Himmel, überraschend das Blau und darin ein paar Wolkenschlieren. Das ganz und gar Unerwartete für ihn war aber die Stille in dem Wald, kein Tierlaut war zu hören, kein Wasser und kein Wild. Der Führer ging in Sandalen, wie Hartmann sie getragen hatte, und Wagner hörte, obwohl der Mann so zielstrebig bergan ging, kein Keuchen, nicht einmal das Atmen. Nur der Esel schnaufte hin und wieder. Das Fell war schweißnaß. Plötzlich drehte sich der Mann um. Wagner sah in das alte Gesicht eines Indianers. Ein Gesicht, das nicht zu den zähen Bewegungen des Körpers paßte. Der Mann drängte den Esel etwas zurück und zeigte auf einen am Boden liegenden Baumstamm, auf dem eine grüne Schlange lag, von derselben Art, wie Wagner sie am ersten Tag überfahren hatte. Der Mann wartete, bis die Schlange verschwunden war, dann zog er den Esel an dem Stamm vorbei. Wagner saß schweißnaß, aber frierend auf dem

Esel. Jetzt, nachdem er das Gesicht seines Führers gesehen hatte, fiel er in eine teilnahmslose Dumpfheit, eine Gleichgültigkeit gegenüber Ort und Zeit. Eine Zeitlang störte es ihn, daß der Esel, bergauf steigend, sich mehrmals vertrat, so daß er sich jedesmal am Sattel festklammern mußte. Dann wurde der Pfad so schmal, daß der Führer sich nicht mehr neben dem Esel halten konnte, sondern vorangehen mußte. Plötzlich brach über ihnen in den Baumkronen ein Geheul wie ein Sturm los. Eine Herde Affen turnte durch die Baumwipfel.

Der Esel war müde und keuchte, immer öfter mußte ihn der Führer mit Stockschlägen gegen die Vorderbeine antreiben. Dann wurde das Grün lichter, und sie traten aus dem Wald – vor Wagner lag eine sechsspurige Autobahnbrücke. Die Brücke spannte sich in einem kühnen Bogen über ein steil abfallendes Tal. Und sie endete an beiden Seiten im Wald, in kleinen Pfaden.

Sie lag vor Wagner, mächtig und auf eine wunderschöne Weise zwecklos und ohne Sinn, es sei denn, sie trug ihren Sinn in sich selbst. Er entdeckte einen Fußgänger auf der Brücke. Wäre er in einem Landrover hierher gekommen, er hätte sie als Kuriosität belächeln können, als ein Denkmal der Fehlplanung und Korruption, wie Hartmann sie ihm beschrieben hatte, so aber, durchgeschwitzt, durstig, mit beulendicken Insektenstichen und einer Zecke von der Größe eines Mistkäfers im Arm, ritt er in einem innigen Staunen über die Brücke. An den Rändern standen verrostete Maschinen, Kompressoren, schmarotzergrün überwuchert, eine Teermaschine, überall lagen verrostete Maschinenteile verstreut, ein Zementmischer, dessen große Trommel einen grünen Bart trug, ein Kran war von Kletterpflanzen überzogen, deren weiße Blüten wie Kaskaden von Verstrebung zu Verstrebung schäumten.

Dann tauchten sie wieder in den Wald ein, und Wagner war, als würde sein Pulsschlag langsamer. Er saß wieder gleichgültig, dem Dämmern nahe, bis sie, es war schon später Nachmittag, den Ort erreichten. Man konnte dem Dorf sogleich ansehen, daß es einmal Zentrum einer großen Baustelle gewesen war. Denn auch hier standen überall verrostete Lastwagen, Planierraupen, Bulldozer und Zementmischmaschinen herum. Dazwischen lagen Kies- und Sandhaufen und zwei in dolomitenhaften Gebirgsformationen erstarrte Zementhaufen. Dahinter verfallene Nissenhütten – die Wagner erstmals wieder an seine Baustelle denken ließen – und ein paar eingefallene Fertighäuser, in denen wahrscheinlich die Ingenieure gewohnt hatten. Es folgten ein paar alte, im Kolonialstil errichtete Wohnhäuser, eine weißgetünchte Kirche, der ein gelbbraunes zweistöckiges Haus mit schweren Säulen gegenüberlag. Auf die Fassade war mit Teerfarbe das Wort *Hotel* gemalt. Im selben Haus war noch eine chinesische Wäscherei. Der Treiber hielt den Esel an – es war das erste Mal, seit sie morgens aufgebrochen waren, daß der Mann stehenblieb, um sich dann aber auch sogleich auf den Boden zu setzen.

Wagner ging in das Hotel.

Die auf gußeisernen Säulen ruhende Halle lag in einem schummrigen Licht. Es roch nach einem penetranten Parfum. Die Holzverkleidung an den Wänden wellte sich. An einem runden Rauchtisch saßen ein Offizier und eine Frau.

Die Frau musterte ihn genau, insbesondere seine Hose, dann sagte sie: No.

Der Offizier saß im Sessel, die Uniformjacke aufgeknöpft und den Schlips gelockert. Er grinste.

Wagner griff in die Hosentasche und zog die Banknoten heraus. Die Frau starrte auf dieses verschwitzte und verknautschte Bündel Geld, dann drückte sie die Zigarette im Aschenbecher aus und stand auf. Sie ging zum Tresen und holte einen Schlüssel vom Brett. Sie gab Wagner ein Stück Seife und ein Handtuch. Betont langsam ging sie voran, über einen mit Neonröhren weiß erleuchteten Gang. Er sah ihren kleinen runden Hintern in dem engen Rock, ihre schwarzbestrumpften Beine, ihre hochhackigen Korkschuhe und dachte, daß sie ihn möglicherweise mißverstanden habe. Er war in einem Bordell gelandet. Sie schloß eine Zimmertür auf. In dem kahlen, sehr hohen Zimmer stand ein Metallbett, eine Kommode, darauf ein Wasserkrug und eine Schüssel. An der Wand hing ein abgestoßener Spiegel, der genau auf das Bett zeigte. Die Frau machte mit den Fingern die Zahlbewegung. Er hielt ihr seine Geldscheine hin. Sie suchte, zögerte, zog schließlich einen Schein heraus. Zunächst wollte er protestieren, aber dann sagte er sich, daß es nicht auf das Geld ankäme, wichtig war, daß er heute nacht in einem Bett schlafen konnte. Die Frau ging. Er betrachtete sich in dem Spiegel, unrasiert, verdreckt mit eingetrockneten Blutflecken an der Hose. Er sah aus wie jemand auf der Flucht. Er war überrascht, daß die Frau ihm überhaupt ein Zimmer gegeben hatte.

Ich bin ziemlich am Ende, sagte er laut zu sich.

Er wusch sich in der Wasserkumme Gesicht und Hände. Dann versuchte er, das Blut aus der Hose zu waschen. Gern hätte er sich rasiert. Er klopfte die verdreckte Jacke aus, nahm sie so über den Arm, daß sie die nasse Stelle am Bein verdeckte. Er ging in die Hotelhalle, wo die Frau wieder am Tisch des Offiziers saß. Der Mann musterte ihn mit einer gespannten Neugierde. Wagner reichte der Frau einen Zettel mit Bredows Telefonnummer. Sie wackelte mit dem Zeigefinger, was wohl heißen sollte, daß es nicht ginge. Er zeigte wieder sein Geld. Sie stand auf, ging zum

Tresen, wählte die Nummer und hielt Wagner den Telefonhörer hin. Die Leitung war tot. Der Bus?

Mañana. Sie schrieb die Uhrzeit auf. 7.30 Uhr.

Wagner beruhigte sich damit, daß es jetzt auch nicht mehr auf einen Tag mehr oder weniger ankäme, und setzte sich an einen der Tische im menschenleeren Hotelrestaurant. Ein Kellner in einer weißen, sorgfältig gebügelten Jacke stellte Wagner, ohne daß er etwas bestellt hatte, eine Flasche Weißwein und einen gegrillten Fisch auf den Tisch. Er aß von dem Fisch, einem Süßwasserfisch mit zahlreichen Gräten und einem weißen zarten Fleisch. Wagner wollte zahlen, aber der Kellner winkte ab. Wahrscheinlich war das Abendessen im Zimmerpreis inbegriffen. Er ging hinaus, wo der Eselführer noch immer am Boden hockte. Wagner reichte ihm einen Geldschein. Der Mann schüttelte den Kopf und zog eine Münze aus einer kleinen Ledertasche und zeigte sie Wagner, der mußte ihm den Geldschein regelrecht aufdrängen. Der Alte nahm den Schein und hockte sich wieder auf den Boden. Wagner ging über den Platz, in dessen Mitte ein Marmorsockel stand und darauf zwei riesige Bronzestiefel, mit Sporen an den Hacken. Beim Näherkommen entdeckte er, daß der Körper, den diese Stiefel einmal getragen hatten, abgeschlagen worden war. Auf einer ebenfalls zerschlagenen Bronzetafel war noch der Vorname Domingo zu lesen und auf spanisch und englisch, daß der große General und Volksführer, der Erbauer der höchsten Brücke des Landes, in diesem Ort geboren worden sei.

Wagner ging durch die Gassen, vorbei an alten Häusern. Aus den Blumen- und Früchtegirlanden an den Fassaden waren Teile herausgebrochen, überall zeigten sich Risse und Sprünge in den Mauern. Es roch nach Essensdünsten und Naphthalin, mit dem die Einwohner wahrscheinlich die riesigen Motten bekämpften, die in der Luft torkelten und sich immer wieder auf Wagners Anzug setzten. Auf der Straße war niemand zu sehen. Aus den offenen Fenstern drang das Geschrei einer Fußballübertragung. Hunde liefen herum, riesige Köter, von einer nie gesehenen Mischrasse, nackt und rosig wie Schweine. Ungewöhnlich große Hühner waren auf der Straße und sprangen in gewaltigen Sätzen in die Luft, die Klauen wie Adler hochgerissen. Wagner sah, daß sie Heuschrecken fingen, die fast die Größe einer Hand hatten und erst nach einem regelrechten Kampf, wobei die Hühner auch ihre Klauen einsetzten, zerrissen und verschlungen wurden. In diesem Ort schien alles ins Riesige mutiert. Unter einem Pritschenwagen lag ein Mann, wie überfahren, die Beine ragten unter dem Wagen hervor, als habe der Fahrer einfach gebremst und den Überfahrenen liegen lassen. Der Mann rührte sich nicht, und da es inzwischen schon fast dunkel war, konnte Wagner sich auch nicht erklären, was der Mann da unter dem Wagen suchte.

Er kam in eine Gegend, in der selbstgezimmerte Hütten standen, aus Holz und Wellblech, winzige Behausungen, die alle von kleinen Gartenzäunen aus Latten und Kisten umgeben waren. Auch in diesen Hütten liefen die Fernseher. Hinter den Hütten stieg das Gelände leicht an, und oben standen Häuser, die niedersächsischen Bauernhäusern ähnelten, allerdings standen sie auf Pfählen. Sie hatten eine Fachwerkkonstruktion und waren aus Ziegelsteinen gebaut. Wagner betrachtete einen Ziehbrunnen, wie er ihn bisher im Lande noch nicht gesehen hatte, da stürzte plötzlich eine Schar blonder Kinder auf ihn zu und rief: Schnabbolieren, schnabbolieren. Beeten Schlekkerkrom. Sie streckten ihm ihre Händchen entgegen, von denen einige, wie er überrascht bemerkte, sechs Finger hatten.

Kiek mol in, riefen die Kinder.

Es waren saubere, blonde Kinder, die Plattdeutsch sprachen wie in irgendeinem Ort in Norddeutschland.

Eine Männerstimme rief, und im Nu waren sie alle verschwunden. Vor der Tür eines der Fachwerkhäuser stand ein alter graubärtiger Mann, ein Hüne, so groß wie Wagner, aber breiter und massiger. In der Hand hielt er eine Laterne, und hinter ihm stand eine junge hellblonde Frau. Der Mann fragte Wagner auf deutsch, woher er komme und wohin er gehe. Es war ein altertümliches Deutsch, und Wagner fiel sogleich Sophie ein.

Wagner sagte, er sei Ingenieur, käme aus Deutschland und sei hier im Land, um eine Papierfabrik zu bauen. Der Alte winkte Wagner ins Haus. Sie betraten eine große Küche, die aber nur von zwei Petroleumlampen erleuchtet wurde. In der Mitte des Raums stand ein langer hölzerner Tisch, um den Tisch standen derbe hölzerne Stühle. An der Wand ein alter gußeiserner Herd, darüber hingen ein paar Schöpfkellen und Messingtöpfe. Der Alte zeigte auf einen der Stühle.

Seid willkommen, sagte der Alte, aber bedenkt, daß alle, die die Herrlichkeit loben und glauben, sie werden das Leid nicht sehen, werden erwachen und schreien. Die Plagen werden kommen, schon bald, Tod, Leid und Hunger. Und alle werden verbrannt werden durch ein großes Feuer, denn stark ist Gott, der Herr, der sie richten wird, die Hure Babylon, der auch Ihr dienet. Geht in Euch, tuet Buße und betet, damit Ihr der ewigen Finsternis entkommt.

Das ist meine Tochter Rebecca, sie soll Euch einen Becher Bier bringen.

Wagner fragte, ob der Mann eine Frau namens Sophie kenne.

Nein, sagte der Alte, ich kenne alle hier, ich bin ihr Prediger, die Frau kenne ich nicht. Aber es sind viele Gemeinden hier. Wir sind vor über hundert Jahren aus Pommern gekommen.

Die Frau brachte einen Krug und einen Becher und schenkte Wagner Bier ein. Wagner sah, daß auch sie sechs Finger hatte, die Hand des Alten war normal. Die junge Frau verbarg die Hände auf dem Rücken und starrte Wagner an. Er trank das Bier, das schwer und etwas bitter war. Der Alte hatte sich Wagner gegenüber an den Tisch gesetzt und trank auch.

Die Schrift sagt: Ein starker Engel hob einen großen Stein auf, groß wie ein Mühlstein, warf ihn ins Meer und sprach: Also wird mit einem Sturm verworfen die große Stadt Babylon und nicht mehr gefunden werden.

Wagner packte plötzlich ein Schwindel, die Anstrengungen der letzten Tage, die Hitze, das Bier, schon wieder dieses Gerede vom Untergang Babylons, das alles machte ihn wirr und auf eine niederdrückende Weise matt. Er wollte sich hinlegen und schlafen.

Er stand auf, bemerkte sein leichtes Schwanken, bedankte sich und ging hinaus und die Treppe hinunter. Der Mond schien hell und stark. Auf der Straße war niemand zu sehen, nur die Hunde liefen durch die Nacht, nackt und riesig.

In der Hotelhalle saß die Frau auf dem Schoß des Offiziers. Das Kleid war bis zu den Strumpfansätzen hochgerutscht, zwischen den Beinen, regelrecht eingeklemmt, steckte die Hand des Offiziers. Wagner trat kräftig auf, damit sie auf ihn aufmerksam würden. Aber die Frau zeigte nur auf das Schlüsselbrett, und der Offizier ließ die Hand, wo sie war.

Wagner ging in sein Zimmer und schloß die Tür ab. Er streifte sich die Schuhe von den Füßen und legte sich, ohne Hemd und Hose auszuziehen, aufs Bett. Vom Gang hörte er Schritte und das Kichern einer Frau, kurz darauf, fern, aber doch gut hörbar, das Quietschen von Sprungfedern, ein Stöhnen, das Stöhnen einer Frau, das Ächzen eines Mannes, eher ein Grunzen, er mußte, obwohl er sich gegen den Gedanken wehrte, an diese Hunde denken, die draußen durch die Nacht liefen.

Versuch über Seamus Heaney

Das Buch *Worlds* habe ich 1981 beim Stöbern in der Universitäts-Buchhandlung von Warwick entdeckt. Sieben zeitgenössische englische Lyriker werden darin vorgestellt, mit Fotos, Statements, Biografien und einigen Gedichten. Ted Hughes war darunter, den ich schon kannte, Thom Gunn und – seinen Namen las ich zum ersten Mal – Seamus Heaney: »I was born 1939 on a farm in Country Derry, Ireland, and educated at St. Columb's College, Derry, and Queen's University, Belfast. I began to write when I began to teach. I suppose I was stranded with myself and began taking stock in the poems.«

Die Fotos in dem Band zeigen einen gedrungenen kräftigen Mann in einem ausgebeulten Tweedjackett. Ein starker Raucher, vermute ich. Auf einem Foto im Freien sieht man den Rauch vom Wind schon hinter Heaney weggetrieben, da kommt noch eine kleine Wolke aus Mund und Nase, tief aus der Lunge.

Ein anderes Foto: eine Kneipe, wahrscheinlich in Heaneys Heimatort, ein unsäglich öder Raum, kahl, erleuchtet von einer nackten Glühbirne, aber die darin sitzen, die Männer, alte und junge, lauschen dem Geigenspiel zweier, die in sich versunken, einer fernen nicht hörbaren Melodie lauschend, spielen. Zwei Gläser Bier stehen auf einem Klavier wie vergessen – der Schaum ist längst zusammengesunken. Ein Bild grenzenloser Verlorenheit, und doch sitzen alle zusammen.

Es war dieses Foto, das mich neugierig machte. Ich

kaufte das Buch und las die Gedichte, die etwas von dieser Stimmung hatten, die das Foto zeigte, diese Einsamkeit, die eisige Kälte des Raums, in der alle einem Spiel lauschen, das jeden auf sich zurückwirft. Die Gedichte Heaneys bringen in der Sprache die Dinge zum Klingen und machen den Stein steinig, wie Sklovskij sagt. Ich habe die Gedichte gelesen, zunächst den Sinn einzelner Wörter nicht gleich verstanden, den ich mir später mit dem Wörterbuch erschlossen habe, aber auf eine geheimnisvolle Weise war ein Verstehen möglich, und zwar durch den Klang.

Seitdem, seit dem Frühjahr 1981, verfolge ich die Arbeiten Heaneys und habe Verlegern und Lektoren von diesen Gedichten vorgeschwärmt. 1984 erschien – das ist nicht mein Verdienst – eine Übersetzung ausgewählter Gedichte, eine stumpfdumpfe Übersetzung, die nichts wiedergibt von dem wunderbaren Klang. Nicht annähernd ist die Frische jener Naturbilder erreicht, die Heaneys Gedichte auszeichnet.

Vielleicht muß man, um solche Gedichte schreiben zu können, in einem Land leben, in dem Gedichte und Lieder noch zum alltäglichen Gebrauch gehören, wo – die Rede ist von Irland – noch heute Lieder in Dorfgaststätten und Kneipen aufgesagt und vorgesungen werden, wo sich also die Sprache noch mit der Musik verbindet und die lyrische Form noch ihre Volkstümlichkeit behalten hat. Wie überhaupt in Irland und England, wie ich zu beobachten glaubte, die Lyrik eine weit größere Bedeutung behalten hat als bei uns. Entsprechend findet man denn auch weit mehr Lyrikleser in nicht professionellen Leserkreisen. Es ist eine Form, sich über sich und über seine Zeit zu verständigen. Sicherlich gehört bei Seamus Heaney auch die Landschaft Irlands dazu und die Erfahrung des jungen Heaney, der von einem Bauernhof kommend, die Natur auf eine andere Weise kennengelernt hat als wir, die, wenn wir denn ins Grüne ziehen, die Natur wie die Sonntagsspaziergänger erleben, den Regen als Regenschirm, die Jahreszeiten als Kleidungswechsel, im Sommer Chlorophyll allenthalben, im Winter Vitamin-C-Tabletten.

In Heaneys Gedichten hingegen ist noch etwas von der schmerzhaften Erfahrung aufgehoben, die bei der Umwandlung der Natur die menschlichen Sinne berührt. Eine Umwandlung durch die Arbeit nämlich, durch Pflügen, Säen, Jagen, Fischen, Essen, eine Vermenschlichung der Natur, eine Vernatürlichung des Menschen.

Seamus Heaney habe ich in Warwick entdeckt und seitdem seine Arbeiten verfolgt und würde mir wünschen, daß er auch hier, endlich, seine Leser fände. Ich will einen kleinen Anfang machen, ich will versuchen, ein Gedicht, das noch nicht ins Deutsche übersetzt worden ist, zu übertragen, ein Gedicht aus dem 1979 erschienenen Gedichtband *Field Work.*

Oysters

Our shells clacked on the plates.
My tongue was a filling estuary,
My palate hung with starlight:
As I tasted the salty Pleiades
Orion dipped his foot into the water.

Alive and violated
They lay on their beds of ice:
Bivalves: the split bulb
And philandering sigh of ocean.
Millions of them ripped and shucked and scattered.

We had driven to that coast
Through flowers and limestone
And there we were, toasting friendship,
Laying down a perfect memory
In the cool of thatch and crockery.

Over the Alps, packed deep in hay and snow,
The Romans hauled their oysters south to Rome:
I saw damp panniers disgorge
The frond-lipped, brine-stung
Glut of privilege

And was angry that my trust could not repose
In the clear light, like poetry or freedom
Leaning in from sea. I ate the day
Deliberately, that its tang
Might quicken me all into verb, pure verb.

Austern

Unsere Muscheln klackten auf den Tellern.
Meine Zunge war eine Flußmündung bei Flut,
An meinem Gaumen Sternenlicht:
Als ich die salzigen Pleiaden schmeckte,
Tauchte Orion seinen Fuß ins Wasser.

Lebendig, geknackt,
Lagen sie auf ihrem Bett aus Eis:
Zweischenkelige: der Zwickel gespalten,
Das schmachtende Seufzen vom Ozean.
Millionen aufgerissen, enthülst und verstreut.

Wir waren an jene Küste gefahren,
Vorbei an Blumen und Kalkstein,
Waren dort und tranken auf Freundschaft,
Hielten fest die Erinnerung, vollkommen,
In der Kühle des Strohdachs und des irdenen Geschirrs.

Über die Alpen, tief in Heu und Schnee verpackt,
Schleppten die Römer ihre Austern südlich nach Rom:
Ich sah die nassen Tragkörbe, sie spien
Die Wedel-Lippigen, Meerzerfressenen
Aus, des Privilegs übersättigt,

Und war wütend, daß mein Vertrauen nicht ruhen konnte,
Im klaren Licht wie die Poesie oder die Freiheit,
Die sich von der See herüberneigten. Aß den Tag
Mit Bedacht, auf daß sein Tang
Mich ganz und gar belebe, ins Wort, ins reine Wort.

Der Blick über die Schulter
oder
Notizen zu einer Ästhetik des Alltags

1. Sympathetische Magie

D., ein Freund, hat neulich zum zweiten Mal nach einem Fernsehkommentator getreten. Der Mann, ich glaube, es war Herr Feller vom Bayerischen Rundfunk, interpretierte gerade eine Maßnahme der Reagan-Administration, da trat D. zu. Es kam zu keiner Implosion, zum Glück, D. hatte in die Bedienungselektronik getreten. Jetzt hat er das Gerät auf dem Dachboden stehen, um weitere Reparaturkosten zu vermeiden.

Wie kann man sich nur so erregen, sagte E., ein Bekannter, dem ich davon erzählte, das hat doch etwas Kurioses, Fernseher zu demolieren, so als würde jemand seine Uhr zertrümmern, um die Zeit anzuhalten, eine magische Ersatzhandlung, denn Herr Feller redet ja weiter, und wenn nicht er, dann irgendein anderer. Dieser Wust aus Macht, Meinung, Beziehungen, Kapital, Bürokratie, Subventionen und Korruption, das hat keine Struktur und keine Statik, das ist nur noch Püree.

Gut, sage ich, das mag ja für viele recht nahrhaft und auch schmackhaft sein, aber mich kotzt es an, ich muß es fressen, mir wird es einfach vorgesetzt, diese dummdreisten Kommentare im Fernsehen, ich kann nicht darüber lachen, daß die Prozeßkosten des Grafen Lambsdorff wegen Steuerhinterziehung, die irgendwo bei einer halben Million Mark liegen, vom Steuerzahler getragen werden sollen, und der Augenaufschlag des Herrn Kohl, wenn er von dem Problem der nuklearen Abkopplung redet, bringt mich immer wieder aus der Fassung. Deshalb kann ich D. gut verstehen. Die abendlichen Nachrichten verlangen mir immer mehr Geduld und Disziplin ab. Und daß ich noch nicht zugetreten habe, liegt eher an den Folgekosten als an meiner Distanziertheit.

Dabei geht es mir gut. Ich hungere nicht, mein Haus wird nicht überwacht, ich muß nirgendwo anschreiben lassen, muß nicht mit Manuskripten Klinkenputzen gehen, Frau und Kinder sind gesund, wir gehen freundlich mit uns und mit den Freunden und die wiederum mit uns um, eigentlich stünde es zum besten, und doch überfällt mich immer wieder und wie aus heiterem Himmel eine schwer kontrollierbare Wut, eine umtriebige Ungeduld, eine zornige Angst.

2. Das Cyanometer

Der Knall und mit ihm der Schreck fahren mir bei gutem Wetter ein paarmal in der Woche in die Glieder, mit dem Knall kommt der Stoß der Druckwelle und läßt das Haus erbeben. Vom Schreibtisch auffahrend, durchzuckt es mich: Die Bombe. Ein Schreck, der so tief sitzt, vielleicht seit den Bombennächten 1943 im Luftschutzkeller, daß er auch durch die Wiederholung nichts von seiner Intensität verliert. Ich fasse mich wieder, wenn ich mir sage, daß es wahrscheinlich einer jener Jagdflieger ist, die bei ihren Schönwetterflügen manchmal die Schallmauer durchbrechen.

Der See liegt ruhig, vom anderen Ufer leuchtet hell die Fassade der Klosterkirche von Dießen; dahinter, dunkel bewaldet, die Kuppe des Peißenbergs und in der Ferne, im tiefen Blau, die schneebedeckten Alpen. Nach einem Augenblick kommt dünn das Fluggeräusch aus dem Himmel. Erst dann weiß ich, daß es tatsächlich nur ein Jagdflugzeug auf einem Übungsflug war.

Manchmal denke ich, während ich wartend in den Himmel blicke, dessen Blau zur Sonne hin hellgrau und schließlich fast weiß wird, an jenes Geschenk, das dem Vater in Stifters Erzählung *Zwei Schwestern* überreicht wird, ein Instrument, mit dem man die Bläue des Himmels messen kann, ein Cyanometer.

3. *Kurzbiographie*

ANNA S., geb. in Zürich als Tochter eines Hutmachermeisters, aufgewachsen in Hamburg, dort 1922 Heirat mit T., einem Freikorpsmann, 1926 Gründung eines Geschäfts (Tierpräparation und Kürschnerei), drei Kinder: 1922 (Tochter), 1924 (Sohn), 1940 (Sohn). 1943 Laden und Wohnung in Hamburg ausgebombt. 1943 Sohn (Jahrgang 1924) gefallen. 1945 Neugründung des Geschäfts (Kürschnerei). 1958 Tod des Ehemanns. Weiterführung des Geschäfts und der Werkstatt ohne Angestellte. Juli 1987 mit 85 Jahren Geschäftsaufgabe.

Anfallende Rente (monatlich): 364 Mark.

Anfallende fixe Kosten (monatlich): 450 Mark Miete, 66 Mark Elektrizität, 435 Mark Krankenversicherung.

Tja, sagt die Sachbearbeiterin in der Sozialfürsorge, was nun? Und das Ersparte?

3400 Mark.

Das war's nach 60 Jahren Arbeit im Geschäft, im Haushalt, in der Werkstatt.

Niemand konnte wie sie die Kapp- und Zackennaht nähen, damit die unterschiedlichen Fellstriche nicht brechen, niemand wie sie den Iltiskolliers die Augen mit einem solch naturtreuen Blick einsetzen, niemand wie sie trösten, wenn sie mich in die Arme nahm.

4. *Die Halskrause*

Ende des 16. Jahrhunderts hatte, was gut siebzig Jahre zuvor mit einem leicht gefältelten Saum des Hemdkragens begann, die Größe eines Mühlsteins erreicht: die Halskrause. Ihr Träger konnte weder ein heruntergefallenes Taschentuch aufheben noch sich den Schuh ausziehen, wenn ein Steinchen drückte. Er hatte das – und ebendies signalisierte die Halskrause – auch nicht nötig, denn er wurde von Dienern begleitet.

Seit dem 16. Jahrhundert entwickelte sich in den Städten Italiens eine neue Form des Konsums: der demonstrative Konsum. Peter Burke hat in einem Aufsatz seines Buches *Städtische Kultur in Italien* untersucht, wie es zu diesem luxurierenden Wettstreit um die soziale Geltung kam, der sich in prachtvollen Gewändern, silbernen Kutschen, mit Edelsteinen besetzten Betten und all den glanzvollen Fassaden austobte – in dem, was wir Barock nennen.

»Ist es ein Zufall«, fragt Peter Burke, »daß der demonstrative Konsum in Italien zunahm, als die Republiken den Fürstentümern wichen?«

Im Kaufhaus Beck in München erzählte mir eine Verkäuferin, die ein Sonderangebot Polohemden das Stück zu 29 Mark verkaufte, daß die meisten Kunden, trotz des Hinweises, die Qualität, die Verarbeitung und der Schnitt seien gleich, darauf drängten, ein Hemd mit dem kleinen aufgenähten Krokodil zu kaufen, das achtzig Mark mehr kostete.

Die Markenzeichen von Lacoste, Ralph Lauren, Cerrutti signalisieren, was man sich leisten kann, und damit den sozialen Status. Dabei sind sie funktional, beeinträchtigen weder Schnitt noch Paßform, lassen dem Träger seine Bewegungsfreiheit. Sie sind die Siglen einer technokratischen Mode. Sie bedeuten Luxuskonsum. Dieser Luxuskonsum ist – da er keine transzendentale Begründung findet – selbst Sinngebung: Man lebt, um so gut wie irgend möglich zu leben, und dessen muß man sich immer wieder vergewissern.

Ist es ein Zufall, daß die Zunahme des demonstrativen Konsums mit seiner Funktion der sozialen Ab- und Ausgrenzung zusammenfällt mit einer Re-Autokratisierung in der Gesellschaft?

5. Der Engel auf dem Meer

»Und der Engel, den ich sehe stehen auf dem Meer und auf der Erde, hob seine Hand auf gen Himmel, und schwor bei dem Lebendigen von Ewigkeit zu Ewigkeit, der den Himmel geschaffen hat, und was darinnen ist, und die Erde, und was darinnen ist, und das Meer, und was darinnen ist, daß hinfort keine Zeit mehr sein soll.«

Die Welt ohne Menschen ist die Welt ohne Zeit, das ist das Ungeheuerliche und so schwer Faßliche. Manchmal, im Traum, habe ich es erfaßt, denke ich, aber schon im Aufwachen ist es vergessen, bleibt nur noch die Vorstellung von etwas Dunklem, Leerem. Über nichts wird so viel geredet wie über den möglichen Weltuntergang, das füllt Feuilletons, Leitartikel, Statements und Sonntagsreden. Die Furcht vor diesem zufälligen oder absichtsvollen Ende der Welt geht quer durch alle Klassen, Schichten und Gesellschaftssysteme. Den Untergang verhindern zu müssen, darin sind sich alle einig. Nicht einmal Kardinal Ratzinger, Vorsitzender der Glaubenskongregation, wünscht sich den atomaren Holocaust als Bestätigung der Johannis-Offenbarung. Die Bibel hätte am Ende doch nicht recht. Zu offensichtlich wäre es menschliche Willkür, die uns die Apokalypse brächte, kein jenseitiges Gericht, das für Gerechtigkeit sorgt. Die Gleichheit wäre nur die des allgemeinen Erlöschens.

Aber schon darüber, wie dieser Weltuntergang zu verhindern sei, gehen die Meinungen und die sie treibenden Interessen auseinander: Ob das mit mehr oder weniger Nuklearwaffen, ob das mit der Null- oder Doppel-Null-Lösung gewährleistet wäre, ob Kernkraftwerke oder keine Kernkraftwerke, das sind nicht nur Fragen prognostischer, sondern ganz unmittelbar ökonomischer Art. Tatsächlich gibt es nicht wenige Industrielle, Politiker, Kommentatoren, die an der Beförderung der Katastrophe verdienen. Andere wiederum verdienen an der so erzeugten Angst, beispielsweise die Hersteller von privaten Atomschutzbunkern oder von dem Bunkerproviant der Marke *De Lux.* So werden denn einige den denkbaren Weltuntergang doch noch etwas länger mit Hummer- und Hechtklößchensuppen genießen können als die überwältigende, überwältigte Mehrheit.

Für die ist die Apokalypse übrigens längst Alltag: die Giftwolke in Bophal (Wer weiß noch, wie viele Menschen damals umgekommen sind?), Kinder (das jüngste sieben Jahre) in südafrikanischen Gefängnissen, die Toten und Verstümmelten in all den Bürgerkriegen, in denen nicht zuletzt unser Lebensstandard ausgefochten wird, Hungernde in Indien, Afrika, Lateinamerika. Noch schützen wir uns gegen dieses Elend durch Visazwang und durch finanzielle und militärische Unterstützung jener Regime und Diktaturen, die auch weiterhin den ungleichwertigen Tausch zwischen reichen und armen Ländern und damit unsere Fettleber garantieren. Das alles ist bekannt und wird doch zugleich Tag für Tag kollektiv verdrängt. 26 000 Tonnen überflüssiges Fett, das hat die Soziologin Anne-Marie Holstein errechnet, schleppen allein die über fünfzigjährigen Schweizer mit sich herum.

6. Inferno

In Paraguay erzählte mir ein Mann, der verdächtigt worden war, einer Widerstandsgruppe gegen General Stroessner angehört zu haben, daß man ihn nach dem Verhör, die Hände auf dem Rücken gebunden, in eine Badewanne voll Scheiße gesetzt und ihn dann weiter befragt habe, wobei man ihn jedesmal, wenn er die Antwort verweigerte, untertauchte, bis er bewußtlos wurde. Er saß dann ohne Anklage und ohne Haftbefehl ein halbes Jahr in Isolationshaft.

Es gibt, erzählte er, Gefangene, die seit vier, fünf, sogar sechs Jahren im Gefängnis sitzen und immer noch verhört werden.

7. Die goldenen Ostereier der Postmoderne

Die Menschen standen vor der Kasse Schlange, bis auf die Theatinerstraße hinaus. Es war wie 1946 bei Lebensmittel-Sonderzuteilungen, nur daß die Leute hier, in den Räumen der Münchner Hypobank, die Goldostereier des Zaren sehen wollten. In der Ausstellung gab es großformatige Fotos von der Zarenfamilie, Rechnungs- und Auftragsbücher der Firma Fabergé, detaillierte Objektbeschreibungen und Genealogien des europäischen Hochadels, aber nirgendwo fand sich ein Hinweis auf das Ende der Zarenherrschaft. In dieser Ausstellung der Münchner Hypobank regierte der Zar noch immer. Und keinem der Rezensenten war es aufgefallen.

8. Der Literat als Stehgeiger

»Wie eine apotheosenhafte Coda rauscht die Positivitätsorgie.« (Joachim Kaiser über Peter Handkes Buch *Die Wiederholung*, *Süddeutsche Zeitung* vom 8.9.1986)

9. Infibulation

Wer von den Germanisten dem Zeitgeist auf die Spur kommen will, muß lediglich die vier oder fünf maßgeblichen Feuilletons auf die Häufigkeit bestimmter Gebots- und Verbotsschilder absuchen. An ihnen läßt sich eine literarische Straßenverkehrsordnung ablesen, die über Richtung, Geschwindigkeit und Verkehrsaufkommen entscheidet, einschließlich der Umleitungen und Baustellen. Natürlich gibt es Ausnahmen, ein paar Verkehrssünder, hin und wieder einen Geisterfahrer.

Einige der wichtigsten literaturideologischen Gebote sind, paradox genug, Ideologiefreiheit (daß sich gerade unter deren Propagandisten einige ideologische Schwergewichte befinden, sei hier nur in Klammern erwähnt), sodann Absichtslosigkeit (und, damit verbunden, die Geringschätzung oder Mißachtung von Themen, Sujets, Stoffen) und schließlich Folgenlosigkeit. Das ist die literarische Umgehungsstraße zur Gesellschaft. Und die meisten Autoren beteuern denn auch kniefällig, daß ihr Schreiben absichtslos und folgenlos sei. Gewünscht wird von den Rezensenten hingegen ein Berührt- und Betroffensein, was wiederum von vielen Kollegen als alleiniger Schreibanlaß herausgestellt wird – und das ist ja auch legitim. Das Denken hingegen, die kognitive Funktion von Literatur, wird, wenn denn überhaupt, gering geschätzt. Erkenntnismöglichkeiten durch Literatur werden bestritten, ablesbare Vermittlung von erarbeiteten Kenntnissen als außerliterarisch verdammt. Es sei denn, sie werden exquisit präsentiert, je ausgefallener, desto akzeptabler, zum einen, weil sie einem neuen Gaumenreiz entsprechen, zum anderen, weil sie *so* selbst wieder zur Folgenlosigkeit beitragen. Wenn ein Autor für sein Schreiben die Lektüre von Colonna und Cäsarius von Heisterbach wichtig findet, dann läuft einigen Kritikern ein ehrfurchtsvoller Schauder über den Rücken. Und dann wird natürlich das Schreiben wie das Lesen zur Séance. (Selbstverständlich kann dialektisches Denken beim Tischerücken nicht helfen.) Literatur, die sich solchermaßen auf ihre Folgenlosigkeit beruft, feiert sich dann im kleinsten Kreis. Das spricht weder gegen die Literatur noch gegen den kleinen Kreis. Wenn daraus aber ästhetische Maßstäbe abgeleitet werden, je kleiner, desto feiner, dann kommt es – zumal nur im Formalen die Innovation gesucht wird – zu bizarren und zugleich langweiligen Modeerscheinungen. Das neue Neue, die Weigerung, sich auf gesellschaftliche, also allgemeine, gemeine Probleme einzulassen, der Anspruch auf Exklusivität, die verkrampfte Bildungsattitüde (warum wird von Schriftstellern nicht naturwissenschaftliches, ethnologisches, ökonomisches Wissen verlangt?) – das alles führt dazu, daß die Halskrause, die ja schon sichtbares Zeichen einer privilegierten Lebensführung war, langsam zu einem gefältelten Mühlstein erstarrt. Jede Annäherung an andere Menschen ist, so gewandet, unmöglich.

Und dort, wo Menschen in der Halskrausen-Literatur auftauchen, kommen sie denn auch gravitätisch daher, sind es gekünstelte, humorlose Wesen, bloße Schemen.

10. Langeweile

Zustand der Unausgefülltheit und Erlebnisarmut auf Grund reizarmer Umgebung, fehlender oder gleichförmig wiederkehrender, monotoner Reize oder wegen innerer Gleichgültigkeit und Phantasieleere. Die Dehnung des Zeiterlebens im Zustand der L. folgt aus der allgemeinen Spannungs- und Lustlosigkeit. (*Brockhaus Enzyklopädie,* Band 11, Wiesbaden 1970)

11. Ballistik

Er ist immer auf der Flucht vor der Wiederholung, der Ennui, dem Einfachen – der Dandy. Und er ist immer auf der Suche nach dem ganz und gar Ungewöhnlichen, Einmaligen, noch nie Dagewesenen. Aber das – Armani und Lagerfeld wissen es längst – gibt es nicht. Da der Inhalt, eben weil von ihm so leicht der Schweißgeruch des Alltäglichen ausgeht, stört, werden formale Variationen um so wichtiger. Die aber bringen in der Literatur seit dem Dada, dem Surrealismus und Futurismus auch nichts wahrhaft Neues mehr. So begegnet uns das literarisch Neue – wie in der Mode – nur noch als Façon. Die aber soll authentisch, radikal und einmalig subjektiv sein. Da wird dann – ganz gegen den eigenen Innovationsanspruch – von der Literaturkritik zum siebenundzwanzigstenmal der inzwischen schmuddelig gewordene Teig der Subjektivität durchgeknetet. Nun ist die Forderung, Literatur müsse radikal und subjektiv sein, ein solcher Allgemeinplatz, daß jeder Rezensent, der es abermals schreibt, sein Honorar an Greenpeace abführen müßte. Und auch das neue Neue ist inzwischen längst das Alte, jene Kanonenkugel, auf die sich der Literat, nachdem er sie abgefeuert hat, schwingt – und ab geht die Reise, egal, woher und wohin, nur muß die Flugparabel recht schön sein.

Wie der Literat ist auch der Kritiker immer auf dem Sprung, immer inmitten New Yorks, Berlins und Hamburgs, immer auf der Suche nach der neuesten Stimmung, und ich wette, käme es in diesem Land zu einer Revolution, worauf nichts hindeutet, er käme uns entgegen, die rote Fahne schwingend, und seine erste Frage wäre, wo wir denn die ganze Zeit gesteckt hätten.

12. Das Auge des Ethnologen

Lot mi an Land, die machen doch, was sie wollen. Mußt nur schlau sein, daß sies nicht mit dir machen, sagt ein Rentner zu einem anderen in der U-Bahn Richtung Niendorfer Marktplatz. Sollte doch operiert werden, nich, in Barmbek, bei diesem Professor, wie heißt er noch, Bernbeck, richtig, hatten sie mir schon das Operationshemd angezogen, Gebiß rausgenommen, sagt mein Bettnachbar, Mensch, lies mal, hier inner Zeitung, der Professor soll an die 200 Leute zu Krüppel operiert haben, was, sag ich, zeig mal, tatsächlich, das Bild vom Professor, daneben einer im Rollstuhl, Mensch, denk ich, nix wie weg, bin raus, aufn Gang, kommt die Schwester mit ner Beruhigungsspritze, fragt: Wohin? Aufs Klo, sag ich, geh über den Gang, die Treppe runter und raus. Stand da, innem

Sonnenschein, mit Pantoffeln und diesem Flatterhemd, die Leute kieken natürlich, ich rüber zum Taxistand, mach die Tür auf, der Fahrer ganz mißtrauisch, dachte wohl, ich bin aus der Klapsmühle ausgekniffen. Können Sie zahlen? Klar. Wohin wollen Sie denn? Nach Hause, sag ich, hab mein Gebiß vergessen, muß ich aber haben, hatte ne Herzattacke. Und das Geld? Gibts zu Hause. So bin ich dem Bernbeck grad noch unterm Messer weggesprungen. Is eben auchn Vorteil, wenn man dritter Klasse liegt. Allein innem Zimmer hätte ich doch nie nix gehört, sagt er, und humpelt zur Tür, steigt aus, Osterstraße.

13. Der Engel auf dem Land

Sind wir tatsächlich alle in seiner Hand? Und in wessen Hand ist er, Mister President? Hat der thermonukleare Hauptschlag tatsächlich den Code 666 oder ist das nur ein makabrer Witz, der dem Rutsch ins Nichts die mickymaushafte Erinnerung an die Johannis-Offenbarung mitgeben will?

Manchmal denke ich daran, wenn ich meinen Sohn die Lateinvokabeln abfrage: imber, imbris – der Regenschauer, oder wenn ich hinausblicke und die vier Eichen sehe, die sich jetzt begrünen, langsam, helleuchtend.

14. Warentermingeschäfte oder Die wunderbare Wirklichkeit der Alten Welt

Er heißt Klaus, ist einige Jahre jünger als ich und mein Cousin. Ich habe ihn seit gut zwanzig Jahren nicht mehr gesehen. Er wuchs bei seiner Großmutter, meiner Tante

Grete, auf, im Gängeviertel, Ecke Brüderstraße–Großer Trampgang. Dort war bis zur Währungsreform der Schwarzmarkt und bis in die sechziger Jahre ein Amateurstrich für Hausfrauen und Schulmädchen. Vom Küchenfenster meiner Tante aus konnte man die Frauen beobachten, die dort am späten Nachmittag, vom Einkaufen kommend, oft noch mit dem Einkaufsnetz in der Hand, auf Kundschaft warteten. Hin und wieder, wenn nichts ging, kam eine der Frauen herauf, sie wohnten ja in der Nachbarschaft, setzte sich in Tante Gretes Küche, trank eine Tasse Kaffee, rauchte eine Zigarette und redete mit den anderen, die auch nur mal eben auf einen Sprung vorbeigekommen, dann aber sitzen geblieben waren, weil sie sich festgeklönt hatten. Menschen, die ich bei uns zu Hause nie zu Gesicht bekam: Rausschmeißer, Ewerführer, Werftarbeiter, Nutten, Maschinisten, Matrosen, Steuerleute. Der Hafen war nicht weit, und man hörte bei Südwestwind die Preßlufthämmer der Nieter von der Stülkenwerft. Wer in die Küche von Tante Grete kam, tat das, um andere zu treffen, um zu erzählen und zuzuhören und nebenbei eine Tasse Kaffee zu trinken und eine Zigarette zu rauchen, denn das gab es bei Tante Grete auch in der sogenannten schlechten Zeit, als bei uns zu Hause Muckefuck getrunken wurde und mein Vater Zigaretten der Marke Schreberstolz rauchte: Bohnenkaffee und echte Amis. Onkel Hans arbeitete nämlich zu der Zeit im Hafen, als Pförtner in einem Schuppen. Dort wurde der Kaffee verladen, und dabei platzten regelmäßig Säcke auf, gingen immer wieder Kisten mit Zigaretten zu Bruch.

Ich saß in der Küche, zusammen mit Klaus, und durfte zuhören, was die Erwachsenen sich zu erzählen hatten: Der Trümmermörder ging um, seine Opfer wurden in den Ruinen der Stadt gefunden, nackt, eine Drahtschlinge um den Hals, ein Zollbeamter, der einmal scharf auf einen

Schmuggler geschossen hatte, fiel eines Tages in einen Getreidesilo, ein Spätheimkehrer hatte den Mann, den er im Bett seiner Frau fand, mit einem schweren Bronzeaschenbecher erschlagen, dann seine Frau mit einem Brotmesser niedergemacht. Neben diesen grellen Geschichten, die immer wieder neu und anders erzählt wurden, gab es auch die ganz alltäglichen Geschichten, wer was von wem gehört hatte, Fehlgeburten, Arbeitssuche, Schlägereien, Abtreibungen, hartnäckige Tripper, verzweifelte Schuldner, gnadenlose Gläubiger und immer wieder und detailreich Liebesgeschichten, schnelle Nummern in Treppenhäusern oder verwickelte, irrwitzige Zweier-, Dreier-, Viererbeziehungen. Das alles wurde erzählt, ohne daß ich aus der Küche mußte oder der Erzähler, wie bei uns zu Hause, durch ein Pscht oder einen schnellen Seitenblick zum Verstummen gebracht wurde. Eine fürchterliche Gegend, fürchterliche Leute, schade um Tante Grete, sagte mein Vater und verbot mir, in die Brüderstraße zu gehen. Also ging ich heimlich hin. Eine Stunde hin, eine Stunde zurück. Nahm auch die väterlichen Ohrfeigen in Kauf, wenn er mich ertappte oder wenn ich wieder einmal zu spät kam.

Was konnte man aber auch in dieser Küche alles erfahren, was einem zu Hause nie zu Ohren kam. Was gab es für außergewöhnliche Dinge und für sonderbare Menschen. Natürlich wurde in der Küche gelogen, daß sich die Balken bogen. Aber es ging ja auch nicht darum, irgendein Ereignis haarklein nachzuerzählen, sondern man wollte mitteilen, wie man selbst zu den Menschen und Dingen stand, welche Bedeutung man ihnen durch die Erzählung gab und welche Bedeutung man sich damit selbst gab. So wurde vergrößert und verkleinert, und meist wurde das Kleine größer und das Große kleiner, so wurde, und zwar sehr kunstvoll, erzählend Wirklichkeit interpretiert, ausgeschöpft, wie man sich deren Normen und Zwängen entziehen, den Druck ab- und umleiten konnte, eine subversive Interpretation, die sich gegen die Macht des Faktischen richtete, Erzählungen also, die ein Einverständnis darüber herstellten, wie man was zu verstehen habe und wie man sich dagegen zur Wehr setzen könnte. Ein Geflüster der Generationen, in dem die Welt neu erfunden, neu gedeutet wurde. Erfahrungen wurden weitergegeben und revidiert. Aber es wurde nicht nur geredet. Es war ja kein Elfenbeinturm, diese Küche, die auch tagsüber nicht richtig hell wurde, in der immer eine Lampe brannte, der untere Teil der Wände lackiert, elfenbeinfarben, abwaschbar – wer aufstand und hinausging, hatte von fremden Erfahrungen gehört, konnte diese mit den eigenen vergleichen. Aber waren solche erzählten Erfahrungen übertragbar? Wurden Einsichten gewonnen? Fehler künftig vermieden? Vielleicht. Aber auf jeden Fall nahm man doch diese Einsicht mit: Man war nicht allein in seiner Not. Denn auch darauf bereiteten diese alltäglichen Erzählungen jeden der Zuhörer, der wiederum selbst Erzähler war, vor: auf Versagen, Schuldigwerden, auf Krankheit und Tod.

Ich will dieses Erzählen in der Küche von Tante Grete nicht verklären. Es war, wo es allgemeine Ansichten und Meinungen wiedergab, oft erstarrt, unreflektiert, zuweilen auch brutal und blind, und es war – meist dann, wenn es den eigenen primären Erfahrungsbereich verließ und allgemeine Urteile fällte – zuweilen auch einfach dumm. Dort aber, wo es sich aus den eigenen Erfahrungen und Erlebnissen speiste – und das gilt auch heute noch, trotz Fernsehen und Videoclips –, war und ist solches Erzählen von einer subversiven Lust, einer aufklärerischen Helle, einer sinnlichen Fülle. Es beschäftigt sich ja auch immer damit, wie man sich selbst behaupten, wie man seine Träume und Wünsche verwirklichen kann. Auf dieser

Suche nach der Erfüllung eigener Wünsche, die in irgendwelchen Zwängen eingeklemmt waren, kreisten die meisten der Erzählungen um Geld. Was wäre, wenn man plötzlich eine Menge Geld hätte? Wie kommt man an Geld? Allein durch Arbeit, das wußte jeder, nicht. Auch nicht durch Sparen. Man wäre darüber alt geworden, die Lust wäre vergangen und für immer verloren. Was hätte man auch sparen können? Wie kommt man an das große Geld? Durch Zufall, darum wurde Lotto und Toto gespielt. Durch Gewalt, darum nahm man sich, was man nehmen konnte, und viele Kisten gingen im Hafen beim Verladen zu Bruch. Durch List – und das war ein nicht endendes Thema in den Erzählungen – wie jemand einem anderen, Reicheren, aber auch Firmen, Versicherungen, Behörden, Geld abgeknöpft hatte.

Einmal gewann Tante Grete, die eine eigene Toto-Theorie entwickelt hatte, mehrere tausend Mark. Das war Anfang der fünfziger Jahre eine riesige Summe, die sie allerdings innerhalb eines Jahres buchstäblich aus dem Fenster geworfen hatte. Sie verschenkte oder verlieh das Geld auf Nimmerwiedersehen über den Großen Trampgang hinweg. Mein Vater, der das Geld gern in sein Geschäft investiert hätte, fand das Verhalten von Tante Grete typisch, diese Unfähigkeit zu planen, zu sparen, überhaupt in die Zukunft zu denken. Sieh dir den Klaus an, der typische Versager. Es war zu der Zeit, als es plötzlich hieß, der Vater von Klaus käme zurück. Von diesem Mann wurde immer wieder und ausführlich erzählt, insbesondere von Klaus und seiner Mutter, meiner Cousine Klärchen. Nur sie kannte ihn. Ein Schwede, angeblich einsneunundneunzig groß, blond, blauäugig, mit der Brust eines ausgewachsenen Elchs, Verbieger daumendicker Eisenstangen und silberner Fünfmarkstücke, Steuermann auf einem Trampschiff, Held zahlloser Abenteuer zwischen Äquator und den beiden Polarkreisen, so erzählte Klaus von ihm, seinem Erzeuger, den er noch nie zu Gesicht bekommen hatte. Mit diesem Schweden drohte er nicht nur mir, sondern auch anderen Kindern, Lehrern – wenn mein Vater kommt, dann … Und mit diesem Mann, der irgendwo zwischen Afrika und Asien steckte, drohte auch meine Cousine ihren Liebhabern, weil die ihre Einsamkeit so schamlos ausnutzten und sie ins Bett zogen, sie drohte auch ihrem Vater, meinem Onkel Hans: Wenn der Stig kommt.

Und jetzt also kam er tatsächlich und sollte Gericht halten. Ich machte mich auf den Weg in die Brüderstraße, getrieben von der Neugierde, die auch über die Bedenken siegte, selbst in das Gericht hineingezogen zu werden. In der Küche waren denn auch schon alle versammelt und warteten. Klärchen und Klaus waren in den Hafen gegangen, um ihn vom Schiff abzuholen. Onkel Hans hatte sich einen Schlips umgebunden, Tante Grete, im Sonntagskleid, hatte eine Pfirsichbowle angesetzt, eine Nachbarin hatte Pflaumenkuchen gebacken. Dann ging die Tür auf, Klaus und Klärchen kamen herein, und hinter ihnen kam der Schwede, tatsächlich ein Riese, sehnig, kräftig, blond und blauäugig. Er mußte, als er in die Küche kam, den Kopf einziehen, gab allen die Hand, lächelte, sah keineswegs aus wie der Rächer, sondern setzte sich still an den Küchentisch und ließ sich ein Stück Pflaumenkuchen geben. Ich war enttäuscht. Der Mann saß da, aß und trank und schwieg. Vielleicht war er stumm. Gab es das, stumme Steuerleute? Irgendwann sagte er einmal tack, das war alles. Er saß da, trank erst Kaffee, dann Schnaps. Die Stimmung um ihn herum war inzwischen recht fidel geworden. Onkel Hans spielte auf dem Schifferklavier. Alle redeten durcheinander. Es wurde gelacht und gesungen. Tante Grete begann die Bowle auszuschenken, da, plötzlich, begann der Schwede zu weinen. Die Gespräche verstummten. Onkel Hans legte das aufseufzende Schifferklavier beiseite. Der Schwede saß am Tisch, den Kopf in die Hände gestützt, und weinte. Alle starrten ihn an. Man erwartete irgendeinen Hinweis, eine Erklärung für seine Tränen. Er aber weinte, ohne etwas zu sagen, still vor sich hin. Jemand klopfte ihm auf den Rücken, als könne das seinen Schmerz lösen. Einige Nachbarn waren aufgestanden und leise hinausgegangen. Vom Großen Trampgang hörte man Schritte und Stimmen und von fern das Kreischen eines Eimerbaggers auf der Elbe. So plötzlich, wie er zu weinen begonnen hatte, hörte er auch wieder auf. Tante Grete kochte einen Kaffee. Er saß da, schweigend, und hielt die Kaffeetasse in den Händen.

Am nächsten Tag ging er weg und kam nie wieder.

Ich ging danach nur noch selten in die Brüderstraße. Das hatte nichts mit dem Schweden zu tun, sondern mit anderen Interessen und neuen Freunden. Auch meinen Cousin sah ich nur noch selten und zufällig. Er war auf das Gymnasium gekommen, aber bald wieder abgegangen, hatte die Mittelschule besucht, auch die nach kurzer Zeit wieder verlassen, hatte zwei, drei Lehren begonnen und wieder abgebrochen. Als ich ihn das letzte Mal traf, vor ziemlich genau zwanzig Jahren, zufällig auf der Straße, da erzählte er mir von seinen Plänen. Projekte, bei denen man schnell gutes Geld machen könne, zum Beispiel ein Versandhaus für exotische Vögel oder ein Männer-Striplokal. Ich hatte damals keine Zeit und auch kein Verständnis für seine Pläne, für diese Jagd nach Geld, ich war auf dem Weg zu einem Teach-in oder einer Diskussion. Er redete auf mich ein, fragte, ob ich immer noch Schriftsteller werden wolle, ob man vom Schreiben überhaupt leben könne. Im Weitergehen habe ich vielleicht darüber nachgedacht, wie leicht ihm das fiel, etwas abzubrechen, wozu er keine Lust mehr hatte, während ich, wie unter einem Zwang, alles zu Ende bringen mußte.

Dann, vor einem Jahr, schickte mir meine Mutter einen Zeitungsausschnitt zu. 21 Millionen ergaunert, stand da, und daneben war ein Foto, das ihn zeigte, im dunklen Stoffmantel, Krawatte, blondes, leicht gewelltes Haar, ein blonder Schnurrbart. Er sah tatsächlich aus wie ein Börsianer, für den er sich ausgegeben hatte und der er wohl auch gewesen war. Er hatte Leute angesprochen (in einigen Fällen reichte ein Telefonanruf), von denen er annehmen konnte, daß sie unversteuerte Gelder anlegen wollten: Zahnärzte, Rechtsanwälte, Architekten, Fabrikanten und sogar Bankiers. Sodann hat er, ein Magier, Schweinehälften, Wolle, Kupferbarren durch den einfachen Faktor Zeit in Geld verwandelt, eine geheimnisvolle Transfiguration, die allein durch seine auch von den ermittelnden Kriminalbeamten bewunderte Fähigkeit, Geschichten zu erzählen, möglich wurde. Ich würde gern wissen, welche Geschichten das waren, möchte ihn aber selbst hören. Auf jeden Fall hat er mit seiner Art zu erzählen mehr verdient, als ich es mit meiner je könnte.

Vertellt mol nix, sagte Tante Grete, als wir ihr, nachdem wir das Wechselgeld vom Einkaufen in Eis angelegt hatten, eine Räuberpistole erzählten, wie wir es verloren hätten.

Jetzt wird er von der Interpol gesucht. Man gehe davon aus, so ein Polizeisprecher, daß sich der Gesuchte im Ausland aufhalte.

Ich glaube zu wissen, wo er jetzt lebt. Ein Ort, von dem er schon als Kind erzählt hat.

Und die Moral von der Geschichte? Die gibt es nicht.

Die gab es auch in so gut wie keiner der Geschichten, die in Tante Gretes Küche erzählt wurden. Moral war das, was am wenigsten interessierte. Es waren ja Geschichten, die sich gegen die vorherrschende Moral richteten.

Mußte alles so kommen, wie es kam?

Vielleicht, vielleicht auch nicht.

Meine Cousine, die Tochter von Tante Grete und Onkel Hans, ist bienenfleißig, zielstrebig, hat alle möglichen Prüfungen gemacht, geht, wie ich, auf Erbsen, solange etwas noch nicht fertig ist, und zwar ordentlich.

Hin und wieder denke ich an Klaus, nicht nur jetzt, während ich über ihn schreibe. Ich versuche mir dann vorzustellen, wie er dort, wo er sich aufhält, lebt. Ich will nur so viel verraten: Es gibt dort Palmen und einen strahlenden Himmel.

Erträgt er dieses ewige Blau? Hat er manchmal Sehnsucht nach dem Hamburger Grau? Oder nach Frau und Kind, die er dort zurückgelassen hat?

Denke ich an ihn, habe ich den am Küchentisch sitzenden weinenden Schweden vor Augen.

Diese Mühsal, dieser mich durch meine Kindheit begleitende Zwang: aufschieben zu müssen, was Lust macht, um im Aufschub Lust zu suchen. Die gezählte Zeit. Die erzählte Zeit. Das Geflüster der Generationen.

15. Kann Literatur die Welt verändern?

Das ist eine jener dummdreisten Fragen, die allein darum gestellt werden, um engagierte Schriftsteller in die Falle tappen zu lassen. Natürlich nicht! Aber kann darum Literatur überhaupt nichts verändern?

Bei dem Versuch, das Flugticket nach Paraguay und Argentinien für die Recherchen zu meinem Roman *Der Schlangenbaum* abzusetzen, kam vom Finanzamt die Auskunft, das sei nicht möglich, da bei dieser Reise private und berufliche Gründe nicht genau zu trennen seien. Dann las ein mit dem Einspruch befaßter Finanzbeamter den Roman und entschied, daß hier eine Ausnahme von der gesetzlichen Regel gelten müsse und die 3500 Mark abgesetzt werden könnten. Nun sage einer noch, Literatur könne nichts bewegen.

16. Nachtrag zu 15.

Um die Wirkung von Literatur, zumal von jener, die ihre bewußtseinsverändernde Intention nicht preisgibt, ist in den vergangenen Jahren oft und ausführlich gestritten worden. Der Einwand, die von Literatur ausgelöste Bewußtseinsveränderung sei unwägbar und unbedeutend, mag stimmen. Nur muß man bei solcher Bewertung, die ja sowieso kaum überprüft werden kann, eines mitbedenken: In welchem Verhältnis steht die engagierte Literatur zu dem Gesamt-Literaturumschlag, also zu dem, was da tagtäglich mit offiziellen Frachtbriefen, Zollerklärungen und mit all den ideologischen Flaschenzügen, Sackkarren, Hebebühnen in den Feuilletons verfrachtet wird. Das bißchen literarische Konterbande mit kritischen oder gar politischen Inhalten kommt dann doch eher verschwiegen unter die Leute.

17. Der Riß in der Schöpfung

»Warum leide ich?« läßt Büchner den philosophierenden Gefangenen Payne fragen und ihn eine gegen jeden religiösen Versöhnungsversuch gerichtete Antwort geben: »Das leiseste Zucken des Schmerzes, und rege es sich nur in einem Atom, macht einen Riß in der Schöpfung von oben bis unten.«

Jede Literatur, die sich ernst nimmt, beschäftigt sich

mit diesem *Riß in der Schöpfung*, er ist ihr schmerzhafter Anlaß: unabänderlich der Tod, und mit ihm die Zeit und die Vergänglichkeit. Dagegen schreibt Literatur an, sie ist sprachliche Erinnerung, etwas, durch das vergangenes Leben noch spricht, weil die fixierte sprachliche Erfahrung eine gelebte war. Daß Literatur Zeit nicht aufheben, also irgend etwas Unvergängliches schaffen kann, ist so selbstverständlich, daß man dafür nicht gleich den Wärmetod des Sonnensystems ins Feld führen muß. Darum ist die Behauptung Wolfgang Hildesheimers, die Literatur sei tot, weil sie angesichts des zu erwartenden Weltuntergangs keine Nachwelt, also keine Zukunft mehr habe, auch so kurios. Darüber hinaus entspringt sie einer Haltung, die der Literatur selbst nicht die Möglichkeit zubilligt, Einsichten zu vermitteln, Bewußtsein – wie gering auch immer – zu verändern, also etwas – und sei es nur das Geringste – dazu beizutragen, den Untergang zu verhindern.

Literatur in der Tradition von Trakl bis Thomas Bernhard, die sich auf diesen unabänderlichen metaphysischen Schmerz, den Tod, richtet, hat notwendigerweise einen starren Blick, der durch das Unabänderliche andere Bereiche und Möglichkeiten, insbesondere die der gesellschaftlichen Veränderungen, ausblendet, eben das macht auch die Intensität dieser Literatur aus und verleiht ihr Glaubwürdigkeit.

Zugleich gibt es in der Tradition von Georg Büchner bis Peter Weiss eine andere literarische Haltung. Denn neben dem Verhängnis, sterben zu müssen, gibt es den unnötigen Tod und die überflüssige Qual, überall da, wo Menschen anderen Menschen Leid zufügen: Ausbeutung, Unterdrückung, Mord, Folter. Ein Leid, das, weil nicht notwendig, um so skandalöser ist. Dagegen richtet sich eine Literatur, die Klage und Protest verbindet, die also in ihrer Intention – sowohl vom Autor als auch vom Text her – nach den Ursachen und Urhebern dieses überflüssigen Leids fragt. Und eben jene Ursachen versucht sie dingfest zu machen, zur Sprache zu bringen, ins Bewußtsein zu heben. Damit drängt sie, schon von ihrem Ansatz her, stets über ihre literarische Form hinaus, das macht diese Literatur zur öffentlichen oder politischen oder engagierten, oder wie immer sonst die Prädikate heißen mögen. Daß sich Politisches und Ästhetisches ausschließen, ist eines jener bourgeoisen Literatur-Dogmen, die notwendigerweise – auch wenn es lästig ist – immer wieder erneut diskutiert werden müssen, wie auch die Tatsache, daß es weder für eine engagierte noch für eine *littérature pure* bestimmte formale Merkmale gibt oder gegeben hat. Die Unterschiede zwischen diesen beiden literarischen Haltungen lassen sich eben nur inhaltlich und konkret diskutieren, denn in beiden findet man neue wie auch traditionelle Formen. Das Entscheidende aber wäre, was in der augenblicklichen Literaturdiskussion eher vermieden wird, über das Erkenntnisinteresse des Autors und die Intentionen des Textes zu reden. Die Verwirrung in der Diskussion über diese beiden literarischen Grundhaltungen, mit all den sie begleitenden Gehässigkeiten und Ehrabschneidungen, rührt zum einen daher, daß beiden Haltungen formale Kennzeichen zugeschrieben werden, zum anderen, daß jeweils die eine Haltung, Wirklichkeit literarisch zu fassen, zu entdecken oder zu erschaffen absolut gesetzt und dann gegen die andere gewendet wird. Das ist dann so, als säße jemand mit dem Appetit auf eine Peking-Ente in einem italienischen Restaurant und würde nun beständig am Saltimbocca herumnörgeln.

Eine Diskussion um das Erkenntnisinteresse eines Autors und die Intention eines Textes dürfte keinen literarischen Qualitätsrabatt einfordern, im Gegenteil, es wäre um so schärfer und genauer über Mißlingen oder Gelingen des einzelnen Werkes zu reden. Und auch die Unterschiede beider literarischer Grundrichtungen, die ja ihren gemeinsamen Ursprung in jenem *Riß in der Schöpfung* haben, könnten so deutlicher herausgearbeitet werden. Vielleicht könnten beide Richtungen in einen Diskurs kommen, der auf gegenseitiger Achtung basierte, ohne etwas an Schärfe einzubüßen. Ein solcher Diskurs, ohne Ranküne und ohne das Schielen auf Verwertung und Marktverlockungen, könnte dazu beitragen, daß sich so etwas wie eine widersprüchliche und damit lebendige literarische Kultur herausbildet.

18. Der Engel der Geschichte

Walter Benjamin hat den Engel der Geschichte so beschrieben: Die Augen auf den Trümmerhaufen der Vergangenheit gerichtet, schreitet er mit dem Rücken voran in die Zukunft. Ist das möglich? Dieser Blick über die Schulter, damit der Engel nicht in den Abgrund stolpert?

19. Kurs: Ararat!

Wir sind heute alle Passagiere auf einer *Titanic:* Wir fahren auf den Eisberg zu, aber es ist zu spät, das Steuer herumzureißen. Das sagt Joseph Weizenbaum, Professor für Informatik.

Oder, um nochmals auf den Literaten als Stehgeiger zurückzukommen: Nach dem Untergang der *Titanic* wurde, noch vor der offiziellen Untersuchung, ein Mitglied der Mannschaft interviewt. Der Mann war Maschinist, der die Katastrophe überlebt hatte, weil er in seiner

Freiwache Luft schöpfen gegangen war, fern der Promenadendecks. Seine Kollegen, all die Heizer, Maschinisten, Techniker und Ingenieure, arbeiteten im Maschinenraum weiter, bis das Schiff sank. So sorgten sie für die Illumination des Untergangs. Der Mann sagte, die Maschinisten und Ingenieure an Bord hätten gewußt, daß die Schotts im Fall eines seitlichen, längeren Lecks zu niedrig waren, um ein Sinken des Schiffs zu verhindern. Das sei wahrscheinlich den Offizieren auf der Kommandobrücke gar nicht bewußt gewesen. Mit dieser Kenntnis wäre es denn wohl besser gewesen, die Flutungsventile der *Titanic* noch im Hafen aufzudrehen, um das Schiff dort auf Grund zu setzen. Das hätte dann zwar ein paar Jahre Gefängnis gegeben, aber über tausend Menschen wäre das Leben gerettet worden. Allerdings sei ihm der Gedanke erst nach der Katastrophe gekommen.

Vielleicht sollten wir uns doch besser mit der Frage nach dem Kurs des Schiffes und dem Lageplan der Flutungsventile beschäftigen, als zu schweigen oder in die »apotheosenhafte Coda der Positivitätsorgie« einzustimmen.

Die Kapelle, so erzählt die Legende, stand auf dem Achterdeck der *Titanic* und spielte, bis das Schiff unterging.

Meine Tochter singt

Schreiben für Kinder

Bücher haben ihre eigene Geschichte, führen ein recht individuelles Leben, jedenfalls dann, wenn sie gelesen werden. Zu keinem Buch habe ich so viele Zuschriften bekommen wie zu *Rudi Rüssel.* Damit meine ich nicht nur Zuspruch von Lesern, denen das Buch gefallen hat, nein, es kamen Zeichnungen aller Art, Töpferwaren, Comics, Videos, Hörspielfassungen, vor allem aber Fortsetzungen, Weitererzählungen. Wo ist dieses Rennschwein nicht inzwischen überall hingekommen, seine Kinder und Enkel haben eine pralle Biographie, da gibt es Ferkel, die über den Ozean gefahren sind, die sich unter den Pyramiden getummelt haben, und die drei Kinder des Ägyptologen und der Lehrerin waren natürlich immer dabei.

Offensichtlich ist in diesem Buch etwas, das zum Weitererzählen reizt, etwas, das man mit Selbsterlebtem aus dem Alltag anreichern, etwas, in das man seine eigenen Wünsche und Ängste einbauen kann. Es ist die Grundsituation des Lesens wie des Erzählens, das immer auch ein Nachdenken ist über das, was man selbst erlebt hat, worüber man sich gefreut, worüber man sich geängstigt hat. Ausgangspunkt ist meist der Alltag, wenn man denn aufmerksam ist und sich noch wundern kann, was Kinder können – dieses Staunen über die kleinen Dinge, die den Keim einer Geschichte in sich tragen.

Eine Frau sitzt im Zug, ißt ein Stück Kuchen, krümelt den Boden voll, und mit einemmal taucht im Zugabteil erster Klasse eine Maus unter dem Sitz auf und holt sich ein Bröckchen. Einer Bekannten von uns ist das vor Jahren passiert, und ich habe diese Geschichte meinem damals kleinen Sohn, Tobias, erzählt, der den Spitznamen »Maus« noch heute trägt: Eine Maus gerät auf der Suche nach Futter in einen Zug und fährt durch Deutschland und Europa. Eine abenteuerliche Reise. Daraus ist das Kinderbuch *Die Zugmaus* entstanden.

Ein paar Jahre später gingen wir mit den Kindern an einem Kanal in England spazieren und plötzlich hörten wir aus einem Baum eine Frauenstimme, die nach Tee verlangte. Aber in dem Baum saß keine Frau, und erst nach genauem Hinsehen entdeckte meine Tochter Bettina einen Vogel, eine Art Amsel, so dachten wir zunächst, eine Amsel, die sprechen kann, wie in einem Märchen. Dann entdeckten wir den gelben Streifen am Kopf. Es war ein Beo aus Indien, eine Vogelart, die erstaunlich gut menschliche Stimmen imitieren kann. Wie schlägt sich so ein Tier durch das kalte Europa? Ich habe die Geschichte meiner Tochter erzählt und daraus entstand das Kinderbuch *Die Piratenamsel.*

Eine Familie geht am Sonntag spazieren, kehrt in einem Gasthof ein, in dem gerade eine Tombola veranstaltet wird. Lose werden verkauft. Der Hauptgewinn ist ein Ferkel. Was wäre passiert, wenn eines meiner Kinder das Ferkel gewonnen hätte? Zumal meine jüngste Tochter Johanna sich immer ein Tier gewünscht hat, was aber, da wir auch längere Zeit im Ausland gelebt haben, unmöglich war. Aus dieser Frage ist *Rennschwein Rudi Rüssel* entstanden. Es ist zugleich ein Ersatz dafür, daß meine Kinder keine Tiere hatten. Literatur erzählt ja auch von fremden Welten, die man selbst gar nicht gesehen haben muß, um sie zu entdecken und darin zu leben – in der Phantasie. So habe ich selbst durch *Robinson Crusoe* eine

Insel kennengelernt, die ich mindestens ein Jahr lang allein bewohnte.

Ein Junge hat Schwierigkeiten in der Schule, insbesondere in der Rechtschreibung, aber er kann erzählen, hat viel Phantasie. Er glaubt zu wissen, wo der sagenhafte Störtebeker-Schatz in der Elbmündung liegt, und rüstet ein altes Segelboot auf, überredet Freunde mitzusegeln, und eine abenteuerliche Fahrt auf der Elbe und zu den Flußinseln beginnt. Man muß an seinen Träumen festhalten, an seinen Wünschen, und man muß versuchen, sich möglichst lange wundern zu können, das Staunen nicht zu verlernen. Lesen ist, wie das Schreiben, eine Möglichkeit, sich diese Offenheit zu bewahren. Lesend verfolgt man fremde Schicksale und fragt sich, wie man sich in einer ähnlichen Situation verhalten würde, so lernt man sich selbst und die anderen kennen. Dabei werden Menschen und Dinge in einem neuen Licht gesehen. Und so geschieht das Unerhörte, die Welt zeigt sich anders, sie hat grundsätzlich andere Möglichkeiten, sie muß nicht so sein, wie sie ist. Denn man übertreibt wohl nicht, wenn man sagt, diese Welt ist nicht nur für die Kinder nicht die beste aller Welten. Und dennoch müssen sie sich darin bewähren.

Man muß den Kindern zuhören. Sie haben viel zu erzählen, von all diesen kleinen und großen Dramen, von den Ängsten und listenreichen Streichen, und man muß in sich selbst hineinhören, in die eigene Kindheit.

So habe ich beim Schreiben der Kinderbücher nicht nur meine Stimme im Kopf, sondern auch die Stimmen der Kinder, die dadurch beim Erzählen mitbeteiligt sind.

Ich wäre nicht darauf gekommen, Bücher für Kinder zu schreiben, hätte ich nicht – ich darf das so sagen – Kinder bekommen. Nicht weil ich Kinderbücher geringschätze, im Gegenteil, aber es fehlte mir einfach die Schreibmotivation und auch die Erfahrung.

So möchte ich auch mit einem persönlichen Beispiel schließen.

Wir wohnten am Ammersee, und ich habe dort ein altes hölzernes Segelboot. Das ist ein Kinderwunsch, den ich mir erfüllt habe, denn als Kind war das Segeln etwas Wunderbares. Meine Kinder haben zum Segeln ein eher distanziertes Verhältnis.

Ich muß aber, will ich segeln, jemanden haben, der mir die Boje faßt und die Fock hält, außerdem macht es mehr Spaß, zu zweit zu segeln. Ich muß meine Kinder dazu überreden, manchmal regelrecht betteln, daß eines mitkommt. Im Sommer vor einigen Jahren ist meine kleine Tochter mitgekommen, eben jene, der das *Rennschwein* gewidmet ist. Der Wind war zunächst nicht stark, frischte dann aber plötzlich auf mit kräftigen Böen. Wir lagen ziemlich schräg, die Wellen wurden höher und bekamen Schaumkronen. Der Mast knackte, und ich muß hier erwähnen, das Boot ist nicht nur alt, sondern auch schon recht morsch. Meine Tochter, die damals sechs Jahre alt war, bekam zu Recht Angst und klammerte sich fest, verkroch sich regelrecht. Sie wollte die Wellen, die über Bord spritzten, nicht sehen. So hockte sie verkrampft da, bis sie anfing zu singen, erst leise, dann immer lauter, ein Lied von einer Kassette nach einem Buch von Astrid Lindgren. Sie sang: »Der kleinste und beste Matrose an Bord, das war der kleine Kalle Theodor; die Mutter, die weinte, geh bitte nicht fort, doch ihn hielt die See. Und wenn der Wind durch die Wanten pfiff, da schrie er laut: Ahoi juchee!«

Sie sang dieses Lied, und singend richtete sie sich auf, konnte über den aufgewühlten See blicken, nicht daß die Angst verschwunden wäre, auch nicht der Anlaß ihrer Angst, aber indem sie das Schicksal eines kleinen Jungen nachsang, der im Meer ertrunken war, konnte sie auch ihre Angst heraussingen, sich befreien von dieser stummen, blinden Angst, die so erträglich wurde, faßlich, ja sogar genießbar. Sie sang laut und lauter und lachte, ja, sie sang schließlich ganz gelöst, während mir inzwischen die Wellen und der Wind unheimlich wurden, und so habe ich selbst versucht, etwas mitzusingen, mehr mir als ihr Mut machend. Das ist es, was Literatur leisten kann, egal, ob es Literatur für Erwachsene oder für Kinder ist, sich in der Sprache seiner selbst innewerden; und das ist ein lustvolles lange währendes Geschenk, das man sich lesend selbst machen kann und wodurch man reicher und selbstbewußter wird.

Die Umbettung: ein halbherziges Spektakel 17. August 1991

Ich hatte einige Zweifel, als ich von Berlin nach Potsdam fuhr, ob es denn richtig war, den schwarzen Leinenanzug anzuziehen. Mich quälte plötzlich der Gedanke, für einen zerknitterten Katafalkträger gehalten zu werden. Aber die waren, wie sich dann zeigte, in Chauffeurgrau gekleidet, die zehn Sargträger der Beerdigungsfirma Grieneisen (welch wunderschön sprechender Name: Traurigkeit hat keinen Zweck, Grieneisen schafft die Leichen weg). Und der Anzug (ohne Krawatte, versteht sich) hatte dann doch seine Vorteile, jedenfalls bildete ich mir ein, daß er mir dort Zutritt verschaffen könnte, wo ich eigentlich keinen hatte. Und schon vor dem Pressebüro begrüßte mich eine ältere Dame in einem dezent preußischblauen Kostüm mit Handschlag. Ich riß mich los. Ich hatte mich verspätet, holte den Presseausweis und fuhr in einem Presse-Bus zum Bahnhof Wildpark. Dort sollten um 11 Uhr die Särge von Friedrich II. und Friedrich Wilhelm I. eintreffen. Zwei Vierspänner fuhren vor. Die Pferde mit schwarzen Schabracken behängt. Die Sonne schien. Jemand sagte, Kaiserwetter. Dann kam pünktlich der Zug, eine kleine Dampflok, die man für diese Gelegenheit extra wieder aktiviert hatte, ein Gepäckwagen, dahinter der Salonwagen des letzten preußischen Kronprinzen. Der Zug hielt an den dafür vorgesehenen Podesten. So kamen die Hohenzollern, die sich selbst Preußen nennen, nach Potsdam zurück. In dem Gepäckwagen wurde lange gekramt. Die Särge standen falsch. Endlich kletterten die Preußenprinzen aus dem Luxuswaggon, voran der Chef des Hauses, Prinz Louis Ferdinand, hinter ihm seine Söhne und Enkel, nur Männer. Nix von wegen zackig, Hurra, und in den Staub mit allen Feinden Brandenburgs und so, nein, wie die sich beim Aussteigen aus dem Waggon aneinanderklammerten, klein, gebrechlich wirkten die, fast erbarmungswürdig. Und die erheben nun immer noch Anspruch auf die deutsche Kaiserkrone. Das sind Leute, einschließlich der Jungen, die man über die Straße führen möchte. Ganz anders als die bayrischen Prinzen, deren Leben ich in der *Bunten* verfolge. Die fahren Autorennen, brauen Bier und trinken es faßweise, organisieren gewinnbringende Ritterspiele, und nebenbei jodeln und schuhplatteln sie. Gel, Poldi? Nein, das Haus Hohenzollern stirbt ab, denke ich, selbst wenn sie den Wilhelm II. aus Doorn auch noch umbetten sollten, sozusagen entdornt.

Die Särge werden aus dem Waggon gehoben und auf die Lafetten geschoben. Die Bundeswehrkapelle spielt den Choral: *Was Gott tut, das ist wohlgetan.* Prinz Louis Ferdinand läßt sich mit seinen Prinzen ablichten und macht ein würdevolles Gesicht. Unwürdig, fand er, war, was sich im Vorfeld dieser Umbettung alles getan hatte. Dieses ganze Hickhack, das er ja selbst ausgelöst hatte, man könnte denken, auf Rat eines ausgekochten PR-Mannes, um damit das Sommerloch in den Medien zu stopfen. Das Versprechen, das Louis Ferdinand gegeben hatte, Friedrich II. seinem Testament gemäß in der Gruft vor Sanssouci beizusetzen. Und damit genau das Spektakel auszulösen, das sich Friedrich II. in seinem Testament verbeten hatte. Er wollte beigesetzt werden: »ohne Pomp, ohne Prunk und ohne die geringsten Zeremonien.« Und jetzt war die Bundeswehr angetreten. Stabsoffiziere sollten die Ehrenwache am Sarg halten. Das Verteidigungsministerium, dessen Wort doch noch etwas gelten sollte, behauptet, Prinz Louis Ferdinand habe es um Teilnahme gebeten, der Prinz behauptet, die Bundeswehr habe sich aufgedrängt. Einer der beiden Ehrenwerten lügt also, und doch sagen beide die Wahrheit. Denn beide wollten es, strittig ist nur, wer den Antrag gemacht hat. So rückte denn das sonst nur in der Regenbogenpresse vertretene Haus Hohenzollern ein wenig ins offiziöse Licht, und die Bundeswehr konnte wieder etwas Terrain zurückgewinnen von der preußischen, das heißt kriegerischen Tradition. Geschichtliche Fakten und Personen müssen ja immer neu von den Herrschenden für ihre Interessen interpretiert werden, das heißt auch: neue Legenden müssen erzählt, neue Bilder gefunden werden. Wobei ich denke, daß in der Ex-DDR mit der wachsenden Unzufriedenheit der Bevölkerung an den Lebensverhältnissen und den damit verbundenen staatlichen Oppressionen nicht zufällig die Preußentradition wiederbelebt wurde: Gehorsam, Pflicht, Fleiß und Bescheidenheit.

Mich interessierte also an dieser Nachbeerdigung, welche Erklärungsmodelle angeboten wurden, was hervorgehoben und was verdeckt wird an der Figur Friedrichs. Denn das war selbstverständlich, der Friedrich der Große, der seine Soldaten mit Kerls, wollt ihr denn ewig leben? in den Tod schickte, ist heute so wenig vermittelbar wie der arbeitswütige Alte Fritz in seinem verschmuddelten Uniformrock. Keiner der Perrier-Jungs könnte sich mit dieser Figur identifizieren. Die Deutung, die bei der Gedenkveranstaltung, an der ich trotz meines schwarzen Anzugs nicht teilnehmen konnte, vorgenommen wurde, betonte denn auch defensiv dies: Absage an alles Militärische, dafür die Hervorhebung der preußischen Prinzipien von Toleranz und Mitverantwortung am Ganzen. Mit Preußen verbindet sich eben noch immer ein schlechtes Gewissen, und das war spürbar bei diesem ganzen halbherzigen Spektakel. Wenn ich dagegen an den Trauerzug für Franz Josef Strauß denke, diese selbstgewisse Demonstration, prachtvoll, mit Tschingderassabumm und Tausenden von ergriffenen Menschen an der Ludwigstraße, dann sieht man, daß der preußische Gedanke keine Ausstrahlungskraft hat, weil er – momentan – von keiner politischen Kraft gebraucht wird. Was man sich jetzt aus den preußischen Tugenden heraussucht, läßt kein Herz höher schlagen: Toleranz, Entsagung und das Gemeinwohl bedenken und ein bißchen Fleiß. Ministerpräsident Stolpe (warum redet der Sozialdemokrat diese Leute mit Hoheiten an, wo doch alle gleich sein sollen nach dem Grundgesetz?) zitierte aus dem *Allgemeinen Landrecht für die Preußischen Staaten:* »Jeder Einwohner des Staates ist Schutz für seine Person und sein Vermögen zu fordern berechtigt.« Für die Umverteilung des Vermögens sorgt ja momentan die Treuhandanstalt. In einer nachdenklichen Rede versuchte Graf von Krockow, dem König auch eine republikanisch goutierbare Würde zu geben. Er stellte dar, wie Friedrich II. durch die sich selbst abverlangte Pflichterfüllung zugleich das Glück seines Lebens geopfert hat. Bei dieser Betrachtungsweise – die uns den König näherbringen soll, ohne zu fragen, wem seine Entsagung denn genutzt hat – wird indirekt etwas von den Interessen unserer Gesellschaft deutlich. Denn die Frage nach dem Lebensglück kann nur gestellt werden in einer Zeit, in der das hedonistische Prinzip konsensbildend Sinn stiftet. Und eine am Luxuskonsum orientierte Gesellschaft erfordert in einem ganz anderen Sinn als das friderizianische Preußen Toleranz. Sie garantiert durch möglichst wenige religiöse und moralische Schranken eingeengte Konsumenten. Diese Toleranz grenzt allerdings jede Gruppe aus, die den Konsens aufkündigt oder stört. So auch auf der Trauerfeier. Jene, die sich mit kritischen Transparenten unter die Reichsfahnenschwingenden mischten, wurden beschimpft, bedroht, getreten. Abschaum, sagt ein älterer Herr, eine Schande, geschmacklos, lächerlich. Zwei Schüler halten ein Transparent hoch: Heute Fritzens olle Beine, im nächsten Krieg sind's deine. Ist doch lachhaft, sagt ein Bundeswehroberst, die Männecken, einfach nur lachhaft. Und er lacht. Den beiden ist nicht zum Lachen zumute, zwischen den Verbindungsstudenten, die in Stulpstiefeln gekommen sind, den Stürmer auf dem Kopf, und den pöbelnden Herrschaften, die gerade den Bussen entstiegen sind. Aus Niedersachsen sind sie mit ihren Frauen herübergekommen, um an dem Sarg im Ehrenhof vorbeizudefilieren. Nein, das ist dann doch nicht so überraschend, und was man an alten Kämpen sieht, kann man auf jedem Treffen der Vertriebenen auch sehen. Dieses Potsdamer Ereignis ist nicht mit dem von 33 zu vergleichen. Die Konservativen preußischer Provenienz sind sich, anders als ihre bayrischen Kollegen, ihrer Sache nicht sicher. Und auch die beiden toten Majestäten konnten einem neuen preußischen Gedanken nicht auf die Beine helfen. Diese Veranstaltung wirkte altfränkisch trist. Die kleine schnaufende Lokomotive, das sollte Tradition demonstrieren, Geschichte symbolisieren, entsprang aber einem ungeschichtlichen Bewußtsein. Was hat der Alte Fritz mit der Dampfmaschine zu tun, nichts. Es ist ein Anachronismus, allenfalls ein postmoderner Schnörkel. Der Aufwand aber hatte etwas märklinhaft Museales. Bezeichnenderweise gab es Eisenbahnfreaks, die sich ausschließlich für diese Dampflok der Deutschen Reichsbahn mit der Nr. 741230 interessierten und sogar in einem Zelt geschlafen hatten, um die Lokomotive an einer bestimmten Weiche fotografieren zu können. Ich behaupte, daß kein pflichtbeseelter Altpreuße ähnliches auf sich genommen hat.

Im Bus 113, Richtung Wannsee, sitzen vor mir einige ältere Damen und Herren. Sie hatten sich in die lange Schlange gestellt, vor dem Sarg Friedrichs einige Minuten gedacht, danach haben sie ihre alten Häuser und Grundstücke in Potsdam besucht. Sie reden über Bodenrecht und Nutzungsrecht. Was ist das Allgemeinwohl gegenüber dem Katasteramt und was die Toleranz gegenüber dem Grundbuch? Die Worte Eigenbedarf und Kündigungsfrist fallen immer wieder. Da wird in Potsdam, denke ich, sobald manch Lebender noch umgebettet werden.

Die Utopie der Sprache

Versuch über Kipphardt

Wir waren in der Stadt gewesen, hatten eingekauft und uns gerade zum Essen gesetzt, als der Anruf kam, er sei mit einer Gehirnblutung ins Krankenhaus eingeliefert worden. Sein Sohn, Franz, den ich anrief, sagte, es gehe ihm schon besser, Pia sei bei ihm, schlafe auch im Krankenhaus.

Tobias versuchte eine Eidechse, die sich in die Wohnung verirrt hatte, in einer Plastiktüte zu fangen, ein großes rötliches Tier, das ängstlich unter die Betten floh. Von fern war der Autolärm vom Corso di Francia zu hören, ein an- und abschwellendes Brausen. Ich entsinne mich, es war ein kühler Novemberabend von jenem eigentümlichen, nur hier in Rom gesehenen, tiefen Blau, das später langsam ins Schwarz übergeht.

Einige Tage später saß ich im Zug, der langsam aus der Stazione Termini fuhr, vorbei an den schmutziggrauen Häusern hinter der Aurelianischen Mauer, dann der Güterbahnhof, der Friedhof, Villen, das Kreischen einer Alarmglocke, weiter draußen, vor der Stadt, die abgeernteten Felder, das Laub in einem leuchtenden Rot, Gelbbraun, und über die Felder zog der Rauch der Herbstfeuer in einen wolkenlosen, eisgrauen Himmel.

Er hatte mir einmal den Aufbau des Gehirns erklärt und sagte, er sei gleich in der ersten Anatomiestunde von der Schönheit dieses Organs fasziniert gewesen, dieser wunderbar asymmetrischen Symmetrie.

In den ersten Monaten in Rom hatte ich oft an ihn gedacht. Ich hatte seine Arbeiten gelesen, seine Stücke, Gedichte, seine Prosa. Ich hatte mich vorbereitet auf ein Gesprächsbuch, das wir machen wollten. Es war ein Plan, der schon zwei Jahre alt war, ein Gespräch über sein Leben, über sein Werk, über Politik, Kunst, über Gott und die Welt. Das Buch sollte zu seinem 60. Geburtstag herauskommen. Aber wir hatten, als ich nach Rom ging, noch nicht einmal damit angefangen. Warum?

Wir waren beide in andere Arbeiten verstrickt. Und es gab auch eine Scheu vor dieser Arbeit, denn es sollte ja nicht nur über Theaterstücke und Bücher gesprochen werden, sondern auch über ihn, seine Ängste, seine Obsessionen, und er wollte versuchen, seine Ästhetik zu entwickeln, seine Vorstellung, wie Sprache und Wirklichkeit zusammenhängen. Er wollte das im mündlichen Diskurs entwickeln, nicht darüber schreiben. Wir hatten uns viel vorgenommen. Und wir hatten es immer wieder verschoben, bis ich nach Rom abreiste.

Er hoffte, glaube ich heute, daß ich die Abreise um ein, zwei Monate verschieben würde, sprach das aber nie aus, allenfalls indirekt. Sein immer wieder formuliertes Unverständnis, warum ich gerade nach Rom gehen wolle. Da ging doch jeder hin, da schrieb doch jeder drüber. Ich konnte ihm dafür keine befriedigende Erklärung geben. Ich konnte sie mir ja selbst nicht geben. Aber ich fuhr. Und als ich dann aus Rom anreiste, nach München, um eine Woche mit ihm zu reden, Vorgespräche zu den Interviews zu machen, um das Projekt wenigstens anzufangen, da meinte er, man müsse mehr Zeit haben, eine Woche sei zu wenig. Ich ging darauf sofort und fast erleichtert ein.

Warum habe ich ihn nicht gedrängt?

Ich glaube, er hatte den Eindruck, daß ich an etwas

anderem, an einem Roman, arbeiten wollte und nicht an diesem Gesprächsband, und das war wohl so falsch nicht. Zumindest hatte ich nicht das Bedürfnis, ihn zu drängen. Was ich hätte tun müssen. Denn er brauchte diesen Druck, händeringende Dramaturgen, wartende Regisseure, verzweifelte Lektoren, nicht, weil er sich zierte, sondern weil das Schreiben die schwierigste Sache der Welt war, eine ungeheure, alles auszehrende kräfteraubende Arbeit, vor die er immer neue Gespräche, Überlegungen, Zweifel, die Lektüre neuer und immer abgelegenerer Bücher schob, bis der Druck immer größer und schließlich unerträglich wurde.

Er konnte auf eine ansteckende Weise lachen.

Der Verlagsleiter der AutorenEdition war, weil er in dem Roman *Die Herren des Morgengrauens* von Peter O. Chotjewitz etwas über Baader und Ensslin gelesen hatte, zur Geschäftsleitung von Bertelsmann gerannt und hatte das dort angezeigt. Die Hauptfigur in dem Buch träumt, daß Ensslin, Baader und Raspe ermordet worden seien.

Das führte zur Zensur des Buches und zur Kündigung der Herausgeber und des Verlags.

Dieser Verlagsleiter verlagerte beim Essen hin und wieder sein Gewicht, leicht nach rechts oder links, um dann einen fahren zu lassen, mal laut, mal leise. Und dann diesen Schnack auf den Lippen: Dann tun wir mal Butter bei die Fische.

Er konnte ihn wunderbar nachahmen, lachte und wischte sich mit dem gekrümmten Zeigefinger die Tränen aus den Augen. Die im Restaurant neben uns sitzenden Leute lachten mit, ohne zu wissen, warum wir lachten.

Sein Lachen wechselte langsam in einen nachdenklichen Ernst. Wie kommt jemand dazu, ängstlich ein Buch kontrollieren zu lassen? Wie entsteht diese Willfährigkeit? Dieser vorauseilende Gehorsam? Diese hingebungsvolle Bereitschaft, keinen Anstoß zu erregen?

Es gab ja auch Kollegen, die unter dem Druck einer rechtsgewendeten öffentlichen Meinung ihr Werk nach vermeintlichen Gewaltäußerungen durchsuchten und beteuerten, sie hätten keine inkriminierbaren Stellen gefunden. Diese Ängstlichkeit vor dem Meinungsdruck der Mehrheit. Dieses Verlangen nach Konformität. Regeln nicht zu verletzen. Seine Pflicht zu tun. Natürlich wird das belohnt. Durch Ruhe, Anerkennung und Geld. Je mehr er nicht er selbst ist, desto mehr bekommt er.

Ein andermal auf dem Flugplatz (Domestic flights) sah ich in einem gläsernen Warteraum Menschen in neuer Erscheinung. Auf ihren Zwillingsgesichtern, die auf das Flugfeld hinaussahen, lag eine blaßblaue Schicht, die Brillen blaßblau erleuchtet, die Hände in Pfötchenhaltung. Sie schienen alle das gleiche Ziel zu haben, und ihre schwarzen Aktenköfferchen waren die gleichen. In vollkommener Ruhe ging etwas Strahlendes von ihrer Erscheinungsform aus, etwas Religiöses in Tablettenform, geruchlos und ohne Rückstände. Als einer von ihnen zum Klo ging, versuchte ich ihn anzufassen, da sah er durch mich durch und durch. Astralverwesung bei Übergewicht.

März in *März*

Der Zug fuhr durch Orvieto. In der Ferne lag Civitella, wo Freunde ein kleines Wein- und Olivengut haben.

Ich hatte in diesem Frühjahr geholfen, die Olivenbäume zu beschneiden, ein ruhiges Tun. Man steigt in den Bäumen herum und schneidet bestimmte Triebe ab. Welcher Trieb ist überflüssig und welcher nicht? Ich hatte sie mir genau erklären lassen, diese über Jahrtausende erarbeiteten Erfahrungen. Saß abends in einem Baum, dem letzten, den ich mir vorgenommen hatte. Marco war schon weggegangen, hatte den arbeitswütigen Deutschen in den Olivenzweigen sitzen lassen.

Ich saß auf einem Ast und sah in die stille Ferne. Da stieg aus einer unterhalb des Berges liegenden, mit dichten Büschen bestandenen Bodenfalte ein Gesang empor, als singe die Erde selbst, vielstimmig, der Gesang der Nachtigallen.

Manchmal angelte er direkt von seinem Arbeitszimmer aus in der alten Mühle die Forellen aus dem Bach, der Stroge, die hinter dem Haus zu einem kleinen Teich aufgestaut war.

Kennengelernt habe ich ihn auf einer Veranstaltung mit dem heute kurios klingenden Titel: *Schreibmaschinen für Vietnam.*

Ein Motto, das, gerade weil hier Solidarität geübt werden sollte, unsere Hilflosigkeit gegenüber dem, was in Vietnam geschah, verriet.

Es sollte unter Schriftstellern und Intellektuellen Geld für Schreibmaschinen gesammelt werden, denn es fehlten (und fehlen noch immer) in dem Land die einfachsten Dinge.

Eingeladen wurden Schriftsteller, die in München wohnten, und wir, damals noch Studenten, waren überrascht, wie viele Absagen es gab, Herrn Baumgart war die Veranstaltung zu einseitig, Herr Zwerenz wollte Maschinengewehre, nicht Schreibmaschinen.

Er, der einzige mit einem bekannten Namen, sagte sofort zu. Kam von irgendeiner Generalprobe aus dem Rheinland, etwas verspätet, in einem dunkelblauen, eleganten Anzug, freundlich, ruhig, ein aufmerksamer Zuhörer, las ein paar kurze Texte: Aussagen der Piloten, die auf Hiroshima die Atombombe abgeworfen hatten, von Eichmann, von US-Piloten, die mit ihren B 52 Angriffe auf Saigon geflogen hatten.

Es kam zu einer ziemlich hitzigen Diskussion auf dem Podium. Er behauptete nämlich, der Sieg der vietnamesischen Befreiungsbewegung sei, in Anbetracht der nuklearen Bedrohung, durchaus nicht so gesetzmäßig, wie die Referentin zuvor versichert hatte. Er blieb in der folgenden, von einigen recht erregt geführten Diskussion ruhig, eine durchaus nicht provozierende, sondern eine von Nachdenklichkeit gekennzeichnete Ruhe, die schließlich auch die Gemüter wieder beruhigte. (Und damals war der Gedanke, eine Befreiungsbewegung könne nicht siegen, noch unerträglich.)

Das war mir in dieser Diskussion an ihm aufgefallen, die Ruhe, mit der er fragte und zuhörte, die Nachdenklichkeit, mit der er selbst sprach, manchmal stockend, zögernd, ein physisch sichtbarer Vorgang, dieses Denken, eine Arbeit, die Aussagen, die langsam und exakt kamen, sich aber manchmal wieder selbst in Frage stellten.

Man hatte das Gefühl, an dem Prozeß des Nachdenkens teilzunehmen, zu beobachten, wie sich neue Gedanken bildeten. Hörte er zu, strich er sich langsam mit dem Zeigefinger über den Schnurrbart, rötlichbraun, der ihm schwer über die Lippe hing und die mächtigen Schneidezähne verdeckte. Er schwitzte, wischte sich immer wieder mit einem großen Stofftaschentuch die Stirn. Man sah ihm an, dieses Denken war Arbeit.

Später, ich glaube sechs Jahre später, ergab es sich, daß ich sein Lektor wurde. Das hört sich nach mehr an, als meine Arbeit mit sich brachte, denn seine Manuskripte waren in einem perfekten Zustand. Und ganz sicher war ich es, der von der Arbeit an seinen Büchern mehr profitiert hat, einer Arbeit, die sich lange hinzog, Tage und Nächte. Vor allem Nächte. Er wurde erst am späten Nachmittag munter und arbeitete nachts, wurde munterer, je später es wurde, während ich meine Müdigkeit mit Kaffee bekämpfen mußte.

Was ihn nachhaltig beschäftigte, war die Frage nach der Stellung von Textteilen. Da war er immer und gern zu Änderungen bereit. Das könnte man auch anders montieren, das habe ich noch immer im Ohr, wenn ich selbst Textstellen verschiebe. Er kam ja aus der Tradition von Brecht, Heartfield und Eisler, mit denen er auch befreundet gewesen war.

Auf Vorschläge zu Kürzungen und Verknappungen ging er sofort ein, strich sehr schnell, man mußte ihn da regelrecht bremsen.

Das muß schlanker werden, sagte er, der über zwei Zentner wog. Über Wortwahl, über das Salz der Wörter, konnte man mit ihm lange streiten.

Sollen Äpfel von den Bäumen der Obstwiesen auf die Wiese fallen oder prasselt eine Ladung herunter. Dieser in den nebeligen Oktobertagen Bayerns oft zu beobachtende Vorgang, daß trotz Windstille sich plötzlich ein Apfel löst und andere und immer mehr und mehr durch sein Fallen mitreißt. Ein eigentümliches Geräusch, das man manchmal auch nachts in der Stille hören kann.

Prasseln, da dränge sich das Wort in den Vordergrund, die Situation solle nicht beschrieben, sie sollte nur angedeutet, beim Leser evoziert werden.

Prasseln hat tatsächlich ja noch etwas von diesem sinnlichen Vorgang, setzt ihn lautmalerisch um, so wie man in dem Wort Trulli noch den Gegenstand zu entdecken glaubt, und zwar im Mund.

Nein, das Wort sollte dem Leser mehr Raum lassen, ihn nicht festlegen, zwingen.

Er hatte ein feines Gespür für die Präpotenz der Wörter.

Roland Barthes schreibt in *Lektion*: *Doch die Sprache als Performanz aller Rede ist weder reaktionär noch progressiv; sie ist ganz einfach faschistisch; denn Faschismus heißt nicht, am Sagen hindern, es heißt zum Sagen zwingen.*

Sicherlich ist die Sprache nicht, wie Roland Barthes schreibt, »faschistisch«, denn sonst wären wir alle und zu allen Zeiten Faschisten, womit der Begriff sinnlos würde. Aber die Sprache übt Macht aus, weil sie uns zwingt, in bestimmten Regeln zu sprechen und zu denken. Es ist die gewohnte, ganz selbstverständliche alltägliche Macht, eine Macht, die ins Bewußtsein eingeht. *Wir sehen die in der Sprache liegende Macht deshalb nicht, weil wir vergessen, daß jede Sprache eine Klassifikation darstellt, und daß jede Klassifikation oppressiv ist: ordo bedeutet zugleich Aufteilung und Strafandrohung.*

Wie kann man diese blockhafte Macht der Sprache aufbrechen, wie die Fortifikationen der staatlichen Gewalt im Bewußtsein unterminieren?

Man muß listig sein.

Die Literatur kann den Diskurs der Macht stören, nicht dramatisch, sondern im Kleinen, fast Spielerischen ... *die außerhalb der Macht stehende Sprache in dem Glanz der Rede zu hören, nenne ich: Literatur.*

Sagt Roland Barthes.

Ein Diskurs über die Wissenschaft, über die Macht, die in ihr liegt, die sogar im Erkenntnisakt aufscheint, mag er als noch so wertfrei, also auch fern jeglicher Macht, von den

Wissenschaftlern mißverstanden werden, ist das Stück *Oppenheimer.*

Evans: Woran merken Sie, ob ein neuer Gedanke wirklich wichtig ist?

Oppenheimer: Daran, daß mich ein Gefühl tiefen Schreckens ergreift.

Kurz vor der Notstandsgesetzgebung tagte der antiautoritäre Flügel des SDS in der Georgenstraße. Einige Genossen waren mit einem Eimer weißer Farbe losgegangen und wollten an die Mauern der Uni schreiben: *Widerstand gegen die Notstandsgesetze,* während im Plenum über die Anwendung von Gewalt diskutiert wurde. Da platzte jemand herein und rief: Wahnsinn, überall an der Uni steht: *Wiederstand gegen die Notstandsgesetze.* Sogleich begann eine heftige Diskussion über die Rechtschreibung. (Recht = Rechts?) Die Frage war: Sollte man losgehen und das e ausstreichen, oder sollte man einfach Wiederstand stehen lassen? (Wobei gesagt werden muß, und das ist kein Witz, daß dies von einem Germanistikstudenten geschrieben worden war.) Sollte man sich dem Diktat des Dudens unterwerfen oder nicht? Lag nicht in dieser Rechtschreibeordnung eine stille, penetrante Macht, die von den Herrschenden ausgeübt wurde, um ihre Bildungsprivilegien zu verteidigen? Andererseits, machte man sich nicht lächerlich, wenn man ausgerechnet Widerstand falsch schrieb?

Man konnte sich nicht einigen, also wurde abgestimmt. Nur knapp überwog die Gruppe, die den »Wiederstand« korrigiert haben wollte. Daraufhin ging eine Gruppe los, um möglichst schnell die Schreiber zu finden – die ja noch immer arbeiteten –, und eine zweite Gruppe zog mit einem Topf Farbe los und strich mit Rot (!) das e durch.

So konnte man in den nächsten Tagen an den Mauern

der Universität das Ergebnis eines Diskurses über die Macht der Orthographie sehen.

Er ließ sich das gern erzählen und konnte sich jedesmal wieder ausschütten vor Lachen, nicht weil er es lächerlich fand, sondern weil in dieser hochverdichteten Situation auf komische Weise etwas über Ordnung und deren Infragestellung deutlich wurde.

Denn jede Ordnung trägt Macht in sich, und sie aufzulösen, zugunsten eines utopischen Ziels, bedeutet Freiheit, die nicht nur darin bestehen sollte, sich der Macht entziehen zu können, sondern selbst auch keine Macht auszuüben.

Jede Ordnung war etwas, was ihm zutiefst suspekt, ja zuwider war.

Sein Interesse, auch seine Hoffnungen galten den basisdemokratischen Bewegungen der 68er Zeit, besonders der sich damals verbreitenden Erkenntnis von dem Zusammenhang des repressiven Gesellschaftssystems mit der psychischen Verelendung.

Der Revolutionär und der psychisch Kranke. Das sind zwei Möglichkeiten, die sich gegen Macht richten. Der eine, der Revolutionär, will durch Gewalt die gesellschaftlichen Machtverhältnisse verändern, der andere stellt allein durch sein Anderssein – und so verstand er die psychische Krankheit – die Macht des gesellschaftlichen Konsenses, die Normalität der Gesellschaft in Frage.

Er schrieb den Roman *März*, beschäftigte sich mit einem Stück über den Berufsrevolutionär Radek, hatte ein Konzept für ein Guerilla-Stück und eins über Che Guevara.

Der Revolutionär und der Kranke hängen aber auf eine

noch verzwicktere Weise zusammen. Denn die Revolution stabilisiert sich, ist sie erst einmal in die Gegenordnung eingemündet, und übt selbst Macht aus, ja Terror, wie es sich im stalinistischen Rußland gezeigt hat, einen Machtmißbrauch, den der Revolutionär wiederum bekämpfen müßte, wäre er nicht nur kommunistischer Bürokrat. Die Macht sitzt aber noch tiefer, sie reicht bis in das Bewußtsein, bis in die Sprache. Solcher Macht kann in der Realität nur um den Preis der Unverständlichkeit, das heißt der Ausgrenzung aus der Gesellschaft, widerstanden werden.

Ist der Wahnsinn eine Lösung, auch Erlösung, um dem Monstrum Macht zu entkommen?

Damals tauchte dieses Projekt auf: *Rapp, Heinrich,* der Revolutionär, der in der Psychiatrie endet.

Dennoch hat er – was ihm einige Kritiker vorwarfen – die psychische Erkrankung nie verklärt, zu lange war er in der Psychiatrie tätig gewesen, die Schrecknisse der Krankheit waren ihm bewußt, zuweilen als eine ihn zutiefst umtreibende Angst, selbst krank zu werden. Nicht mehr verstanden zu werden, das ist fast so, wie nicht mehr gesehen zu werden.

Höl derl in Papier für dich.

Das war das Letzte, was ich von ihm geschrieben las. Pia zeigte mir die Zeitschrift, auf die er das in seiner mir so vertrauten Schrift geschrieben hatte. Die Seite sah aus, als sei sie, nachdem sie im Regen gelegen hätte, getrocknet.

Ein metallisches Dröhnen. Der Zug fährt über die Brücke, der Fluß, die Ebene liegen im Nebel, ein paar Pappeln und hin und wieder, schon beschnitten, die verkropften Weiden, die für mich immer mit diesem Bild aus dem Film verbunden sind, der in der Po-Ebene spielt, *Der Holzschuhbaum:* der Mann, der mit einem Beil losgeht und einen Baum fällt, um aus dem Holz einen Schuh für seinen Sohn zu schneiden.

Ein Film, der ihm wahrscheinlich nicht gefallen hätte, zu episch wäre er ihm gewesen, zu lang.

Er hat nie, obwohl ich ihm immer davon vorgeschwärmt habe, *Hundert Jahre Einsamkeit* gelesen. Ansätze, wenn ich recht informiert bin, machte er mehrmals, aber er ließ es dann wieder, das war ihm zu langatmig, umständlich, voluminös erzählt, zu viele Nebentäler wurden da durchwandert. Er suchte immer den direkten Weg über die Paßstraße.

Er wollte mir, als er den *Morenga* lektorierte, unbedingt die langen Erzählpassagen herausstreichen. Er konnte sehr hartnäckig sein. Rief mich sogar nachts an, beschwor mich zu streichen.

Oft rief er nachts an, er mußte sich dann in den Schreibdruck bringen. Er wollte dann einfach ein wenig plaudern, diese Einsamkeit am Schreibtisch, immer die eigenen Hände vor Augen, allein mit sich und seinen Gedanken, darum rief er an, aus dem Plaudern entwickelte sich dann meist eine lange, verwickelte Diskussion, wobei er, der Spätaufsteher, immer munterer, ich, der Frühaufsteher, immer müder wurde. Eine Zeitlang, wir bereiteten im Verlag ein Anti-Strauß-Buch vor, wurden wir abgehört. Er hörte einmal ein Gespräch, das wir schon am Tag zuvor geführt hatten. Das war keine technische Panne, es war ein Hinweis, der Versuch einer Einschüchterung.

Er war nicht nur beunruhigt, das war mehr, eine fast instinktive Angst vor dem, was da hochkam. Es war die Zeit des *deutschen Herbstes.*

Berufsverbote für Kommunisten, Isolationshaft für die Mitglieder der Roten Armee Fraktion, Kontaktsperre-Gesetze, zugleich eine gezielte Politisierung der ästhetischen Diskussion durch deren mit Preisen, Stipendien und Besprechungen belobigte Entpolitisierung. Die Absage an die Dialektik, an Aufklärung, Brecht hatte plötzlich einen langen Bart, Literatur sollte wieder feiern, ein Luxusartikel sein, alles ist Form, Stoff ist nichts. Der Stoff, das Sujet aber war für ihn als Dramatiker immer auch eine ästhetische Kategorie.

1978, als man hätte denken können, nach dem *Oppenheimer, Joel Brand,* dem *März,* sei es an der Zeit, daß Kipphardt – oder auch Peter Weiss oder Alfred Andersch – endlich den Büchnerpreis bekämen, wurde Hermann Lenz ausgezeichnet. Man gönnt dem Kollegen jeden Preis, aber mußte er dann auch noch in seiner Dankesrede Büchner zum Biedermann machen?

Die *FAZ* druckte, um das möglichst vielen Lesern zugänglich zu machen, den Artikel einer Provinzzeitung nach, in dem behauptet wurde, Kipphardt sei im Umgang mit der Kalaschnikow geübter als im Umgang mit der deutschen Sprache. Es war die Zeit, als zur Terroristenhatz auf die Linke geblasen wurde.

Er, der als Kind 1933 mit seiner Mutter den zusammengeschlagenen Vater im KZ besuchte und in einer individuellen Renitenz gegen das Regime aufwuchs, glaubte, allenthalben Anzeichen für das Heraufkommen eines neuen, demokratisch verkleideten Faschismus zu sehen. Der Faschismus war 45 zwar militärisch besiegt worden, nicht aber im Bewußtsein der Menschen. Der neue Staatsapparat war größtenteils mit den alten Faschisten besetzt worden, und zwar ganz selbstverständlich im Prozeß der Restauration. Das wurde meiner Generation erst richtig mit der Politisierung 67 bewußt, wo die überall saßen, die kleinen und großen Nazis, nicht nur zu Hause, sondern in der Industrie, in der Verwaltung, der Justiz, im Militär, in den Geheimdiensten.

Der neue Faschismus wäre in nichts mit dem alten vergleichbar, glaubte er, die herrschende Klasse würde sich anderer Formen zur Stabilisierung ihrer Macht bedienen, die ja 67 und 68 mit den spontanen Streiks und der Studentenbewegung erstmals im Nachkriegsdeutschland in Frage gestellt worden war. Sie würde umgänglichere Formen finden, sublimere, nicht auf direkter Gewalt beruhende – obwohl auch die möglich war, gegen jene, die den Konsens aufkündigten. Eine technokratische Variante des Faschismus, die, weil sie nicht spektakulär aufträte und sich immer wieder um die mehrheitliche Zustimmung der Bevölkerung bemühte, eine ganz und gar abgepolsterte, komfortable Macht bilden würde.

Er hatte, wie auch Alfred Andersch, Angst vor dem, was da heraufkam, vor dem »demokratischen« Polizei- und Überwachungsstaat.

So trieb ihn wieder die Frage um, wie es dazu kommt, daß Menschen so funktionieren können (ihre Pflicht tun), daß sie auf Befehl zensieren, schreiben, verfolgen, foltern, töten, nicht mit Schaum vor dem Mund, nicht mit blutunterlaufenen Augen, sondern ordentlich und pflichtbewußt, und dabei, wie Himmler sagte, »anständige Menschen« bleiben.

Wie war es zu dieser industriell organisierten Massentötung gekommen? Wie kam es zu Auschwitz?

Ihn interessierte weniger die moralische Frage, weil die

keinen Erkenntniswert hat. Ihn interessierte dieser alltägliche Mechanismus der Macht.

Er begann, nachdem er das Problem schon im *Joel Brand* von seiner ökonomischen Seite bearbeitet hatte, sich wieder mit Eichmann zu beschäftigen.

Wie entsteht dieses Bewußtsein, woher nimmt es seine Legitimation?

Eichmann, nicht als Ausnahmefall, sondern als Normalfall, Ergebnis einer bestimmten Erziehung, einer Konditionierung durch die Macht, der Durchschnittsmensch, eben *Bruder Eichmann.*

Damit gab er das Rapp-Projekt auf.

Am Brenner lag Schnee. Der Himmel streifte die Berge. Die Zöllner liefen in Pelerinen herum und trugen Handschuhe. Das Ping Pang eines Hammers, mit dem ein Eisenbahner die Bremsen prüfte.

Auch das war ihm klar, daß die Revolution, diese Bewegung gegen die Macht, neue Macht erzeugt und ausübt, hat sie sich erst einmal konsolidiert. Er sah das und beschrieb es genau, diese Erstarrung in den sozialistischen Ländern. Er war ja zu einer Zeit Kommunist geworden, als andere ihre antikommunistischen Kotaus machten. 1947, in der Zeit des kalten Krieges, war er in die DDR gegangen, aber, weil er widersprach, kritisierte und gegen seine Überzeugung nicht revozieren konnte, aus der Partei ausgeschlossen worden und wieder in den Westen zurückgekehrt. Hatte sich aber hier nie zum hofierten Dissidenten machen lassen.

Als Assistenzarzt hatte er einen alten Berufsrevolutionär in der Charité, der, wie er sagte, absolut »normal« im Umgang war, keine Anzeichen eines Versuchs zeigte, sich außerhalb der Sprache, des Denkens zu stellen. Man konnte mit ihm komplizierte revolutionäre Entwicklungen diskutieren, über die verschiedenen kommunistischen Parteien sprechen, die er kannte und deren Politik er durch Lektüre genau verfolgte. Er beherrschte mehrere Sprachen, beobachtete das alltägliche Geschehen um sich. Nur zu ganz bestimmten Zeiten war er nicht ansprechbar, dann gab er über die Steckdose in seinem Klinikzimmer revolutionäre Anweisungen in alle Welt, empfing auch Nachrichten. Wurde er dabei gestört, tobte er besinnungslos.

Welche Anweisungen gab er? Ließ er Leute liquidieren oder versuchte er, das zu verhindern? Glaubte er, man müsse den Apparat stärken? Oder sollte man basisdemokratische, anarchistische Strömungen unterstützen?

Auch das hatte ich ihn fragen wollen.

Denn Rapp, das kann man den Fragmenten entnehmen, wurde zuschanden an eben jenem unauflösbaren Widerspruch, daß jede Revolution sich alsbald ein neues Machtsystem schafft, verhärtet, verbürokratisiert, unmenschlich wird, wenn sie sich nicht immer wieder an eben jenem emanzipatorischen Prozeß orientiert, der die aktuellen Bedürfnisse der Menschen berücksichtigt, jetzt und hier, nicht am Sankt-Nimmerleinstag. Wie aber kann eine neue, auf einem breiteren Konsens beruhende Gesellschaftsform gegen die Angriffe derjenigen Klasse verteidigt werden, die ihre Macht verloren hat?

Die permanente Revolution. Und die Antwort der etablierten Macht: die Spitzhacke.

Wie kann ein revolutionäres Bewußtsein geschaffen werden, das sich selbst *immer* in Frage stellt, ohne sich und sein Ziel – mehr Gerechtigkeit *und* Freiheit – aufzugeben?

Rapp in der Psychiatrie. Rapp endet durch Selbstmord.

Rapp, Heinrich wäre vielleicht das Komplement zur *Ästhetik des Widerstands* von Peter Weiss geworden.

Er machte Fernsehfassungen von seinen älteren Theaterstücken. Was ich nie verstanden habe und falsch fand. Warum? Er wich aus. Es mußte Geld verdient werden. Er verdiente doch gut. Vielleicht war es eine Scheu vor dem Projekt, dem zu ganz neuen und unabsehbaren Fragen führenden Projekt nach dem Sinn der politischen Aktion, der Revolution?

Wir hätten ihn anders fordern müssen. Man denkt, es ist ja noch Zeit. Er war fast 60 und erschien mir nicht alt.

Ein bundesdeutscher Grenzschutzbeamter zieht die Abteiltür auf. Den Paß, bitte!

Blättert im Fahndungsbuch. Vergleicht die Paßnummern, sein Zeigefinger rutscht langsam die Seite herunter.

Er mochte keine Uniformen. An den Eingängen zu Abflughallen stand er da, in seinem schwarzen Nadelstreifen-Anzug, hob die Hände hoch und starrte an dem Polizisten vorbei, der ihn nach Waffen abtastete. Man merkte ihm an, daß es ihn eine große Überwindung kostete, ruhig zu stehen, sich anfassen zu lassen.

Der Grenzschutzbeamte klappt sein Fahndungsbuch zu, gibt den Paß zurück und wünscht gute Reise.

Wahrscheinlich war es so, daß er glaubte, in diesen kalten Zeiten mit seinem Eichmann-Stück etwas zur Aufklärung beitragen zu müssen (denn daß Literatur das kann, wenn auch nur in bescheidenem Maß, davon war er überzeugt), zu zeigen, wie Macht internalisiert, wie sie selbstverständlich und immer selbstgefälliger wird, wie sie in Gewalt, schließlich in Terror gipfelt.

Was ich ihn immer fragen wollte: warum er nicht desertiert war, obwohl er beim Rückzug zweimal hinter die russische Front geraten war.

In den Erzählungen meines Vaters über den Krieg war das Schreckliche meist nur eine sprachliche Wendung, ein rhetorischer Schnörkel, und nur ganz selten und ganz unvermittelt, und auch dann nur unter dem Einfluß von Alkohol, kam plötzlich etwas von dem Grauen hervor, damals 1943, als im Winter russische Gefangene sich auf einen von einem deutschen Wachposten niedergeschossenen Russen stürzten, dem die Karabinerkugel den Schädel aufgerissen hatte, und das in der Kälte dampfende Gehirn aßen.

Einmal sah ich den Vater, den immer gefaßten, am Heißluftkamin stehen. Er hatte getrunken. Er stand da und weinte vor sich hin, konnte auf meine Fragen keinen Grund nennen. Verbarg das Gesicht in den Händen und wurde vom Schluchzen geschüttelt.

Ich hatte Fragen, die ich, genaugenommen, meinem Vater hätte stellen müssen, aber mein Verhältnis zu meinem Vater war zuletzt so, daß wir einander nicht mehr fragen konnten. Vielleicht wäre das später wieder möglich gewesen. Ich war achtzehn, als er starb.

Der biologische Vater ist nicht wählbar.

Seine Erzählungen vom Krieg waren, von Fragen begleitet, eher kühl distanziert. Nur einmal, als er mir erzählte, wie im Straßenkampf die Russen aus den Häusern gedrückt wurden, wie man erst in den obersten Stock stürmen mußte, um dann von Wohnung zu Wohnung den Feind herauszudrücken, machte er dazu eine illustrierende, völlig übertriebene kräftige Handbewegung, preßte in einer verzweifelten Imitation dessen, was damals war, die

Hand auf die Tischplatte, so daß weiß die Knöchel heraustraten.

In diesem Sommer fühlte ich mich wie tot, und das ist angenehm, abzusterben eine Wollust. Sagt Kofler, der Arzt in *März.*

War das, vom Text abgezogen, auch eine biographische Aussage? Genoß er das wirklich, das Absterben? War es nicht gerade das, was er zutiefst befürchtete, was ihn quälte, die Vorstellung, Kraft zu verlieren, Leben?

Er war noch immer ein guter Diagnostiker, obwohl er schon seit Jahren nicht mehr als Arzt praktiziert hatte.

Manchmal traf man Patienten aus der Psychiatrie bei ihm. Manchmal Gefährdete. Er saß da und hörte zu.

Ein Buddha, diese Ruhe strahlte er aus.

Die Kunst, sich ein solides Körpergewicht anzuessen, lobte er, nahm zugleich aber Appetitzügler.

Er war, im Gegensatz zu anderen bekannten Kollegen, auf eine selbstverständliche Weise solidarisch: Als der AutorenEdition gekündigt wurde, blieb er dabei, damit auch die unbekannteren Autoren einen neuen Verlag fänden, obwohl er selbst zu fast jedem anderen Verlag hätte gehen können, zu besseren Bedingungen und, vor allem, ohne aufreibenden Verlagsärger.

Was ich nie an ihm verstand und was ihn mir fremd machte manchmal, war, wie sehr er die körperliche Kraft lobte. Sie ist ja die plumpeste Form der Macht, wahrhaft atavistisch, aber deshalb auch faßbarer.

Ich hielt das immer für eine verbale Kraftmeierei oder aber für den Versuch, irgendwelche Leute, die er verachtete, einzuschüchtern. Er prügelte sich dann aber auf einer Party tatsächlich einmal.

Er konnte plötzlich aufbrausen, einer unbeherrschten, besinnungslosen Wut anheimfallen, sich hineinsteigern, ich habe das manchmal fassungslos beobachtet.

Es brach dann etwas aus ihm heraus, eine unverständliche, schwer deutbare Ungeduld, die ihn sich selbst und mir fremd machte.

Einmal konnte er mit einem Wutausbruch einen Zensurversuch verhindern. Die Bertelsmann-Manager saßen erschrocken; was sie da erlebten, war Gewalt.

Es war aber ein kontrollierter Wutanfall. Später lachten wir über die Gesichter der Manager.

Er konnte zaubern. Er zauberte unseren Kindern nicht nur ein Stück Schokolade, sondern Tafeln, ganze Tüten mit Bonbons, Ostereiern herbei. Heinar, der Zauberer.

Er, der sehr viel las, hatte in einer ganz erstaunlichen Weise die literarischen und theoretischen Texte parat, zitierte sie, aber nicht illustrierend, sondern immer so, daß in ihnen eine neue Fragestellung, eine neue Seite des Problems auftauchte. Ein rastloses Weiterfragen.

So fragte er auch die Leute nicht nach Erlebnissen, sondern nach ihren Einschätzungen.

War Pia verreist, kochte Franz, sein Sohn, damals zwölf, für ihn, der so gern aß, Würstchen aus der Dose. Man hatte den Eindruck, daß er, wäre er allein und ohne gefüllten Eisschrank sich selbst überlassen, verhungert wäre.

Er mochte nicht allein zu Hause sein, telefonierte dann stundenlang.

Er besuchte uns mit Pia in Rom. Er wollte dort seinen 60. Geburtstag feiern. Wir waren an der Piazza Navona zum Essen gegangen, Spaghetti mit Trüffeln. Er aß zwei Portionen. Wir lachten, daß die Italiener herüberblickten. Dann gingen wir hinaus, in einen warmen sonnigen

Märztag, gingen die Via S. Agostino entlang. Auf der Straße waren kaum Passanten. Es war ein stiller früher Nachmittag. Da kam ein Mofafahrer und riß, obwohl Kipp breitschultrig neben ihr ging, Pia mit einer akrobatischen Verrenkung die Tasche von der Schulter. Er lief hinterher, brüllend. Aber die wenigen Passanten blickten nur verwundert oder irritiert hoch. Der Mofafahrer verschwand, deutlich sah man den Riemen von Pias Tasche herunterhängen. Ich lief zu einem Polizisten, der winkte einen Wagen heran, eine Zivilstreife. Der Mann am Steuer lud die zwischen die Beine gesteckte Pistole durch und raste los. Zum Glück haben sie den Dieb nicht gestellt.

In der Tasche waren die Schecks, aber auch Schmuck und ein paar Andenken. Wir saßen später auf dem Polizeipräsidium, wo das Protokoll aufgenommen wurde.

Er begann eine Theorie zu entwickeln, daß der Diebstahl, genaugenommen, ein verhindertes Geschenk sei.

Ich war zu sehr mit Übersetzungsfragen beschäftigt, um der Argumentation folgen zu können. Was heißt Granatbrosche auf italienisch?

Gern würde ich ihn heute fragen, wie er das mit dem verhinderten Geschenk gemeint hat.

Zuletzt hab ich ihn gesehen, als ich ihn und Pia in der Villa Massimo abholte, um sie zum Flughafenbus zu fahren. Sie saßen auf der Bank am Tor, dicht nebeneinander, Hand in Hand. So könnten sie alt werden, dachte ich, in Angelsbruck, wie die Bauersleute, die vor ihren Austragshäuschen sitzen, schweigsam. Alles ist getan. Alles ist gesagt. Eben das nicht.

Ich war kurz vor Rosenheim eingenickt, dieses schienenschlagende, vierzehn Stunden lange Schütteln.

Wir waren in Palestrina und hatten das römische Mosaik des Nils angesehen, eine kleine zoologische und ethnologische Studie.

Wir saßen danach in einem Gasthof unter einer Weinlaube, darin tobten die Drosseln.

Rom gefiel ihm, die Umgebung, und er verstand jetzt den Wunsch, hier zu leben, diesen Versuch, sich in der Fremde als Fremder zu begegnen, mit dieser kleinen Distanz zu sich, zu den Freunden, zu den Gewohnheiten, zur Sprache, um sich selbst auf lustvolle, neugierige, spielerische Weise in Frage zu stellen, von außen zu sehen, und somit der Macht des Faktischen ein Schnippchen zu schlagen, nicht auf Dauer, eine Zeitlang, bis man sich wieder eingerichtet hatte.

In München angekommen, hörte ich, er sei gestorben.

Die Nacht vor seinem Begräbnis schlief ich in Angelsbruck. Nachts wachte ich auf. Shiva, sein Hund, bellte, erst leise, dann lauter, dann ging das Bellen in ein langgezogenes, klagendes Jaulen über.

Die Dunkelheit ist nicht nur blind, sie macht, daß man nicht mehr gesehen wird, das ist das Fürchterliche, nicht mehr gesehen werden.

Am nächsten Morgen wurde sein Sarg nach Reichenkirchen überführt.

Wir standen vor der kleinen Kapelle. Der Leichenwagen hatte am Straßenrand geparkt. Zwei kräftige Männer hoben den Sarg aus dem Wagen. Beinahe wäre er ihnen aus den Händen gerutscht. Sie trugen schwer an dem Sarg, hatten ihn mit beiden Armen umfaßt und setzten ihn in der kleinen Kapelle ab, vor der Pia und Franz standen. Der Fahrer winkte mich zu dem Wagen. Er wollte wissen, was er mit den Sachen machen solle. Da lagen seine Hose, sein Hemd und seine mir so vertraute Weste. Der Mann bemerkte mein Zögern, meine Ratlosigkeit, und sagte, wie um mir zu helfen: Man kann ja nicht mehr viel damit anfangen. Und zeigte die Weste. Sie war der Länge nach über dem Rücken aufgeschnitten.

Manchmal habe ich von ihm geträumt. Die Fragen, die er mir im Traum beantwortet hat, waren auch schon im Traum vergessen.

Die Erinnerung blieb.

März, Gedichte
Die Hoffnung drückt das Herz.
Das Herz tut weh.
Schlau kommt der Tod als Hoffnung.

Der Große Trampgang

Die Zelle: schmal, weiß getüncht, eine Pritsche, ein Bord, ein Wasserklosett. Ich legte mich auf die Pritsche, ohne mich auszukleiden. Die Decke roch nach einem Desinfektionsmittel, ähnlich dem, das der Friseur dem Kind auf den Kopf gerieben hatte. Ich schlief schnell ein.

Erst am nächsten Tag saß ich in dieser unerträglichen, mich schier zerreißenden Stille, ich ballte die Fäuste gegen diese Stille, diese plötzliche abgrundtiefe Stille.

Ich ging in der Zelle hin und her, ich sah zur Tür, zum Guckloch, das sich geöffnet hatte und wieder geschlossen wurde. Ich hörte im Kopf ein feines Schrillen, mein Blut, ich hörte mich denken, ich hörte mich reden, auch wenn ich nicht die Lippen bewegte.

Oder bewegte ich sie?

Ich setzte mich an den Tisch, an die resopalbezogene Tischplatte, darin, mit einer Stecknadel eingeritzt, ein Herz, Namen und, mit viel Liebe fürs Detail, männliche und weibliche Geschlechtsteile.

Ich schlug die Bibel auf, die irgendein religiöser Verein überall auslegen läßt, in Hotelzimmern wie in Gefängnissen.

Seit dem Konfirmandenunterricht hatte ich keine Bibel mehr in die Hand genommen. Die Verse, die Geschichten, so hatte ich sie in Erinnerung, hatten rein gar nichts mit mir zu tun.

Hier hingegen begann ich zu lesen: Abraham und seine

Söhne, Lot und seine Töchter, die Geschichte vom verlorenen Sohn.

Beim Lesen hatte ich einen süßlichschweren Geruch in der Nase, es roch nach Samen. Es war, als käme der Geruch aus den erzählten Geschichten, in denen es immer wieder um Zeugung und Fortpflanzung ging, so als müsse man sich vergewissern, woher man käme.

Aber der Geruch kam wohl von einem blühenden Busch vor der Gefängnismauer.

Was kann dir die falsche Zunge tun,
und was kann sie ausrichten?
Sie ist wie scharfe Pfeile eines Starken,
wie Feuer im Wacholder.

Ich hörte, wie der Wind draußen in den Wipfeln der Bäume rauschte, und ich roch nun (es war Westwind) die Elbe, der Geruch nach brackigem Wasser, Öl und Dunkelheit.

Ich sah nichts, nichts als eine Mauer mit vergitterten Fenstern. Die Bäume im Hof konnte ich, selbst wenn ich auf einen Stuhl stieg und das Gesicht gegen das Fenster preßte, nicht sehen, aber ich hörte den Wind in den Bäumen und sah, brach einmal die Sonne durch, ihre bewegten Schatten auf dem Asphalt des Gefängnishofs.

Das Untersuchungsgefängnis am Sievekingplatz war keine fünf Minuten weit von den Kohlhöfen entfernt, wo wir, meine Mutter, ich und der jeweils neue Vater, gewohnt hatten, gleich um die Ecke von der Großmutter, im Großen Trampgang.

Einmal war ich in die Kammer eingesperrt worden.

Ich war mit dem Ranzen morgens aus der Tür gegangen und statt zur Schule zum Hafen hinuntergelaufen, hatte mich an die Landungsbrücken gesetzt, mein Pausenbrot gegessen, hin und wieder einer der über mir schwebenden Möwen ein Bröckchen zugeworfen, ein Flügelschlag, manchmal nur eine Kopfwendung, und sie schnappten es auf.

Fuhr ein Schlepper oder eine Fähre vorbei, schaukelte ein wenig später sacht der Ponton. Von der Stülkenwerft kam das Dröhnen der Niethämmer. Ein Frachtschiff lief langsam in den Hafen ein. Ein Schlepper fuhr vorn, neben dem Schiff, der andere ließ sich ziehen. Noch hing die Schlepptrosse im Wasser, um sich gleich mit einem wasserspritzenden Vibrieren zu spannen. Auf einem dieser Schiffe fuhr mein Vater, den ich nie gesehen hatte, ein Schwede, groß wie ein Elch, Verbieger silberner Fünfmarkstücke, fuhr nun schon seit Jahren als Steuermann auf einem Trampschiff über alle sieben Weltmeere. Abends, wenn ich das Tuten von der Elbe hörte, meistens im November, wenn der Nebel auf dem Fluß lag, dachte ich: Vielleicht kommt er, vielleicht wird jetzt sein Schiff in den Hafen geschleppt, ein während der langen Reise verrosteter Stückgutfrachter.

Auf Betreiben meiner Mutter hatte mich, da ich ganze vier Tage die Schule geschwänzt hatte, mein Vater (einer meiner Väter) erst geohrfeigt – was ich stumm über mich ergehen ließ – und dann eingesperrt (die anderen Väter sperrten mich aus), und zwar in eine kleine Kammer, die vom Flur abging. Der Geruch nach alten Schuhen, verrauchten Kleidern, nach Pappe und Schuhwichse – eine kleine Kammer, die, nachdem der Vater (einer meiner Väter) die Birne herausgeschraubt und die Tür abgeschlossen hatte, mir endlos erschien. Meine Angst war nicht, wenn ich mich recht entsinne, eingeschlossen zu sein, sondern mich im Dunklen zu verlieren, und so begann ich zu pfeifen, erst leise und dann immer lauter, das bin ich, und pfeifend entdeckte ich, daß auch in der tiefsten Finsternis, langsam, sehr sacht, die Umrisse der Dinge hervortraten: das Bord, das Bügelbrett, ein großer Schrankkoffer.

Draußen hämmerte der Vater (einer meiner Väter) gegen die Tür, aber ich pfiff, bis er mich rauszerrte, auf mich einschlug, mich aus der Wohnung stieß, die Tür hinter mir zuschlug.

Ich ging die Treppe hinunter, immer noch pfeifend, ging zum Großen Trampgang, im Hausflur fragte Frau Eisenhart, warum weinste denn?

Erst da wurde aus dem Pfeifen ein Schluchzen.

Britt kam und wollte wissen, ob ich tatsächlich an meiner Geschichte schriebe; sie wollte etwas lesen.

Ich zeigte auf den Laptop, der klein und flach auf dem Tisch lag und summte, aber auf dem Bildschirm war nur der Directorytree.

Aber meine Familie laß aus dem Spiel! Versprochen?

Ja.

Britt kennt die Software nicht. Was müssen das für Zeiten gewesen sein, als man auf Bögen schreiben mußte und jeder, der neugierig war, mal eben alles nachlesen konnte.

Wahrscheinlich würde sie das, was ich über meine Mutter geschrieben habe, als ungerecht, als zu einseitig bezeichnen, und das, obwohl sie meine Mutter nicht ausstehen kann.

Sie sah den Feldstecher auf dem Schreibtisch liegen und fragte, ob ich schon wieder nach dem Onkel Ausschau gehalten habe.

Ja.

Und?

Nein, er ist es nicht.

Britt wollte zum Strand fahren, wollte schwimmen,

dann eine Kleinigkeit in der *Barca* essen gehen. Sie sammelte die drei, vier Rosenblätter von meinem Schreibtisch auf. Wie schnell wilde Rosen ihre Blätter verlieren. Komm mit, es ist ein guter Wind, und die Brandung ist hoch. Komm mit!

Sie wollte mir, glaube ich, den Anblick des Vogelmanns ersparen, dessen Bruchstücke in dem Plastiksäckchen auf dem Schreibtisch lagen. Aber ich blieb, ich wollte erst noch etwas schreiben. Ich sah sie zur Garage gehen und durch das Gartentor fahren. Sie stieg draußen aus und schloß es ab, sah dabei zu der Straßenseite hinüber, wo offenbar der Seat stand. Ihr fiel der Schlüssel runter, und sie bückte sich langsam, als suche sie etwas. Dabei blickte sie aber in Richtung des Wagens.

Ich verknotete das Plastiksäckchen und stellte es gut sichtbar in das Bücherbord, neben die frühen Reiseberichte über die Osterinsel, die ich im Lauf der Jahre in Antiquariaten erworben habe. Ich suchte zwischen den Bildbänden und Kunstbänden, die wir uns hier gekauft haben, das Fotoalbum, das einzige, das mir Britt aus unserer Wohnung in Hamburg mitgebracht hat. Ein abgegriffenes Album, das mein Stiefgroßvater Heinz vor nun schon sechzig Jahren angelegt hatte. Säuberlich geklebte Falze halten die Bilder, in weißer Tinte auf den schwarzen Pappseiten stehen Legenden: Peter mit Tante Martha; Schalmeienkapelle; 1932; im Grünen; ein kleiner Faulpelz; Labskaus und Korallen. Das Foto zeigt den Stiefgroßvater mit seiner bombastischen Kochmütze an der Reling eines Dampfers, im Hintergrund ein Sandstrand mit Palmen. Die *Morning Cloud* vor Bora Bora. Welch ein Name für diesen alten rostigen Dampfer, den ein Foto zeigt. Nach dem Tod des Stiefgroßvaters hat meine Mutter die Fotos nur noch zwischen die leeren Seiten des Albums gelegt: Ich mit einer Kinderrassel in der Hand, mit Häkelmützchen auf dem Kopf (schon damals die großen Ohren gut sichtbar), mit dem Roller, die Großmutter, eingehakt beim Stiefgroßvater, die Großmutter mit einer weißen Strähne im dichten dunklen Haar, eine damals – wie ich glaube – noch immer schöne Frau, wie sie da vor dem Affenfelsen von Hagenbeck steht, an der einen Hand ihn, den Spätgeborenen, der nur vier Jahre älter ist als ich, den kleinen Onkel, adrett angezogen, dunkle Kniehose, weißes Hemd, einen sauber gezogenen Scheitel, an der anderen Hand, der linken, hält sie mich, den wesentlich Kleineren, ängstlich Blickenden, das Haar zerzaust, und wenn man genau hinsieht, kann man erkennen, daß mein linker Hosenträger schief sitzt. Ein Knopf fehlte. Meine Mutter hatte vergessen, ihn anzunähen. Die Großmutter mußte – das ist meine Erinnerung an diesen Tag – den herunterhängenden Träger an dem anderen Trägerknopf befestigen. Ein Farbfoto: Meine Mutter in einem mir unbekannten großen geblümten Sessel, sie lacht mit ihren berühmten hellblau strahlenden Augen. Der Onkel, Sonny, um die dreizehn, steht da, auf einem kleinen hölzernen Segelboot, das er sich ausgeliehen hat. Ich sitze im Boot und darf irgendein Seil halten, mehr nicht.

Ich habe kein Bild im Kopf, das mir den Onkel zum ersten Mal zeigt. Er war eben einfach schon da. Unregelmäßig, so wie jemand, der für einen Besuch lange laufen muß, denn seine Eltern wohnten in Eppendorf.

Eine Zeitlang kam er oft, saß in der Küche, wie ihn ein Foto zeigt, neben Frau Brücker und Stiefgroßvater Heinz, im Großen Trampgang. Er kam herübergelaufen aus dem anderen Stadtteil, dem Eppendorfer Weg, eine Straße, die beidseitig mit Kastanien und Linden bestanden war. Im Großen Trampgang gab es keine Bäume, auch nicht in der Brüderstraße. Die Häuser, vor 150 Jahren ins Gängeviertel gebaut, waren ihrerseits hochmodern, mit Klo in der Wohnung und fließendem Wasser, Fassaden wie aus Bauklötzchen, Säulen, Gesimse, Quader. Die Straße war in den Bombennächten wundersamerweise stehengeblieben. Dunkel waren die Zimmer und klein, niedrig die Decke, der Boden gewellte Planken. Die abgestoßenen weißen Küchenstühle, ein Vertiko mit Gläsern. Der Onkel kam aus einer anderen Wohnlandschaft, eichenschwer, butzenscheibig, breit verteppicht, die Dekke fern, eine ungenutzte Stille, in der ich, nahm er mich mit nach Hause, eingeschüchtert verstummte.

Dem Onkel war es verboten, in den Trampgang zu gehen und auch, wie ich glaube, mit mir zu spielen. Sein Vater, Bruder meiner Großmutter, drohte mit Einsperren (der Onkel bekam Stubenarrest, ich Straßenarrest, die wechselnden Väter wollten ja auch mal tagsüber mit meiner Mutter allein sein). Aber der Onkel kam dennoch, kam heimlich. Auf einem Bild sitzt er zwischen meinem Stiefgroßvater Heinz und Frau Brücker, die in dem Haus ganz oben, unter dem Dach, wohnte. Frau Eisenhart blickt mit einem verzerrten rechten Auge in die Kamera. Frau Eisenhart wohnte rechts unten, in dem dunklen Gang. Drückte man den Lichtknopf, begann eine elektrische Uhr im Treppenhaus laut zu ticken, und solange die lief, brannte das Licht, ein Rhythmus, mit dem die Hausverwaltung die Leute zwang, die Treppe schnell hinaufzulaufen, aber bevor jemand über die zweite Etage hinauskam, war das Treppenhaus stockdunkel, und Frau Brücker, die oben unter dem Dach wohnte, mußte dann vorsichtig weitertappen, bis zu ihrer Wohnungstür, und das Türschloß ertasten.

Im Parterre wohnte Eisenhart, Uhrmacher, das heißt Klockenschoster, damals schon in Rente, saß er immer noch mit einem Vergrößerungsglas im Auge am Fenster, fummelte an den Weckern rum, die ihm aus der Nachbarschaft gebracht wurden. Armbanduhren gab man ihm besser nicht, dafür waren seine Augen zu schlecht und die Hände zu zittrig.

Er war früher Radrennen gefahren, einmal 1905 auch in Belgien, hatte drei staubgraue eingeschrumpelte Eichenlaubkränze mit stumpfen Gold- und Silberschärpen an der Wand hängen, daneben Fotos: Eisenhart (der Onkel konnte immer wieder seine dämlichen Pennälerwitze über diesen Namen machen) in Kniehosen, Strümpfen, eine lederne Radrennkappe auf dem Kopf, an übergroßen Füßen die Tuchschuhe. Manchmal im Sommer holte er sein Rennrad, das im Flur stand, auf die Straße und fuhr etwas wackelig, so elend lang, so altersdünn, so fahrradkrumm eine Runde, während seine Frau im Hausflur stand und wartete, ein nervöses Zucken unter dem rechten Auge, ein tonnenartiges Gesäß, schenkelschwere Arme in kurzen kneifenden Kittelärmeln, blaßblaugeblümt.

Die hatn bösen Blick, sagte meine Mutter, die es ja wissen mußte.

Frau Eisenhart saß nachmittags oft in der Küche der Großmutter, die einen Stock darüber wohnte, die Männer waren noch nicht von der Schicht zurück, der Haushalt war gemacht, der Einkauf fertig, dann trafen sie sich hier aus der Nachbarschaft. Und der Onkel, der vorgab, mit mir spielen zu wollen, setzte sich mit in die Küche, die so dunkel war, daß auch an Sonnentagen die Lampe brannte, eine Lampe mit einem gelben Glasschirm, darunter der Tisch, Wachstuchdecken, mal mit Romben, mal mit Blümchen und, waren zu viele Schnitte in der Decke, mal mit Kringeln, die Lamperie glänzend elfenbeinfarben gestrichen, abwaschbare Ölfarbe, ein Gasherd, das weiße Emaille schwarz gesprenkelt von all den abgesprungenen

Stellen. Das Waschbecken, rauh der Stein, dunkel, auf dem Bord die weißen Dosen: Grieß, Sago, Safran. Safran macht den Kuchen gel. Kaffee wurde getrunken, und es wurde geraucht. (Zigaretten und Kaffee gab es hier immer, auch in der sogenannten schlechten Zeit, als der Vater des Onkels in seiner guten Gegend selbstgebauten Schreberstolz rauchen mußte. Der Freihafen war nahe.) Denke ich an die Küche, ist sie erfüllt von blauem Dunst und den Erzählungen.

Frau Eisenhart erzählte wieder einmal von ihrer Zeit in Mecklenburg auf einem Gut, wo sie als Dienstmädchen gearbeitet hatte, weißes gestärktes Schürzchen, vor dem Servieren die roten Hände mit Kernseife waschen, Fingernägel bürsten, dann dem Verwalter vorzeigen, erst danach durfte sie die Suppe in das Eßzimmer tragen. Aber kurz bevor sie durch die Flügeltür ging, spuckte sie den adeligen Herrschaften kräftig in die Suppe, sechs Jahre lang, erzählte sie, und ihr rechtes Auge zwinkerte, ein erregtes Zucken durchlief ihr Gesicht und zog zittrig am rechten Mundwinkel.

Ihren Mann hatte sie an einem Pfingstsonntag kennengelernt. Er fuhr, von Stettin kommend, ein Straßenrennen durch Vorpommern und Mecklenburg. Die Rennstrecke führte an dem Gut vorbei. In einer Staubwolke war er hinter der Spitzengruppe aufgetaucht, hatte abgebremst und sie, die am Zaun stand, um ein Glas Wasser gebeten. Sie hatte ihm aber, weil sie glaubte, ihn stärken zu müssen, einen Becher mit kalter Milch gereicht, den er gedankenlos hinunterstürzte. Er wischte sich den Schweiß aus den Augen, lächelte sie an, gab den Becher zurück, bedankte sich, stieg wieder auf seine Rennmaschine, trat kräftig in die Pedale, sich weit nach vorn über den Rennlenker gebeugt in den Tritt wiegend, dann aber, er war keine zwanzig Meter gefahren, blieb er stehen, stieg ab, ließ das Rad einfach fallen, ging langsam in die Knie, hielt sich den Bauch, wälzte sich im Staub der Chaussee, brüllte wie ein Stier. Sie lief zu ihm hin. Er stöhnte, er ächzte, er schrie, es war, als wolle er gebären – einen großen, grünen Käse, den er endlich herauswürgte.

Da begannen plötzlich in der Küche die Gläser im Schrank leicht zu klirren, und leise schaukelte der Glasschirm der Lampe. Alle blickten hoch zur Decke und sahen sich an. Der Onkel bekam Nasenbluten. Ein nasses Geschirrtuch wurde ihm in den Nacken gelegt.

Über Großmutter Hildes Küche wohnte Frau Claussen.

Hat wieder Kundschaft, sagte Frau Brücker.

Ja, sagte die Großmutter, Claussens haben sich ne schöne Wohngarnitur gekauft, echt Birke, alles piekfein.

Eisenhart mußte das Rennen aufgeben. Die Nacht lag er ächzend im Gesindehaus. Sie hörte sein Stöhnen. Der arme Mann. Tagsüber lag er mit Schüttelfrost auf dem Strohbett. Die Zähne schlugen ihm aufeinander. War ja auch nur son Specht. Darum nahm sie in der zweiten Nacht den Geschwächten, der so dünn war, der so fürchterlich fror, zu sich ins Bett. Öffnete ihre Schenkel und wärmte erst seine eiskalten, übergroßen Pedalfüße und dann auch ihn.

So hatten sie sich kennengelernt.

Aber Kinner konnt ich einfach keine kriegen, sagte sie, und ein Zucken überflammte ihr Gesicht.

Hat ja auch seine Vorteile, versuchte Frau Brücker zu trösten, die zwei Kinder allein großziehen mußte, weil sie eines Tages ihren Mann vor die Tür gesetzt hatte. Frau Brücker wohnte, wie gesagt, in der obersten Etage, die sie aber nie bei Licht erreichen konnte, was dann einmal mit dazu beitragen sollte, daß die Currywurst erfunden wurde, denn sie, Frau Brücker ist die Erfinderin der Currywurst. (Ich weiß, der Onkel ist hinter dieser Geschichte her, aber nach dem Tod von Frau Brücker kenne nur ich, Hagen von Tronje, sie.) Frau Brücker hatte einen Imbißstand am Großneumarkt, davon ernährte sie auch ihre beiden Kinder, denn den Mann hatte sie ja eines Tages, als er wieder einmal morgens von einer anderen Frau zurückgekommen war und nach einer Flasche Bier verlangte, aus der Wohnung geworfen. Guck mal, hatte sie gesagt, draußen nach, is der Postbote anner Tür oder was. Und als er draußen im Dunklen die Treppe abtastete, warf sie die Wohnungstür zu und schloß ab. Eine Zeitlang randalierte er, versuchte, die Tür aufzubrechen, drohte, durch den Briefschlitz brüllend, seine Frau windelweich zu prügeln, aber dann kam der Baggerführer Claussen aus der zweiten Etage hoch: Jetzt is mal Ruh, verdammi noch mol, sonst knallts. Da ging Herr Brücker weg und ließ nie wieder etwas von sich hören.

Das hörten wir, der Onkel und ich, ich, der als zu klein galt, um zu verstehen, wovon geredet wurde, und der Onkel, den man einfach vergaß, weil er in einer Ecke der Küche saß, so tat, als sei er nicht da, und ganz im Zuhören verschwand.

Es klopfte an der Wohnungstür, und herein kam Frau Claussen, von oben. Nur auf einen Sprung. Rosig sah Frau Claussen aus, eine makellose, gut durchblutete Haut, wie sie oft Rothaarige haben, die aus der Blomschen Wildnis bei Glückstadt kommen, porzellanfarben, die aber, wenn sie schwitzten, aufleuchteten in einem tiefen, von innen kommenden Rosa.

Ihr Mann räumte die Kriegstrümmer mit einem Löffelbagger weg. Claussen verdiente nicht schlecht, und doch mußte sie mit anschaffen gehen, zwei Kinder, eins unterwegs, und dann all die neuen Anschaffungen; Sitzgarnituren, Radio, neuerdings ein BMW (fährt nie im Schnee), gebraucht und dennoch sündhaft teuer. Darum ging sie anschaffen, stellte sich nachmittags mit Einkaufstasche in den Großen Trampgang, wenn die Bauern und Provinzler in der Innenstadt ihre Einkäufe gemacht hatten und nun neugierig und erlebnishungrig durch das Hafenviertel streunten. Baggerführer Claussen wußte nichts davon, hätte es aber wissen können, wenn er mal die Raten zusammengerechnet und mit seinem Lohnstreifen verglichen hätte. Wollte wohl nicht wissen, woher das Geld kam, für das seine Frau nachmittags im Trampgang stand, dem Amateurstrich, wo Hausfrauen und Berufsschulmädchen dazuverdienten.

Frau Claussen setzte sich und mußte erst mal erzählen, ihr Herz ausschütten. Bekam von Großmutter Hilde eine Tasse Kaffee hingestellt, rauchte eine Zigarette. Was die alles von einem wollen, sagte sie, unglaublich. Ich denke mir heute, daß vielleicht gerade ihretwegen der Onkel von Eppendorf in den Trampgang gelaufen kam, in diese dunkle Küche mit dem kleinen Fenster zum Großen Trampgang, der so schmal war, daß die Großmutter, fehlte mal Salz, es sich in Papier gewickelt vom gegenüberliegenden Haus am Besenstiel herüberreichen lassen konnte. Frau Claussen trank den Kaffee und erzählte von den Kerls, hielt sich den Bauch, sie war im sechsten Monat, so was, der wurd und wurd nicht fertig, rammelte, ich dacht: Mensch, spritz doch endlich, legt sich dann noch aufn Bauch, mir blieb die Luft weg, hab gesagt, paß auf, wurd er noch wilder. Ich war nachher fix und fertig. Dagegen gestern einer, kam aus Segeberg, sah aus wien Lehrer, ich wollt mich ausziehen, sagt er, nee, nur oben son bißchen freimachen. Sag ich, für Schweinkram machen mußte nen Heiermann mehr zahlen. Zahlte auch, und ich mußte Bluse ausziehen, BH, und dann aufs Sofa legen, Rock hoch, so, und sie zeigte den braunen Strumpfansatz und die Strapse, nix weiter, nur still liegen, dann isser raus und hat durchs Schlüsselloch gelinst und sich einen gewichst. Das is leicht verdientes Geld.

Sie lachte und trank mit zierlich abgespreiztem kleinem Finger einen Schluck Kaffee. Die sind am besten, die sich selbst bedienen, dürfen nur keinen Hau haben, also, wenn se hauen wollen oder so, das sind die schlimmsten, kommen immer erst damit raus, wenn se oben sind, oder die einen binden wollen, weißte nie, isses nu Spaß oder macht er Ernst, wie neulich bei einer, die abgemurkst wurde, hier, und sie fuhr mit der flachen Hand über den Kehlkopf.

Da saß der Onkel, still, genannt der kleine Prinz, weil er so gerade saß, weil er einen Scheitel trug, weil er die Arme an den Leib nahm, weil er zuhörte, genau zuhörte, saß da, er, der Zeck, und lauschte, aber ich wußte, er saß da, weil er Geschichten sammelte, schon damals, ich habe zugehört, wenn er die Geschichten später weitererzählte und damit glänzte.

Ich habe zugehört, wenn er Geschichtenball spielte. Er spielte damals viel mit Mädchen, war zehn oder elf Jahre alt. Er stand mit den Mädchen im dunklen Torweg, Eppendorfer Weg, im Hinterhof die Batterienfabrik HaBaFa (Hamburger Batterienfabrik: Dir geht ein Licht auf).

Man wirft den Ball gegen die Wand, fängt ihn auf, wirft ihn mal über die linke, mal über die rechte Schulter, tippt ihn mit der flachen Hand, dann wieder mit der Faust gegen die Mauer und erzählt dabei, also ballspielend, eine Geschichte. Fällt der Ball runter, kommt der nächste dran und erzählt seine Geschichte. Er erzählte am besten, und er wußte Geschichten, an die sonst die braven Mädchen gar nicht herankamen, also richteten sie es so ein, daß er, fiel ihm der Ball mal runter, schnell wieder an die Reihe kam, damit er weitererzählen konnte.

Die Geschichten holte er sich bei uns, in Oma Hildes Küche.

Denn was bei ihm zu Hause zu hören war, war keinen Schuß Pulver wert, auch wenn dort vom Krieg die Rede war. Vor diesem dunklen Eichenschrank, darin die geschliffenen Römer, wurden immer noch die Schlachten des Zweiten Weltkriegs gewonnen, entscheidende taktische und strategische Fehler wurden nachträglich korrigiert, Dünkirchen wurde genommen, das Unternehmen Barbarossa auf das Frühjahr 1942 verschoben, verstärkt Jagdflugzeuge gebaut, Verrat verhindert, rechtzeitig die Front begradigt. Während in der Küche von Großmutter Hilde Frau Brücker aus der dritten Etage saß und von dem Spätheimkehrer aus Rußland erzählte, der – es war 1952 – unvermutet in den Steinweg zurückkam, gleich um die Ecke von der Brüderstraße, ein ehemaliger Tabakwarenhändler namens Brunkhorst, an seiner Wohnungstür klingelte, nach fast genau acht Jahren, endlich. Seine Frau öffnete, es war gegen Mittag und ein Samstag, da stand sie im seidenen hellblauen Morgenmantel, den er ihr im zweiten Kriegsjahr aus Paris mitgebracht hatte, und starrte ihn an, sprachlos, als sei er ein Gespenst. Er sah allerdings auch gespenstisch aus, abgemagert wegen seiner Magengeschwüre, in einer übergroßen wattierten Jacke, auf dem Kopf eine gesteppte Mütze mit hochgebundenen Ohrenklappen, so stand das Gespenst da, als von hinten, aus dem Schlafzimmer, aus seinem Ehebett, weißgestrichen, eine Stimme kam, die Stimme eines Mannes, und die Stimme rief: Martha, wer issn da?

Sie sagte nichts, sondern raffte den Morgenmantel vorn zusammen, da sie nichts darunter trug, und das Gespenst sagte auch nichts, ging an ihr vorbei in die Küche, nahm seine gesteppte Klappenmütze ab, ging zum Brotkasten, der noch immer dort stand, wo er vor acht Jahren gestanden hatte, nahm das Brot, holte sich ein Brotmesser aus der Schublade, dasselbe Brotmesser, das noch immer in derselben Schublade, an derselben Stelle lag, wo es vor acht Jahren gelegen hatte, und schnitt damit eine Scheibe Brot ab. Die Nächte in Workuta, 40 minus, die Zehen am linken Fuß abgefroren, die Kohlsuppe und nur ein Stück Brot, halb so groß wie ne Hand, die Holzpritschen, der Ofen in der Mitte der Baracke, das Schnarchen, das Furzen, das Schluchzen, das gefrorene Wasser, schwarz, wie Diamanten, im Kohleflöz, draußen der Atem, winzige Eiskristalle – spuckte man aus, klirrte es am Boden.

Martha, rief es aus dem Schlafzimmer, was issn?

Und dann stand der Mann, der nun schon seit drei Jahren in dem Bett von dem Gespenst schlief, auf, weil er nix, aber auch gar nix mehr hörte, nach dem Klingeln der Türglocke, nach den Schritten im Flur, geht in die Küche – und findet die Frau auf dem Boden liegen, der Morgenrock ganz rot, sie liegt am Boden und windet sich, aber stumm, so stumm, daß ihr die Adern und die Sehnen am Hals heraustreten. Am Tisch sitzt ein Gespenst und kaut Brot, trockenes Brot, heult dabei, ohne eine Träne zu vergießen, völlig lautlos. Erst da, als der Mann »Martha« ruft, erst da löst sich der Schrei aus der Frau.

Der Onkel erzählte in der dunklen Toreinfahrt solche Geschichten, und dafür durfte er die kleinen Brüste der Mädchen berühren. (Ich war selbst dabei. Ich durfte es nicht.) Und ich bin sicher, der Onkel hat all die Geschichten im Kopf, irgendwann wird er sie auf den Markt werfen.

Ich aber werde sagen: Ik bün all dor.

Ich kenne ihn. Ich weiß, wie er arbeitet. Ich habe ihn beobachtet. Ich bin sein Mitwisser. Ich habe nichts vergessen. Denn mir erzählte er die Geschichten, die ich selbst mitgehört hatte, nochmals, probeweise. Ich war dabei, wenn er die Geschichten weitererzählte, und erlebte dann auch die Veränderung, die sie vom Ohr zum Mund des Onkels nahmen, wie beispielsweise die Geschichte des Arbeiters, der bei der Reparatur eines Förderbandes in ein Getreidesilo gefallen war.

In der dritten Fassung, die der Onkel, der damals dreizehn gewesen sein muß, anläßlich der Konfirmation einer entfernten Nichte mit brünetten Schillerlocken den staunenden Halbwüchsigen erzählte, bekam das Laufband eine neue Bedeutung. Als wir – ich saß ja auch mit in der Küche – die Geschichte erstmals aus dem Mund eines Hafenarbeiters hörten, spielte dieses Laufband nur eine unbedeutende Rolle. Es mußte abgestellt werden, während man den Mann aus dem Silo zog. Jetzt aber hatte der kleine Onkel, der Zeck, den Mann auf das abgestellte Laufband gesetzt, auf dem das Getreide in das Silo transportiert wurde. Der Arbeiter war damit beschäftigt, eine Hartgummiplatte auszuwechseln, als plötzlich (ein Lieblingswort des Onkels) unten irgendein Dussel das Förderband wieder anstellte, ein sehr langes Laufband, gute hundert Meter lang, das, wie gesagt, zehn Meter über dem Silo endete, das schon halb voll mit Weizen war (so etwas schob der Onkel während des Erzählens nach). Das Band setzt sich also plötzlich in Bewegung, der Mann springt auf und beginnt gegen die Laufrichtung des Bandes zu rennen, schreit, unten vom Kai gucken sie hoch, da, da rennt einer auf dem Förderband, dessen Geschwindigkeit hat sich erhöht, ist jetzt enorm, der Mann da oben rennt um sein Leben, und wie man später berechnet hat, lief er dort oben, gute zwanzig Meter über der durchschnittlichen Meereshöhe, einen deutschen Rekord in 200 Meter. Unten läuft jemand, um das Band abzustellen, aber schon sieht man, wie der Mann da oben immer dichter und dichter an das Silo kommt, obwohl er rennt,

rennt, rennt. Vielleicht hätte er es geschafft, sich bis zum Stillstand oben auf dem Förderband zu halten, wäre nicht in dem Moment das erste Getreide auf dem Transportband erschienen. Es kommt ihm entgegen, unausweichlich, noch rennt er, aber jetzt, auf dem Weizen, läuft er wie auf Sand, langsamer werdend, torkelnd, und wird plötzlich weggerissen, kippt am Ende des Förderbandes hinunter, stürzt in das Silo, in dem Moment läuft das Band aus und bleibt, noch immer etwas Weizen nachschüttend, endlich stehen. Arbeiter warfen sofort Leinen in das Silo, und als sich keines der Seile rührte, wurde ein Mann mit Atemmaske in das Silo hinuntergelassen. Er fand den Arbeiter, bewußtlos.

Die Bewußtlosigkeit war sein Glück, hätte er geschrien, gestrampelt, er wäre in dem nachrutschenden Getreide erstickt.

Der Mann war also heil rausgekommen, nur die Pfeife hatte er aus seiner Hosentasche verloren. Nun wartet er darauf, daß das Silo einmal grundgesäubert wird, was nur alle Jubeljahre geschieht, dann will er die Pfeife herausholen, als Andenken für die Kinder und Enkelkinder.

Was Wunder, daß die Mädchen sich um den Onkel scharten, der sonst nur durch seine große Nase auffiel, nicht vom Zehn-Meter-Brett sprang, weder Hockey noch Klarinette spielte, nicht nach Paris und Rom trampte, dessen glücklichste Zeit, wie er mir, als ich ihn das letzte Mal sah, erzählte, die drei Monate waren, als er in einem Zimmer eines Büroblocks acht Stunden saß, Persianerstücke sortierte und vor sich hin träumte. Er muß dagesessen haben, allein, mit dem Blick auf all die im Winter schon früh erleuchteten Bürofenster, hinter denen die Sekretärinnen telefonierten, schrieben, stenografierten und kurz vor Feierabend sich zu schminken begannen, die Röcke hoben und die Seidenstrümpfe nachstrapsten.

All diese Wünsche, Ängste, Träume, die nun mit in den Abend und in die Nacht getragen wurden, kurz bevor das Licht in den Büros verlöschte.

Und dann kam er in die Tanzstunde, keiner, der die Blicke auf sich zog, begann mit seinen Geschichten aus zweiter oder dritter Hand, und die Mädchen saßen still und hörten zu. So wird er – ich bin sicher – skrupellos auch die Geschichte seiner Tante Hilde, meiner Großmutter, erzählen – und die sagte damals immer, der Junge erzählt ganze Romane. Schreibt bestimmt mal Bücher. Sie war davon überzeugt, obwohl er in Deutsch schon wieder eine Fünf hatte und sein Vater ihn für einen Versager hielt.

Aber die Geschichten aus dem Großen Trampgang sind meine Geschichten, und erst recht ist es meine Geschichte, hinter der er jetzt her ist wie der Teufel hinter der armen Seele.

Der steinige Stein

An diesem Küstenabschnitt der Costa del Sol gibt es nur wenige Mücken. Ich sitze mit meinem Laptop draußen auf der Veranda, vor mir das blaue Licht des Monitors, über mir eine Lampe, matt, eben ausreichend, um die Tastatur zu erkennen. Am Himmel ein wassersüchtiger schwerer Mond. Im Radio der englische Sender von Gibraltar. Eine Rap-Gruppe, einer dieser endlosen Sprechgesänge, die mich an die Rongorongo erinnern. Dichter, nein, Sänger, die immer wieder die Geschichte der Geschlechter und des Landes vortrugen, die dabei die Insel neu vermaßen, gesungene Grenzsteine, Grenzmarkierungen. Die Rongorongo erschlossen die Zeit und den Raum, stiegen zurück in die Vergangenheit, um sich der Gegenwart zu versichern. So weit ist die Forschung sich einig, daß die Schrift, diese rätselhafte Schrift der Osterinsel, für die Sänger und Priester eine Art Gedächtnisstütze war. Eine Schrift, die auf mehreren, heute über die Museen der Welt verstreuten Holztafeln und, wie auch auf meinem Vogelmann, auf einigen wenigen Figuren erhalten ist. (Wer sich näher für den *Corpus Inscriptorum Paschalis Insulae* interessiert, soll bei Th. Barthel nachlesen: *Grundlagen zur Entzifferung der Osterinselschrift*, Hamburg 1958.) Eine Glyphe war, wie gesagt, auch auf dem Rücken des Vogelmanns eingeritzt, das Zeichen des essenden Sängers.

Die Schrift war schon von Cook entdeckt worden, später hatten Missionare versucht, sie zu entziffern. Denn die Priester und Sänger waren inzwischen umgebracht, verschleppt oder von den Pocken dahingerafft worden.

Der erste Entzifferungsversuch wurde von Pater Zumbohm selbst unternommen. Er hatte einige eingeborene Weise kommen lassen, um sie über die Bedeutung der Symbole zu befragen. Sobald sie die Tafeln erblickt hatten, begannen sie sogleich, eine Hymne anzustimmen – bis zu dem Augenblick, da sie von anderen unterbrochen wurden, die ihnen zuriefen: »Nein – so ist es nicht!« Die Uneinigkeit unter den rongorongo war so groß, daß der Missionar den Mut verlor und darauf verzichtete, mehr darüber zu reden.

Auch alle weiteren Versuche scheiterten, bis der Amerikaner Thomson 1886 einen Greis namens Ure Vaeiko entdeckte, der in seiner Jugend die Zeichen gelernt hatte und mit der mündlichen Überlieferung seiner Vorfahren vertraut war, inzwischen aber zum Katholizismus bekehrt worden war.

Thomson benützte eine Gewitternacht, um Ure Vaeiko in der Hütte aufzusuchen, in die er sich zurückgezogen hatte. Hier reizte er seine Eitelkeit. Er brachte ihn dazu, alte Mythen zu erzählen, wobei er ihm mit einem Gläschen nach dem anderen nachhalf. In dieser fröhlichen Stimmung machte Ure Vaeiko sich wegen des Jenseits keine Gedanken. Es war nicht mehr schwierig, ihn zum »Lesen« zu bringen: zwar las er nicht die Tafeln selbst, was eine große Sünde bedeutet haben würde, jedoch Photographien der Stücke, die dem guten Bischof von Tahiti, Monsignore Jaussen, gehörten. Er hatte sie an bestimmten Merkmalen wiedererkannt und trug nun – ohne das geringste Zö-

gern – ihren Inhalt von einem Ende zum anderen vor. Beobachtete man ihn dabei, so stellte man jedoch fest, daß er die Zahl der Symbole in jeder Zeile überhaupt nicht beachtete. Was aber noch schlimmer war: Ure Vaeiko bemerkte nicht einmal, daß man ihm die Photographie, die er zu lesen meinte, heimlich weggenommen und durch eine andere ersetzt hatte! Ohne zu stocken, fuhr er immer weiter fort: er trug Gesänge und Mythen vor, bis ihm unverblümt übler Betrug vorgeworfen wurde. Vollkommen aus der Fassung gebracht, erging er sich in Erklärungen, die Thomson nicht verstanden zu haben scheint.

Das war eine der Stellen, die ich, vor dem Anruf meiner Mutter, zu interpretieren versuchte. Hier stießen zwei völlig verschiedene Vorstellungen von dem, was Lesen und was Erinnerung sei, zusammen. Es ist wohl so, als würde jemand nach den Symbolen der Tastatur eines Computers fragen, indessen der Gefragte die gespeicherten Texte erläutert. Das europäische Interesse richtete sich immer auf das gedruckte Wort, das Buch. Diese in Bleisatz gegossene Erinnerung ist ja auch nur verständlich für den, der die Aura der Wörter, diese winzige Fruchtwasserhaut der Bedeutungen, kennt. Es war ein anderer Speicher, der da plötzlich geöffnet wurde. Die Erinnerung war, von den Zeichen ausgehend, strukturiert, da früher einmal von Gegenständen bestimmt. Dann, von ihnen abgehoben, bekamen sie eine magische Aura, die es ermöglicht, zu »psalmodieren«, sich wegzubewegen von dem, was vielleicht nur wie ein Wegweiser gelesen werden mußte, um sich selbst einen Weg zu suchen. Es ergibt denn auch einen tieferen Sinn, daß die Rongorongo bei ihren Vorträgen ein Tanzpaddel in den Händen hielten, ein Paddel, mit dem sie sich durch die Vergangenheit bewegten. Ich wollte nachweisen, daß diese Schrift noch beides in sich vereint: Zeit und Raum, weil der Raum, diese Insel, so begrenzt war, daß er sich mit Zeichen noch deuten ließ. Das Gedächtnis und die Schrift waren noch bildhaft, das meint: mythisch.

Reste der vorschriftlichen Kultur gibt es auch bei uns noch, behaupte ich, und zwar in der Regenbogenpresse (schon der Name verrät etwas vom mythischen Gesang). All die persönlichen Schicksale, und es sind immer nur Einzelschicksale, kommen als alltägliche Bilder ins Haus. Man ist beim Geschehen dabei, man hat es vor Augen: die Geburten, Hochzeiten, Scheidungen, Krankheiten und den Tod. Die kurzen Bildunterschriften, diese Stummelsätze, sind das Werk der deutenden Sänger in den Redaktionsstuben. Die Regenbogenpresse, das ist die Mythologie unseres Alltags. Ich kenne mich aus, denn ich habe vier Jahre Zeitschriften-Abos an den Wohnungstüren verkauft, bin als Drücker in die Häuser gegangen, nie in Kolonnen, ich war immer Einzelkämpfer. Das sind die Guerilleros unter den Verkäufern, behauptete Berthold, der Vertriebsleiter (den ich, da er immer noch im Geschäft ist, hier nur mit seinem Vornamen nenne).

Zuvor hatte ich als Gebäudereiniger gejobbt und dabei Britt kennengelernt. Ich putzte die Fensterfront einer Versicherung, stand in einer dieser kleinen Hebeplattformen, die wie Rettungsboote vom Dach aus an Seilen heruntergelassen werden. Man kann sich mittels einer Leine hoch ziehen oder runter lassen. So kam ich an dem Fenster vorbei, hinter dem ein Mädchen (Britt war gerade 19 geworden) arbeitete. Sie saß an dem Schreibtisch und strich mit einem Kugelschreiber in einem Aktenstück herum. Sie war so in ihre Arbeit vertieft, daß sie mich am Fenster nicht bemerkte. Wer rechnet auch damit, im 14. Stockwerk von außen betrachtet zu werden, in aller Ruhe: ihre schmale angespannte Nase, ihre Lippen, die ein wenig geöffnet waren, diese Andeutung einer Querfalte auf der Stirn, die sich, dachte ich, später einmal vertiefen wird, die dunklen Wimpern, hin und wieder drehte sie eine Haarsträhne ihrer falbenfarbenen Haare um den Zeigefinger. Sie war nachdenklich in sich versunken. Nach einer Weile klopfte ich. Sie sah hoch, überrascht, dann, zögernd, lachte sie und winkte mir zu. Ich schrieb mit dem Finger in die staubige Scheibe: Heute. 18 Uhr Dammtor. Sie schüttelte den Kopf. Ich begann die Scheibe zu putzen, und ich putzte sie, wie ein Maler an einem Gemälde arbeitet, in kühnen Schwüngen, dann wieder ein winziges Staubpartikel mit den Fingerspitzen abtupfend. Ich lehnte mich weit über die Reling der Plattform zurück, so daß sie erschreckt aufsprang und gestikulierte. Sie setzte sich, und ich betrachtete sorgfältig mein Werk, das sich um meine Botschaft herum entfaltete. Ich tupfte, wischte, polierte. Inzwischen waren mehr und mehr Mädchen, die in dem Büro arbeiteten, auf mich aufmerksam geworden. Sie standen da und lachten. Und da hob dieses Mädchen mit den dunklen Augen, die so auffällig mit dem hellen Haar kontrastierten, ein Blatt Papier. Und auf dem Papier stand: o. k.!

Ich ging zum Dammtorbahnhof und wußte (der Onkel wird es mir glauben): Ich werde nicht weitersuchen müssen.

Sie sagte, sie habe das Geschriebene nicht gleich lesen können, da es aus ihrer Sicht seitenverkehrt war. Darum habe sie mit dem Kopf geschüttelt.

Wir haben geheiratet, zehn Monate später, da war Britt schon im achten Monat. Wir sind nicht so spät zum Standesamt gegangen, weil wir unentschlossen waren (es gab weder bei Britt noch bei mir den geringsten Zweifel), sondern weil es so lange dauerte, bis ich alle Urkunden, insbesondere meinen Staatsbürgerschafts-Nachweis, beieinander hatte (ein Nachteil, wenn man viele Väter hat).

Im *Hamburger Abendblatt* entdeckte ich eine Anzeige: *Das schnelle Geld. Traumjob. Die Arbeitszeit bestimmen Sie.* Das hörte sich gut an. Zuvor hatte ich schon als Getränkefahrer, Leichenträger und Autoüberführer gearbeitet. Ich wollte, da Britt im letzten Jahr ihrer Versicherungslehre war, mich um das Kind kümmern können. Die Arbeitszeit bestimmen Sie, das war wichtig.

Ich rief an. Es war ein Zeitschriftenvertrieb, und Berthold war der Verkaufsleiter. Berthold wies mich in die Drückerarbeit ein. Die Schwachen muß man in Kolonnen in die Häuserblocks führen, sagte er, wie früher die Söldnerheere in die Schlacht, immer unter Kontrolle halten, zum Verkauf zwingen, sozusagen mit dem Ladestock zum Kampf prügeln. Zwanzig Mann, die einen Wohnblock stürmen. Draußen steht einer, der die Drückeberger abfängt und in das nächste Treppenhaus treibt, der die Bestellungen entgegennimmt und gleich sieht, wer schlapp, wer schwach ist. Kontrolle untereinander, Druck auf die Nachzügler, denn es wird ja geteilt. Klar kommt es da zu vielen Falschmeldungen, sozusagen Abschüsse, die sich nicht bestätigen lassen, wo später empörte Leute schreiben, sie hätten die Zeitschrift gar nicht bestellt, ihre Unterschrift sei gefälscht.

Der Kolonnenverkäufer ist im Durchschnitt nie so gut wie ein Einzelkämpfer, die sind zäh, listenreich und stets wie der Ritter Ivanhoe.

Berthold hatte vor Jahren mehrere Semester Literaturwissenschaft studiert, nebenher als Drücker gejobbt und war dann in dem Laden hängengeblieben, wo er zum Verkaufsleiter aufstieg.

Das Auge in der Tür sieht dich, sagte er, der jeden in der zweistündigen Schnellschulung duzte, je näher du an der Tür stehst, desto grotesker verzerrt siehst du aus: ein Ballonkopf, Augen wie Quasimodo, ein kretinhaft verzerrtes Grinsen. Darum eine Faustregel: Stell dich nie dicht vor die Tür, je weiter weg, desto weniger Verzerrungen. Denn auch das ist entscheidend, welchen optischen Eindruck du auf den ersten Blick machst, sozusagen als erste vertrauensbildende Maßnahme. Jeder Anflug des Pennerhaften ist zu vermeiden. Lange ungewaschene Haare, dreckige Fingernägel, Siegelring, nach Bier und Rauch stinkende, verknitterte Klamotten – so stellt man sich den Knacki vor, den man nie und nimmer in die Wohnung bitten, dem man nie eine Unterschrift unter einem Bestellschein anvertrauen würde.

Dennoch muß man die eigene schwierige Situation einbringen. Das ist ein Widerspruch, aber ein spannender, den du am besten so löst: Ich brauche die Prämien, um so ehrlich, adrett und anständig zu bleiben, wie ich bin. Dafür hat dann jeder seine Lebensgeschichte. Am besten sind die mit einem sozialen Aspekt: Sorge für das Kind, das allzu früh kam, für die tabletten- und/oder alkoholsüchtige Mutter, den durch multiple Sklerose ans Bett gefesselten Vater. Man muß den Stein steinig machen, sagte Berthold. Welchen Stein, fragte ich. Berthold sah mich einen Moment verdutzt an. Er bekam, wenn er nicht redete, einen Zug um den Mund, der auf manche Leute, insbesondere auf angetrunkene, provozierend wirkte, etwas blasiert Mokantes zog sich um seinen Mund, wofür er nichts konnte, da seine Lippen leicht aufgeworfen waren. Ihm wurden oft Schläge angedroht, und manchmal bekam er, nur weil er so dastand und in die Runde guckte, eine aufs Maul. Mehrmals kam er mit einem blau verquollenen Auge ins Büro. Rätselhafterweise trieb es ihn immer wieder in Kneipen, in denen sein Gesichtsausdruck mißverstanden wurde und ein Faustschlag als Antwort galt.

Gemeint ist der Kern einer Geschichte, sagte Berthold.

Man muß, was man beschreibt, so beschreiben, daß es deutlich wird, also durch eine leichte Übertreibung glaubhaft wirkt.

Ich mußte nicht übertreiben. Wir wohnten in einem Keller in der Sillemstraße. Lolo, gerade drei Monate alt, hatte Keuchhusten. Nachts schob ich das nach Luft ringende Kind im Kinderwagen durch die Straßen. Einmal wurde ich von einem Streifenwagen gestoppt. Die beiden Polizisten glaubten wohl, es handle sich um eine Kindsentführung. Rannte da doch einer im Sturmschritt durch die Straßen, im Wagen ein würgendes, keuchendes, schreiendes Kind. Die Beamten fuhren mich, nachdem sie das Kind gesehen hatten, ins Krankenhaus, den zusammengeklappten Kinderwagen im Kofferraum. Aber die Nachtschwester sagte nur: Ja, ja, der Keuchhusten, und so mußte ich von Eppendorf mit dem keuchenden Kind zurücklaufen. Ich heulte – ich heule sonst nie –, lief durch die Straßen und heulte über die dunklen Fenster, über die toten Häuser, über die matschigen Blätter auf dem Pflaster, die leeren Autos auf der Straße, das Gestrüpp der Büsche, in denen zerfetzte Plastiktüten hingen, das monoton vor sich hin blinkende Gelb der Ampeln, über ihn, den Stiefgroßvater, den ich am Morgen im Krankenhaus besucht hatte. Er lag unter einem Sauerstoffzelt, rang nach Luft und wollte mir etwas sagen, aber ich hörte nur ein Ächzen, nein, ein tiefes, abgrundtiefes Seufzen. Ja, ich heulte in dieser Nacht über alle, die schliefen, über die, die kämpften, weil sie ins Leben kamen, oder die kämpften, um wieder aus dem Leben herauszukommen, ich hörte Lolo im Kinderwagen keuchen und kam endlich erschöpft nach Hause: fünf Stufen mußte ich hinuntersteigen. Unten vor der Tür sammelte sich Papier und der Dreck, den der Wind immer wieder hineinwehte – mein Wunsch, damals, in einer Stadt zu wohnen, in der keine

Winde gehen, kein Regen fällt –, ich hob den Kinderwagen hinunter, das Kind war eingeschlafen, endlich, der Atem rasselte. Es ist ja nicht das Ringen nach Luft, sondern um das Ausatmen, dieses befreiende Ausatmen, der Moment des Ausruhens, Loslassens, Verschnaufens. Tief ausatmen, sagte Großmutter Hilde, wenn ich weinte, schnaufen.

Es stank in der Wohnung, die als Souterrainwohnung vermietet wurde, tatsächlich aber ein Keller war. Immer wenn es regnete – und wann regnete es in dieser Stadt nicht –, stank es. Ein durchdringender Ammoniakgeruch. Den verströmte ein Schwamm, der hier unten aus den Wänden wuchs, ein grünlichblauer Schwamm, von dem Britt behauptete, es sei ein Urinschwamm, der sich, wegen undichter Abflußrohre der Toiletten, im Mauerwerk gebildet habe und die Feuchtigkeit in diesen Ammoniakgeruch umwandle.

Ich zog mich aus, ging leise in das Schlafzimmer. Dort lag Britt und schlief, lag auf dem Bauch, den Kopf auf den Arm gelegt. Britt arbeitete damals tagsüber in der Versicherung als Sachbearbeiterin und noch drei Abende in der Woche als Garderobiere in einem Theater. Morgens brachte ich Lolo, wenn sie nicht krank war, zur Krippe, nachmittags um halb vier holte Britt sie ab.

Ich legte mich vorsichtig zu ihr. Sie drehte sich um, murmelte etwas und legte mir ihre Hand auf die Brust, schlief aber weiter.

Drücker sind Schwerstarbeiter. Es ist nicht nur das ewige Treppauf-Treppab, sondern der ständige Kampf gegen die eigene Trägheit, die Peinlichkeit, die Versuchung, gleich bei der ersten Etage aufzugeben, nach der ersten Tür, die sich nicht öffnet. Auch nicht aufzugeben nach der zweiten Tür, hinter der, nach dem Läuten, ein Schlurfen zu hören ist, eine Frage: Wer issn da? Ich komme von der Lesenorm, dann ein Schlurfen, das sich entfernt. Man wartet und weiß nicht, soll man bleiben, soll man weitergehen. Aber das Schlurfen kommt nicht wieder. Lohnte es sich da noch, die Treppe hinaufzugehen? War das nicht ein Haus, wo sich die Abonnentenwerber seit Monaten die Tür in die Hand gaben? Die Bewohner abgestumpft oder aggressiv auf jedes Läuten reagierten? Bewohner, denen zungenfertige Drücker mit einer unerhört verkaufsfördernden Emotionalität Fachzeitschriften über Numismatik, Insektivoren oder Kauterisation verkauft hatten? Leute, die, von Rachegefühlen umgetrieben, nur darauf warteten, daß ein Zeitschriftenwerber klingelte? Rentnerinnen, die resigniert im Sofa saßen, umgeben von *Vogue*- und *Playboy*-Hochglanzheften? Das war der Kampf, den man mit sich ausfechten mußte, wollte man zum nächsten Stock hochsteigen, an der nächsten Tür läuten, die sich – immerhin – eine Sperrkette breit öffnete: Was issn, fragte ein eingequetschtes Gesicht. Ich komme von undsoweiter. Die Tür knallt ins Schloß. Nächste Tür. Klingeln. Nichts, obwohl man drinnen das Radio hört. Knackt da nicht der Boden unter einem schleichenden Schritt? Die nächste Tür geht auf, endlich, bis zur Sperrkette. Lesenorm. Die Tür wird aufgeriegelt, eine junge Frau erscheint, der weiße Pullover spannt sich über zwei mächtigen, verschalten Brüsten. Sie läßt sich die verschiedenen Zeitschriften zeigen, erzählt, daß der Hauswirt unten im Hausflur eine Plakette angebracht habe: Hausieren und Betteln verboten. So hatte ich mich bis dahin noch nie gesehen, als Hausierer. Sie sieht mich gespannt an, ob ich das Schild nicht gesehen hätte. Nein, sage ich, nein. Na ja, sagt sie, ich bin da auch anderer Meinung als der Hauswirt. Sie blättert den Katalog der Lesenorm durch, fragt nach den Preisen, fragt, warum, wenn sie sich eine Zeitschrift bestelle, das kein Porto koste. Das übernehmen wir, sage ich, weil im Einzelhandel ja auch eine Gewinnspanne liegt, und wir zahlen von der Gewinnspanne das Porto. Was denn, die is so groß, sagt sie, atmet tief durch und zwingt mich, auf diese über den Büstenhalter quellenden, sich unter dem dünnen Pullover abzeichnenden Brüste zu sehen. (Bertholds Empfehlung: immer den Blickkontakt suchen.) Sie will wissen, was ich denn pro Abo bekomme. Oh, sagt sie, das ist ja ganz hübsch. Na ja, sage ich, Frau und Kind. Na, sagt sie, das ist wirklich ganz hübsch. Doch, ja, sage ich, weil ich denke, daß es ihr das Abonnieren erleichtert, wenn sie glaubt, das, was sie mir damit zukommen läßt, sei ganz hübsch. Sie blättert wieder in den Ansichtsexemplaren, konzentriert sich dann auf den *Stern*, läßt sich nochmals erklären, welche Vorteile ein festes Abonnement für sie hätte, also nicht runterrennen, den *Stern* kaufen, mal ist er weg, besonders die wichtigen, interessanten Hefte. Außerdem bekommt man die Hefte mit der Post. Sie steht da, überlegt. Einen Ruck, denke ich, gib dir endlich einen Ruck. Ich ziehe das Bestellformular heraus. Ob sie das Heft behalten könne? Eigentlich nicht, sage ich, es ist mein Ansichtsexemplar, aber ich schenke es Ihnen. Danke, sagt sie und zupft mit dem Pulli den Büstenhalterträger hoch, läßt ihn auf die Haut zurückpitschen. Was gucken Sie denn?

Ich? Ich drücke den Kugelschreiber in Schreibposition. Aber, sagt sie, wissen Sie, wenn die Hefte mit der Post kommen, werden sie immer im Briefkasten verknickt.

Nein, sage ich, wir schreiben drauf: Nicht knicken.

Ja, sagt sie und lächelt mich an, andererseits isses doch schön, son Heft jede Woche zu kaufen. Kann man mit dem Verkäufer reden, nich, sie lächelt. Ich muß jetzt Essen machen, Kinder kommen gleich. Dann mal viel Glück, und danke fürs Heft. Sie zieht die Tür ins Schloß.

Miststück. Pißnelke. Arschgeige. Die nächsten Treppen, das sind die Anfechtungen, soll man da noch raufsteigen oder gleich ins nächste Haus gehen (aber das ist nicht besser als dieses), soll man es oben nochmals versuchen? Natürlich wird die Pißnelke hinter der Tür stehen und lauschen, was sich dort oben tut. Die Treppen knarren. Klingeln, ein vor Mißtrauen erstarrtes Gesicht, Tür zu, gegenüber klingeln, der Spion verdunkelt sich, die Tür wird nicht geöffnet, weiter, klingeln, die Tür geht auf, ohne Kette, ohne Riegel, endlich –: Wollen Se nich reinkommen, inne gute Stube? Eines dieser staubfreien, aufpolierten Wohnzimmer, in denen die Kissen mit Kniff wie durch einen Karateschlag betäubt auf den Sofas liegen. Setzen Se sich doch. Auch das kostet Kraft – wollt grad nen Kaffee machen –, sitzen zu bleiben, auch das kostete Kraft, zuzuhören (und ich verstehe seitdem, daß Psychoanalytiker gut verdienen müssen, jedenfalls dann, wenn sie zuhören). Was die Leute alles auskotzen, zögernd, stotternd oder wasserfallartig, all die Krankheitsbilder, die Hautflechten, den Pilzbefall, die Gallensteine, sehen Se mal, in einem Röhrchen zwei klöternde schwarze Steinchen (und ich hatte noch nicht gefrühstückt), verlegte Darmausgänge, wandernde Nieren, versteinerte Zwillinge. Ein Mann zeigte mir seinen kleinen Bruder in Spiritus eingelegt, den er bis zu seinem dreiundvierzigsten Lebensjahr unter den Rippen mit sich herumgetragen hatte. Geschichten von Ärzten, die Lungenkrebs als Erkältung behandelt haben, und dann isser gestorben, weinte die Frau, Kreislaufprobleme, wobei, was ich nicht wußte, man kleine Sterne sehen kann, die strahlend leuchten, während sich der hellichte Tag plötzlich verdunkelt, Schwindelgefühle, Dreh-, Schwing-,

Wirbelschwindelanfälle. Und all die anderen alltäglichen Ereignisse, entlaufene Hunde, entflogene Wellensittiche, vergessene Handtaschen, verlorene Geldbörsen, Raubüberfälle, Selbstmorde, unerklärliche, erklärliche, durch Erhängen, Stürze aus oberen Stockwerken, Kopf in den Gasofen, Sprünge vor die U-Bahn, durch Tabletten und nochmals Tabletten.

Gleich in der ersten Woche meiner Drückertätigkeit klingelte ich in einer Kellerwohnung, ähnlich der unsrigen, in der Tornquiststraße. Eine Frau öffnete die Tür, in der rechten einen Knüppel, in der linken einen blutigen Scheuerlappen, ein furchterregender Racheengel, das graue Haar aufgelöst. Mein Erschrecken war so groß, daß ich rückwärts, zwei, drei Treppenstufen wieder hochstieg. Sie sagte, is nisch, kommen S rein. Ich folgte ihr vorsichtig ins Wohnzimmer, da kniet sie nieder und wischt eine auf dem Linoleumboden getrocknete Blutlache auf, wringt den Feudel aus in einen Eimer, rot das Wasser, und wischt und reibt an den Rändern der Blutlache herum. Gestern hatte sie dort gesessen, sie zeigt auf den Plüschsessel, und ferngesehen, nachts, einen Krimi, hört ein Geräusch, dreht sich um, da beugt sich gerade ein Mann über sie, war reingeschlichen, hat sie ihm sofort mit ihrem Holzstock einen rübergezogen, direkt aufn Kopf, der fiel um, lag da, sie zeigt den Knüppel, war schon mal eingebrochen worden, hat ihr einer das Geld geklaut, war fast nischt, das bißchen Rente, aber die Uhr, die Uhr hatte sie noch von ihrem Mann, vor vierzig Jahren, ne echte Glashütte-Uhr, und die Ringe hat er ihr abgenommen, beide Eheringe, darum den Knüppel, sie hebt ihn hoch, seitdem legt sie den nicht mehr aus der Hand, nachts neben sich ins Bett, hier muß man ja nur die Scheibe eindrücken, hier unten. Da lag der Kerl. Sie zeigt mit dem Knüppel auf den

Boden. Dann hatte sie im Haus geklingelt. Das dauerte und dauerte, bis die Polizei kam. Der Mann kam nach Eppendorf, auf die Intensivstation, hatte einen Schädelbasisbruch. Hoffentlich kommt der durch, sagt sie und wringt den Scheuerlappen aus, das rote Wasser läuft ihr über die Hände.

Sind Sie von der Polizei?

Nein. Ich komme von der Lesenorm. Wenn Sie eine Zeitschrift abonnieren wollen, ein halbes Jahr.

Ja, sagt sie, bestell ich.

Welche?

Alle.

Nein, sage ich, packe den Bestellblock wieder ein, ich komm nächste Woche noch mal vorbei.

Der Mann kam aus dem Nachbarhaus, is da vor drei Monaten eingezogen, hat immer gegrüßt, auch abends. Hoffentlich kommt der durch. Muß ich sonst noch ins Gefängnis.

Soll ich jemand von Ihrer Verwandtschaft anrufen?

Nee, Tochter is in Marokko verheiratet.

Ich mach einen Kaffee, sage ich.

Gut, sagt sie und seift sich die Hände ein, während ich die Kaffeetüte vom Bord nehme, die mit einer Wäscheklammer zugezwickt ist und nur noch einen kleinen Rest Kaffee enthält.

Als Kind habe sie immer die Milch holen müssen, in einem Blecheimer. Einmal sei sie gestolpert, hingefallen, sie habe versucht, die Kannc hochzuhalten, aber sie war umgekippt und die Milch ausgelaufen, schneeweiß, aufm Pflaster, aber wurd dann schnell dreckig, sagte sie, ganz grau. Irgendwann kam aus diesem hektischen Erzählen ein Schluchzen.

Ich bot ihr, als sie sich wieder beruhigt hatte, eine Zigarette an.

Wir saßen in der Küche und tranken Kaffee. Wir saßen da, ohne zu reden, als hätten wir uns schon alles gesagt. Ich sah, daß sie seit Jahren nicht mehr geraucht hatte. Sie sog an der Zigarette und paffte den Rauch gleich wieder aus, hielt die Zigarette wie einen Stift hoch, zittrig, als wolle sie etwas in die Luft schreiben.

Chaos und Trippa

Nein, ich hatte den Fenstergriff nicht während der Zeugenaussage eines Geschädigten wahrgenommen, sondern als Manfred Kubin aussagte. Kubin war Wirtschaftsredakteur einer namhaften Zeitschrift und wohnte uns gegenüber auf derselben Etage in der Isestraße, mit seiner Frau, einer Redakteurin beim Kirchenfunk.

Am Morgen gegen 10 Uhr gingen Kubin und seine Frau in ihren Trenchcoats, die Gürtel auf dem Rücken verknotet, aus dem Haus, grüßten mit Hallo, wenn wir uns begegneten. Abends kehrten sie spät zurück, wie Britt mir erzählte. Ich kam ja erst nachts gegen 24 Uhr nach Hause. An Samstagen traf ich sie auf der Treppe, wenn sie Steaks, Lammkeulen, irgendwelche Innereien – die Kubin dann jedesmal triumphierend aus dem Einholkorb zog und hochhielt –, aber auch Fasane, Welse, Hechte und Kaninchen in die Wohnung schleppten, Sellerie, Lauch und Karotten mit Strünken, garantiert biologisch angebaut. Sie kamen die Haustreppe auf dem ewig rutschenden Kokosläufer herauf, grüßten freundlich nickend. Kurz darauf wurde nebenan die Balkontür der Küche geöffnet, und in den Spätsommertag sang, begleitet vom Scheppern der Töpfe und Pfannen, Gianna Nannini, die ich hier zum ersten Mal hörte. Und kurz darauf zog ein Duft herüber – unsere Wohnung lag nach Osten –, ein Duft von mit Steinpilzscheiben gebratener Gänseleber, die von den beiden auf kleinen Tellerchen schon mal vorausgegessen wurde. In Schürzen setzten sie sich auf den zierlichen Eisenbalkon vor der Küche, während wir uns freundlich lächelnd in unsere Küche zurückzogen, die nicht beschreiblichen Düfte zogen herüber, bis mit Hallo der Besuch drüben ankam.

Das Ungewöhnliche an Kubin war, daß er ein hemmungsloser Kritiker des hiesigen Wirtschaftssystems war und noch ist, privat, denn aus seinen Artikeln, die ich später eifrig studierte, war das nicht herauszulesen, es waren ausgesprochen fachspezifische Artikel über die wirtschaftliche Situation in Italien, Frankreich und England, über Geldverknappung, den ECU und die neuesten Lombardsätze. Allenfalls zeichneten sie sich durch eine gewisse düstere Einschätzung der jeweiligen wirtschaftlichen Situation aus.

Wir wurden durch den Briefträger auf die politische Haltung des Mannes aufmerksam. Der Briefträger kam und hielt mir ein Einschreiben hin – ich hatte ja kräftig Schulden –, da legte er los: Sollen doch rübermachen. *TAZ* und *konkret* gleich mitnehmen. Kann die Typen durch die Tür riechen. Fahrn n Alfa Romeo und wollen uns nen Sozialismus annen Hals hängen. Ich leg die Zeitungen immer vor die Tür, soll jeder sehn, was da für einer wohnt.

Ich glaubte, Kubin sei Kommunist, was sich dann aber als falsch herausstellte.

Als wir einmal von Balkon zu Balkon ins Gespräch kamen, uns austauschten über die Zubereitung einer Lammkeule, als wir von Rosmarin und Olivenöl sprachen und ich erzählte, was ich sei, Anlageberater in einer Brokerfirma, sagte er: Klasse, da sind Sie ja direkt am Tropf dieses Scheißsystems. So kamen wir ins Gespräch und wurden zu einem informellen Essen eingeladen, an einem Samstag, weil ich ja am Freitag den Börsenschluß in der Wallstreet abwarten mußte.

Ich will gleich sagen, ich habe durch Kubin den für das Anlagegewerbe nötigen Negativ-Schliff bekommen, der mich auch befähigt, mit Kritikern des Systems über den Aktienmarkt zu diskutieren.

Wir kamen an diesem Samstag in die gegenüberliegende Wohnung und staunten nicht schlecht. Da hatten wir uns eben, dem neuen Trend entsprechend, in Weiß und Matt eingerichtet und fanden drüben alles in Schwarz, dem allerneuesten Trend. Über dem schwarzlackierten Tisch winzige Lämpchen mit einem schneidend weißen Licht, Theaterscheinwerfern ähnlich, nur ins Winzige verschoben, Leuchten, die auf Drähten liefen, aus denen sie offensichtlich den Strom bezogen, ich staunte wie ein Sibiriak. Sie hätte, sagte Frau Kubin (ich heiße Angela), einfach das Weiß nicht mehr ausgehalten, ein Weiß, in dem sie sechs Jahre gewohnt hatten, es sah, sagte sie, aus wie in einem Seniorenheim, weiß die Möbel, damit man die Marmeladenhände sehen kann, oder, sagte sie, und streifte sich plötzlich die hochhackigen Pumps von den Füßen, wie in einem Krankenhaus. Sie ging auf Zehenspitzen zu dem schwarzen, mit einer schwarzen Granitplatte belegten Schrank und holte vier Gläser. Ist schon grotesk, sagte sie, daß man sich nach ein paar Jahren an den Sachen einfach übersieht und sie dann rausschmeißt, während andere Leute noch am Abstottern der Holzregale sind (Gottlob, dachte ich, haben wir uns nicht in Naturholz eingerichtet). Du hast dich dann übergesehen, sagte Kubin, nicht ich. Ja, sagte sie, ich bin ehrlich, ich versuche mir nichts vorzumachen, ich brauche einfach diese kleinen Dinge, die Spaß machen. Du brauchst dafür eben die neueste Theorie der Fraktale. Nein, sagte Kubin, bitte heute keine Diskussion über Möbeldesign, sondern allenfalls über die Ästhetik des Gaumens. Wir gehen mal in die Küche.

So lernten Britt und ich, was ein informelles Essen ist. Man ißt nicht nur in der Küche, man wird auch Zeuge der Zubereitung, ja, die Zubereitung ist das eigentliche Ereignis, man sitzt in all den Essensgerüchen am schon gedeckten Küchentisch und wartet.

Natürlich verfeinert sich der Geschmack, sagte Kubin, mein Großvater, Kapitän auf einer Viermastbark, trank noch Rum. Wenn er sich ne Zigarre ansteckte und den Rauch ausblies, gabs ne Stichflamme. Wir haben Landwein. Umbrien. Civitella. Er zog vorsichtig den Korken heraus, kratzte daran, roch, schenkte sich einen Schluck ins Glas und roch mit einem versonnenen Blick, dann goß er den Wein ein, man schmeckt jeden Jahrgang, dieser ist sehr secco, er schmatzte, schnalzte. Ist ein schönes Weingut, das heißt, war, so muß man sagen. Früher konnte man da auf dem Weg nach Rom Station machen, inzwischen kann man nur noch Wein kaufen und dann nix wie weiter. Vor zwei Jahren tauchte nämlich auch dort ein Schild auf: Man spricht Deutsch. Wir schliefen wie immer in diesem Zimmer an einem mit Wein bewachsenen Innenhof. Draußen sangen die Nachtigallen, und plötzlich Hans Albers, weißt du noch, Angel, da war ein Bus mit einer alternativen Reisegruppe gekommen, nach dem Motto: Wein, Pasta, auf dem Fahrrad durchs schöne Umbrien. Hamburger Studenten fielen ein. Hatten ihren Kassettenrekorder aufgedreht und grölten mit: Auf der Reeperbahn nachts um halb eins. Da sind wir am nächsten Morgen geflohen. Aber der Wein, einfach Sonderklasse. Salute! Er griff ein sichelförmig abgewetztes Messer: Die alten Fleischermesser hol ich mir von meinem Metzger, wunderbar, wie sorgfältig abgeschliffen die sind. Kubin wetzte schnell und ohne dabei hinzusehen: Der Mensch muß was zum Beißen haben, für die Reißzähne, alles andere is nix, diese französische Küche, Kaninchen in Orangensauce, na ja, ganz schön und gut, für hin und wieder, aber ich dachte, heute mal etwas anderes, was ich gerade bei meinem Metzger bekommen habe, frisch, ganz frisch, und er hielt uns einen fein gerippten, wachsartigen Fleischlappen hin: Trippa, schnalzte mit der Zunge, das scharfe sichelförmige Messer schnitt, immer an den Fingerspitzen entlang, lange Streifen ab.

Der Kubin ist hinter der Alltagsküche her, sagte Angela Kubin, und sagte, so, wir sagen jetzt mal du, mich nennen alle Angel.

Der Dreh- und Angelpunkt, rief Kubin, ha, ha.

Komm, sagte sie und warf eine kleine, auf dem Balkon gezüchtete Tomate nach ihm. Also, Kubin hält in jedem Ort, in Vororten, am liebsten am Gasometer, dort und an Tankstellen, da gibts die Tips, die kleinen Ristorantes, in denen noch Muttern oder Großmuttern kochen. Ihr müßt nämlich wissen, bei mir in der Redaktion nennen sie ihn Küchen-Schliemann, sagte Angel.

Dieser Kirchenfunk, von Angelchen mal abgesehen, diese Evangelen, man muß sie sich nur ansehen, diese asketische Blässe, dieses eingetrocknete Bescheidwissen. Man ißt gut, und da kommen die gleich und sagen, der Hunger in der Dritten Welt. Die verbinden mit gutem Essen immer Witzigmann, wie mein Kollege aus der Redaktion, der Mann, sagte Kubin und schnitt millimeterknapp an den Fingerkuppen vorbei die Trippastreifen ab, daß ich dachte, jeden Moment fliegen ihm die Fingerkuppen weg, dieser Mann mit den braunen Leckaugen, dieses Trüffelschwein, das dann seine Berichte über die Restaurants schreibt – Restaurants, in denen du mindestens vier Blaue lassen mußt. Völlig falsche Maßstäbe. Nein, mich interessiert die Volksküche, die Urküche sozusagen, Kunstlieder langweilen mich, schon immer, aber die Gassenhauer, die Kökschenlieder, das ist Leben. Man muß in

Italien in die Vorstädte gehen. Man muß den gesprochenen Dialekt kennen, sonst versteht man nur Bahnhof. Und dann nie am Bahnhof fragen. Da denkt jeder, man fährt gleich wieder ab, und sie schicken einen in diese Ristorantes, wo sie selbst nie hingehen würden, wo die Spaghetti vorgekocht und matschig nach zwei Minuten auf den Tisch kommen, mit ner Kelle rein, und platsch aufn Tisch, nein, das Geheimnis ist ja gerade, daß man noch schmeckt, was im Essen ist, nicht moussieren, passieren, flambieren, das ist diese völlig degenerierte französische Küche. Wir machens auf Französisch. Man weiß ja, was das bedeutet, obwohl, da schmeckt mans ja. Na ja, dann stimmt der Vergleich eben nicht, ha, ha, so jetzt Zwiebeln, klein geschnitten, aber nicht zu klein.

Dennoch, sagte Angel, neulich bei einem Treffen in der Dritte-Welt-Gruppe habe sie eine Statistik über den Eiweißmangel in der Sahelzone gelesen, das sei ihr dann doch in die Knie gefahren.

Aber du willst ja keinen Mangelsozialismus, wenn ich dich recht verstehe, sagte er und schlürfte Wein.

Und du gar keinen.

Nee, ne Küchendemokratie, und zwar von unten, er führte das Messer wie einen Violinbogen über den Pansen. Man muß suchen, auch Pansen ist nicht gleich Pansen, gut waschen, einmal salzen und nochmals waschen, bloß nicht einlegen, bloß nicht den Geruch, der ja auch Geschmack ist, aus dem Pansen herauswaschen, hier, riecht mal, er unterbrach das Schneiden, hielt uns das Stück Pansen unter die Nase: Das riecht, was? Magen, aber nicht nur das, das riecht nach Gras, nach Heu. Das Geheimnis ist die Größe der Streifen, die Dauer des Kochens, ein paar Zutaten, und man muß dabei sein, den Kochvorgang begleiten, die Fürsorge für das Gericht, das geht mit ein, man kann nicht zwischendurch mal Wäsche machen, in die Zeitung gucken. Kann ja auch kein Maler, mal eben beim Malen rausgehen und Zeitung lesen, oder der Komponist beim Komponieren kochen. Kochen ist Kunst. Gemüse, er schnitt zwei kleine Streifen von dem Gemüse ab, schmeckt mal. Na?

Ich schmeckte. Hm.

Britt: Fenchel?

Richtig. Bravo. Aber nicht irgendein Fenchel, wilder Fenchel, der gehört dazu, nur ein wenig, natürlich Knoblauch. Und beim Pansen muß man immer noch herausschmecken, woher er kommt, sozusagen das Organische, das wird bei uns gewöhnlich ja eingebreit, tatsächlich geht es um mehr als nur um Fleischessen, das zweibeinige Tier ißt, damit es sich Kraft einverleibe, es ist genaugenommen, da es ja seine Artgenossen verspeist, Kannibalismus, und zugleich ein symbolischer Akt, man muß jedes Organ schmecken, das erst gibt auch die Stärke.

Vegetarismus, sagte Angel, wir dachten schon: Hoffentlich sind das keine Vegetarier.

Er schenkte uns Wein nach: Oder Antialkoholiker.

Das Wasser kochte, er schnitt Knoblauch, er warf zwei Zwiebeln in das kochende Wasser, dann die Trippastreifen.

Als Anlageberater, sagte er, was sagst du zur Schwundgeldtheorie von Silvio Gesell?

Nein, ich hielt ihm gleich die Gurgel hin, sagte, ich bin, wie man so schön sagt, Trainee, werde erst eingewiesen, mache meine Erfahrungen in diesem Anlagegeschäft, mit all den Optionen, Zerobonds, Warentermingeschäften, was wie wo angelegt wird. Momentan rufe ich nur Ärzte an und versuche, deren Frauen an den Apparat zu bekommen. Kurzfristige Anlagen, Spekulation im Warenterminbereich.

All die Leute, die nicht wissen, wohin mit dem Geld, sagte Angel, widerlich.

Nein, sagte Kubin, überhaupt nicht, nur logisch. Das hat mit Moral überhaupt nichts zu tun, anything goes, aber ich sage, but it must be in an aesthetic way. Du kaufst dir ein hübsches Bild von Salome, andere lassen ihr Geld arbeiten, das bestimmt alles, das ist die wunderschöne klare Logik des Systems, und diese Logik, was besagt sie: es muß sich bewegen, es geht voran, es wehen einem die Ohren am Kopf, aber was machts. Salute! Dieser hier ist so ein bißchen, er schmatzte, wir machen ne andere Flasche auf, der ist ein bißchen zu, ich weiß nicht, schmeck mal, brutal gesagt, zu süß, was. Jeder muß sehen, daß er sich seinen Teil aus dem Kuchen herausschneidet, is doch klar, wie, is doch ganz wurscht, wobei ja die Kapitalmenge ständig wächst, sozusagen alles auf einem gigantischen Pump lebt, das is längst nich mehr abgedeckt durch die Werte. Aber was is Wert? Gesellschaftliche Arbeitszeit? Ja, der is besser, die Farbe, ihr müßt mal die Farbe sehen, lange transportieren kann man den nicht. Habt ihr mal gelesen, wie Marx Wert an so einem Weinfaß verdeutlicht? Zeit is Geld, sagt er. Zeit gibts nur durch den Menschen, sonst gäbe es nur ein Einerlei. Also ohne Mensch, na ja. Also, Wein im Faß, oder war das Whisky? wird ja teurer mit der Zeit, nich, ergo machts nur die Zeit, die Dauer, daß der Wein teurer wird. Nee, nicht die Zeit, die Arbeitszeit, die menschliche. Aber das stimmt nicht mehr, längst nicht mehr.

Nun iß mal ein bißchen Brot jetzt, sagte Angel, sonst bist du plötzlich ganz fraktal.

Nein, es gibt eine Überkapitalisierung, versteht ihr, viel zu viel Kapital, und so flüchtet das Kapital in alle möglichen bizarren Ecken, entkernte Granitblöcke, Penck, Platinfüllfederhalter, Bilder, auch du, mein Schatz, aber auch in van Goghs, in Anleihen, in Warentermingeschäfte, egal, es ist das wunderschöne Chaos, versteht ihr, aber kreativ, bis, ja, bis irgendwann einmal alles ins Rutschen kommt. Dritteweltländer, die auf Pump leben, pfeifen auf dem letzten Loch, Banken in Amerika brechen zusammen, Wallstreet wackelt, London, Frankfurt, riecht mal, jetzt, er hob den Deckel, dann wird das Kapital von diesen Leerstellen angesaugt wie von einem Schwarzen Loch. Natürlich, ein Krieg tut das auch. Das Kapital braucht immer wieder Schwarze Löcher. So, sagte er und begann, die Weißbrotscheiben in der mit Knoblauch ausgeschmierten Pfanne zu rösten.

Du mit deiner Chaos-Ideologie, sagte Angel.

Ha, sagte er, ich bin der einzige, der keine Ideologie hat, ehrlich, mal abgesehen davon, daß ich Rezepte sammle, aber das is keine Ideologie, das ist Alltags-Archäologie, weil, na ja, Schluß mit der Theorie, jetzt wird gegessen, ohne Diskussion, kein Wort mehr, aber schmatzen, das dürft ihr.

Meine Alphabetisierung

Ich möchte mit einer Frage beginnen, die, so allgemein wie penetrant, zuweilen auch aggressiv, oft nach Lesungen oder in Diskussionen gestellt wird, eine Frage, die viele meiner Kollegen aufstöhnen läßt, mich übrigens auch: Warum schreiben Sie?

Die Frage – ich habe mich bisher geweigert, sie zu beantworten – ist bei näherem Hinsehen aber gar nicht so unberechtigt. Sie ist möglicherweise sogar die bewegende Frage einer Poetikvorlesung, denn die andere Frage, die nach dem Wie des Schreibens, können die Literaturwissenschaftler wahrscheinlich besser beantworten als der Autor. Wer sich eine Poetikvorlesung anhört, will, vermute ich, den Praktiker hören, will etwas über die Entstehung von Literatur, von Geschriebenem hören, möchte einen Blick in den höllischen Maschinenraum werfen, also etwas von den Obsessionen, Perversionen, Neurosen, den Motiven erfahren, die den Schreiber zum Schreiben veranlassen oder veranlaßt haben. Schreiben ist ja, im Gegensatz zum Sprechen, nichts Selbstverständliches. Und es ist, für die überwältigende Mehrheit der Menschen, von denen viele weder lesen noch schreiben können, auch nicht notwendig.

Die häufigste Antwort der Schreibenden ist, daß sie schreiben müssen, weil sie gar nicht anders können. Das Schreiben-Müssen ist die Beglaubigung des Schriftstellers als Dichter. Es ist das, was mit dem alten Wort be-rufen bezeichnet wird. Wer nicht schreiben muß, egal, ob aus innerem Antrieb oder von den Göttern geschlagen, schreibt, wann, was und wie er will, und wem das Schreiben ins Belieben gestellt ist, der kann auch schreiben, was andere wollen, also im Auftrag.

Also: Warum schreibe ich? Die Antwort könnte lauten: aus erlittenen Verletzungen heraus, oder aus dem Versuch, sich über sich und über die Welt Klarheit zu verschaffen. Aber das müssen noch keine Gründe zum Schreiben sein. Es gäbe andere Möglichkeiten, näherliegende, beispielsweise zu reden, mit Freunden. Warum also schreiben? Manchmal habe ich den Verdacht, daß gerade diejenigen, die immer wieder schreibend versichern, sie könnten nicht anders als schreiben, tatsächlich gar nicht schreiben müßten, sondern sich zum Schreiben zwingen, wie die Mehrheit der Menschen. Für sie ist Schreiben ein Graus. Schreiben ist nicht notwendig. Es ist, wie übrigens auch das Lesen, worauf ich später noch zu sprechen komme, etwas Überflüssiges. Ein schöner Überfluß. Gerade dieses Moment, daß man nicht schreiben muß, daß es nicht selbstverständlich ist, schärft die Frage, warum jemand ausgerechnet schreibend sich mitzuteilen versucht, denn in aller Regel will, wer schreibt, ja auch gelesen werden. Warum denke auch ich, daß ich schreiben muß, ja, daß ich keine andere Wahl habe? Wobei ich hier anmerke, daß ich diese Tätigkeit nicht als Qual empfinde. Ich muß mich – jedenfalls meistens – nicht an den Schreibtisch zwingen, für mich ist es eine lustvolle Tätigkeit.

Warum sprechen Sie? wäre – wenn einer nicht gerade daherplappert – eine ganz widersinnige Frage, eine Frage, die einem wahrscheinlich die Sprache verschlagen würde. Man wüßte keine Antwort. So sehr gehören Sprechen und Denken zusammen, so sehr sind wir schon immer in der Sprache, daß wir eine sinnvolle Antwort nach dem Warum nicht einmal denken könnten. Wir könnten eine

Antwort geben, warum wir in einer bestimmten Situation etwas sagen, also kommunizieren, aber warum wir überhaupt sprechen, warum Sprache ist, was sollten wir darauf sprechend antworten? Allenfalls: Wir können nicht anders. Wir können nicht nur sprechen, wir müssen sprechen, auch wenn wir schweigen, ist es ein Sprechen, ein stummes eben. Das Sprechen, die Muttersprache, lernen wir als Kinder meist spielend, zuweilen auch unter Druck. Anders verhält es sich mit dem Schreiben. Das geschieht unter Zwang. Schreibenlernen ist eine Disziplinierung, für die man stundenweise kaserniert wird. Und wer desertiert, kann, zumindest hier in Deutschland, von der Polizei gestellt und zurückgebracht werden. Schulpflicht heißt das. Schreibenlernen ist nicht nur die Fähigkeit, Schriftzeichen nachzuahmen, sondern auch eine Ausrichtung, die Erziehung zu folgerichtigem Denken.

Vilém Flusser hat in seinem Essay *Die Schrift* (Göttingen 1987) darauf hingewiesen, wie das Alphabet das Denken, das sich in vorschriftlichen Kulturen im Kreise bewegte, bildhaft, also mythisch war, linear ausgerichtet hat. Wie durch die Buchstaben Bildhaftes in Zeichen umgesetzt wurde und wie das Schreiben mit dem Alphabet eine nach innen gewandte Geste ist, die den Schreiber in sich hineinhorchen läßt, Vorstellungen und Kausalitäten schafft und sich dann wieder, und zwar ausdrücklich, nach außen wendet, also auf einen Leser zielt. Die Schrift ist damit auch im ursprünglichen Sinn politisch. Dieses Erlernen des Alphabets, der Schrift, ist nicht nur menschheitsgeschichtlich, sondern auch individualgeschichtlich immer wieder mit der Unterdrückung des fluktuierenden bildhaften Denkens verbunden, mit einer Begradigung der Gedanken zur Folgerichtigkeit, einem Zwang zum abstrakten Denken. Dies ist nicht nur an die Inhalte gebunden, sondern liegt in der Form der Schrift. Das Alphabet gibt dem kreisenden Denken mit der Zeile eine Richtung, macht es fest in den Zeichen. Es ist die Rechtschreibordnung, die, wie ein Korsett der gesprochenen Sprache angelegt, sie verfeinert, gliedert, aber auch beengt.

Im Rechtschreiben liegt ein permanenter Zwang, der nur erträglich wird, weil wir ihn so lange einüben, daß wir ihn schließlich nicht mehr oder kaum noch bemerken. Für einige hingegen ist die Alphabetisierung ein lebenslanger Prozeß, weil sie immer wieder über das Richtigschreiben nachdenken müssen, immer wieder stutzen, und zwar nicht nur bei neuen und unbekannten, sondern auch bei altbekannten Wörtern. Ich gehöre zu diesen unsicheren Alphabeten.

Der Schüler aus meiner Grundschulzeit, der die besten, weil fehlerfreiesten Diktate schreiben konnte, leitet heute eine Mülldeponie bei Hamburg und sagt – was ich sofort nachvollziehen kann –, es sei eine wunderbare Beschäftigung, dieses Chaos zu überblicken, diese Dinge, die da weggekippt werden, verbrauchte wie halbverbrauchte, die von Planierraupen hin- und hergeschoben werden, darüber die Möwenschwärme. Vielleicht ist diese Beschäftigung seine Antwort auf den Rechtschreibzwang, den er fraglos erduldete. Jetzt schreibt und liest er nicht mehr. Ich sage das ohne jeden Triumph. Er muß nur noch Häkchen machen. Und dann natürlich seine Initialen, wenn wieder ein Zehntonner den Dreck abkippt. Ich vermute, viele Menschen beantworten die frühe Alphabetisierung mit einer späteren Verweigerung zu schreiben – und zu lesen. Andere wiederum reagieren mit Überanpassung, sie studieren Germanistik, schreiben lettristische Gedichte oder vergleichen Sprachen. Diese Disziplinierung durch Schreiben, die ich als einen Würgegriff in Erinnerung habe, hat bei mir möglicherweise dazu geführt – und zwar, um Luft zu kriegen –, daß ich erzählte, also mit einer an der Mündlichkeit ausgerichteten Form die Schreibübungen beantwortete.

Ich bog den Druck durch Erzählen ab, wobei ich, auf die Situation, das Bild konzentriert, die Wörter in der schriftlichen Form variierte, die Schreibweise nach Klang und Rhythmus umbaute. Selbstverständlich fand das bei Herrn Blumenthal, meinem Lehrer, kein Verständnis. Seine Antwort waren Fünfer. Ich hatte das Schreiben durch das Legen von Buchstaben lernen müssen. Es mangelte 1946 an Schreibheften und Bleistiften. Die ABC-Schützen (selbst dieser Scherzname verrät etwas von militärischer Ordnung) bekamen kleine Buchstabenkarten, die zur Wortbildung aneinandergelegt werden mußten. Diese Buchstaben waren in unserer Fibel immer mit einem Ding dargestellt. B wie Bett, Sch wie Schwan. Schob ich die Buchstaben zusammen, schob sich ein Bild dazwischen, so der Schwan, eingefroren auf dem Isebekkanal, der immer wieder versuchte aufzufliegen, ohne von der Stelle zu kommen. Warum Schwan mit einem, nicht mit zwei a geschrieben wurde, obwohl er doch zwei Flügel hatte, warum Vogel mit V und nicht mit F, das konnte mir Herr Blumenthal nicht erklären. Diese Zeit war keineswegs so lustig, wie es jetzt klingen mag. In die Schule gehen zu müssen, war für mich, jedenfalls in den Grundschuljahren – später sollte sich das ändern –, ein Grauen, verbunden mit Schlafstörungen und Alpträumen. Und ich kann mich an viele mit meinen Eltern unternommene Wochenendausflüge in die Lüneburger Heide und an die Elbe erinnern, die überschattet waren – obwohl doch die Sonne schien –, weil am Montag ein Diktat geschrieben oder ein geschriebenes herausgegeben wurde. Auch heute noch muß ich den Duden öfter konsultieren als – so vermute ich – die meisten Kollegen. Und noch immer kann ich mich über die Rechtschreibordnung wundern, nein, ärgern, etwas Obstinates steigt in mir auf, wenn ich im Duden blättere.

Ich habe in der Frankfurter Poetikvorlesung von Peter Bichsel *Der Leser. Das Erzählen* (Darmstadt 1982) von dessen Schwierigkeiten mit der Orthographie gelesen. Es hat ja etwas Beruhigendes, zu wissen, daß man mit seinen Schwächen nicht allein ist. Vielleicht haben die Erzähler, gebe ich einmal zu bedenken, größere Schwierigkeiten mit der Orthographie – weil sie dem mündlichen Sprechen näher sind – als die sprachanalytisch Schreibenden. Man müßte einmal nachfragen.

Der Versuch, Situationen und Bilder in die Schrift zu bringen, ist zunächst einmal ein Widerspruch, denn die Buchstaben, die Zeichen geben ja keine Bilder, sondern Laute wieder. Dagegen anzuschreiben, zugleich auch etwas von dieser reichen, fluktuierenden Bildwelt der Kindheit einzuholen, ist möglicherweise ein weiterer Antrieb für mich, zu schreiben. Bild und Zeichen sind, wie gesagt, einander fremd und müssen doch, jedenfalls in meiner Vorstellung, zusammenkommen. Dieses Verhältnis zum Schreiben, das, wie gesagt, für mich etwas Lustvolles hat, kennt darum auch qualvolle Momente, immer dann, wenn sich die Sprache bei dem Versuch, die vorgestellten Bilder und Situationen zu beschreiben, verweigert. Flusser spricht von der Vergewaltigung der Sprache beim Schreiben. So brutal-dramatisch empfinde ich es nicht, aber es ist für mich eine mühsame Annäherung, ein Mehrmals-Schreiben, ein Umschreiben, Nachschreiben, ein Dialog, wenn man so will, zwischen mir, dem Schreiber, und mir, dem Erzähler, oder aber, da schon einmal das Wort libidinös gefallen ist, zwischen dem Autor und der Sprache. Befriedigend ist es, wenn sich die Sprache öffnet, sich über die Wörter assoziativ neue Situationen und Bilder einstellen und ich dem lediglich nachschreiben muß, wobei sich die Orthographie buchstäblich auflöst: Die muß ich in den folgenden Fassungen wieder »zurechtrücken«.

Ausgangspunkt für das Erzählen ist für mich, wie gesagt, meist eine Situation, ein Bild. So das Steinbeil im Altonaer Museum. Wir hatten – ich war damals zwölf – mit der Klasse das Museum besucht, danach sollten wir die Säle, die wir besichtigt hatten, beschreiben, also den Weg, den wir genommen hatten, vom Zunftsilber bis zu den Trachtenstuben. Mich aber interessierte allein das Steinbeil. Es hatte nämlich zwei Bohrlöcher für den Schaft. Ein durchgehendes und ein unfertiges. Ich hatte das Bild vor Augen, wie jemand über diesem schon zugeschliffenen Stein gebeugt saß und tagaus, tagein mit einem hölzernen Drillbohrer an dem Loch arbeitete, bis es zu dieser Unterbrechung kam, eine Korrektur. Wie kam es dazu? Ich habe mit einer Geschichte eine Antwort darauf gesucht. Ich habe für diesen Aufsatz, für die acht Seiten lange Geschichte, eine 5 bekommen. Thema verfehlt, und dann auch noch 40 Rechtschreibfehler. Der Lehrer, Herr Blumenthal, las den Aufsatz der Klasse zur Abschreckung, und um mich lächerlich zu machen, vor. Alle lachten denn auch. Nur ein Schüler, Georg Hüller, stand auf und versuchte Herrn Blumenthal zu erklären, was ich mit der Geschichte gemeint haben könnte. Aber Herr Blumenthal sagte nur: Alles Quatsch! Hinsetzen! Und die anderen durften wieder lachen.

Vielleicht bildete sich damals ja der Wunsch heraus, Schriftsteller zu werden.

Soviel zu meinen Differenzen mit dem Alphabet, meiner Irritation beim Schreiben. Und all die anderen Obsessionen, die Ängste, dunklen Triebe? Darüber kann ich nur erzählend schreiben, nicht reden.

Das Deutsche Reiterabzeichen

Es wurde warm. Er zog seinen Stutzer aus. An seiner Marineuniform trug er zwei Orden und das EK-II-Band, das Narvikschild und ein silbernes Abzeichen. Ein Abzeichen, das sie bis dahin noch nie gesehen hatte. Das Deutsche Reiterabzeichen. Das war doch was für Kavalleristen, Artilleristen, allenfalls Infanteristen, aber doch nichts für einen Bootsmann.

Mein Glücksbringer, sagte er. Überall, wo er damit auftauche, lachen die Leute, so wie sie. Und so komme er mit allen ins Gespräch. Mit Vorgesetzten wie Untergebenen. Eiserne Kreuze, Deutsche Kreuze, Kriegsverdienstkreuze, Ritterkreuze, das alles gab es nach über fünf Kriegsjahren in Hülle und Fülle, keinen Menschen interessiere das noch, aber ein Reiterabzeichen, das jemand von der Marine trägt, das erinnere jeden an diesen Uraltwitz von der reitenden Gebirgsmarine. Und jeder fragt, wie kommen Sie zu dem Ding. So habe er auch den Druckposten im Stab des Admirals bekommen. Er wäre sonst längst bei den Fischen. Er hatte ein halbes Jahr auf einem Vorpostenboot, oben am Nordkap, Dienst getan. Eintönig, sagte er, Wache schieben. Kalt und gefährlich. Immer wieder kamen Torpedoflieger von England rüber. Dieses Vorpostenboot war ein umgebauter dänischer Fischdampfer. Den Diesel hatte Noah schon beim Besteigen der Arche als veraltet zurückgewiesen. Der Diesel fiel jedesmal aus, wenn man ihn besonders dringend brauchte. Meist bei Sturm. Dann kamen die Brecher mitschiffs rüber. Riesige Kaventsmänner. Ein Geschaukel war das und verdammt gefährlich. Mußte er mit dem Maschinisten runter, Diesel reparieren. Der Kommandant, ein Leutnant der Reserve, war fast immer blau. Einmal kam ein Bomber. Dachten schon, nun ist es aus. Wenn der Torpedos wirft. Aber der hatte nur Bomben. Hab ich mit der Zwokommazwo-Flak draufgehalten. Treffer. Ist abgeschmiert. Er tippte sich auf das schwarzweißrote Bändchen im Knopfloch. Hatte er bemerkt, daß sie ihm schon nicht mehr richtig zuhörte? Heldentaten interessierten sie nicht, schon früher nicht, und schon gar nicht mehr nach fünf Kriegsjahren. Fünf Jahre Siegesfanfaren, fünf Jahre Sondermeldungen, fünf Jahre: fiel für Führer, Volk und Vaterland.

Ja, sagte er, ich bin vom Kurs abgekommen. Also, als wir in Trondheim lagen, kam der kommandierende Admiral Norwegens zur Inspektion. Wir waren angetreten. Der Admiral schreitet die Front ab, bleibt vor mir stehen. Sieht mich an, grinst: Mensch, reiten Sie über See? Was sind Sie von Beruf? Maschinenbauer, Herr Admiral. Befahl, mich in seinen Stab nach Oslo zu versetzen. Ich bekam die Kartenkammer zur Aufsicht.

Und als er nach einer bedeutungsschweren Pause anfangen wollte zu erzählen, was er vom Vorpostenboot aus beobachtet hatte, wie ein Boot auf eine Mine lief, eine Detonation, das Wasser wurde hochgewuchtet, der Dampfer brach auseinander, das Zischen des Feuers im Kessel, das Schreien der Männer im eisigen Wasser, wie die untergingen, einige aber, die Schwimmwesten trugen, schrien, schrien, als sie zwei von denen rausfischten und sehen mußten, denen waren die Beine buchstäblich in den Leib gerammt worden, die starben, schreiend, wollte er sagen, das war gleich auf seiner ersten Fahrt, da drückte sie ihm die Kaffeemühle in die Hand. Sie wollte nichts hören von Ertrinkenden, Erfrierenden, Verstümmelten, sie wollte, daß er den Kaffee mahle, sie wollte nicht die Geschichte des Narvikschilds hören, sondern nur, wie er an dieses ganz unmilitärische, genaugenommen einzig sympathische Abzeichen gekommen sei. Das habe ja vermutlich niemanden das Leben gekostet, allenfalls das Pferd etwas Schweiß. Warten Sie, sagte sie und nahm ihm die Kaffeemühle wieder aus der Hand, schüttete noch ein paar Kaffeebohnen nach, so viel hatte sie in den letzten Monaten nie auf einmal genommen. Sie wollte wach sein. Eine Extrazuteilung, vor zehn Tagen gab es diese Sonderzuteilung. Die Bewohner sollten mit Lebensmitteln eingedeckt sein, wenn es in der Stadt zum Kampf käme. Er begann, den Kaffee zu mahlen. Sie schenkte von dem Birnenschnaps, einem gnadenlosen Schwarzbrand, 70%, zwei Gläser voll. Prost. Der wärmt auf. Den hatte ihr ein Kollege mitgebracht. Sie arbeitete in einer Kantine, in der Lebensmittelbehörde.

Wie nahrhaft, sagte er. Nein. Nur hin und wieder gab es eine Sonderzuteilung oder mal etwas Essen, das sie aus der Kantine mitbringen konnte. Prost. Ob sie ein Radio habe?

Ja. Aber die Röhre ist kaputt. Eine neue habe sie nicht auftreiben können. Außerdem, hören kann man nur noch selten, wenn mal Strom da ist, und dann immer dieser Dr. Baldrian. Baldrian? Ja, Staatssekretär Ahrens. Das is der Mann, der die unangenehmen Nachrichten im Radio bekanntgibt: Der Gasverbrauch muß eingeschränkt werden. Britische Terrorbomben haben das Gaswerk getroffen. Die Volksgemeinschaft findet andere Formen zu kochen. Die Brennhexe. Der kleine Ofen zum Selberbauen. Dr. Baldrian spricht langsam, hat eine ruhige, matte Stimme, nein, sanft, besänftigend. Darum sein Spitzname Baldrian. Kein Strom mehr für die Sirenen. Dann wird unsere schwere Flak fünfmal schießen, das heißt Fliegerwarnung. Wir lassen uns nicht kleinkriegen. Kein Strom mehr, heißt aber auch, daß man Baldrian nicht mehr hören kann: heldenhafter Abwehrkampf vor den Toren der Stadt.

Sie tranken Kaffee und dazu ein zweites Gläschen Birnenschnaps. Hatte er Hunger? Natürlich hatte er Hunger. Sie könne ihm eine falsche Krebssuppe anbieten. Ein Rezept, das sie selbst entwickelt habe. Ein Gericht, sagte sie, wie falscher Hase, und band sich die Schürze um. Karotten und ein Stück Sellerie habe sie im Haus. Auch etwas von dem Tomatenmark, das der Kantine gerade geliefert worden sei. Ein Zentner Tomatenmark, ohne jeden Zusammenhang. Sie holte Karotten, drei Kartoffeln und ein Stück Sellerie aus der Kammer, setzte gut einen Liter Wasser auf, begann, die Karotten zu schälen. Also, wie war er zu dem Reiterabzeichen gekommen?

Er kam aus Petershagen an der Weser. Sein Vater war Tierarzt und hatte zwei Reitpferde, und von dem Vater lernte er das Dressurreiten. Natürlich ist er auch ausgeritten. Dann ging es hinunter zur Weser. Da saß er ab und hatte nur den einen Wunsch, raus aus dem Kaff, möglichst weit weg, dorthin, wohin die Weser floß, zur See. Machte seine Mittlere Reife, dann eine Maschinenbaulehre und danach als Maschinenassi eine Fahrt auf einem Schiff nach Indien, unmittelbar vor dem Krieg. 39 kam er zur Marine. Nach der Grundausbildung wurde er zu einer Strandbatterie nach Sylt versetzt. Nix passierte, aber auch gar nix. Geschütz putzen. Im Ort war ein Reitstall. Hatte jede Menge Zeit. Dort legte er die Prüfung für das Reiterabzeichen ab. Kurz darauf wurde er versetzt, kam auf einen Zerstörer. Ausbildung zum Maat, dann Bootsmann. Dienst auf dem Vorpostenboot. Lena schnitt die Karotten in den Topf, gab dann den Sellerie dazu, drei kleingeschnittene Kartoffeln, sprach den Zauberspruch darüber: Sellerie, Sellerie, Sipprisa, sipprisapprisumm, schüttete das Gemüse in das kochende Wasser, salzte kräftig. So, sagte sie, nu muß das kochen, bis alles sämig ist.

Mein Talisman, sagte er. Jedenfalls bis jetzt, denn wahrscheinlich war der Offizier durch dieses Reiterabzeichen darauf gekommen, ihn einer Panzerjagd-Einheit zuzuteilen. Sie gehen da doch ran wie Ziethen aus dem Busch. Der reine Irrsinn. Sie war ganz darauf konzentriert, den Kaffee einzugießen, dieser Duft. Sie sah, wie sich im Filter dunkelbraun der Schaum an den Rändern hochwölbte, die kleinen helleren Blasen verwandelten sich in Duft.

Waren Sie bei Ihrer Frau?

Nein, bei den Eltern, danach noch in Braunschweig.

Und Sie? Ihr Mann? Ist er an der Front?

Weiß nicht, sagte sie. Hab ihn vor fast sechs Jahren zuletzt gesehen. Wurde gleich 39 eingezogen. Hat ne andere Frau kennengelernt, in Tilsit. Er war in der Etappe. Hin und wieder schreibt er mal.

Vermissen Sie ihn?

Was sollte sie sagen? Sie hätte sagen können – und das wäre die Wahrheit gewesen: Nein. Aber das hätte sich für ihn wie eine Aufforderung anhören müssen.

Kann ich nicht ja und nicht nein sagen. Er war Barkassenführer, später Fernlastfahrer. Aber egal, sagte sie, jetzt ist er irgendwo. Der kommt durch. Ist kein Held. Wahrscheinlich spielt er Krankenschwestern was auf dem Kamm vor. Das kann er. Kann die Leute um den Finger wickeln, nicht nur Frauen. Aber das ist mir egal. Solange der Staat für die Kinder zahlt.

Zwei Kinder?

Ja, einen Sohn, der ist sechzehn. Ist bei der Flak, irgendwo im Ruhrgebiet. Hoffentlich gehts dem Jungen gut. Und eine Tochter, die – sie stockte, sie sagte nicht, die ist zwanzig, mein Gott schon zwanzig, sie sagte, die lernt, obwohl Edith schon vor zwei Jahren als Arzthelferin ausgelernt hatte. Sie ist in Hannover.

Da sind jetzt schon die Engländer, sagte er. Auch in Petershagen. Die haben es hinter sich.

Hoffentlich gabs keine Vergewaltigungen.

Nein, nicht bei den Engländern.

Sie beobachtete ihn und sah in seinem Gesicht, daß er nachdachte, er rechnet, dachte sie, er rechnet jetzt dein Alter aus. Er bemerkt in diesem Augenblick, daß du seine Mutter sein könntest, dieser Blick, der nicht sie, sondern nur einen Teil von ihr traf, etwas an der Oberfläche. Irritiert drehte sie sich dem Herd zu und rührte die aufwallende falsche Krebssuppe um, schmeckte ab, gab noch etwas Salz hinzu und getrockneten Dill. Gleich ist es soweit, sagte sie.

Sie hatten sich unterhalten, sie hatten in einem Keller gesessen, sie waren durch den Regen unter einer Plane nach Hause gegangen. Mehr nicht. Zunächst.

Sie strickte, als sie das sagte, an dem rechten Hügel im Pullover, hin und wieder – langsam – tasteten ihre Hände die Maschen ab. Dann arbeiteten wieder die Nadeln. Ich wollte wissen, was sie damals in der Kantine gemacht habe. Gekocht? Nee. Ich hab die geleitet. Also Essen und so organisiert. Aber gelernt hab ich Täschnerin. Ledersachen. Schöner Beruf. Bekam aber nach der Lehre keine Stelle und war dann Serviererin in dem Café Lehfeld. Dort hat sie ihren Mann kennengelernt, den Willi, den alle Gary nannten. Sie bediente ihn, und er lud sie zu einem Pharisäer ein. Sie sagte, selbstverständlich und ohne zu zögern, nein und fragte ihn, ob er wohl glaube, der Kaiser von China zu sein. Ja doch, sagte er, zog einen Taschenkamm aus der Hose, legte die feine Papierserviette um den Kamm und begann auf dem Kamm die Melodie *Immer nur lächeln* zu blasen. Im Café brachen die Gespräche ab, alle starrten zu ihnen hinüber, und da hatte sie schnell ja gesagt. Ich wurd gleich in der ersten Nacht schwanger, obwohl mir mein Arzt gesagt hatte, ich kann mit meinem Eileiterknick nicht schwanger werden. Hab dann nach dem zweiten Kind nicht mehr gearbeitet. Im Krieg dienstverpflichtet in die Kantine, erst Abrechnung und dann, mit Beginn des Rußlandfeldzugs, als der Kantinenleiter eingezogen wurde, hab ich den Posten übernommen, sozusagen als Stellvertreterin. Die Behörde ist ja kriegswichtig, also auch die Kantine. Der Koch ist gut, ein Zauberer, ein Wiener, Holzinger, hat früher in Wien, im *Erzherzog Johann,* gekocht. Kann wirklich aus allem etwas machen. Gewürze, sagt er, das ist es. Gewürze, das sind auf der Zunge die Erinnerungen an das Paradies. Sie stellte Teller auf den Tisch, nahm die gestärkten, seit gut zwei Jahren unbenutzten Damastservietten aus der Schublade, holte aus der Kammer die Flasche Madeira, die sie zu ihrem 40. Geburtstag vor drei Jahren vom Behördenleiter bekommen hatte, gab Bremer einen Korkenzieher.

Sie stellte drei Kerzen auf den Tisch. Gleich drei? Klar, nicht gehuckelt, sagte sie, holte auch das kleine Stück Butter aus der Kammer, das für drei Tage reichen sollte, und legte es ihm auf den Teller, drei Scheiben Graubrot, schöpfte ihm die Suppe auf den Teller, streute etwas Petersilie, die sie am Wohnzimmerfenster in einem Kasten zog, auf die Suppe. Prost, sagte sie, und sie stießen mit dem Madeira an. Ein Wein, so süß, daß er Bremer den Mund verklebte. Guten Appetit, sagte sie, aber die Augen schließen! Er löffelte brav mit geschlossenen Augen. Tatsächlich, sagte er, tatsächlich, es schmeckt wie Krebssuppe. Er sagte ihr nicht, daß er noch vor sechs Wochen

Hummer und Krabben in Oslo gegessen hatte, mit Meerrettichsahne. Tatsächlich, dachte er, wenn er versuchte, diesen Geschmack zu vergleichen mit dem von vor sechs Wochen, vielleicht ist es ja auch der Hunger, dieser Bärenhunger, er hatte seit drei Tagen nicht mehr warm gegessen, reinschlingen konnte er nicht, er mußte ja schmecken, langsam essen. Durchsichtige Augen hatte sie. Ja, es schmeckte wie Krebssuppe, man mußte nur die Augen schließen, von fern schmeckte es wie Krebssuppe, nur nicht so penetrant, genaugenommen weit besser.

Sie hatte nie kochen mögen. Vielleicht lag es auch an ihrem Vater, der dasaß und das Essen in sich hineinschaufelte, abwesend. Sie hatte immer nach einem Vergleich gesucht, bis ihr der Hofhund einfiel, den sie als Kind auf dem Bauernhof ihres Onkels beobachtet hatte, der, wenn er seinen Pansen bekam, den mechanisch in sich hineinschlang. Störte man ihn, knurrte er kurz, zeigte die Zähne, dann fraß er sofort weiter.

Lustlos hatte sie für ihren Mann gekocht und lustlos für sich, und, wenn sie ehrlich war, auch für die Kinder, als ihr Mann aus dem Haus war. Aber dann, sonderbarerweise, als alles fehlte, andere die Lust am Kochen verloren, weil es kaum noch Zutaten gab, da erst bekam sie Lust am Kochen. Es machte ihr Spaß, mit nur wenigem auszukommen. Sie versuchte sich in Geschmacksübertragungen. Probierte Gerichte aus, die sie früher, als es noch alle Zutaten gab, nie gekocht hätte. Aus wenigem viel machen, sagte sie, aus der Erinnerung kochen. Man kannte den Geschmack, aber es gab die Zutaten nicht mehr, das war es, die Erinnerung an das Entbehrte, sie suchte nach einem Wort, das diesen Geschmack hätte beschreiben können: ein Erinnerungs-Geschmack.

Sie tranken den Wein und zwischendurch, weil er so süß wie Likör war, immer wieder einen klaren Birnenschnaps. Kopfschmerzen werden wir bekommen, sagte sie. Aber das ist heute egal. Ja, sagte er, morgen ist morgen. Wenn ich Kopfschmerzen kriege, ist es ganz egal, auch den englischen Panzern wird es egal sein.

Einen Moment lang wußte sie nicht, was sie darauf sagen sollte. Nichts, da ist nichts zu sagen, sagte sie sich, ich müßte ihn einfach in die Arme nehmen.

Sie erzählte, jetzt dürfe im Rundfunk der Schlager: *Es geht alles vorüber, es geht alles vorbei* nicht mehr gespielt werden. Und warum? Jeder kennt den neuen Text: Es geht alles kopfüber, es geht alles entzwei, erst fliegt Adolf Hitler, dann seine Partei.

Es war warm in der Küche, nicht so warm, daß sie sich die Kostümjacke ausziehen mußte, aber sie glühte. Sie saß in der Bluse am Küchentisch, und Bremer wird von nahem gesehen haben, was ich auf den Fotos sehen konnte: ihren runden Busen. Sie goß ihm noch einen Birnenschnaps ein. Der Kollege brannte diesen Schnaps in seinem Schrebergarten, heimlich. Die Birnen sammelt er in einer Tonne. In der sonst so stillen Nacht schoß die Achtkommaacht-Flak vom Bunker auf dem Heiligengeistfeld, eins, zwei, Lena Brücker zählte mit, drei, vier, fünfmal. Das war das Signal für den Fliegeralarm, seit es keinen Strom mehr gab. Sollen wir in den Keller?

Nein, sagte er.

Sie stand auf – nach einem kurzen Zögern –, da war sie schon aufgestanden, hatte den ersten Schritt gemacht und sagte sich, was, wenn er nicht will, wenn er jetzt erschrickt, wenn er abrückt, oder aber nur das Gesicht verzieht, ein wenig, ein Zucken nur, dann, ja, was dann? Sie ging zu ihm, setzte sich neben ihn auf das Sofa. Sie stießen mit dem Rest des Madeiraweins an. Hoffentlich wird mir nicht schlecht, dachte sie, hoffentlich muß ich mich nicht übergeben. Seine Wangen, rotfleckig, brannten, aber vielleicht waren es auch nur ihre. Von fern hörte sie die Abschüsse der Flak. Keine Bomben fielen. Wenn du magst, sagte sie, kannst du bleiben. Und später in dem kalten Schlafzimmer, in dem weißen klobigen Ehebett, in dem sie fünf Jahre allein gelegen hatte, sagte sie, du kannst, wenn du willst, auch ganz hier bleiben. Und dieses »ganz« sprach sie so beiläufig wie selbstverständlich aus. Ein ungenaues Wort, und doch – das wußte sie – war es ein Wort, das über sie beide entscheiden würde.

Er lag auf ihrem Kopfkissen, den Arm unter dem Kopf, und sie sah das Aufglühen seiner Zigarette. Kommt Besuch? Manchmal. Aber niemand, dem ich öffnen muß. Is eine Endwohnung. Nach oben kommt kaum einer. Und wenn, kannste in die Kammer gehen. Ich schließ von außen ab. Kurz leuchtete sein Gesicht auf. Von fern waren noch immer die Abschüsse der Flak zu hören. Sie bombten nicht mehr auf die Elbbrücken, die Brücken, die sie in den vergangenen Jahren zu zerstören versucht hatten. Jetzt wollten sie die Brücken möglichst unversehrt einnehmen. Sie bombten auf die U-Boote im Hafen. Erst da merkte sie, daß er eingeschlafen war. Die brennende Zigarette zwischen den Fingern. Vorsichtig nahm sie die aus den Fingern und drückte sie aus. Sie lag neben ihm und sah ihn an, schattenhaft, hörte seinen Atem, gleichmäßig, vorsichtig strich sie ihm über seinen Oberarm; die Rundung, dort, wo der Arm in die Schulter überging.

Um 4 Uhr klingelte der Wecker. Er sprang sofort aus dem Bett. Sie hörte, wie er zur Toilette ging, pinkelte, sich wusch. Er kam zurück. Sie lag, mit dem Arm aufgestützt, im Bett und beobachtete, wie er sich, ohne etwas zu sagen, ohne zu ihr hinüberzublicken, die graue Unterhose anzog, das Unterhemd, das Hemd, dann die blaue Hose. Er ging durch die Wohnung, als suche er etwas, öffnete die Türen, blickte in die Kammer, in die beiden großen

Schränke, aus den Fenstern auf die dunkle Straße hinunter, von der man nur ein kurzes Stück sehen konnte. Das gegenüberliegende Haus war etwas niedriger. Er stand da, starrte in die Dunkelheit und dachte daran, wie sie ihn in den letzten beiden Tagen in das Panzerfaustschießen eingewiesen hatten. Ein Oberfeldwebel mit Ritterkreuz, am Ärmel acht Fähnchen, also acht Panzer mit Hand geknackt. Eine Gruppe von Volkssturmmännern, zwei Militärmusiker, zwei Stabsgefreite, Schreiber von irgendwelchen Stäben, ein paar Marinesoldaten und viele Hitlerjungen. Kinderleicht, hatte der Oberfeldwebel gesagt, die Panzerfaust. Man muß nur ruhig bleiben, kaltblütig, die Panzer auf fünfzig Meter herankommen lassen, dann die Panzerfaust auf die Schulter, Objekt ins Visier nehmen, gut festhalten, Luft anhalten, abfeuern, aber aufpassen, daß keiner hinter euch steht, der wird sonst wie ein Hähnchen gebraten. Bremer hatte eine Panzerfaust auf eine Ruinenmauer abgeschossen. Das Geschoß explodierte in dem angegebenen Bereich, Ziegelbrocken spritzten herum. Gut, sagte der Ausbilder, der Panzer wäre jetzt Schrott. Nur daß Panzer nicht wie die Mauern in der Landschaft standen. Panzer fuhren. Es waren meist mehrere. Und sie schossen. Es waren, je näher sie einem kamen, dröhnende, riesige, ungeheure Stahlkolosse. Also mußte man lernen, ein Ein-Mann-Loch zu graben. Der Ausbilder zeigte, wie man ein solches Loch, das von den Panzerschützen nur schlecht gesehen werden konnte, aushob. Wie man sorgfältig Zeitungen um das Loch legte, die Erde daraufhäufte, um sie später wegzutragen. Dunkle, aufgeworfene Erde, auch nur ein kleiner Rest, verriet die Stellung des Schützen. Darauf konzentrierte sich sofort das Panzerfeuer. Und dahin fuhren die Panzer.

Erst später, nach der Instruktion, als die Hitlerjungen nach Hause gegangen waren, hatte der Ausbilder den

Kameraden von der Marine erzählt, was passieren kann, wenn die Panzer kommen. Er hatte es bei seinem Freund erlebt, sagte er, trank von dem dänischen Aquavit, der aus einem freigegebenen Verpflegungslager stammte, dann, sagte er, sitzt man in diesem kleinen Loch, und der Panzer fährt über das Loch und dreht mal mit der rechten, mal mit der linken Kette und gräbt sich so ein, dann sitzt du in deinem selbstgebuddelten Grab, siehst den Stahl näher kommen. So. Prost, sagte er, auf diesen stählernen Himmel.

Komm, sagte sie, als er zurückkam, und streckte ihm die Hand entgegen. Bremer zog sich Hose, Hemd und Unterhemd aus, ergriff die hingestreckte Hand und stieg in das schaukelnde Bett. So wurde er, Hermann Bremer, ein Bootsmann, fahnenflüchtig.

Eine Stadt, zwei Häuser

Ich war nur Durchreisender, zweimal, je eine Woche lang. Ich hatte an der Universität und am Goethe-Institut Lesungen, hinzu kamen einige Gespräche und Diskussionen, sodann Museumsbesuche, Fahrten durch die Stadt, Hotel, Wohnen bei deutschen Freunden. Es war also das, was man einen ersten Eindruck nennt, der die Stereotypen, die man dank Lektüre, Fotos und Erzählungen im Kopf hat, bestätigt oder korrigiert. Mexico City: riesig, dreckig, kollabierender Verkehr, miserable Luft, Slums und feudale Villenviertel, Kriminalität.

Auch Berlin ist dreckig, in keiner Stadt der Welt tritt man öfter in Hundescheiße, im Stau steht man seit der Vereinigung dort ebenfalls, und zuletzt bestohlen wurden wir in Berlin, nicht in Mexico City. Hier wie dort trifft man im Zentrum auf Bekanntes: Reklame für VW, Lufthansa, die Deutsche Bank, und das Corona-Bier kann man inzwischen an fast allen deutschen Autobahntankstellen trinken. Damit hört auch das Vergleichbare auf, denn der Zócalo, mit aztekischer Tempelruine und Konquistadorenbarock, hat selbstverständlich so gut wie nichts mit dem Alexanderplatz zu tun – allenfalls, daß er auch so weitläufig wie unbelebt ist, zumindest an dem Vormittag, als ich zur Kathedrale ging. Ein paar Touristen strebten zu den Ruinen, ein verlorenes Grüppchen Demonstranten rief Gewerkschaftsforderungen durch das Megaphon, vor dem Nationalpalast tanzten Männer, üppig mit Indianerschmuck behängt. Ich war nicht sicher, ob das lebendige

Folklore ist oder aber vom Tourismusbüro organisiertes Entertainment.

Dicht gedrängt flanieren am Abend die Menschen auf dem Marktplatz von Coyoacán, flippige Jugendliche aus der ganzen Stadt, Bewohner der umliegenden Villen, elegant gekleidet, dazwischen Campesinos, die aus den Vororten kommen und Süßigkeiten anbieten, geklöppelte Decken, auch Farne, in rostige Konservendosen verpflanzt. Vor den Restaurants stehen die Tische, dort wird im Freien gegessen und getrunken, eine Stimmung, die man aus dem verregneten Deutschland kommend besonders schätzt. Aber ausgerechnet an dem Tag machte sich dieses eigentümliche Ziehen in der Magengegend bemerkbar, nicht stark, nicht schmerzhaft, es war mir erstmals beim Frühstück aufgefallen, ließ mich auf die zweite Tasse Kaffee verzichten, mittags Appetitlosigkeit und jetzt, am Abend, löst schon der Geruch von gebratenem Fleisch Übelkeit aus. Die Nacht verbringe ich auf der Toilette, teils kniend.

Kein neues Erlebnis für einen verzärtelten europäischen Magen. Doch dieser Druck, dieses Ziehen, diese Krämpfe führten einen Kalauer auf seinen Ursprung zurück: Montezumas Rache.

Und dann, beim zweiten Besuch, diese unerhörte Erfahrung, daß der Boden unter den Füßen wankt, ein Vorgang, der bis dahin für mich nur abstrakt als Sprachbild Realität hatte. Ich saß im Garten und las Carmen Boullosa, als plötzlich die Hunde in den umliegenden Gärten zu bellen begannen, ein wildes, irrwitziges Kläffen und Jaulen, dann dieses Schwindelgefühl, nein, es kam von außen, ein Schaukeln, wie man es kennt, wenn man sich in einem Schlauchboot auf dem Meer treiben läßt. Ja, es war, als würde die Erde Wellen werfen, der Tee schwappte aus der Tasse, der Liegestuhl knarzte, und aus Bäumen und

Büschen flogen die Vögel auf. Meine Frau kam verwundert aus dem Haus, und dann, entsetzt und bleich, stürzte Luisa aus der Küche, bekreuzigte sich. Ich begriff plötzlich, weshalb in vielen Mythologien die Erde als ein gewaltiges Fabeltier verstanden wird, das schläft und dessen Schlaf nicht gestört werden darf. Diese kurze Erdbewegung war tatsächlich von einer eigentümlichen Lebendigkeit, wie ein Durchatmen, ein sich Herumwälzen.

Touristische Orte verraten auch etwas über diejenigen, die sie unter vielen Möglichkeiten wählen und aufsuchen, also über den Geschmack, die Interessen, Neigungen, Wünsche und Neugierden der Besucher. Der abgetretene Parkettboden vor der *Mona Lisa* ist ebenso verräterisch wie die Leere im Pariser Armeemuseum, wo lediglich ein älterer Herr sinnend vor dem ausgestopften Pferd Napoleons (hieß es Sultan?) steht.

Mein besonderes Interesse richtete sich auf zwei Orte in Mexiko-Stadt. Einmal das Haus von Trotzki.

Als ich davor stand, vor den hohen Mauern, den Wachttürmen, den verschließbaren Stahlplatten vor Fenstern und Türen, war meine erste Assoziation Gefängnis. Der Grund für diesen festungshaften Ausbau ist in Trotzkis Schlafzimmer von der Wand abzulesen: Die Einschußlöcher sind nie verputzt worden, es sind die Spuren des ersten Attentats, das Trotzki überlebte, bis dann der Mann mit dem Eispickel kam. Dieses spartanisch eingerichtete Haus kündet von einer unkorrumpierbaren Bescheidenheit. Von den Räumen geht etwas Zweckrationales, Graues, Starres, zutiefst Lustfeindliches aus. Die junge mexikanische Trotzkistin zeigt uns die Bibliothek: viel Theorie, soziologische, historische, geographische Bücher, so gut wie keine Belletristik. Trotzkis politische Theorie scheint sich in der Einrichtung widerzuspiegeln. Ein angestrengter Voluntarismus, der die Menschen ganz den revolutionären Zielen unterordnet. Ihnen ordnete sich auch Trotzki selbst unter, kompromißlos verfolgte er seine Parteilinie, und wurde darum von Stalins Agenten verfolgt. Zuvor hatte auch Trotzki revolutionäre Abweichler militärisch verfolgen lassen. Nach dem Aufstand in Kronstadt wurden die gefangenen räterepublikanischen Matrosen erschossen, auf der Festungsmauer stehend, so fielen sie ins Meer. Vor ihrer Exekution mußten sie sich noch zwei Ziegelsteine in die Manteltaschen stecken.

Hier in Mexico City fand Trotzki ein Exil, und es gehört zu der Großzügigkeit des Landes, daß es Flüchtlinge jeder linken Couleur aufnahm – Anarchisten, Marxisten und Trotzkisten, die vor Stalin flohen, Republikaner nach dem Spanischen Bürgerkrieg, Verfolgte des Naziregimes wie Anna Seghers, Ludwig Renn und viele andere. Mexiko hat schließlich selbst, wie kein anderes Land auf dem Kontinent, eine lange, für den Außenstehenden sehr verwickelte revolutionäre Geschichte. Eine Geschichte, die in vielen Buch- und Andenkenläden durch Postkarten, Poster, Fotos dokumentiert wird. Ein Foto, das als Poster angeboten wird, gefällt mir besonders gut, es zeigt Zapata und Pancho Villa inmitten anderer Revolutionäre sitzend. Villa räkelt sich jovial auf dem bombastischen Präsidentenstuhl, auf den Zapata, so heißt es, sich zu setzen abgelehnt hatte. Andere Fotos zeigen Revolutionäre beim Verladen von Pferden, beim Einreiten in Mexico City, Truppen, Erschießungspelotons, Tote. Auf einem Poster sieht man einen Mann, ich denke, es muß Villa sein, blutüberströmt kopfüber aus einem Ford hängen. Andere Fotos zeigen demonstrierende Studenten, Militär, Tote, wahrscheinlich aus dem Jahr 1968, als es vor der Olympiade zu Unruhen kam. Und dann selbstverständlich Comandante Marcos und andere Zapatisten mit ihren Skimützen. Sie kämpfen in Chiapas, wie Marcos in einem Fernsehinterview betonte, für das Leben. In der mexikanischen Tradition hingegen – das zeigen all die Bilder geradezu lustvoll – ist Revolution eng verschwistert mit dem Tod, und den besingen die Mariachis noch heute voller Hingabe.

Um endlich zu dem – auch im wörtlichen Sinn – *anderen* Ort zu kommen, muß man von Trotzkis Haus nur drei Straßen weiter gehen. Das Blaue Haus, in dem Frida Kahlo und Diego Rivera wohnten und in dem anfangs auch Trotzki Gast war, ist das genaue Gegenteil von dessen späterem Domizil. Das Haus mit dem großen, sich zum Garten öffnenden Atelier ist von einer wunderbaren Farbigkeit, nicht das Zweckrationale, sondern die bunte Vielfalt dominiert. Was da nicht alles gesammelt und von der Kahlo zusammengetragen wurde: Puppen, Geschirr, Lebensbäume, Bücher, Bilder und nochmals Bilder, nicht nur die eigenen, Spielzeug, Präkolumbianisches, Puppen, Devotionalien, Kitsch und Kunst, dieses Inventar ist gewachsen wie das Leben, widersprüchlich, chaotisch, es richtet sich an die Vielfalt der Sinne, wie die Küche, die auch ein Augenschmaus ist, mit ihren bemalten Terrakottaschüsseln und Tellern, den Kacheln und bunten Glaskugeln und Tüchern.

Diese Lust am Schauen, am Berühren, und wir dürfen, wenn wir die Küche sehen, vermuten, auch im Genuß am Schmecken. (Rivera hatte ja einen recht beachtlichen Bauch.) Sieht man in der Bibliothek die dort versammelte Literatur, weiß man, daß auch das Denken für die beiden etwas Lustvolles war, ohne dabei etwas von seinem Ernst im politischen Engagement zu verlieren.

Es ist beileibe keine heile Welt, sondern dieses Artefakt – Kahlos Wohn- und Lebensraum wie ihre Bilder – ist einem Mangel, buchstäblich einer Verletzung und dem Schmerz abgerungen. Neben dem Bett stehen ihre

Krücken, und auf dem Bett liegt das Stützkorsett, über dem Bett ist der Spiegel angebracht, in den sie, wenn sie nach den quälenden Operationen bettlägrig war, liegend blickte, um sich selbst und damit die Welt und das Leben zu malen.

Die Heiterkeit, die von dem Blauen Haus ausgeht, wird in Büchern und Prospekten hervorgehoben. Und doch ist mir gerade hier aufgefallen, keines ihrer Bilder, keines der Fotos zeigt die Kahlo lachend. Und widersprüchlich ist auch das: In Frida Kahlos Atelier steht auf der Staffelei ihr letztes Bild, unvollendet: Es zeigt Stalin. Denselben Stalin, der Trotzki, mit dem die Kahlo einst eng befreundet war, ermorden ließ.

Ich blicke in den Garten mit seinen eigentümlichen Steinplastiken. Wieder der Gegensatz zu Trotzkis Haus, dort gingen sogar die Kaninchenställe in ihrer Funktion auf – Behausung für Fleischlieferanten. Dagegen das freie Spiel des Ästhetischen in Kahlos Garten, die Aneignung der Natur, ohne sie zu vergewaltigen, ihre, wie der junge Marx schreibt, »Vermenschlichung« bei gleichzeitiger »Vernatürlichung« des Menschen, ein Selbstgenuß, der nicht vor Verletzung, Verirrung und Tod schützt, sondern auf diese nur um so deutlicher verweist.

Und so geht man hinaus und sieht den Reichtum und die Armut, die bettelnden Kinder, das empörende Unrecht, das beseitigen zu wollen die Würde Trotzkis ausmacht, und man geht über den Markt, durch die Straßen, sieht die Menschen, diese Menge, diese Vielfalt, das jedem Eigentümliche, man sieht es so, wie Frida Kahlo es in ihren Bildern gemalt hat, in seiner Einmaligkeit und damit auch in seinem Anspruch auf Unverletzbarkeit.

Die Abschiedsparade

Paraden kommen aus einer Zeit, als man den potentiellen Gegner durch die Zahl der eigenen Krieger und den Glanz der Waffen einzuschüchtern versuchte. Inzwischen, das wissen wir, haben sie nur noch symbolischen Wert. Egal ob sie nun in Paris, London oder Berlin stattfinden. Sie verweisen auf ein geschichtliches Ereignis und sind ein Appell an eine politische Zielsetzung. So wurde die Parade der West-Alliierten erstmals 1964 in Berlin abgehalten, auf Betreiben der Amerikaner und als eine Reaktion auf den Mauerbau durch die DDR. Der Tag der »alliierten Streitkräfte« war über Jahre hinweg das sichtbare Zeichen für die Präsens von Amerika, England, und Frankreich in Deutschland und – auch – für dessen eingeschränkte Souveränität.

Die Parade wurde auf der *Straße des 17. Juni,* der früheren *Siegesallee,* abgehalten, und ihre Marschrichtung war, mit dem feinen Sinn für Nuancen – es geht ja um hoch aufgeladene Bedeutungen –, nicht nach Osten, also auf das Brandenburger Tor, sondern nach Westen ausgerichtet, so als wolle man den Rückmarsch antreten. Bis 1989 wurde die Parade alljährlich abgehalten, dann kam die Vereinigung, und sie verlor ihren Sinn. Der sollte nun nochmals durch eine Abschiedsparade herbeizitiert werden, auf Wunsch der Berliner, wie Bürgermeister Diepgen sagte: Die Freiheit wurde hier an vorderster Front verteidigt, so erfolgreich, daß die Teilung Deutschlands ein Ende fand und das Reich der Freiheit an jenem 9. November 89 ausbrach. Just am Anfang dieser letzten Parade soll es einen symbolträchtigen Regenbogen gegeben haben zwischen der Siegessäule im Westen und dem Fernsehturm im Osten, der schon zu DDR-Zeiten »Gottes Rache« genannt wurde, weil die Sonne auf seiner runden Kugel weithin sichtbar ein Kreuz reflektiert. Jetzt also auch noch ein Regenbogen zur rechten Zeit und wie bestellt. Ich kann ihn nicht bezeugen. Vermutlich irrte ich zu der Zeit durch das Unterholz des Tiergartens auf der Suche nach der Pressetribüne. Ich war auf der falschen Straßenseite. Mir entgegen kamen die Damen der VIPs, in den Farben der Alliierten gekleidet, Hüte mit kolossalen Trikoloreschleifen, das heraldische Blau dominierend, das Rot hingegen wird nur zurückhaltend gezeigt. Die Herren in Anzügen, viele Bundeswehruniformen. Wobei hier einmal mehr sichtbar wurde, wie auch der Alltag wieder – souverän – militärisch aufgerüstet wird, eine Folge der von der Regierung allseits betriebenen Nationalisierung. Aus dem recht zivilen Bürger in Uniform wird wieder der zackige, mit Lametta behangene Offzier (das i ist zu verschlucken, das z abgeschliffen zu sprechen). Ich übertreibe nicht, auch der Zack-Zack-Ton, ich kenne ihn noch von zu Hause, kehrt wieder, jedenfalls dort, wo sich das Militär präsentiert. Und das war ja das wahrhaft Neue: Auch die Bundeswehr trat bei dieser Parade auf, zwar nur am Rande, aber doch in Uniform, Standortkommandant Freiherr v. Uslar-Gleichen durfte die Parade an der Seite der drei kommandierenden Generäle abnehmen. Wobei am Freiherrn eine gewisse Ähnlichkeit mit einem Mops auffällt und ein zackiges Grüßen, im Gegensatz zu seinen amerikanischen, englischen und französischen Kameraden, die eher eine souverän lässige Haltung an den Tag legen. Überhaupt die Ästhetik dieser Parade, die, wie schon gesagt, ein Anachronismus ist, dennoch aber ihre sprechenden aktuellen Details hat. Die Franzosen marschieren auf Gummisohlen, und im Gleichschritt hört es sich an wie – ich schwöre – ein rhythmisch quietschendes Bett. Aha, denkt man und hat sich wieder bei einem Klischee ertappt. Die Amerikaner sehen in ihren Tarnuniformen wie Homeless People aus. Etliche haben Haltungsschäden, die Gesichter bleich, pickelig, irgendwas stimmt mit der Ernährung nicht, darf man vermuten, und denkt an Untersuchungsreihen, die den Zusammenhang von Cinnaburst-Kaugummi und Akne nachweisen. Auch sind die GIs auffällig klein, und da die Kompanien nach Größe geordnet sind, hat man den Eindruck, sie schieben sich von vorn nach hinten langsam hinunter in die Erde. Ausgesprochen nett hingegen wirkt der schwangere Tambourmajor, wenn sie nicht einfach dick ist, was man in den gleichgeschlechtlichen Uniformen nicht recht erkennen kann. Einzig die Engländer tragen noch etwas militärische Tradition mit sich, Exerzierzirkel, Degen, Schottenröcke, die Bärenfellmützen, die schwarzen Pickelhauben, die Tigerfelle aus dem Indiendienst. Aber auch hier wirkt die Tradition zuweilen wie ein Imitat. Von den Tigerfellen, die die Paukisten tragen, ist nur noch eines echt, die anderen sind, das sieht das geübte Kürschnerauge, aus Plüsch.

Ich will noch sagen, die Berliner – und es sollen 75 000 gewesen sein –, die da am Rande standen, winkten recht zivil mit den Papierfähnchen in den Farben der drei Westmächte. Ich habe keine Skins gesehen, und keine Rechtsradikalen haben randaliert. Warum auch? Man wollte jene feiern, denen man verdankt, daß man auch durch den Kalten Krieg an den Westen angebunden blieb. Man hatte die Mauer vor Augen, und man wollte, wie die überwältigende Mehrheit der Menschen in der DDR, um keinen Preis hinter der Mauer leben, auch wenn die eine größere soziale Gerechtigkeit und mehr soziale Sicherheit garantierte. Die Stimmenzahl der SEW, dem Juniorpartner der SED in Westberlin, eine *quantité négligeable,* bewies es bei jeder Wahl. Es war der richtige Instinkt, und der fand auch in dieser Parade seinen symbolischen Ausdruck. Aber das ist Vergangenheit. Zum Abschied, das heißt zum Neubeginn gilt dann doch dieses Paradox: Die Freiheit, die gegen den Stalinismus, letztendlich gegen die Sowjetunion verteidigt werden sollte, war durch eben die Sowjetunion erst ermöglicht worden. Sie hatte im Krieg die Hauptlast im Kampf gegen den Hitlerfaschismus getragen, sie hatte die meisten Opfer gebracht – 20 Millionen Kriegstote. Das peinliche Hickhack im Vorfeld dieser Parade ist bekannt. Die Russen sollten nach Weimar abgeschoben werden, dort, in der Provinz, in einem Ort, der 45 von Amerikanern erobert wurde, paradieren. Dann, als Kohlsches gönnerhaftes Gastgeschenk an Jelzin, wurde ihnen die Parade erlaubt, in Berlin und eine Woche später.

Vielleicht, wenn man schon symbolische Handlungen braucht, wäre das ja ein konsensstiftender Anlaß für eine Parade gewesen: die Niederwerfung des Hitlerfaschismus, Verteidigung der zivilen Freiheit und der Ausblick, daß keine Paraden mehr nötig sind. Was heißt, der Bundeswehr muß verwehrt werden, Anlässe für Paraden zu suchen, auch nicht für ein Griffekloppen, wie es jetzt für die Feiern am Mahnmahl des 20. Julis in der Bendlerstraße geplant ist. Der Versuch einer Aufwertung soldatischer Tugenden steht uns so sicher ins Haus wie die zu erwartenden Einsätze der Bundeswehr in sogenannten Krisengebieten.

Wer ein Symbolkuddelmuddel sehen will, sollte die Neue Wache besuchen, die von der Regierung eben so geplant wurde, daß der Opfer und Täter gleichermaßen gedacht werden kann. Dort liegt ein Kranz für die von den Nazis ermordeten Homosexuellen neben einem Kranz der Republikaner für die gefallenen deutschen Soldaten. So gesehen am 19. Juni 1994.

1946 hat der sowjetische General anläßlich der einzigen gemeinsamen Parade gesagt, daß »die Alliierten, die gemeinsam gegen den Faschismus marschiert sind, jetzt in friedlicher Zusammenarbeit Deutschlands Wiederaufbau leiten«. Das wäre kein schlechter Anknüpfungspunkt, eine Abschlußparade aller vier Alliierten für friedliche Zusammenarbeit, ohne Nationalismus. Dann die Fahnen einrollen, und den ganzen Klimbim in die Asservatenkammer, meinetwegen auch noch der Regenbogen über dem Checkpoint Charly, wo ja, wie Diepgen in seiner Rede sagte, ein amerikanisches Business Center für den West-Ost-Handel entstehen soll. Und das spricht für sich.

Einige Überlegungen über das Feuchte

Meine sehr verehrten Damen und Herren, will man über den Humor reden, müßte man wissen, was das ist, Humor. Eine gängige Antwort wäre: Humor ist, wenn man lachen oder doch wenigstens schmunzeln kann. Im Duden lesen wir zu Humor, daß er von männlichem Geschlecht ist, daß es einen Plural gibt, also die Humore, was mit dem Hinweis »selten« versehen ist. Als Herkunft wird (engl.) angegeben, also englisch und die Bedeutung heitere Gelassenheit, fröhliche Wesensart, (gute) Laune, wobei gute in Klammern steht.

Da meine Frage nicht auf den alltäglichen Humor zielt, sondern auf das, was in der Literatur unter Humor verstanden wird, habe ich in dem *dtv-Atlas Deutsche Literatur* nachgesehen. Möglicherweise, sagte ich mir, gibt es in der landschaftlichen Zuordnung Unterschiede in Qualität und Quantität der humorvollen Literatur. Das Stichwort »humoristische Literatur« verzeichnet drei Hinweise, einer mit einem f., also folgende. Dagegen finden sich über Lehrdichtung schon 5 Hinweise, alle mit einem f. versehen, was ja Ausführlichkeit verspricht. Die Gewichtung sagt schon einiges über die deutsche Literatur, wobei, wenn man bei den drei Hinweisen unter Humor nachschlägt, feststellt, daß einer sich gar nicht mit humoristischer Literatur, sondern mit historistischer Novellistik und dem Professorenroman beschäftigt, was vielleicht auf den versteckten Humor des Herausgebers deutet.

Ich habe dann in dem *Verzeichnis Lieferbarer Bücher*

Koch/Neff nachgesehen, was unter dem Stichwort Humor an neueren Veröffentlichungen aufgeführt ist. Dreieinhalb dichtbedruckte DIN-A4-Seiten, mit Titeln wie diesem: *Die Axt im Haus. Tapezieren? Installieren? Reparieren? Ein nagelneuer Ratgeber für alle Heimwerker, die sich in ihrer Freizeit lieber auf den Daumen als übers Ohr hauen wollen.* 79 Seiten. 16,80 DM.

Wir ahnen, ohne es kaufen zu müssen, daß es hier weniger um Humor als um Klamauk geht. Für uns interessant aber ist, daß dieser Titel doch einen literarischen Anspruch hat, schließlich zitiert er einen Klassiker, Schiller: Die Axt im Haus ersetzt den Zimmermann, aus dem *Wilhelm Tell*, inzwischen ein geflügeltes Wort in unserem Sprachschatz. Wobei dieses Zitat sich längst von seiner ursprünglich ernstgemeinten Bedeutung abgelöst hat – Schiller war von einem gnadenlosen Ernst – und in eine komische umgebogen wurde. Die Axt im Haus ersetzt die Ehescheidung und dergleichen mehr.

Bei den deutschen Klassikern, bei Goethe, Schiller, Herder, Hölderlin gibt es so gut wie nichts zu lachen. Übrigens nicht nur bei den Klassikern, die Tradition reicht über George, Rilke, Rudolf Borchardt, Jünger bis heute, wenn wir beispielsweise an Peter Handke denken.

Über die Humorlosigkeit der deutschen Literatur wird schon seit langem geredet, und sie ist, wie ich höre, nun auch Gegenstand von Seminararbeiten und Dissertationen geworden.

Auch das wird von vergleichenden Literaturhistorikern immer wieder hervorgehoben: Komödien sind im Deutschen selten: *Minna von Barnhelm*, der *Zerbrochene Krug*, und dann muß man lange auf Nestroy warten, dann versiegt der Quell der Freude wieder, sprudelt bescheiden erst bei Dürrenmatt und Hacks erneut. Dagegen viele Trauerspiele, viele ernste Romane und bedeutungsvolle

Erzählungen. Woher kommt er also, dieser gnadenlose Ernst, diese niederdrückende Gedankenschwere? Wie gesagt, selbst in einem Atlas zur deutschen Literatur finden wir fünf Hinweise auf Lehrdichtung, alle mit Fortsetzung und alle ausführlich, richtig, den Professorenroman nicht einmal mitgezählt.

Ich will eines gleich vorweg sagen: Ich glaube nicht, daß die Humorlosigkeit in der Literatur auf einen genetischen Defekt der Deutschen zurückzuführen ist. Um diesen vorherrschenden Ernst in der Literatur zu verstehen, müssen wir die Geschichte bemühen. Norbert Elias hat einmal gesagt, wie unglücklich ein Volk sein muß, das eine Trinkgewohnheit hervorbrachte, bei der man sich mit Haltung besinnungslos betrinken muß, wie es in den deutschen Burschenschaften der Kommers vorschreibt. Die Deutschen hatten in ihrer Geschichte nicht viel zu lachen, und dort, wo sie hinkamen, ist auch ihren Nachbarn das Lachen vergangen. Und die jüngste deutsche Geschichte ist von einem Grauen begleitet, das jeden Anflug von Humor unmöglich macht.

Norbert Elias hat in seinem Buch *Studien über die Deutschen* eben das herausgearbeitet, das singuläre Ereignis des Dreißigjährigen Krieges als ein historisches Schlüsselerlebnis für die Deutschen, von dem her die deutsche Mentalität und die weitere Geschichte erklärt werden muß. Die damals reichste Kultur in Europa wurde in jenem Krieg zerstört, das Land in eine Wüste verwandelt, zwei Drittel seiner Bevölkerung wurden getötet, prozentual weit mehr als in den beiden Weltkriegen.

Das Erlebnis dieser Katastrophe, die durch die staatlich-territoriale Zersplitterung erst möglich geworden war, hat, so Norbert Elias, über Generationen die Mentalität der Deutschen geprägt. Eine tiefe Verängstigung, verbunden mit dem Wunsch nach einer starken geeinten

Staatsmacht, dem Deutschen Reich, einer Staatsmacht, die eine ähnliche Katastrophe verhindern sollte. Das erklärt zum Teil auch, warum es bis 1918 keine geglückte Revolution gegeben hat, etwas, was die feudale Obrigkeit ausgehebelt, deren Normen radikaldemokratisch in Frage gestellt hätte.

Für diesen politischen Verzicht entschädigte sich das wirtschaftlich bestimmende Bürgertum mit dem Rückzug ins Reich der Freiheit, in das Schöne, Gute, Wahre, das in Musik, Wissenschaft und Kunst gesucht wurde.

Stellt man die herrschende Macht nicht in Frage, wird man sich auch nicht den Ersatz für eine Nichtbeteiligung an der politischen Macht in Frage stellen lassen. Vielmehr muß dieser Ersatz die tiefere Bedeutung der eigenen Lebensweise gewährleisten.

Diese Gedankenschwere, dieser angestrengte Ernst zieht sich durch die Dichtung. Ausnahmen wie Heise, Wieland, Heine, um die bekanntesten zu nennen, wurden denn auch immer wieder – insbesondere von Literaturhistorikern des Wilhelmismus und Faschismus – als undeutsch, als zu welsch bezeichnet.

Und in dem tiefen Ernst, mit dem das Schöne als das Eigene und Wahre in der Klassik betrachtet wurde, also sehr früh, liegt auch die ehrpusselige Unterscheidung von U- und E-Literatur begründet, die in Deutschland zu einer Trennung führt, die so in anderen Ländern unbekannt ist und sich nicht anregend auf die eine oder andere Richtung ausgewirkt hat, sondern beide nur um so schärfer in ihrer Entwicklung voneinander abgetrennt hat. Hier der bittere Ernst, die Lesefrohn, dort der seichte Unsinn, das Lesefutter.

Eine diese Extreme verbindende literarische Form, die der guten literarischen Unterhaltung, wie wir sie aus den USA kennen, paßt nicht in das Schema deutscher Literaturkritik. Ein Roman wie *Fegefeuer der Eitelkeiten* von Tom Wolfe, in dem sehr viel Humor steckt, wäre in Deutschland unter das Verdikt des Trivialromans gefallen und damit aus der literarischen Diskussion ausgeschieden. Lediglich seine amerikanische Herkunft ermöglichte eine positive ausführliche Besprechung durch die Literaturkritik, wobei gesagt werden muß, daß Spannung und Lesevergnügen, kommen sie denn aus der Fremde, beispielsweise aus Lateinamerika, erlaubt sind, das sind die exotischen Lüste, die man sich zu Hause verbietet.

Die erpreßte Gedankenschwere, die niederdrückende Ernsthaftigkeit drängt immer wieder ins verquast Mythische, in ein dunkles Geraune, und schließlich in eine böse Dumpfheit. Wer nur einen Blick in *Das dritte Reich des Paracelsus* von Kolbenheyer geworfen hat, weiß, wovon ich spreche.

Natürlich ist eine Literatur, die sich um Unterhaltung, um Witz bemüht, immer in der Gefahr, nur zu witzeln, oder noch schlimmer, zu blödeln: Das Eigentümliche aber ist, daß man sich um Ernsthaftigkeit bemühen kann, auch um Witz, nicht aber um Humor, das ist nicht durch eine bestimmte Technik erlernbar, sondern der Humor entsteht aus einer bestimmten Haltung zur Wirklichkeit, einer Haltung, die sich durch eine besondere sprachliche Wahrnehmung ausdrückt.

Als ein Beispiel möchte ich aus Arno Schmidt, *Das steinerne Herz*, zitieren:

„*Darf ich ma Nachrichten mit hören ?* “ *:* Sicher ! : Er führte mich sofort in die Küche. – Europa-Friedländer hielt wieder seine übliche oratio pro domo. (Jeder Politiker will königen ! Ihr könnt mir viel erzählen, wie leid's Euch tut, daß Ihr ‹ wiederaufrüsten müßt › !). Verkehrsunfälle und Sport, im Gemisch von dämonischer Banalität. Beromünster verordnete ‹bundesrätlich› noch dieses : „ Jeder Ausländer, der sich ohne Unterbruch im Lande aufhält ...“, und wir platzten nickend raus : muß also scheinbar Jeder da n Leistenbruch haben. – (Aber von Büchern war bis jetzt noch nichts zu sehen : schlechtes Zeichen : s waren keine da ! Gutes Zeichen : sie lagen unbeachtet auf'm Boden ? – Mir sagt Keiner was !).

Was zunächst auffällt, ist die an der Umgangssprache ausgerichtete Diktion, bis hin zur Lautwiedergabe »Darf ich ma ... auf'm Boden ?« Das Spiel mit dem schweizerischen Gebrauch von Unterbruch und dem Hochdeutschen Leistenbruch. Das ist im Tonfall, in der Wortwahl (Boden) lokalisierbar, zeitlich, wie räumlich, man hört, das ist in Norddeutschland angesiedelt. »Jeder Politiker will königen !« Dieses Königen ist veraltet, im Grimmschen Wörterbuch verzeichnet, königen heißt König werden, also an die Macht kommen. Das ist sprachlich sehr schön gebrochen mit dem zeitgemäßen Wort Politiker, wie auch »Europa-Friedländer« und dieses lateinische oratio pro domo. Das Besondere, Zeitliche ist in diesem Text eingelagert, füllt den Text mit vielen Informationsdetails auf, und das aus einer Perspektive von unten, wenn man will, aus einer Küchenperspektive. Das Große wird heruntergestutzt, die Künstlichkeit, die Verlogenheit der öffentlichen Rede wird entlarvt. Diese Brechung geschieht auch in der Sprache, jedes Pathos, ja die Hochsprache selbst wird umgangssprachlich gebrochen.

Wobei der Humor an der Stelle Leistenbruch/Unterbruch schon fast in die Satire übergeht, die ja durch scharfen Spott gekennzeichnet ist. Humor ist weniger eine Schreibtechnik als vielmehr eine Sichtweise auf die Menschen, auf die Gesellschaft, eine weit mehr um Verstehen als auf Veränderung zielende Haltung, die sich durch Gelassenheit auszeichnet. Damit, eben mit dem Moment der Distanz in der Betrachtung und der Reflexion auf die eigene Wahrnehmung, ist der Humor im ursprünglichen Sinn eine ästhetische Form.

Eine ästhetische Form, die es durchaus auch im Alltag gibt, im alltäglichen Erzählen also, wenn die kleinen alltäglichen Begebenheiten erzählt werden.

Dort, wo das unter einem ideologischen Blick geschieht, also die Begebenheiten eingeordnet werden, um eine bestimmte Interpretation zu belegen, werden sie zur Meinung. Und das findet sich auch in jener Literatur, die versucht, Erfahrungen, Handlungen zu Belegen einer bestimmten Weltsicht wiederzugeben. Das gilt übrigens nicht nur für eine Literatur, die mit Blick auf Politbüros oder Kurien geschrieben wird, sondern, was viele nicht einsehen mögen, auch für die, die ernsthaft von sich behauptet, ganz und gar unideologisch zu sein, allein dem Höheren, Geistigen, nichts und niemandem als der reinen Ästhetik verpflichtet zu sein. Diese Literatur ist, wenn auch getarnt, ein besonderes Schwergewicht unter der Meinungsliteratur. Sie ist oft in einer *hohen* Sprache gehalten, also in einem extrem elaborierten Deutsch. Ich zitiere eine Stelle aus Peter Handkes *Versuch über die Müdigkeit,* die ich durch Seitenstechen gefunden habe. Ich will damit sagen, ich habe nicht krampfhaft nach einem Beleg gesucht.

»Was also ist, über deine Anekdoten und Bruchstücke hinaus, das Eine, das Wesen, der letzten Müdigkeit? Wie wirkt sie sich aus? Was läßt sich mit ihr anfangen? Ermöglicht sie dem Müden ein Handeln?

Aber sie ist doch schon selber die bestmögliche Handlung, es braucht mit ihr nicht eigens etwas anzufangen zu sein, weil sie für sich schon ein Anfangen, ein Machen – ›den Anfang machen‹, sagt die Umgangssprache – ist. Ihr Den-Anfang-Machen ist ein Lehren. Die Müdigkeit gibt Lehren – ist anwendbar. Ein Lehren wessen? fragst du.«

Auffällig für mich ist, dieser Sprachduktus ahmt Heidegger nach, was sonderbarerweise kein Kritiker bemerkt hat. Ein zweites Beispiel, ebenfalls durch Seitenstechen gefunden. Die Methode kann jeder weiter erproben, um festzustellen, ob meine Aussagen stimmen.

»Jenes Bild hatte ich vor mir, als nun in mir die Bedrängnis der Müdigkeit Platz machte. Diese Müdigkeit hatte etwas von einem Gesundwerden.«

Was in beiden Beispielen auffällt, ist die Substantivierung von Adjektiven, Zahlwörtern, »das Eine« zum Beispiel wirkt im Deutschen, weil dem alltäglichen Sprechen entfernt, extrem feierlich, wenn es sich gar um substantivierte Verben handelt, die auch noch mit dem unbestimmten Artikel verbunden werden, stehen sie wie auf einem Kothurn da: ein Anfangen, ein Machen, ein Handeln, ein Lehren, ein Den-Anfang-Machen. Die Verben sind ja die Proleten unter den Wörtern, sie rackern sich für Subjekte und Substantive im Satzgewerk ab. Substantiviert erstarren sie zu einer Handlungsbedeutung. Wer beispielsweise statt Gesundwerden – einmal abgesehen von dem geheimniskrämerischen »etwas« – »ich wurde gesund« schriebe, hätte sofort eine Menge profaner Fragen am Hals, nämlich wodurch gesund, warum, wann und wie. Welche Krankheit hatte das Ich zuvor? Verben heißen nicht umsonst Tätigkeitswörter, sie bringen nicht nur die Bewegung in den Satz, die Handlung, sondern damit auch die Zeit, genauer die Zeitlichkeit, und die fragt notwendig, woher und wohin. Tätigkeitswörter tragen immer in sich eine kausale Dynamik. In dem Wort Gesundwerden hingegen ist das »Gemeinte« wie erstarrt eingeschlossen. Ein metaphysisches Raunen begleitet das Wort.

Ich möchte ausdrücklich betonen, daß es andere Bücher von Handke gibt, deren Sprache ich bewundere, und um nicht mißverstanden zu werden, ein verbaler Stil ist keine Garantie für Humor, umgekehrt garantieren Substantivierungen aber einen steif-feierlichen Ton, also gerade keinen Humor. Jedenfalls ist mir kein Beispiel eingefallen, wenn man von der Satire oder der Ironie, dem uneigentlichen Sprechen, absieht. Wer hingegen etwas verbalisiert, hat sogleich ein Subjekt, also auch den Einzelfall im Blick, das heißt, geht es um eine Person, um einen konkreten Menschen, dann auch um seine Geschichte, und seine Geschichte schließt die der Gesellschaft ein, also wie Menschen handeln, denken, fühlen und miteinander umgehen. Plötzlich sind wir da, wo der Humor hinwill, beziehungsweise von wo er seinen Ausgang nimmt: dem Alltag, wie Menschen essen, wohnen, arbeiten, aber auch all die widersprüchlichen, dunklen, verworrenen Gefühle, Wünsche, Obsessionen, Ängste und wie darüber geredet und erzählt wird. Dieses Erzählen ist notwendig von sehr konkreten alltäglichen Erfahrungen geprägt. In seinen Poetikvorlesungen hat Böll den Humor im Essen und Wohnen verortet, also in jenem Umfeld, das ein humanes Erzählen möglich macht.

Böll schreibt: »Mir scheint, es gibt nur eine humane Möglichkeit des Humors: das von der Gesellschaft für Abfall Erklärte, für abfällig Gehaltene in seiner Erhabenheit zu bestimmen.« Das heißt natürlich auch, daß das Abfällige als darstellenswert erkannt wird. Ich habe das ganz wörtlich verstanden und mich gefragt, in welchen literarischen Werken findet sich beispielsweise die Beschreibung einer Toilette. Vielleicht gibt es solche Beschreibungen auch in der ernsten, in der idealistischen, in der Meinungsliteratur. Noch einmal Arno Schmidt:

Das Klo (und er zeigte es leicht beklommen : durchaus mit Recht) : finstere Symbole hingen an allen stinkenden Wänden, aus Besen, Faßreifen, alten Schürzen, erwarteter Kleinwirrwarr : was weiß ich von Zuganschlüssen auf Tasmanien ? ! (Links spotten, über mich selbst. Und nochmal anzüglich schnuppern).

Das ist nicht humoristisch und schon gar keine Humoreske, beides sind Techniken, die das Komische hervorheben wollen, als Ziel das Lachen haben. Humor als eine Haltung bedeutet nicht, daß die so geschriebene Literatur zum Lachen sei, obwohl es nichts schaden kann, wenn man hin und wieder lachen kann, sondern auch zum Weinen, ohne in Rührseligkeit zu versinken, es ist diese lustvolle kleine Distanz in der Wahrnehmung, die sich selbst mitreflektiert. Die sich allenfalls über aufgeworfene Größe lustig macht, niemals über die Schwächen, also die Schwachen. Es ist ja doch immer auch die Frage, worüber man lacht.

Zunächst muß hervorgehoben werden, daß, wer mit Humor schreibt, selbst keineswegs humorvoll sein muß. Arno Schmidt, der so gut wie keinen Spaß verstand, ist dafür ein Beispiel.

Darüber hinaus gibt es unterschiedliche Formen des Lachens, ein hämisches, ein schadenfrohes Lachen. Ein Lachen, das in Deutschland leider eine Tradition hat. Adorno und Böll haben auf einen der Mitverantwortlichen hingewiesen: Wilhelm Busch.

Böll schreibt: »Leider sind die deutschen Vorstellungen von Humor bis auf den heutigen Tag von Busch bestimmt gewesen: nicht von Jean Paul, nicht von der ironischen Position der Romantiker. Es ist der Humor des Hämischen, der Schadenfreude, der nicht das Erhabene lächerlich macht, sondern dem Menschen gar keine Erhabenheit zuspricht. Es ist der Humor der Abfälligkeit, nicht der Humor des Betroffenen, der für die Position des Satirikers charakteristisch ist.«

Diesem Humor entspricht auch der grausame Humor, der für einige Kindergenerationen bereitgehalten wurde: Der Struwwelpeter, 1847, von Heinrich Hoffmann.

Der Peter, der sich nicht die Haare schneidet, nicht die Nägel, und dem zur Strafe der Daumen abgeschnitten wird. Humorvolles im Dienst einer durch drakonische Strafen domestizierenden Erziehung.

Nun kann man sicherlich nicht Wilhelm Busch oder Heinrich Hoffmann für diese grausame strafende Form des Humors haftbar machen. Sie haben dem Zeitgeist Ausdruck verliehen, ihn damit allerdings auch weiter ausgebildet, meinetwegen auch verstärkt, bis hin zu diesem durch Verbrennen abgestraften Spielen mit den Streichhölzern.

Humor zeigt sich also auf recht unterschiedliche Weise, Engländern wird der schwarze Humor nachgesagt, und aus England soll der Begriff zu uns nach Deutschland gekommen sein. Humor bezeichnete seit dem 16. Jahrhundert in England Stimmung, Laune, Gemütszustand.

Humor, lese ich im Grimmschen Wörterbuch, war zunächst ein Gelehrtenbegriff. Humor kommt aus dem Lateinischen, bedeutet Flüssigkeit, Feuchtigkeit. Im Mittelalter war der Begriff in der Natur- und Heilkundelehre als »humor naturalis« in Gebrauch und bezeichnete die Beschaffenheit der menschlichen Körpersäfte. Es gab vier verschiedene *humoren,* die in ihrer unterschiedlichen Mischung das Gemüt des Menschen bestimmten. Mit der Zeit wurde diese Beschaffenheit allgemein auf den Gemütszustand übertragen, im 18. Jahrhundert wurde Humor zum Begriff für die Stimmung im positiven, heiteren Sinn. Mit dem Beginn der Aufklärung – Aufklärung als

Makrobegriff verstanden –, also seit der Renaissance, bildet sich das autonome Individuum heraus, allein auf sich gestellt, sein Schicksal nicht als göttliche Fügung begreifend, sondern dem eigenen Willen und dem blinden Zufall zuweisend, das Subjekt bekommt Distanz zu Gott und der Welt und damit auch zu sich selbst, kritisch, und den Sinn seiner Existenz nur in sich selbst suchend. Das Individuum gewinnt so seine existentielle Freiheit. Es ist die Erfahrung seiner Einmaligkeit, aber auch der Vereinzelung, und eben diese Sichtweise ist die Voraussetzung für den Humor, den es in dieser Form in der Antike nicht gab.

Es ist ein selbstkritischer Blick, ein relativierender Blick. Er hat etwas Subversives. Richtet sich gegen Selbstgewißheit und Präpotenz, erkennt voller Lust das Un-Normale, das Eigensinnige, das Verhalten, das sich gegen Normen, Vorschriften, Ideologien richtet. Überall wo Ideologien mit der Gewißheitshantel arbeiten, stellt der Humor sogleich den Spiegel der Abweichung, des Einzelnen entgegen. Der Humor impliziert eine ausgesprochen demokratische Sicht, denn demokratisch bedeutet nicht Gleichmacherei, sondern die Akzeptanz der Unterschiede bei gleichem Anspruch, weil er das Einmalige, Besondere bis zum Kauzigen schätzt und die Entwürdigten, von Natur oder Gesellschaft Benachteiligten in ihrer Bedeutung ins rechte Licht rückt. Humor ist die *ästhetische Relativitätstheorie*, wobei die einzige Konstante, sozusagen die Lichtgeschwindigkeit, der Genuß an der Widersprüchlichkeit ist, oder wie Milan Kundera es ausgedrückt hat: Humor ist das merkwürdige Vergnügen, das der Gewißheit entspringt, daß es keine Gewißheit gibt.

Der Fugu-Koch auf der Siegessäule

Meist stehen sie in Parkanlagen herum, hinter Büschen und Bäumen versteckt: Bismarck, Moltke und Wilhelm. Kaum noch beachtet. Aber ich verfolge sie, steige, um ihnen näherzukommen, über Stakets und Zäune. Mich zieht dieser grünpatinierte Kitsch an, dieser bombastische Historismus, diese in Bronze gegossene Feierlichkeit.

Warum? Erinnerungen an meine Kindheit verbinden sich mit ihnen: Der Vater, dessen Traum von einer Offizierslaufbahn 1945 ein Ende fand, erklärte mir anhand solcher Denkmäler deutsche Geschichte. Wissmann zum Beispiel, der Afrikareisende, Kolonialoffizier, Gouverneur von Ostafrika, stand in Bronze auf einem Granitsockel vor der Hamburger Universität, die Hände auf den Degen gestützt, zu seinen Füßen ein ihn treu anblikkender Askari, der gerade einen sterbenden Löwen mit der deutschen Reichsfahne zudeckt. Der Bronze-Wissmann wurde später, während der Studentenrevolte, als Denkmal des deutschen kolonialen Imperialismus umgerissen und verschwand in irgendeinem Magazin.

Ein bestimmtes Denkmal, ein Glanzstück der Gründerzeit, wollte ich mir schon seit gut dreißig Jahren ansehen, jedesmal wenn ich in Berlin war: die Siegessäule. Aber immer kam etwas dazwischen. Diesmal bin ich gleich morgens zum Großen Stern gefahren, wo die Säule steht, einem Kanonenrohr ähnlich oder einem Fabrikschornstein. Obendrauf steht die goldene Viktoria, von den Berlinern Goldelse genannt.

Der Preußenkönig Wilhelm, der spätere deutsche Kaiser Wilhelm I., wollte nach dem Sieg über Dänemark 1864 eine Säule haben, die den Sieg glorifiziere. Es kamen noch zwei weitere Kriege hinzu, gegen Österreich 1866 und Frankreich 1870/71, bis man an die Ausführung ging. Seine Majestät allein entschied, welcher der Entwürfe zur Ausführung kommen sollte, und bestimmte, daß der von dem Bildhauer Drake mit dem des Oberhofbaurats Strack zu kombinieren sei. So kam auf die kurze Säule von Strack der massive Siegesengel von Drake, von dem der Berliner Volksmund nach der Einweihung am 2. September 1873 behauptete, sie, die Viktoria, sei die einzige Frau in Berlin, die kein Verhältnis habe.

Die Säule steht auf einem Granitsockel. An den vier Seiten zeigen Bronzeplatten meterlange Szenen aus den Kriegen gegen Dänemark, Österreich und Frankreich sowie den Einzug der siegreichen deutschen Fürsten in Berlin. Schlachtengetümmel, Fahnen, Pickelhauben, Hornisten, Trommler, ein Hauen und Stechen. In den Staub mit allen Feinden Brandenburgs.

Einsfünfzig kostet das Ticket. Damit darf man zu dem Säulenumgang hochsteigen und sich das Mosaik ansehen, das Kaiser Wilhelm I. dem Uniformknopf-Maler Anton von Werner in Auftrag gegeben hatte. Gezeigt werden sollte: »Die Rückwirkung des Kampfes gegen Frankreich auf die Einigung Deutschlands.« Es sind anekdotisch-symbolische Szenen: Napoleon I., auf einer Wolke stehend, bedroht mit dem Schwert zwei deutsche Rheinfischer, ein händeringendes blondes Mädchen, eine Frau mit Kleinkind. Die Rettung naht in Gestalt einer wuchtigen Germania.

In der Säule eine Wendeltreppe. Die Innenwand voller Namen, Daten, Graffiti: Deutschland geht auf, Deutschland geht unter, das macht mich nicht froh, aber dafür recht munter. Ein Satz, der einen Denkkrampf auslöst. Von oben ist ein Knabbern zu hören. Mäuse, die sich in dieser Säule eingenistet haben? Ich steige dem Geknusper entgegen. Noch eine Drehung, und auf einem Treppenabsatz sitzt ein blondes Mädchen und ißt Knäckebrot, neben sich ein Paket mit Lurpak-Butter. Eine junge Dänin, denke ich. Die Säule verdankt ihre Existenz ja einer dänischen Niederlage.

Oben auf der Säule betritt man einen schmalen Rundgang. In dem Morgendunst ist eben noch das Brandenburger Tor zu erkennen. Auf dieser Sieges-Allee hatten Nazis ihre Paraden abgehalten und später dann, die Allee war umbenannt worden in *Straße des 17. Juni*, die Engländer, Amerikaner, Franzosen. Über mir der plumpe goldene Hintern der geflügelten Siegesgöttin. Dieser Engel hat so rein gar nichts Engelhaftes. Anders als der Münchner, der auf einer schlanken korinthischen Säule steht, die wiederum auf einem kleinen griechischen Tempel fußt. Griechenland ist Bayern eben etwas näher.

Langsam gehe ich an der Brüstung entlang, treffe auf einen Japaner. Wahrscheinlich hatte er mit der Dänin die Öffnung an der Kasse erwartet. Er fragt: Where is the Japanese Consulate? Das hört sich an, als habe er diese Säule nur erstiegen, um nach seinem heimatlichen Konsulat Ausschau zu halten. Ich zeige in die Richtung, in der das Gebäude liegt. Er wolle sich, sagt er, wenn ich sein Englisch richtig verstehe, hier eine neue Existenz aufbauen. Er habe in Tokio jemanden umgebracht. (I killed a human being.)

Da besteigt man also nach dreißig Jahren endlich die Siegessäule und trifft oben einen Japaner, der in Deutschland Zuflucht sucht, weil ein tonnenschweres Gewissen ihn derart drückt, daß er dem ersten besten seine Tat erzählen muß. Allerdings tut er das distanziert kühl, ja gelassen. Emotionen finden, wie ich weiß, in fremden Kulturen einen anderen Ausdruck. Mord oder Totschlag? Vorsätzlich oder aus Notwehr? And how did you do it? By pistol, knife? No, by poison. Gift? Yes.

Und dann redet er weiter, in diesem ziehenden Tokio-Englisch, und ich verstehe etwas von Fisch. Er sieht mein Gesicht. Ja. Ein Fisch. Was – um Gottes willen? Er macht plötzlich mit den Händen Bewegungen, zeigt mir auf der Brüstung, langsam, dann schnell, eine Abfolge, wie ein Trommler, genauer, wie die Paukenreiter, die hier früher ja vorbeigeritten sind, auf ihren Schimmeln, die Hände hoben und dann auf beide Pauken einschlugen. Also ein ritueller Mord, frage ich. Er nickt und wiederholt diese Bewegungen, abermals exakt dieselben, langsam, wie in Zeitlupe und wunderbar anzuschauen, offensichtlich hat er in jeder Hand ein Messer gehabt.

Das glaubt dir niemand, denke ich. Auf der Berliner Siegessäule einen japanischen Ritual-Mörder getroffen. Hinten im Rucksack trägt er einen kleinen Edelstahlbecher. And he died? No, was a she. By fish. Fish? Sie starb am Fisch. Klar, denke ich, der Mann hat einen Sprung in der Schüssel. Und plötzlich wird seine Geschichte ganz alltäglich.

Er wolle jetzt zum japanischen Konsulat, wegen seiner Aufenthaltsgenehmigung. Mußte er nicht ins Gefängnis? Nein, wenn ich richtig verstehe, hatte sich die Person von ihm freiwillig umbringen lassen. Er sucht einen Job in Berlin. Will Touristenführer werden.

Die Dänin, die keine Dänin ist, kommt herauf und schwäbelt: Mir ischs ganz sirmelig. Ich steige hinter dem Japaner hinunter, durch den Tunnel unter dem Kreisverkehr hindurch, sehe den Japaner vor mir in dem kahlen Tiergarten in Richtung Konsulat verschwinden. Ich blikke nochmals zur Säule hinüber.

Recht betrachtet, ist sie das versteinerte Nationalbewußtsein einer nicht allzufern zurückliegenden Zeit: protzig, dumpf massiv, gedrungen und unproportioniert. Eingelagert in die Kanneluren sind die Beutestücke, die Kanonenrohre der drei Nationen, die besiegt wurden. Präpotent steht die Säule da. »Ist es überraschend, daß Erfahrungen wie die des preußisch-deutschen Aufstiegs durch einen siegreichen Krieg nach dem anderen die Idee dominant werden ließen, daß im Zusammenleben der Menschen Schwäche schlecht und Stärke etwas Gutes sei?« schreibt Norbert Elias in seinen *Studien über die Deutschen.*

Und der Japaner? Was hatte der verrückte Japaner mit all dem zu tun? Ein dummer Zufall. Nichts. Später erfuhr ich, daß es tatsächlich einen Fisch gibt, den Tiger-Fugu, auch Kugelfisch genannt, äußerst schmackhaft, aber mit hochgiftigen Eingeweiden, der, wenn nicht säuberlich zerlegt, was allein langjährig ausgebildeten Köchen vorbehalten ist, den Genießenden tötet. Wie im Märchen.

Noch vor zwanzig Jahren hätte ich zwischen diesem Japaner und meinem Interesse an der Siegessäule keinen Bezug hergestellt. Aber je älter ich werde, desto mehr neige ich dazu, Zufälle in das eigene Deutungssystem einzuordnen. Erst diese zufällige Begegnung mit dem Fugu-Koch brachte mich dazu, über diese Säule zu schreiben. Nicht in dem Sinne, daß man sich an Eroberungen tödlich überfressen kann, was eine kurrente Einsicht ist, auch nicht, daß diese Denkmäler, die aus dem Vergangenen Gegenwart und Zukunft deuten wollen, immer auch Denkmäler ihrer Zeit sind, selbst Zeitgeist monumentalisieren, nein, der japanische Koch brachte mich darauf, daß eine Ästhetik, die eine nationale Identität beispielhaft schaffen will, durch einen Mißgriff sie »vergiftet«.

Dieses Sinnbild des Sieges, also der Unterwerfung des Gegners, stellt zugleich die Selbstunterwerfung der bürgerlich-wilhelminischen Gesellschaft unter das militärische Primat des Adels dar: Stärke, Gehorsam, Unterordnung. Militärische Drohgebärde nach innen wie nach außen: Wir Deutschen fürchten Gott, sonst nichts auf der Welt. Ein Gott, der Eisen wachsen ließ, und ähnliches. Nicht zufällig wurde die Siegessäule im Zuge der gigantomanischen Planung Speers vom ehemaligen Königsplatz, dann Platz der Republik, wo sie dem Reichstag gegenüberstand, für die künftige Welthauptstadt Germania 1938/39 hierher, zum Großen Stern, versetzt und dabei noch um eine Säulentrommel vergrößert.

Konsequenterweise wollten die Franzosen, die einen Sinn für nationale Symbolik haben, die Siegessäule nach 1945 sprengen. Dazu kam es nicht. Die Amerikaner, in deren Sektor die Säule stand, verlangten die Zustimmung des eben erst demokratisch gewählten deutschen Magistrats. Sie wurde gegeben, zugleich aber auch bürokratisch verhindert. Dabei wäre zu erwarten gewesen, daß die Siegessäule mit dem letzten Sedantag, wie Walter Benjamin schrieb, abgerissen worden wäre, in einem ähnlich symbolischen Akt, wie man mit der französischen Siegessäule verfuhr.

Am 16. Mai 1871 wurde die Colonne Vendôme, die Napoleons Siege feierte, auf Anordnung der Commune mittels Seilen und einer Winde umgerissen. Die Säule, aus den erbeuteten Kanonen von Austerlitz gegossen, zerbarst in mehrere Teile und das Napoleon-Standbild fiel in eine Fuhre Mist. Auf den Sockel wurde eine rote Fahne gepflanzt. Die Säule war gestürzt worden als ein »Monument der Barbarei«, als »Symbol des Militarismus« und als »permanente Beschimpfung der Besiegten durch den Sieger«. Zur gleichen Zeit wird in Berlin die Errichtung der deutschen Siegessäule betrieben. Auch die Colonne Vendôme wurde restauriert und wieder aufgerichtet.

Herrschende Ideologien, zumal sie sich für siegreich halten, brauchen ihre Statiker, Restauratoren und Abrißbirnen – auch heute noch, wie man an Berlin sehen kann.

Die Goldelse ist beschädigt, einmal versetzt, aber nie abgerissen worden. Sie überdauerte die Revolution 1918, die Fliegerbomben, den Artilleriebeschuß der Roten Armee. Inzwischen renoviert, ist sie eine Touristenattraktion, Aussichts- und Ansichtssäule. Nationale Gefühle können von ihr nicht mehr bedient werden, zu biederrealistisch ist das Bildprogramm, mit all seinen Bärten und Pickelhauben.

Schwer vorstellbar, daß sich hier deutsche Veteranen träfen – so wie es französische vor dem Arc de Triomphe tun – oder die Bundeswehr davor paradierte. Aber es empfiehlt sich, die Säule zu besteigen, auch wenn der Tag diesig ist und oben kein japanischer Fugu-Koch wartet. Zu diesem nationalen Symbol gehört eben auch ein durch die rechtsdrehende Wendeltreppe erzeugter Schwindel.

Napoleons Feldbett

Die Geschichte beginnt genaugenommen damit, daß ich keinen Anfang finden konnte. Ich saß am Schreibtisch und grübelte, lief durch die Stadt, fing wieder das Rauchen an, Zigarren, in der Hoffnung, so, eingehüllt in den Rauch, würde mir der richtige, ganz und gar notwendige Anfang für eine Geschichte einfallen. Es half nichts, ich kam nicht ins Schreiben, dieser erste, alles entscheidende Satz wollte sich einfach nicht einstellen. Nachts stand ich am Fenster und beobachtete eine Frau im gegenüberliegenden Haus, die dort vor kurzem eingezogen war und ihre Männerbesuche in der hellerleuchteten Wohnung empfing. Ich versuchte, auch darüber zu schreiben: Ein Mann, der eine Frau beobachtet, von der er annimmt, sie wisse, daß er sie beobachtet. Aber nach wenigen Seiten brach ich die Arbeit wieder ab. Ich fuhr in ein Nordseebad und lief im Aprilsturm am Strand entlang, den Kopf angefüllt mit dem Brausen der Brandung, dem Kreischen der Möwen und den Klagen des Hotelbesitzers, dessen einziger Gast ich war. Nach vier Tagen flüchtete ich wieder an meinen Schreibtisch. Ich hatte mir ein Schachprogramm gekauft und spielte am Notebook die Partien der letzten Weltmeisterschaft von Kasparow nach. Am vierten Tag – ich war immer noch nicht über die Eröffnungszüge der ersten Partie hinaus – klingelte nachmittags das Telefon. Der Redakteur einer Zeitschrift fragte mich, ob ich nicht Lust hätte, etwas über die Kartoffel zu schreiben: Peru-Preußen-Connection. Die Kartoffel und die deutsche Mentalität. Und natürlich persönliche Kartoffelvorlieben. Rezepte. Bratkartoffelverhältnisse. Er lachte. Sie interessieren sich doch für Alltagsgeschichten. Elf bis zwölf Seiten, da können Sie ausholen.

Ich sagte, ich sei momentan in eine andere Arbeit vertieft und hätte daher keine Zeit. Tatsächlich grübelte ich gerade über eine Schachvariante, die den sonderbaren Namen »der Baum« trug. Nach dem Anruf versuchte ich, mich wieder auf die Partie zu konzentrieren, mußte aber an einen Onkel denken. Dieser Onkel Heinz konnte nämlich Kartoffelsorten schmecken, und zwar auch dann, wenn sie schon gekocht oder gebraten waren. Im Sterben hatte er, nach tagelangem Schweigen, etwas Merkwürdiges gesagt: Roter Baum. Niemand wußte, was er damit gemeint haben könnte. Meine Mutter vermutete, es sei eine Kartoffelsorte. In der Familie, zumindest bei meinem Vater, galt der Onkel als faul, ein Drückeberger und Versager, der sein Leben rauchend auf dem Kanapee verbrachte. Das ist denn auch in meiner Erinnerung das deutlichste Bild: Onkel Heinz liegt in der Küche auf einem Sofa, den Kopf, durch ein Kissen abgepolstert, auf der Armlehne. Er raucht. Er konnte wunderbare Kringel rauchen. Wenn ich ihn darum bat, hauchte er eine Kette von drei Kringeln. An einem Sonntag, kurz nach dem Krieg, waren er und Tante Hilde bei uns eingeladen. Mein Vater hatte beim Bauern Kartoffeln gehamstert. Und meine Mutter machte jetzt Bratkartoffeln. Der Tisch war gedeckt mit dem restlichen Silber, das noch nicht beim Bauern gegen Lebensmittel getauscht worden war. Alle saßen und warteten. Es duftete nach gebratenen Zwiebeln, sogar nach Speck, denn meine Mutter hatte die Pfanne mit einer Speckschwarte ausgewischt. Es war ein Festessen, auch Frau Scholle und Frau Söhrensen, bei denen wir damals einquartiert waren, saßen am Tisch. Onkel Heinz bekam als erster ein, zwei Bratkartoffeln auf den Teller geschoben. Er kaute vorsichtig, schmeckte, ein Schmecken, wie man es von Weintrinkern kennt, eine sanfte Bewegung des leicht geöffneten Mundes, ein nach innen gerichtetes Horchen. Er zögerte, wiegte den Kopf, nachdenklich, regelrecht grüblerisch, also bekam er noch zwei Scheiben auf den Teller. Nochmals die feinen Kaubewegungen: Der Vater fragte ungeduldig: Na?

Der Onkel schluckte, bedächtig, und dann, nach einem kleinen Zögern, sagte er: Das ist die Fürstenkrone!

Bravo! rief der Vater, und alle klatschten. Wir konnten endlich essen, es waren eben nicht nur Bratkartoffeln, sondern es war die gebratene Fürstenkrone. Wunderbar schmeckten sie. Aber wonach? Wenn ich den Onkel fragte, sagte er nur: Tja, dafür gibts eben keine Worte.

Roter Baum. Merkwürdig, was dem Sterbenden durch den Kopf gegangen war, kurz bevor sein Bewußtsein verlöschte.

Vielleicht, dachte ich, ist es gar nicht so schlecht, einmal eine Auftragsarbeit anzunehmen, schon um etwas Distanz zu sich selbst und zu dieser Geschichte zu bekommen, die keinen Anfang finden wollte. Das Honorar konnte ich gut gebrauchen, und auch die Eröffnungszüge von Kasparow hatten schon einiges von ihrem Reiz verloren; also rief ich in der Redaktion an und fragte, ob das Kartoffel-Thema schon vergeben sei.

Nein.

Gut, sagte ich, ich schreibe den Artikel. Mich interessiere der Zusammenhang zwischen Schmecken und Erzählen, beides habe ja mit der Zunge zu tun. Der Redakteur stutzte, nannte aber dann das Honorar, und weil ich einen Moment, überrascht von der Höhe der Summe, schwieg, was er als Zögern mißdeutete, fügte er hinzu, ich könne auch Reisen für Recherchen abrechnen.

Gut, sagte ich.

Noch am selben Tag bestellte ich mir in der Staatsbibliothek fünf Bücher und begann zu lesen: über die Geschichte, über den Nährwert der Kartoffel, über Anbaumethoden und Kochrezepte. Ich verlor mich in immer abgelegenere Gebiete: die Kartoffel in Irland, Indonesien und auf der Insel Tristan da Cunha. Ich verzettelte mich lustvoll in der Namenskunde, Grüblingsbaum, Tartuffel, Erdapfel, Grumbeere, und sagte mir schließlich, es sei sinnvoller, zunächst mit jemandem zu reden, der die Kartoffelforschung überblickte, mit einem Historiker oder einem Ernährungswissenschaftler.

Am Abend rief ich Kubin an, der nach der Vereinigung von Hamburg nach Berlin gezogen war und sich dort – nach vierjähriger Tätigkeit bei der Treuhand – als Unternehmensberater selbständig gemacht hatte. Kubin kochte nicht nur gut, er schrieb in seiner Freizeit auch an einem Buch über die italienische Volksküche.

Warte mal, sonst brennt mir was an, sagte er und dann nach einem Augenblick, ja, er kenne sogar jemanden, der über die Kartoffel gearbeitet habe. Hier in Berlin. Die Adresse beschaff ich dir.

Am nächsten Tag flog ich für eine ganz gewöhnliche Recherche nach Berlin.

Kubin wartete vor der Lifttür, und in der kurzen Umarmung spürte ich, daß er zugenommen hatte. Er sah müde, grau, ungesund aus. Komm rein, sagte er, schön, dich zu sehen. Aber diesmal alles streng vertraulich, ich möchte nicht wieder in einem Roman auftauchen.

Er zeigte mir die Wohnung. Vier geräumige Zimmer. Ein Zimmer war leer – bis auf drei gewaltige Steineier, poliert, zwei aus Marmor, eins aus schwarzem Granit, als habe der Vogel Rock hier sein Gelege und könne jeden

Augenblick durch das angelehnte Fenster hereinkommen.

Das Berliner Zimmer, sagte er, als Durchgang, führt zum Schlafzimmer.

Sehr schön ruhig, hier zum Hof.

Schon, sagte er, und dennoch, ich hab in dieser Scheißstadt derart unter Schlafstörungen gelitten, daß ich einmal sogar in einer Besprechung, die ich geleitet habe, eingenickt bin. Nur im Bett, nachts, konnte ich nicht schlafen. Jetzt schlafe ich, und man könnte Kanonen neben mir abfeuern, ich wach nicht auf. Träume auch nicht mehr. Jedenfalls wache ich morgens auf, ohne mich an einen Traum zu erinnern. Ich leiste im Tiefschlaf Trauerarbeit. Und weißt du, woran das liegt, dieser besinnungslose, ja unmoralische Schlaf? Es liegt allein am Bett. Vor zwei Jahren habe ich es gekauft. Komm, ich zeig es dir.

Er führte mich in das Schlafzimmer: ein kahler Raum, in dem außer einem Schrank und einem Bett nichts stand. Das Bett war ein einfaches Feldbett.

Was sagst du dazu? Das ist der exakte Nachbau von Napoleons Feldbett. Das Original kannst du im Armeemuseum von Paris sehen, allerdings sechzig Zentimeter kürzer. Auf dem hat er auf allen seinen Feldzügen geschlafen. Kurz, aber tief, wie man weiß. Nur so hat er die ungeheuren Strapazen durchstehen können. Das Bett ist absolut perfekt, du liegst hart und doch wirst du durch die Bespannung, wie soll ich sagen, getragen. Wie auf dem Wasserbett, das Angela und ich uns damals zur Hochzeit gekauft hatten. Wer hat nicht den Wunsch, über Wasser zu gehen oder auf dem Wasser zu schlafen. Aber dann diese Entengrütze.

Entengrütze?

Ursprünglich war das Bett fleischfarben, aber schon nach einem Monat färbte es sich grün, Algen, erklärte man uns, das Bett roch plötzlich wie eine Grotte, und nach weiteren zwei Monaten wie ein Karpfenteich. Wir haben es heimlich in einen Wald gebracht, sozusagen als Kleinstbiotop, und uns ein japanisches Bett gekauft, und zwar Typ Samurai, Übergröße. Darauf hatte auch die Konkubine noch Platz. Das ist, wie die Ehe, in Hamburg zurückgeblieben.

Er ging mir voran in die Küche, in der es außer einer Anrichte, einem Tisch, einem Kühlschrank, einem Gasherd nichts weiter gab, keine dieser kupfernen Schnickschnack-Töpfe auf Borden, keine von Hopi-Indianern gehäkelten Topflappen an den Wänden. Nur eine von Andy Warhol signierte Graphik hing dort: Die Campbell-Dose. Kubin hatte schon für zwei Personen gedeckt, das Besteck, die Teller, die Gläser aus den zwanziger Jahren, entworfen von einer Bauhaus-Berühmtheit. Er nahm die Spaghetti und ließ sie wie Mikadostäbchen in das kochende Wasser fallen, kunstvoll aufgefächert.

Ich hab auch überlegt, ob ich dieses Feldbett nicht in größerer Stückzahl anfertigen lassen sollte. Bin dann aber doch von dem Gedanken abgekommen. Es gibt in Deutschland einfach keinen Markt dafür. Die Konservativen sind zu provinziell, und den Linken fehlt, anders als ihren Genossen in Frankreich, jegliches Faible für militärische Dinge.

Von der Küchendecke hing eine Lampe, der Schirm aus weißem Glas, darauf schwarze scherenschnitthafte Figuren, Elfen und Kinder, die mit Keschern einem weiblichen Wesen mit Schmetterlingsflügeln nachliefen. Ja, sagte Kubin, der meinen Blick bemerkt hatte, die Lampe hab ich in Wien auf dem Naschmarkt gefunden. Es geht, wie du siehst, um die Flügel.

Eine Fee?

Vielleicht, vielleicht auch eine Nike. Jedenfalls wollen

die ihr an die Flügel. Ist dir mal aufgefallen, wie die Franzosen allein durch Steinmasse eine katastrophale Niederlage in einen Sieg umgewandelt haben? Du mußt dir nur den Arc de Triomphe ansehen. Die Namen aller Schlachten sind in den Bogen graviert. Niederlagen wie Siege, und so überwölbt dieser gigantische Steinbogen sogar Katastrophen wie Leipzig und Moskau. Beim Anblick des Arc de Triomphe kommt doch niemand auf den Gedanken, Napoleon habe entscheidende Schlachten oder sogar den Krieg verloren. Das ist Ästhetik, verstehst du, man sieht die Dinge anders, darum gehts doch. Kubin goß Olivenöl in eine Kasserolle, erwärmte es, schüttete aus einem Glas den Pesto dazu, sagte, frische Pinoli, das ist wichtig. Er holte eine Packpapiertüte vom Bord – Halt die Hand auf – und schüttete mir ein paar Pinienkerne in die Hand. Wie kommst du ausgerechnet auf diesen Proleten unter den Gemüsen?

Aus eben dem Grund.

Kubin zog aus dem Weinregal vorsichtig eine Flasche Rotwein, entkorkte sie, roch an dem Korken, schenkte mir ein Glas ein, sagte: Na, rate mal.

Ich schmeckte, schwer zu sagen, sagte ich, Italien, Montepulciano? Aber aus den Abruzzen! Schätze: ein 93er, ein guter Jahrgang.

Donnerwetter, sagte er.

Nein, sagte ich in seine staunenden Augen, ich hab das Etikett gesehen.

Kubin trank, schmatzte vorsichtig, sagte: Emidio Pepe, und dann rührte er den Pesto in der heißen Kasserolle um. Kartoffel, nee, ich gehöre zur Nudelfraktion.

Ich hab mich mal in eine Kartoffel verliebt.

Kubin fragte lauernd: Was für ne Sorte?

Eine Studentin. Es war auf einem Studentenfasching. Da tanzte ein Mädchen, sie tanzte exzessiv, aber eben als Frühkartoffel, ein zartes Hellbraun, etwas rosig, als Clivia. Ihr Lieblingsessen: Pellkartoffeln mit Schnittlauchquark. Darum also dieser zartblasse Teint. Sie hatte ein paar grüne Sommersprossen auf der Nase. Sommersprossen sind die winzigen Fenster in der Haut, sagte ich, um im grauen deutschen Niflheim mehr Sonne aufzunehmen. So wird Rachitis verhindert. Hoffentlich reichen meine dafür aus. Ich habe nur auf der Nase Sommersprossen.

Na, fragte Kubin, und stimmte das?

Weiß nicht. Sie trug ja ein rundes Drahtgestell, bespannt mit einem rötlich-braunen Stoff. Sie zog mich – ich war als Don Quichotte gekommen – auf die Tanzfläche. Es war eine unbeschreibliche Nacht, das einzige Faschingsfest, das ich als nicht langweilig in Erinnerung habe. Lag vielleicht auch daran, daß ich ihr nicht näher kommen konnte. Was an dieser wunderschönen Frühkartoffel-Bespannung lag.

Und dann?

Sie verschwand gegen Morgen, wie Aschenputtel. Ich habe sie nie wiedergesehen. Manchmal, wenn ich die zarte Haut einer Frühkartoffel sehe, überfällt mich ihr Bild, und ich verzehre die Kartoffel in einem Erinnerungsrausch.

Gut, sagte Kubin, das ist ein Grund, darüber zu schreiben.

Weißt du, was »roter Baum« bedeutet?

Rotbuche?

Nein, glaube ich nicht, ich denke, daß es vielleicht eine Kartoffelsorte ist. Waren die letzten Worte von einem Onkel, der die unterschiedlichen Sorten so schmecken konnte wie du die Weinlagen.

Der hätte mir gefallen. Frag diesen Kartoffelforscher, sagte er. Ich hab den Mann mal vor gut einem Jahr auf einer Party kennengelernt. Ein Agrarwissenschaftler, war in der DDR-Akademie, wurde dann abgewickelt. Einer von den gut dreißigtausend, die in irgendwelchen baufälligen Instituten herumhockten und vor sich hin forschten, über so aparte Dinge wie die Geschichte der Sonnenschreiber, oder sie erstellten die Grammatik des Altusbekischen, zählten die Steine der Ruinen von Theben. Wenn sie nicht damit beschäftigt waren, Berichte übereinander zu schreiben. Rogler hieß er. Ein ruhiger Typ mit einem erträglichen sächsischen Dialekt, der sich mit dem berlinerischen amalgamiert hatte. Kubin trank von dem Rotwein, er schlürfte, er schmatzte, er sagte: ahh. Das Sächsische kam erst zum Vorschein, als er auf die Kartoffel zu sprechen kam. Da legte er los, das reine Pfingstwunder: Die Kartoffel, Nährwert, Wortbildung, Ausbreitung, was weiß ich, der war nicht mehr zu bremsen.

Das ist genau der Mann, den ich suche.

Kubin ließ mich vom Pesto kosten. Na? Ganz einfach, aber wie, und er schmatzte abermals zart in die Luft. Mir kannste mit der Kartoffel gestohlen bleiben.

Hast du die Adresse von dem Mann?

Nein. Aber du kannst Rosenow fragen, auch ein abgewickelter Akademiemitarbeiter. Mit dem hab ich zu tun, der verdient sich ein paar Mark als Berater bei einer Immobilienfirma. Ich hab dir seine Telefonnummer aufgeschrieben. Er zeigte auf den Tisch, wo neben der Serviette ein Zettel lag, ging zur Anrichte, holte ein Sieb, goß darin die Spaghetti ab und vermischte sie dann mit einem hölzernen Greifer in der Schüssel mit dem warmen Pesto.

Roter Baum, klingt nicht gerade nach Kartoffel.

Gibt die sonderbarsten Namen.

Woran ist der Onkel gestorben?

Lungenkrebs. Rauchte vierzig Zigaretten am Tag, mindestens, er rauchte noch im Krankenhaus, spuckte Blut, aber er rauchte heimlich weiter, auf der Toilette. Und dann starb er, und seine letzten Worte waren: Roter Baum.

Frag diesen Rogler, sagte Kubin und füllte die Spaghetti auf. Kannst mir sagen, was du willst, die Italiener wissen schon, warum sie die Kartoffel allenfalls als Beilage anbieten. Dagegen die Tomaten. Dürfen natürlich nicht diese holländischen Treibhausbomber sein. Ich kaufe die Tomaten von einem Italiener, der zieht sie hier in Berlin, in einem Schrebergarten, holt sich den Mist von der Polizeireitschule.

Den Rest des Abends schimpfte er auf Berlin und die Berliner, vor allem auf dieses Bemühen, immer schlagfertig und witzig zu sein, also die Berliner Schnauze, die ginge ihm auf den Keks. Und er erzählte mir von Angela, seiner ehemaligen Frau, die eben zum drittenmal geheiratet hatte. Diesmal einen amerikanischen Botaniker, der sich auf arktische Flechten spezialisiert hat und jetzt in Berlin einen Job sucht, was, wie du dir denken kannst, nicht so einfach ist, denn es gibt im Osten wie im Westen jede Menge Flechtenspezialisten, die einen Job suchen. Ein Mann, ich hab ihn gesehen, wie ein Flughörnchen, das sind diese Tierchen, die von Baum zu Baum springen und dabei mit dem Schwanz steuern. Kubin redete, und ein paar Spaghetti schlabberten ihm aus dem Mund. Er schlürfte den italienischen Rotwein, wischte den fettigen Glasrand mit der Serviette ab und sagte, ich bin gespannt, ob sie auch bei diesem Botaniker mit ihrer Spirale um eine Schwangerschaft herumkommt. Ein echter Honigbeutler.

Wieso Honigbeutler?

Kubin nahm einen kräftigen Schluck, guckte gedankenverloren auf den Teller, dann rollte er die letzten Spaghetti um die Gabel, Honigbeutler, das sind Tierchen, die ihre Weibchen durch Massenbesamung befruchten, regelrecht mit Samen einschwemmen. Sie stellen, auf den Hinterbeinen sitzend, kokett ihre Hoden zur Schau, Hoden von einer erstaunlichen Größe, die locken die Weibchen dann an.

Stört es dich, wenn ich rauche? Ich zeigte ihm vorsichtshalber mein Etui mit den drei Zigarren.

Rauchst du wieder? Nur zu, rauch, was das Auge hält, sagte er und trank, diesmal ohne zu schmecken, einen weiteren kräftigen Schluck. Er schüttelte nachdenklich den Kopf. Die Hoden haben eine erstaunliche Größe, das mußt du dir vorstellen, die machen fünf Prozent des Körpergewichts eines Honigbeutlers aus. Auf uns übertragen würde das bedeuten, deine Hoden wären vier Kilogramm schwer.

Hast du den Biologen denn mal nackt gesehen?

Kubin sah mich überrascht an, er bekam einen mokanten Zug um den Mund. Meine Güte, sagte er, einem derart schlichten Realismus hängst du doch hoffentlich nicht mehr an. Auch der Honigbeutler stimmt noch nicht, nein, Angelas Botaniker ähnelt einem dieser kupierten Wasserdingos. Aber da hatte Kubin schon so viel getrunken, daß er mir nicht mehr erklären konnte, was ein kupierter Wasserdingo ist.

Das Nahe, das Ferne

Schreiben über fremde Welten

Ein Reklamezettel hat mich bewogen, den Anfang umzuschreiben. Ich habe ihn zufällig gefunden, einen Prospekt des Rimbaud Verlags aus Aachen, und auf diesem Faltblatt abgedruckt ist die ausführliche Besprechung eines Langgedichts des Mexikaners José Gorostiza: *Endloser Tod / Muerte sin fin* aus der *Neuen Zürcher Zeitung.* Geschrieben hat die Besprechung Klaus Meyer-Minnemann.

Mit eben diesem Klaus Meyer bin ich als Kind an die Elbe gefahren, wo wir im Weidengestrüpp des Ufers die Quellen des Orinoco gesucht haben, ausgerüstet mit einer Eisernen Ration, die man damals für eine Mark aus alten amerikanischen Armeebeständen kaufen konnte. Wir haben Sümpfe durchwatet, mit Krokodilen gekämpft, und aus dem Weidengebüsch war immer wieder das Gebrüll des Jaguars zu hören. Heute leitet Meyer-Minnemann das Iberoamerikanische Institut in Hamburg, und ich habe einen Roman geschrieben, der in Lateinamerika spielt, den *Schlangenbaum,* einen Roman, der nicht geschrieben worden wäre, hätte ich nicht eine Frau kennengelernt und geheiratet, die aus Argentinien kommt. Natürlich ist es nicht so, daß aus den kindlichen Spielen zwangsläufig folgt, daß man Lateinamerikanerinnen heiratet oder Hispanist wird. Aber je älter man wird, desto weniger sieht man bloße Zufälle für die eigene Biographie als bestimmend an. Etwas von diesen fernen kindlichen Wünschen, diesen Tagträumen, hat eine eigentümliche Kraft, die unser Verhalten in späteren Jahren steuert, das heißt, uns wählen läßt, auch unbewußt und dennoch zielsicher, wenn sich alternative Möglichkeiten anbieten, und ich vermute, die kindlichen Träume und Alpträume ziehen in späteren Jahren die Gegenstände unserer Interessen an wie Magneten die Eisenspäne.

Die Frage, warum Meyer-Minnemann und ich damals ausgerechnet die Orinocoquellen gesucht haben, kann heute weder er noch ich beantworten, aber wahrscheinlich war es die Folge von Lektüre, und die war sicher nicht von der feinen Art, also kein Alexander von Humboldt, sondern eher ein Heftchenroman, kolportagehaft die Handlung und der Held ganz fraglos eurozentristisch.

Die Treibsätze unserer Wünsche werden zuweilen durch Vorstellungen und Beispiele gezündet, die weder politisch korrekt noch vom Geist der Aufklärung bestimmt sind. Mein zweites Beispiel macht das noch deutlicher. Mein mich durchs Leben begleitendes Interesse für Afrika, speziell für Südwestafrika – das heutige Namibia –, hat, vermute ich, seinen Grund in den abendlichen Erzählungen jener älteren Kameraden meines Vaters, die als Offiziere in Südwest gedient hatten. Sie erzählten Geschichten über die »Eingeborenen«; die nicht pünktlich waren, nicht arbeiten wollten, kräftig logen und ihre Kinder auch nicht ordentlich erzogen, also nicht prügelten. Paradiesische Zustände für mich, ein Kind, das nach preußischen Tugendmustern erzogen wurde, und ein guter Grund, sich fortan für Afrika und die Afrikaner zu interessieren, ein Interesse, das mich begleitet hat, durch die Schule, durch die Universität, wobei sich das Bild ausdifferenzierte, kritischer und vor allem selbstkritischer wurde, eine entschieden politische Richtung in der Studentenbewegung nahm und schließlich zum Engagement in der Antiapartheidbewegung führte.

In der Studentenbewegung wurden ja intensiv Frantz

Fanon und Che Guevara gelesen. In zahlreichen Arbeitsgruppen wurden die kulturelle und ökonomische Situation in der Dritten Welt untersucht und die Ausbeutungsstrategien der westlichen Metropolen aufgedeckt. Es gab auch symbolische Aktionen. In Hamburg haben protestierende Studenten das vor der Universität stehende Denkmal von Wissmann, einem Afrikareisenden, der auch eine Zeitlang Gouverneur von Deutsch-Ostafrika gewesen war, vom Sockel gerissen. Und diese Szene, die ich im Roman *Heißer Sommer* beschrieben habe, brachte mich wiederum darauf, wie sehr in meinem Bewußtsein noch Relikte aus der deutschen Kolonialgeschichte eingelagert waren. Das war die Motivation für Recherchen, Reisen und für die Arbeit an dem Roman *Morenga.* Eine Reise in die deutsche Geschichte, also in eine zeitliche und räumliche Ferne, die zugleich aber auch Selbsterkundung war.

Wie Edward Said ausführlich in *Culture and Imperialism* untersucht hat, werden die positiven Wertungen der eigenen Kultur durch die Erniedrigung anderer gewonnen. Als Beispiel für die deutsch-afrikanischen Beziehungen wäre das despektierliche Schlagwort von der Hottentottenwirtschaft zu nennen, das dann Legitimation war, mit gutem erzieherischen Gewissen in Afrika »aufzuräumen«. Und wir wissen aus der deutschen Kolonialgeschichte, mit welch mörderischer Konsequenz das geschah. Die Niederschlagung des Hereroaufstands 1904 in Deutsch-Südwest kam einem versuchten Genozid gleich.

Und jetzt das dritte und letzte biographische Beispiel für die Begegnung mit der Fremde: Anfang der fünfziger Jahre habe ich mich an einem Vorlesewettbewerb in der Schule beteiligt, der mir dann, vierzig Jahre später, eine von der Zeitschrift *Merian* bezahlte Reise in den Pazifik beschert hat: zum Nabel der Erde, zum Ende des Himmelslichts, zur Milch, zur großen Erde – so nannten früher die Einwohner die Insel. Wahrscheinlich waren damit nur Teile und bestimmte Gebiete der Insel gemeint, sie als Ganzes hatte vermutlich keinen Namen, da sie für ihre Einwohner alles war, einfach die Welt. Jahrhunderte ohne jeden Kontakt nach außen, umgeben vom Pazifik, 3700 Kilometer vom südamerikanischen Festland entfernt. Wir kennen die Insel unter dem Namen Osterinsel, Easter Island, Isla de Pascua. Der Name stammt – bezeichnenderweise – von ihrem europäischen Entdecker.

Am Ostermontag des Jahres 1722 sichtet der Holländer Jacob Roggeveen die Insel. Gleich bei der ersten Begegnung der Einwohner mit den Europäern kommt es zu einem Konflikt zwischen den beiden Kulturen, ein Konflikt, dessen Grundmuster auch alle späteren Begegnungen bestimmen wird.

Ein Mann schwimmt zu dem ankernden Schiff, kommt an Bord, zeigt sich freundlich, neugierig, insbesondere für die Takelage interessiert er sich, und mit einem Seil vermißt er regelrecht das Schiff. Nachmittags gehen die Holländer an Land. Wenig später kommt es zu einem Handgemenge, die Holländer feuern eine Salve ab, und nachdem der Pulverdampf sich verzogen hatte, so heißt es in dem Bericht, lagen mehrere Eingeborene röchelnd auf dem Boden, darunter auch der lustige Geselle, der morgens an Bord gekommen war. Wie es dazu kam?

Die Holländer waren nicht direkt angegriffen worden. Wahrscheinlich war irgendeinem Matrosen der Hut gestohlen worden, das löste dieses Blutbad aus.

Unblutig verlief der Besuch eines spanischen Schiffs unter Filipe González y Haedo im Jahr 1770. Aber auch aus dem spanischen Bericht wird die kulturelle Differenz deutlich. Die Spanier waren überrascht, als ein Häuptling, von dem man drei Kreuze unter einem Vertrag erwartete, diesen regelrecht unterschrieb. Es waren eigentümliche, nie gesehene Zeichen. So wurden die Spanier gewahr, daß die »nackten Wilden« eine eigene Schrift hatten. Auch die Spanier wurden bestohlen. Es kam jedoch zu keiner Gewalt. Der Bericht empört sich aber über den Zynismus der »eingeborenen« Männer, die duldeten, daß sich ihre Frauen den Spaniern anboten, dies geradezu förderten, um dann die so abgelenkten Matrosen leichter bestehlen zu können.

Das Verhalten der Insulaner wird selbstverständlich nie zu dem eigenen in Beziehung gesetzt bzw. als Reaktion darauf verstanden. So bleiben die eigenen Werte unbefragt. Zwei Spezifika der abendländischen Kultur sind mit besonders strikten Tabus belegt: Eigentum und Monogamie. Wobei gerade aus katholisch-spanischer Sicht von den Frauen Treue und ein ausgeprägtes Schamgefühl verlangt werden. Für die damalige Zeit wäre aber auch der Gedanke nicht so abwegig gewesen, das Verhalten der Matrosen als zynisch einzustufen. So wie es vier Jahre später der Deutsche Georg Forster tat, der ähnliche Szenen beobachtet hatte.

Forster kam im März 1774 unter dem Kommando von James Cook auf die Osterinsel. In seiner *Reise um die Welt* 1784 hat er sie und ihre Bewohner beschrieben. »Am 13ten, früh Morgens, liefen wir dicht unter die südliche Spitze der Insel. Die Küste ragte in dieser Gegend senkrecht aus dem Meer empor, und bestand aus gebrochnen Felsen, deren schwammigte und schwarze eisenfarbigte Masse volcanischen Ursprungs zu seyn schien. Zwey einzelne Felsen, lagen ohngefähr eine Viertelmeile vor dieser Spitze in See.« Und dann heißt es weiter: »Die Leute ließen uns ruhig ans Land steigen und machten überhaupt nicht die mindeste unfreundliche Bewegung; sondern fürchteten sich vielmehr vor unserm Feuergewehr, dessen tödtliche Würkung ihnen bekannt zu seyn schien.«

Jetzt, von oben, bei Nacht, sieht man ein paar Lichter der Straßenlaternen, einige erleuchtete Häuser, die Leuchtschnüre am Rand der Landebahn. Die Maschine rollt aus und hält vor einem kleinen, flachen Gebäude. Die meisten Passagiere fliegen weiter nach Tahiti, mit uns steigt nur eine kleine italienische Reisegruppe aus, meist Padres, sie werden mit Blumenkränzen begrüßt, nicht wir, die Einzelreisenden. Ein stämmiger junger Mann greift sich die Koffer, will mir die Reisetasche abnehmen, die ich aber nicht hergebe, all diese Berichte im Kopf von den Einwohnern, die angeblich so hemmungslos klauen, es ist mir durchaus bewußt und zugleich peinlich, wie ich die Tasche und mit ihr an einem Klischee festhalte. Aber man weiß ja nicht. Später, das soll hier gleich gesagt werden, wurde uns die Tasche, die wir in einem kleinen Restaurant vergessen hatten, von einer Frau samt Schecks und Bargeld nachgetragen.

Das Hotel ist ein einfacher langgestreckter Flachbau. Vor der Terrasse, deren Zementboden von der salzhaltigen Luft angefressen ist, eine kleine struppige Palme, ein Stück Wiese, dann die Abbruchkante zum zerklüfteten Ufer, dunkles vulkanisches Gestein. Das Rauschen des Meeres, hin und wieder hört man ein lautes Dröhnen. Das ist dann jeweils eine besonders hohe Welle, die sich in einer nahen Caverne bricht, ein leises Beben, und für einen Moment liegt dann jedesmal der intensive Geruch von Algen und Seewasser in der Luft.

Hanga Roa ist der einzige Ort auf der Insel, und um dieses Dorf zu sehen, müßte man wahrlich nicht um die halbe Welt fliegen. Eine Hauptstraße mit einstöckigen

Gebäuden, wellblechgedeckt. Eine Kirche, schmucklos, nein, von einer brutalen Häßlichkeit. Davor zwei Zelte, Spruchbänder, die auf spanisch Unabhängigkeit verlangen, weiße Laken sind in einer uns unverständlichen Sprache beschriftet, aber man erkennt, groß geschrieben, Rapa Nui, so nennen die Einwohner sich und die Insel heute. Neben dem einen Zelt weht eine Fahne, die ein stilisiertes Schiff mit zwei Köpfen zeigt. Abbild eines dieser wunderbaren Schnitzwerke aus früheren Jahrhunderten, das man heute im Museum von Paris bewundern kann. An der Straße einige kleine Läden, Cafés, Andenkengeschäfte. Ungewöhnlich sind nur die Reiter, die über die Straßen galoppieren. Sie mustern den Fremden ziemlich finster. Grüßt man dann aber unbeirrt, winken sie plötzlich freundlich zurück. Aber sonst sind die Verhältnisse einfach und klar. Das Interesse der Bewohner der Insel ist, an den Touristen Geld zu verdienen, und das der Touristen geht normalerweise an den Bewohnern vorbei und richtet sich auf die kolossalen Steinstatuen, die Moais.

Wer diese gewaltigen Statuen gemeißelt hat und warum, darüber gibt es die unterschiedlichsten wissenschaftlichen Theorien, die aber stets mit der Frage nach der Besiedlung der Insel zusammenhängen. Woher kamen die Bewohner der Osterinsel? Brachten sie die Steinmetzkunst mit, oder hat sich diese erst hier auf der Insel herausgebildet, und zwar, wie man heute genauer datieren kann, in der Zeit zwischen 800 und 1600? Wie wurden diese tonnenschweren Statuen transportiert? Und wer waren die Schöpfer dieser Kultur, die sogar eine eigene, noch immer nicht ganz entschlüsselte Schrift entwickelt hat? Waren es die Vorgänger der Inkas, oder Polynesier, oder Inder? Hobby-Anthropologen glaubten, Wikinger seien auf der Insel gewesen, und Herr von Däniken hat sogar »Ankömmlinge aus dem Kosmos« hierherbemüht.

Die Wissenschaftler deuten die Kolosse als Ahnenbilder, Halb-Mensch, Halb-Gott, beinlose, massige Gestalten, die man sehen muß, um die Wucht ihrer Ausdruckskraft zu ermessen. 12 stehen nebeneinander auf einem Altar und blicken in düsterer Monumentalität zum Horizont.

Ganz anders ist der Eindruck am Hang des Vulkans Rano-Roraku, in dem Steinbruch, aus dem diese Standbilder herausgemeißelt wurden. Fast 100 Statuen gibt es hier, von denen 28 bis 30 aufrecht stehen, säuberlich gearbeitet, erkennt man die langen Ohren, die Hände, die feingliedrigen Finger und die langen Fingernägel, die auf eine gehobene soziale Stellung deuten. Die Gesichter der Statuen zeigen, bei aller Ähnlichkeit der Grundstruktur, feine unterschiedliche Züge, etliche blicken machtvoll-überlegen mit einer verächtlich vorgeschobenen Unterlippe ins Tal, andere zeigen ein feines Lächeln, wieder andere sind maskenhaft ausdruckslos.

Das Unerklärliche, ja Beunruhigende ist die Unordnung, in der sie am Hang des Vulkans stehen, es sei denn, diese Unordnung wäre die Ordnung. Sie stehen da wie in einer Versammlung, kleine Figuren von 2 Metern und große, 10 bis 12 Meter hoch, einige starren nach vorn geneigt, regelrecht grüblerisch vor sich hin, andere, nach hinten geneigt, blicken in den Himmel, als wollten sie sich nach einem Moment des Nachdenkens und Beratens wieder auf den Weg zum Meer machen. Wer diese Ansammlung sieht, versteht den Mythos, der berichtet, die steinernen Giganten seien dem weichen Tuffgestein des Vulkans entstiegen und selbst zum Meer hinuntergegangen.

Die Monumentalität der Statuen und die schon von Georg Forster bestaunte exakte Verfugung der Steinaltäre haben unter anderem Thor Heyerdahl auf die These gebracht, die Insel sei von Südamerika aus besiedelt worden. Das war auch der Anlaß seiner Reise mit dem Holzfloß *Kon-Tiki.* Er wollte den Beweis erbringen, daß man von dem peruanischen Festland, allein durch die Strömung und den Wind getrieben, die pazifischen Inseln erreichen konnte. Dahinter verbirgt sich die Annahme, daß diese ungewöhnliche megalithische Kultur importiert und nicht von der ansässigen Bevölkerung, die höchstens 7000 Menschen betragen haben kann, geschaffen worden sei. Sprachanalysen zufolge kamen die Osterinsulaner jedoch aus Ostpolynesien. Heyerdahls These von der Besiedlung aus Südamerika gilt nach dem augenblicklichen Forschungsstand als falsch.

Es wäre interessant zu erfahren, welche Wünsche Heyerdahl zu seinen Unternehmungen, die ja viel Kraft und Energie gekostet haben und durchaus nicht ungefährlich waren, getrieben haben. Und um auf den Grund zurückzukommen, der mich zu dieser Insel geführt hat: Ich habe bei jenem Lesewettbewerb in der Volksschule einen Abschnitt aus *Kon-Tiki* von Thor Heyerdahl vorgelesen, eine Episode, in der der Papagei von einer Welle über Bord gewaschen wird. Ein Lehrer mit pädagogischem Eros hatte mir die Stelle ausgesucht. Ich war wohl elf Jahre alt. Bis dahin hatte ich, las ich im Unterricht, immer wieder nur für Gelächter gesorgt. Ich verlas mich oft und meist sinnentstellend, sonderbarerweise hatte ich mehr Schwierigkeiten mit den Substantiven, weniger mit den Verben. Es war am Anfang nicht nur dieses Zusammenlesen der einzelnen Zeichen, der Buchstaben, was mir nicht von der Zunge ging, sondern die Wörter suchten noch immer die Dinge, die zu bezeichnen sie vorgaben. Es war eine mühsam überwindbare Kluft. Und die Abstrakta schwebten sowieso nur schwer greifbar in der Luft. Aber jetzt las ich flüssig, und der Junge, der dort oben auf dem kleinen Podium saß, war für die, die ihn sonst lesend kannten, nicht wiederzuerkennen, er las, ohne sich auch nur einmal zu verlesen, ohne zu stottern, gut betont, und so leicht und locker, erzählte mir später die Direktorin noch, als ich schon studierte. Genaue Beobachter hätten sehen können, wie der Junge die Zehen in die Sandalen verkrallt hatte. So saß ich auch innerlich verkrallt und löste mich dann erst langsam während des Lesens. Aber es war schon in den vorhergehenden Tagen etwas Merkwürdiges passiert. Bei dem Üben, dem Mehrmalslesen, machte ich, da es ja zum ersten Mal laut und intensiv geschah, diese Entdeckung, wie die bisher feindseligen Zeichen sich mir anverwandelten, durch Betonung, durch Rhythmisierung, sinnlich erfahrbar wurden, wobei gesagt sein muß, daß es sich ja nicht um Dichtung, sondern um ein Sachbuch handelte, wenn auch, darf ich heute vermuten, um ein gut übersetztes. Die Wörter bekamen ihren Körper, kamen durch den Resonanzboden im Kopf zum Klingen. Zugleich wurde auch die Situation deutlicher, wie Heyerdahl mit seinen Leuten auf dem Floß trieb, wie sie das Holz untersuchten, wie sie entsetzt feststellten, daß es inzwischen derart vollgesogen war, daß ein einzelner Span davon unterging. Und dann diese Situation, als bei heftigem Sturm der Papagei über Bord gespült wurde. Innen und Außen wurde aufgehoben, für mich wie auch für die Zuhörer, denn die Schüler und die Lehrer saßen und hörten zu, still.

Es ist wahrscheinlich eine Entwicklung, die jeder aus seiner Biographie kennt, daß aus dem mühseligen Lesen plötzlich das lustvolle Lesen wird, weil die Wörter nicht umständlich ihre Bedeutungen hinter sich herziehen und erst noch mal rückgekoppelt werden müssen. Auf einmal begleitet die Bedeutung das Lesen, treibt es sogar voran, selbst dann, wenn wir einmal innehalten oder nachlesen müssen. In meinem Fall war das unter dem Druck, vorlesen zu müssen, so spät wie plötzlich gekommen. Es war etwas Befreiendes für mich, und als Prämie bekam ich noch das Buch *Kon-Tiki* geschenkt.

Ich habe es damals nicht nur, was gar nicht verlangt war, ganz gelesen, sondern gleich mehrmals, und fortan war mein Interesse geweckt. Ich las Reise- und Forschungsberichte über die Osterinsel und suchte in den Völkerkundemuseen die Abteilungen, in denen Kunstwerke der Osterinsel ausgestellt waren, eigentümlich anthropomorphe Figuren, wunderbar geschnitzt aus dem glatten, harten, hellen, zuweilen weißen Toromiro-Holz. Nicht verwunderlich, daß gerade die Surrealisten sich neben der afrikanischen Kunst auch für die Kultur der Osterinsel interessierten, daß Picasso, von Abbildungen der Steinfiguren beeinflußt, den Kubismus schon vorwegnehmend, Portrait-Zeichnungen machte.

So hat diese Insel, ihre Bevölkerung, ihre Kultur, für mich auf eine zunächst zufällige, aber dann doch prägende Weise eine biographische Bedeutung. Nicht nur lese ich seitdem gern, ich lese auch gern vor. Hinzu kommt dieser Wunsch, andere Kulturen zu »lesen«, also zu verstehen. In einem meiner Romane, dem *Kopfjäger*, schreibt der Held, ein Wirtschaftsbetrüger und Schwindler, an einem Buch über diese Insel, die das Ziel seiner Kindheitsträume war. Und dieser Roman *Kopfjäger* war dann wiederum der Anlaß, daß ich von der *Merian*-Redaktion gefragt wurde, ob ich nicht zur Osterinsel fahren und einen Bericht schreiben wolle. Ja, selbstverständlich. So war da auch etwas durchaus Eigennütziges an meinem Interesse an der Osterinsel, die von ihren Bewohnern Rapa Nui genannt wird. Etwas, was sich der Fremde bedient hat, so wie Edward Said es beschrieben hat: daß die Erzählung, gemeint ist die europäische, eine Struktur der

Einstellung und Referenz hat, die das europäische Subjekt ermächtigt, sich in überseeische Territorien einzunisten, Nutzen daraus zu ziehen, um ihnen letztlich aber Autonomie oder Unabhängigkeit zu verweigern. Ich sage das durchaus selbstkritisch und denke, eben das muß der Schriftsteller mitreflektieren, der aus Europa oder den USA und Kanada kommt und die Länder der Dritten Welt bereist, um über sie zu schreiben, um sich ihrer nicht nur parasitär ästhetisch zu bedienen.

Allein die Neugier auf das Fremde reicht nicht aus. Die Gier, Neues zu sehen und zu hören, garantiert noch keineswegs eine Sichtweise, die Verstehen ermöglicht. Das setzt etwas anderes, Grundsätzlicheres voraus: das Staunen. Ein Staunen darüber, wie die Menschen, wie die Dinge beschaffen sind, das heißt, anders sein können, als man selbst ist. Die Wahrnehmung dieser Differenz erst läßt eine Reflexion der eigenen Wahrnehmung zu und damit die Möglichkeit der eigenen emanzipatorischen Veränderung im Verstehen. Ein Verstehen, das sich bemüht, die eigene Wahrnehmung als vorläufig und geschichtlich bedingt anzunehmen, also auch sich selbst als fremd und abhängig zu erfahren, um so den anderen, Fremden in seiner Würde wahrzunehmen.

Das ist, bezogen auf jene Völker, die von Europa kolonisiert wurden, heute, in postkolonialer Zeit, kein Gnadenakt, sondern das wird von der Realität eingefordert, sei es durch die einfache Problempräsenz dieser Länder: Armutsmigration, Bürgerkriege, Epidemien, dic wiederum die westlichen Länder bedrohen, aber durchaus auch positiv, durch kulturelle Gegenentwürfe, die verstärkt aus den Ländern Lateinamerikas, Afrikas und Asiens kommen.

Die Geschichte literarischer Einflüsse ist nicht nur die Geschichte kultureller Machtpositionen und kultureller

Kolonisation, sondern auch eine Geschichte literarischer Bedürfnisse und Bedürftigkeiten. Wenn im letzten und vorletzten Jahrhundert die Kultur des antiken Griechenland einen so prägenden Einfluß auf die deutsche Literatur und Kunst gehabt hat, dann auch deshalb, weil mit diesen ästhetischen Modellen emanzipatorische Gegenentwürfe zu der feudalen Gesellschaftsform verbunden waren. Ich denke da an Winckelmann und Johann Heinrich Voß und dessen Übersetzung von Homer, insbesondere der *Odyssee* 1781 und der folgenden, umgearbeiteten Fassung von 1793 oder, um ein Beispiel aus der bildenden Kunst zu nehmen, an die Ikonographie der phrygischen Mütze. Für die neuere Zeit ist der Einfluß der amerikanischen Literatur auf die deutsche Nachkriegsliteratur eingehend untersucht worden. Der Einfluß entsprach der historischen Situation: Eine dominierende Macht konnte in einem besiegten Land ihre kulturellen Vorstellungen entfalten; sie traf dabei zugleich, zumindest in den intellektuellen Kreisen, auf ein Bedürfnis (und eine Bedürftigkeit) nach demokratisch geprägten Lebens- und Schreibhaltungen.

Wenn seit zwei Jahrzehnten auch die lateinamerikanische Literatur in der europäischen Literatur an Einfluß gewonnen hat, so weist das einmal auf die gewachsene kulturelle Bedeutung dieser Länder – und das heißt auch auf die Qualität dieser Literatur – hin, zugleich aber auch auf literarische Bedürfnisse, auf bestimmte Leseerwartungen.

Ich wage die These, daß die breite Rezeption von Autoren wie Gabriel García Márquez, Mario Vargas Llosa, Alejo Carpentier, Carlos Fuentes, Julio Cortázar in der deutschen Leserschaft möglicherweise mit dem Mangel an Welthaltigkeit der eigenen, deutschen Literatur zusammenhängt. Die Komplexität der modernen Welt, die

Schwierigkeit, adäquate Formen für ihre Darstellung zu finden, führte zu einem Rückzug in die Selbstreferentialität. Was aber nichts wesentlich Neues brachte, meist sogar hinter den Erkenntnissen der Avantgarde der klassischen Moderne zurückblieb. Gefördert wurde diese Literatur-Literatur von Kritikern, die sich ironischerweise dann gerade für die erzählende lateinamerikanische Literatur begeistern konnten. Aus einer ganz unreflektierten eurozentristischen Sicht ließ diese Literaturkritik, so muß man wohl folgern, die sozusagen »naivere« Darstellungsform bei den Ländern gelten, die nicht so kompliziert entfaltet waren wie die der Ersten Welt.

Wer als Schriftsteller der Fremde naherückt, wird oft mit einer anderen Art von Kritik konfrontiert: Er sei nicht lange genug dort gewesen. Wie lange muß man da gewesen sein? Zehn Jahre, zwei Jahre, einen Monat oder ein Leben lang? Ich gebe zu bedenken, daß die Frage nur über die Methode der Beschreibung beantwortet werden kann. Kafkas Roman *Amerika* würde nach solchem schnittmusterhaften Denken sofort als mangelhaft ausscheiden. Kafka war bekanntlich nie in Amerika, sondern hat Reiseprospekte studiert. Es ist also eine Frage der literarischen Methode, ob sie Authentizität vorspiegelt und sprachliche Wertungen ungefragt weiterschreibt.

Mit der Frage nach der Authentizität ist oft der Vorwurf verbunden, die fremde Welt sei falsch und sehr einseitig und nicht objektiv genug dargestellt. Meine Vorstellung von Literatur ist nicht, daß sie objektiv sein sollte, im Gegenteil, ich wünsche mir den sehr subjektiven Blick. Das Nächste ist oft das Fernste, nämlich man selbst. Und dieses Selbst, kann es denn staunen, hält es sich offen, die Wahrnehmung zu korrigieren, erfährt sich in der Fremde als fremd. Das interessiert mich an einem literarischen Text, die besondere Brechung, die diese Wirklichkeit im Bewußtsein des Schreibers erfährt. So wird sie im Schreiben neu bedeutet. Darum auch der Versuch, erst einmal die subjektiven Gründe zu prüfen, warum und wie man zu bestimmten Themen kommt, welche Wünsche, welche Ängste sich dahinter verbergen. Die Beschreibung der fremden Welt ist eben auch eine Selbstprüfung, eine Selbstbeschreibung, Selbstanalyse.

Zurück zur Osterinsel. Die Attraktion dieser Insel ist, daß auf einem so überschaubaren Raum – die Insel hat die Größe von der Ostseeinsel Fehmarn, an der weiter nichts Besonderes ist, einmal abgesehen davon, daß viele Bewohner Timm heißen –, daß also auf einem so überschaubaren Raum solch eigenartige Kunstwerke entstanden sind, die zugleich rätselhaft sind, ungeklärt in ihrer Bedeutung, auf eine nicht lösbare Weise fremd bleiben. Man weiß nicht, warum diese hohe Kunst der Steinstatuen im 16. Jahrhundert plötzlich abbricht, und zwar so, daß einige dieser Steinfiguren beim Transport auf dem Weg liegenblieben, andere – darunter eine 22 Meter große Statue – liegen fast fertig wie schlafend im Vulkangestein, daneben die Obsidianäxte, mit denen sie herausgemeißelt wurden, so als hätten die Handwerker sie eben mal beiseite gelegt.

Es gibt dafür viele Theorien, Theorien, die Katastrophen verantwortlich machen, gesellschaftliche oder natürliche.

Wahrscheinlich kam es aufgrund der Überbevölkerung zu bürgerkriegsähnlichen Auseinandersetzungen, die auch das Ende dieser megalithischen Kunst bedeuteten. Die Kultur der Bewohner, ihre Schrift, ihre Religion, ihre gesellschaftliche Organisation wurden dann später von Fremden zerstört.

Nach den ersten Entdeckungsreisenden, die noch der Aufklärung verpflichtet waren, wie Cook, Georg Forster und der Franzose La Perouse, kamen andere, die in den dort lebenden Menschen nur die Wilden sahen, auf die, wie auf Wild, geschossen werden durfte. 1862 läuft ein peruanisches Geschwader die Insel an und bringt mehr als 2000 Bewohner als Sklaven nach Peru. Nur 15 von ihnen kehrten zurück und schleppten die Pocken ein. Die Inselbevölkerung sank auf nur 200 Menschen. 1868 ließ sich der Franzose Dutroux-Bornier auf der Insel nieder, errichtete eine Schafsfarm und ein Terrorregime. Nachdem er ermordet worden war, ging die Schafzucht an eine englische Gesellschaft über, später an eine chilenische. Die Schafe konnten sich frei auf der Insel bewegen, die Einwohner lebten in einem eingezäunten Pferch. Französische und belgische Missionare kamen und verbrannten die heiligen Tafeln, die für die Entschlüsselung der Schrift so unersetzlich waren, die Missionare schoren dem letzten König und Priester, einem Kind, das zu berühren absolut tabu war, die Haare. 1888 annektiert Chile die Insel. Im Kleinen geschieht, was in anderen Ländern im Großen passiert. Die Einwohner sind rechtlos, dürfen die Insel nicht verlassen, man will sie erst zivilisieren, das heißt, das Fremde, Unverstandene soll ausgelöscht werden. Auch in Chile denkt man eurozentristisch. In diesem Jahrhundert werden die Bewohner chilenisiert: Sie müssen Spanisch lernen und werden von der katholischen Kirche in Chile betreut. Ein deutscher Pater Engler kommt und wirkt über vierzig Jahre auf der Insel. Er sammelt die letzten Reste dieser ausgelöschten Kultur, die Mythen, Erzählungen, Berichte. Wobei die Ironie der christlichen Missionsarbeit einmal mehr daran deutlich wird, daß sie, nachdem sie die autochthone religiöse Tradition und damit die Identität der jeweiligen Gesellschaft zerstört hat, in einer zweiten Phase die letzten Zeugnisse der zerfallenen Kultur zu sammeln und zu retten sucht.

In der Bevölkerung halten sich bis heute Erzählungen, daß bis in die fünfziger Jahre des Jahrhunderts hinein unliebsame, widerständige Einheimische von den chilenischen Behörden in die Leprastation Hanga Roa gebracht worden seien, ein kleines Sanatorium in einem von mächtigen Eukalyptusbäumen eingeschatteten Hain. Wer sich der Logik der herrschenden Macht, das heißt der chilenisch-westlichen »Zivilisierung«, widersetzte, wer auf Selbstbestimmung insistierte, der konnte nicht normal sein, der war immer noch der Wilde, also krank.

Hier soll nun der andere deutsche Dichter, selbst Fremder und Exilant, erwähnt werden, der die Osterinsel besucht, aber nicht betreten hat: Adelbert von Chamisso. Chamisso machte als Naturwissenschaftler auf der russischen Bark *Rurik* unter dem Kommando Otto v. Kotzebues, Sohn des Dramatikers August v. Kotzebue, eine Weltreise mit. Im Jahr 1816 traf das Schiff bei der Osterinsel ein, die Expedition konnte damals aber nicht an Land gehen, weil die Einwohner sich feindlich verhielten. 1808 war der amerikanische Schoner *Nancy* gelandet, der Kapitän hatte 12 Männer und 10 Frauen verschleppt, wobei es zu einem Blutbad unter den Einwohnern gekommen war. Chamisso berichtet von dieser furchtbaren Episode und hat mit dem Blick auf die Osterinsel, die er nicht betreten konnte, geschrieben:

»Ich ergreife diese Gelegenheit, auch hier gegen die Benennung ›Wilde‹ in ihrer Anwendung auf die Südseeinsulaner feierlichen Protest einzulegen. (...) Ein Wilder ist für mich der Mensch, der, ohne festen Wohnsitz, Feldbau und gezähmte Tiere, keinen anderen Besitz kennt, als seine Waffen, mit denen er sich von der Jagd ernährt. Wo den Südsee-Insulanern Verderbtheit der Sitten schuld gegeben werden kann, scheint mir solche nicht von der Wildheit, sondern vielmehr von der Übergesittung zu zeugen. Die verschiedenen Erfindungen, die Münze, die Schrift u. s. w., welche die verschiedenen Stufen der Gesittung abzumessen geeignet sind, auf denen Völker unseres Kontinents sich befinden, hören unter so veränderten Bedingungen auf, einen Maßstab abzugeben für diese insularisch abgesonderten Menschenfamilien, die unter diesem wonnigen Himmel ohne gestern und morgen dem Momente leben und dem Genusse.« *(Reise um die Welt)*

Noch ist der Himmel blau, am Horizont schiebt sich eine Wolkenbank hoch, schnell kommt sie, vom Wind getrieben, auf die Insel zu, plötzlich ist dieser Regen in der Luft, aber so fein wie aus einem Wasserzerstäuber. Es ist das Eigentümliche, man spürt, daß die Wolken von weit her kommen und weithin gehen, so tief treiben sie über dem Meer. Dann, nach wenigen Minuten, scheint wieder das Blau durch, erst zart, dann strahlend, und der Blick geht über das sanft gewellte Land, auf dem das kniehohe Gras steht. Bewegt silbern, eingeschattet von einer nachschwebenden Wolke.

Dieses Land gehört noch immer dem chilenischen Staat. Das ist einer der Gründe, warum eine Gruppe von Rapa Nuis den Kirchplatz besetzt hält. Eine Frau erzählt uns auf spanisch, daß das Rapa Nui, diese nur von 1600 Menschen gesprochene Sprache, in Gefahr sei, verlorenzugehen. In der Schule sei Spanisch obligatorisch. Spanisch ist alleinige Amts- und Gerichtssprache. Mit der Sprache Rapa Nui würde man seine eigene Geschichte verlieren. Es sei wie mit diesem Baum, dem Taromiro, dieser auf der Welt einmaligen Baumart, die ausgestorben ist, von der Heyerdahl noch ein paar Samen gefunden hat, die in Göteborg und Bonn nachgezüchtet werden konnten. Am Hang des Vulkans Rano Kao versucht man, den Taromiro wieder heimisch zu machen. Aber die kleinen Pflanzen wüchsen einfach nicht. Die chilenischen Biologen bewässern sie, sagt die Frau, aber ohne Liebe. Dieser nur auf dieser Insel existierende Baum braucht die Pflege der Rapa Nui, eine besondere Liebe. Erst dann würde er gedeihen. Die Forderung der Besetzer, der politischen Aktivisten, ginge nicht nach politischer, sondern nach kultureller Unabhängigkeit der Insel.

Wenn man das Inselmuseum betritt, hat man vor Augen, was diesen Menschen, was dieser einmaligen Kultur angetan worden ist. Sie, die all das hervorgebracht haben: bewundernswerte Schnitzwerke, eine eigentümliche Zeichenschrift, die auf einigen der Rongorongo-Tafeln überliefert ist, all das ist über die ganze Welt verstreut, in allen größeren Völkerkundemuseen zu finden und zu bewundern, aber die Rapa Nui haben in ihrem Museum lediglich zwei Originale.

Die Frage nach den Dieben stellt sich so ganz neu. Die lächerlichen Diebereien der Insulaner, die den europäischen Eindringlingen Hüte und Taschentücher stahlen, waren nichts gegen die systematische kulturelle Ausplünderung der Insel.

Es wäre von europäischer und amerikanischer Seite eine bescheidene Wiedergutmachung für das, was diesem kleinen Volk angetan wurde, wenn man wenigstens einen Teil seiner Kunstwerke, die teilweise unzugänglich in Magazinen lagern, zurückgäbe, vor allem einige dieser Schrifttafeln. Und es müßten die Voraussetzungen dafür geschaffen werden, daß die Sprache der Rapa Nui in der Schule unterrichtet wird, daß Gottesdienste, da die Christianisierung ja so erfolgreich war, auf Rapa Nui gehalten werden – vielleicht kann dann einmal jenes Buch in Rapa Nui geschrieben werden, das von dieser Geschichte erzählt: von den mörderischen Bürgerkriegen, von den ersten europäischen Eindringlingen, von Moais, die zum Meer hinunterwanderten, von den Missionaren, die dem letzten Königskind und Priester vor aller Augen die Haare abschnitten, von der Zeit, als die Insel den Schafen gehörte, während die Insulaner eingepfercht lebten, von dem Franzosen mit seinem kleinen mörderischen Terrorsystem, wie er getötet wurde, von Sklavenhändlern, die Menschen entführten, von den Chilenen, die diese Insel in Besitz nahmen, von den Amerikanern, die hier aus strategischen Gründen einen Flughafen anlegten (der nicht Chile, und schon gar nicht den Rapa Nui gehört), auf dem nun die Touristen landen, zu denen auch ich gehöre.

Die Bucht von Anakena: ein geschwungener weißer Sandstrand. Hier stehen Palmen, die erst vor gut zwanzig Jahren gepflanzt wurden, als man die Insel für Touristen erschloß. Der Strand ist leer, kein Mensch zu sehen. Das Wasser ist tatsächlich grün und so durchsichtig, wie es immer beschrieben wird. Dem Schwimmenden geht beim Anblick der Bucht natürlich dieses Wort durch den Kopf: Klischee. Aber es stört ihn nicht weiter. Er macht in der sanften Dünung den toten Mann: Wird er von einer Welle gehoben, hat er die massigen Moais, die am Ufer stehen, gut im Blick. Er denkt daran, wie er vorgelesen hat, die Zehen in die Sandalen verkrallt. Nun wird er getragen. Gern würde er jetzt laut jauchzen. Aber dann würde seine Frau womöglich einen Schrecken bekommen. Es soll ja Haifische geben. Also freut er sich im stillen und so, wie es Chamisso beim Anblick dieser Insel für sich beschrieben hat: »da freute ich mich wie ein Kind; alt nur darin, daß ich zugleich mich auch darüber freute, mich noch freuen zu können.«

Am Strand, mit dem Blick auf die Bucht, also auch auf den Schwimmenden, stehen auf einem Altar die sieben Moais und etwas seitlich auf einem kleinen Flügel ein einzelner, wuchtiger, runder, archaischer Moai, alle blicken sie zum Horizont, von dorther sollen die Ahnen gekommen sein, und mit ihnen begann die Geschichte der Insel. Diese Figuren in ihrem wuchtigen dunklen Ernst sind selbst das Symbol des Fremden. Sie stellen dem heutigen Betrachter, wenn er denn nicht in einer fraglosen Gläubigkeit eingebunden ist, eine Frage, die den ethnologischen, kulturkritischen und politischen Fragen vorangeht und sie transzendiert: Woher kommen wir, wohin gehen wir?

Über Don DeLillo

Meine sehr verehrten Damen und Herren,
ich freue mich, daß ich Ihnen Don DeLillo in der Reihe *Gedächtnis der Welt* vorstellen darf. Und da das Gedächtnis auf das Erinnern bezogen ist, durch dieses gespeist wird und abrufbar bleibt, will ich mit der Erinnerung daran beginnen, wann und wo ich zum ersten Mal auf den Schriftsteller Don DeLillo gestoßen bin: Ich war in New York, 1990, wohnte als Stipendiat in einem der Silver Towers an der Bleecker Street und habe dort *Weißes Rauschen* gelesen. Wenn ich hinaussah, hatte ich genau das im Blick, was ich jetzt, im Roman *Unterwelt,* wunderbar beschrieben, wiedergefunden habe: die hölzernen Wassertanks auf den Dächern, die Vielfalt der Figuren und Ornamente, die Engel mit Schmetterlingsflügeln unter einem Gesims. Ich war in New York und fühlte mich wohl. Ich gehöre einer Generation an, die eher ein distanziertes Verhältnis zu den USA hatte und lieber nach Italien, Frankreich oder Lateinamerika fuhr. Der Grund lag, um es verkürzt zu sagen, in einer Politik, die den Vietnamkrieg oder die Invasion in der Schweinebucht ermöglichte.

Ich will nur sagen, als ich nun länger in New York lebte, war auch ich von dieser Stadt, wenn Sie mir den dramatischen Ausdruck erlauben, überwältigt und begeistert. Wobei die Lektüre des Romans wiederum meine Wahrnehmung geschärft hat, kritisch, und das nicht nur im Hinblick darauf, daß New York nicht Amerika ist und daß es sehr viele Amerikas gibt. Das *Weiße Rauschen* spielt in einer Provinzstadt mit einem größeren College und erzählt von einem Professor, einem Hitlerforscher, und dessen Familie. Es geht da recht normal zu, wenn man einmal davon absieht, daß dieser Jack Gladney ein schlechtes Gedächtnis hat, kaum daß er sich an seine früheren Ehefrauen erinnern kann, kaum daß er die Schar seiner Kinder aus den Ehen kennt. Aber ansonsten ist das eine gewöhnliche Stadt, Irion City, im mittleren Westen.

Mit dem ethnologischen Blick der teilnehmenden Beobachtung beschreibt DeLillo den Alltag dieser Familie, die typischen Eß-, Trink- und Einkaufsgewohnheiten. Ich entsinne mich noch jetzt, daß ich bei der Lektüre viel gelacht habe, die Komik lag im Detail, war niemals ausgewalzt. Dann aber verging einem das Lachen. Nach einigen beunruhigenden Vorzeichen kommt es zu einem »luftübertragenen toxischen Vorfall« – so heißt das Kapitel. Ein Kesselwagen explodiert, eine giftige Wolke entweicht. Etwas Unheimliches beginnt, wie die Menschen evakuiert und umgeleitet werden, auf der Flucht vor dieser Wolke, aus der Blitze hervorschießen, ein science-fiction-haftes Szenarium, und doch wird der Anstrich der Normalität bewahrt, wohl auch weil die drohende Gefahr merkwürdig unbenannt bleibt, eben eine dunkle Wolke, die langsam über das Land zieht und alles kontaminiert. Möglicherweise das Fernsehen, dachte ich, eine Zusammenballung elektronischer Teilchen, die in dieser Massierung im wörtlichen Sinn toxisch werden – wobei gesagt sein muß, ich erlebte damals zum ersten Mal das kommerzielle amerikanische Fernsehen.

Alltägliche Ängste und Wünsche zu Ende gedacht im High-Tech-Zeitalter. Noch verstörender die Test-Reihe, für die sich die Frau des Hitlerforschers zur Verfügung gestellt hatte. Dylarama ist eine Pille gegen die Angst, gegen jene Angst, die allen Ängsten zugrunde liegt, gegen die Todesangst. Es wäre die Pille des Vergessens. Eine Glückspille?

DeLillo erzählt das alles, ohne zu werten, er läßt die Figuren aus sich heraus agieren. Die Fragen stellt sich der Leser. Würde mit dieser Pille gegen die Todesangst nicht auch jedes gewissenhafte Handeln aufgehoben? Und würde der so angstfrei Gedopte nicht jedes Interesse an sich selbst verlieren? Hätte man noch Interesse an Zukunft, an Vergangenheit? Das Ende der Geschichte im biochemischen Metabolismus. Antworten gibt es keine, jedenfalls nicht vom Autor. Er greift nur tatsächliche Entwicklungen auf. Ist die Vermutung so abwegig, daß in Pharmaunternehmen an einer solchen finalen Verdrängungspille gearbeitet wird?

Mein Leseeindruck war damals, da schreibt jemand äußerst kühl, kalkuliert, artistisch, aber auch mit einer ziemlichen Wut im Bauch. Ein Assoziationsreichtum in den Bildern, Metaphern, die niemals gesucht erscheinen, sondern aus den Situationen herausdrängen. Das wirkt trotz aller angeschnittener Grundsatzfragen so unangestrengt und vor allem nie belehrend. Und es ist in dieser Prosa etwas, wie Peter Körte einmal geschrieben hat, das sich (dem Leser) entzieht und (ihn) zugleich sogartig hineinzieht, und »vor ihre transparentesten Stellen schiebt sich mitunter eine Wolke, die die Bedeutungen verschattet und das Zugängliche opak werden läßt«.

Natürlich habe ich mich damals gefragt, wer dieser DeLillo ist, aber nicht viel herausbekommen. Die Angaben sind dürftig: 1936 geboren, in der New Yorker Bronx, dort aufgewachsen. Studiert. Verheiratet. Hat einige Jahre in Europa gelebt. Und, das las ich immer wieder, er scheue die Öffentlichkeit. Vielleicht muß aber, wer solche Romane schreibt, unerkannt bleiben, aus dem einfachen

Grund, um Alltägliches, Normales so unverstellt erfahren und beobachten zu können.

Don DeLillo hat die wichtigen literarischen Preise bekommen. Ich will die Romane nennen, die bei uns erschienen sind, und Sie können sie dann am Büchertisch begutachten: *Americana; Die Namen; Weißes Rauschen; Sieben Sekunden*, der Roman über Lee Harvey Oswald und die Hintergründe des Kennedy-Mords; *Mao II,* mit dieser faszinierenden Eingangsszene, der Beschreibung einer Massenhochzeit der Mun-Sekte.

Und jetzt, in diesem Herbst, ist *Unterwelt* erschienen, sein elfter Roman und eine Summa seiner bisherigen literarischen Produktion. Die epochale Bedeutung dieses Romans ist – das habe ich mit Genugtuung festgestellt – von der deutschen Kritik erkannt und gewürdigt worden. Hervorheben möchte ich noch die große Leistung des Übersetzers Frank Heibert, der diesen Roman in ein so reiches Deutsch übertragen hat.

Es ist ein Buch, das schon rein äußerlich auffällt, aufgrund seines Umfangs und wegen der eingefügten schwarzen Seiten, die drei Kapitel eines Erzählstrangs abteilen. Der Titel sagt es, die schwarzen Seiten zeigen es, der Tod ist ein Grundthema dieses Romans, die anderen sind das Erinnern und das Vergessen. Krieg und Frieden.

Der Prolog – *Der Triumph des Todes* überschrieben – erzählt von einem Baseballspiel 1951 der Giants gegen die Dodgers. An diesem 3. Oktober, als die Giants so spektakulär wie unerwartet durch einen Homerun gewannen, fand der erste sowjetische Atomtest statt. Zwei Ereignisse, die dann gleichwertig auf der Titelseite der *Times* standen. Ein Zufall sicherlich. Wie auch die Tatsache, daß FBI-Chef Hoover damals im Stadion war. DeLillo befragt solche Zufälle, und seine Erinnerungsarbeit macht sie produktiv. Es geht ihm nicht um simple Kausalitäten. Das zeigen schon die chronologischen Sprünge, die Vor- und Rückgriffe, in denen dieses Amerika zu Zeiten des Kalten Krieges vor uns ersteht.

Ein schwarzer Junge erkämpft sich 1951 den ins Publikum geschlagenen Baseball, in den Neunzigern liegt dieser dann im Bücherregal von Nick, dem Müll-Manager, den einst die Niederlage der Dodgers aus der Bahn warf. DeLillo erzählt mit der Geschichte dieses Balles auch die seiner vielen Besitzer, ihrer Freunde, Frauen und Kinder und entwirft damit eine Mentalitätsgeschichte Amerikas: das Verhältnis zu Waffen, Drogen, Sexualität und Geld, der Umgang mit Menschen, Autos, Hausgeräten, der Einfluß von Schule, Schlagern und Filmen, das alles wird nicht umständlich beschrieben, sondern ist eingelagert in kleine Handlungen, Streitereien, Geschäftsgespräche. Große Teile werden im Dialog erzählt, unangestrengte Dialoge, die so ganz unbefrachtet vom Wollen des Autors scheinen und in ihrer Beiläufigkeit doch viel über die Redenden aussagen.

Aber DeLillo ist auch ein Autor der Bilder und Landschaften: amerikanische Slums, Vororte, der weite Westen und die Wüsten. Und er räumt auf mit dem Mythos der unberührten Natur. Da lagert etwa – noch das positivste Bild – ein ganzes Geschwader stillgelegter B52-Bomber, die von der Künstlerin Klara und ihrem Team bemalt werden, Rüstungsschrott, der zum Artefakt wird, um so, wie es heißt, das Ende eines Zeitalters zu markieren. Oder die riesige mit Kunststoff ausgeschlagene Grube für kontaminierten Müll. Und immer wieder die Angst vor dem Tod, die Angst vor der Bombe, eine latente Angst, die zu bizarren Vorkehrungen führt, etwa daß eine Nonne ihr Zimmer mit Stanniol gegen die Strahlung auskleidet und mit ihren Schulkindern für den Ernstfall übt: hinlegen, nicht zum Fenster schauen. Ich erinnere mich, auch bei uns gab es Anfang der fünfziger Jahre die behördliche Empfehlung, sich beim Blitz etwas über den Kopf zu stülpen, zum Beispiel die Aktentasche, wobei die Dose für die Stullen vorher entfernt werden sollte.

Der Reichtum des Romans liegt aber nicht nur im Gesprochenen und Beschriebenen, sondern vor allem auch im immer wieder durchscheinenden Subtext. Wenn ein Jesuitenpater den jungen Nick zwingt, seinen Schuh genau zu beschreiben, und ich dabei zum ersten Mal erfahre, wie die Endeinfassung eines Schnürsenkels heißt, nämlich Senkelblech, und der Pater sagt, nur wer die Wörter weiß, kann überhaupt die Dinge wahrnehmen, dann ist das zugleich ein erkenntnistheoretischer Diskurs. Zumal die Szene auf den Leser zurückweist, der ja an dieser auch ästhetischen Schulung teilnimmt. – Oder die Kabarettnummern von Lenny Bruce: die Spannung, die er absichtsvoll abschlaffen läßt, die Witze, die einknicken, die Anläufe, die er abbricht – das liest sich wie eine Paraphrasierung des Dekonstruktivismus.

Ich will noch einmal zu diesen Grundmotiven zurückkommen, auf den Dreiklang: Tod, Erinnern, Vergessen. Die drei Motive sind verknüpft im Thema Müll. Folgt man DeLillo, so stellt sich eine Gesellschaft am besten durch ihren Müll dar, durch das, was sie ausscheidet, hinterläßt, als nicht mehr brauchbar wegwirft. Genau das hat übrigens Heinrich Böll in seinen Frankfurter Vorlesungen gefordert, eine Ästhetik des Mülls, des Abfalls.

Die gebrauchten oder verbrauchten Gegenstände tragen in sich Spuren des Lebens, das unsere individuelle und kollektive Geschichte ausmacht, sie helfen uns die Frage zu beantworten, wie wir wurden, was wir sind. Dafür ist dieser Baseball ein Symbol. Er erinnert an den Homerun, an einen Sieg und eine Niederlage. Für Nick war es eine Niederlage. Und der Atomtest damals war ein

Erfolg der Sowjetunion, der den Rüstungswettlauf antrieb und schließlich in der Niederlage endete. Und der Ball erinnert auch daran, daß, wäre aus dem Kalten Krieg ein heißer geworden, es keine Erinnerung daran gegeben hätte. Wenn das Plutonium zum Einsatz gekommen wäre, hätte es nicht einmal mehr Plutos Unterwelt gegeben, in der die Menschen immerhin als Schatten aufgehoben sind. Die Erde wäre kosmischer Müll, und zu diesem Müll würde auch die Zeit gehören, es gäbe – ohne Menschen – kein Gestern, kein Heute, kein Morgen.

Es wäre noch weit mehr zu sagen, aber es soll ja keine Vorlesung werden, sondern nur eine Einführung, und ich wünsche diesem Buch, wie auch den anderen Romanen von Don DeLillo, viele Leser.

Der Mantel

Sie stieg die Treppe hoch. Dort, wo die Stufen zur Wand hin breiter wurden, in der Ecke des Treppenhauses, blieb sie einen Moment stehen, wartete, bis sie wieder Luft bekam. Ihre Knie zitterten ein wenig, und sie dachte, das ist der Schreck, der sitzt mir in den Gliedern. Noch immer. Sie stieg dann weiter, hielt sich mit der linken Hand am Geländer fest. Die meisten Messingleisten an der Stufenkante waren abgerissen, das Linoleum ausgefranst und mit grauem Mörtelstaub bedeckt. Das Geländer im ersten Stock wackelte. An die Wände waren riesige Strichmännchen gemalt und in einer breiten geschwungenen Schrift Abkürzungen und Namen, die ihr nichts sagten. Als sie vor sechsundzwanzig Jahren in das Haus eingezogen war, wohnte unten noch ein Hausmeister, der jeden Tag fegte und jeden zweiten wischte. Jetzt kamen einmal in der Woche zwei Afrikaner, die das Treppenhaus durchfeudelten.

Sie hörte Schritte von oben kommen und blieb stehen, versuchte ruhig zu atmen, auch das Zittern der Hand zu verbergen. Ein junger Mann kam ihr entgegen, auf der Schulter trug er ein rotes Fahrrad. Er nickte ihr kurz zu. Sie sagte: Guten Tag. Dann drehte sie sich mit dem Rücken zur Wand, so als mache sie ihm mit seinem Rad Platz, tatsächlich aber sollte er ihren Rücken nicht sehen. Ich hätte mir nicht den Mantel anziehen sollen, dachte sie. Es war ein Fehler. Ich hätte den braunen Stoffmantel anziehen sollen. Der war schon recht abgetragen, der Stoff an den Ärmeln blankgewetzt, und hin und wieder mußte sie an den Ärmelkanten mit der Nagelschere die ausgefransten Fäden abschneiden. Und er hielt nicht richtig warm. Warm, wirklich warm, war der andere Mantel, ihr, wie sie es nannte, bestes Stück, ein Nutriamantel. Es war über Nacht kalt geworden, und sie hatte morgens in der Wohnung gefroren. Die Heizung drehte sie erst am Abend auf, kurz vor dem Abendessen, für drei Stunden. Sie hatte sich in den letzten beiden Jahren immer wieder überlegt, ob sie den Mantel nicht verkaufen sollte. Einmal war sie denn auch zu dem Pelzgeschäft in der Osterstraße gegangen, dem letzten Pelzgeschäft im Viertel. Früher hatte es hier vier, nein, sogar fünf Geschäfte gegeben. Jetzt nur noch dieses eine. Und in dem Schaufenster lagen meist nur Lederwaren, kaum noch Pelzmäntel.

Sie hatte den Mantel sorgfältig durchgesehen, zwei Nähte im Futter nachgenäht und ihn über dem Arm in das Pelzgeschäft getragen und auf den Ladentisch gelegt. Der Kürschner sah sich den Mantel an, das Fell, das Seidenfutter.

Gute Arbeit, sagte er.

Ja, sagte sie, und so gut wie neu. Hab ihn nur selten getragen.

Das sieht man.

Er dachte einen Moment nach und nannte dann die Summe. Sie glaubte zunächst, sie hätte nicht richtig gehört, aber er wiederholte sie noch mal. 650 Mark. Er muß die Enttäuschung in ihrem Gesicht gesehen haben, er sagte, tut mir leid, mehr ist nicht drin. Wirklich nicht. Behalten Sie ihn lieber. Niemand will mehr einen Pelzmantel tragen. Schon gar nicht einen teuren. Nerz oder Nutria. Nein. Das Geschäft ist tot.

Sie stand da, überlegte, dachte an die Rechnung für das neue Brillengestell und an die Jahresabrechnung der Elektrizitätsgesellschaft, die in diesen Tagen kommen mußte. Sie strich mit der Hand über das Fell, das bei diesem Licht wie flüssiges Gold aussah, weich und in der Hand spürbar warm, fuhr nochmals sacht gegen den Strich. Das Fell zeigte jetzt ein tiefes Dunkelbraun.

Ich behalt ihn doch lieber.

Und als sie wieder draußen stand, sagte sie laut zu sich selbst: Richtig so.

Bis vor vier Jahren, als sie in Rente ging, hatte sie als Pelznäherin gearbeitet. Viel lieber wäre sie Kürschnerin geworden. Aber das wurden damals, vor dem Krieg, nur die Jungen, Kürschner. Sie würde sowieso heiraten, hatte ihr Vater gesagt, also wozu eine so lange Lehrzeit, drei Jahre, damals. Dagegen nur die zwei Jahre für die Näherin. Und stehen mußte man bei der Arbeit auch nicht. 46 Jahre hatte sie Pelzmäntel mit Seide gefüttert und an Pelznähmaschinen Felle zusammengenäht, Persianer, Seehund, Nerz, Ozelot, Nutria und Biber. Die Kürschner standen an den Werktischen und sortierten die Felle, schnitten Zacken und Streifen, steckten die Felle auf Mantellänge zusammen, dann erst kamen sie zu den Maschinennäherinnen.

Das ist doch das Wunderbare an dem Beruf, hatte Blaser ihr einmal gesagt, kein Fell ist wie das andere. Und das war ja tatsächlich der Unterschied, wenn man mit Stoff arbeitete. Den mußte man einfach nur abschneiden, allenfalls bei Streifen oder Karos mußte man auf den Anschluß achten, aber sonst glich eine Stoffbahn der anderen. Bei Fellen gab es Unterschiede, Unterschiede in der Farbe, der Haarlänge, der Haardichte, oft nur winzige Unterschiede, die man sehen und berücksichtigen mußte. Und die Felle, stammten sie denn von Tieren aus der freien Wildbahn, hatten kleine Schäden. Dort, wo sich die Tiere gebissen oder sich an Dornen oder Felsen verletzt hatten, blieben Narben, kahle Stellen, Kahlauer, solche

Stellen mußten dann vorsichtig ausgebessert werden. Es war eine Kunst.

Eine Zeitlang hatte sie in einer Fabrik gearbeitet, in einer Batterienfabrik, dort konnte man mehr verdienen als mit Pelznähen. Es war eine monotone Arbeit, am Fließband Batterien verpacken, darum hatte sie wieder als Pelznäherin angefangen, in einem großen Geschäft in der Hamburger Innenstadt.

Im Winter war die Arbeit am schönsten, wenn sie draußen vor dem Fenster sehen konnte, wie der Schnee fiel, dann wußte sie, das, was sie gerade nähte, würde die Kälte abhalten.

Die Näherinnen saßen sich beim Einfüttern gegenüber, eine ruhige Arbeit war das, bei der man sich unterhalten konnte, von dem erzählen, worauf man sich freute oder wovor man sich ängstigte. Würde sie noch in die Werkstatt gehen, könnte sie davon morgen erzählen, von diesem Schreck heute.

Sie stieg zum nächsten Stockwerk hoch, auch hier war der Fußboden mit einem feinen Staub, mit Sand und Mörtel bedeckt. Das Linoleum und das an einigen Stellen darunter schon sichtbare Holz waren abgeschmirgelt von den Schuhen, die hier treppauf, treppab stiegen. Seit Monaten, genaugenommen seit über einem Jahr, wurde nun schon in dem Haus gebaut, oben, im dritten und vierten Stock. Am Anfang hatte sie auf ihrer Etage, auf der noch drei andere Wohnungen lagen, gekehrt und gewischt, aber irgendwann hatte sie mit dem Kehren und Wischen aufgehört, weil jedesmal nach wenigen Stunden wieder die staubigen Stiefelabdrücke zu sehen waren. Seit ein paar Monaten kamen die beiden Schwarzen, die sie nicht verstehen konnte, weil sie englisch sprachen. Die beiden schleppten jeder einen Eimer Wasser nach oben und begannen dann, Gummihandschuhe an den Händen, zu wischen. Sie hatte durch den Türspion beobachtet, wie der eine den Schrubber mit dem darumgewickelten Scheuerlappen in den Eimer tauchte, dann wischte, ohne vorher gefegt zu haben. Sie fragte sich, ob die in Afrika das immer so machten. Zwei Eimer Wasser für das gesamte Treppenhaus.

Hin und wieder traf sie die Arbeiter auf der Treppe. Sie grüßten, aber sonst konnte sie auch die nicht verstehen. Vielleicht waren es Polen, vielleicht Russen, die da oben arbeiteten. Das Klopfen war in ihrer Wohnung überall zu hören, auch wenn sie in der Küche saß, ein Hämmern, Bohren, Klopfen, monatelang, und sie fragte sich, was die da oben so lange taten. Manchmal wurden Eimer mit Sand hinaufgeschleppt, manchmal Ziegelsteine. Dann war wieder nichts zu hören, eine Woche, zwei Wochen lang, nichts, aber der graue Staub, der war immer und an jedem Tag da, bis zum Freitagvormittag, dann kamen die beiden Schwarzen. Am Abend war die Treppe wieder grau, und es knirschte bei jedem Schritt. Sie setzte sich auf die kleine Bank, die in einer Ecke des Treppenhauses angebracht war, und stellte die Tasche neben sich, eine abgewetzte Kunstledertasche, die sie nicht wegwerfen mochte. Ein Geschenk von Karl. Karl Lorenz. Lorenz war im Katasteramt angestellt gewesen. Sie trafen sich einmal in der Woche, meist am Wochenende. Er war geschieden und wollte sie heiraten, wegen der günstigeren Steuerklasse, sagte er, aber das hatte er wohl mehr aus Spaß gesagt. Und: Es sei doch schön, wenn sie zusammen in einer Wohnung wären, gemeinsam essen könnten, und am Morgen, beim Frühstück, würden sie sich ihre Träume erzählen. Das mit dem Träumen hatte ihr gefallen, aber dennoch wollte sie ihn nicht heiraten. Wenn sie von ihren Bekannten gefragt wurde, warum denn nicht, sagte sie: Ich mag ihn, aber nicht so, nicht zum Heiraten. Lorenz war vor neun Jahren gestorben, plötzlich, auf der Straße, an einer Bushaltestelle, war er umgefallen.

Seitdem war sie allein.

Sie saß da und hätte sich am liebsten mit dem Rücken ein wenig an die Wand gelehnt. Aber sie verbot es sich.

Es war ja nicht mehr weit nach oben, und sie konnte dann in Ruhe den Mantel ausziehen. Wahrscheinlich war es Ketchup. Das konnte sie rauswaschen. Rot war es. Das hatte sie gesehen. Es ging alles so schnell. Es war etwas Rotes. Ja. Ganz sicher. Und die Leute haben gelacht. Das hatte sie gesehen. Das hatte sie am meisten verwirrt, wie die Umstehenden in dem Kaufhaus gelacht hatten. In der Lebensmittelabteilung. Nicht weit vom Käsestand entfernt. Vielleicht war ja auch nichts, dachte sie, vielleicht war da gar nichts, sie hatte nur eine sachte Berührung gespürt, so als würde ihr jemand über den Rücken fahren, keinen Schlag, ein Streicheln, ja, dachte sie, es war wie ein Streicheln. Aber sie hätte heulen können, heulen, als sie rausging, als ihr alle nachschauten, und viele lachten. Auch auf der Straße war sie dann an den Schaufenstern, an den Hauswänden entlanggegangen, ein wenig schräg, so daß der Rücken halb zur Wand zeigte. Einen Augenblick hatte sie überlegt, ob sie den Mantel nicht einfach ausziehen sollte. Es war ihr dann aber doch peinlich gewesen, auf der belebten Straßenkreuzung mit dem Mantel dazustehen, den sie gar nicht wieder anziehen mochte. Genaugenommen paßte der Mantel nicht in dieses Kaufhaus und nicht auf diese Straße, nicht in diese Gegend. Früher ja, vor zwanzig Jahren. Aber jetzt nicht mehr. Die Leute hätten nur schadenfroh gegrinst, so wie sie unten in der Lebensmittelabteilung gegrinst hatten. Sie würde das Ketchup mit Wasser auswaschen und dann die feuchte Stelle am Rücken aufzwecken, damit sich das Leder nicht verzog. Das war wichtig, auch bei der Arbeit, diese Genauigkeit, beim Einschneiden, damit die Haarlänge und die Fellfarbe stimmen, wurden die Felle mit einer Zackennaht verbunden, zu Streifen geschnitten, auf Mantellänge gebracht und die Streifen sodann zusammengenäht, das Leder angefeuchtet und aufgezweckt, so bekamen die Fellteile ihre Form. Keine Haare durften eingenäht werden, sonst gab es in diesem wunderschön seidigen Hellbraun des Haars dunkle klumpige Stellen. Das Haar war unfaßbar fein, und niemand, der die Mäntel trug, hatte eine Ahnung, wie schwierig es war, diese Nähte zu nähen, mit welch ruhiger Hand man mit einer Pinzette immer wieder die feinen Haare hinunterstreichen mußte, um eine der kleinen Zackennähte zusammenzunähen.

Wie Sie das machen, so knapp, so schnell, einfach elegant, hatte ihr einmal Herr Blaser gesagt.

Aus einer der Wohnungen war wieder dieses Wummern zu hören, dort waren zwei junge Männer eingezogen, wahrscheinlich Studenten. Die hörten Musik. Schon morgens. In dem Haus wohnten jetzt viele Ausländer und Studenten. Manchmal ekelte sie sich vor den Gerüchen, die aus der Wohnung im ersten Stock kamen, Essensgerüche, sie konnte nicht sagen, welches Gewürz oder welche Gewürze es waren, aber sie mochte den Geruch nicht. Und die Leute über ihr gossen die Blumen so, daß ihr das Wasser am Fenster entlanglief, am Fenster, das sie gerade geputzt hatte. Aber immerhin hatten die Leute Blumen. Nur sie und die Leute über ihr hatten in den Kästen Blumen gepflanzt, und in dieser Wohnung mußten zwei Familien wohnen, nach dem Trappeln der vielen Füße zu urteilen, und das, obwohl die Wohnung wie ihre nur zwei Zimmer hatte. Die beiden anderen Wohnungen waren leer, da wurde gearbeitet, da wurde gehämmert und gebohrt. Und sie fragte sich, wie die Leute da oben den Lärm aushielten.

Die Füße waren jetzt warm geworden, richtig heiß, auch der, den sie sich einmal gebrochen hatte, vor vielen Jahren, das war kurz nachdem sie die Nachricht bekommen hatte, daß Helmut in russischer Kriegsgefangenschaft gestorben war. Ein Brief war an seine Eltern gegangen, und die Eltern hatten ihr eine Abschrift geschickt. Sie hatten bei seinem nächsten Urlaub 1944 heiraten wollen. Aber dann war er als vermißt gemeldet worden, bei Tscherkassy. Eine Nachricht kam, ein halbes Jahr später, er sei in Kriegsgefangenschaft geraten. Acht Jahre hatte sie auf ihn gewartet. Bis die Nachricht von seinem Tod kam. Wenn sie daran dachte, wurde sie jedesmal wütend, nicht auf ihn, nicht auf sich, sondern auf die, die das alles angerichtet hatten, wie sie sagte. Heiß wurde ihr dann, und sie spürte ihr Herz, dieses Herz, das manchmal so rasend schlug und dann wieder holperte, ja, sagte sie, es holpert wieder, es setzt aus, als überlege es sich, ob es noch mal schlagen solle, und dabei blieb ihr dann die Luft weg. Das passierte ihr oft im Sommer, wenn es heiß war, und öfter noch im Winter, wie heute, wenn es kalt war, diese feuchte Kälte, die aus dem Grau kroch. Ich hätte den Mantel nicht anziehen sollen, dachte sie. Es gab Vorwarnungen. Es gab Zeichen. Noch als sie arbeitete, in dem Jahr, bevor sie in Rente ging, kam sie eines Morgens zu dem Pelzgeschäft, wie immer, und sah schon von weitem den Auflauf vor dem Geschäft und sah die Leute, die beiden Polizisten und die Besitzerin, die weinte und die der eine Polizist tröstete, und dann sah sie, was da in weißer Farbe groß über die Scheibe geschrieben stand: Mörder. Es war kein großes Geschäft, in dem sie zuletzt gearbeitet hatte, ein kleines Geschäft, kein elegantes. Die meisten Kunden wollten nur Reparaturen, kaum noch Neuanfertigungen. Die Kaufhäuser waren wesentlich billiger, niemand konnte da mithalten. Die Kaufhäuser ließen in Griechenland, später sogar in Hongkong arbeiten. Nerzmäntel für 2000 Mark. Sie hatte sie oft repariert. Der reine Pfusch. Wenn man das Futter auftrennte, sah man das sofort. Überall guckten auf der Lederseite die Haare heraus, büschelweise eingenäht. Und man sah die Nähte auch auf der Fellseite. Richtige Rillen. Ein einziger Pfusch. Aber die Leute hatten keinen Blick dafür.

Blaser war ein Könner gewesen, ja, ein Künstler, der saß da, rechnete, zeichnete und schnitt mit einem Rasierklingenmesser die Auslaßschnitte in die Felle. Das bewunderte sie, wie ruhig er das machte, wie genau, nur wenige, nur sehr wenige der Kürschner konnten so genau, so wundervoll gleichmäßig schneiden wie er. Sie nähte die Streifen dann aneinander, ebenfalls so genau, so exakt, damit sich nichts verschob, damit es keine Dellen im Leder gab, kein Zug entstand, und vor allem durften keine Haare eingenäht werden. Dafür mußte die Nähmaschine genau eingestellt werden, nicht zu hart, sonst verzog sich das Leder, nicht zu leicht, denn dann wurde die Naht zu lose. Eine verzwickte Sache. Übung brauchte man, eine ruhige Hand, ein gutes Auge und Erfahrung. Die sichere Hand beim Schneiden, die ruhige Hand beim Nähen. Am liebsten hatte sie in all den Jahren für Blaser gearbeitet. Auch wenn sie bei dieser Arbeit nicht reden konnte. Man mußte sich konzentrieren. Es war eine Fummelarbeit. Sie saß an der Maschine, nähte, und wenn sie den Kopf hob, sah sie den Rücken der anderen Näherin, die über ihre Felle gebeugt nähte. Immer wieder war das Surren der Maschinen zu hören. Sieben Näherinnen saßen hintereinander an den elektrischen Maschinen. Was sie störte, war die Zeit. Die Zeit war knapp. Sehr knapp. Die Stempeluhr zeigte für jedes Teil an, wieviel Zeit man daran arbeiten durfte. Manchmal wurden die Zeiten herabgesetzt. Und manchmal mußte sie, damit ihr nicht Geld abgezogen wurde, nach Feierabend weiterarbeiten. Das war oft der Fall, wenn sie für Blaser arbeitete.

Im Sommer setzte sie sich in der Mittagspause ans offene Fenster. Die Werkstatt lag im siebten Stock, und sie konnte über die Straße zum Jungfernstieg blicken. Vom Hafen war das Kreischen der Eimerbagger zu hören, das Nieten von den Werften und das Tuten der Schiffe. Wie sonderbar, dachte sie, daß all die Geräusche, die vom Hafen kamen, verschwunden sind, auch bei Südwestwind hört man nichts mehr. Damals war der Hafen überall in der Stadt zu hören, damals sah man noch die Pelzmäntel, ganz selbstverständlich wurden sie im Winter getragen. Es wurden sogar mehr und noch mehr. Massenware. Die Nerze in winzigen Käfigen. Und dann kamen die Leute, die dagegen protestierten. So kam es, daß all die Geschäfte schließen mußten, die Kürschner entlassen wurden, Pelznäherinnen als Verkäuferinnen arbeiteten, wie Maria, die sie noch als Maschinennäherin angelernt hatte und die jetzt bei Karstadt Wurst verkaufte. Bei der hatte sie heute die Schnittwurst im Angebot gekauft. Die hätte sie gewarnt. Hätte bestimmt gesagt: Mensch, paß auf! Aber sie war schon in dieser Abteilung, wo all die Dosen standen, nicht weit von der Käseabteilung, wo sie sich etwas Schnittkäse kaufen wollte, da war es passiert. Vielleicht, dachte sie, hätte ich zu Maria gehen sollen, mir einen Lappen geben lassen, sofort, aber dann, als sie all die Leute sah, die dastanden und sie anstarrten, da war sie schnell gegangen, ja, vor diesen Leuten weggelaufen, vor allem vor denen, die lachten, ein dummes, ein schadenfrohes Lachen.

Schon unten im Hausflur hatte sie es gerochen, und jetzt hier auf der Treppe roch sie es auch. Vielleicht war es irgendein Mittel hier aus dem Haus, in dem es immer roch, seit sie umbauten, nach Kalk, Zement, irgendwelchen Lösungsmitteln.

Sie war ein-, zweimal extra zum Dachboden hochgestiegen, einfach um einmal nachzusehen, wo und was da oben umgebaut wurde. Sie konnte aber in keine der Wohnungen hineinsehen. Sie sah durch das geriffelte Glas der Wohnungstüren Schatten. Sie hörte Stimmen, ohne etwas verstehen zu können. Und sie hörte Bohrgeräusche. Wie kann man nur so lange bohren? Was bohren die? Einmal hatte sie bei der Hausverwaltung angerufen und gesagt, es sei einfach unerträglich, der Schmutz, der Staub, der Lärm. Die Frau am Telefon hatte gesagt, die Wohnungen würden modernisiert. Und als sie der Frau antwortete, das sei eine Zumutung, diese Lärmbelästigung, über Monate, da hatte die Stimme am Telefon – der Stimme nach muß es eine junge Frau gewesen sein – gesagt: Sie können ja ausziehen.

So nicht, hatte sie gesagt, und ihr war heiß geworden, und wenn ihr heiß wurde, kamen ihr alle Gedanken durcheinander, weil dann das Herz so aufgeregt, so unregelmäßig schlug: Hören Sie mal, ich wohn schon 26 Jahre hier. Aber da hatte die Frau von der Hausverwaltung bereits aufgelegt.

In den nächsten Tagen hatte sie überlegt, ob sie zum Mieterschutz gehen sollte, hatte sich aber damit beruhigt, daß die Frau am Telefon wohl einfach nur schnippisch gewesen war und nicht hatte drohen wollen.

Hinter der einen Wohnungstür war das Kläffen eines Hundes zu hören, ein Kläffen, wie es nur von einem sehr großen Hund kommen konnte. Jedenfalls klang dieses Bellen tief, laut, drohend. Auch dieser Hund war neu im Haus. Sie hatte jedesmal Angst, dem Tier im Treppenhaus zu begegnen. Bisher hatte sie ihn aber noch nicht gesehen, zum Glück, auch nicht seinen Besitzer. Möglicherweise wurde er nicht auf die Straße geführt. Vielleicht aber auch nur nachts, wenn sie schlief, und sie ging früh ins Bett.

Abends, kurz vor sieben, drehte sie die Heizung hoch und sah sich etwas im Fernsehen an, nebenher aß sie, fast immer kalt, Brot, Käse, Wurstaufschnitt, trank Tee, schwarzen Tee. Manchmal kochte sie sich ein Ei. Früher hatte sie sich, kam sie von der Arbeit nach Hause, noch ein warmes Essen gemacht. Jetzt kochte sie vor, für zwei oder drei Tage, und wärmte sich dann das Essen auf. Eintopf. Eintopf aß sie gern, am liebsten Birnen, Bohnen und Speck, ihr Lieblingsgericht. Es erinnerte sie an ihre Mutter, deren Lieblingsessen es ebenfalls gewesen war.

Noch ein paar Stufen, genau sieben Stufen von hier, dann hatte sie es geschafft. Sie ließ sich Zeit, weil sie sich sagte, es kommt jetzt auf ein paar Minuten auch nicht mehr an. Das Ketchup würde sie erst einmal abwischen, mit einem Lappen, dann vorsichtig mit Wasser auswaschen. Es wäre sicherlich besser gewesen, den Mantel gleich auszuziehen und das Zeug abzuwischen. Aber vor all diesen Gaffern. Und dann, ja, da war sie sich sicher, sie hätte, wenn sie es auf dem Mantel gesehen hätte, losgeheult. Jetzt, dachte sie, hatte sie sich an den Gedanken gewöhnt. Sie würde ein Geschirrtuch nehmen, es unter das kalte Wasser halten und dann das Ketchup vorsichtig abreiben. Und wenn das nicht reichte, dann vorsichtig mit etwas Wasser auswaschen. Das Nutriafell würde danach grau werden und stumpf. Das so feine Haar würde sich zusammenrollen. Dafür gab es dann diesen Bügeltrick, den sie von Blaser gelernt hatte. Das Fell mit Essig bestreichen und die Stelle mit einem heißen, aber nicht zu heißen Eisen überbügeln. Dann wurde das Haar glatt und locker und schimmerte wieder ins Braungoldene. Es würde wieder aussehen wie Seide, eine tiefschattige Seide, wunderbar zart und weich.

Die Felle hatte sie sich, nachdem sie so viele Nutriamäntel genäht hatte, vor sechzehn Jahren gekauft. Ein

Bund Nutria, das sie für den Großhändlerpreis bekommen und das dennoch ihre Ersparnisse aufgebraucht hatte. Sie hatte sich alles erklären lassen, hatte es sich zeigen lassen von Blaser, dem Schweizer, der geduldig war und ein Künstler, freundlich, den sie mochte, aber dem sie das nie richtig hatte zeigen können, sie wußte nicht wie. Es war genau diese hilfsbereite Freundlichkeit, die etwas Einschüchterndes hatte. Genaugenommen hatte sie auch seinetwegen Nutria gekauft. Nicht Persianer. Persianermäntel waren leichter zu machen, Nutriamäntel aber waren, wenn sie denn so perfekt verarbeitet wurden, Kunstwerke. Blaser beherrschte es wie kein anderer, kaum, daß man die Stelle erkennen konnte, wo ein Fell auf das andere stieß, dort, wo die Haarfarbe, die Dichte, die Rauche und die Länge unterschiedlich sind am Kopf und am Pumpf, wie man das Hinterteil nennt, und nur in einem knappen Bereich von wenigen Millimetern war es möglich, die beiden Felle durch eine Zackennaht zu verbinden. Blaser hatte sich die Zeit genommen, nach Feierabend, und war geblieben und hatte die Stellen markiert, wo sie die Felle einschneiden konnte. Er sah aus wie ein Arzt, wie er dasaß in seinem weißen gestärkten Kittel, die Brille, dieses braungebrannte Gesicht, die schon grauen Haare. Sie hörte ihn gern reden, in diesem ruhigen Schweizer Tonfall. Er saß an dem Tisch und blies zart in das Fell und knickte immer wieder die Felle um, suchte, verglich, suchte Farbnuancen. Er hatte dann, als sie das Rückenteil fertig hatte, also die Fläche, die am größten, am augenfälligsten war, einige Übergänge von Fell zu Fell angeglichen, indem er eine Farblösung hineintupfte. Eine Farblösung, die er aber nie verraten hatte, auch ihr nicht, die ja keine weiteren Mäntel machen wollte noch durfte. Ein Geheimnis, sagte er, die Tinktur hält auch Regen aus. Aber kein Benzin. Nie!

Das wußte sie natürlich: Pelze durften nie, niemals mit Benzin gereinigt werden! Das Ketchup mußte sie auswaschen. Sie dachte daran, daß es vielleicht alles hätte verändern können, damals, als dieser Blaser mit ihr in der Werkstatt blieb. Er hatte ihr die Verarbeitung geduldig erklärt, in den kniffeligen Dingen auch selbst Hand angelegt, und sonst über die Wolken gesprochen, die im Gebirge bald Schnee bringen würden. Er war nicht verheiratet, sonst wußte sie nichts von ihm.

Zwei Monate lang hatte sie an dem Mantel gearbeitet, immer nach Arbeitsschluß, hatte ihn schließlich gefüttert, mit einer dunkelroten Seide, der besten, der teuersten Seide, die der Großhändler führte. Als alles fertig war, hatte sie das Fell leicht mit Essig eingestrichen und den Mantel gebügelt, damit er diesen seidigen Glanz bekam. Und dann hing er da, auf der Puppe, und sie saß mit Blaser davor. Sie hatte eine Flasche Deinhardt-Sekt gekauft und mit Blaser auf den Mantel angestoßen.

Sie hätten Kürschner werden sollen, sagte er, das ist ein ausgezeichnetes Meisterstück.

Sie hatten nochmals angestoßen, und er hatte sie dann überredet, den Mantel sofort anzuziehen. Ein wenig hatte sie es geniert, aber da er es gern wollte, zog sie ihn an, und dann war sie mit ihm über den Jungfernstieg zur U-Bahnstation Gänsemarkt gegangen, an einem kühlen, aber sonnigen Oktobernachmittag. Es war gerade noch so viel Tageslicht, daß man den Mantel sehen konnte, das Fell, den seidigen Glanz, dieses sich einschattende Goldbraun. Sie war neben Blaser gegangen und hatte gefragt, ob sie sich bei ihm einhaken dürfe. Ja, gern. Und so waren sie über den Jungfernstieg gegangen, so selbstverständlich, wie sie es sich bei ihrer Arbeit an all den anderen Mänteln gewünscht hatte. Ein elegantes Paar. Am Eingang zu der U-Bahnstation hatten sie sich verabschiedet. Einen Moment hatte sie gehofft, er würde sie einladen, einen kurzen, kühnen Augenblick hatte sie sich sogar ernsthaft überlegt, ob sie ihn nicht einfach einladen sollte, aber dann hatte sie ihm die Hand gegeben und war hinuntergegangen und nach Hause gefahren.

Sie schloß die Tür auf. Auch in der Wohnung roch es nach diesem Lösungsmittel. Sie blieb erst einmal stehen, um wieder ruhig atmen zu können. Dann ging sie in die Küche, stellte die Kunststofftasche auf den Tisch, behielt noch einen Moment den Mantel an, weil sie fröstelte. Dann faßte sie sich ein Herz und zog den Mantel aus, drehte ihn um und sah den großen roten Fleck, noch immer feucht, am ganzen Rücken hinuntergelaufen, getropft, ein leuchtendes Rot, in das sie mit dem Finger tupfte, um daran zu riechen, aber schon im Berühren wußte sie, was es war, Ölfarbe, Lack, und der war nicht mehr aus dem Fell herauszukriegen. Sie setzte sich hin, langsam, nahm den Mantel auf den Schoß und drückte das Gesicht in das weiche Fell, ohne darauf zu achten, daß sie sich mit diesem Rot beschmierte, ihren Rock, die Strickjacke, ihre Arme, die Hände.

Meerjungfrau

Ein komisches Wort, Schluckauf, so wie der Vorgang selbst, jedenfalls von außen gesehen: Schluck-auf, das heißt doch das Gegenteil von Schlucken, also nicht hinunter, sondern hinauf, ein Gefühl, daß etwas aus der Magengegend mit einem kurzen Ruck nach oben drängt. Tatsächlich ist es aber der genau umgekehrte Vorgang – ein krampfartiges Einatmen. Der Schluckauf ist ein eher gewöhnliches Phänomen, kaum beachtet, allenfalls werden ein paar gute Ratschläge gegeben. Anders in unserer Familie, da löste er, bekam ihn Tante Anita, sofort Unruhe, ja eine ängstliche Hektik aus.

Wir saßen im Garten von Tante Anita am weißgedeckten Kaffeetisch. Onkel Charny hatte Pflaumenkuchen gebacken, dünn und knusprigfest der Teigboden, säuberlich belegt mit den geviertelten Pflaumen, die saftig, aber nie matschig waren, und die Frauen sagten wieder einmal: Nein, wie er das nur macht, der Charny.

Komm mal her, min Lütten, sagte Tante Anita, und ich durfte mich auf ihren Schoß setzen. Von ihr ließ ich mich auch küssen. Sie verstand es, Kinder richtig zu küssen, weich, aber nie feucht.

Schön ruhig sitzen, sagte sie.

Und ich setzte mich erst stocksteif hin, dann aber schob ich mich vorsichtig nach hinten und spürte, das ist eine dieser intensiven frühen Erinnerungen, ihre Brust und das langsame Einsinken in die weichen Oberschenkel, ein wenig nur, aber etwas, worauf ich mich schon auf dem Hinweg gefreut hatte. Ich hörte sie hinter mir lachen, ein rauhes, tiefes Lachen. Auch wenn sie sprach, war es, als sei sie heiser. Mit ihr verbindet sich meine erste bewußte Wahrnehmung von dem, was Frauen sind, der Duft eines Parfums, süß wie eine Backessenz, die Weichheit der Brust, der Schenkel, das Haar, hellblond aufleuchtend, dicht, das, trank sie ihren Kaffee, meinen Kopf, mein Ohr, meine Stirn streifte – und ich vermute, meine andauernde Fixierung auf blonde Frauen hat ihren Ursprung vielleicht eben darin, daß ich, der spät Gezeugte, mich auf ihren Schoß setzen durfte, alle anderen Cousinen und Cousins waren dafür schon zu alt.

Möglicherweise war ich an dem Schluckauf mitschuld, aus dem einfachen Grund, weil ich auf ihrem Schoß saß, oder, genauer, so wie ich darauf saß, zunächst ruhig, dann vorsichtig die Haltung verändernd, mich heranschob, den Druck meines Rückens gegen ihre Brüste verstärkte, um den gleichmäßigen Gegendruck ihres Atmens zu spüren, bis plötzlich dieses stoßweise krampfartige Einatmen kam, das kurze Antippen an den neugierigen Rücken des Siebenjährigen.

Die Gespräche verstummten, alle starrten Tante Anita an, und jeder wußte, wenn es nicht innerhalb der nächsten beiden Minuten mit diesen ruckartigen Bewegungen aufhörte, dann würde es dauern, eine Stunde, zwei, vielleicht einen Tag lang, oder, ganz furchtbar, womöglich mehrere Tage. Sie saß da und wurde regelmäßig vom Schluckauf geschüttelt, immer wiederholte es sich, dieses von einem kleinen Glucksen unterbrochene Sprechen, bis sie verstummte.

Man weiß, was helfen soll, Luft anhalten, bis 30 zählen, nach vorne beugen, sich hinlegen, rollen, erst nach links, dann nach rechts, dann auf den Bauch, aber nichts von alldem half ihr. Der Nachmittag war verdorben, alle saßen da und sahen sie an, jeder wußte, alles, wirklich alles hatte Tante Anita schon gegen diesen Schluckauf versucht. Sie war von Arzt zu Arzt gelaufen, hatte sogar einen Schäfer in der Lüneburger Heide besucht, einen heilkundigen Mann, der Warzen, Magengeschwüre und Migräne erfolgreich mit Kräutern und Besprechungen behandelte. Sie hatte nach seinem Rezept einen Kräutertee zubereitet, den sie lauwarm und in winzigen Schlückchen auf dem Rücken liegend trank. Es half nicht.

Auf der Heimfahrt in der S-Bahn wurde wieder einmal die Geschichte von dem Schluckaufleiden der Tante Anita erzählt, wie dieser normale, durch Zählen und Luftanhalten behebbare Schluckauf, den sie als Kind wie jedes Kind hin und wieder gehabt hatte, eines Tages, sie war dreizehn, plötzlich nicht mehr aufhören wollte.

Eine Verkühlung, dachten die Eltern. Nichts Spektakuläres. Es war an einem Abend im August, und sie hatten an der Elbe in einem Gartenlokal gesessen. Ein Bekannter ihrer Eltern, der als Baumwolleinkäufer in Ägypten arbeitete, war auf Besuch gekommen, hatte von Kamelen, Beduinen, dem Nil und den Pyramiden erzählt und dabei die damals noch staksige, aber wegen ihrer Schönheit schon gerühmte Anita angesehen. Sie saß mit roten Flekken im Gesicht da, sah ihn an, lauschte mit leicht geöffnetem Mund – plötzlich unterbrach er sich in seiner Beschreibung von Luxor und sagte, während er einen der Zöpfe von Anita sacht durch die Hand gleiten ließ, sie habe wunderschönes Haar, die Ägypter wären, sähen sie ihr blondes Haar, begeistert, ja, sie würden außer sich geraten. Und da, in dem Moment, bekam sie einen Schluckauf. Die Eltern lachten, der junge Baumwollkaufmann lachte, sie lachte, wenn auch verlegen.

Du hast zu schnell die kalte Limonade getrunken.

Sie mußte die Arme heben, die Luft anhalten, zählen,

den Tee in kleinen Schlückchen trinken – der Schluckauf hielt sich, hielt sich quälend die Nacht über. Am nächsten Morgen kam der Arzt, konnte aber der inzwischen weinenden, von dem Rucken im Brustkorb, dem Krampf im Zwerchfell, der von Seitenstechen gequälten Anita nicht helfen. Ihr Inneres war wie wund. Das fortwährende Rucken ließ keinen Schlaf zu und keinen anderen Gedanken, bis der Schluckauf ganz plötzlich gegen Mittag des zweiten Tages aufhörte.

Heute, freudgeschult, vermute ich, daß Tante Anita damals, sie war 13, unter großer emotionaler Spannung stand. Das ist keine allzu kühne Deutung, denn auch der dritte Dauerschluckauf (vom zweiten wird erst später die Rede sein) stellte sich in einer ähnlichen, hochverdichteten Situation ein – in der Hochzeitsnacht. Anita war 19 Jahre alt, als sie heiratete. Bei ihrer gutbürgerlichen Erziehung darf man vermuten, daß sie als Jungfrau von ihrem Mann, dem späteren Onkel Charny, über die Hotelzimmerschwelle getragen wurde.

Am nächsten Morgen saßen sie am Frühstückstisch, beide übernächtigt, sie mit diesem krampfartigen, kleinen entnervenden Hick, fix und fertig, ihre hellblauen Augen rot umrändert. Die Kellner grinsten vielsagend, dabei gab es, wie Onkel Charny gern erzählte, keinen Grund zum Grinsen, jedenfalls nicht den, der die Kellner zum Grinsen brachte. Erst später dann, na ja, so sagte Onkel Charny in seiner bedächtigen Art, und Tante Anita lächelte.

Ein Hochzeitsfoto zeigt die beiden, sie in einem weißen Kleid, ein Rosenbukett im Arm, und sie ähnelt – ich übertreibe nicht – Grace Kelly, daneben Charny, gutaussehend wie der Fürst, nicht groß, aber nicht so kurzbeinig wie Rainier von Monaco. Charny war gelernter Konditor, nicht vermögend, aber tüchtig, er machte sich später selbständig und brachte es zu einem Haus mit Garten.

Es war eine Liebesheirat, ja, wie beide sagten, es war Liebe auf den ersten Blick, ein Blick durch das Glas eines Aquariums, in dem Tante Anita schwamm und vor dem Charny stand.

Wer kann das von sich sagen, seine Frau aus dem Aquarium gefischt zu haben? sagte Onkel Charny.

Es würde einfach zu weit führen zu erzählen, wie Anita als Mädchen zum Ballett, zum Stepptanzen, wie sie zur Gymnastik, zum Weitsprung und zum Schwimmen gekommen war, nur so viel: Sie war ein Naturtalent, ihr Körper war etwas, mit dem zu experimentieren ihr ganz offensichtlich Spaß machte, sie war – und die Reformbewegung hatte das vorbereitet – bewegungshungrig bis zur Akrobatik. Noch an ihrem 85. Geburtstag wollte sie uns mit einem Spagat überraschen.

Bloß nicht, das muß doch nicht sein, riefen Cousinen und Enkel, sei doch vernünftig.

Mühelos stand sie mit einer leichten Drehung des Bekkens wieder auf, alle klatschten wie erlöst. Sie lächelte und sagte: Anita de Seneca dankt für den Applaus.

Danach tanzte sie und ließ alle Männer im mittleren Alter erschöpft zurück.

Na und ihr Jungen, was ist mit euch?

Aber die konnten nicht tanzen.

Nächte hab ich durchtanzt, sagte sie, Schuhe kaputtgetanzt. Damals. Turniertanz.

Zum Tauchen kam sie durch Zufall. Sie war in der Badeanstalt, und ihrer Schwester Alma war ein Steckkamm ins Wasser gefallen, ein schön geschnittener Kamm aus Schildpatt. Der Kamm war in einer langsamen wiegenden Bewegung auf den hellblau gekachelten Grund gesunken. Die Schwester stand am Rand, und der Bademeister, ein Mann mit dem Brustkasten einer Tonne, sagte: Na denn wolln wir mal. Er wollte aber sichtlich von den beiden

Mädchen gebeten werden. Nur zögernd und betont langsam nahm er die weiße Schirmmütze vom Kopf, begann, das weiße Hemd aufzuknöpfen, sagte nochmals: Na denn muß ich wohl.

Aber da war Anita schon gesprungen, machte, was damals kaum eine Frau konnte, einen Kopfsprung, und Alma sah, wie sie in dem dunklen Badeanzug, die weiße Badekappe auf dem Kopf, hinuntertauchte, den Kamm ergriff, hochkam und den Kamm ihr entgegenstreckte.

Neugierige Badegäste, die am Rand standen und Tante Anita beobachtet hatten, klatschten.

Und, wie war es, wollte Alma wissen, ich meine, hat es in den Ohren gedrückt?

Nein, nur das Chlor, das brannte ein wenig in den Augen, nein, es war ganz leicht.

Von da an tauchte Tante Anita, tauchte und tat im Wasser das, was sie als kleines Mädchen beim Ballett gelernt hatte, sie schwamm, aber so, als tanze sie. Es war das, was man heute Kunstschwimmen nennt. Ich will nicht behaupten, was auch Tante Anita nie behauptet hat, daß sie das Kunstschwimmen erfunden habe. Sie hat einfach das genossen, was heutzutage, da fast alle schwimmen können, den meisten bekannt ist – sich erleichtert im Wasser zu bewegen. Nur war ihr Stil damals unüblich, so wie sie zwischen diesen ernsthaft hin- und herschwimmenden Schnauzbärten auftauchte, kleine Jubelschreie ausstieß und dabei graziös die Arme aus dem Wasser streckte.

Als wir, es muß die Olympiade in Los Angeles gewesen sein, zum ersten Mal die beiden amerikanischen Kunstschwimmerinnen sahen, konnten wir uns vor Lachen kaum halten. So was Beknacktes, wie die beiden Amerikanerinnen beim Synchronschwimmen die Arme wie die Schwanenhälse reckten, wie sie im nächsten Augenblick sich wie die Robben im Wasser wälzten, nein auch.

Und der Gedanke, meine Tante, auf deren Schoß ich so gern gesessen hatte, könnte sich damals im Wasser ähnlich abgemüht haben, ist mir eher peinlich. Aber dann denke ich daran, was die Eltern mir erzählt haben und was einige Fotos auch belegen: Tante Anita war mehr eine Kunsttaucherin denn eine Kunstschwimmerin. Sie muß, folgt man den Erzählungen der Familie, sich von der Wasseroberfläche regelrecht zurückgezogen haben. Ihre ausgezeichnete Atemtechnik erlaubte es ihr, gute vier Minuten unter Wasser zu bleiben, um dort ihr Wasserballett zu schwimmen, genauer zu tauchen, und zwar in einem übergroßen Aquarium.

Das Aquarium maß fünf mal sechs Meter und war vier Meter hoch. Es wurde zu jedem Jahrmarkt auf dem Hamburger Heiligengeistfeld in einem Zelt aufgebaut. Die breiten Glaswände wurden durch Stahlrahmen gehalten, die durch seitliche Stahlstützen verstärkt wurden. Ich habe das Aquarium als Kind noch auf dem Hamburger Dom gesehen. Ein Taucher war angekündigt worden, und für fünfzig Pfennige konnte man zusehen, wie der Mann in den Taucheranzug stieg, wie ihm der kupferne Taucherhelm aufgesetzt und festgeschraubt wurde, wie der Mann mit seinen massiven Bleischuhen eine kleine Treppe hoch und dann in das gläserne Becken hineinstieg. Zwei Männer pumpten ihm Luft zu, die er durch ein kleines Ventil als Blasen nach oben steigen ließ. Er pumpte den Anzug auf, hüpfte am Grund, kam hoch, schwebte einen Augenblick und sank durch Ablassen von Luft langsam wieder hinab und schweißte, das war der Höhepunkt der Vorführung, unter Wasser ein rundes Teil aus einer Stahlplatte.

In eben dieses Aquarium war auch unsere Tante gestiegen, um sich das zu erarbeiten, was sie als *Traum der Nixe* in Szene setzen wollte. Dafür trainierte Tante Anita jeden

Morgen in dem Aquarium, in dem am Abend fünf Liliputaner als Wasserzwerge auftraten. An einem Vormittag stand ein Mann, der künftige Onkel Charny, vor dem Aquarium, nicht zufällig, sondern von dem Schaubudenbesitzer herbeigerufen, der für seine Tochter eine Hochzeitstorte bestellen wollte.

Eine blonde Frau im Aquarium, ich dachte, ich träume, so hat er das später ausgedrückt. Er staunte sie einen Augenblick an, stellte sich dann dicht an die Scheibe, um sie genauer betrachten zu können, sie, die wie im Traum mit geschlossenen Augen eine Pirouette übte. Er klopfte an die Scheibe. Sie öffnete die Augen, und so sahen sie sich an, ein wunderbarer Augenblick, sie im Aquarium, er davor. Er zeigte nach oben, sie schüttelte den Kopf. Er machte eine bittende Geste mit den Händen, da ließ sie ein paar Luftperlen hochsteigen.

Danach ging alles sehr schnell: die Einladung in das *Café L'Aronge,* in dem Charny als Konditor arbeitete, Tanztee mit Mutter Hatje am Tisch, Charnys Liebesbeteuerungen am Elbufer, die Frage, ob sie ihn? Ja! Ja! Ja! Das förmliche Umdiehandanhalten. Das Zögern von Vater Hatje (der hatte einen anderen Schwiegersohn vor Augen, bei dieser Tochter, vermögend sollte er sein, zumindest Akademiker), dann das erlösende Ja. Die Hochzeitstorte, ein Meisterstück von Charny mit einer blauen Glasur, darauf räkelte sich eine Meerjungfrau aus Marzipan.

Es wurde gemunkelt, ein Kind sei unterwegs. Aber das waren Gerüchte, tatsächlich sollte sie erst drei Jahre später ihr erstes Kind bekommen.

Zunächst arbeitete sie weiter an ihrer Tauchchoreografie *Der Traum der Nixe,* und schließlich gelang es ihr auch, einen Impresario zu überreden, sich ihr Kunsttauchen, wie sie es nannte, anzusehen. Ich kann mir gut vorstellen, wie der Impresario vor dem Aquarium saß und Anita, die einen engen weißen Badeanzug trug, beobachtete, ihre Brüste, hochansetzend und rund, ihren Hintern, ihre Oberschenkel, ihre langen Beine und ihr blondes Haar, das sie sich hatte wachsen lassen und das jetzt im Wasser strömte. Er saß da und starrte in das Aquarium. Anita drehte sich, machte einen Salto rückwärts, sprang wie in Zeitlupe, die Beine zum Spagat gespreizt, küßte eine große Meeresschnecke, die sie vom Boden aufhob, und einmal, das gehörte mit zu der Inszenierung, ließ sie eine Kette kleiner Blasen aufsteigen, wie einen Hilferuf, dann schwamm sie tastend an der Glaswand entlang, als suche sie einen Ausweg aus dem Aquarium, um sich sodann nach oben treiben zu lassen und mit einer erschöpft geführten Hand abschiednehmend aus dem Wasser zu winken, dann sank sie langsam zum Grund hinunter.

An dieser Stelle war der Impresario aufgesprungen. Die ertrinkt, soll er gerufen haben, die hat doch keine Luft mehr.

Er wollte in das Aquarium steigen, um Anita zu retten. Man mußte ihn festhalten.

Sie lag jetzt, nein schwebte einer Wasserleiche ähnlich am Grund des Aquariums, plötzlich wischte sie sich über die Augen, blickte in Richtung des Impresarios, ließ eine große Luftblase wie einen Schrei aus dem weitgeöffneten Mund, faßte sich mit beiden Händen ans Herz, stieß sich sodann vom Boden ab und schnellte wie ein Delphin aus dem Wasser. Sie schwamm zu der kleinen Leiter, stieg aus dem Aquarium und verneigte sich.

Pas mal, rief der Impresario: Allerdings, sagte er, in das Varieté, zu dem er Kontakte pflege, passe dieses Trumm von Aquarium gar nicht rein. Die Nummer kann man nur hier auf dem Jahrmarkt bringen.

Nein, das wollte Tante Anita auf keinen Fall, auf dem Jahrmarkt auftreten, schließlich war das, was sie machte, eine künstlerische Vorführung, und eine Nummer wollte sie das auch nicht genannt wissen. Es sei ein Stück.

Dann kommt nur das Hansa-Varieté in Frage, das größte in Hamburg. Der Impresario wollte versuchen, den Direktor zu überreden, sich ihre Kunsttauchvorführung anzusehen, und er wollte gern als künstlerischer Agent für Anita arbeiten. Allerdings, sagte er abermals, dieser Nixentanz sei wirklich nett, aber für ein großes international beachtetes Varieté müsse man diese Vorführung noch etwas erweitern und ergänzen, am besten wäre ein Wassermärchen, eine Szenerie, zum Beispiel mit den fünf Liliputanern, die jeden Abend als Wassergartenzwerge im Aquarium auftraten.

Die Liliputaner stellten unter Wasser Lebende Bilder dar, die, es war ja die Zeit des Expressionismus, ekstatische Gefühle ausdrückten: den Haß, die Freude, die Trauer. Zunächst schwammen die fünf in Kiellinie im Aquarium herum, dann tauchten sie wie die Enten ab, schlüpften in die unten am Boden bereitstehenden Bleipantoffeln und zeigten ein dynamisches Bild: das Entsetzen. Alle in wilder Flucht, nach vorn stürzend, nach hinten blickend, nur der letzte blickt dem Entsetzen ins Auge, die Arme abwehrend ausgestreckt, den Oberkörper weit zurückgeworfen, schon fallend, aber doch noch mit der Fußspitze im Bleipantoffel verankert. Eine Schräglage des Körpers, die auf dem Trockenen undenkbar gewesen wäre. Es waren Bilder wie aus einem Traum.

Der Impresario machte auch gleich einen Vorschlag: *Schneewittchen*, sagte er, es sind zwar nicht sieben, sondern nur fünf Zwerge, aber egal, das reicht.

Anita wollte zunächst nicht, sah ihre feenhafte Inszenierung durch einen vulgären Handlungsablauf verschandelt, aber da es die einzige Möglichkeit war, dann vielleicht doch noch den *Traum der Nixe* einem größeren Publikum vorzuführen, willigte sie ein, begann auch sofort mit den Proben, die der Impresario arrangierte. Die Liliputaner arbeiteten in ihren Bleipantöffelchen am Grund mit kleinen Hacken und Schaufeln, gruben nach Schätzen, dann tauchte – buchstäblich – Anita in diese Zwergenwelt ein, stieg in ein Paar Bleipantoffel, trank aus einem Becherchen, aß von einem Tellerchen und so weiter, wurde von den Zwergen entdeckt und begrüßt, sie tauchte auf, holte Luft, tauchte ab, während die Zwerge oben in Kiellinie schwammen und Luft schöpften, sie kochte, stopfte, schüttelte die Betten, biß in den Apfel, kam nach Luft ringend an die Oberfläche, sank sterbend mit feinen Fächelbewegungen auf den Grund, lag dort als Wasserschneewittchen umgeben von händeringenden Zwergen.

Dann kam der kurze Auftritt von Charny, ihrem damaligen Verlobten, in einem roten Badeanzug tauchte er hinunter, um seine Anita wachzuküssen.

Anita und Charny verneigten sich, sie hatten sich sogar einen Künstlernamen zugelegt: Charny und Anita de Seneca, nicht zu vergleichen mit dem niederdeutschen Hatje, wie Tante Anita mit Mädchennamen hieß.

Diejenigen in der Familie, die diese Inszenierung gesehen hatten, erzählten noch nach Jahren begeistert davon. Vielleicht hätte Anita ja ihren Weg gemacht, so wie sie aussah und mit dieser eigentümlich tiefen Stimme, und so wie sie sich bewegte, sicher und geschmeidig, schwimmen, tanzen, steppen konnte, und das alles mit einer nahezu perfekten Figur, vielleicht wäre sie vom Hansa-Varieté in Hamburg in die Scala nach Berlin gekommen und, wer weiß, vielleicht dort von Fritz Lang für den Film entdeckt worden und später in Hollywood gelandet.

Dem Impresario war es tatsächlich gelungen, den Direktor des Hansa-Varietés zu überreden, sich dieses Unterwassermärchen anzusehen. Er kam an einem Samstagmorgen.

Das Aquarium wurde von vorn und von den Seiten angestrahlt.

Die Liliputaner kamen im Gänsemarsch, stiegen die seitliche Treppe am Aquarium hoch und stiegen wie die Bergarbeiter ins Wasser, tauchten und arbeiteten mit kleinen Spaten und Spitzhacken am Grund, Tante Anita kam, schwebte herab, sie wurde von den Zwergen herzlich begrüßt, sie zupfte an den Zwergen herum, zart, sanft, so liebevoll, die Zwerge blickten sie verzückt an. Sie drängten sich schwimmend um sie, hielten ihr die Tellerchen entgegen, zehn Hände, einer setzte sich auf ihren Schoß, die anderen drängten sich um sie – und da passierte es. Sie fuhr regelrecht zusammen. Und der Varietédirektor sah, wie die eben noch Schwebende mit dem Oberkörper ruckte, die Bewegungen waren nicht mehr harmonisch fließend, sondern wurden hektisch und immer hektischer, die Tellerchen fielen ihr hin, sie zuckte – hatte sie Wasser geschluckt? – immer wieder zusammen, sah sich hilfesuchend um, stieg aus ihren Bleipantoffeln und ruderte hoch, nicht wie eine Prinzessin der Meere, eher wie ein Erpel, ruckartig schwamm sie zum Rand, stieg die Leiter hoch, hustend, auch Wasser spuckend, denn der Schluckauf ist, wie schon gesagt, ein krampfartiges Einatmen. Und da stand Tante Anita, vom Schluckauf geschüttelt, vor dem Direktor des Hansa-Varietés und sagte: Entschuldigung, ich habe einen Schluckauf.

Wie war es zu diesem Schluckauf gekommen? War es ein dummer Zufall, so wie es die Tante erklärte: Der kommt einfach so, und wenn er nicht gleich wieder weg ist, dann dauert das und dauert – fürchterlich.

War es die Anspannung, die Aufregung? Oder stimmt es, was mein Vater behauptete, einer der geilen Zwerge habe ihr, als sich ihr die zehn Hände entgegenstreckten, an die Brust gegrapscht?

Wie auch immer: Nach diesem Schluckauf kamen all die anderen, der Schluckauf in der Hochzeitsnacht und die folgenden, immer wieder, bis zum 51. Geburtstag der Tante. Seitdem hat sie, die jetzt über neunzig ist, keinen Schluckauf mehr.

Kafka lacht

Ein Gefühl wie kurz vor Weihnachten. Da wird einem ein kleines Wunderding versprochen, und niemand weiß, wie es aussieht, eine Art Buch, das man bequem überall lesen kann, über das Internet kann man im *Wall Street Journal* blättern, Börsendaten abfragen, markante Sätze von Nixon und Kennedy hören, und man kann sich aktuelle Bücher von Barnes & Noble aus den USA herunterladen. Ein Ding also, das die Partyfrage, welches Buch man denn auf eine einsame Insel mitnähme, überflüssig macht. Mit dem Rocket eBook hätte man eine ganze Bibliothek –, allerdings müßte es Elektrizität und ein Telefon auf der Insel geben.

Und dann kommt das Paket, mittelgroß, und darin verpackt in einer Art Kulturbeutel liegt das Ding, dunkelgraublau, eher kleiner als der neue Simmel, aber dafür etwas schwerer, gute 600 Gramm, mit einer seitlichen, grifffreudigen Verdickung, darauf zwei Knöpfe, ein Glasdisplay (Flüssigkristall), eine Anschlußbuchse, ein Plastikstift – das Rocket eBook der Firma Nuvomedia. Leihweise, für fünf Tage. Die große Vision, wie angekündigt, von Daniel Munyan, der »echte« Bücher mit moderner Computertechnik koppeln wollte, liegt jetzt auf meinem Schreibtisch. Sie ähnelt einem kleinen, etwas zu dick geratenen Notebook ohne Deckel und Tastatur.

Ich bin kein Computerfreak, arbeite aber seit Jahren mit einem PC, und darum war meine Neugierde groß, ob dieses elektronische Lesegerät vergleichbare Vorzüge mit sich bringt wie das Schreiben auf dem Computer, also enorme Speicherkapazität, Zugriffe auf Datenbanken, das spielerische Hin- und Herschieben von Textteilen und dann diese höchst lustvolle DEL-Taste, mit der man Mißlungenes ins saubere Nichts verschwinden lassen kann.

Gestartet wird das Gerät mittels eines Knopfs am unteren Rand, und sofort erscheint ein Text, in meinem Fall zentriert dieser Absatz: »Freuet Euch, Ihr Patienten. Der Arzt ist Euch ins Bett gelegt.« Ich weiß nicht, wer das eingestellt hat, jedenfalls ist das kein schlechter Einstieg in dieses Lesegerät, mit dessen linksbündigen beiden Tasten man den Text nach oben oder unten verschieben kann. Es gibt kein Umblättern. Die Vermutung bestätigt sich, es ist *Der Landarzt* von Kafka, und zwar im Flattersatz, so als sei er eben in den Computer getippt worden. Nun ist ein Kafkatext, egal ob gedruckt oder geschrieben, ob man ihn umblättern muß oder wie auf einem Band liest, einfach nicht kaputtzukriegen. Ich habe die Geschichte gelesen, abermals fasziniert, und doch störte mich etwas dabei, was nicht am Text, sondern am Gerät lag, es entstand nicht dieser Sog, nun noch weitere Erzählungen von Kafka zu lesen. Bekanntlich ermüden die Augen beim bloßen Lesen von Bildschirmtexten auch weit schneller als beim traditionellen Lesen vom Blatt. Den Grund dafür werden uns vielleicht die Ophthalmologen erklären können, jedenfalls drucke ich, wie die meisten meiner Kollegen, zum Korrigieren oder Mehrmalslesen geschriebene Texte aus. Beim Rocket eBook – schon das kleine e im Namen ist ein Umstand – kam aber noch eine andere Irritation hinzu, die ich nicht sofort benennen konnte. Davon also später. Denn zunächst wollte ich die märchenhaften Möglichkeiten des Lesegeräts durchspielen. Eine Gebrauchsanweisung fand sich nicht, die muß man im Gerät aufrufen. Der handfreundliche Plastikwulst links kann für den Linkshänder mit dem Schriftbild nach rechts gedreht werden, um sodann mit Hilfe eines Kunststoffstifts etwas zu unterstreichen oder Kommentare durch das Antippen von Buchstaben in einem Quadrat einzugeben. Eine umständliche Fummelei, die mich an meine Zeit als ABC-Schütze erinnerte, als wir, es war kurz nach dem Krieg und das Papier knapp, mit dem Zeigestock an die Tafel gerufen wurden und dort die Buchstaben antippen und so Worte bilden mußten.

»Kafka hat beim Vorlesen der *Verwandlung* laut gelacht.« Diesen Satz einzutippen, läßt einen mehr an die Mühe der Assyrer beim Schreiben als an das Cyberspace denken.

Mein Versuch, in den gigantischen Bookstore von Barnes & Noble hineinzukommen, um, ich bin so eitel und naiv, die amerikanischen Übersetzungen der eigenen Romane herunterzuladen, scheiterte, kein Zugang. (Sind sie überhaupt schon Online erfaßt? Hab ich die Rechte? Barnes & Noble? der Verlag New Directions? Wie wird das abgerechnet?) Auch die *Süddeutsche Zeitung*, die angeblich im Gerät aufgerufen werden kann, war nicht zu finden. Dann der Versuch – da hatte ich schon meinen Sohn zu Hilfe gerufen –, in die englische Übersetzung der *Odyssee* hineinzulesen. Es gelang uns zwar, den Titel aufzurufen, aber in den Text kamen wir einfach nicht rein, und mein Sohn, aufgewachsen mit PC und im Cyberspace, fluchte: »Scheißspiel«, während ich am Boden herumkroch und diesen beknackten Stift suchte, mit dem man das jeweilige Programm antippt, der aber, eine wirkliche Fehlkonstruktion, immer wieder aus dem Gerät herausfällt.

Kenner, fanatische Bastler und Leute mit viel Zeit können da weiterexperimentieren und werden sicherlich auch fündig werden, ich hingegen stelle mir die einfache

Frage, warum nicht gleich den Laptop nehmen, den man doch sowieso braucht, um in den elektronischen Bookshop zu kommen. Sicherlich, er wiegt etwas mehr und ist etwas sperriger, dafür kann man dann auch gleich damit schreiben, faxen und e-mailen. Zugegeben, man kann am Laptop nicht so leicht im Bus, in einer Bar oder am Strand lesen. Aber ist das Rocket eBook überhaupt strandsicher? Für die Jackentasche ist es jedenfalls zu schwer. Die Akku-Laufzeit soll 33 Lesestunden betragen. Aber wie liest man überhaupt?

Ich gehöre zu den Lesern, die in neue Bücher erst einmal hineinriechen, buchstäblich, aber auch im übertragenen Sinn. Und wenn es nach mir ginge, müßten die Buchhandlungen durchgehend geöffnet haben, wie die Buchhandlung in der Springstreet, Greenwich Village, wo ich, wenn mich Gelüste überkamen, auch mitternachts hinging, um Bücher in die Hand zu nehmen, darin zu blättern, hineinzulesen. Die Faszination, die vom traditionellen Buch ausgeht und bis zur Bibliomanie führen kann, liegt doch eben darin, daß es so viele Sinne affiziert: Wie sich das Papier anfühlt, wie die Druckerschwärze riecht, wie sie gefärbt ist, ob sie tiefschwarz oder in einem feinen Grau erscheint, auch die Größe des Buchs ist wichtig, der Umfang, die Biegsamkeit. Ich bin ein Liebhaber handlicher Paperbacks.

Und das Lesen hinterläßt seine Spuren, nicht nur im Kognitiven, Emotionalen, das wissen wir, sondern eben auch sichtbar auf dem Papier, man muß sich nur die von einem selbst oder von anderen gelesenen Bücher aus dem Bücherschrank herausgreifen, wie, was und wo unterstrichen wurde, dünn oder heftig, hektische Wellenlinien, emphatische Ausrufungszeichen, empörte durch mehrere Seiten sich durchdrückende Fragezeichen, all das gerinnt, wenn man in dem Rocket eBook etwas – was man mit dem Stift, wenn man ihn nicht gerade wieder verloren hat, kann – unterstreicht, zu einem gleichmäßigen öden Strich.

Bücher hingegen, das Papier, tragen die äußerlichen Spuren davon, wie man lesend sich mit sich selbst beschäftigt hat, den eigenen Vorstellungsraum in der Sprache erweitert oder überprüft hat, Zeugnisse einer Introspektion, die immer wieder haltmachen kann, die den Buchumfang im Auge hat, beim Vor- oder Zurückblättern – was sich im Rocket eBook ganz raumlos und mechanisch, fließbandmäßig auf dem Bildschirm ereignet. In der Hand zu spüren ist dieses typische Plastikgefühl, nicht ganz glatt, nicht ganz rauh, so eine Art Plastiksamt, der einem, zumal wenn das Gerät sich erwärmt, die Hand kräftig schwitzen läßt. Ich habe mir dann nochmals Erzählungen Kafkas aufgerufen, *Die Sorge des Hausvaters,* und während ich von dem Wortgespinst Odradek las, wurde mir plötzlich bewußt, was – jedenfalls bei Tageslicht – die Ursache meiner Leseirritation, ja meines Leseunwillens an diesem Gerät ist. Man sieht auf der Glasplatte sich selbst beim Lesen, ein Gesicht, ungenau, etwas schemenhaft. Der Text erscheint hinter der nicht entspiegelten Scheibe wie eine Auslage im Schaufenster, der Vorgang des Lesens selbst scheint zur Ware zu werden.

Natürlich ist auch das traditionelle Buch eine Ware, wir legen 54 Mark auf den Kassentisch und bekommen Don DeLillos *Unterwelt* dafür. Aber dann, beim Lesen, realisiert sich der Wert nur noch als ein ganz besonderer, indvidueller, meinetwegen ideeller, egal wie lange wir lesen und wann und wie und wo.

Beim Rocket eBook hingegen wird man durch das eigene maskenhafte Spiegelbild an die ökonomischen Transaktionen erinnert: Kauf des Geräts, Preis des notwendigen PCs, Preis des Providers, Telefonkosten beim

Herunterladen des jeweiligen Buchs, Kosten für die Book-Datei. Vielleicht ist die Lektüre eines Buchs künftig im elektronischen Reader ja billiger – aber um welchen Preis.

Das jetzige Rocket eBook wird allenfalls eine Alternative zu den gewichtigen Sachbüchern sein, zu dickleibigen juristischen Gesetzestexten und Kommentaren, überall da also, wo kompakte Informationen abgerufen werden müssen. Dort aber, wo die eigentliche Lust des Lesens beginnt, freiwillig und spielerisch, bei den literarischen Texten, wird das gute alte Buch aus Papier seine Stellung behaupten. Diese Bücher sind wie die Vampire, sie stehen in den Regalen, vergilbt und verstaubt, und warten auf ihre Opfer, auf jemanden, der nach ihnen greift, der sich festliest, und schon beginnt ihr geisterhaftes Leben; sie saugen dem Neugierigen höchst lustvoll seine Lebenszeit aus – so wie es mir während dieser Arbeit erging. Ich suchte im Bücherschrank das Buch heraus, mit dem ich vor Jahren durch den Gran Chaco gereist bin, Alejo Carpentiers Roman *Staatsraison,* um darin ein wenig zu blättern: Wasserflecke vom Swimmingpool des Hotels *El Tirol,* Fettflecke, als ich bei einem Mennoniten wohnte, Sand aus dem Gran Chaco, winzige vertrocknete Insekten, ein paar Seiten grünlich verschrumpelt vom Mate einer Indianerin neben mir im Bus, und dann las ich mich fest bei der satirischen Beschreibung der Anden-Deutschen und mußte mich zwingen, das Buch zuzuklappen, um diesen Artikel über das Rocket eBook fertigzuschreiben.

Gibt man die Internetadresse der Vertreiberfirma des Rocket eBooks – www.nuvomedia.de – ein, erlebt man dann doch noch eine Überraschung. Auf der Website erscheint: Willkommen bei Sexydate – Deine Partneragentur für Seitensprünge. Seitensprung gefällig?

Das plötzliche Verschwinden der Katzen

Zwei Jahre habe ich in Rom gelebt, von 1981 bis 1983, und die Stadt seitdem fast jedes Jahr wieder besucht. Die Freundschaften von damals haben sich bis auf eine verloren und die Besuche sind eher touristischer geworden, und dennoch ist es jedesmal eine Rückkehr ins Vertraute, ja, trotz des Sprachdefizits stellt sich ein heimatliches Gefühl ein. Das hängt, denke ich, damit zusammen, daß wir mit unseren Kindern den normalen römischen Alltag gelebt haben. Damals habe ich damit gehadert, daß ich nicht die Möglichkeit hatte, in der Villa Massimo zu wohnen. Der Grund war einfach: Das bayerische Kultusministerium bat man zur Regierungszeit von Franz Josef Strauß nicht um Stipendien und von selbst kam man dort erst recht nicht darauf. Die Fronten waren klar. Wir waren also nach Rom umgezogen, ohne Stipendium, ohne feste Einkünfte, ohne jemanden in dieser Stadt zu kennen. Durch einen Zufall fanden wir eine erschwingliche Wohnung in der Via Gradisca, nicht weit von der Villa Massimo gelegen. Wenn wir später in diesem deutschen Refugium einen Freund, den Schriftsteller Roland Lang, besuchten, dann mußten wir, Dagmar und ich, die wir normalerweise nicht neidisch sind, jedesmal unsere kleinlichen Gefühle niederringen, zumal wenn wir auf all die unzufriedenen Stipendiaten stießen, die zum Teil gar nicht da sein wollten. Ich hatte mir seit meiner Schulzeit gewünscht, in dieser Stadt zu leben, nicht nur als Tourist, sondern für eine längere Zeit. Einfach einmal besuchsweise hinzufahren, hatte ich mir verboten. So kam es zu diesem Umzug.

Was ich zunächst als einen Nachteil empfand, erwies sich dann doch als Vorteil. Dieses Buch wäre wahrscheinlich gar nicht geschrieben worden, einfach weil ich die Erfahrungen des römischen Alltags nicht in der Villa Massimo hätte machen können, ich hätte weder diesen Behördenwahnsinn erlebt noch die Nachbarschaftshilfe, noch all die anderen täglichen Kleinigkeiten. So konnte ich finden, was ich suchte – und man findet nur das, was man sucht, so wie man nur sieht, was man weiß –: den wunderbaren Alltag. Aus der Distanz von fast zwanzig Jahren gesehen, wird nur um so deutlicher, daß es damals auch eine Flucht war, eine Flucht aus der dogmatischen Enge der marxistischen Diskussion und aus der zeitraubenden, mit viel Ärger verbundenen Arbeit in der AutorenEdition. Eine solche Distanz zu München hätte ich auch in Brüssel oder Stockholm finden können, nicht aber diese Nähe zu mir selbst. Es war beispielsweise ein Gefühl der Erleichterung, ja Befreiung, daß ich um mich herum eine Eigenart meiner selbst als normal erlebte, viele fuchtelten beim Reden mit den Händen, eben das, was mir der preußisch gesinnte Vater hatte auszutreiben versucht, was nur dazu führte, daß ich bis heute, errege ich mich beim Reden, Rotweingläser umwerfe. Non fa niente. Und ein neues Papiertischtuch wird aufgelegt.

Über Rom zu schreiben ist immer von der Gefahr begleitet, auch die gängigen Rom-Klischees mitzutransportieren. Aber zunächst einmal und sehr grundsätzlich sind Klischees Bausteine jedes ästhetischen Verfahrens. Denn erst mit dem Spiel der in der Sprache verankerten Bilder beginnt auch das Spiel der literarischen Arbeit. Damit sind nicht idiotische Verallgemeinerungen gemeint; alle Italiener singen gut oder sind klein und dunkelhaarig, sondern es sind immer wieder die begriffsbildenden Aussagen, die in der Literatur in Frage gestellt werden, analytisch, ernsthaft oder ironisch, und insofern ist die positive ästhetische Bedeutung des Klischees immer noch unterschätzt. Klischees finden sich insbesondere in der Alltagswahrnehmung, in der man sich mit solchen Vereinfachungen schneller verständigen kann, wobei meist mitgewußt ist, auch im alltäglichen Sprechen, daß gerade die Ausnahmen das Bedeutsame sind, aber eben immer auf der Folie solcher verfestigten Bilder wie diesem: Ich hatte mich verspätet und eilte durch die leeren Straßen oberhalb des Tibers. Es war im Juni, ein angenehm warmer, von trockenem Laubgeruch durchwehter Nachmittag. Kein Mensch war zu sehen, keine Autos fuhren, auch nicht auf den Hauptstraßen, die Stadt war wie ausgestorben. Ich lief durch die Stille mit einem ständig wachsenden Ärger. Da, plötzlich, ertönte ein Schrei, ein Schrei aus Millionen Kehlen, ein Schrei, der aus den offenen Fenstern und Türen gen Himmel stieg.

Wie hätte ich in jenem Moment die Stadt beschrieben: Rom ist eine Stadt ohne Autos, die Römer sind Stubenhocker, gehen auch nicht an einem so wunderbaren Juninachmittag ins Freie. Und als ganz wichtig hätte ich vermerkt: Die Römer sind absolut unmusikalisch, sie brüllen, und zwar wie auf Kommando, alle zusammen, plötzlich, überraschend, und doch wie eingeübt. Wahrscheinlich ein Ritual, dieser Schrei, der in den nachmittäglichen Himmel stieg und Vogelschwärme aufschreckte. Vergleichbares hatte ich noch nie gehört.

Auch das ist Rom. Man muß nur das Glück haben, sich zu verspäten, und zwar gerade an dem 11. Juli 1982, als das Endspiel der Fußballweltmeisterschaft in Madrid ausgetragen wurde, Italien gegen Deutschland. Und als Italien das entscheidende Tor schoß und Weltmeister wurde. Der danach einsetzende Auto- und Motorradkorso gehört dann schon wieder zu dem, was man wohl Klischee nennen würde, weil es unseren Erwartungen entspricht, indem es sie übertrifft.

Es sind eben diese kurrenten Grundsituationen und Lebensgewohnheiten, die dem Reisenden, also mir, in den letzten Jahren auffielen, an denen sich zeigte, was sich im Alltagsleben verändert hat. Die Ratten, die ich bei meiner Ankunft unten am Brückenpfeiler des Ponte Milvio sehen konnte, ein braunes Gewimmel, verschwanden im Laufe meines Romaufenthalts. Der Fluß war derartig dreckig, das heißt giftig geworden, daß die Tiere ihren Lebensraum verloren. Bei meinem letzten Besuch waren sie noch immer nicht zurückgekehrt.

Dafür hatte sich in der Zwischenzeit Dramatisches mit den Katzen getan. 1981, als ich nach Rom kam, bestätigte sich das Klischee von der Stadt der Katzen. Überall Katzen, sie lagen auf den Autodächern, auf Steinmauern, Garagendächern, Katzen, in allen Größen, Haardichten und Farben. Eine Freude für den Blick des Kürschners. In Reiseführern konnte man damals lesen: Die Römer lieben ihre Katzen. Auch das stimmte. Allein in der kleinen Via Gradisca gab es drei alte Frauen, die all die Katzen fütterten. Matschige Spaghetti lagen auf der Straße, Fisch- und Fleischreste. Der Wind drückte uns nicht nur den Blütenduft ins Zimmer, sondern auch den Gestank von Katzenpisse. Zehn Jahre später hätte ein katzenbegeisterter Reisender die Stadt als eine katzenlose beschrieben. Der Römische Senat hatte die Katzen, ich weiß nicht wie, wie soll ich sagen, zurückgedrängt. Inzwischen hat sich die Population wieder vermehrt, aber bei weitem nicht den Stand von 1981 erreicht. Auch ist die Stadt für das deutsche Auge sauberer geworden. Die Behördengänge sollen auch für Ausländer übersichtlich und einfach geworden sein. Überhaupt entdecke ich mehr Angleichungen, wer weiß, vielleicht eine Folge der Arbeit Brüsseler Behörden. Beispielsweise bleiben die römischen Fußgänger an den Ampeln neuerdings bei Rot stehen, auch wenn keine Autos zu sehen sind. Und bei dem Versuch, wie von früher gewohnt, einfach über die Straße zu gehen, mit Augenkontakt zu den Fahrern, sind wir beinahe überfahren worden. Viele der kleinen Geschäfte, die mich an meine Kindheit in Hamburg erinnerten, wie zum Beispiel der kleine Laden am Corso Trieste, in dem man die Laufmaschen von den Strümpfen aufnehmen lassen konnte, sind verschwunden. Anfang der achtziger Jahre war die Stadt nachts wie ausgestorben, eine Folge der Straßenkriminalität. Man dachte durch Itzehoe oder Warendorf zu gehen. Heute geht es auch nach Geschäftsschluß recht urban zu. Telefonanschlüsse sind kein Problem mehr, zumal Handys Ersatz bieten. Vor fünf Jahren gab es eine wahre Handy-Manie, man telefonierte im Bus, Kino, Museum. Inzwischen hat sich auch das normalisiert.

Das ist das Ewige an Rom, dieser unspektakuläre Wandel des Alltags vor einer geschichtlich hochaufgeladenen Kulisse – das ist der Trivialmythos, der so viele Reisende hierher führt. All die von Bildern, Fotos, Prospekten genährten Wünsche, die von dieser Stadt bedient oder enttäuscht werden. Die Stadt thematisiert wie keine andere – allenfalls wären noch Paris und New York vergleichbar – Wahrnehmung, ist in der Wortbedeutung ästhetisch. Die Basis all dessen, auch der Trivialmythen, sind zwei wirkliche Mythen: Die begehbare Geschichte und der Stuhl Petri. Darin liegt das Eigentümliche dieser Stadt, daß man das eigene Bewußtsein betreten kann, nicht museal, sondern urban belebt. Man muß das gar nicht ausführen, was von dieser Stadt aus alles gewirkt hat und bewirkt worden ist in der Geschichte des Abendlandes durch: Politik, Recht, Kunst und Religion. Und mit dem Christentum verbindet sich, wie letztendlich auch mit dieser Stadt, der Glaube an ein ewiges Leben. Sichtbar wird das an dem abgegriffen golden glänzenden Fuß des sitzenden Petrus in der Peterskirche. Dieser Wunsch nach Dauer begleitet viele Romfahrer, weltliche wie religiöse, und sowohl die antiken Ruinen stehen für diese Dauer wie die Vielzahl der Kirchen aus allen Jahrhunderten, beide, die Ruinen wie die Kirchen, thematisieren zugleich aber auch den Wandel, die Vergänglichkeit. Ich wurde damals auf die Historizität des Raumes, in der sich der kulturelle und religiöse Wandel entfaltet, aufmerksam, nicht durch abstrakte Überlegungen, sondern durch die Anschauung, und zwar in der Kirche Santa Maria degli Angeli.

Im Jahr 1561 segnete Papst Pius IV. die Ruinen der Thermen des Diokletian und man begann mit dem Kirchenbau, den Michelangelo leitete. Wer die Kirche heute durch einen kleinen unscheinbaren, ruinenhaften Eingang betritt, wird von der Monumentalität des Inneren überrascht. Man gewinnt hier eine Ahnung von der Höhe und Mächtigkeit des antiken Bades. Wobei gesagt sein muß, daß der Boden durch Aufschüttungen angehoben, der Raum also verkleinert wurde. Die Basen der gewaltigen Säulen, die man jetzt sieht, sind erst später kunstvoll um die Säulen gelegt worden. Aber so wie sich heute die Kirche zeigt, war sie nicht von Michelangelo geplant, nämlich als ein griechisches Kreuz, sie wurde verändert und umgebaut, die Achse zum Altar wurde verschoben. Man kam mit den Proportionen des Raums nicht zurecht, der Versuch in der Renaissance, eine Synthese zwischen der intellektuellen Bewunderung der antiken Vergangenheit und der spirituellen christlichen Verehrung zu finden, scheiterte. Eine eigentümliche Unproportion geht von dieser Kirche aus, etwas im wörtlichen Sinne Unangemessenes.

An die extrem hohen Seitenwände wurden entsprechend große Bilder aus dem Vatikan gehängt, unter anderem der Sturz Simons, des Magiers, der von sich behauptete, fliegen zu können, also auch den himmlischen Raum zu beherrschen. Er wurde durch ein Gebet von Petrus zum Absturz gebracht. Wir sehen diese Gestalt, wie sie kopfüber herunterstürzt, zum Entsetzen der Zuschauer.

Der Astronom Francesco Bianchini bekam um 1700 den Auftrag, einen Meridian zu konstruieren, mit dessen Hilfe das genaue Datum und die Zeit festgestellt werden konnten, um die Abweichungen im Kalender zu beheben. Der Meridian wurde am 6.10.1702 eingeweiht. Durch zwei Löcher im oberen Teil der Kirchenwände kann der Stand der Sonne sowie der Sterne bestimmt und auf einen 45,80 Meter langen Meridian bezogen werden, der aus Messing und kunstvoll verziert in den Marmorboden der Kirche eingelegt ist.

So wurde dieser antike Raum, der zur Kirche umgebaut und der Mutter Maria und den Engeln geweiht wurde, zur Messung der Zeit benutzt, und damit für eine naturwissenschaftlich-technizistische Betrachtung geöffnet, womit sich wiederum der sakrale Raum änderte, profanisiert wurde. Tatsächlich ist in dieser Kirche Andacht nur schwer vorstellbar. Nicht zufällig werden – obwohl immer noch Kirche – hier oft Ausstellungen und Treffen organisiert.

Der Versuch, ein historisches Raumverständnis am Beispiel dieser Kirche Santa Maria degli Angeli zu entwikkeln, sollte schon in der ersten Fassung dieses Buchs erscheinen. Auch in dieser Ausgabe, für die der angedeutete Essay fest geplant war, fehlt er. Damals wie heute haben sich andere Arbeiten dazwischengedrängt. Es ist vielleicht nicht das Schlechteste, daß an einem Buch über Rom weitergeschrieben werden muß, ein *work in progress.* Auch an Rom wird ja weitergebaut, ein gewaltiges Monument, an dessen verschiedenen Schichten die Herausbildung des menschlichen Bewußtseins – zumindest des abendländischen – sich ablesen läßt und das zugleich geschichtliche Dauer und im Religiösen sogar ewige Dauer verspricht.

Bei meinem letzten Aufenthalt im Februar 2000, dem Heiligen Jahr, habe ich durch Zufall das Restaurant *Padovani* in der Via Bergamo entdeckt, in dem in leuchtenden Farben antike Szenen an die Wände gemalt sind. Ein wunderbarer bonbonfarbener Kitsch, der erst möglich macht, daß wir die kühlen weißgestrichenen Restaurants genießen können. (Wobei es auch kühlen weißen Kitsch geben kann.) Beim Essen hatte ich eine Art Wandplastik, von demselben Künstler, der die Fresken gemalt hat, vor Augen, die Platte eines antiken Sarkophags, bemalt mit der Aufschrift: Tempora sic fugiunt pariterque homines sed Roma erit. Ich konnte beim Essen diesen zum Bild gewordenen Trivialmythos betrachten. Die vorzügliche Trippa alla Romana kann ich, jedenfalls solange der Koch nicht wechselt, jedem empfehlen.

Die Stimme beim Schreiben

Sehr geehrter Herr Präsident,
meine sehr verehrten Damen und Herren,
ich würde gern singen, nicht hier und jetzt, das wäre kein Genuß für Sie, sondern ich würde gern singen können. Manchmal im Traum kann ich singen, wunderbar, wie ich finde, und lausche mir dann selbst, sogar mit Begeisterung – aber dann kommt das Erwachen. Zu diesem Widerspruch, singen zu wollen, es aber nicht zu tun, dem Auseinanderklaffen von Wunsch und Wirklichkeit, gehört die Fähigkeit, den falschen Ton herauszuhören, bei mir selbst wie bei anderen, und dieses kritische Vermögen erstickt jeden Versuch schon im Keim. Als Kind, wollte ich singen, war schon der erste Ton falsch, und ich erstarrte regelrecht. Die Folge war, daß ich, wurde in der Schule gesungen, stets zum Schweigen verdammt war. Ich saß und las draußen, auf dem Korridor, während in der Aula der Chor probte. Ich will nicht kurzschlüssig behaupten, daß meine Leselust mit diesem Verbot, dieser Ausgrenzung vom Singen, zusammenhängt. Aber ich kann mich an diese Lesesituation recht genau erinnern, und dazu gehört auch, daß ich sie nicht als Abstrafung empfand, eher als einen Vorzug. Damals hatte mich nach einer Zeit des Nichtlesens die Lesewut gepackt und seitdem nicht mehr losgelassen. Daß ich las oder nicht las, lag nicht daran, daß ich nicht singen durfte, es hatte andere Gründe, denen ich jetzt nicht weiter nachgehen will. Es begann eine Zeit, in der ich diese doch sehr unsinnlichen Zeichen,

die Buchstaben, mir anverwandeln konnte, Welten entstanden, von denen die da drinnen nichts ahnten, und nur hin und wieder störten mich die Mißtöne hinter der geschlossenen Tür.

In dieser Zeit, ich war elf oder zwölf, bewegte ich beim Lesen wahrscheinlich nicht mehr die Lippen, wie man es bei Kindern und ungeübten Lesern beobachten kann, eine Erinnerung an den Übergang vom Oralen zum Literalen, was entwicklungsgeschichtlich wie individualgeschichtlich stimmlich beginnt, das Erzählen, vom Körper getragen und an ihn gebunden, vom Atem, von den Lippen, dem Gaumen, den Zähnen, diese fluktuierende Sprache, wird im Alphabet festgehalten, Zeichen, die beim Lesen zunächst noch mündlich mitartikuliert werden, bis das Lesen durch Übung und Gewohnheit schließlich stumm wird, lautlos, sich von der körperlichen Reaktion nach innen zurückzieht, und nur an der Mimik des Lesers, auch bei geübten Lesern, kann man noch manchmal »ablesen«, welche fernen Welten sie gerade durchwandern, ein gespanntes Staunen, ein winziges zweifelndes Kopfschütteln, ein nachdenkliches Verengen der Augen, als müsse in größerer Ferne etwas erkannt werden, am deutlichsten immer noch, wenn ein Leser lacht, plötzlich, und mit einem gewissen Neid beobachten wir den Mitreisenden, der uns gerade dann, lachend, weit hinter sich gelassen hat. Man wüßte gern, warum und worüber der stumme Leser lacht, es würde uns nicht nur etwas über den Text, sondern auch über den Lesenden verraten. In solchen Momenten ist noch eine Ahnung von der Stimme da, die direkt aus den Zeichen zu dem Lesenden spricht. Hat diese Stimme eine Tonalität oder ist sie derart im Intellegiblen eingelagert, daß sie tonlos ist, man nicht mehr von Stimme sprechen kann, oder ist es nicht doch eher so, daß man, wenn man in sich hineinhorcht, lesend zu sich selbst spricht, und zwar immer dann, wenn der Text ungewöhnlich ist, nicht mit Versatzstücken arbeitet, den Worten ein neues, ungewohntes Kraftfeld gibt? Hört man sich, die eigene Stimme, wenn man liest, oder vielleicht eine andere Stimme? Selten, hin und wieder, bei bestimmten Autoren ist das recht deutlich, weil – ich spreche von meinen Erfahrungen – ich den Autor früher einmal habe lesen hören, so lese ich Bücher von Martin Walser mit dessen ferner Stimme, das gleiche gilt für die Romane von Thomas Bernhard. Eigentümlicherweise habe ich auch von Arno Schmidt die Stimme im Kopf, obwohl ich ihn nie habe lesen hören, geschweige denn mit ihm gesprochen habe. Ich kann denn auch weniger die Stimmhöhe, als vielmehr einen bestimmten norddeutschen Tonfall heraushören. Mich interessiert, und ich finde, es wäre eine ergiebige Frage für eine literaturwissenschaftliche Feldforschung, ob und wie die schreibenden Kolleginnen und Kollegen sich selbst beim Schreiben hören. Nach meinen eher zufälligen Befragungen schreiben diejenigen, die, etwas pauschal gesagt, in der Tradition des Erzählens stehen, mit einer Kopfstimme, hören sich also beim Schreiben. Andere – ist es die Mehrheit? – sehen nur die Zeichen auf dem Papier oder Bildschirm, also Buchstaben, Wörter, Sätze. Ich gehöre zu denjenigen, die sich beim Schreiben selbst hören, höre mich sprechen, deutlich, auch jetzt, wenn ich dieses schreibe, ich höre meine Stimme, die recht unterschiedlich spricht, unterschiedlich im Tempo, in der Modulation, im dialektalen Anklang, oft im Hamburger Tonfall. Es ist ein akustischer Raum, der mich begleitet und der mich stets an das Hamburg meiner Kindheit denken läßt. Dann aber höre ich mich auch im bairischen, im Berliner Tonfall, durchaus überzeugend, wie ich finde, und das, obwohl ich – und ich darf hier sagen: natürlich – den bairischen Dialekt gar nicht laut sprechen kann. Täte ich es, es wäre eine anbiedernde Peinlichkeit. Ein wenig ist es mit diesem Tonfall wie mit dem Singen, das ich beherrsche, solange ich stumm bleibe. Ich höre mich beim Schreiben selbst in einer lautlosen und doch hörbaren Zwiesprache. Wobei es viele Beweggründe für dieses einsame und merkwürdige Tun gibt, den Blick auf das zu richten, was im Blickschatten des alltäglichen Sehens, also Wahrnehmens, liegt; der Versuch, dem Selbstverständlichen mit Unverständnis zu begegnen, also schreibend Fragen zu stellen, ohne die Antworten zu wissen, und doch mit dem Wunsch, vom Leser verstanden zu werden, und das meint natürlich nicht nur Wort für Wort. Gar nicht hervorheben muß ich, was man in jedem Proseminar lernt, daß es nicht auf das Was, sondern auf das Wie ankommt, also die Struktur, die Form. Ich meine noch etwas anderes, was meist unberücksichtigt bleibt, was auch schwer zu beschreiben, aber doch wesentlich ist, ich meine den Ton, den jeweils besonderen Ton, der erst der Prosa ihr besonderes Gepräge gibt.

Die Bedeutung des Tons für die Sprache hat Wilhelm v. Humboldt in seinem Vortrag 1824 *Über die Buchstabenschrift und ihren Zusammenhang mit dem Sprachbau* so bestimmt: »Die Eigenthümlichkeit der Sprache besteht darin, dass sie, vermittelnd, zwischen dem Menschen und den äussren Gegenständen eine Gedankenwelt an Töne heftet.« Und er führt dann weiter aus: »Denn für die Sprache ist nicht bloss die sinnliche Erscheinung stoffartig, sondern auch das unbestimmte Denken, inwiefern es nicht fest und rein durch den Ton gebunden ist; denn es ermangelt der ihr wesentlich eigenthümlichen Form. Die Individualität der Wörter, in deren jedem immer noch etwas andres, als bloss seine logische Definition liegt, ist insofern an den Ton geheftet, als durch diesen unmittelbar in der Seele die ihnen eigenthümliche Wirkung geweckt wird. Ein Zeichen, das den Begriff aufsucht, und den Ton vernachlässigt, kann sie mithin nur unvollkommen ausdrücken. Ein System solcher Zeichen giebt nur die abgezogenen Begriffe der äussren und innren Welt wieder; die Sprache aber soll diese Welt selbst, zwar in Gedankenzeichen verwandelt, aber in der ganzen Fülle ihrer reichen, bunten und lebendigen Mannigfaltigkeit enthalten.«

Der Ton der Sprache ist natürlich, biologisch determiniert, und Sprache wird meist spielerisch durch Nachahmung und Wiederholung erlernt, die Zeichen hingegen, die Buchstaben, sind eine höchst kunstvolle Ausbildung, und das Lesen und Schreiben wird in der Regel, was jeder aus Erfahrung weiß, unter Zwang, das heißt ja Schulpflicht, erlernt. Die Zeichen sind, wie Humboldt schreibt, die Verkörperung der Töne, die so festgeschrieben, wiederum zur Verfeinerung und Strukturierung der Sprache beitragen. Ein wesentliches Merkmal der Schrift ist, im Unterschied zur bloßen Mündlichkeit, daß sie ein ganz anderes Nachdenken über Sprache ermöglicht.

Erlauben Sie mir an dieser Stelle aus einer sehr interessanten germanistischen Arbeit zu zitieren: Albrecht Koschorke, *Körperströme und Schriftverkehr. Mediologie des 18. Jahrhunderts.*

Koschorke schreibt: »Der Weg der Schrift besteht darin, Körper und Sinne ins Abwesende zu verschieben; und dort, im Zustand ihres physischen Todes, können sie als Produkte der Phantasie wiedererstehen.«

Dieses Zitat gibt sehr schön den Prozeß des Schreibens wie den des Lesens wieder: Die Welt der Zeichen ist gekennzeichnet durch den physischen Tod der Sinne und ist doch höchst lebendig in der Phantasie. Koschorke spricht denn auch von einer sekundären Versinnlichung.

Und so übertrage ich es für mich: Es geht darum, in einer aus der Erfahrungswelt kommenden, durch den reflektierenden Schreibprozeß ihrer selbst bewußt gewordenen Sprache die Gedankenwelt zum Klingen zu bringen.

Darin liegt, vermute ich, der Grund meiner Neugierde, wie Kollegen ihre Texte vorlesen, wobei ich mir auch Lesungen in Sprachen anhöre, dem Japanischen, dem Papiamento, dem Kisuaheli, die ich nicht verstehe, einfach um den Klang einer mir fremden Sprache zu hören. Die Lesungen von Kolleginnen und Kollegen, ich meine jetzt die deutschen, sind nicht nur interessant in Hinblick auf deren Erscheinung und wie sie auftreten, sondern ihre Lesungen sind im wahren Sinn des Wortes eine Reanimation. Eine Erinnerung an orale Zeiten, als Dichtung noch vorgetragen wurde. Dem, was festgeschrieben vorliegt, egal ob das mit Kopfstimme oder ohne erfolgt ist, in einer genau gewählten Struktur, verfeinert, gegliedert, wird durch die Stimme, den vorgegebenen Zeichen folgend, wieder Leben eingehaucht. Vielleicht liegt ein Grund in dem Mitlesen, das man immer wieder bei einigen Zuhörern beobachten kann, darin, daß sie hoffen, den Autor bei einem Verlesen zu ertappen, nicht aus kleinlicher Rechthaberei, sondern aus dem Wunsch nach Spontaneität, Improvisation, Irrtum, Abweichung; dieser den Zeilen folgende Zeigefinger ist, glaube ich, auf der Suche nach Resten eines spontanen Gesangs. Vor allem aber hört man, ob die Sprache klingt oder ob da nur Zeichen zu einer Gedankenprosa aneinandergeleimt wurden.

Bei diesen Lesungen ist noch ein wenig von dem Atem zu hören, dem langen, dem kurzen, von dem, was dem Schreibenden womöglich den Atem verschlagen hat, und von dem, was ihn schreibend wieder hat zu Atem kommen lassen, eben – das Tönen der Gedankenwelt. Es gibt uns eine Ahnung von der Zeit der vorschriftlichen Dichtung, in der es, in der epischen Rezitation, diese Dreiheit gab: Melos, Sprache und Rhythmus, was die Griechen in dem Begriff der *mousike* zusammenfaßten.

Ich will nicht mißverstanden werden, ich fordere keine Rückkehr zur Mündlichkeit, obwohl sich solche Tendenzen in Slam-Lesungen und im HipHop abzeichnen. Ich möchte es auch nicht als eine romantisierende Verklärung des Tons, des Klangs, verstanden wissen, als eine Forderung nach praller Sinnlichkeit, von der wir wissen, daß es sie so nicht gibt. Ich will nur daran erinnern, was Wilhelm v. Humboldt schreibt: »Ein Zeichen, das den Begriff aufsucht, und den Ton vernachlässigt, kann sie [die Individualität der Wörter] mithin nur unvollkommen ausdrücken.«

Die Arbeit des Schreibens wäre dann der Versuch, die Gedankenwelt zum Klingen zu bringen, nicht mit dem Ziel der Harmonie, dazu gibt es keinen Anlaß, vielmehr Widerspruch, Zweifel und Empörung, und das Ergebnis ist eher eine recht ruppige Polyphonie, aber, das wäre mein Wunsch, doch getragen von dem darunterliegenden Gesang, »... die Sprache aber soll diese Welt selbst, zwar in Gedankenzeichen verwandelt, aber in der ganzen Fülle ihrer reichen, bunten und lebendigen Mannigfaltigkeit enthalten«. Sich dem anzunähern, ist ein Wunsch, vergleichbar dem, singen zu können.

Ich danke der Bayerischen Akademie der Schönen Künste, ich danke den Juroren, die mir diesen großen Preis zuerkannt haben, ich danke Manfred Durzak für seine Laudatio und ich danke Ihnen, die mir zugehört haben.

Der Gedankenstrich

Sehr geehrter Herr Bürgermeister,
meine sehr verehrten Damen und Herren,
ich hatte mir einige Stichworte notiert: Barock, die Straßenbahn, die Glyptothek, mehr freie Tage im Jahr als in Hamburg, der bairische Dialekt, der mir, wenn ich ihn höre, die Sprache ein wenig fremd macht, was wichtig für die Arbeit an der Sprache ist, sodann die nachgerühmte Herzlichkeit der Münchner, die deftige, die ich, ich war eben aus dem Norden zum Studium hier angekommen, kennenlernte, bei einem Friseur, in der Amalienstraße, der mir, dem vor dem Spiegel Sitzenden, etwas erzählte, dabei dicht neben dem Ohr immer wieder kleine Leerschläge mit der Schere machte und auf mich einredete, wobei ich in meiner mich oft selbst so störenden, anerzogenen Höflichkeit, obwohl ich doch nichts, wirklich nichts, verstand, immer wieder sagte: ja, ach, tatsächlich, richtig, Klasse – bis er mir mit einem Ruck das Halstuch abriß und schrie: Jetzt nauß.

Ich stand draußen und mußte einen anderen, höchst mißtrauischen Friseur, der Läuse oder Krätze auf meinem Kopf vermutete, überreden, mir die Haare fertigzuschneiden.

Meine Damen und Herren, Sie ahnen, wohin die Stichworte geführt hätten, eben darum habe ich die Überlegungen zu meinen Münchenmythen hier abgebrochen und kam über einen Gedankenstrich in diesen Notizen auf eben dieses Satzzeichen, das so herausfordernd auf dem Papier stand.

Als eine Ersatzhandlung beim Verfertigen einer Dankesrede habe ich in den Romanen und Erzählungen zeitgenössischer Kollegen geblättert, auf der Suche nach Gedankenstrichen, nach einem Satzzeichen, das, wie sonst nur die drei Auslassungspunkte, im Druckbild sogleich auffällt. Der Gedankenstrich, das ist mein erster Eindruck, wird heute nur moderat genutzt. Dort wo er gesetzt wird, steht er fast immer nach den vier Regeln, die im Duden genannt werden: 1. Er kündigt etwas Folgendes, Unerwartetes an. 2. Den Wechsel des Themas und Sprechers. 3. Zusätze und Nachträge können deutlich vom übrigen Text abgetrennt werden. 4. Wird seine Stellung vor Frage- und Ausrufezeichen beschrieben.

In dieser Bestimmung ist der Gedankenstrich kaum etwas anderes als ein horizontales geradegebogenes Komma. Formuliert werden hier syntaktische Regeln, die nichts von dem Bedeutungsüberschuß dieses Satzzeichens verraten und wohl den berühmtesten Gedankenstrich in der Deutschen Literatur nicht hinlänglich erfassen können.

»Er stieß noch dem letzten viehischen Mordknecht, der ihren schlanken Leib umfaßt hielt, mit dem Griff des Degens ins Gesicht, daß er, mit aus dem Mund vorquellendem Blut, zurücktaumelte; bot dann der Dame, unter einer verbindlichen, französischen Anrede den Arm, und führte sie, die von allen solchen Auftritten sprachlos war, in den anderen, von der Flamme noch nicht ergriffenen, Flügel des Palastes, wo sie auch völlig bewußtlos niedersank. Hier – traf er, da bald darauf ihre erschrockenen Frauen erschienen, Anstalten, einen Arzt zu rufen; versicherte, indem er sich den Hut aufsetzte, daß sie sich bald erholen würde; und kehrte in den Kampf zurück.«

Dieser Gedankenstrich in der Kleistschen Erzählung *Die Marquise von O...* steht zwischen dem »Hier« und

»traf er … Anstalten«. Beim lauten Lesen bemerkt man ihn nicht, er zeigt keinen Wechsel, keinen Zusatz an, und doch steht er für das ganze unerhörte Geschehen – wie soll man es nennen, den Mißbrauch?, die Vergewaltigung? der Marquise. Dieser Gedankenstrich verweist nicht nur auf etwas, was an dieser Stelle ausgelassen ist, sondern er verbindet auch Räumliches mit Zeitlichem, das Hier mit dem Anstalten treffen. Er trennt einen Handlungsteil ab und verbindet ihn mit künftigem Geschehen. Zugleich, und das ist das Wesentliche, verweist er auf etwas, was so nicht zur Sprache gebracht werden kann, etwas Körperliches, die Sexualität. Kleist verschweigt hier nicht aus Prüderie oder aus Gründen der Dramatik diesen die ganze Erzählung bestimmenden Tathergang, um dadurch desto stärker die Überraschung, nämlich die Schwangerschaft der Marquise, hervorzuheben, sondern dieser Gedankenstrich weist über den Text hinaus, führt als typographischer Strich des Lautsystems das Non-Verbale der Imagination dem Leser zu.

Von seiner Herkunft ist er auf die Leiblichkeit gerichtet. Der Gedankenstrich kommt in den englischen Dramen um 1600 auf, eine Erfindung, die Ben Jonson zugeschrieben wird. Ein Zeichen für den Schauspieler, das Pausen und den Rhythmus des Sprechenden im Text bestimmen soll. Nicht zufällig ist seine Weiterentwicklung und Differenzierung in England an die Herausbildung des Romans gebunden, an jene Gattung, in der wunderbarerweise alles erlaubt ist. Auch der Leser ist ja ein innerer Sprecher. Der Gedankenstrich hat dabei stets etwas von dem leiblichen Ursprung behalten, also der Pause, dem Rhythmus, dem Atemschöpfen, aber auch dem Gestischen, Mimischen. Er findet sich bei Samuel Richardson und dann natürlich bei Laurence Sterne, im *Tristram Shandy,* hier geradezu exzessiv und sich sogar selbst reflektierend, in insgesamt 6 syntaktischen und 11 semantisch pragmatischen Funktionen, wie Martina Michelsen herausgearbeitet hat, Funktionen, die sich auch noch untereinander verbinden können, also zu einer ganz erstaunlichen Bedeutungsvielfalt führen.

Im *Horribilicribrifax* von Andreas Gryphius taucht er dann 1663 zum ersten Mal in der deutschen Literatur auf. Wird aber noch nicht in Zedlers Universallexikon von 1735 erwähnt, dann aber 1775 in Adelungs *Grammatisch-kritisches Wörterbuch der hochdeutschen Mundart:* »eine verächtliche oder wenigstens scherzhafte Benennung desjenigen von den neuen witzigen Schriftstellern nach dem Beispiel der Engländer eingeführten orthographischen Zeichens, welches in einem oder mehreren Querstrichen besteht ... Häufung dieser Striche sind dem Leser nur zu oft unangenehm oder ekelhaft ...«

1808 in Campes Bearbeitung des Adelungschen Wörterbuchs sind alle Vorbehalte gestrichen und es wird nur noch die Funktion referiert.

In den dazwischenliegenden 33 Jahren hatte die Lust der Empfindsamkeit den Ekel an diesem Satzzeichen verdrängt. In *Die Leiden des jungen Werthers* findet sich in einer hochemotionalen Stelle zugleich eine Reflexion auf den Gedankenstrich: »Sieh, und was mich verdrüst, ist, daß Albert nicht so beglükt zu seyn scheinet, als er – hoffte – als ich – zu seyn glaubte – wenn – Ich mache nicht gern Gedankenstriche, aber hier kann ich mich nicht anders ausdrukken – und mich dünkt deutlich genug.«

Er steht für das, was nicht verbalisiert werden kann, das gestische Sprechen, das Stammeln, das Unverständnis, wohin Sprache nicht reicht, wo also Sprache dieses Delirium ist, das aus der fundamentalen Nicht-Adäquatheit von Rede und Wirklichem besteht, wie Roland Barthes es nennt. Der Gedankenstrich ist also auch das Zeichen, das diesen Mangel andeutet, ein Mangel, der wiederum durch spielerische Konstruktionen aufgehoben werden kann. Beispiele finden sich in der neueren deutschen Literatur insbesondere bei Arno Schmidt, der ihn, an Sterne geschult, einsetzt, wie in dem Roman *Aus dem Leben eines Fauns:* »So steckte ich die Aktentasche hinter einen Busch zum Stock, und untersuchte das Terrain: –.–.–« Die Gedankenstriche verbildlichen die Schritte wie Fußstapfen und führen buchstäblich ins Non-Verbale.

Wen wundert es, daß der Gedankenstrich nicht von der Rechtschreibreform erfaßt wurde. Im Gegensatz zu dem anderen Strich in der Satzzeichenlehre, dem Bindestrich, der auch immer ein Trennungsstrich ist und neuerdings Plackerei zu Pla-ckerei zerlegt.

Der Gedankenstrich hingegen ist in dem funktionalen Zeichensystem wie ein Partisan, der Leben in das Ordnungssystem bringt, und Leben, dort wo es wächst, zeichnet sich durch Chaos aus. Er erinnert von seiner Herkunft an den Leib, an die Stimme, an den Atem, also an den Ursprung des Lautsystems, in dessen gedruckter Form er sich nun als Vagant herumtreibt. Und er findet sich in einer Sprache, die noch das Kolloquiale im Ohr hat, nicht zufällig also bei Arno Schmidt.

Daß er heute sich mehr auf die syntaktisch-grammatikalischen Normen zurückgezogen hat, ist möglicherweise mit der Stimmenferne in der Literatur zu erklären; auch daß alles auserzählt werden kann, Sexualität kaum noch ein Geheimnis ist, Emotionen geradezu gemieden werden – verklemmt – was sich dann als hoher Stil selbst feiert. Vielleicht bedürfen auch die Ellipsen, Anakoluthe, die Brüche und Cuts heute für den geübten Leser keiner Hervorhebung mehr. Und so hat der Gedankenstrich, als habe er sich scheu zurückgezogen, auch an Länge verloren, ist heute typographisch auf 3/4 seines früheren Gevierts geschrumpft.

Andererseits wachsen ihm immer wieder neue Möglichkeiten zu, wie beispielsweise in den von Spitzeln mitgelesenen Briefen in der Nazizeit, in denen, wie ein Physiker erzählte, der Gedankenstrich am Ende eines Satzes die Umkehrung der Aussage bedeutete. Eine partisanenhafte Inversion. Und wer weiß, vielleicht taucht er wieder verstärkt auf, überraschend, in einer Literatur, die sich den Emotionen zuwendet, die sich der gesprochenen Sprache zuneigt, vielleicht erlangt er dann auch wieder seine ihm zugehörige ursprüngliche Länge.

Zum Schluß sei noch bemerkt, daß seine Bezeichnung im Deutschen so gedankenschwer daherkommt, obwohl er doch genaugenommen ein Trickster ist, er sich besser schon im Italienischen zu erkennen gibt, als *lineetta di sospensione,* auch *dash* trifft ihn wegen seiner Bedeutungsvielfalt recht gut, am besten – lautlich – gefällt mir das Ungarische *gondolatjel,* was aber leider wiederum nur Gedankenzeichen heißt.

Und hier mache ich einen Gedankenstrich:

Meine Damen und Herren, ich möchte mich bedanken, bei dem Laudator, bei der Jury und bei der Stadt München.

Der Sturz 1

Erste Fassung des Anfangs zu dem Roman *Rot*

Ein Schatten, dunkel, dann grell, ein Zucken, ein Knirschen, ein Gewölbedröhnen, Hall, Hall, Hall. Ich höre Stimmen.

Verstehen Sie?

Neben mir ein Knie, ein Frauenbein, ein Goldflimmern, faltenlos der Strumpf in der Kniekehle, die Frau kniet auf dem Pflaster, der schöne Strumpf, denke ich, was einem alles durch den Kopf geht, die Hand in meinem Nacken, warm, etwas Feuchtes, Geruch, Diesel, der Laster und ein Parfum, ein schweres Parfum, ja, und süß, wie etwas Reifes, Überreifes, was gepflückt werden will, süß und weich geht es von dieser Hand, dem Knie, dem Bein, dem Gesicht, das ich jetzt sehe. Ich will aufstehen. Liege hier, liege am Boden, ausgestreckt, auf dem Pflaster. Um mich herum Beine, Hosenbeine, Frauenbeine, und neben mir die Frau, eine noch junge Frau, ihr Gesicht, besorgt, wie sie mir in die Augen blickt. Und die anderen, die Hosenbeine, darüber die Köpfe, Männer wie Frauen, blicken hoch, zur Hauswand hoch.

Da oben, von da oben, sagt eine Stimme, ist es gefallen.

Engel, sage ich.

Was sagte er, fragt eine Stimme.

Der Engel. Es fällt mir schwer, das auszusprechen, das Sprechen macht mir Mühe, große Mühe, dieses Wort auszusprechen, sonderbar, da ich es leicht denken kann. Also besser nichts sagen, schweigen. Der Sturz des Engels. Unsinn. Schmerzen, fragt eine Frauenstimme, Schmerzen, haben Sie Schmerzen. Nein, ich spüre nichts. Den Namen? Natürlich nicht. Beruf. Schreiben Sie: Hagiograph. Ich komme vom Friedhof. Das ist wichtig für die Versicherung. Und bitte vorsichtig, vorsichtig mit dieser Knetmasse, Plastikmasse, ganz vorsichtig. Sonst knallts! Und da die Blätter, die herumliegen und wegwehen, mit Reifenabdrücken, das ist die Arbeit von gut drei Jahren. Bis hierher. Bin die *Straße des 17. Juni* entlanggegangen, *Unter den Linden,* hinter diesen Stöckelbeinen, Hinterbacken mahlen kräftig unterm knappen Rockschurz, rot. Wer trägt noch Rot. Meine Lieblingsfarbe. Und so eng, eingeslipt ein Herzchen auf dem Hintern, stöckeln die Beine. So könnte ich anfangen. Dann weiter durch das Brandenburger Tor, innseitig räumt Herkules mit seiner Keule auf, darum mußte es wieder aufgebaut werden, die neuen Fassaden, Volksvertretung, was für ein Wort, Sandstein, Granit, poliert oder aufgerauht, drüben die russische Botschaft, der Leninkopf, Bronze, massig, verschwunden, angeblich im Keller oder verscherbelt, Altmetall, eingeschmolzen, das Hotel *Unter den Linden.* Mitten im Herzen der Stadt für 99 Mark, die Fassade wie der Fußboden in einem Hotelklosett mit diesen kleinen hartgebrannten Mosaiksteinchen belegt.

Der Sturz 2

Zweite Fassung des Anfangs zu dem Roman *Rot*

Ein Schatten, dunkel, der Sturz, ein Zucken, ein Knirschen, ein Gewölbedröhnen, Hall, Hall, nein, keine Schmerzen, ich höre gut, verstehe Sie, ich höre einen Laster, der anfährt, Reflex gut, neben mir das Knie, ein Goldflimmern, der Strumpf faltenlos in der Kniekehle, eine Hand im Nacken, warm, in meinem Nacken, etwas Süßes, Nahes, ein Duft, ein schweres Parfum, ja, wie etwas Reifes, Überreifes, etwas, was gepflückt werden will, süß und weich legt es sich aufs Stammhirn. Beruf? Engel. Ja. Nein, natürlich nicht. Schreiben Sie: Hagiograf. Aber mit ph! Ja. Komme von der Arbeit, direkt vom Friedhof, ist doch wichtig für die Versicherung. Und bitte vorsichtig, vorsichtig mit dieser Knetmasse, Plastikmasse, ganz vorsichtig, sonst knallts, und da die Blätter, die herumliegen und wegwehen, auf der Straße, mit Reifenabdrücken, das ist die Arbeit von gut drei Jahren. Bis hierher. Bin die *Straße des 17. Juni* entlanggegangen, dann *Unter den Linden*, hinter diesen Stöckelbeinen, Hinterbacken mahlen kräftig unterm knappen Rockschurz, rot. Wer trägt noch Rot. Und so eng, eingeslipt ein Herzchen auf dem Hintern, stöckeln die Beine durch das Brandenburger Tor, innseitig räumt Herkules mit der Keule auf, darum mußte es wieder aufgebaut werden, die neuen Fassaden, Sandstein, Granit, poliert oder aufgerauht, drüben die russische Botschaft, früher Lenin davor, jetzt verschwunden, im Keller, andere sagen: verscherbelt. Altmetall. Das Hotel *Metropol.* Die Fassade mit hartgebrannten Mosaiksteinchen belegt. Der Klient wartet, Arzt aus Düsseldorf. Der Zünder, nein, nicht eingestellt. Nummern, die Telefonnummern von ihm gesammelt, dem Grottenolm der Revolution. Haßnummern. Die Steinplatte, dort oben, am Haus, gelb, der Reflex, das Kopfeinziehen, als die Echsen noch über uns schwebten, oder waren wir noch gar nicht da, jedenfalls jetzt überflüssig, längst ausgestorben der Gegner, eine Sandsteinplatte, vom Schweizer Haus, so grundrenoviert, so strahlend mit all den Uhren, eine Platte aus der Fassade sieben Meter hoch, schätze ich, ein restlicher realsozialistischer Pfusch oder westliche Wertarbeit, womöglich *swiss made*, da fällt einfach ne Platte aus der Fassade und dann biste Stulle. Also eins nach dem anderen. Erst der Friedhof. Zweitens sie. Kam von ihr, Iris, ja, Iris, wie die Schwertlilie, der Regenbogen, die zarte Haut im Auge, aber vorsichtig die Karteikarte da, absatzgestempelt, Sterling, nicht Silber, sondern Hartgummihacke, hält besser.

Ich schwebe

Ich schwebe. Von hier oben habe ich einen guten Überblick, kann die ganze Kreuzung sehen, die Straße, die Bürgersteige. Unten liege ich. Der Verkehr steht. Die meisten Autofahrer sind ausgestiegen. Neugierige haben sich versammelt, einige stehen um mich herum, jemand hält meinen Kopf, sehr behutsam, eine Frau, sie kniet neben mir. Ein Auto ist in die Fensterscheibe eines Uhrengeschäfts gefahren, die Marke kann ich von hier oben nicht erkennen, bin aber in Automarken auch nicht sonderlich bewandert. Eine große Schaufensterscheibe, die wie eine glitzernde Wolke aufflog und jetzt am Boden liegt, bruchstückhaft spiegeln sich Häuser, Bäume, Wolken, Menschen, Himmel, von hier oben ein großes Puzzle, aber alles in Schwarzweiß. Seltsamerweise gibt es keine Farbe, seltsam auch das, der da unten spürt keinen Schmerz. Er hält die Augen offen.

Ich höre Stimmen, die nach einem Krankenwagen rufen, Neugierige, die nach dem Hergang fragen, jemand sagt: Er ist bei Rot über die Straße gelaufen. Ein anderer sagt: Der Fahrer wollte noch ausweichen.

Der Fahrer sitzt auf dem Kantstein, er hält den Kopf in beiden Händen, er zittert, zittert am ganzen Leib, während ich daliege, ruhig, kein Schmerz, sonderbar, aber die Gedanken flitzen hin und her, und alles, was ich denke, spricht eine innere Stimme deutlich aus. Das ist gut, denn das Reden gehört zu meinem Beruf. Meine Tasche liegt drei, vier Meter entfernt von mir auf der Straße, und natürlich ist sie aufgesprungen, eine alte Ledertasche. Das kleine Päckchen mit dem Sprengstoff ist herausgeflogen, auch die Zettel, Karteikarten, die Blätter mit den Notizen, niemand kümmert sich darum, sie wehen über die Fahrbahn. Und ich denke, hoffentlich sind sie vorsichtig. Will auch sagen: Vorsicht, das ist Sprengstoff. Aber es gelingt mir nicht. Das Sprechen macht mir Mühe, große Mühe, gerade dieses Wort, sonderbar, da ich es leicht denken und hören kann. Also nichts sagen. Schweigen. In Ihrem Leben ist der Teufel los. Was einem so alles durch den Kopf geht. Wir bringen Ihr Unternehmen auf Vordermann durch privates Coaching. Wenn man jetzt die Augen schließen könnte, denke ich, es wäre der Frieden. Und noch etwas, ich höre Charlie Parker spielen, sehr deutlich, den Einsatz seines Solos in *Confirmation.*

Onkel Christian

Nach der Beerdigung, nachdem die Blumen, viele Blumen, in das Grab geworfen worden waren, so viele, daß sie die Grube ausfüllten, gingen wir nebeneinander zum Restaurant. Ihre Rede hat mir gefallen, sagte sie. Machen Sie das öfter?

Ja, hin und wieder.

Und sonst?

Ich schreibe Kritiken, für den Rundfunk, aber auch nur hin und wieder.

Worüber?

Jazz. Ich sagte nicht, daß ich auch hin und wieder in einer Band spiele, Klavier. Weder vom Spielen noch vom Schreiben könnte ich leben. Immerhin, wenn man mich fragt, womit ich mein Geld verdiene, muß ich nicht sagen: mit Grabreden. Obwohl Beerdigungsredner auch nur ein Beruf ist wie jeder andere. Und die vielen Pfuscher und Alkoholiker, die es unter den Kolleginnen und Kollegen gibt, findet man sicherlich auch in anderen Berufen, in Redaktionen, Pressestellen, Verlagen, überall dort, wo es um Meinungen geht, die nicht immer die eigenen sein dürfen.

Und Sie? Was machen Sie?

Ich verkaufe Licht.

Licht?

Ja.

Im *Schwan*, dem Restaurant, in dem sich die betuchteren Trauergesellschaften nach den Beerdigungen zum Essen treffen, konnte ich mich neben sie setzen. Wir saßen an einem langen Tisch, mir gegenüber der Professor, von dem niemand weiß, ob er tatsächlich Professor ist. Er kommt zu allen gut besuchten Beerdigungen. Er nickte mir wie einem entfernten Bekannten kurz zu.

Unter größere Trauergesellschaften, die sich zu einem kleinen Imbiß oder aber zu einem Essen mit mehreren Gängen versammeln, mischen sich oft die Traueresser. Einige kenne ich. Thomson informiert zuvor die Hinterbliebenen, die das Essen zahlen, daß man es steuerlich absetzen kann. Das zwingt regelrecht zu Großzügigkeit. Und gerade bei größeren Begräbnissen, wie diesem, fällt der eine oder andere Mitesser nicht auf. Thomson greift nur dann ein, wenn sich mehr als drei unter die Trauergesellschaft mischen wollen, oder aber, wenn einer nach Pisse stinkt oder betrunken ist. Den Professor läßt Thomson jedesmal zu. Er kommt, im Gegensatz zu den anderen vor dem Restaurant lungernden Mitessern, stets schon zur Trauerfeier, sitzt in der Halle ziemlich weit vorn, konzentriert, ernst folgt er der Rede. Ein alter Mann, weißhaarig, mit einer randlosen Brille, er trägt einen gepflegten, wenn auch abgewetzten schwarzen Anzug, am Revers eine kleine Rosette, vielleicht die Ehrenlegion, vielleicht ist es ein ähnlich aussehender finnischer Orden, vielleicht auch nur das Zeichen eines Ruderclubs. Thomson nennt ihn den Professor, aber niemand weiß, was der Mann früher einmal war, vielleicht nur ein verkrachter Student, vielleicht ein abgewickelter Professor für den historischen Materialismus.

Er weiß, daß ich weiß, wer er ist, aber er hat nie, nie auch nur das geringste um Einvernehmlichkeit buhlende Zeichen gegeben.

Einmal am Anfang habe ich die Taktlosigkeit begangen und ihn gefragt, in welcher Beziehung er zu dem Verstorbenen stehe, und er antwortete mit großer Ruhe, er sei nur ein entfernter Verwandter. Er stellt sich auch so vor, wenn er von jemandem aus der Trauergemeinde gefragt wird: Großonkel, sagt er dann oder, wenn der Tote älter ist: Cousin, aber weit entfernt und um einige Ecken. Er spricht das nasal und gut betont aus, kondoliert den Hinterbliebenen mit einer feinen Delikatesse. Die Trauernden sagen dann: Ah, und sehen ihn fragend an, er sagt, Onkel Christian, ich bin der Onkel Christian, genaugenommen Großonkel. Und man sieht ihren Gesichtern an, wie sie nachdenken, den Großonkel Christian in der Erinnerung suchen, von der Tante Mimi der Bruder, raten sie. Nein, der Bruder von ihrem Mann. Er sieht so durchgeistigt aus, blitzt mit der ovalen Brille, lächelt, sagt, im Deutschen sind die Verwandtschaftsgrade nicht so bestimmt benennbar wie beispielsweise im Usbekischen oder Tamilischen. Und schon sagen sie: Ja natürlich, richtig, schlagen sich theatralisch an die Stirn, natürlich. Niemand will diesem freundlichen älteren Herrn zu verstehen geben, daß man ihn nicht kennt, noch nie von ihm gehört hat.

Tante Alma ist ja nun auch schon gestorben, sagen sie verlegen.

Ja, leider, sagt der Großonkel Christian.

Er setzt sich an den eingedeckten Tisch, nicht in die Nähe derer, mit denen er über seinen Verwandtschaftsgrad gesprochen hat. Er setzt sich und ißt schnell, aber nicht zu schnell, den Kopf hält er leicht über den Teller gebeugt, so ist der Weg der Gabel nicht weit zum Mund, er kann schnell essen, und doch sieht es nie gierig aus. Die Serviette hat er sich in den Hemdkragen gesteckt, etwas altertümlich vornehm wirkt das. Fisch oder Hirschgulasch? Hirschgulasch bitte, und die Kronsbeeren bitte getrennt auf einen Teller. Er prüft die Weinkarte. Den Bordeaux bitte, den *Château le Thil Comte Clary.* Welches Jahr, fragt er, und er ist der einzige der Trauergesellschaft, der nach dem Jahrgang fragt. 1997. Hm. Gut, wenn Sie den bitte bringen.

Er saß neben einer jungen Frau, die als Regieassistentin beim Film arbeitete. Er hörte zu, nickte, erzählte eine Anekdote von Lil Dagover, die er einmal in Berlin, kurz nach dem Krieg, getroffen hatte. Der Wein kam, der Ober zeigte ihm das Etikett, ja, *Château le Thil Comte Clary* las er in guter französischer Betonung. Die Unterhaltung stockte, als er den Wein probierte. Die anderen hatten Weißwein bestellt. Er roch, schmeckte, und dann kräuselte sich ein wenig die Stirn oben an der Nasenwurzel. Mit einem sanften Bedauern blickte er den Kellner an. Kaum daß er den Kopf schüttelte, eine Andeutung nur. Er ließ die Flasche zurückgehen. Der Ober trug sie ohne zu murren weg. Da das auch schon bei anderen Essen vorgekommen war, vermute ich, daß er die Flasche den Kellnern zukommen lassen wollte. Der Ober brachte eine neue. Wieder schmeckte er, alle blickten ihn erwartungsvoll, ja ängstlich an – er nickte. Der Ober schenkte ein. Ich trank, damit er nicht allein den Rotwein trinken mußte, ein Glas mit. Der Wein war wirklich gut. Er prostete mir zu: Eine sehr beeindruckende Rede.

Und schon prosteten mir und ihm auch die Angehörigen der Verstorbenen zu.

Beeindruckend, weil Sie so gar nicht versucht haben, etwas zu glätten, sagte er. Besonders gefallen hat mir, wie Sie diese Entsprechung von archaischer Felsenzeichnung und Filmhintergrund herausgearbeitet haben.

Ich weiß, wenn er mich lobt, ist er nie anbiedernd, nie taktisch, er ist ein Kenner, und er kann vergleichen. Er hört die evangelischen und die katholischen Pastoren, die Freiredner, die Moslems, hinduistische und buddhistische Redner. Wenn er sagt, heute waren Sie gut, dann weiß ich,

ich war wirklich gut. Er kann die Besonderheiten hervorheben, erkennt die in der Rede verborgene Arbeit. Er ist ein Beerdigungsästhet, nicht zu vergleichen mit diesen anderen verlumpten Leichenschmausmitessern.

Es ist doch immer am schwierigsten, etwas über Menschen zu sagen, die jung gestorben sind, sagte er.

Ja, sagte sie, ich hatte richtig Angst davor, diese Heuchelei, diese Allgemeinplätze. Einfach gräßlich. Ihre Rede, die hat mich überrascht. Was Sie über die Trauer und die Tränen gesagt haben, hat mir sehr gefallen. Sie erzählte von der verstorbenen Freundin, die sie seit ihrer Schulzeit kannte. Das Unerwartete, das Plötzliche, damit kommt man nicht zurecht. Ich habe gestern Rolf angerufen, ihren Freund, wollte ihn fragen, ob ich ihn abholen soll, heute zur Beerdigung. Das Telefon klingelt und klingelt, und plötzlich meldet sie sich, ihre Stimme, es war wie ein Schock: Wir sind zur Zeit nicht da, melden uns aber gern, wenn Sie Ihre Telefonnummer hinterlassen, danke und tschüs. Dieses Tschüs, verstehen Sie. Nein. Ich war völlig geschafft.

Die junge Frau hatte nur wenig von ihrer Seezunge gegessen, legte Messer und Gabel zusammen. Am Tisch kamen die ersten Lacher auf. Das ist bei jedem Essen so, die gedrückte Stimmung am Anfang weicht auf, jedenfalls dann, wenn Wein getrunken wird wie an diesem Tag, diesem warmen Frühlingstag, der wie ein Vorgriff war auf den kommenden Sommer mit seinen ungewöhnlich heißen Tagen.

Ist das nicht sehr, wie soll ich sagen, niederziehend, wenn man über Verstorbene reden muß?

Es hängt davon ab, was das für ein Leben gewesen war und in welchem Licht man es zeigt.

Wir kamen wieder auf ihre Tätigkeit zu sprechen. Sie erklärte, wie sehr sich das Verständnis von Licht im vorletzten Jahrhundert verändert habe, durch das künstliche Licht, durch die Öllampe, dann durch das Aufkommen der elektrischen Beleuchtung. Sie können das am besten daran sehen, wie Dämmerung und Dunkelheit gemalt wurden. In der Zeit von 1820 bis 1850 sind mehr Nachtstücke entstanden als in allen anderen Perioden. Die Dunkelheit wird entdeckt mit dem Aufkommen der Gasbeleuchtung.

Ich konnte sie ein wenig damit blenden – wenigstens dafür ist das Studium gut –, daß ich Hegel zitierte: Das Licht sei das existierende allgemeine Selbst der Materie, das unendlich den Raum erst erzeugt.

Ein schöner Satz, sagte sie und kramte in ihrem kleinen schwarzlackierten Korbtäschchen, zog heraus: einen blau irisierenden *Waterman,* eine Visitenkarte, die sie mir gab, einen winzigen Notizblock, gebunden in Schlangenleder, sagte, während sie sich den Satz notierte, wenn Sie noch andere lichtvolle Sätze haben.

Ja. Thomas von Aquin, die Differenz zwischen dem lumen naturale und dem lumen supra naturale zum Beispiel. Wenn Sie mir Zeit geben, kann ich sicher noch den einen oder anderen Satz aus dem Gedächtnis fördern.

Von soviel Bildung muß man profitieren, lachte sie und schlug vor – weil ihr vermutlich weitere Fragen inmitten der essenden Trauergesellschaft unpassend erschienen –, wir sollten uns einmal nachmittags treffen: Rufen Sie mich an, nächste Woche, vielleicht Dienstag, wenn Sie Zeit haben, nachmittags, betonte sie.

Es ist erstaunlich, wie sie das verbindet, das, wozu sie Lust hat, mit dem, was ihr Nutzen bringt, und so ist ihre Lust immer nützlich und das Nützliche immer lustvoll. Das war mein erster Eindruck. Eines ihrer Geheimnisse ist, daß sie aus diesem Geheimnis kein Geheimnis macht, denn sie muß, wo sie mit Licht und Schatten arbeitet, auch das Bewußtsein von deren Wichtigkeit schärfen. Es geht ums Geld, ihre Honorare sind, gemessen an meinen, enorm. Aber nicht allein darum. Man muß das Absurde, das aus den dunklen Ecken der Wohnungen kriecht, durch gut gesetztes Licht zurückdrängen, nein aufhellen, sagte sie, wobei das nicht durch direktes Licht geschehen soll, weil das, absichtsvoll, grell, letztendlich abweisend wirkt und nur vorübergehend dunkle Stimmungen aufheitern kann, sondern durch kunstvoll gesetztes, indirektes, am besten durch ein gegen die Decke geworfenes Licht, von wo es reflektiert wird, und vor allem durch die Lichttönung, die Lichtöffnung, die Schattengröße, den Schattenübergang, Schattenverlauf, nein, es geht vor allem darum, das ins Bewußtsein zu heben, es kommt immer auch auf das Wissen an. Die Leute sollen nicht nur spüren, daß sie sich wohl fühlen, sondern sie müssen wissen, warum sie sich wohl fühlen, erst das Wissen gibt die Argumente, mit denen sich ihre Arbeit weiterempfehlen läßt, es ist eine Licht-Schatten-Kunst, sagte sie.

Und ich sagte, interessant, das ist ja fast eine Lebensphilosophie. Dieses Wissen, wo Licht ist, ist Wachstum, Erfolg. Wo Licht ist, ist das Werden, auch ein Satz, den sie sich notiert hat, das Werden, die Produktivität selbst, sagt Schelling.

So etwas gefällt ihr. Sie ist mit einer osmotischen Auffassungsgabe begabt, trägt, was man ihr darlegt, dann so selbstsicher vor, als habe sie gerade mal den *Ersten Entwurf eines Systems der Naturphilosophie* durchgearbeitet. Nein, sie hat sie sich anverwandelt, diese Prints der Ideen. Ich hingegen gehöre noch zu der Generation, die erst alles umständlich ganz lesen muß. Sie verabschiedete sich, und ich blickte ihr nach, sie ging in diesem strengen Schwarz hinaus mit anderen jungen Leuten, denen ich anzusehen glaubte, so wie sie standen, sprachen, gingen, in einer lokkeren Beiläufigkeit, daß sie Erfolg hatten, daß sie sich selbst als performativ begabt bezeichnen würden.

Zu Hause sah ich dann staunend auf der Visitenkarte ihren Namen leuchten, Iris, natürlich ein Künstlername – ihr Taufname ist Helga –, Straße, Telefonnummer, Faxnummer, Handy, E-Mail – das leuchtete im Dunklen auf meinem Schreibtisch.

So begann es.

Edmond

Edmond. Mein ältester Freund, nichts hat uns getrennt, nicht die Frauen, nicht die unterschiedlichen marxistischen Gruppen, in denen wir waren. In den Semesterferien, im Herbst 66, bin ich mit ihm auf dieses Weingut nach Bordeaux gefahren. Er spielte Gitarre, konnte singen und kannte sich schon damals gut in den Weinsorten aus. Der Wein war seine Leidenschaft, zu einer Zeit, als Deutschland noch das Land der Biertrinker war. Der Wein war auch der Grund, warum er Romanistik studierte, denn auch das konnte er, er sprach Französisch ohne Akzent.

Habt ihr mal die Frauen getauscht?

Ja, haben wir. Besser gesagt, die Frauen haben uns getauscht.

Erzähl!

Ist nicht viel zu erzählen. Es war nichts Forciertes, wie gesagt, eine normale Situation. Vier Wochen Promiskuität. Es bot sich an.

Es oder sie?

Es. Die Situation.

Es waren warme, milde Abende im Oktober. Die Landschaft fiel langsam ins Dunkle zurück, die fernen Hügel, ein paar Pappeln standen wie eine Krümelbürste im Rot. Das Laub der Kastanien und Nußbäume war ein trokkenes Rotbraun. Ein französischer Landarbeiter spielte auf so einer Quetschkommode, und ein italienischer Arbeiter, der hier hängengeblieben war, spielte die Maultrommel. Der Mann konnte, ich wollte es Edmond gar nicht glauben, bis ich es selbst hörte, die Internationale furzen. Er aß zuvor Saubohnen, stellte sich hin, und dann ging es los: Völker hört die Signale. Alle klatschten. Der Mann war Kommunist und konnte sich in eine unglaubliche Wut über den adeligen Gutsbesitzer hineinreden. Wir lachten, damals. Man aß und trank, wir tanzten.

Und jetzt?

Jetzt? Jetzt liegt Edmond in dem ausgeräumten Haus, in einem leeren Zimmer und trinkt Wein aus einem Suppenteller.

Komm, wir gehen ins Hotel.

Ich bin ziemlich müde.

Ich nicht. Ich will vögeln.

Ich hab kein Geld, keine Kreditkarte.

Aber ich.

Ich war müde, wäre gern nach Hause gegangen, hätte mich am liebsten in meinen Sessel auf die kleine Dachterrasse gesetzt, geraucht und die Wolken am Himmel ziehen sehen. Sie bestand aber darauf, und es gab keine Ausflucht, keine Ausrede. So mußte es sein. Wir gingen ins *Kempinski,* wo wir schon zweimal gewesen waren und wo das Empfangspersonal so dezent ist, man kann auch im Sommer kommen, ohne Gepäck, sogar ohne Taschen. Ein Paar, der Mann älter, gut gekleidet, vor allem die teuren Schuhe, die junge Frau in einer lässigen Eleganz, keine Nutte, auch keine der Edelnutten, das sieht das geübte Auge.

Im Zimmer hing der leicht muffige Geruch der Klimaanlage. Draußen dämmerte es, und die ersten Lichter auf dem Kurfürstendamm leuchteten. Ich stellte die Klimaanlage ab und öffnete das Fenster. Ein sanfter Wind ging, wühlte in den Platanen, bauschte die Gardine, und plötzlich war der Geruch von trockenem Laub im Zimmer und der Motorenlärm der anfahrenden Autos.

Sie hatte sich ihren Rock ausgezogen, stand da im Slip und in dem schwarzen Seidentop. Ich hatte den Wunsch, allein zu sein, jetzt.

Ich schaff das, sagte sie, lieg nur ruhig!

Ihr Eigensinn ist bewundernswert.

Warte.

Wir brauchen Zeit, sagte sie, eine Nacht, und noch mehr Nächte, alle Nächte.

Das Haus lag im Dunkeln, hell die Fassade der unteren Etage, darüber schwarz das mit Schiefer gedeckte Walmdach, eine massive, den größten Teil dieses Hauses umfassende Kappe, in dem eine Reihe Mansardenfenster eingeschnitten war. Ein Villenvorort, dessen einer Teil schon über die Stadtgrenze hinaus nach Schleswig-Holstein hineinreicht. Hier stehen die Häuser in großen parkähnlichen Gärten, und die Besitzer, Schiffsmakler, Rechtsanwälte, Reedereikaufleute, arbeiten in Hamburg. Schon beim Aussteigen aus dem Taxi hörte ich den Lärm, eine der Abfalltonnen stürzte um. Eine schwarze, klumpige Masse wälzte sich am Boden. Der schwarze Klumpen schob sich näher heran, blieb stehen, ein Schnauben, Grunzen, dann trottete das Wildschwein langsam weg. Edmond und Vera hatten davon erzählt, als sie hier vor drei Jahren eingezogen waren und nachts aufwachten, entsetzt von einem heiseren Keuchen, Husten, Stampfen, als kämpfe der Nachbar, ein Notar, gerade mit einem Einbrecher um sein Leben. Es waren zwei Keiler, die den Gartenzaun eingedrückt hatten und auf der Terrasse ihren Brunftkampf austrugen.

Ich öffnete die massive Gartentür – auch das eine Maßnahme gegen die Wildschweine –, ging den mit Steinplatten belegten Weg zur Haustür hinauf und fand sie angelehnt. Im Haus war es dunkel. Ich hatte vor knapp einer

Stunde angerufen. Edmond war sofort am Apparat gewesen und hatte gesagt: Komm. Das war alles.

Im Vorraum war es dunkel, nur der Lichtschalter leuchtete als kleiner mondweißer Fleck. Ich knipste das Licht an, das schmerzhaft grell war. Eine Birne hing von der Decke, kein Lampenschirm, der große Vorraum leer. Hier standen einmal zwei bemalte elsässische Bauernschränke, zwei alte Kirschholzsessel, Biedermeier, ebenfalls aus dem Elsaß, das alles war verschwunden. Auch das Wohnzimmer leer. Keine Picasso-Graphiken an der Wand, auch der Matisse weg. Die Schritte hallten. Das anschließende Bibliothekszimmer leer. Sogar die Regale waren abmontiert. Was in Aschenbergers Wohnkeller so erbarmungswürdig verlassen gewirkt hatte, sah hier geradezu einzugsfroh aus.

Hallo. Edmond! Vera!

Nichts rührte sich.

Ich ging ins Wohnzimmer – leer. Keine Jungen Wilden, nicht der Kirchner an der Wand, nicht mehr der wunderbare Kirschholztisch aus Frankreich, nichts mehr, leer. Einen Moment dachte ich an die Ausräumeinbrüche in Berlin.

Nachbarn, zufällige Zeugen, wie die Möbel, Bücher, Küchengeräte herausgetragen werden, die fragen, wohin es denn gehe, bekommen die Antwort, nach Bonn. Bonn? Ja, das überrascht jeden, heutzutage von Berlin nach Bonn zu ziehen, das ist derart ungewöhnlich, einmalig, daß man versteht, daß die Leute das geheimgehalten haben, gar nichts sagen mochten, auch den Kindern nicht. Die Wohnungsbesitzer wollten einfach das wochenlange Gejammer und all die bedauernden Kommentare vermeiden. Aber heute abend, sagt der Mann, der den Umzug organisiert, heute abend um 19 Uhr gibt es eine schöne Abschiedsparty in der leeren Wohnung, für das Trinken ist gesorgt, aber – schließlich ist die ganze Kücheneinrichtung schon abgeholt – bitte etwas zu essen mitbringen. Und bitte pünktlich, um 19 Uhr.

Der Hals-Nasen-Ohrenarzt kommt abends mit seiner Frau ahnungslos nach Hause, und sie treffen in ihrer leeren Wohnung auf die weinenden Kinder, ein ratloses finnisches Au-pair-Mädchen und eine lärmende Horde Nachbarn, die alle Nudelsalat mitgebracht haben und jetzt auf den Wein warten.

Ich knipste das Licht in der Bibliothek an, dort, wo früher eine Laliquelampe hing, baumelte jetzt eine Birne an einem Kabel von der Decke. Sollte ich die Polizei rufen?

Plötzlich eine ferne Stimme: Thomas?

Ja.

Komm rauf!

Ich ging hinauf ins Schlafzimmer. Edmond lag am Boden, auf einer Matratze, daneben ein Suppenteller mit einer roten Brühe. Am Boden standen mehrere Rotweinflaschen. Sonst war das Zimmer leer. An den Wänden noch die großen Spiegel, Requisiten aus der Ehe.

Ich hätte es dir sagen sollen. Aber ich konnte nicht, nicht am Telefon. Setz dich, hier, er zeigte auf das Fußende seiner Matratze. Er schob sich das Kissen hoch und lehnte sich mit dem Rücken an die Wand. Sie ist weg. Ich habe die Klage eingereicht. Ich mach sie finanziell zur Schnecke. Ich mach ne Pleite. Ich krieg sie klein. Sitzt in den USA und versucht sich das Rotweintrinken abzugewöhnen. Vor fünf Tagen komm ich aus Frankreich zurück, und das Haus ist leer. Ich schließe die Tür auf – nix. War drei Wochen weg, Weinproben. Komm zurück. Das Haus leer. Wir haben Gütertrennung. Das Haus gehört ihr. Haben wir damals so aufgeteilt. Aber jetzt, du verstehst, der Clou, sie kriegt mich nicht raus. Sie muß

Eigenbedarf anmelden. Kinder haben wir bekanntlich nicht. Also müßte sie selbst hier wieder einziehen. Ich fahr den ganzen Laden gegen die Wand, volle Pulle. Ich mach auf Sozialhilfe. Wir werden sehen, wer von uns den längeren Atem hat, sie in ihrer Klinik beim Entzug oder ich. Genau, sagte er unvermittelt. Ich hab einen Verdacht, sagte er, sie war bei einem Psychiater. Diese Psychiater machen jede Ästhetik kaputt, bringen alles in diese normale Mittellage. Ich hab die Rechnung gefunden. Eine hohe, versteht sich. Ich zahl diesen Psychomacker nicht. Das Konto ist gesperrt. Bis zur Scheidung kommt die da nicht ran. Verstehst du, da hat sich so ein Psychosack angehängt, hat sie bekniet, hat gesagt, warum dieser Streß, warum dieser Kampf, ein Arsch, der nichts, absolut nichts verstanden hat, der aus seinen Neurosen in ein schäbiges, mittelmäßiges, einfach normales Leben flieht und so ein Scheißnormalleben anderen aufquatscht. Ich nehm den Kampf auf. Du bist Zeuge, ich bin nicht betrunken, bin ganz klar im Kopf.

Weißt du, wo sie ist?

In Amerika, irgendwo in Maine. Ein Sanatorium, spezialisiert auf Alkoholkranke. Und dann stöhnte er laut auf, verdammt, und schlug den Kopf gegen die Wand.

Vielleicht schlaf ich heute besser bei Lena.

Quatsch. Bleib. Die macht dich an, man steigt nie zweimal in denselben Fluß. Das sind die absoluten Schlappschwänze, die ihre ehemaligen Frauen anfliegen, Aasgeier, die immer darauf warten, daß für sie in einer kränkelnden Beziehung mal ne Nummer abfällt. Ekelhaft. Bleib. Im Gästezimmer liegt auch ne Matratze. Wein haben wir, keine Gläser. Trink aus der Flasche. Oder von meinem Teller. Wird man schneller blau. Also alles paletti. Können wir loslegen. Was. Wir. Wir sind die Losergeneration.

Na ja, sagte ich, du mit deinen Rotweinmillionen, da kann man ja nicht von Losergeneration sprechen.

Da kann ich ja nur lachen. Mein Lieber. Hör mal. Wir wollten doch die Welt aus den Angeln heben. Nicht nur etwas Sozialkosmetik, nein, mehr, viel mehr, grundsätzlich, wir wollten das Gravitationsgesetz des Kapitalismus aufheben, den Profit. Das war's doch. Dieses widerliche Profitdenken, das alles rechtfertigt. Dagegen Gerechtigkeit, weißt du noch, und Edmond brüllte, daß es durch die leeren Räume hallte: Liberté, Égalité, Fraternité. Der Mensch sollte dem Menschen Bruder sein – und nicht Konkurrent. Keine Ausbeutung. Keine Unterdrückung. Keine Herrschaft des Menschen über den Menschen. Und dann das, sagte Edmond und schlug kurz, aber nicht heftig, es war diesmal nur ein Antippen, den Kopf gegen die Wand. Und dann, sagte er, das hier.

Was?

Na alles.

Er trank den Wein, wie ich ihn, den Weintrinker, noch nie hatte Wein trinken sehen. Er trank den teuren Burgunder aus einem Suppenteller, nein er schlürfte ihn.

Apropos Matratze, sagte er. Was macht das Liebesleben, alter Schwede, hast du ne Feste?

Eigentlich nicht. Oder doch, sagte ich, ein bißchen. Schwer zu sagen.

Verliebt? Lach nicht, in unserem Alter fängt das wieder an. Also? Die Frage steht unter alten Kombattanten.

Na ja. Kannst du dich an Aschenberger erinnern?

Aha. Nur na ja. Hast du schon mal gesagt, weißt du, damals die Schwedin. Ne ganze Generation, die mit dem Mythos der Schwedin aufgewachsen ist. Wir hatten Glück, Glück und nochmals Glück. Antibabypille und kein Aids. Das war's. Als ich damals Maike im Auto küßte, dachte ich zuerst nur das, die hat Punschlippen.

War aber klasse. Und du alter Schwede hattest sowieso Glück. Also erzähl, wer ist sie?

Komm, frag was anderes.

Die interessiert mich, von der will ich hören.

Aschenberger ist gestorben.

Nix mit Literatur.

Ich meine, Aschenberger aus dem Keller, in München.

Der.

Ja, der. Ich soll die Rede auf ihn halten.

Gut. Auf mich auch. Hörst du. Wünsch ich mir. Mußt du mir versprechen. Und Vera soll dabeisein.

Hör mal, der Aschenberger hat mir eine Ladung Sprengstoff hinterlassen. Der wollte die Siegessäule sprengen.

Gut so. Soll er machen.

Der ist tot. Vor einer Woche gestorben.

Kenn ich nicht.

Doch, du kennst ihn.

Nein, verdammt. Nein. Haut einfach ab. Verdammt. Edmond schlug den Kopf gegen die Wand. Einen Moment hielt er inne, verwundert, als denke er nach, rieb er sich die Stirn. Aschenberger? Vielleicht, aber er interessiert mich nicht, dieser Asket, er interessiert mich nicht. Soll machen, was er will.

Er ist gestorben.

Gut. Nein, nicht gut, aber es ist mir wurscht. Wir müssen sterben, das ist die Banalität all unserer Ängste, verstehst du, das ist nichts Neues, das erinnert uns nur daran, an diese Banalität, sagte Edmond und schlürfte wieder Wein aus dem Teller.

Hast du ihn später einmal wiedergesehen?

Wen? Aschenbach?

Aschenberger.

Nein. Ihr beide wart doch in der anderen Fraktion. Stalinisten oder Trotzkisten, ist eh alles eins.

Nein.

Doch, nur sie, sie war einmalig, verstehst du.

Hör mal, Aschenberger wollte den Siegesengel in die Luft sprengen.

Gut, soll er, soll er machen, soll er, sofort, ich komme und seh mir das an. Und dann bitte aber auch all die Lenindenkmale in Berlin.

Gibt's nicht mehr.

Schade. Die auch. Lenin auch. Nein, er soll seinen Engel in die Luft sprengen.

Er ist tot. Ich soll die Rede bei seiner Beerdigung halten.

Gratuliere. Ja, den Engel, den muß man sprengen, den Engel der Geschichte, den, der immer voranschreitet, der Fahrtwind wühlt in seinem Haar, in seinen Federn, ja der fliegt fast, rückwärts, und vor sich läßt er die Ruinen, die Arbeitslager, Genickschuß, wer nicht auf der Parteilinie ist, die Matrosen in Kronstadt, zwei Ziegelsteine in die Manteltasche, dann über die Hafenmauern abschießen. Das war Trotzki. Die Kulaken, die man verhungern läßt, weil sie nun mal nicht ins Klassenschema passen. Noch Fragen? Ja? Dann Genickschuß.

Hör mal, Aschenberger war nun gerade nicht der Mann, der das vertreten hat.

Er, er, er, der interessiert doch gar nicht – ich mein seinen Engel, dem muß man an die Flügel.

Aschenberger ist tot.

Dann mach du es. Aber nee. Du bist ein Mann des Worts. Verdammt. Verdammt.

Und wieder und wieder schlug er den Kopf gegen die Wand.

Mensch hör auf.

Und noch mal machte es bumm, dumpf klang es, wie wenn man eine Melone auf den Boden wirft, damit sie aufplatzt, bumm und noch mal bumm. Er begann an der Stirn zu bluten. Das Blut lief ihm über die Stirn, über das rechte Auge, die Wange hinunter, tropfte auf sein Sweatshirt. Verdammt, sagte er, verdammt.

Ich zog mein Taschentuch heraus, ging ins Bad, ein Bad mit Whirlpool. Ich bin wahrscheinlich einer der wenigen, der noch Stofftaschentücher hat, sorgfältig von der Polin gebügelt. Ich ließ kaltes Wasser darüberlaufen. Ging zurück und gab es Edmond. Er drückte es sich gegen die Stirn. Verstehst du, sie ist die einzige. Ich hab ja zwischendurch mit einigen Frauen geschlafen, zugegeben, auch ganz klasse Frauen, aber keine, keine kam auch nur annähernd an Vera heran, eine Hingabe, ein In-sich-Hineinstürzen, Außersichgeraten, sie hat, so zierlich, zerbrechlich sie ist, körperlich, aber nicht emotional, sie hat die Kraft einer Siebenkämpferin. Sie ist einzigartig. Hättest du einmal mit ihr geschlafen, du wüßtest, was ich meine. Ich liebe diese Frau. Du weißt nicht, was das heißt – Hörigkeit. Das heißt, nur einem angehören, da steckt Hören drin, man wird gerufen, und man kommt. Man kann gar nicht anders. Und jetzt ruft sie nicht mehr. Nichts. Einfach verschwunden.

Ich dachte, hoffentlich fängt er nicht an zu weinen.

Ich könnte heulen, sagte er und begann tatsächlich zu weinen.

Das kann doch nicht alles sein, sagte er immer wieder.

Was?

Dieses Scheißleben, das kann doch nicht alles sein.

Hatte ich richtig verstanden? Ich hatte ja mit diesen Leuten zu tun, die sich fragen, was danach kommt, und entschieden haben, daß nichts danach kommt, das war meine Klientel, und da stellt er, der Materialist, Altlinke, diese Frage, er, der Mitbegründer einer Aufbauorganisation der Kommunistischen Partei Deutschlands, die auf ihrem Höhepunkt 320 Mitglieder zählte. Die Mitglieder des Politbüros trugen zur 1.-Mai-Demonstration ein riesiges, zwölf Meter breites, auf Bambusrohre montiertes Transparent, das eine stilisiert aufgehende rote Sonne zeigte und davor die Köpfe von Marx, Engels, Lenin, Stalin und Mao Tse-tung. Edmond, Mitträger des Transparents, jetzt Inhaber einer Weinimportfirma mit Millionenumsatz, er, mein ältester Freund, stellte eine Frage wie in einem Proseminar für Philosophie.

Wie meinst du das?

Das verstehst du nicht. Du bist von Geburt Relativist. Ich kenn dich, privat, politisch, du bist immer der, der sich raushält. Der sich nie ausliefern kann. Nie. Der das nie gekannt hat, das.

Was?

Eben das, dieses Unsagbare. Er drehte sich zur Wand und schluchzte, sein Körper wurde geschüttelt.

Kann ich irgend etwas für dich tun?

Er schüttelte den Kopf.

Ich bin gegangen.

Liberté. Égalité. Fraternité, ach Scheiße, hörte ich ihn von oben rufen.

Ich ließ, als ich ging, die Haustür offenstehen, wie ich sie vorgefunden hatte, und mußte lange laufen, in diesem Villenvorort, bis ich ein Taxi fand, das mich zu einem Hotel in die Innenstadt fuhr.

Bade-Idylle und Ballermann

Ich habe, hier in München, am Englischen Garten, alle Bademöglichkeiten vor der Haustür, Meeresbrandung und reißende Gebirgsbäche. Gleich am Anfang, neben dem Haus der Kunst, dort, wo der Bach aus seiner unterirdischen Führung ans Tageslicht kommt, ergießt sich eine starke Sturzwelle, auf der die Surfer wie nur irgendwo an den Stränden von St.-Jean-de-Luz oder La Graciosa ihr Können zeigen. Hinter einer Kaskade teilt sich der Bach, in den einen etwas ruhiger fließenden Arm, den Schwabinger Bach, und in einen anderen, reißenden, den Eisbach, der unter Baumkronen am Stadtteil Lehel vorbeifließt und zu einem zweiten Wasserfall führt. Jetzt, während ich das schreibe, höre ich durch das offene Fenster das Lachen, das Rufen, Schreien, das sind an diesen heißen Tagen die Schwimmer, die sich in dem schnellen eisigen Wasser hinuntertreiben lassen und durch den in der Nähe des Monopteros gelegenen zweiten Wasserfall tauchen. Früher bin ich mit den Kindern in diesem Bach geschwommen, und jedesmal war es wieder etwas unheimlich, wenn man das Rauschen auf sich zukommen hörte, dann unter Wasser gedrückt wurde, jedesmal mit der Angst, auf Grund geschleudert zu werden – nicht die Beine hängen lassen! –, um dann ein paar Meter entfernt mit ein paar Schwimmstößen vor den staunenden Spaziergängern wieder aufzutauchen. Man steigt an der Tivolibrücke an einer Eisenleiter aus dem Wasser, fährt zwei Stationen mit der Straßenbahn zurück, um sich erneut in den reißenden Bach zu werfen.

Anders der kleine Schwabinger Bach, der durch die Wiesen führt, hüfttief, das Wasser ist nicht ganz so kalt, und es fließt gemächlicher an der großen Schönfeldwiese vorbei. Das Nacktsonnen ist hier erlaubt. Vor ein paar Jahren standen auf der Brücke Japaner in Rudeln und richteten ihre Teleobjektive auf die Nackten, die dalagen und Kant oder juristische Kommentare lasen. Ein Besuch des Schwabinger Bachs wurde in japanischen Reiseführern ausdrücklich empfohlen, erzählte man mir, und wie die Glyptothek und Schloß Nymphenburg mit drei Sternen hervorgehoben. Auf der anderen Uferseite, der Carl-Theodor-Wiese, sieht man die Frisbeespieler, die bolzenden Afrikaner, die Mütter mit Kleinkindern, und hin und wieder treibt ein Schlauchboot vorbei, darin liegen ein Junge und ein Mädchen, sie lassen sich treiben und korrigieren hin und wieder mit der Hand ein wenig den Kurs.

Keine voraussehende Planung hat dieses Badeidyll geschaffen. Das Betreten der Wiesen war früher verboten. Wer es dennoch wagte, wurde von Parkwächtern oder der Polizei mit Anzeigen bedroht. Erst im Zuge der Studentenrevolte wurden 1968 auch die Wiesen erobert. Ich war Zeuge, als damals zwei berittene Polizisten Badende vertreiben wollten. Vom anderen Ufer wurden sie von Nackten mit Wasser beworfen. In den Bach reiten wollten oder konnten sie nicht, vielleicht war die Strömung zu schnell, absteigen und rüberwaten, ging auch nicht, und weil mehr und mehr Nackte die beiden bespritzten, blieb nichts anderes übrig, als zu lachen und weiterzureiten. Seitdem gibt es diesen Nacktbadestrand mitten in der Stadt, nahe der Universität, recht einzigartig, denn baden und sich nackt sonnen kann man weder im Central Park noch im Hydepark.

Inzwischen macht sich die Parkverwaltung allerdings Sorgen, weil es immer weniger Nackte auf den Wiesen gibt. Es wird wieder der Bikini getragen – mit Oberteil. Bleiben werden die Exhibitionisten, die sich hier ganz legal zeigen können, wie beispielsweise der ältere Herr, der am Rande der Wiese und in der Nähe des Gehwegs nun schon seit Jahren auf und ab stolziert, mit schlenkerndem Geschlecht. Bislang kaum beachtet. Neu sind die Gruppen amerikanischer Collegestudenten, die auf Fahrrädern Sightseeing durch München machen und zum Abschluß ihrer Tour in den Eisbach springen, in Hosen, T-Shirts, Slips, die Mädchen manchmal ohne Büstenhalter, weil sie glauben, das gehöre sich so, und sich dann treiben lassen, bis in die Nähe des Chinesischen Turms, wo es zugeht wie auf Mallorca: eine quetschende Fülle, bierlaut, die Maß zu 7,60 und Würstel mit Kraut. Das alles habe ich vor der Haustür: Badeidyll und Ballermann. Und dann fragt man mich, warum ich im Sommer in München bleibe.

Muttersöhnchen, Vatersohn

Ich war das, was man damals ein *Muttersöhnchen* nannte. Ich mochte den Duft der Frauen, diesen Geruch nach Seife und Parfum, ich mochte und suchte – eine frühe Empfindung – die Weichheit der Brüste und der Schenkel. Während er, der große Bruder, schon als kleiner Junge immer am Vater hing. Und dann gab es noch die Schwester, zwei Jahre älter als der Bruder, 18 Jahre älter als ich, die vom Vater wenig Aufmerksamkeit und kaum Zuwendung erfuhr, so daß sie etwas Sprödes, Brummiges bekam, was der Vater wiederum als muffig bezeichnete und was sie ihm nur abermals fernrückte.

Der Karl-Heinz, der große Junge, warum ausgerechnet der. Und dann schwieg er, und man sah ihm das an, den Verlust und die Überlegung, wen er wohl lieber an dessen Stelle vermißt hätte.

Der Bruder, das war der Junge, der nicht log, der immer aufrecht war, der nicht weinte, der tapfer war, der gehorchte. Das Vorbild.

Der Bruder und ich.

Über den Bruder schreiben, heißt auch über ihn schreiben, den Vater. Die Ähnlichkeit zu ihm, meine, ist zu erkennen über die Ähnlichkeit, meine, zum Bruder. Sich ihnen schreibend anzunähern, ist der Versuch, das bloß Behaltene in Erinnerung aufzulösen, sich neu zu finden.

Beide begleiten mich auf Reisen. Wenn ich an Grenzen komme und Einreiseformulare ausfüllen muß, trage ich sie mit ein, den Vater, den Bruder, als Teil meines Namens, in Blockschrift schreibe ich in die vorgeschriebenen Kästchen: Uwe Hans Heinz.

Es war der dringliche Wunsch des Bruders, mein Pate zu sein, mir seinen Namen als zusätzlichen Namen zu geben, und der Vater wünschte, ich solle als Zweitnamen seinen Namen tragen: Hans. Wenigstens mit dem Namen weiterzuleben, im anderen, denn 1940 war schon deutlich, daß der Krieg nicht so schnell ein Ende finden würde und der Tod an Wahrscheinlichkeit gewann.

Auf die Frage, warum der Bruder sich zur SS gemeldet habe, gab die Mutter einige naheliegende Erklärungen. *Aus Idealismus. Er wollte nicht zurückstehen. Sich nicht drücken.* Sie, wie auch der Vater, machte einen genauen Unterschied zwischen der SS und der Waffen-SS. Inzwischen, nach Kriegsende, nachdem die grauenvollen Bilder, die bei der Befreiung der KZ gemachten Filme, gezeigt worden waren, wußte man, was passiert war. Die *Mistbande,* hieß es, die *Verbrecher.* Der Junge war aber bei der Waffen-SS. *Die SS war eine normale Kampftruppe. Die Verbrecher waren die anderen, der SD. Die Einsatzgruppen. Vor allem die oben, die Führung. Der Idealismus des Jungen mißbraucht.*

Erst ein Pimpf, dann bei der Hitler-Jugend. Fanfarenmärsche, Kampfspiele, Singen, Fangschnüre. Es gab Kinder, die ihre Eltern denunzierten. Dabei hat er, der Bruder, im Gegensatz zu dir, nie mit Soldaten spielen mögen.

Ich war dagegen, sagte sie, daß sich der Karl-Heinz zur SS meldet.

Und der Vater?

Der Vater hatte sich, im November 1899 geboren, schon im Ersten Weltkrieg freiwillig gemeldet und war zur Feldartillerie eingerückt. Das Sonderbare ist, daß ich so gut wie nichts aus dieser Zeit von ihm weiß, Fähnrich sei er gewesen, wollte Offizier werden, aber das war nach dem verlorenen Krieg nicht mehr möglich, und so hat er sich wie tausend andere aus dem demobilisierten Weltkriegsheer einem Freikorps angeschlossen und im Baltikum gegen die *Bolschewisten* gekämpft. Aber wo genau und wie lange und warum, weiß ich nicht. Und da fast alle Urkunden und Briefe mit der Ausbombung des Hauses 1943 verbrannt sind, ist es nicht mehr in Erfahrung zu bringen.

Ein paar Fotos in einem Album zeigen den Vater in dieser Zeit. Auf dem einen, mit der rückseitigen Beschriftung »1919«, ist eine Gruppe junger Männer in Uniformen zu sehen. Einige tragen Stiefel, andere Gamaschen. Sie sitzen auf einer breiten Steintreppe, die möglicherweise zu einem Denkmal gehört. Er liegt mit einem anderen jungen Mann vor den Sitzenden, wie man damals gern Gruppenfotos stellte. Den linken Arm hat er am Boden aufgestützt und lacht, ein blonder, gutaussehender junger Mann. Die jungen Soldaten, bartlos, sorgfältig gescheitelt, könnten Studenten sein, waren es wohl auch. Einer trägt sichtbar am kleinen und am Ringfinger Ringe, ein anderer einen Siegelring. Lässig sitzen sie da und lachen. Vermutlich hat der vorn liegende Vater einen Witz gemacht. Andere Fotos zeigen ihn mit Kameraden, Schnappschüsse aus dem Soldatenleben. Auf einem steht er in einem eben zusammengebrochenen Stockbett. Er steht da im Nachthemd, die Uniformmütze keß auf dem linken Ohr. Lustig ist das Soldatenleben, valleri, vallera. Strohgedeckte Katen, Bauersleute in Russenkitteln, Soldaten beim Essenfassen, ein Pferdegespann, behängt mit Stahlhelmen, diesen etwas größeren deutschen Stahlhelmen aus dem Ersten Weltkrieg mit den beiden seitlichen warzenförmigen Luftlöchern. Es war ein Leben, das wohl viele der Achtzehn-, Neunzehnjährigen führen wollten: Abenteuer, Kameradschaft, frische Luft, Schnaps und Frauen, vor allem keine geregelte Arbeit – das spricht aus den Fotos.

Wenn man nach dem Beruf des Vaters fragt, kann ich darauf keine eindeutige Antwort geben: Präparator, Soldat, Kürschner.

Dem Kind, mir, erzählte er gern, nahm sich Zeit, war ein Weltdeuter. Am Beispiel von Historiengemälden, die als Zigarettenbilder zum Thema Geschichte im Umlauf waren: der Alte Fritz unter einer Brücke sitzend und seinem Windspiel die Schnauze zuhaltend, während über die Brücke die feindlichen Husaren reiten; Seydlitz, in der Schlacht bei Roßbach, wirft seine Tonpfeife zum Angriff in die Luft; die Leiche Karls des XII. von Schweden wird von Offizieren aus der Schlacht getragen. Dem Gerücht nach war er von eigenen Soldaten erschossen worden. Geschichten und Anekdoten. Der Vater hatte sehr gute geschichtliche Kenntnisse, konnte die Episoden vor allem lebendig schildern. Aber dann, als das Nachfragen hätte beginnen können, hatten wir uns schon zerstritten. Als ich sechzehn war, begann ein hartnäckiger, immer gehässiger werdender Kampf zwischen uns. Eine enge rechthaberische Strenge von seiner Seite, ein verstocktes Schweigen von meiner Seite, ausgelöst durch die hassenswerten Regularien des Alltags: keine Jeans, kein Jazz, abends um 10 Uhr zu Hause sein. Was alles verboten, was verlangt, was geregelt war. Ein Regelsystem, das mir nicht einleuchtete und dessen Widersprüchlichkeit zu offensichtlich war. Nicht nur, weil ich – älter geworden – ihn kritisch zu sehen anfing, sondern weil sich auch die

Lebensumstände verändert hatten. Sein Auftreten entsprach nicht mehr den Jahren Anfang der Fünfziger, in denen es ihm wirklich gutging, er es *geschafft* hatte, 1951 bis 54. Das waren die drei, vier Jahre seines Lebens, in denen deckungsgleich war, was er darstellen wollte und was er war. Es war das Wirtschaftswunder bei uns zu Hause. Geschafft, endlich geschafft. Die Wohnung eingerichtet, ein repräsentatives Auto, seegrün, Marke *Adler,* viertürig, Modell von 1939, mit der ersten Lenkradschaltung. Zu der Zeit gab es in Hamburg noch derart wenige Autos, daß die Verkehrspolizisten, die in ihren weißen Mänteln am Dammtor standen, ihn grüßten, wenn er vorbeifuhr. Zu Weihnachten verschenkte er Zigarettenpakkungen, von der Mutter eingewickelt in Goldpapier, mit silberner Schleife und einem kleinen hineingesteckten Tannenzweig. Er fuhr durch die Stadt zu den Kreuzungen, wo ein Polizist den Verkehr regelte, hielt kurz neben dem auf einem kleinen Podest stehenden Beamten und reichte ihm das Päckchen raus. *Frohes Fest.* Dafür winkten sie ihn das Jahr über durch und grüßten kurz mit der Hand am Mützenschirm.

Der Vater mochte gern militärisch gegrüßt werden. In Coburg, wohin meine Mutter und ich evakuiert worden waren, kam er auf *Fronturlaub* und nahm mich mit in die Kaserne. Meine Mutter hatte mir silberne Achselstücke auf den Kindermantel genäht. Kurz vor der Kaserne ließ er mich vorangehen. Die Posten präsentierten das Gewehr und grinsten. Ich lernte die Hacken zusammenschlagen und einen Diener machen. Lustig hat das ausgesehen, erzählten mir Jahre später, als ich schon erwachsen war, Verwandte und Freunde, richtig zackig hätte ich das gemacht.

Das war einmal ich, der Fünfjährige in seinem grauen Mäntelchen, der die Hacken zusammenschlug und einen

Diener machte. Der Geruch nach verschwitztem Leder, das war der Vater. Ein fremder Mann in Uniform liegt eines Tages im Bett meiner Mutter. Das ist die erste Erinnerung an den Vater. Am Boden stehen die Langschäfter, deren Lederstulpen umgeknickt sind. Auf dem Nachttisch liegt, eine genaue Erinnerung, eine Pistole mit Koppel. Ich sah ihn mit offenem Mund daliegen und schnarchen. Er war auf Urlaub gekommen. Rieche ich an dem Armband meiner Uhr, ist er wieder da, dieser Geruch nach verschwitztem Leder, und er, der Vater, ist mir körperlich nah wie durch keine der bildhaften Erinnerungen.

Und dann, eines Tages, redeten die Erwachsenen auf mich ein, verboten mir, was ich doch eben erst gelernt hatte: die Hacken zusammenzuschlagen. Und Heil Hitler zu sagen. Hörst du. Auf keinen Fall! Das wurde dem Kind leise und beschwörend gesagt.

Es war der 23. April 1945, und die amerikanischen Soldaten waren in die Stadt eingerückt.

Wer hatte mir das beigebracht, das *Hackenzusammenschlagen*? Nicht meine Mutter, mit der ich damals in Coburg lebte. Gegen das, was sich mit dem Militär verband, den Drill, das Kriegsspiel und den Krieg, hatte die Mutter eine tiefe Abneigung – nicht erst seit dem Tod des Sohnes –, und doch übte das Erscheinungsbild, die Uniformen, eine gewisse Faszination auf sie aus. Aber das Hackenzusammenschlagen wird sie mir nicht beigebracht haben. Vermutlich war es der Vater, der auf Urlaub gekommen war, oder es waren all die anderen Militärs, die Nazifunktionäre, die bei Frau Schmidt, Witwe des Kreisleiters, bei der wir wohnten, ein und aus gingen.

Der Russe, sagte Frau Schmidt, wenn der mal kommt, dann nehm ich mir einen Strick.

Brief des Bruders an den Vater vom 11.8.43:
Wenn nur Rußland bald kaputt wäre. Man müßte eben das 10fache an SS-Divisionen haben wie jetzt. Ich glaube es wäre dann schon so weit, aber wir schaffen es eben noch nicht dieses Jahr.
Bei mir ist immer noch alles beim alten, gesund bin ich, zu essen habe ich auch, bloß die Sorgen an zu Hause bleiben dann, täglich werden hier Fliegerangriffe der Engländer gemeldet. Wenn der Sachs bloß den Mißt nachlassen würde. Das ist doch kein Krieg, das ist ja Mord an Frauen und Kinder – und das ist nicht human. Hoffentlich bekomme ich bald Post von Dir und Mutti, aber schreibe der Mutti, sie soll keine Päckchen mehr schicken, es wäre schade, wenn was verloren geht und ich habe genug. Soll lieber unser süßer kleiner Uwe das Zeug essen. Nun lieber Papi sende ich Dir die besten Grüße und wünsche Dir alles Gute.
Dein Kamerad Karl-Heinz

Es sind keine Fotos, die gehenkte Russen zeigen oder die Erschießung von Zivilisten, sondern ganz *alltägliche,* die sich auch in dem Fotoband des Vaters finden und zerstörte Häuser, Straßen, Städte zeigen. Ist das Charkow? Der Bruder war an der Rückeroberung von Charkow beteiligt. 1943. Selbst wenn man unterstellt, daß er an dem Mord an Zivilisten, Frauen und Kindern durch die SS nicht beteiligt war, weil er bei einer Panzereinheit diente, so muß er doch mit den Opfern der Zivilbevölkerung konfrontiert worden sein, den Hungernden, Obdachlosen, den durch Kampfhandlungen Vertriebenen, Erfrorenen, Getöteten. Von ihnen ist nicht die Rede, vermutlich erschienen ihm dieses Leid, diese Zerstörungen und Todesopfer normal, also human.

In einem Brief schreibt General Heinrici, der 1941 ein Korps im Mittelabschnitt kommandiert, an seine Frau: *Man empfindet die zerstörende Gewalt des Krieges erst, wenn man sich mit Einzelheiten oder den menschlichen Schicksalen beschäftigt. Da wird man später allerdings wohl Bücher darüber schreiben können. In den Städten ist die Bevölkerung so gut wie restlos verschwunden. In den Dörfern sind nur Frauen, Kinder und Greise da. Alles übrige schwimmt, losgerissen von seiner Heimat, im riesigen Rußland umher, liegt nach Gefangenenaussagen zu Menschenklumpen geballt auf den Bahnhöfen und bettelt die Soldaten um ein Stückchen Brot an. Ich glaube, die Opfer, die der Krieg unter diesen Entwurzelten durch Krankheit bzw. Überanstrengung fordert, sind ähnlich groß wie die blutigen Verluste.*

Tagebucheintragungen des Generals Heinrici:
Ich sag Beutelsbacher, er soll Partisanen nicht 100 m vor meinem Fenster aufhängen. Am Morgen kein schöner Anblick.

Grjasnowo 23. November 1941
Nach Abschluß der Besprechung Gedenkfeier für unsere Gefallenen, denn heute ist Totentag (...) Darauf Spaziergang bis zum »Toten Russen«. Ein Zielpunkt der Wanderung, wie er nicht alltäglich ist. Dort liegt ein solcher unbeerdigt u. gefroren seit Wochen im Schnee. Ich muß ihn durch die Einwohner bestatten lassen.

Sie war schon alt, die Mutter, 74 Jahre, als sie in einen Bus stieg, mit einer Reisegesellschaft nach Rußland fuhr, eine Reise, die durch die DDR, Polen, Weißrußland nach Leningrad führte und von dort über Finnland und Schweden zurück. Sie hatte die ganz und gar unbegründete

Hoffnung, bei dieser Gelegenheit einen Abstecher machen zu können, um das Grab meines Bruders zu besuchen oder doch zumindest in die Nähe des Grabs zu kommen. Das war ihr Wunsch, einmal das Grab zu besuchen. Den Heldenfriedhof Snamjenka in der Ukraine. Die Grabnummer: L 302.

Der Junge, der sich so sehnlich Stiefel wünschte, und zwar Schnürstiefel, die bis zum Knie reichten. Den Dienst in der Hitler-Jugend mochte er nicht. Er mußte mehrmals strafexerzieren. Sein Fähnleinführer ließ ihn auf der Straße zwischen den vorbeigehenden Passanten robben. Er erzählte zu Hause nichts davon, bis ihn einmal ein Bekannter der Familie auf der Straße herumkriechen sah und es den Vater wissen ließ. Der beschwerte sich bei einem HJ-Gebietsführer. Daraufhin mußte der Bruder nicht mehr nachexerzieren.

Verträumt war er als Kind, als Jugendlicher, abwesend, und manchmal verschwand er eben, erzählte die Mutter, wie von Geisterhand weggeführt. Er schwieg, und man wußte nicht, was in seinem Kopf vorging. Er war brav. Ein braves Kind, sagte sie. Ein stilles Kind. Verträumt. Aber das sagte sie auch von mir, und vielleicht stimmt es sogar aus ihrer Sicht. Meine Verschwiegenheit erhielt ihr das brave Bild von mir. Die Eltern vermuteten mich in der Jugendgruppe eines Hamburger Briefmarkenvereins, während ich durch die Straßen von Sankt Pauli lief, dem Viertel, das so ganz unheilig war, mit seinen Spielkasinos, Bars und Bordellen. Es war die Gegenwelt zu Daheim, dieser stillen, geordneten Wohnung, in der vor meinen Ohren nie und auch sonst wohl kaum über Sexualität gesprochen wurde. Ich lief durch die Talstraße und sah die Frauen in den Hauseingängen stehen, die betrunkenen

Matrosen, sah die Striptease-Lokale, die Bars, die Kneipen, den *Silbersack,* das war eine Kneipe, von der mein Vater erzählte, dort träfe sich der *Abschaum* der Menschheit, Schmuggler, Schieber, Rauschgiftsüchtige, Glücksspieler und die *Käuflichen.* Meine Neugierde auf den *Abschaum* war groß. Der Lärm, das Gelächter, das kreischende Lachen der Frauen, das aus dem *Silbersack* drang, war eine Verlockung, so nahe und doch unerreichbar. Als ich mich einmal länger an der Tür herumdrückte, kam der Türsteher und sagte, komm, verschwinde, Kleiner. Diese Einblicke, die es zu erhaschen galt, Frauen, die unter ihren Mänteln nur Unterwäsche, Seidenstrümpfe, Strapse trugen und hin und wieder, kam ein Mann vorbei, die Mäntel öffneten.

Kein Traum ist in dem Tagebuch erwähnt, kein Wunsch, kein Geheimnis. Hatte der Bruder eine Freundin? War er schon einmal mit einer Frau zusammengewesen? Diese Sensation, den anderen Körper zu spüren, Nähe, eindringliche Nähe, den eigenen Körper im anderen zu spüren, sich in ihm, also durch ihn zu spüren, um so die Auflösung seiner selbst im anderen zu erfahren.

In dem Tagebuch ist ausschließlich vom Krieg die Rede, von der Vorbereitung auf das Töten und dessen Perfektionierung durch Flammenwerfer, Minen, Zielschießen. Einmal wird ein Varieté erwähnt, einmal ein Theater, einmal ein Film, den er sich in einem Fronttheater angesehen haben muß. *April 24. Brückenbau – unsere Panzer kommen. April 30. Kino Der große Schatten.*

Kein Kommentar. Hat ihm der Film gefallen?

Um eine eigene Geschichte und um die Erfahrbarkeit eigener Gefühle betrogen, bleibt nur die Reduktion auf Haltung: Tapferkeit.

In der kleinen Pappschachtel, die meiner Mutter nach seinem Tod zugeschickt wurde, findet sich das Foto einer Filmschauspielerin, Hannelore Schroth. Ein sanftes, rundes Gesicht, braune Augen, dunkelbraunes Haar, volle Lippen, die seitlich Grübchen abschließen.

Der große Schatten.

9.10.43
Meine liebe Mutsch
Dem Papa habe schon geschrieben daß ich schwer verwundet bin
Nun will ich auch Dir schreiben daß man mir beide Beine abgenommen hat.
Du wirst Dich wundern über die Schrift aber in der Lage in der ich liege geht es nicht besser.
Nun denke nicht sie haben mir die Beine bis zum Hintern abgenommen. Daß rechte Bein ist 15 cm unterm Knie abgenommen und daß linke 8 cm überm Knie
große Schmerzen habe ich keine sonst würde ich gar nicht schreiben
Liebe Mutsch nun weine deswegen sei Tapfer ich werde mit meinen Prothesen genau so laufen können wie früher außerdem ist der Krieg für mich aus und Du hast Deinen Sohn wieder wenn auch schwerbeschädigt
Es werden wol noch ein paar Wochen dauern bis ich nach Deutschland komme ich bin noch nicht transportfähig
nochmals liebe Mutsch mach Dir keinen Kummer und Sorgen und weine nicht Du machst mir nur das Leben schwer.
Es grüß Dich Hanne und Uwe
sag dem Uwe nichts davon wenn ich dann mit Prothesen komme in 1–2 (unleserlich) *dann denkt ich habe sie immer schon gehabt.*
Viele Grüße Dein
Kurdelbumbum

Das ist mit Bleistift geschrieben in einer verzerrten, teilweise überdimensioniert großen Schrift, wahrscheinlich unter dem Einfluß von Morphium. Am 19.9.43 war er am Dnjepr verwundet worden. Er muß eine Nacht dort gelegen haben, mit zerfetzten Beinen, die ihm Kameraden notdürftig abgebunden hatten.

Die Mutter hatte in der Nacht geträumt, ein Päckchen sei mit der Post gekommen, und als sie es öffnete, war darin Verbandszeug, und als sie das auswickelte, die langen, langen weißen Verbandsstreifen, fiel ein Strauß Veilchen heraus.

Diesen Traum hatte sie tatsächlich in der Nacht seiner Verwundung. Freunden und Verwandten hatte sie davon erzählt, voller Angst. Das Telegramm mit der Nachricht von der schweren Verwundung kam erst Tage später – fast gleichzeitig mit der Nachricht von seinem Tod.

Einmal abgesehen von kleinen, nicht ganz ernst gemeinten – aber man weiß ja nie – Ritualen der Alltagsmagie, wie dem Bespucken eines gefundenen Geldstücks oder dem dreimaligen Klopfen auf Holz, hatte sie eine Abneigung gegen jede Spökenkiekerei, gegen jeden Aberglauben. Wenn sie jedoch von diesem Traum sprach, sagte sie, es gibt Dinge zwischen Himmel und Erde, von denen wir nichts wissen. Sie zog für sich daraus den Schluß, nicht weiter darüber nachzugrübeln, keine anderen Menschen damit zu behelligen. Aber sie war sich dessen sicher: Es gab eine wortlose Form der Verständigung, die über räumliche und zeitliche Grenzen hinausreichte.

Sehr geehrte Frau Timm!
Folgende Eigentumssachen Ihres Sohnes, des am 16.10.1943 gefallenen SS-Sturmmannes Karl-Heinz Timm, sind hier eingegangen:
10 Lichtbilder
1 Kamm
1 Tube Zahnpasta
1 Päckchen Tabak
1 Notizbuch
1 Verw.-Abz. schwarz
1 Verleihungsurkunde zum E. K. II
1 Besitzzeugnis zum Verw.-Abz. schwarz
1 Telegramm
versch. Briefe und Briefpapier
Diese Gegenstände werden Ihnen anliegend überreicht.
Heil Hitler!

gez. (unleserlich)
SS-Obersturmführer (F)

In den Akten, Berichten, Büchern der Zeit finden sich immer neue Abkürzungen, unverständliche, rätselhafte Buchstaben, meist in Versalien, hinter denen sich die hierarchischen Ordnungen verbergen und zugleich offenbaren, als bürokratische Drohung.

Ein Obersturmführer hat den Rang eines Oberleutnants, aber was heißt dieses (F)?

Die Briefe meines Bruders, die Orden, sein Tagebuch hat die Mutter in der kleinen Pappschachtel aufgehoben. Die Schachtel lag fünfzig Jahre in der Schublade ihres Frisiertischs. *Nonchalance* hieß die Seife, die sie benutzte und von der sie stets mehrere Stücke in der Schublade verwahrte, wie auch das Kölnisch Wasser und ihr Parfum. Es war ein ganz unverwechselbarer Geruch, der am längsten von ihrem Körper blieb und noch immer ein wenig dieser Schachtel und dem Tagebuch anhaftet.

Die Briefe, die der Bruder meiner Mutter und dem Vater geschrieben hatte, habe ich geordnet und in Kuverts gesteckt, die jetzt Aufschriften tragen. *Der Brief mit den getrockneten Nelken. Der Brief mit dem MG-Bericht.*

Was vom Bruder immer wieder erzählt wurde: der Junge, der eines Tages seine Briefmarkensammlung verschenkte. Er hatte nicht einmal etwas dafür eingetauscht, wie der Vater stolz erzählte. Der Junge, der sich um einen Axolotl kümmerte. Der Junge, der so verträumt und darum ein schlechter Schüler war. Wie er einmal als ganz kleiner Kerl vom Fünfmeterbrett in der Badeanstalt gesprungen ist. Klettert die Leiter hoch und springt einfach runter. Bravo, ruft der Vater, der gesagt hatte, los, steig doch mal rauf. Einfach springen. Der Junge, der so gut Schlagball spielen konnte. Der Junge, bei dem Herzflimmern festgestellt wurde und der zur Kur nach Bad Nauheim kam. Dort steht er mit einem Jungen in seiner Größe und seinem Alter. Zwölf oder dreizehn werden sie alt sein. Sie stehen da und haben die Arme um die Schultern gelegt, die Gesichter einander zugewandt, so blicken sie sich an, gelöst und mit einem feinen Lächeln. Heinrich hieß der Junge, und die Mutter behauptete, der sei sein bester Freund gewesen.

Das wandernde Haus

Meine sehr verehrten Damen und Herren,
das Stadtschreiberhaus ist ein wanderndes Haus, ich meine damit nicht nur, daß es alljährlich in eine andere Hand übergeht, sondern auch ein ganz und gar eigentümliches geophysikalisches Phänomen. Ich habe es nicht gleich am ersten Tag bemerkt, das war ja der Tag der offenen Tür. Aber schon am nächsten Tag: Die Gartentür des Stadtschreiberhauses klemmte. Zunächst nur ein wenig, einige Wochen später stärker und schließlich so, daß ich mich, wollte ich sie öffnen, regelrecht dagegenwerfen mußte. Es ist, einige von Ihnen kennen die Tür vielleicht, eine eiserne Gittertür, an der einen Seite mit Scharnieren an der Hauswand befestigt, zur anderen Seite wird sie von einem Steinpfosten gehalten. Das Klemmen wurde behoben. Einige Monate später dieselbe Situation: Die Tür klemmte derart, daß sie sich nicht öffnen ließ, und auf Nachfrage erfuhr ich, das Haus wandere. Ja, das Haus schiebt sich jedes Jahr ein wenig mit dem Berg Richtung Tal, dem Abgrund entgegen. Interessanterweise verschiebt sich das massive Haus, was physikalisch recht einsichtig ist, schneller als der Steinpfosten, das also ist der Grund für dieses Klemmen.

Ich schätze, gute zwei Zentimeter ist das Haus in diesem Jahr Richtung Abhang gewandert, und ich habe ausgerechnet, in 4753 Jahren wird das Stadtschreiberhaus den Hang hinunterstürzen. In den Jahren vor dem Absturz haben die Stadtschreiber dann noch eine wunderbare

Aussicht über das weite Tal und die anfliegenden Passagiermaschinen. 4753 Jahre, das ist eine lange Zeit, und Sie sehen schon an den Zeitdimensionen, daß ich hoffe, dieser schöne Preis der Stadt Bergen-Enkheim möge noch lange den Schreibern zugute kommen. Möge nicht einer Kürzung zum Opfer fallen, wie es in diesem Jahr bei der Bibliothek in Bergen der Fall war. Ich durfte die Bergener Interessen anläßlich einer Diskussion in Frankfurt vertreten, wobei ich gleich sagen will, daß genaugenommen alles schon beschlossen war. Die Situation konnte, wie ich finde, deutlicher gar nicht sein, während darüber diskutiert wurde, wo man sparen könne, an Internet-Anschlüssen oder bei der Buchneubestellung, waren durch das Panoramaglas des Schauspielhausfoyers die Kathedralen des Kapitals zu sehen, die Bankenhochhäuser. Banken, die wie andere Großkonzerne auch, seit Jahren keine Steuern mehr zahlen, obwohl sie gute Gewinne machen. Im Vergleich dazu sind die Kosten für den Unterhalt einer Bibliothek, die man auch zu Fuß erreichen sollte, eine Petitesse. In den Reden meiner Vorgänger, auch aus ihren Erzählungen habe ich erfahren, daß sie immer wieder mit dem Vorwurf konfrontiert wurden, hier Steuergelder abzukassieren. Mir ist das nicht widerfahren, und ich denke, die Erregung über die Vergabe von Steuergeldern wäre auch besser auf jene zu lenken, die keine Steuern zahlen, weil sie Gewinne so abschreiben, daß sie als Verlust erscheinen, und zwar auf Kosten der Gesellschaft. Eigentum verpflichtet, heißt es im Grundgesetz, und dieser Grundsatz darf doch nicht obsolet werden, nur weil eine Firma als Dax-Wert an der Börse gehandelt wird.

Das – ganz einfach die Steuergerechtigkeit – sollte mit aller Radikalität von den Bürgern eingeklagt werden, damit man seine Bibliotheken, Kindergartenplätze, Stadtschreiberhäuser usw. behalten kann.

Ich bin hier, wie gesagt, nie mit Vorwürfen konfrontiert worden, habe durchweg nur freundliche Menschen getroffen, sogar Freunde hinzugewonnen, will mich besonders bedanken bei Annemarie und Adrienne Schneider, wo der Hausschlüssel für das Stadtschreiberhaus abzuholen war, wenn ich den wieder einmal vergessen hatte, bei Frau Steinkopf, dieser engagierten Buchhändlerin, aber auch bei Frau Grebe und Herrn Netz, die auf eine so freundliche und ganz unbürokratische Weise hilfsbereit waren, und natürlich bei Ihnen allen, die diesen Preis möglich gemacht haben.

Zum Schluß muß ich nochmals auf dieses wandernde Haus zu sprechen kommen. Das Sonderbare an diesem arbeitenden, sich bewegenden Berg ist, daß nicht nur die Eingangstür derart klemmt, daß man zuweilen darüber steigen muß, auch die Tür in dem kleinen Geräteschuppen erweist sich mitunter als sehr unnachgiebig, obwohl sie doch in einem anderen Winkel zum Berg steht. Vielleicht eine jähe seitwärtige tektonische Verschiebung in östliche Richtung. Fragen Sie mich nicht, warum das so ist, der Berg bewegt sich offenbar nach einem eigensinnigen Gesetz. Auf jeden Fall habe ich einmal, von einem einsetzenden Platzregen überrascht, die Gartenstühle in den Schuppen getragen und die Tür von innen vor dem hereinspritzenden Wasser ins Schloß gezogen. Nachdem der Regen nachgelassen hatte und ich wieder hinauswollte, ließ sich die Tür partout nicht öffnen.

Ich sollte hier erwähnen, daß ich keine glückliche Hand mit Schlössern habe. Ich mußte schon aus Toiletten befreit werden, weil die Türen klemmten oder aber Öffnungsmechanismen hatten, die ich nicht begriff.

Ich saß also in diesem kleinen Schuppen fest und überlegte, was zu tun sei. Die Fensterscheibe einschlagen und sich durchzwängen, oder ganz einfach – ein Schraubenzieher? Ich suchte in diesem Gartenhäuschen nach einem Schraubenzieher. Es gab keinen. Also blieb nichts übrig, als mit Rütteln, Anheben, Niederdrücken alles zu versuchen, was man ohne Werkzeug tun kann. Man muß das Schloß sehr, wie man in Hamburg sagt und was man nicht übersetzen kann, *vigeliensch* zugleich drücken, drehen, anheben – da plötzlich sprang die Tür doch noch auf.

Liebe Emine Özdamar, ich freue mich ganz besonders, daß du meine Nachfolgerin wirst in diesem wandernden Haus, das ja auch von Hand zu Hand geht, und für alle Fälle bekommst du von mir nicht nur den Schlüssel, sondern auch einen Schraubenzieher.

Die Erde, der Himmel, die Wolken

Meine sehr verehrten Damen und Herren,
zunächst möchte ich mich ganz herzlich für die Einladung, hier vor Ihnen sprechen zu dürfen, bedanken. Ich wurde gebeten, auf Ihrem Kongreß etwas über Landschaften zu sagen. Nach einigem Zögern, weil dieses Thema so gar nichts mit dem zu tun hat, womit ich mich momentan beschäftige, habe ich mich dann doch darauf eingelassen. Ich erinnerte mich an die Beschreibung einer kleinen kunstvollen Landschaftsgestaltung in Japan, von der ich als Kind gelesen hatte. Ein Garten in Kyoto, der Steingarten von Ryoan-ij. Ich werde mich hüten, über diesen Garten zu reden, den ich noch nie *in natura* gesehen habe, von dem ich nur weiß, daß er aus 15 Steinbrocken besteht und im 16. Jahrhundert angelegt wurde. Was mich schon damals faszinierte, als ich davon las, war, daß der Betrachter, wo immer er auch steht, nur 14 der 15 Steinbrocken sehen kann. Ein Garten, das ist heute meine Vorstellung, der nicht nur die Perspektive, sondern die Wahrnehmung des Betrachters, seine Beziehung zum Raum thematisiert.

Ich halte hier einmal mit meinen von der Empirie und von jedem Wissen über die Bedeutung dieses Gartens unberührten abendländischen Mutmaßungen ein und wende mich dem Jahr 1335 in Frankreich zu, genauer dem 26. April, es ist der Tag, an dem Petrarca den Mont Ventoux besteigt. Eine Bergbesteigung, der, wie Sie wissen, eine epochale Bedeutung zugemessen wird. Was war daran das Epochale? Erstmals wird in einem literarischen

Zeugnis festgehalten, wie ein Berg nicht aus religiösen, militärischen oder landwirtschaftlichen Gründen bestiegen wird, sondern daß der Aufstieg seinen Sinn in sich selbst trägt. Petrarca schreibt: *sola videndi insienem loci altitudinem cupiditate ductus* – also »einzig getrieben von der Begierde, den außergewöhnlich hohen Ort zu sehen«.

Diese Ersteigung des Berges ist allein auf dessen Höhe ausgerichtet, das heißt auch auf den Ausblick. Und es ist eben dieser Aus-blick, der die Umgebung, Hügel, Fluß, Tal zu einem ästhetischen An-blick und damit aus dem Land eine Landschaft werden läßt. Denn das Suffix -schaft trägt in sich die Bedeutung von *Beschaffenheit.* Landschaft in diesem Wortsinn ist die Beschaffenheit des Landes. Land in seiner ursprünglichen Bedeutung heißt, folgt man dem Grimmschen Wörterbuch, Brachland, nimmt dann aber schon im germanischen Sprachgebrauch die Bedeutung eines begrenzten Territoriums an. Um an dieser Stelle die Etymologie zu verlassen und wieder auf Petrarcas Bericht von seiner Besteigung des Mont Ventoux zurückzukommen: Petrarca beschreibt die Anstrengung des Aufstiegs, beschreibt den Hauch der Höhenluft auf dem Gipfel, den Rundblick, die fernen, schneebedeckten Alpen, *iuxta michi vise sunt, cum tamen magno distent intervallo,* die sich ihm ganz nah zeigen, obwohl sie weit entfernt sind – das alles kommt, so ungewohnt, einer Betäubung gleich, oder genauer: Es ist ein ekstatisches Erlebnis, das aus der Sinnenwelt erwächst. Und erst eine Stelle, die er zufällig in dem mitgeführten Büchlein der *Confessiones* von Augustinus aufschlägt und seinem ihn begleitenden Bruder vorliest, bringt auch ihn wieder zu sich selbst, in die Kontemplation, das An-denken Gottes, die Sorge um das Seelenheil. Die Stelle aus den *Confessiones* lautet: »Und es gehen die Menschen hin, zu bewundern die Höhen der Berge und die gewaltigen Fluten des Meeres und das Fließen der breitesten Ströme und des Ozeans Umlauf und die Kreisbahnen der Gestirne – und verlassen dabei sich.«

Regelrecht zerknirscht beginnt Petrarca den Abstieg. Der Dichter glaubt, es sei kein Zufall gewesen, gerade diese Stelle in Augustinus' *Confessiones* aufgeschlagen zu haben, die da sagt, daß der Anblick der großen Natur, die Bewunderung, das Staunen über die Welt, den Blick nur von innen abwendet, von dem, was die Seele des Menschen ist, die sich allein auf Gott richten, sich allein ihm nähern soll. Das Schweifen des Blicks in die Landschaft, über das Irdische, der Aus-blick also, ist dagegen eine genießende sinnliche Erfahrung.

Der Ausblick auf das Irdische löst die Welt langsam aus einem zuvor fraglos göttlich Geschaffenen heraus. Ein Blick, der Distanz schafft für die Befragung. Natur wird in einem über Jahrhunderte andauernden Prozeß Gegenstand der Fragen nach Ursache, Beschaffenheit und Wirkung. Diese reflektierende, sich genießende und befragende Haltung erwächst aus einer materiellen Freistellung von der unmittelbaren Reproduktion, also dem Fischen, Ackern, Mähen, Säen. Sie ist die Voraussetzung für ästhetische Wahrnehmung. Solange das Land, die Natur, allein unter Zweck und Zugriff gesehen wird, also bezogen auf praktisches Handeln, gibt es ihn nicht, den schweifenden, genießenden Blick, den Aus-blick.

Alexander v. Humboldt bemerkt, das klassische Altertum, wie auch die ihm nacheifernde Renaissance, habe kein Auge für die Erhabenheit, geschweige denn für die Schönheit der Alpen gehabt. Und er erwähnt, daß kein einziger römischer Autor die Alpen anders als mit Klagen über deren Unwegsamkeit bedenkt. Julius Caesar benutzte die Mußestunden während einer Alpenreise nicht, um den Ausblick, die Eigenarten dieses Gebirges zu beschreiben, sondern er schreibt an einer grammatischen Schrift *de analogia.*

Die geschichtliche Veränderung dessen, wie Landschaft gesehen wird, läßt sich in Europa an der Malerei ablesen. In den Bildern des Mittelalters erscheint Landschaft meist steil, auch schroff und unzugänglich. Sie ist der stilisierte unzugängliche Hintergrund für die religiösen Themen. Erst im 17. Jahrhundert, mit Claude Lorrain, werden Landschaften anders dargestellt, sanft, die Farben gedeckt, die Gebirge gerundet und begehbar. Die Figuren sind nicht von einer Landschaftskulisse umgeben, sie sind nicht davor oder gegen sie gesetzt, sondern sie sind *in* der Landschaft. Und wenn Sie mir diese *tour d'horizon* erlauben, in der Romantik dominieren wiederum die schroffen, heroischen Landschaften, in die der Blick die seelische Erhabenheit projiziert. Und oftmals sind – wie in den Bildern von Caspar David Friedrich – die darin gezeigten Menschen gleichzeitig die Betrachter der Landschaft und geben den Bildern so eine gedankliche Tiefenschärfe.

Heute werden kaum noch Landschaftsbilder gemalt – eine Ausnahme ist Gerhard Richter –, dort aber, wo sie *naturalistisch* auftauchen, sind sie trivial, im wörtlichen Sinn von Trivium, der Weggabelung, sie finden sich als Straßenkunst auf der Leopoldstraße und auf dem Montmartre. Auch in der zeitgenössischen deutschen Literatur finden wir Stadtlandschaften, seit der Vereinigung insbesondere die von Berlin, aber kaum noch eigenständige Naturbeschreibungen. Die bedeutendste Ausnahme ist mit seinen einfühlsam beschriebenen Vorstadtlandschaften Peter Handke. Generell kann man konstatieren: Die Natur, die Landschaft, hat an ästhetischem Interesse verloren. Ein Grund dafür ist sicherlich, daß Natur, als Gegenpol, als Utopie des ganz Anderen, Reinen, Ursprünglichen, des Gewachsenen im Gegensatz zum Gemachten, zur Stadt also, nicht mehr gedacht werden kann. Zu sehr ist die Natur durch Eingriffe ökonomisch ausgerichteter Technik verhunzt und vernutzt worden. Begriffe wie Freizeitlandschaft und Industrielandschaft deuten das an. Der Blick auf sie ist nicht mehr das interesselose Wohlgefallen, sondern eher der kritische, wehmütige Blick. Die Flüsse vergiftet, Waldsterben, Artensterben, Überfischung, all jene Erscheinungen zeigen an, daß die Natur und die sie bestimmende Form der Rekreation zum Teil schon verloren ist, daß für eine *Renaturierung* schon energische Eingriffe der Menschen notwendig sind.

Die Hinwendung zur Natur hat sich, mit welchem Vorzeichen auch immer, von der ästhetischen Betrachtung zur politisch-ökonomischen Interessennahme gewandelt. Einerseits wird immer mehr auf die Wildnis abgehoben, also den noch unberührten Bereich der Natur, was zu solchen Wortkonstrukten wie Natur-Landschaft führt, aber selbst die ist, wir wissen es, und das auch im fernsten, unzugänglichsten Teil, der Antarktis, schon durch menschliche Einflüsse kontaminiert. Andererseits wandelt sich der beschauliche Gang in die Natur zum zweckgerichteten Aufenthalt in einem Freizeitpark mit vorgezeichneten Aktivitäten, bestimmt von Fitneßplänen, Wanderwegen, Skilifts, begleitet von in Kunstkleidung eingeschalten Mountainbike-Fahrern, Drachenfliegern, Gleitschirmseglern. Wobei es bei diesen Tätigkeiten zu einer eigentümlichen Entsensibilisierung der Sinne bis zur Enterotisierung zu kommen scheint. Die Sportkameradschaft wird zur Zweckgemeinschaft, in der das Hören auf den eigenen Körper nur noch auf das Feststellen von Funktionsuntüchtigkeit und deren Behebung beschränkt ist. Das liegt nicht allein an der körperlichen Erschöpfungsphase, sondern die gesamte freizeitliche Zurichtung ist, weil so dezidiert auf Funktionstüchtigkeit ausgerichtet, auch anti-erotisch. Zugleich verliert sich die atmosphärische Erfahrung, die im Entdecken, im Staunen liegt, also im Aufstieg zum Mont Ventoux, denn nicht nur die Wege sind mit dem Restmüll anderer Erlebnissuchender bedeckt, auch die Bilder immer schon Gesehenes. Die Schroffheit der Felsen, die Bläue des Bergsees, das tiefe Grün der Kiefern sind weit sonniger, farbintensiver, pittoresker aus Film, Foto und Fernsehen bekannt. Und einige der gezeigten Orte sind im Bewußtsein schon mit Markennamen besetzt.

Die Vorstellung, die Landschaft zu *vermenschlichen*, um einmal von Marx den Begriff aus den *Pariser Manuskripten* zu übernehmen, hat sie ihrer Eigenschaft als emanzipativer Gegenwirklichkeit beraubt. Alles und jedes war, so der Fortschrittsglaube, dank der Technik machbar. Die Umleitung und Einbetonierung der Flüsse, Straßenführungen über und durch Alpenmassive, Auf- und Umforstungen sowie die Stromgewinnung durch Nuklearenergie schienen das zu bestätigen. Gerade in den letzten Jahren konnte man beobachten, wie sich die so bedrängte Natur *wehrte*, Überschwemmungen wie Trockenheiten belegen es, vor allem aber auch der Reaktorbrand von Tschernobyl. Die freigesetzte Radioaktivität kannte keine Grenzen. Und eine Mutmaßung ist, daß sich in der Sichtweise wie auch in der Darstellung von Landschaft die Globalisierung durchsetzen wird – als Bewußtsein von einer globalen Gefährdung. Kontaminiert wird auch die ästhetische Wahrnehmung von Landschaft durch deren mediale, werbewirksame Darstellung.

Das Naturschöne als Autonomes, nicht Gemachtes, zeigt sich allein noch im Wetter. Und in der Empörung über die von Meteorologen falsch vorausgesagte Wetterentwicklung steckt die Ungeduld über die Nicht-Beherrschbarkeit der Natur wie gleichzeitig auch die Schadenfreude, daß eben das Wetter der Vorhersagbarkeit ein Schnippchen geschlagen hat. Nicht zufällig ist gerade die Wetterentwicklung Gegenstand der Chaosforschung, mit der Vorstellung, daß der Flügelschlag des auffliegenden Schmetterlings weit entfernt ein Gewitter auslösen könnte.

Dieses unendliche Spiel zeichnet sich in den Wolken ab, in ihrer Formenvielfalt und Flüchtigkeit steckt etwas von jener *Lebendigkeit* des Schöpfungsprozesses. Sie differenzieren beständig jenen 1803 gemachten Versuch ihrer Typisierung durch den Engländer Luke Howard. Sie erscheinen dem Betrachter als der reine Anblick, in dem er sich seiner selbst inne wird, in diesem einen Moment, jetzt, werden sie zum Inbild seiner Lebenszeit, wenn sie anderen Formen und Farben zutreiben. So ziehen sie über der Erde und unter dem Himmel, nehmen das verdunstete Wasser von Erde und Meer auf, um es mit sich zu tragen und wieder abzuregnen. Sie sind gleichsam Mittler zwischen dem Himmel und der Erde, dem Fernen, Unbegreiflichen und dem Nahen. Nicht zufällig finden in den mittelalterlichen Darstellungen die Engel, die auch Mittler sind zwischen Gott und Mensch, auf ihnen, den Wolken, ihren Platz. Und nicht zufällig ist die Anmaßung Petrarcas, derer er selbst inne wird, dieser Augenblick: Er blickt *auf* die Wolken. *Respicio: nubes erant sub pedibus; iamque michi minus incredibiles facti sunt Athos et Olympus, dum quod de illis audieram et legeram, in minoris fame monte conspicio* – »Ich schaue zurück nach unten: Wolken lagen zu meinen Füßen, und schon wurden mir der Athos und der Olymp weniger sagenhaft, wenn ich schon das, was ich über sie gehört und gelesen, auf einem Berg von geringerem Ruf zu sehen bekomme«.

Diese Aufsicht ist eine fast gottähnliche Sicht auf die Welt: Die Wolken zu Füßen zu haben. Die Schatten, die sie, die Wolken, über das Land ziehen, führen uns nicht nur die Tiefe der Erde wie des Himmels vor Augen, sondern sie ziehen gleichsam diesen Gedanken hinter sich her: Die unendlich, sich fortwährend wandelnde Form ist auch ein Zeichen der Unbedingtheit, die menschlichem Denken Freiheit gewährt. Und dort, wo sich dieser Schatten wieder aufhellt, ist auch die Ahnung eben dieser reinen Schönheit, einer Schönheit, die unsere alltägliche Welt der Zwecke überwölbt und dem Menschen die Stellung zwischen Himmel und Erde zuweist, in der er sich seiner selbst inne wird. Dieses Innewerden ist nur durch Sprache möglich, wie Heidegger in der Schrift *Hebel, der Hausfreund* sagt: *Das Wort durchmißt als der sinnliche Sinn die Weite des Spielraums zwischen Erde und Himmel.* Insofern muß auch Petrarca verstanden werden, daß eben dieses zusammengehört, das Staunen über die oberste reine Luftschicht, den Äther, den *Duft der Ferne* wie Goethe ihn nennt, in dem das Licht sich bricht. In diesem Äther taucht das reine Staunen über die Schöpfung auf, so als sei er, der da Ausblick hält, eben dafür geschaffen, Zeuge zu sein und Zeugnis davon abzugeben. Was aber nicht allein in der Welt der Sinne bleiben darf, sondern erst in der Seele, also der kontemplativen Sprache, gefunden werden kann. Die Fülle versammelten Seins.

Ich bin nun ein wenig vom Weg ab und in spekulative Bereiche gekommen. Und will nochmals betonen, was leicht einsichtig ist: Landschaften sind von unterschiedlichen geschichtlichen An-blicken abhängig. Wie sie sich zeigen, erzählt etwas über unsere Wahrnehmung und damit auch über unser Verständnis von Wirklichkeit. Das gilt erst recht für unterschiedliche Kulturen, wobei die

Symbolik der Wolken, dieser *natürlichen* Mittler zwischen Himmel und Erde, in ihrem Bedeutungsspielraum eher transkulturell ist. *Die wunderbaren Wolken.*

Ich will zum Schluß noch diejenigen erwähnen, deren Arbeiten ich für diesen kurzen Vortrag genutzt habe: Gernot und Hartmut Böhme, Joachim Ritter, W. H. Riehle. Auch Martin Heidegger habe ich wiedergelesen. Für Hinweise habe ich meinem Freund, dem Germanisten Ulrich Dittmann, sowie Reinhard Wilczek zu danken.

Ihnen danke ich für Ihre Geduld und verspreche, die Augen offenzuhalten und hier in Japan auch das eigene Naturverständnis zu hinterfragen. Und ich freue mich darauf, den Steingarten in Kyoto zu sehen.

Die Dinge und die Wunder

Nachwort

Das vorliegende Lesebuch bietet, der Chronologie folgend, einen Weg durch das Werk von Uwe Timm, von frühen Gedichten und Erzählungen bis zu seiner in Japan gehaltenen Rede über »die Erde, den Himmel, die Wolken«. Der Zeitraum, den dieser Weg durchquert, reicht von 1959 bis 2003. Viele Texte werden hier zum ersten Mal einem größeren Publikum zugänglich und in Buchform veröffentlicht, andere waren bislang überhaupt ungedruckt. Die Bücher Uwe Timms sind fast vollständig mit Auszügen vertreten, in einem Fall, in dem des Romans *Rot*, werden drei Romananfänge veröffentlicht, um etwas über die Arbeitsweise Timms zu zeigen: wie immer wieder neu begonnen und verworfen wird, wie sich das endgültige Werk aus immer neuen Anläufen herausschält. Viele der Texte sind Reden und Aufsätze, die auf die für Uwe Timm typische, in Konkretion und Erfahrung versenkte Weise Auskunft geben über seine Poetologie, sein Selbstverständnis, sein Nachdenken über Sprache und Geschichte. Texte über Breyten Breytenbach, Seamus Heaney, Don DeLillo und Heinar Kipphardt verweisen auf den Horizont von Timms Lektüre, aber auch auf seine Freundschaften. Der Versuch über Heinar Kipphardt ist dabei auch ein Requiem, wie Uwe Timms Buch über seinen Bruder, das den Tod seines Vaters, seiner Mutter, seiner Schwester miterzählt.

Wenn man die hier ausgewählten Texte aus ganz unterschiedlichen Zeiten, Genres und Zusammenhängen liest, kann man feststellen, daß sie miteinander zu korrespondieren beginnen, so wie die Bücher Uwe Timms, die für Erwachsene wie die für Kinder, auf verschlungene Weise – wie in einem kunstvoll-komplizierten Verwandtschaftsverhältnis – aufeinander verweisen, sich ankündigen und ergänzen. Dabei wird man mit der Zeit feststellen, daß es im Leben und im Werk Timms Urszenen gibt, die sein Schreiben, seine literarische Recherche steuern. Timm ist kein monomanischer Autor, der, mit einer einzigen Methode bewaffnet, die immer gleiche Geschichte, den immer gleichen Monolog spinnen würde. Dennoch entdeckt man Schnittstellen zwischen den so unterschiedlichen Büchern, Motive, Geschichten, Figuren, die immer wieder auftauchen, sich fortentwickeln, verwandeln.

Uwe Timms Leben als Schriftsteller, sein Werdegang, ist durchaus hart erkämpft, kein glatt verlaufener Bildungsgang. Eine Urszene in diesem Zusammenhang ist der Augenblick in der Schule, als sein damaliger Deutschlehrer, Herr Blumenthal, einen Aufsatz von Uwe Timm vor der ganzen Klasse vorlas, eine acht Seiten lange – sehr phantasievolle – Geschichte, bei der Timm angeblich das Thema verfehlt hatte, und ihn dem Gelächter der Klasse preisgab. Timm konnte nur die Volksschule absolvieren, machte dann auf Wunsch seines Vaters, der ein ursprünglich gutgehendes Pelzgeschäft in Hamburg betrieb, eine Kürschnerlehre. Als sein Vater 1958 plötzlich starb, übernahm der erst 18jährige Timm das inzwischen hoch verschuldete Geschäft, um die Familie zu entschulden. Erst danach konnte er, mit einem Begabtenstipendium versehen, am Braunschweig-Kolleg das Abitur nachholen und anschließend studieren. Am Braunschweig-Kolleg war Benno Ohnesorg, der selber schrieb und später als Student 1967 bei den Anti-Schah-Demonstrationen in Berlin vom Polizeiobermeister Kurras erschossen wurde, sein erster Leser und Freund, der Timm außerdem mit der französischen Moderne bekannt machte.

Diese Umwege und Widerstände, die frühe Verantwortung, auch der wirtschaftliche Erfolg – denn es gelang Uwe Timm tatsächlich, das Geschäft zu entschulden – haben nicht nur einen Themenreichtum, eine Erfahrungsfülle mit sich gebracht, die Timm – und sein Werk – sonst nicht besäßen, sie haben ihn auch menschlich und politisch geprägt. Aber es gibt etwas in dieser Arbeit selbst, im Handwerk des Kürschners, in der Atmosphäre, in der gearbeitet wurde, in den Tagesabläufen, das seinem Schreiben tief verwandt ist, es gibt etwas, das auf dieses Schreiben gewartet hat, das schon vorher da war und Timms Schreiben befeuert hat.

Er selbst spricht in seinen Poetik-Vorlesungen von den »gezeichneten Dingen«, auf die seine Literatur reagiere. Die Dinge, das sind die Steinaxt mit den zwei Bohrlöchern, auf die sein Schulaufsatz antwortete, das sind der silberne Zahnstocher auf seinem Schreibtisch, der zum Anlaß für die Geschichte vom *Mann auf dem Hochrad* wurde, das sind Napoleons Feldbett oder ein Stück Eisen, das auf Kaiser Wilhelm geschleudert wurde, eine Aktentasche mit Plastiksprengsatz, zwei Granatäpfel unter einem Küchenschrank und der Satz von Diderot, daß man davon ausgehen müsse, daß der Stein denkt. Dinge sind sedimentierte Geschichte, Dinge sind das Andere unserer uferlosen Einbildungskraft, Dinge sind Spuren, Dinge erzählen vom Gebrauch, bergen Geschichten, Dinge sind so rätselhaft da wie die Riesenskulpturen auf der Osterinsel. Das Geheimnis unseres in Wirklichkeit phantastischen, unvorhergesehenen und endlichen Daseins ist in den Dingen, die uns als verläßliche, dienliche Gebrauchsgegenstände und als Spielzeug zur Verfügung stehen, uns aber auch plötzlich fremd werden können, auf eine dichte, unerschöpfliche Weise aufgehoben, und es muß nicht zuletzt die Nähe zu dieser Erfahrung gewesen sein, die Uwe Timm dazu gebracht hat, seine Dissertation über die existentialistische Philosophie zu schreiben. Ein Mensch, der von dem Rätsel der Dinge, ihrer scheinbaren Einfachheit und zugleich Verschlossenheit, dem Zeugnis von menschlicher Geschichte, das sie wie ein Konzentrat in sich aufbewahren, so angesprochen, ja angesprungen wird wie Uwe Timm, schreibt anders als ein Mensch, der dieses Zur-Welt-Geöffnetsein nicht kennt.

Seine eigene Poetologie kann man sich in Wahrheit nicht aussuchen, sie ist letztlich eine existentielle Disposition, nicht etwas Intentionales, etwas, das man sich aus guten Absichten zusammendenken würde. Zu dieser Disposition gehört bei Timm ein unerschöpfliches Bedürfnis nach dem Hören und Erzählen von Geschichten und ein Gehör für die Stimmen, für die Wendungen, Sprachfärbungen, Dialekte und Formeln der gesprochenen Sprache, für die Zwischentöne und das Verschwiegene, ein Sinn für List, Ironie, Humor. Für jemand, der von gesprochener Sprache und ihrer Vitalität so angeregt wird wie Timm, ist Sprache in ihrer Zeichenhaftigkeit nicht etwas Gegebenes, sondern ein Gegenstand des Staunens, ja Stutzens, und von Anfang an sind Timms Romane, das zeigt auch der hier abgedruckte Auszug aus *Heißer Sommer*, sprachbewußt, über Sprache reflektierend, von bisweilen sehr komischen Diskursen über die Sprache durchzogen, die Sprache ist rhythmisiert, Elemente des Jazz werden, wie in *Rot*, im Text aufgenommen, umspielt.

Was das Bedürfnis nach Geschichten anbelangt und die Art, wie sie erzählt werden – was einen nicht unwesentlichen Anteil an der Form von Timms Romanen hat, die häufig nicht-linear erzählt und episodisch gebaut sind –, gibt es eine Urszene, die Timm etwa in dem Kapitel *Der*

Große Trampgang aus *Kopfjäger* beschrieben hat, nämlich die Erlebnisse in der Wohnküche von seiner Tante Grete im Hamburger Gängeviertel, wohin es den Jungen, den Mahnungen des Vaters zum Trotz, der ihn tadelte und bestrafte, immer wieder verschlug. Dort saß er dann, ganz Ohr und gleichsam unsichtbar geworden, inmitten der Erwachsenen, die in dieser Küche ein und aus gingen und für eine Zigarettenlänge, für die Dauer eines Kaffees etwas zum besten gaben, zumeist aus dem unerschöpflichen Vorrat ihrer Beziehungen und verwickelten Liebesverhältnisse.

Wer Kinder hat, weiß, daß sie in der Wahl ihrer Stofftiere, Schmusetücher, Einschlaf-Fetische eine ebenso entschlossene wie gänzlich unableitbare Wahl treffen, eine entschiedene und ganz individuelle Wunsch- und Beziehungsenergie ist hier am Walten, die sich mit der Pubertät in die ebenso individuellen erotischen Interessen einspeist und auffächert. Das Erzählen wird – davon legt gerade Timms Roman *Kopfjäger* beredtes Zeugnis ab – von diesem Zeitpunkt an zweierlei: Es ist Teil einer erotischen Eroberungsstrategie und gleichzeitig der Ort, an dem davon berichtet wird, des Wunderns und Staunens. Denn so unberechenbar Kinder in ihrer Wunschökonomie sind, so anarchisch bleibt die sexuelle Triebkraft auch unter der Glasglocke ihrer zivilisatorischen Bändigung. Ein so neugieriger, so weltwacher Autor wie Timm hat dies von Anfang an erahnt, erfahren, geteilt, beobachtet, hat sich im Schreiben dem Staunen und Wundern hingegeben und es zugleich reflektiert.

Die Wunschenergie ist es, welche die Menschen in ihrem Handeln bewegt, und weil dieses Handeln in der Zeit geschieht, entschlossen und doch endlich ist, weil die Menschen weder sich selbst noch den anderen ganz verstehen können und, was geschehen ist, eben erst nachträglich bis zu einem gewissen Grad kenntlich wird, werden Geschichten erzählt, müssen Geschichten erzählt werden.

Dafür müssen die Sinne geöffnet bleiben, dafür muß man, wie Uwe Timm, mit der Sprache die Welt erkunden, ermessen, ausloten, feiern wollen, im epischen Erzählen, während jene, die, mit geschlossenen Sinnen geplagt, mit der Welt hadern, gegen sie anreden, gegen ihre Mißratenheit protestieren müssen, in der Tirade enden.

Auf den magischen Realismus etwa von García Márquez angesprochen, den Uwe Timm als Leser, angeregt durch seine in Argentinien aufgewachsene Frau, die Übersetzerin Dagmar Ploetz, früh kennengelernt hat und dessen *Hundert Jahre Einsamkeit* einen gewissen Einfluß auf den Roman *Morenga* gehabt hat, betont Timm, daß das Wunderbare im lateinamerikanischen Roman durchaus im Alltag, in der profanen Erfahrung, verwurzelt ist. Die Wunder sind dem zugänglich, der den unerschöpflichen Reichtum des gewöhnlichen Lebens so wahrzunehmen vermag wie der Beobachter und Deuter der Dinge und der Zuhörer der kleinen und großen Liebes- und Lebensgeschichten, der zahllosen unerhörten Begebenheiten, die in Tante Gretes Wohnküche erörtert wurden. Das Konstruierte, Montierte, vom Episodischen, von Abschweifungen und wie in *Kopfjäger* essayistischen Einlagen geprägte Formelement bei Timm verdankt sich zweierlei: einer Einsicht in das Gemachte und nachträglich erst Konstruierbare von Erfahrung und der elementaren Einsicht in die anarchische Vitalität gesprochener Sprache. Auf eine glückhafte Art ist dies bei Uwe Timm miteinander verschmolzen.

In dem Roman *Der Schlangenbaum* stößt die Hauptfigur, der Bauingenieur Wagner, in dem lateinamerikanischen Land, in dem er eine Baustelle überwachen soll, bei einer Reise ins Landesinnere auf einen Arzt, der ihm die Verhältnisse im Land zu erklären versucht: »This country is a miracle. Because it is a continual transformation from rational structures to shit and then from shit to fairy tales and finally to real miracles.«

Diese Erklärung deckt sich nicht nur mit Wagners Lernprozeß, der in dem Maße, in dem er seine erfolgsorientierte Rigidität verliert, sich für jene andere Erfahrungsdimension öffnet, sondern bezeichnet etwas, das sich in den Büchern Timms selbst mit der dargestellten Wirklichkeit abspielt.

Wagner hat sich bei seiner Reise ins Landesinnere verirrt. Mitten im Dschungel stößt er, nachdem er ein Stück des Wegs auf einem Esel reitend hinter sich gebracht hat, auf eine sechsspurige Autobahn, eine Bauruine: »Sie lag vor Wagner, mächtig und auf eine wunderschöne Weise zwecklos und ohne Sinn, es sei denn, sie trug ihren Sinn in sich selbst. Er entdeckte einen Fußgänger auf der Brücke. Wäre er in einem Landrover hierher gekommen, er hätte sie als Kuriosität belächeln können, als ein Denkmal der Fehlplanung und Korruption ..., so aber, durchgeschwitzt, durstig, mit beulendicken Insektenstichen und einer Zecke von der Größe eines Mistkäfers im Arm, ritt er in einem innigen Staunen über die Brücke.«

Wagner muß den Weg der körperlichen Erschöpfung gehen, um zu diesem neuen Staunen gelangen zu können. Wir haben es als Leser Uwe Timms ein wenig leichter, wir brauchen nur seinen Texten, Geschichten, Büchern zu folgen, mit geöffneten Sinnen.

Martin Hielscher

Quellenangaben

 Auszüge aus den bereits veröffentlichten Werken von Uwe Timm werden, soweit möglich, nach den Ausgaben des Deutschen Taschenbuch Verlags zitiert, da diese jeweils vom Autor neu durchgesehen wurden und somit den besten Textbestand bieten.

Die Zivilisationskrankheit. Entstanden 1959, unveröffentlicht.
feierabend [Gedicht]. In: teils-teils, blätter des braunschweigkollegs, heft 1, 1962, S. 17.
Rainer Maria Rilkes Lieblingspark [Erzählung]. In: Frankfurter Allgemeine Zeitung, 19. April 1969.
Alfred zum Beispiel. In: thema: arbeit. lyrik & prosa. (versuche 1). Hrsg. von Joachim Fuhrmann und Klaus Kuhnke. Hamburg: Neue Presse [1969], S. 25ff.
Herbstgedicht. In: Literarische Hefte 11, H. 43, 1973, S. 44.
Aussichten [Gedicht]. In: ebd., S. 45.
Der Tulpenbläser [Gedicht]. In: Literarische Hefte 12, H. 44, 1973, S. 31.
Einer redet, viele rauchen. Aus: Heißer Sommer. Roman. München 1998 [dtv 12547], S. 134–137. *Titel des Auszugs vom Herausgeber.* Der Roman erschien zuerst 1974 im Verlag AutorenEdition, München/Gütersloh/Wien. © 1985 Verlag Kiepenheuer & Witsch, Köln.
Tahiti [Gedicht]. In: Zeit-Gedichte. München 1977, S. 3ff.
Auf der Veddel [Gedicht]. In: ebd., S. 6ff.
Wolfenbüttelerstraße 53 [Gedicht]. In: ebd., S. 19–22.
Das Kinn an der Kragenbinde [Gedicht]. In: ebd., S. 26ff.
Die Barrikade. In: Deutsche Volkszeitung, 26. Juni 1975.

Wo die Weißen schwarz sehen. Eindrücke einer Recherchereise nach Namibia im Jahre 1976. In leicht veränderter Form abgedruckt in: konkret, H. 9, 1976, S. 36ff. [Dieser Reisebericht wurde geschrieben, als ich in Namibia, das damals noch Südwestafrika hieß, unterwegs war und für den Roman *Morenga* recherchierte. Wie sehr sich die Situation inzwischen verändert hat, kann man aus dem Bericht ablesen. Das Land ist unabhängig geworden, und die SWAPO, damals als Terrororganisation verfolgt, stellt heute die Regierung. Vielleicht haben damals, und das wünscht man sich als Autor, ja auch der Roman *Morenga* und seine Verfilmung zumindest in Deutschland dazu beigetragen, das Bewußtsein für die Probleme dieses Landes und seiner Befreiungsbewegung zu schärfen. Das damalige südafrikanische Apartheidsystem hatte jedenfalls verstanden und erklärte den Autor Timm zur *persona non grata.* Immerhin *ex negativo* ein kleiner Beweis für die Wirksamkeit von Literatur. Der positive Beweis für eine solche Wirksamkeit läßt sich nicht erbringen, er bleibt meist Wunsch und Behauptung. *U. T.*]

Der Rote Afrikaner. Aus: Morenga. Roman. München 2000 [dtv 12725], S. 138–150. *Titel des Auszugs vom Herausgeber.* Der Roman erschien zuerst 1978 im Verlag AutorenEdition, Königstein/Ts. © 1983 Verlag Kiepenheuer & Witsch, Köln.

Die Insel Felsenburg. Aus: Kerbels Flucht. Roman. München 2000 [dtv 12765], S. 128–132. Der Roman erschien zuerst 1980 im Verlag AutorenEdition, München. © 1991 Verlag Kiepenheuer & Witsch, Köln.

Der Lauschangriff. Ein Hörspiel. Westdeutscher Rundfunk, 20. Mai 1984.

Ein ganzes und ein halbes Huhn. Über Breyten Breytenbach [Über ›Wahre Bekenntnisse eines Albino-Terroristen‹]. In: Der Spiegel, Nr. 4, 21. Januar 1985, S. 148–151.

Das Paradies der Mäuse. Aus: Die Zugmaus. Mit Illustrationen von Axel Scheffler. München 2003 [dtv junior 70807], S. 45–58. *Titel des Auszugs vom Herausgeber.* Das Buch erschien zuerst 1981, mit Zeichnungen von Tatjana Hauptmann, im Diogenes Verlag, Zürich.

Der ausgestopfte Mops. Aus: Der Mann auf dem Hochrad. Legende. München 2002 [dtv 12965], S. 20–31. *Titel des Auszugs vom Herausgeber.* © 1984 Verlag Kiepenheuer & Witsch, Köln.

Reise nach Paraguay. Entstanden 1985. Veröffentlicht in: Im Schatten der Paläste. Hrsg. von Armin Kerker. Frankfurt/Main 1987, S. 105–118.

Hunde in der Nacht. Aus: Der Schlangenbaum. Roman. München 1999 [dtv 12643], S. 255–269. *Titel des Auszugs vom Herausgeber.* © 1986 Verlag Kiepenheuer & Witsch, Köln.

Versuch über Seamus Heaney. In: Volkszeitung, 24. März 1989.

Der Blick über die Schulter oder Notizen zu einer Ästhetik des Alltags. In: Es muß sein. Autoren schreiben über das Schreiben. Köln 1989, S. 186–208.

Meine Tochter singt. Schreiben für Kinder. Dankesrede zum Deutschen Jugendliteraturpreis 1990. Nachwort zur Neuausgabe von ›Rennschwein Rudi Rüssel‹. München/Wien 2001, S. 137–141. *Der Titel stammt vom Herausgeber.* © 1989 Verlag Nagel & Kimche, Zürich/Frauenfeld.

Die Umbettung: ein halbherziges Spektakel. 17. August 1991. In: Potsdam in alten und neuen Reisebeschreibungen. Ausgewählt von Inge Hoeftmann und Waltraud Noack. Düsseldorf 1992, S. 302–307. [Am 17. August 1786 starb Friedrich II. 205 Jahre nach seinem Tod wurde er seinem Testament gemäß in Sanssouci beigesetzt. U. T. kam als Beobachter nach Potsdam.]

Die Utopie der Sprache. Versuch über Kipphardt. Aus: Römische Aufzeichnungen. München 2000 [dtv 12766], S. 137–160. © 1989 Verlag Kiepenheuer & Witsch, Köln [unter dem Titel ›Vogel, friß die Feige nicht. Römische Aufzeichnungen‹].

Der Große Trampgang. Aus: Kopfjäger. Roman. München 2001 [dtv 12937], S. 35–53. 1991 Verlag Kiepenheuer & Witsch, Köln.

Der steinige Stein. Aus: Kopfjäger, a. a. O., S. 98–112. [Die kursiv gesetzten Textstellen in diesem Beitrag sind dem Werk des Ethnologen Alfred Métraux ›Die Osterinsel‹ entnommen. Aus dem Französischen übertragen von Maria Julia Kutscher und Gerd Kutscher, Stuttgart 1975. Neuausgabe in der Edition Qumran im Campus Verlag, Frankfurt 1988.]

Chaos und Trippa. Aus: Kopfjäger, a. a. O., S. 314–322.

Meine Alphabetisierung. Aus: Erzählen und kein Ende. Versuche zu einer Ästhetik des Alltags. Köln 1993, S. 7–16. *Titel des Auszugs vom Herausgeber.* © 1993 Verlag Kiepenheuer & Witsch, Köln.

Das Deutsche Reiterabzeichen. Aus: Die Entdeckung der Currywurst. Novelle. München 2000 [dtv 12839], S. 27–39. *Titel des Auszugs vom Herausgeber.* © 1993, 1995, 2000 Verlag Kiepenheuer & Witsch, Köln.

Eine Stadt, zwei Häuser. Entstanden Sommer 1994, unveröffentlicht.

Die Abschiedsparade. In: Freitag, 24. Juli 1994.

Einige Überlegungen über das Feuchte. Auszug aus einem Vortrag, gehalten an der University of Swansea, 27. Oktober 1994.

Der Fugu-Koch auf der Siegessäule. In: Frankfurter Rundschau, Nr. 36, 11. Februar 1995, ZB 6.

Napoleons Feldbett. Aus: Johannisnacht. Roman. München 1998 [dtv 12592], S. 7–17. © 1996 Verlag Kiepenheuer & Witsch, Köln.

Das Nahe, das Ferne. Schreiben über fremde Welten. In: Paul Michael Lützeler (Hrsg.): Der postkoloniale Blick. Deutsche Schriftsteller berichten aus der Dritten Welt. Frankfurt/Main 1997, S. 34–48.

Über Don DeLillo. Rede zur Einführung in Don DeLillos Lesung aus seinem Roman ›Unterwelt‹, Literaturhaus München, Herbst 1998.

Der Mantel. Aus: Nicht morgen, nicht gestern. Erzählungen. München 2001 [dtv 12891], S. 75–90. © 1999 Verlag Kiepenheuer & Witsch, Köln.

Meerjungfrau. Bibliophile Ausgabe (300 Exemplare), Berliner Handpresse 1999.

Kafka lacht. In: Spiegel Spezial, H. 10, 1. Oktober 1999, S. 26–29.

Das plötzliche Verschwinden der Katzen. Entstanden März 2000. Nachwort zur Taschenbuchausgabe der ›Römischen Aufzeichnungen‹, a. a. O., S. 161–169.

Die Stimme beim Schreiben. Dankesrede zur Verleihung des Großen Literaturpreises der Bayerischen Akademie der Schönen Künste, Mai 2001.

Der Gedankenstrich. Dankesrede zur Verleihung des Literaturpreises der Stadt München, 20. November 2002.

Der Sturz 1. Erste Fassung des Anfangs zu dem Roman Rot. Entstanden 2001, unveröffentlicht.

Der Sturz 2. Zweite Fassung des Anfangs zu dem Roman Rot. Entstanden 2001, unveröffentlicht.

Ich schwebe. Aus: Rot. Roman. München 2003 [dtv 13125], S. 7f. *Titel des Auszugs vom Herausgeber.* © 2001 Verlag Kiepenheuer & Witsch, Köln.

Onkel Christian. Aus: Rot, a. a. O., S. 23–30. *Titel des Auszugs vom Herausgeber.*

Edmond. Aus: Rot, a. a. O., S. 183–194. *Titel des Auszugs vom Herausgeber.*

Bade-Idylle und Ballermann. In leicht veränderter Form unter dem Titel ›Ballermanns Idylle‹ abgedruckt in: Die Zeit, Nr. 31, 25. Juli 2002, S. 54.

Muttersöhnchen, Vatersohn. Aus: Am Beispiel meines Bruders. München 2005 [dtv 13316], S. 18–32. *Titel des Auszugs vom Herausgeber.* © 2003 Verlag Kiepenheuer & Witsch, Köln.

Das wandernde Haus. Rede zur Begrüßung von Emine Sevgi Özdamar als neue Stadtschreiberin von Bergen-Enkheim, 30. August 2003.

Die Erde, der Himmel, die Wolken. Rede vorm Japanischen Germanisten-Verband an der Universität von Sendai, 18. Oktober 2003.

Uwe Timm im dtv

»Als Stilist und Erzähler sucht Uwe Timm in Deutschland seinesgleichen.«
Christian Kracht in ›Tempo‹

Heißer Sommer
Roman
ISBN 3-423-12547-0

Johannisnacht
Roman
ISBN 3-423-12592-6
»Ein witzig-liebevoller Roman über das Chaos nach dem Fall der Mauer.« (Wolfgang Seibel)

Der Schlangenbaum
Roman
ISBN 3-423-12643-4

Morenga
Roman
ISBN 3-423-12725-2

Kerbels Flucht
Roman
ISBN 3-423-12765-1

Römische Aufzeichnungen
ISBN 3-423-12766-X

Die Entdeckung der Currywurst · Novelle
ISBN 3-423-12839-9
und dtv großdruck
ISBN 3-423-25227-8
»Eine ebenso groteske wie rührende Liebesgeschichte ...« (Detlef Grumbach)

Nicht morgen, nicht gestern
Erzählungen
ISBN 3-423-12891-7

Kopfjäger
Roman
ISBN 3-423-12937-9

Der Mann auf dem Hochrad
Roman
ISBN 3-423-12965-4

Rot
Roman
ISBN 3-423-13125-X
»Einer der schönsten, spannendsten und ernsthaftesten Romane der vergangenen Jahre.« (Matthias Altenburg)

Am Beispiel meines Bruders
ISBN 3-423-13316-3
Eine typische deutsche Familiengeschichte. »Die Jungen sollten es lesen, um zu lernen, die Alten, um sich zu erinnern, und alle, weil es gute Literatur ist.« (Elke Heidenreich)

Uwe Timm Lesebuch
Die Stimme beim Schreiben
Hg. v. Martin Hielscher
ISBN 3-423-13317-1